国内首部探秘典当行业与古玩市场的小说

网络原名《黄金瞳》

典当 ⑦

打眼◎著

典当行业：质押借贷，不乏尔虞我诈

古玩市场：珍宝赝品，不乏鱼目混珠

中国戏剧出版社

图书在版编目（CIP）数据

典当.7／打眼著．—北京：中国戏剧出版社，2012.12
ISBN 978－7－104－03871－9

Ⅰ．①典… Ⅱ．①打… Ⅲ．①长篇小说—中国—当代
Ⅳ．①I247.5

中国版本图书馆 CIP 数据核字（2012）第 282753 号

典当.7

责任编辑：吴淑苓
美术编辑：彭路军
责任印制：冯志强

出版发行：中国戏剧出版社
出 版 人：樊国宾
社　　址：北京市海淀区紫竹院 116 号嘉豪国际中心 A 座 10 层
网　　址：www. theatrebook. cn
电　　话：010－58930221　58930237　58930238
58930239　58930240　58930241　（发行部）
传　　真：010－58930242（发行部）

读者服务：010－58930221
邮购地址：北京市海淀区紫竹院路 116 号嘉豪国际中心 A 座 10 层
（100097）

印　　刷：北京高岭印刷有限公司
开　　本：787mm×1092mm　1/16
印　　张：24
字　　数：400 千
版　　次：2013 年 1 月　北京第 1 版第 1 次印刷
书　　号：ISBN 978－7－104－03871－9
定　　价：39.80 元

目录 CONTENTS

第一章 古代城堡

在国外,去别人家里做客,多少要带点礼物,当然,礼物贵重与否并不重要,主要是心意,庄睿回到房间翻腾了半天,也没找到什么合适的物件。

最后庄睿跑到机组几人住的房间,拿了瓶贺双在巴黎买的红葡萄酒,虽然不是1870年的,但也有十来年了,埃兹肯纳不是中国通吗?肯定懂得千里送鹅毛——礼轻情意重的道理。

中午十一点,庄睿接到埃兹肯纳的电话,他已经派车在酒店门口等着了,庄睿带着彭飞、秦萱冰,再加上白狮,来到酒店门口。

此次国外之行,可把白狮憋坏了,远不如留在北京四合院里舒服,庄睿也是之前听埃兹肯纳说,他家是个城堡,这才带白狮出来透透风。

"庄先生,我是埃兹肯纳先生的管家,来此接您的,请几位上车……"

埃兹肯纳派来的是一辆双开门加长的劳斯莱斯,车身足有八九米长,在车门口站了一个中年白人,见到庄睿之后,拉开了车门,对白狮的出现,这个中年人表现得很平淡,并没有害怕的意思。

庄睿经常听到劳斯莱斯的名头,不过这还是第一次坐,车子内部非常宽敞,三个人加上白狮坐进去之后,一点都不觉得拥挤,而且在两排沙发之间,还有酒柜和音响等物。

那位白人管家坐在了副驾驶位,车子驶出酒店,向伦敦市郊开去,这段路不近,一直开了大约四十分钟,来到泰晤士河的下游。

"庄先生,前面就是埃兹肯纳先生的城堡,欢迎您来做客……"

汽车前方,矗立着一座气势恢宏的古城堡,与之相比,庄睿此前见过的什么别墅庄园,都显得那样渺小那样不起眼了。

庄睿知道,在英国,城堡无处不有,虽然数量不比教堂多,但历史之悠久、景观之优美、内涵之丰富,却是教堂难以比拟的。

城堡是英国一大奇观,英格兰和苏格兰之间的连年征战,与欧洲各国的战略关系,以

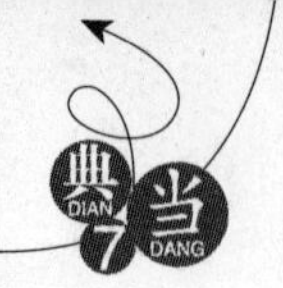

及历史悠久的君主制度，使大不列颠岛上分布了大大小小不计其数的各式城堡。

进入二十世纪，英国的城堡大多被英国皇室收了回去，由专门的基金会进行管理、保护、维修并向公众介绍。

不过也有部分城堡为私人财产，但巨额的遗产税使各种爵位继承人的后代也乐于将城堡对公众开放，既是筹集资金的好办法，也能向世界各国的游客展示多年收集的各种丰富藏品。

只有那些真正的超级富豪，才会住在这些历史悠久的城堡里，每年花费巨资修缮。显然，埃兹肯纳就是其中的一员。

书本上说的和自己亲眼看到的还是不一样的，远远看着这座属于埃兹肯纳的私人城堡，还是让庄睿心里震撼不已。

有一条专门的道路通向城堡，按照管家所说，从那条路开始都属于埃兹肯纳的私人领地，车子通过了好几个铁门之后，停在了城堡大门口的空地上。

在经过前几道铁门时，庄睿终于知道这个管家与司机为什么不害怕白狮了，因为在几道铁门处，都养有大型犬和一些猛兽，没错，就是猛兽！

在最后一道铁门那里，拴着一只黑色猎豹，在汽车通过时，猎豹似乎感受到了威胁，身体一下弓了起来，而车上的白狮脖颈处的毛发也根根乍起，喉中发出低沉的嘶吼声。

藏獒是雪山的斗士，而白狮是藏獒之王，根本不怕黑豹。乍了毛的白狮经过庄睿的安抚才安静下来。

虽然从未经历过野外厮杀，但是庄睿毫不怀疑，白狮如果和那猎豹对上了，肯定不会退缩，因为王者的骄傲以及藏獒的血脉让白狮勇于面对任何强大的对手。

不过庄睿肯定不会让白狮去与野兽搏杀，虽然这能让白狮更加勇猛，但是谁会让自己的朋友或者兄弟通过这种方式，来表明自己的强悍呢？

埃兹肯纳的城堡十分幽静，四月的伦敦已经鲜花盛开，城堡各处也是绿草成茵、鲜花遍地。

车子距离城堡大门还有大约一百米，在这中间，有一个迷宫般的花园，从劳斯莱斯上下来之后，那条通往入口的笔直甬道夹在左右低缓的迷宫般的几何花园中间，视野开阔，使去往城堡的每一步都变成了一种巡礼式的观赏。

随着距离的缩短，所有的细节、线条、材料的质感一层层丰富着你的视觉，让庄睿不由自主地赞叹这座城堡奇异的构思和经历岁月沉淀而形成的和谐。

城堡背靠泰晤士河，面倚大花园，绿树、鲜花、雕塑和清澈的湖水，给人以极佳的视觉享受。

比起埃兹肯纳的这座城堡，庄睿感觉自己四合院显得那么寒碜，要是白狮生活在这里，肯定会更加自由，不过看看这面积，也不是自己能买得起的。

“亲爱的庄，很高兴您能来我的家里做客，怎么样，我这座城堡还不错吧？它已经有将近一千年的历史了……”

作为主人，埃兹肯纳早早地站在城堡门口，在他身后站着十几位仆人，见到庄睿等人都把右手放在胸前，微微弯下身子，行了一个英国绅士礼。

埃兹肯纳为了表示和庄睿的亲热，则上前与庄睿拥抱了一下，不过他的这个举动差点让白狮理解为不友好，要不是被彭飞眼疾手快地搂住了它的脖子，恐怕埃兹肯纳就要被白狮扑倒在地了。

“非常感谢您的邀请，您的城堡是我见过的最好的一栋建筑，说老实话，我很想试试住在这里会是一种什么样的感觉……”

庄睿把手中的礼物交给了一旁的仆人，对埃兹肯纳的城堡大加赞赏，他说的是实话，英国的城堡就像中国的皇宫一般，是引人遐思的地方。

至今还有许多人相信，英国的一些城堡主就是活了上千年的吸血鬼公爵们，而城堡不仅被赋予了富裕的象征，同时也代表着神秘。

有很多来自世界各地的吸血鬼迷，会特意到英国住进已经被改成旅馆酒店的城堡，去感受那种吸血鬼文化。

庄睿虽然没有这爱好，但他是玩古董的，对古老的事物都有着发自内心的喜爱，当然，这种喜爱是针对古堡本身的，至于吸血鬼……还是算了。

“哦，亲爱的庄，晚上您可以住在这里，我保证，一定会比酒店更舒服……”

埃兹肯纳听了庄睿的话后，喜笑颜开，没有人不喜欢客人夸奖自己的住所，更何况是这么一座历史悠久的古城堡，如果不经常用来招待客人，那岂不是浪费了。

在一众仆人的簇拥下，庄睿和秦萱冰走在前面进入古堡。

步入城堡，迎面就看到宽敞的宴会厅，热那亚精雕细琢的枝形吊灯，内装三十九支蜡烛；古朴典雅的旧式家具，那些核桃木扶椅和威尼斯式及维多利亚风格的餐桌椅，显示出主人的奢华。

在城堡的墙壁上，挂着多幅西式油画，大多都是人物肖像，带着船长帽留着翘翘胡子的男人，还有穿着束胸礼服的女人。

“埃兹肯纳的祖先，不会是当年的海盗船长吧？”

庄睿心中暗自猜度着，因为进入这里之后，庄睿就感觉到时光似乎一下回到了中世纪。

一个侍者来到埃兹肯纳面前，低声说道：“先生，都准备好了……”

“庄，咱们可以进餐了……”

埃兹肯纳对庄睿和秦萱冰做出了邀请，彭飞则被管家留住了，带着白狮来到另外一个餐厅就餐，当然，菜肴也是非常丰盛的。

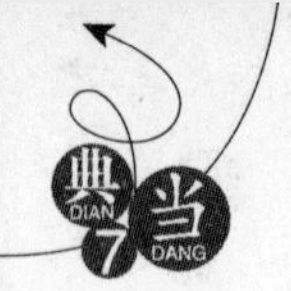

餐厅在宴会厅的旁边，庄睿等人坐下之后，各种准备好的菜肴一一端了上来，旁边的侍者则用毛巾包住一瓶红葡萄酒，给埃兹肯纳和庄睿等人面前的杯子里倒上了酒。

“亲爱的庄，美丽的秦小姐，你们是我这座城堡来的第一个和第二个亚洲客人，为了咱们的友谊，干杯……”

埃兹肯纳向庄睿举起了酒杯，庄睿学着对方，拿起那个大得惊人的玻璃杯，先是摇了摇，然后在鼻端嗅了一下，这才浅酌了一小口。

庄睿怎么都没喝出来，这所谓的1870年的红酒和自己上大学那会儿附庸风雅，在超市里花十块钱买的红酒究竟有什么不同。

“非常感谢您的款待，以后埃兹肯纳先生如果到了北京，一定要让我有机会尽一下地主之谊……”

不管埃兹肯纳招待自己是出于什么目的，但是对方的行为举止，让庄睿感觉非常舒服，这才是真正的贵族，不卑不亢之间体现了足够的尊重。

那个拍卖行的老板理查德和埃兹肯纳比起来，简直就像英国乡下喂猪的一般粗俗。

“呵呵，那我先谢谢您了，北京是个古老的城市，我想会有机会的，来，秦小姐，请品尝一下，这是最新鲜的鱼子酱……”

埃兹肯纳绝对是个绅士，在招呼庄睿之余，也没冷落秦萱冰，三人一边享用食物，一边聊着英国和北京的风土人情，气氛很是融洽。

“埃兹肯纳先生，您的这座城堡，每年花费在修缮和管理上的费用，大概是多少啊？”

庄睿实在好奇，他四合院杂七杂八加上李嫂等人的工资，每年应该在四五十万人民币。

这座古堡面积比庄睿的四合院大了很多倍，再加上请了这么多专业的管理人员和仆人，真不知道要花多少钱。

“这个……我倒没仔细计算过，如果算上修缮城堡的费用，大概一年在三百多万英镑吧？怎么，庄，您也想买一座这样的城堡？”

埃兹肯纳察言观色的本事很强，一眼就看出了庄睿的想法，紧接着说道：“在英国已经没有私人城堡出售了，不过在法国还有，您要是真有这个想法，我会帮您留意的……”

“不……不，这地方我可住不起……”

庄睿从埃兹肯纳口中听到一年所需要的开销之后，早就打消了拥有一座城堡的心思，一年三百多万英镑，差不多要五千万人民币，而这只是修缮管理的费用，更不要说买城堡了。

就庄睿那俩钱，即使能买下一座城堡，恐怕没几年工夫，就得折腾成穷光蛋。

吃过午饭，庄睿在埃兹肯纳的陪同下，带着白狮在城堡周围散步。

虽说买不起，但是这城堡真的很吸引庄睿，站在临近泰晤士河的城堡旁边，远远就能看见在湖面栖息的天鹅，城堡内的各种珍奇鸟类和古老树木，也为古堡增添了很多浪漫情趣。

“白狮，淡定，淡定……”

站在靠近泰晤士河的城堡边，不是待在酒店就是待在机舱压抑已久的白狮，突然昂头嘶吼了起来，低沉的吼声传出很远，靠近大门的地方也传来一阵猎豹的低吼声，引得白狮焦躁不安。

“庄，您的这只藏獒非常纯正啊，我曾经去过中国的西藏，但是没见到这么好的藏獒……”

埃兹肯纳对白狮也是赞赏有加，他看得出来庄睿对白狮的态度，倒是没有购买的意思，就像埃兹肯纳养的那只黑豹一样，别人出再多的钱，他都不会卖的。

“当然，白狮是藏獒中的王者，曾经有人出价四千万人民币，我都没卖呢……”

提到白狮，庄睿就像自己的孩子一般，忍不住夸上几句。

埃兹肯纳点了点头，说道：“您说得对，我也喜欢大型犬，虽然你们中国还有一种狗，价格比藏獒还要昂贵，但是相对来说，我更喜欢藏獒……”

“还有比藏獒更贵的狗？”

庄睿愣了一下，在他的印象中，好像除了藏獒能卖到千儿八百万的，其余的观赏狗，最贵的不过几十万，只是话是从埃兹肯纳口中说出来的，应该有点儿根据。

“当然，您不知道？”

埃兹肯纳惊诧地看着庄睿，说道：“去年，有一只来自中国的号称‘大帝’的鹰叭犬王，卖出一千万美元的售价，这是迄今为止，国际宠物犬中最昂贵的价格……”

“鹰叭犬？”

还别说，庄睿还真不知道这玩意儿，一年多以前，他不过是典当行的一个小职员，对于这些上层社会的物件，一点儿都不了解。

“对，就是鹰叭犬，可惜了，那只犬被法国人买走了，我去晚了，只看到了照片……”

埃兹肯纳满脸惋惜之色，给庄睿介绍了一番鹰叭犬的来历，让庄睿恍然大悟。

原来，鹰叭犬最早是北京的京叭狗。1995 年，京叭名家张志周的一条名叫“都督”的种狗，已经显露出鹰版京叭的特点，并且得到大家的认可，这也是中国历史上最早出现的鹰版京叭。

顾名思义，鹰叭犬就是脸长得像鹰一样的京叭狗。

鹰叭初看非常威严，具有王者风范，对邪恶有震慑力，但它又非常温顺，极易和人相处，是所有犬种中男女老少都能驾驭的犬种。

鹰叭可以说是世界上最稀少、最漂亮、最珍贵的一个珍稀犬种。目前只有几百条，精

品就更少了。

正因为如此，也有人称其为犬中熊猫，在国际宠物市场上极受追捧。

“呵呵，我对这些还真不了解，惭愧，惭愧啊……”

庄睿自嘲地笑着摇了摇头，中国出品的物件，却让老外给他讲解，让庄睿感觉颇没面子。

看两人又回到了城堡门口，庄睿说道：“埃兹肯纳先生，如果可以的话，我想现在就看看您的藏品，如果有我喜欢的物件，我想，明天我的律师来了，咱们就可以进行交易了……”

“当然可以了，我现在就带您去……”

埃兹肯纳宴请庄睿的目的，还不是为了庄睿手上那几张毕加索的作品，他现在就怕庄睿看不中自己的藏品，这次交易无法进行呢。

眼下庄睿自己提出来了，埃兹肯纳马上让管家拿来一串钥匙，带着庄睿进入古堡。

沿着木质楼梯，庄睿跟在埃兹肯纳身后，向城堡的二楼走去。

在楼梯两旁的墙壁上，装修得和宴会厅一样金碧辉煌，华丽优雅中又不见庸俗，悬挂着许多镶嵌在玻璃中的壁画，庄睿虽然不懂油画，但是用灵气看去，那些壁画里都蕴含着浓郁的灵气，显然都是真迹并且价值不菲。

上到古城堡的二楼，入眼处是一个客厅，并且有一个壁炉，从天穹处照射下来的光线，即使不开灯整个客厅也很明亮。

埃兹肯纳没有停步，带着庄睿穿过一条不长的走廊后，在一个高达三米多，站在下面就很有压迫感的门前停下了脚步。

拿出钥匙打开这道实木大门，埃兹肯纳将之推开，站在门外的庄睿，顿时感到温度似乎增高了几度，而且有些干燥，好像从森林一下来到了沙漠一般。

“亲爱的庄，从我祖上开始，就一直在收集中国和欧洲的艺术品，现在，它们已经全部呈现在您的面前了……”

埃兹肯纳先进了房间，打开了灯，原本有些昏暗的房间，顿时变得明亮起来，眼前的一幕，让庄睿震惊了。

“等一等，我要先把防盗系统关闭……”

就在庄睿准备踏进房间的时候，埃兹肯纳阻止了庄睿，在门口对着一个显示器面板操作了足足一分钟，才点头示意庄睿可以进去了。

对这间收藏室，埃兹肯纳可是花费了不少心思，如果刚才庄睿带着红外线眼镜，就可以看到，在这间藏宝室的每一个角落，都布满了红外线射线，即使是一只蚊子飞进来，都会引起报警声。

得到埃兹肯纳的允许后，庄睿走进了房间。

"天啊,这些……都是您的收藏品?"

这哪儿是一个房间,在庄睿看来,整个城堡的二楼,除了上楼时的那个客厅之外,可能都在这里了,最起码庄睿站在门边,一眼看不到这个藏宝室的尽头。

这么大的一个空间,入眼处全都摆满了东西,庄睿不知道这里究竟有多少藏品,就是一般的博物馆,恐怕也没有埃兹肯纳的家底厚吧?

走进这个堪比博物馆的大厅,庄睿发现,里面有轻微的机器声,循声望去,才知道那是空气干燥机,而且不止有一台,基本上每隔二三十米,墙角处就有这么一台机器,使这里面的空气始终保持干燥。

在大厅的地面上,铺着厚厚的红地毯,才使得干燥机的声音降到了最低点,并不是很嘈杂,想必在安装的时候,埃兹肯纳就考虑到了这个因素。

庄睿知道,湿气是对古玩造成伤害的最大因素,在他北京四合院的地下室里,同样放着一台除湿机,但是比起埃兹肯纳这里的空气干燥机,庄睿感觉自己明显不专业了。

第二章 巨额交易

"埃兹肯纳先生,您是一位真正的收藏家!"

不管埃兹肯纳这个藏宝室里的古董艺术品是怎么来的,庄睿心里都产生了一丝敬重,就算他的祖上曾经从中国掠走过财物,但是能保存得如此之好,那也是值得尊重的。

"呵呵,艺术是相通的,我相信,亲爱的庄,您一定能在这里找到您喜欢的物件的……"

埃兹肯纳笑了起来,他的这个藏品室只有极少的几个人进来过,这些人无一不被他丰富的藏品所震惊,现在看来,自己和庄睿达成交易的希望还是很大的。

庄睿点了点头,没再说话,中国艺术品被炒作的时间,是在2005年以后,此时,埃兹肯纳还没有意识到,在他的这些藏品里,有很多价值不亚于毕加索素描的物件。

不过这也是仁者见仁、智者见智的事情,在国外一些大收藏家眼中,随处可见的中国艺术品还是无法和毕加索、梵高这些大师们的作品相比的。

埃兹肯纳这间藏品大厅的门口,摆放的是他多年来收集的银器和各个国家的武器,还有一些盾牌和盔甲,有一套穿在模特身上,带着头盔的中世纪盔甲,把庄睿给吓了一跳,还以为是个真人站在那里呢。

在这里,也有几把来自中国的青铜剑,但是品相很一般,里面蕴藏的灵气也比较稀薄,和庄睿收藏的定光剑相差甚远,并没有留住庄睿的目光。

继续往里面走,在那些高大的墙壁上,到处都是用枪、剑、斧等冷兵器摆成的各种图案,还有从印度或者埃及掠来的虎头、王冠,让庄睿不自觉地遐想到,这些应该都是在英国鼎盛时期,从各个国家掠夺来的。

当然,这些和庄睿没有任何关系,他的目标是埃兹肯纳给他列举的清单,那上面的中国瓷器,才是庄睿此行的主要目的。

看着这些琳琅满目的藏品,庄睿走到大厅中部,那一排排陈列在木架上的瓷器,顿时映入庄睿的眼帘。

“这……这些都是来自中国的瓷器?”

庄睿一眼看去,前后有四五排木架子,足有二十米长,在每个架子上,相隔几公分就放了一件精美的瓷器,庄睿不知道,这里究竟有多少中国的古瓷。

以前经常听德叔和金胖子等人说,中国最好的古董全都在外国,虽然听得多,但是感观上并没有直接的认知,现在看到眼前的一幕,庄睿算是明白了。

瓷器易碎,这是世人皆明的道理,在中国千百年来的历史进程中,都伴随着战争祸乱,很多独一无二的精美瓷器都损毁在战火中。

到了后来,宋明两朝的官窑瓷器,基本上都收藏在清朝宫廷里,只供皇帝把玩欣赏,民间根本难得一见。

可以说,康熙、雍正、乾隆三人,都是当时最大的古玩收藏家,没办法,人家条件好,可以用倾国之力,来收集自己喜欢的东西,您不服也不行。

但这也是造成后世文物流失的祸源,十八世纪中国的大门被八国联军敲开之后,摆放在圆明园里的珍贵文物被抢劫一空,根本无法计算到底有多少国宝流失在外。

曾经有学者粗略统计了一下,在国外大概有数百万件珍贵的中国古玩,其中的大部分都是当年圆明园中的藏品,也就是说,最少有一百万件以上的中国艺术品,是从圆明园中被掠走的。

此刻,这些传说中的珍贵瓷器,就摆在庄睿面前,让已经做好了准备的庄睿也是心情激荡,深深地呼吸了几下,才将心情平静下来。

或许毕加索的那些素描作品,从价值上要高过这些瓷器,但是从心理上,庄睿十分愿意拿毕加索的作品换取这些物件。

一件精美的瓷器的烧制成功,凝聚了无数人的心血,而那素描画的成本极低,一张素描纸,几支铅笔就可以了。

当然,这只是庄睿心里的想法而已,要是被身旁的埃兹肯纳得知他是这么计算两者之间的价值的,埃兹肯纳保准会把庄睿当成肉猪狠狠地宰。

“是的,庄,这些瓷器,从我祖父的父亲开始,就开始收集,到我已经好几代了,一共有两万多件。从中国唐朝的三彩瓷器开始,宋元明清的瓷器全都有,曾经有人向我收购这些物品,都被我拒绝了,庄,你是第一个来到这里的中国人……”

看着这些形态各异、大小不一、琳琅满目的精美瓷器,埃兹肯纳的心中充满了自豪,他曾经参观过不少专门收藏中国艺术品的收藏家的藏宝室,没有任何人在瓷器收藏上多过他。

“两万多件?”

饶是庄睿心理素质不错,也惊呼出声。

“对,就是两万多件,在这些多宝阁柜的下面,都是瓷器,如果您有兴趣的话,可以一

一查看,不过那样时间可就长了……"

埃兹肯纳怕庄睿不相信他的话,蹲下身体,打开一个木架下面的柜门,从里面拿出一个用旧报纸层层包裹的物件,打开之后,庄睿清楚地看到,那的确是一件瓷器,而且还是一件品质不错的清朝珐琅掐丝人物梅瓶。

见到这件放在中国随便都可以被评定为国家二三级文物的瓷器,在埃兹肯纳这里,居然连展柜都摆不上去,这让庄睿感觉有些不可思议。

不过放眼看去,这层层叠叠、密密麻麻遍布数十平方柜子的瓷器,也能理解埃兹肯纳的做法了,换做庄睿,恐怕也会捡最好的摆在外面。

"埃兹肯纳先生,这件是中国清朝的梅瓶,存世量不少,价值也不高,这样的瓷器,我是看不上眼的……"

庄睿从埃兹肯纳手中接过那件珐琅掐金丝的梅瓶后,把玩了一番,对埃兹肯纳说道。

不过在说这话时,庄睿还是有点儿心虚的,虽然这东西的拍价在中国的艺术品市场中,大概值三四十万人民币,不过就是这样的玩意儿,庄睿的藏品里也一件都没有。

当然,庄睿的那件修复过的汝窑瓷和那件龙山文化的黑陶,价值要远超过这件瓷器,不过开办博物馆,总不能就摆上那两件吧?

像这些可以代表某段时期文化工艺水平的瓷器,对于一家博物馆而言,还是非常重要的。

"当然,当然……庄,这个只是我的藏品里比较普通的瓷器,最好的那些物件,都摆在架子上,你可以一一挑选……"

埃兹肯纳听了庄睿的话后,连忙解释了一番,正如他自己所说,这个梅瓶他也看不上眼,试想您整天面对着数以万计的珍贵瓷器,岂能将这些烧制工艺处在中等水平的瓷器放在眼里?

再好的东西,见得多了,也就麻木了。

"埃兹肯纳先生,您的藏品让我感到惊讶,或许我会考虑,多拿出几张毕加索先生的作品与您交换,不过……"

庄睿懂得欲先取之必先与之的道理,他知道埃兹肯纳想得到毕加索的作品的欲望要比自己强得多,所以故意把话说一半,等着埃兹肯纳接话。

果然,埃兹肯纳听到庄睿的话后,眼睛一亮,说道:"亲爱的庄,您真是一位伟大的收藏家,居然能得到那么多毕加索的作品,您放心,我绝对会用最合理的方式进行交换的……"

似乎感觉自己的表示还不够直白,埃兹肯纳想了一下,又说道:"在我的这些藏品里,有些是从您的祖国得来的,当然,我不隐瞒,那种手段是不光明的,庄,咱们都是朋友,我可以考虑,像这样的瓷器,无偿赠送给您一些!"

“送我一些？”

庄睿怀疑自己是不是听错了，将目光转向埃兹肯纳，这几十万一件的东西，说送就送了？

埃兹肯纳点了点头，很肯定地说道：“当然，为了补偿先辈对中国人民造成的伤害，我可以做主，送给您一批这样的瓷器。不过……庄，我希望您能理解，像我列举给您的清单上的那些物件，就没办法赠送给您了，因为在我的家族里，还有别的继承人，交换可以，但是赠送，我怕他们不会同意的……”

“理解，当然理解了，我先代表我的博物馆，谢谢您的慷慨，作为朋友，我是不会让您在家族人面前难做的，埃兹肯纳先生，您放心，咱们的交易将会使您成为一位真正的国际大收藏家的……”

庄睿此时恨不得抱着埃兹肯纳亲上一口，这哥们太讲究了，虽说这些瓷器目前的市场价值不是很高，但也实实在在都是清朝官窑瓷器啊。

随着中国古玩市场的升温，过个几年，就是翻个十几倍，那都是正常的，庄睿没想到埃兹肯纳如此大方，张嘴就要送一批，这要是被金胖子等人得知，那还不羡慕死自个儿啊？

虽然庄睿现在并不知道几年之后的行情，但是就目前而言，这批瓷器对他的博物馆，绝对是雪中送炭。

庄睿不知道，在国外，一些私人收藏家经常会把自己的藏品赠送给国家博物馆，也有些会赠送给私人博物馆，并且不收取任何费用和回报，虽然这些人的行为让人很难理解，但这些人的确是这么做的。

“好的，庄先生，您可以挑选自己感兴趣的瓷器了……”

埃兹肯纳听了庄睿的话后，知道自己的表现赢得了庄睿的友谊。

对于埃兹肯纳而言，如果把这些瓷器全拿出去拍卖的话，估计一下就能将市场冲垮，就是慢慢拍卖，在自己有生之年恐怕也卖不完。

拿出百十件送人，不算什么大不了的事，埃兹肯纳的祖父就曾经送给大英博物馆上千件来自中国的瓷器。

向埃兹肯纳又表示了一番感谢后，庄睿将注意力放到摆在架子上的瓷器上。

虽然大部分瓷器没摆放出来，但仅是这些表面上的，就有数千件之多。

走在一排排摆满了精美瓷器的架子中间，庄睿仿佛到了古代大内宫廷造办处，时光交错般回到数百年前，仿佛能看到无数穿着古代衣服的人在眼前穿梭忙碌。

中国瓷器的制作工艺极其繁琐，一件精美瓷器的问世，要经过无数道工序，加上历史朝代的更替，可以说，每一件瓷器身上，都隐藏着一个故事，这么多瓷器，就是一部活生生的历史。

庄睿将眼中的灵气释放出来，入眼之处都是白黄红紫的色彩，根本不用刻意去观察，那些瓷器中的灵气颜色，就映入了庄睿眼中，庄睿隐隐感觉到，眼睛里的灵气似乎活跃了起来。

不知道是因为古玩太多，还是别的原因，在这个放满瓷器的空间里，到处都充斥着灵气，庄睿眼中的灵气一遁出体外，就与之融合了。

“难道又要进化了？”

感受到了灵气的骚动，庄睿心里又惊又喜。

庄睿给自己眼中灵气每一次的改变起了一个名字，叫作进化，由于眼中灵气的品质越来越高，似乎很难再从别的古玩中吸收灵气，所以从缅甸回来之后，一直都停滞不前。

虽然眼睛经历了几次异变，但庄睿还是没摸出什么规律，每次发生都很突兀，庄睿也无可奈何，只能等着眼睛里的灵气和这个空间中无所不在的灵气融合之后再回到眼中。

上次在缅甸塔林，他一坐就是一个下午，庄睿害怕自个儿又在这傻站一下午，那事情就麻烦了，于是尝试了一下，看看能否召回自己的灵气。

让庄睿惊喜的是，灵气随着他的意念，与这个空间的灵气瞬间脱离开来，又回到了他的眼中。

就在灵气进入眼睛的同时，庄睿感觉自己的眼睛像被温水冲洗一般，异常舒服，让庄睿情不自禁地低声呻吟起来。

过了两三分钟，庄睿重新睁开眼睛，再把灵气释放出去之后，却发现，灵气已经无法吸收融合这个空间内浓郁的灵气了，而且也没有什么改变。

“怎么会这样？”

庄睿愣了一下，继而将目光向远处望去，眼中的灵气顿时穿过了城堡厚厚的墙壁，来到了外面，庄睿看见正由管家陪同，带着白狮散步的秦萱冰。

白狮对庄睿眼中的灵气特别敏感，在灵气近身时，禁不住打了个喷嚏，然后挣脱了秦萱冰的手，狐疑地看向前面的空气，它感觉到庄睿的存在，但是又见不到庄睿，不禁有些急躁。

庄睿看到白狮的举动，连忙用灵气在白狮身上游走了一圈，趁着白狮舒服得摇头晃脑时，将灵气收了回来。

“这……差不多有一百米的距离了吧？”

庄睿收回目光之后，脸上充满了惊喜，虽然灵气没能晋级，但是释放的距离又远了，从三十米到一百米，足足提高了三倍有余。

不过现在可不是体验灵气的时候，庄睿还想着等明天皇甫云到了，就和埃兹肯纳签署协议交换藏品呢，在国外待了一个多星期了，庄睿有些想家了。

庄睿愣神的时间并不长，在一旁的埃兹肯纳看来，庄睿好像陶醉在瓷海当中，遇到自己喜爱的物件，有这种表现也无可厚非。

回过神来，庄睿开始察看架子上的瓷器，由于数量太多，他根本就没办法，也没那么多时间一一察看，干脆直接用灵气分辨瓷器中的色彩强弱，只看有紫色灵气的瓷器。

“北宋定窑刻花梅瓶……”

突然，庄睿眼睛一亮，一个细颈小口大肚的梅瓶进入他的眼中。

“五大名窑啊……”

庄睿心中感叹着，把这个高约四十公分的梅瓶从架子上小心地拿了下来。

白定瓷器，为宋代所烧白瓷之冠，这个梅瓶整件呈乳白色，颜色极其纯正，并没有因为时间的流逝而泛黄。

梅瓶釉面光感介于玻璃状和乳浊状之间，瓶上刻花线条刚劲有力，奔放流畅，布局疏朗，线条多为一宽一窄并行，这是北宋时期瓷器刻花独特的技艺风格。

也是庄睿第一次得见完整的五大名窑瓷器，要是放在国内，这件梅瓶绝对是国家一级保护文物，在国内众多馆藏文物中也极为罕见。

庄睿将梅瓶放回去之后，对身后的埃兹肯纳说道：“埃兹肯纳先生，这件梅瓶可以用作咱们之间的交易……”

“没问题！”

埃兹肯纳很干脆地答道，虽然在他的藏品中，这件瓷器也算是精品，不过和毕加索的作品比起来，就不算什么了。

第三章　珍品元青花

庄睿沿着这些高达一米五六的木架向前走着，眼睛像雷达一般扫射过这些瓷器，仅走出五六米远，庄睿就挑出了七八件瓷器。

要说被庄睿看中的，十七八件也不止，但是他心里明白，埃兹肯纳虽然想得到毕加索的作品，但是这些瓷器也是有价格的，自己不能过于贪心，所以才忍痛放下了好几件相中的瓷器。

庄睿挑选出来的瓷器，除了开始的那件白瓷梅瓶外，还有一个号称是“入窑一色出窑万彩”之说的宋代钧窑紫斑碗，其色彩红中泛蓝、错综相间、绚烂多彩、气韵非凡。

宋窑的瓷器还有南宋官窑笔洗、南宋龙泉窑青釉菊瓣茶盏，而其他的几件，就是明代瓷器了，有成化斗彩天字罐、嘉靖五彩鱼藻纹大罐、色彩斑斓的万历五彩大瓶等等。

庄睿在心里估价，仅这几件瓷器，价值最少在两亿人民币以上，而且还是有价无市的那种，在国内的拍卖场中，这些物件三五年都未必能见到一件。

尤其是那件万历五彩龙纹大瓶，虽然年代在这几件瓷器中稍微靠后，但是制作工艺极为精湛，四面是五彩绘灵芝龙纹，纹饰祥瑞吉庆，器底青花楷书款“大明万历年制”，字体工整，传承有序。

这几件瓷器，都算得上是国家一级文物了。即使在故宫博物院那数以百万计的藏品里，被评定为国家一级文物的藏品，也不过一千多件而已。

看身边的埃兹肯纳脸色如常，并没有因为庄睿所选的物件而变色，庄睿心中稍稍平静了下来，他挑选出来的这几件，放弃哪一件，他都舍不得。

“埃兹肯纳先生，您在清单里列的元青花为何不见呢？”

庄睿快走到木架的尽头时，还没看见自己期待已久的元青花瓷器，不禁出言问了起来。

元朝虽然只历经了百余年，但是元青花瓷器在中国的瓷器历史中，却有着不可替代的地位。

元青花瓷代表着由素瓷向彩瓷过渡的新时代,因其富丽雄浑、画风豪放,绘画层次繁多,制作精美却传世极少,所以异常珍贵。

庄睿去过的国内各大博物馆中,还没见过元青花的真迹,所以之前见到埃兹肯纳藏品中有元青花,着实让庄睿激动了好久。

“呵呵,庄,你是位行家,元青花的价值要远远高于您刚才挑选的那些瓷器啊……”

埃兹肯纳笑了笑,抢先几步,走到庄睿前面,带他来到木架的尽头,庄睿发现,在这里,摆着一个一米多高的阁柜,上面只放了六件瓷器,全都是青花瓷。

庄睿第一眼就被最上面的那个青花瓷罐吸引住了,这个瓷罐高约二十七八公分,素底宽圈足,直口短颈,唇口稍厚,溜肩圆腹,肩以下渐广,至腹部下渐收,至底微撇。

瓷罐的主体纹饰是“鬼谷子下山”图,描述了孙膑的师傅鬼谷子,在齐国使节苏代的再三请求下,答应下山搭救被燕国陷阵的齐国名将孙膑和独孤陈的故事。

整个青花纹饰呈色浓艳,画面饱满,疏密有致,主次分明,浑然一体,人物刻画得流畅自然,神韵十足,山石皴染酣畅淋漓,笔笔精到,十分完美。

“埃兹肯纳先生,这个青花瓷罐,我要了!”

庄睿的语气十分肯定,即使再搭上几张毕加索的素描,他也一定要把这件元青花人物瓷罐带回国内。

在存世甚少的元青花瓷器中,绘有人物故事题材的凤毛麟角,像“鬼谷子下山”图罐这样绘有人物故事的元青花罐,传世的仅有八件,并且没有一件是在国内的。

庄睿如果能将这件瓷器带回国内,绝对能轰动国内收藏界,对他的博物馆开业,也不无益处。

“庄,您也知道,这人物元青花,存世量极少,我也就这一件……”

埃兹肯纳的脸上,第一次露出了为难之色。

虽然没明说,但是埃兹肯纳已经将自己的意思表达出来了,那就是仅凭庄睿的六幅毕加索人物素描,是不足以换取这么多瓷器的。

“埃兹肯纳先生,咱们是朋友,我是不会让您吃亏的,这样吧,这件人物元青花,再加上这个鱼纹青花瓷罐,我再拿出六幅毕加索的素描作品,您看怎么样?”

庄睿所说的鱼纹青花瓷罐,是摆在鬼谷子青花瓷旁边的一件瓷器,这件瓷器上面绘有鲭、白、鲢、鳜四鱼戏水图案。

庄睿知道,在中国文化里,这鲭、白、鲢、鳜四鱼取的是“清、白、廉、洁”四字的谐音。

此外,在罐肩上,还有缠枝牡丹和足部的吉祥莲瓣纹,罐口有十四世纪特有的波浪花纹、罐肩有牡丹花纹、罐底的祥云宝格中绘有灵芝、海螺、金钱、火焰等图案。

虽然在价值上不如那件鬼谷子元青花瓷罐,但是这个鱼纹罐,也算是元青花中的精品了,里面紫气浓郁,在庄睿众多的藏品中,少有能与之相比的。

“再拿出六幅毕加索的作品?”

埃兹肯纳的眼睛亮了一下,不过随之说道:“庄,这件元青花的价值,不比那件人物青花便宜,您看是不是……”

庄睿闻言苦笑起来,道:“亲爱的埃兹肯纳先生,虽然元青花存世不多,但比起那件人物青花,鱼纹罐的存世数量还要多一些,我知道的就不下二十件,这两者的价值,是不能同日而语的……”

在国内的一些博物馆里,的确有几件鱼纹罐,虽然庄睿没见过,但是也知道它们存在。

顿了一下之后,庄睿接着说道:“埃兹肯纳先生,在三年前的巴黎拍卖会上,毕加索先生的一个五张一册的素描画册,曾经拍出了一千二百万美元,现在时间已经过去三年了,您应该知道,我所拿出的十二幅素描画,会价值几何吧?”

按照庄睿所说,他拿出十二幅素描画,最少能装订成两册,按照现在毕加索画作有价无市的行情,这两本素描画册,价值最少在四千万美元以上,如果折合成人民币,将达到三亿左右。

以元青花瓷在国际拍场上的行情来看,这件“鬼谷子下山”瓷罐,价值应该在一亿人民币上下,而那件鱼纹罐则要低得多,最多也就是两千万左右,如此一比较,即使加上另外七八件瓷器,埃兹肯纳还是占了便宜。

更重要的是,庄睿手里的毕加索作品,可不同于这些中国瓷器,中国艺术品在国际拍场中时常有流拍的情况。

但是庄睿要是把毕加索的素描作品放到拍卖会上,恐怕就算埃兹肯纳拿出四千万美元出来,也未必就能收入囊中。

“庄,正如您所说,我们是朋友,我想,咱们之间的这笔交易,可以达成了……”

埃兹肯纳对国际拍场上这些物品的价格比庄睿熟悉得多,从价格上看,如果不算自己答应赠送给庄睿的瓷器,自己还是占了便宜的。

虽然埃兹肯纳得到消息,近年来有人准备炒作中国瓷器,不过不是还没开始炒作嘛,埃兹肯纳现在的心思,就是想先将毕加索的作品换到手上再说。

为了不让庄睿反悔,埃兹肯纳紧接着说道:“作为朋友,亲爱的庄,我决定再赠送二百件中国瓷器,以丰富您即将开业的博物馆,还希望您能接受……”

“二百件?”

庄睿闻言笑了起来,向埃兹肯纳伸出了手,说道:“谢谢,我想,您一定可以成为我的好朋友,在我博物馆开业的时候,希望您能出席……”

“一定,我对美丽神秘的中国,向往已久了……”

埃兹肯纳握住了庄睿的手,两人相视而笑,至于各人心里在想什么,那只有老天爷才知道了。

平心而论，这桩交易说不上谁吃亏谁占便宜，庄睿挑选的那些瓷器，均是中国瓷器中的精品，在国内外都极为罕见，而且这些年价格也一直在上涨。

但是庄睿拿出的毕加索素描画，同样异常珍贵，为众多国际大收藏家所追捧，也属于增值艺术品，至于以后孰轻孰重，现在谁也说不清楚。

至于埃兹肯纳拿出的二百件中国瓷器，没有见到实物，庄睿也很难评估它们的价值，不过就埃兹肯纳这里的藏品而言，似乎想找出点歪瓜裂枣都比较困难。

“老板，我这来回奔波，您是不是要给我报销费用啊……”

在庄睿所住的酒店房间里，皇甫云正拿着苹果啃着，他这两天可是忙得脚不沾地，回到纽约之后，马上把所有在纽约的藏品打包，邮寄回中国，然后又到律师行辞职，所有的事情，加起来只用了一天忙完。

为了自己的选择，皇甫云也是损失颇重，手上跟的几个单子都交给别人，律师行安排的几个顾问职务也被取消了，可以说是净身出户。

“呵呵，皇甫兄，再过一段时间，您一定会为自己的选择骄傲的……”

庄睿闻言笑了起来，他可以想象，等这批藏品出现在自己的博物馆之后，将会对中国的古玩界造成什么样的影响和冲击，当然，这一切都建立在博物馆能开起来的基础之上。

“我怎么就信了你的空头支票了啊……”

皇甫云嘴里嘀咕了一句，从包里拿出一份协议，递给庄睿，说道：“交易物品的数量上是空白的，你看看还有什么需要改动的吗？如果没有的话，填上你和埃兹肯纳交换的物品名称，就可以进行交易了……”

这份协议是皇甫云在飞机上拟定的，庄睿大概看了一下，点头说道：“可以了，下午咱们再去埃兹肯纳的城堡……”

昨儿庄睿没有接受埃兹肯纳的邀请，住在他的城堡里，主要是感觉那地儿忒偏僻了，说不定晚上真的会闹吸血鬼呢。

“庄，亲爱的朋友，见到您真的很高兴，你们中国人都讲秉烛夜谈，昨天您要是不回去就好了……”

还是那辆劳斯莱斯到酒店接了庄睿等人，来到埃兹肯纳的城堡后，这位英国绅士已经等在门口了。

“呵呵，以后有机会，您到北京去，我一定要尽地主之谊……”

庄睿笑着打了个哈哈，哥们放着媳妇不搂，晚上和你这洋鬼子搞什么秉烛夜谈，有病不是？

进入城堡大厅后，庄睿发现，那位曾经和自己有些不愉快的斯特林先生正在客厅里，

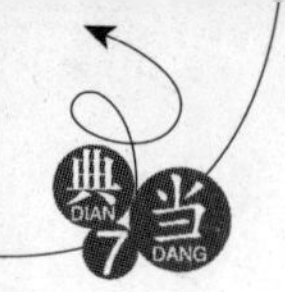

另外还有一男一女，看他们穿的衣服，应该是政府的工作人员。

“庄，这两位是伦敦公证处的爱丽丝和加斯珀，他们将会为我们的交易进行公证……”

果然，埃兹肯纳的介绍让庄睿肯定了自己的想法，两个公证员带着好奇的目光，站起身对庄睿等人微微躬了下身体。

虽然爱丽丝和加斯珀不知道庄睿的来历，但是能和埃兹肯纳这个大富豪进行交易的人，想必也不简单。

庄睿对二人还了礼之后，看向埃兹肯纳，递过去一个画板夹，说道：“毕加索先生的十二幅素描作品都在这里，埃兹肯纳先生，你可以让斯特林先生鉴定了……”

埃兹肯纳接过东西之后，笑了起来，道：“庄，你要的那些瓷器，我昨天让人连夜整理好了，你可以先看看……”

埃兹肯纳扬了扬手，十多人将一些大小不一的纸箱放在庄睿面前的地板上。

“庄，我答应赠送给您的那些瓷器，已经放在外面的货车上了，随时可以给您送到机场，如果您需要查验的话，也没有问题……”

庄睿昨天就跟埃兹肯纳说了，自己会在今天离开伦敦，而地上的这些瓷器，是庄睿最为看重的那几件，也是价值最高的，所以埃兹肯纳才有这么一说。

“埃兹肯纳先生，对于朋友，我一向都很信任，不用查看了……”

庄睿笑着摆了摆手，早在这些瓷器还没放下之前，庄睿就已经用灵气验证过了，的确是那两件元青花和宋明瓷器，埃兹肯纳并没有作假。

至于装着其他瓷器的货车，就停在城堡门口，也在庄睿的灵气范围内，虽然庄睿没有一一查看，但是里面的灵气显示，全都是真品无疑。

“老板，没错，的确是毕加索先生的真迹……”

省去了庄睿验货的过程，斯特林鉴定毕加索作品的时间用的并不长，十多分钟之后，就已经鉴定出了真伪。

庄睿和埃兹肯纳分别在协议书上签了字，由两位公证员出具了公证书，这桩涉及物品金额高达数亿资金的交易，在悄无声息中完成了。

“埃兹肯纳先生，北京欢迎您！”

交易完成之后，庄睿和埃兹肯纳同时松了口气。

“皇甫兄，巴黎那边的事情，就拜托你了，等事情处理完了，我在北京给你办接风宴……”

站在自己那架犹如银鹰般的飞机下面，庄睿和前来送行的皇甫云挥手告别。

虽然皇甫云也很想享受一把私人飞机的待遇，但是无奈巴黎吉美博物馆那边需要沟

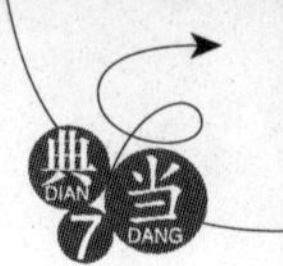

通联系，而皇甫云是最合适的人选。

“哎，以后就跟你混了，我说庄老弟，你以后可不能对不起我啊……”

正返身走在机舷上的庄睿听了皇甫云的话，猛地打了个踉跄，差点没摔下来，有这么说话的吗？

回头冲皇甫云竖了个中指，庄睿头也不回地钻入机舱。

随着贺双的起飞提示声响起，飞机在跑道上缓缓加速，冲天而起，钻入云霄之中。

在回北京的旅途中，只有庄睿和白狮待在机舱里，彭飞、恬娅和琉璃，包括秦萱冰在内，几人都乘坐的是伦敦飞往北京的国际航班。

原因无他，就是因为庄睿的这架私人飞机，现在已经变成了一架运输机。

那两百多件装在各种纸箱里的瓷器，填满了包括货舱在内的所有空间，洗手间内都被摆得严严实实的，包括驾驶舱里都放置了十来个体积不大的小纸箱。

“靠，早知道哥们也坐国际航班回去了……”

庄睿看着被各种纸箱夹在中间的白狮，说道：“我这可是为了陪你啊，白狮，咱可不能乱动，这些玩意碰碎了一个就是几十万啊……”

由于庄睿这架私人飞机实在太小，所以很多瓷器都是从纸箱里拿出来重新放置的，稍有不慎就是粉身碎骨。

将这些瓷器运到机场时，埃兹肯纳整个庄园的人全体出动，单是将这些瓷器装上飞机，就整整忙活了三四个小时，正儿八经小心轻放的物件啊。

这也亏得埃兹肯纳手下的人训练有素，要是换做机场的搬运工，不知道要打碎多少件。

闲来无事，庄睿用灵气一件件察看起这些瓷器，在搬上飞机时他就看过，埃兹肯纳还算讲究，赠送给庄睿的这批瓷器都是完好无损的，从品相上看都很不错。

不过与自己亲自挑选的那几件宋元明三朝瓷器相比，这些瓷器就差出几个档次了，元宋的根本没有，明朝的倒是有几件，不过多为茶盏小件，价格不是很高。

这批瓷器里，数量最多的就是清朝瓷器，虽然都是官窑贡品，不过康熙、雍正、乾隆三朝瓷器却寥寥无几，大多是嘉庆、咸丰年间的。

是官窑瓷器不假，但是价格和三代瓷器相比，却是不可同日而语了，就像茅台和二锅头一样，都是中国产的酒，价格却天差地远。

不过即使是这样，庄睿也已经很满足了，最起码凭借这批瓷器，他可以办一个瓷器展馆，除了皇甫云的刀剑之外，将是庄睿博物馆的另外一个看点。

相信有了那两个元青花瓷罐，和国内仅见瓷片少见全品的宋朝五大名窑瓷器，庄睿这个瓷器展馆，不会比国内任何一家博物馆的档次低，甚至犹有过之。

想到这里，蜷缩着腿坐在沙发上的庄睿，感觉此次旅程也不是那么难受了。

十多个小时之后,飞机降落在首都机场。

虽然不停地用灵气缓解双腿的酸麻,但是刚站起身时,庄睿还是差点儿摔倒在地上,倒不如白狮,直接窜出了机舱。

庄睿从白狮的低吼中可以听出来,估计这老伙计以后绝对不肯再和自己坐飞机了。

“四哥,这事儿又麻烦您了……”

庄睿走下飞机,还没来得及活动一下身体,就看见一脸不爽的欧阳军,在他身边停了两辆车,其中一辆是货车,这是庄睿和欧阳军联系时特别交代的。

欧阳军摆了摆手,说道:“行了,你小子麻烦我的事情还少啊?我可告诉你,你嫂子这段时间心情不好,哥哥我要是有事,你要顶上啊……”

“四哥,嫂子心情不好您自个儿安慰啊,关我什么事?”

欧阳军的话听得庄睿直摇头,四哥也老大不小的人了,说话怎么这么不靠谱。

“呸……你嫂子打电话查岗的时候,就说我和你在一起就行了,要不然就让你媳妇陪着去,哥哥我忙啊……”

欧阳军也知道自己话里有语病,连忙纠正了一下,这次庄睿听清楚了,敢情这哥哥憋得久了,想出去偷食,找自个儿打掩护呢。

庄睿想着这几天要把博物馆的手续审批下来,少不了麻烦欧阳军,于是说道:“没问题,四哥,回头我让萱冰陪嫂子住两天去……”

欧阳军听了庄睿这话,满意地点了点头,道:“嗯,这还差不多,行了,搬东西吧,我带了七八个人过来,快点干完回家,小姑念叨你好几天了……”

“成,晚上咱哥俩喝点……”庄睿答应了一声,回身就要进机舱。

“老板,您在旁边休息吧,我带人搬就行了……”

郝龙的声音在庄睿身后响了起来,庄睿回头看了一眼,说道:“郝哥,这些东西可金贵着呢,每一件价值都在十万以上,可要仔细点……”

听了庄睿的话,不仅郝龙吓了一跳,就是欧阳军带来的那些房地产公司的人,也愣住了,顿时走路都轻了几分。

七八个人排成了一列,由最里面的人把瓷器一件件往外递,外面人接住之后,再往车上放,有了庄睿的警告,每个人都是小心翼翼的,倒是没出什么纰漏。

足足忙活了两三个小时,才把所有的瓷器从机舱里搬下来,等回到四合院,将这些瓷器搬到庄睿后院的几个房间里,已经是夜里十一点多了。

庄睿和欧阳军也没喝成,这哥们九点多就被大明星十多个电话催回去了。

“妈,您还没睡啊……”

送走那些房地产公司的员工之后,庄睿来到中院,发现正厢房的灯还亮着,推门进去，看到庄母正坐在沙发上看书。

“妈在等你，你这孩子，出去这么多天也不打个电话回来，现在倒好，连媳妇都丢了……”

欧阳婉看着脸色有些憔悴的儿子，狠下心训斥了几句，她何尝不知道秦萱冰乘坐的航班需要转机，明天上午就能到北京了。

“妈，儿子这趟出去可收获不小，回头等我的博物馆开起来，保准让您第一个参观……”

庄睿笑着坐到母亲身边，讨好地帮欧阳婉捶起肩膀，听着母亲训斥的话，庄睿心里备感亲切。

“博物馆？什么博物馆？”

欧阳婉疑惑地问道，她虽然知道庄睿收集了不少古玩，但是距离开博物馆，好像还差得远吧？

见母亲转移了注意力，庄睿连忙添油加醋地吹嘘了起来，差点没把他那八字还没一撇的博物馆，说成故宫博物院。

“做什么不重要，出去要注意自己的安全，行了，早点回去休息吧……”

欧阳婉虽然从来不过问庄睿的事，但是见到儿子从国内折腾到国外，心里不担心是假的，等到现在，就是为了交代庄睿一声。

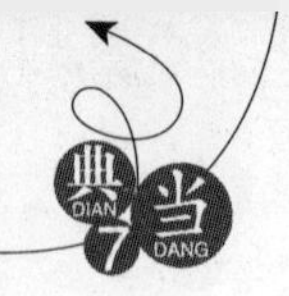

第四章 古董归国

第二天，庄睿接了秦萱冰直接开车将她送到欧阳军的四合院，徐晴的朋友不多，现在怀孕了，确实需要个女人陪着说说话。

指望欧阳军陪？不把孩子气得早点从肚子里蹦出来，就要烧高香了。

“什么？办好了？四哥，您可别忽悠我啊……”

庄睿被欧阳军的话吓了一跳，这才几天啊，居然就将博物馆的审批手续办好了，有关部门的办事效率没这么高吧？难不成欧阳军说动了小舅，走后门了？

“嚷嚷什么啊？小声点，我指望这事在外面住几天呢，走，外面说去……”

欧阳军一把捂住庄睿的嘴，回头大声说道：“我和五儿去办事，你们俩聊吧，晚上没饭吃去小姑家也行……”

庄睿鄙视地看了欧阳军一眼，估计这哥哥的儿子出生之后，肯定不认他这老爸。

“四哥，快点说说，这是怎么回事啊？手续呢，博物馆的营业执照呢？拿给我看看……”

刚一走出四合院，庄睿就迫不及待地向欧阳军伸出了手。

有了博物馆的营业执照，就可以和巴黎的吉美博物馆谈藏品交换的事情了，皇甫云对庄睿把他一个人留在巴黎怨念颇深。

“别问我，我都不知道是怎么回事，老头子说让你回来之后去见他，东西都在他那里……”

欧阳军两手一摊，别说庄睿了，就是他也有点摸不着头脑，一向都铁面无私的欧阳振武，这次居然连原则都不讲了，亲自交代了秘书去催促博物馆的审批流程。

“小舅要见我？”

庄睿愣了一下，在他的印象中，几个舅舅虽然都很疼自己，但是除了逢年过节，还从来没人找过自己呢，偶尔见到，也是欧阳振武等人去庄睿的四合院看欧阳婉。

“嗯，老头子交代了，等你回家有空了就去见见他，这事好像和大舅有点关系，我也不

是很清楚,走吧,我还想知道怎么回事呢……"

欧阳军对这事也好奇得很,自己堂兄弟也不少,从来没见这几个老头子紧张过谁?就是欧阳磊提升中将的时候,都没被他老爸欧阳振山亲自召见。

"现在就有空,你打个电话问问小舅有时间没?"

听说博物馆的手续办好了,就是欧阳振武不找他,庄睿为了那营业执照也得去找小舅,而且听了欧阳军的话,庄睿也猜出点端倪,应该是和自己在国外的行为有点关系。

欧阳军点了点头,拿出手机拨了出去,电话是欧阳振武的秘书接的,说了几句就挂了,庄睿和欧阳军还没走到汽车旁边,电话就回过来了,说是小舅中午和他们一起吃饭,让欧阳军先去餐厅等着。

"呵呵,这见老爸比见领导还难……"

庄睿笑了起来,不过欧阳军早就习惯了,家里那老头子啥时候把家当成家啊?从来都当成办公场所。

欧阳军早已习惯了这种父子相处方式,对那家餐厅也熟悉得很,当下带着庄睿来到一家不是很大,但是装修极雅致的饭店包间里,点了一壶茶,要了几样点心,和庄睿闲聊起来。

两人等了一个多小时,十二点一刻,包厢的门被推开了,欧阳振武走了进来,他的秘书却留在了外面。

"小舅……"

见到欧阳振武,庄睿连忙站起身来,恭恭敬敬地喊了一声,几个舅舅里面,眼前这位最疼他。

"呵呵,小睿,坐吧,你们点菜了没有?"

此时的欧阳振武看上去,就像是一位和蔼的老人,让庄睿坐下后,接着说道:"我下午还有个会,不能喝酒,小军陪你弟弟喝点……"

"爸,回头我酒后驾车,您去领人啊!"

欧阳军对自家老子的态度很不满意,长这么大,好像就没见过老爸如此和颜悦色地与自己说过话。

"你不会打车走?除了在你爷爷那里,你什么时候不喝酒了?"

欧阳振武不满地瞪了儿子一眼,而欧阳军听到提及老爷子,立马缩了缩脑袋不吭声了,再胆大的人总有怕的人。

可能这地方经常有领导来吃饭,没有招呼的情况下服务员是不会进房间的,上菜也不用出去喊,在房间里就可以了。

庄睿走到门口,拿起挂在墙上的对讲机,说道:"可以上菜了……"

"小舅,您这日理万机的,怎么有空和我们一起吃饭啊?"

庄睿眼睛盯着欧阳振武手边的文件袋,说的话就有那么一点言不由衷了。

“我哪有日理万机,这话用在你大舅身上还差不多……”

欧阳振武看着庄睿的模样,笑了起来,道:“小睿,想问问这里面是什么东西,才是真的吧?”

“嘿嘿,小舅,是不是我那博物馆的手续?这事还真得谢谢小舅您,要不然我那博物馆还不知道什么时候能开业呢……”

见欧阳振武把话挑明了,庄睿挠着头笑了起来。

“你小子,别谢我,这事是你大舅交代的,你面子可真够大的啊……”

欧阳振武笑着把文件袋给庄睿递了过去,这事和他的关系还真不大。

前天,欧阳振武接到大哥的电话,居然是让他过问一下博物馆处一个私人博物馆审批的事,等欧阳振武调出文件之后才知道是庄睿的。

欧阳振武心里还有点困惑呢,庄睿究竟做了什么大事,竟然让大哥亲自打电话过问。到了欧阳振山的地位,无论做什么事情,都会受到多方关注。

庄睿和欧阳军的关系,有心人都知道,欧阳振山如此不避嫌地交代办理,难免会被人惦记。

“等等,我接个电话……”

庄睿正要说话,欧阳振武的电话响了起来,他有三部手机,其中两部都在秘书手里,只有一部是欧阳振武自己拿着的,能打电话来的人,除了至亲就是领导。

“大哥,您怎么打电话过来了?小睿,我和他在一起啊,您说……”

欧阳振武接到电话之后,一直在连连点头,看得庄睿和欧阳军莫名其妙,这时门外有服务员敲门,也被欧阳军挡了出去,让他们等几分钟再上菜。

这个电话接的时间可不短,四五分钟之后,欧阳振武才挂断电话,笑着对欧阳军说道:“行了,叫人上菜吧……”

“小舅,和我有关系?”

庄睿听欧阳振武刚才提到了自己的名字,于是问了一句。

“嗯,就是为了你的事,大哥才打这个电话来的,他这几天比较忙,要不然也会见见你的……”

接了欧阳振山的电话,欧阳振武才算明白是怎么回事。

原来,是庄睿闹腾出的那个视频的事。

庄睿在视频里有一句话,虽然只是民间人士的言论,但在法国境内有许多媒体转载报道了,引起了很大反响。

而这一切的导火索,就是传播了没几天的拍卖门事件,领导们看了那个视频之后,都夸奖了庄睿几句,所以欧阳振山这才举贤不避亲地亲自打电话,让欧阳振武特事特办,将

庄睿的博物馆提前审批了下来。

庄睿听了欧阳振武的解答之后，才明白是怎么回事。

几人正说话，服务员敲门上菜了，等服务员上完菜出去之后，欧阳振武看着庄睿说道："小睿，作为以'国'字开头的私人博物馆，你这是国内的第一家，大哥的意思是，要把你在国外拍回中国文物的事情，好好宣传一下，这也是一种爱国主义教育嘛……"

"什么？宣传我？"

庄睿闻言愣了一下，紧接着连连摆手道："小舅，宣传博物馆可以，但是宣传我就算了吧，而且就我个人而言，我并不赞同私人拍回中国流失的文物，而应该用另一种方式索要文物……"

庄睿以为欧阳振武不知道有国外炒家炒作中国文物的事情，连忙把这事的前因后果仔细解说了一遍。

"你说的事我都知道，部里也有追讨流失文物的办公室，不过成效不是很大，你说的也有道理，我再考虑一下吧……"

作为文化方面的领导，欧阳振武对庄睿说的事很了解，这件事虽然可以作为爱国教育宣传一下，但是利弊就很难说了，不仅会引发炒作中国艺术品，还极有可能让国内盗墓走私活动再次猖獗起来。

"哎，小舅，那事可以不宣传，不过我的博物馆要宣传一下啊，这次我可是从国外搞回来几百件明清官窑瓷器，这事可以好好宣传一番的……"

庄睿一听欧阳振武要再考虑一下，顿时急了，博物馆出名了，那前来参观的人才会多，自己虽然没想着盈利，但是也不能总是亏损吧？

"嗯？几百件？怎么回事？"

欧阳振武并不知道庄睿和埃兹肯纳交换藏品的事，当下问了起来。

庄睿一五一十地把事情经过讲了一遍，然后又说在近期应该可以从吉美博物馆交换一批藏品，所以从数量和质量上而言，自己这家博物馆绝对当得起"国"字开头。

"好，这件事情做得好！"

听完庄睿的话后，欧阳振武在桌子上重重地拍了一下，虽然在这个交换的过程中，庄睿也付出了毕加索的作品，但是从国人感情上而言，当然更看重从国内流失出去的文物了。

"小睿，这事我做主了，等你的博物馆开业之后，制作一个专辑，把那些藏品如何回归祖国的仔细介绍一下，至于你要不要露面，到时候你自己决定好了……"

欧阳振武的话让庄睿吃了个定心丸，他的目的就是要宣传博物馆，至于自己本人，还是低调点吧，这事让皇甫云出面就可以了。

离开饭店之后，庄睿就返回了四合院，欧阳四少自然没与他同行，好容易在媳妇那请到假，这会儿早不知道跑哪去了。

现在已经是四月下旬了，满园的鲜花都已经盛开，到处都是花香扑鼻，池塘里的荷花更是美丽异常，郝龙不知道从哪儿找了些蝌蚪丢在池子里，相信再过上一段时间，院子里就能蛙声一片了。

金窝银窝都不如自己的狗窝，回家之后，庄睿才感觉到，自己的四合院虽然不如埃兹肯纳的城堡宽敞，但是却更有人气。

欧阳婉和张妈、李嫂等人正在院子里修剪花圃，而白狮则在扑飞到园中的蝴蝶，见到庄睿之后，马上跑了过来，用大头亲昵地蹭了蹭庄睿。

“该给白狮找个媳妇了……”

一般的藏獒一岁多点就可以交配了，白狮整天被庄睿用灵气滋润着，骨骼的发育成长远远快于普通的藏獒，眼瞅着自己马上就要结婚了，总不能老让白狮打光棍吧。

不过上次带白狮去彭城獒园，那么多母獒，白狮一个都没看上，看来以后还要跑趟西藏，看看能不能遇到血统比较纯正的母獒，当然，也要白狮看对眼才行。

站在院子里和母亲闲聊了几句，庄睿回到后院。

路上一直忍着没拿出文件袋里的东西，一到屋里坐定，庄睿立刻打开文件袋，将里面一叠文件抽了出来。

不仅审批手续办下来了，就是开业需要的工商营业执照都办好了。

虽然国内已有大大小小三百多家私人博物馆，但是国家对博物馆的审批还是比较严格，如果真让庄睿走程序，恐怕没个半年他拿不到这些东西。

心情有些激动的庄睿拿出手机就给这会儿还在法国的皇甫云拨了过去。

“什么？办好了？”

听了庄睿的话，皇甫云吃惊得差点把舌头给咬掉了，他前段时间回国，就是想办个刀剑博物馆，只是一来资金不够，二来被卡在了审批手续上，皇甫云可是知道博物馆审批之难。

他怎么都不相信，短短的几天时间，庄睿居然就能把手续审批下来。

“对，手续和营业执照都办下来了，皇甫兄，一会儿我给你把复印件传真过去，你明天就可以和吉美博物馆的人谈交换藏品的事情了……”

不是庄睿性急，而是博物馆的馆址都是现成的，只要稍加改造，安装一些防盗设施，就可以开业了，说老实话，恐怕定做那些展台展柜的时间，都比博物馆改造的时间长。

“老弟，你可别拿我寻开心啊，假冒的东西，在国外可是行不通的……”

本来皇甫云就不怎么相信博物馆的手续能这么快审批下来，现在听庄睿说连营业执照都办好了，更加肯定庄睿的手续不正当。

虽然在国外待了七八年，但是皇甫云对国内那些亚洲国际环球办证集团之类的公司，还是很了解的，只要有钱，就是想要总统写给芙蓉姐姐的情书，都能给您伪造出来。

“哎，我说皇甫兄，是真的办好了啊，前段时间在拍卖场的视频，被有关方面的人看到了，给我开了绿灯，这事我能忽悠您吗……”

庄睿听皇甫云不信，说不得给他解释几句，不过自己的关系却没说。

“靠，哥们我想办个刀剑博物馆，求爷爷告奶奶都办不下来，你倒是……”

听了庄睿的话，皇甫云总算相信了，幸亏庄睿没说自己小舅就是主管这方面的领导，否则皇甫云指定会说他以权谋私。

“等你以后藏品再多一点，再开个刀剑博物馆也不晚啊，先把交换藏品的事情办好吧……”

庄睿闻言笑了起来。

“还有，我写给你的那几件东西，和弗雷家族赠送给吉美博物馆还有卢浮宫的文物，一定要换到，另外，您不妨稍微提及一下，英国的埃兹肯纳先生向我的博物馆捐赠物品的事情……”

庄睿把话题转到和吉美博物馆藏品交换的事情上。

庄睿是想让皇甫云表达出这么一层意思，就是英国的私人都能捐赠这么多件文物，法国的博物馆如果出手太小气的话，未免说不过去吧？

而且对于一直居住在巴黎的毕加索而言，法国等于是他的第二故乡，法国人对毕加索的认同度非常高，吉美博物馆对庄睿手中藏品的渴望，应该远远高于埃兹肯纳，这也可以用来讨价还价。

“嘿嘿，老弟，你放心吧，吉美博物馆的中国文物，有三万多件，摆在外面的不过上千件而已，我会好好和他们谈的……”

电话一端的皇甫云笑了起来，庄睿能从埃兹肯纳手中敲到那么多“捐赠品”，自己要是不能从吉美博物馆掏出几百件中国古玩来，那也忒没面子了。

第五章 青铜爵

"今儿高兴，今个儿真高兴……"

给皇甫云打完电话，庄睿美滋滋地唱着歌来到中院。

"庄睿，干吗那么高兴啊？是不是我这几天陪嫂子住，你一个人自在了呀？"

刚进中院，庄睿就看到秦萱冰气鼓鼓地瞪着自己，身边还站着正在偷笑的徐大明星。

"哎，媳妇，我这可是比窦娥还冤啊……"

庄睿连忙叫起了撞天屈，接着说道："我博物馆的营业执照办下来了，以后你就是老板娘了，还不高兴吗？"

秦萱冰听到这话没见有多高兴，刚才偷笑的徐晴却把眉头皱了起来，说道："庄睿，那你四哥呢？他刚才给我打电话，说是给你忙活博物馆的事情去了……"

"哎哟！"

庄睿只顾给秦萱冰解释了，却忘了这姑奶奶也在这儿，脑袋顿时大了起来，不过没辙，要是不帮欧阳军圆谎的话，恐怕以后别想再找那少爷办事了。

"嫂子，我是让四哥问问白哥那边有没有什么要出手的古玩，您也知道，我这博物馆现在是一穷二白，没个撑门面的物件不行啊，四哥门路广，我让他帮着打听打听……"

"真的？"

徐晴听着有点儿道理，不过她对自己老公的秉性太了解了，还是有点儿不相信。

"当然是真的，不信我打电话给他……"

庄睿心中叫苦，面子上还得硬撑着，一边说话一边拿出了手机，装模作样拨号。

徐晴摆了摆手，制止了庄睿的动作，说道："算了，他是去忙正事，估计晚上也要喝得差不多才能回来……"

"哎，说不定就是四哥打来的……"

庄睿正说话，拿在手里的电话响了起来。

"嗯，老赵，怎么，这么晚还在店里？嫂子，有事咱们回头再说……"

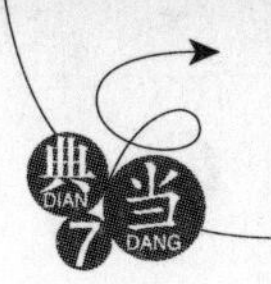

庄睿接了电话之后，发现是“宣睿斋”大掌柜赵寒轩打过来的，庄睿连忙跟徐晴和秦萱冰打了个招呼，到一边接电话去了。

“嘿，老赵，你这电话来得及时，找我什么事？”

庄睿一点当老板的觉悟都没有，这都快半个月不去店里了，张嘴就问什么事。

“您这老板当的，啧啧，我这小伙计还不能给您打电话啦？”

电话对面的赵寒轩笑得很爽朗，庄睿知道应该没什么大事，回道：“得了您，您之前的那些存货都卖干净了，现在您赚的可不比我少，老赵，啥事，我这可是刚回北京啊……”

庄睿还惦记着欧阳军的事呢，怎么着也得给那位通个气，不然万一穿帮的话，那两口子是床头打架床尾和，但是大明星指定要记恨自个儿的。

“也没什么大事，是这样的，猴子不是经常在外面倒腾物件嘛，前几天带人到店里，拿了几件青铜器来，我看着像是有年头的物件，不过您也知道，我吃亏就吃在这上面，拿不准，想着你这几天该回来了，就给你打个电话，让你自己来掌掌眼……”

赵寒轩几百万的身家都扔在了个生铁浇铸的“青铜菩萨”上，本来对这些上门推销的人，一直都没什么好脸色，不过猴子是庄睿带来的人，又是负责珠宝古玩那一摊子的，自己也不好多说什么。

加上前次庄睿在店里收了一块名贵的砖砚，这也说明那些找上门卖古董的人拿的玩意不一定全是假的，所以才给庄睿打了这个电话。

“四哥，您这电话怎么回事，老是打不通啊？”

庄睿出了四合院的门，就不停地给欧阳军打电话，只是对方的电话一直都关机，直到快到潘家园了，欧阳军才终于开机了。

“废话，刚才在忙，能开机吗？”

欧阳军没好气地回了一句，他在庄睿面前倒是不装，一句话就暴露了刚才在干什么了。

“哎，我说你嫂子也刚打电话来，我说在小白这，她就挂了电话，怎么回事啊？你小子没说什么吧？”

欧阳军这心里正疑惑呢，平时自己说在小白这儿，媳妇准没好气，刚才居然慢声细语地让自己帮庄睿把事情办好，话说自个儿来这是办事不假，但办的是那种“事”儿啊。

“什么?！你真在白哥那？”

庄睿闻言无语了，接着说道：“我跟嫂子说，您去白哥那帮我淘弄古玩去了，嗯，您看着办吧，四哥，拿不回几件古玩，我下次可不管您这些破事了啊……”

“行了，不就是破古董嘛，我回头给你带几件回去……”

欧阳军不耐烦地回了一句，就把电话挂断了，白枫这几天找他想接点地产公司的活，

要点东西还不简单？不过欧阳军也不会直接张嘴要，等庄睿博物馆开起来，让白枫自个儿捐赠去。

庄睿摇了摇头，将车子停在了停车场，下车向自己的店铺走去。

这会儿已经是下午了，可是潘家园熙熙攘攘的人群依然不见减少，这里俨然已经成为北京城的一道风景线了，人们来这里不单是为了淘宝，也是为了感受这里浓郁的文化氛围。

顺着墙根挤了半天，庄睿才算到了“宣睿斋”，他这老板估计也是潘家园的独一份了，经常厮混在潘家园的人估计就没几个认得他。

“庄哥，您来啦……”

猴子眼睛尖，一眼看到庄睿，连忙迎了出来，大雄却稳重了许多，向庄睿点了点头，人却没过来，仍然招呼着要买东西的客人。

至于赵寒轩，这会儿没在店里，只有葛师傅在刻章的角落里忙活着，另外两个店员也在招待客人。

“猴子，我让你多跑跑长长见识，可不是让你往店里拨拉物件的，不知道青铜器是国家管制交易的吗？”

庄睿进门就瞪了猴子一眼，但凡做生意的，都不愿意和麻烦打交道，如果那些青铜器真是国家一级文物，自己要是买下来的话，判个三五年都是轻的。

虽然在国内很多私人收藏不乏有青铜器的精品，但那都是私下里交易的，谁见过在国内拍场拍过属于一级文物的青铜器？

汉以前的青铜器定级中，大多都被定为国家一级文物，是严禁民间买卖的，现在的文物市场还没开放青铜器的买卖。

按照国家的规定，不管属于几级文物的青铜器，都是严禁交易的，稍有不慎，就可能惹上麻烦。

庄睿听说过这么一件事，曾经有一个河北那边的藏友，带了几件青铜器的碎片，到北京参加一个青铜器物件的修复课程，在上课期间，他把自个儿带的碎片修复出来了。

在回去的时候，这位算是倒了霉了，下火车例行盘查被揪了出来，而他又说不清这玩意的合法来路，很是冤枉地被拘留了十五天。

庄睿不是不能买青铜器，但绝对不能在这店里买，因为那玩意如果是真的话，来路指定不正当，说不定就是刚刚“出土”的，万一以后有什么事，肯定会被追究的。

“庄哥，我……我这不是带来给您看看嘛，真假还不知道呢……”

本来满脸兴奋的猴子，听了庄睿的话后，顿时傻眼了，期期艾艾地说不出话来，他本来想帮庄睿淘弄点好东西，没想到马屁拍到了马脚上。

猴子和大雄都是野路子出身，在彭城古玩市场的时候，就是靠坑蒙拐骗混饭吃的，法

律意识自然淡薄一些。

别的不说，这哥俩在彭城的时候，就曾经扛着把铁锹准备去挖汉墓，要不是技术含量太低，忙活了几天净帮农家松土了，说不定这会儿就在大牢里待着呢。

到了潘家园，大雄还好，整天忙着跟赵寒轩学习文具用品方面的知识，猴子就撒了欢了，见天的在那些老油子里面厮混，变得更油滑了。

不过还好，猴子心里还有敬畏的人，此刻见庄睿一绷脸，马上变得老老实实的。

“猴子，我让你去外面找那些摆摊的人聊天，不是让你往店里引人的，有些事情都是私对私交易，放到明面上就是找麻烦，懂了吗？”

庄睿叹了口气，这猴子看着精明，不过脑子还是有点儿糊涂，说不得庄睿又提点了他几句。

放猴子出去学这些门道，就是防着自己和赵寒轩都不在的时候，店里能有人看破一些局，不至于被人“下了套”。

当然，有好东西也能收，但是绝对不能牵扯到“宣睿斋”，庄睿可是正经清白的生意人。

“庄哥，我懂了，以后再有这事，我直接给您打电话……”

庄睿说得如此明白，猴子要是再拎不清，那就可以买块豆腐撞死去了。

“嗯，回头约在外面的茶馆看看东西吧，你去订个包间……”

庄睿点了点头，没再说什么，既然来了，那自然要看看东西，来路不正最多自己不收，看看物件又不犯法。

“哎，庄哥，我这就去办……”

猴子答应了一声，拿着手机走出了“宣睿斋”打电话去了。

“葛师傅，怎么样，在这还习惯吗？”

刚才庄睿进店的时候，葛师傅一直在忙，他也没打扰，现在看到葛师傅放下了手中的刻刀，连忙上去打了个招呼。

葛师傅摘下老花镜，笑着回答道：“习惯，习惯，小庄，有几天没见你了呀……”

葛师傅以前是在街头摆摊刻章的，是那种纯手艺人，风吹日晒是免不了的，现在坐在店里，暖气空调什么都有，和以前自然是不可同日而语了。

“去国外待了几天，葛师傅，生意还行吧？”

这要是换做外人来听二人的对话，指定会认为葛师傅才是店老板，有这样的老板吗，自己的生意，去问打工的怎么样。

“行，怎么不行，小庄，上个月我拿了这个数……”

葛师傅知道庄睿根本就不过问店里的事，自己上个月拿了多少钱，庄睿还真不见得知道，伸出个巴掌，大拇指和食指张开，在庄睿面前晃了晃。

“八万?”

庄睿真被吓了一跳,他当初定的是每个字葛师傅提成三百,这八万块钱,那就是将近三百个字,按照一个章三个字来计算,那就有一百多人选择让葛师傅人工刻章。

“嗯,这还因为忙不过来,现在手上还有二百多个人要刻章,估计全刻好也要下个月了……”

葛师傅的脸上满是笑容,靠着刻章能有这种收入,是他以前做梦都想不到的。

“那是好事啊,哈哈,葛师傅,现在知道一字五百不多了吧?咱赚的就是手艺钱……”

庄睿闻言笑了起来,心中不免有些自得,看来自己当初的决定没错,仅是名家手工刻章的噱头,每个月就能给店里带来五六万块钱的收入了。

“小庄,我觉得这提成有点太高了,你看,要不然店里拿三百,我拿二百吧……”

葛师傅听了庄睿的话后,迟疑了一下,深吸了一口气,把自个儿想了许久的心思说了出来。

虽说没有嫌自己赚的多的,但是葛师傅从失业到忽然月收入近十万,这跨度有点儿忒大了,心里未免有些不安。

再加上葛师傅也知道,自己赚的比庄睿还多,也就是说伙计比老板还赚钱,这让他心里也有点忐忑。

庄睿笑着摆了摆手,说道:“葛师傅,这话以后就不要说了,您还是拿三百,靠手艺吃饭,天经地义,说起来店里也沾了您的光啊……”

“葛师傅,我说他不会同意的吧,您老就安心地干吧……”

庄睿话声未落,赵寒轩走进了店里,葛师傅跟他说了几次要降低提成,赵寒轩都没同意,一来这是庄睿定下的,他无权改动,二来在赵寒轩他看来,庄睿也不差这几个钱。

而且葛师傅的这门手艺,的确是给“宣睿斋”带来了不少生意,很多附庸风雅的人,在这里刻章之后,把自己写字作画所需的纸笔,也顺手在“宣睿斋”里买了,这一个多月以来,店里文房四宝的销售额可是提高了不少。

葛师傅是个实诚人,听了赵寒轩的话后,还是迟疑地说道:“这……这样不好吧?”

“没什么不好的,葛师傅,再过个几十年,说不定很多人连刻章都不会了呢,您要是有空,多带带猴子和大雄,也算是将这技艺给传下来……”

庄睿摆手打断了葛师傅的话,接着说道:“这事就这么着吧,以后别提了,老赵,你刚才跑哪转悠去了呀?”

庄睿的话没有质问的意思,他本来也没把赵寒轩当成打工的,不过是随口一问。

“进去说吧……”

赵寒轩看店里客人不少,拉着庄睿进了隔间。

“我去别的几家店问了问,这段时间是有那么一伙人在出手青铜器,而且看其来历,

有点像是‘生坑’的物件……”

赵寒轩和猴子接触的层面不一样，猴子多是和那些摆散摊的老板们打交道，而赵寒轩结识的，都是在潘家园有店铺的人，打听到的消息自然也不同。

而他所说的“生坑”，是指铜器长期埋于地下，表面由于种种化学反应引起的质变，自然地、一层层地产生锈蚀，形成器表或绿、或红、或蓝、或紫、或兼有的锈色。这种锈色坚实，有一种自然的多变感。

一般的玩家用“生坑”来形容青铜器，就是说这青铜器出土没多久的意思。

“老赵，你能确定？”

庄睿追问了一句，说老实话，他还真不怎么相信赵寒轩的眼光，这哥们硬是能将生铁渡铜的破烂玩意，当成雍正宫廷造办处的青铜菩萨买下来，实在不怎么让人信得过。

“这是什么话啊？”

赵寒轩白了庄睿一眼，说道：“我知道我对青铜器不了解，但是老徐的眼光不错啊，他也看过那几个物件，这话是他说出来的……”

赵寒轩说的老徐，是潘家园一家专营仿制青铜器的古玩店，那老板庄睿见过，是个行家，一般的猫腻是打不了眼的。

庄睿沉吟了一会儿，抬头问道：“老赵，你有什么看法？要是真玩意的话，要不要吃下来？”

赵寒轩摇了摇头，说道：“要是真的话，我建议也别沾手，我看了几件东西，造型全都是秦汉以前的，老板你又不差这几个钱，惹这麻烦事干吗啊……”

赵寒轩的顾虑是有道理的，虽然国内很多有钱的藏家都收藏了禁止交易的青铜器，但是他们多是在国外拍卖，或者是通过国内的中间人购买的，就像古玩黑市之类的地方，警察很难追究到他们身上。

不过赵寒轩见的那个持货人，嘴上虽说是祖传的物件，但是赵寒轩距离好远，就能闻到这人身上的泥土腥味，赵寒轩敢打包票，这人绝对是挖坟掘墓的好手。

“我是不差钱，可是我差东西啊……”

庄睿闻言苦笑起来，他的博物馆最多再过俩月就能开张，虽说现在有了一批瓷器，过几天还能和巴黎吉美博物馆交换一批藏品，并且在庄睿的藏品里，称得上是孤品的贵重物件不少，但是对于一家“国”字打头的博物馆而言，这些东西还是少了点。

“差东西？我还差这些玩意呢，可是又不能光明正大地买卖，要来有什么用？”

赵寒轩愣了一下，他本以为庄睿想看这批物件，是倒腾了卖的。

“是这样的……”

庄睿要办博物馆的事情，这几天才张罗起来，就连欧阳婉都是昨儿才知道的，赵寒轩等人当然不了解了，庄睿把事情原原本本地说了一遍。

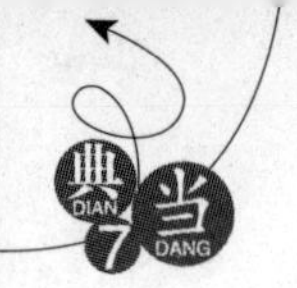

这些青铜器虽然不能进入市场流通买卖，但是想洗白也容易，只要不是被国家相关部门盯上的物件，庄睿有的是办法洗白，最多麻烦下埃兹肯纳签署个捐赠协议。

不过这物件要是“生坑”的过于明显，庄睿也不敢要，所以这才想先看看东西再说。

“靠，老板，你说的都是真的？”

饶是赵寒轩在古玩行里厮混了二三十年，也被庄睿说的事情给震住了，北京不是没有私人博物馆，但是能像他办得这么顺当的，绝对是仅此一家。

庄睿点了点头，说道：“当然是真的，现在博物馆的馆址正在改造安装防盗系统，最多一两个月就能开业了……”

听了庄睿的话，赵寒轩想了一会儿，说道：“老板，这青铜器的买卖，在潘家园其实也不算什么，不过你要是看中了先别说，我找个中间人买下来，这样稳当一些……”

虽然私下买卖青铜器是违法的，不过法不责众，私底下交易的事情多了去了，谁被抓到只能说谁倒霉，赵寒轩以前被下套时买的几件青铜器里，就有“生坑”的物件。

庄睿正和赵寒轩说话的时候，猴子敲门走进隔间，说道：“庄哥，赵哥，和那人联系上了，说是半个小时后在茶馆见，咱们要不要现在过去？”

庄睿点了点头，道：“行，老赵，没事就一起去看看吧，哎，猴子，那人住在哪儿啊？半个小时能到吗？”

“庄哥，干这行的，怎么可能把住的地儿告诉我们啊，不过那个人这段时间经常在潘家园晃悠，说不准现在就在呢……”

猴子的话让庄睿哑然失笑，自己这话问的是够白的，要是那伙人见谁都说住处，恐怕玩意没卖出去，人就在大牢里蹲着了。

“大雄，看着点店，我带猴子和赵经理出去下……”

临出门的时候，庄睿给大雄打了个招呼。

不知道是不是谈了女朋友的缘故，大雄来北京后，做事情愈发稳重了，赵寒轩对他也很满意，有时候进货之类的事情，都让大雄独自处理了。

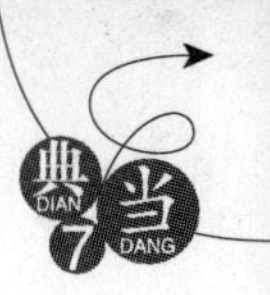

第六章 国之重器

“老板,你那博物馆叫什么名字啊? 要有字画类的文物,印上咱们宣睿斋的印章,也能做做广告……”

那茶馆就在潘家园的出口,并不是很远,几人一边走一边聊着天。

“叫中国定光博物馆,取的是我得到的那把‘定光剑’的名字,至于那些字画盖上宣睿斋钤印的事就算了吧……”

这会儿已经下午五点多钟了,潘家园来往的人流少了许多,几分钟后,三人就来到了茶馆的门口。

走进茶馆的庄睿等人没发现,就在他们进门的时候,一双眼睛在茶馆拐角的地方,在三人身上打量了一番,继而左顾右盼,往四边瞅了起来。

“我说猴子,这些人做事不靠谱啊,都什么时间了,还不来?”

庄睿几人叫了包间,让人上了点心和茶水,一等就是四五十分钟,猴子约的人还没露面,庄睿不禁着急了,本来说好今天回家吃晚饭的,现在看来,又赶不上了,刚才秦萱冰还打电话来问的。

“我再打电话催一下……”

猴子摸出电话打了出去,刚才已经连打了两个了,对方都说马上到,猴子也恨得牙根痒痒,这不是让他在庄睿面前丢面子嘛。

“来了,庄哥,我出去带他们进来……”猴子放下电话后,对庄睿说道。

“庄哥,这位是任大哥,手上有几件祖传的玩意……”

过了没两分钟,猴子把包间的门推开了,跟在他后面的是个小个子男人,只有一米五多,猛然看上去,庄睿还以为进来个小孩呢。

不过细看这人的眉眼,应该有三十多岁了,人很精瘦,正如赵寒轩所说,浑身上下透着一股子泥土腥味,单看这身材,绝对是个扒坟掘墓的好手。

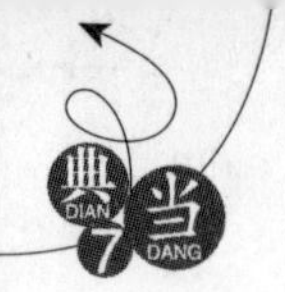

“任大哥,这位就是我老板,您这东西先给他看看吧……”猴子介绍了一下庄睿,名字什么的都没说。

“家里传下来的老物件,不知道值不值钱,这位老板先看看再说吧……”

虽然知道这话说出去谁都不会信,小个子男人还是说了一句,然后把手上一个圆形的蛋糕盒子放到桌子上。

打开盒子之后,庄睿看见盒子里面摆放着两个青铜爵。

两个青铜爵大小完全一样,都是圆腹,一边的口部前端有倒酒的流槽,后部呈尖状,流槽与口之间有立柱,腹部一旁有把手,下有三个锥状长足作为支撑点。

在两个青铜爵身上,都有兽纹纹饰,在兽纹中间,刻有花纹装饰,制作十分精美和繁琐,虽然器物不大,但是庄睿一眼就辨认出是商周时期的礼器。

古代的爵相当于现在的酒杯,不过古代经常祭天,这爵也分为饮酒器和礼器两种,酒器就是日常人们所用的,而礼器则是祭天用的,其精美程度和价值要比酒器高出很多。

庄睿戴上手套,拿起一个青铜爵把玩起来,眼中灵气不经意间在青铜爵内游走了一圈,的确是真品无疑。

放下青铜爵后,庄睿笑道:“呵呵,这东西,出土的时间应该不超过十年吧?”

青铜器既然有“生坑”,自然也有“熟坑”之说。

“熟坑”指的是“生坑”铜器出土后,经过较长时间的流传,自然磨损或人为清洗,使其天然形态变化为一种表面类似蜡质感,而底层依然蕴含“生坑”的色泽。

现在大部分传世品,基本都是由“生坑”到“熟坑”,到后来基本看不出出土痕迹的。

但是也有很多“熟坑”青铜器,是把“生坑”物件用化学方法清洗,去除原锈色,涂上保护膜料,防止进一步锈蚀而处理出来的。

庄睿眼前这两个青铜爵,并没有经过人工去锈,保持了出土时的原色,在爵的外面还有些铜锈。

但是看其光泽,又不像刚刚出土的样子,所以庄睿估计,这两个物件是出土文物不假,不过出土的时间应该在三年以上,不超过十年。

小个子男人在庄睿说出十年的时候,眼睛亮了一下,不过随之就恢复了原来的模样,抬头看向庄睿,说道:“是不是出土的我不知道,但是这东西的确是家传的,这位老板要是感兴趣,可以报个价,如果没兴趣的话,任某就告辞了……”

北方人喝酒有一句话,叫做人倒架不倒,架倒势不到,这小个子男人纯粹是在自说自话,就算庄睿看出了物件出土的年份,依然咬死不承认。

“东西是您的,您先说个价格听听吧……”

庄睿笑了笑,换成是他,也不会承认这玩意的出土年份,当下说道:“这两个青铜爵‘有一眼’,不过东西是您的,这价格还得您来说……”

事情很明显，这东西就算不是眼前这人从古墓里掏出来的，和他也有关系，庄睿干脆就承认了，东西不错。“有一眼”是古玩界的行话，意思是说这物件不错，是大开门的玩意儿。

“一个十万，两个二十万……”

姓任的男人话不多，而且也很谨慎，进门坐下之后，庄睿给他倒了一杯水，不过他从来没端起过桌子上的茶杯。

“二十万，价格倒是可以……”

庄睿闻言沉吟了起来，夏商周时期的青铜爵，以周朝的做工最精致，价格也最贵，在古玩黑市上，一个最少要卖到二十万人民币，这人开价倒是不贵。

“这东西没走过光吧？”

庄睿突然问了一句，意思就是这玩意有没有被人盯上。

一般水平不高的盗墓贼，很难把整个墓里的陪葬品全部清空，很可能会遗留下一些物件，而有关部门就会根据遗留下来的东西，推断出被盗走的文物和数量。

小个子男人摇了摇头，说道：“没有，当时都找遍了，家里就留下了这两件，全都带来了，保证不会有问题……”

这话庄睿也听得懂，对方是说，自己的活干得很干净，那个墓里只有这两件东西，全都掏出来了，不会因此追查到自己。

当然，这话庄睿是不信的，一个能出青铜爵礼器的商周墓，最少是王侯大墓，岂能就这两件陪葬品？要真如小个子男人所说，他们这趟活就算是走空了。

庄睿不置可否地说道：“东西看了，您收起来吧……”

收起来的意思就是买家不要，请卖家将藏品收回去，一般就说收起来吧，如果说留下或者包起来，那意思就完全相反了。

“嗯？不要，那任某先告辞了……”

小个男人听了庄睿的话后，面色一变，站起身来，手脚麻利地把东西重新装回蛋糕盒里，就准备起身出去。

要是不看这人的脸庞，旁人还真会以为这是个拿着蛋糕回家的中小学生呢。

见到这人马上要出去，庄睿突然说道：“慢着……”

“怎么？这位老板还要留客不成？”

小个男人脸色变得非常难看，右手拎着蛋糕盒子，左手却往腰后摸去。

庄睿连连摆手，说道：“不是，任先生误会了，这东西我看中了，但是现在要不起，也没法要，换个时间，换个地点，有人会找你买的，到时候猴子联系你吧……”

“嗯？”

小个子男人听了庄睿的话后，稍微一想，顿时明白了事情的关节，敢情这男人是想

要,但是又怕日后出了问题牵扯到他,这才拐弯抹角地说了这么一番话。

“呵呵,那就谢谢这位老板了……”

进门之后,小个子男人第一次露出了笑脸。

“任先生,还有要请教的,您要是没急事,坐下喝杯茶,咱们再聊几句?”庄睿说道。

“好,不知道这位老板还有什么要问的?”

那人犹豫了一下,又坐了回去,不过对面前刚换的那盏热茶,依然熟视无睹。

“好东西不怕多,不知道任先生家里,还能不能翻找出别的物件呢?”

庄睿看姓任的为人谨慎,倒真想和他做几桩生意,就是自己不买这些玩意,迟早也会落到别人手里,如果这些青铜器的首尾真的很干净,吃下来也无妨。

就算日后出了事,追查到自己头上,最多退东西罚钱,这事儿也不是没有过,都是这样处理的,真被判刑的买家,都是些二道贩子倒手转卖到国外出的事,国内买来收藏的藏家,还没听说谁被抓起来的,只是处理起来麻烦一些而已。

现在庄睿多少习惯了自己是个有钱人的事实,虽然钱不是万能的,但是不能否认,钱有时还是能买到很多想要的东西的。

“老家在陕西,家底还有点,不知道这位老板是想要重器,还是这类的酒器食器?等这事儿过了,我回家拾掇一下,说不定还有点儿别的东西……”

“任某人”对自己的眼光还是比较自信的,猴子和赵寒轩他早就见过,知道他们在潘家园有店铺,绝对不是条子。

和庄睿接触这一会儿,他也能分辨出,庄睿也不是吃公家饭的,所以才在话中给庄睿露了一点儿底。

“有重器?是完整的?带铭文吗?”

庄睿吃了一惊,所谓重器指的是青铜鼎,而且还是体积不小的青铜鼎,这些东西可是非常罕见的,即使是盗墓人,也很难搞出青铜鼎,一般都是砸碎了带出去。

像 1939 年在殷墟武官村吴家柏树坟园出土的司母戊大方鼎,高一百三十三厘米、长一百一十厘米,重八百三十三公斤,形制非常雄伟,被称为鼎中之王。

这样的物件已经不能用金钱来衡量了,那都是无价的国宝,就像兵马俑一样。曾经有国外的博物馆出过价格,一亿美金一尊,毫无疑问地被拒绝了。

小个男人答道:“不大,但是很完整,带文,是商周时期的,家里的老物件,要不是最近手头紧,是不会卖的……”

“这东西,敢接手的不多啊……”

庄睿右手食指无意识地在桌子上敲着,买点小物件被查出来没关系,要是真涉及国之重器,恐怕不等警察找上门,小舅都能扒掉自己一层皮。

“那就以后再说吧,这事完了老板要还感兴趣,咱们再联系……”

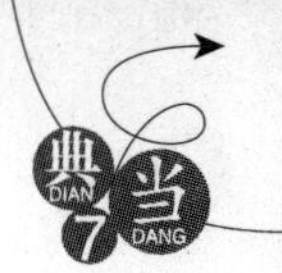

小个子笑了笑站起身来，这次真的告辞出去了。

等姓任的出门后，赵寒轩一脸忧色地对庄睿说："老板，那两件青铜爵接下来没什么，重器就算了……"

赵寒轩不是古玩行的菜鸟，虽然不是玩青铜器的，但是他也知道，每一件带铭文的重器出土，都会震惊整个古玩圈子和考古界。

而出土重器的陵墓必是王陵无疑，如果那青铜鼎上还有铭文，就更麻烦了，即使庄睿买下来不出事，也不敢显露出去。

因为这样的大墓被盗之后，一定会被追查到底的，只要庄睿敢拿出来，那就是找死。

这样的物件，一般都是卖到港澳一些喜欢中国艺术品的藏家，或者走私到国外。

"老赵，这人不简单，别说是重器，就是这两个青铜爵，我也不想要了……"

庄睿和赵寒轩想的不一样，他可是亲眼见过盗墓贼，也听孟教授讲过许多盗墓的事情，知道一般的盗墓贼，是搞不到完整的青铜鼎重器的。

这小个子手上有，只能说明一点，他的背后绝对是一个有组织的盗墓团伙，如果是走单帮的盗墓贼那庄睿还无所谓。但是庄睿最怕的，就是和这些团伙扯上关系，这些都是要钱不要命的人，想想在陕西的遭遇，庄睿的腿肚子还有点打颤呢。

庄睿坐那儿沉吟了半晌，最终抬起头，说道："猴子，这事儿先放放吧，有些东西可能会招惹天大的麻烦……"

欧阳婉经常告诫庄睿，不要依仗外公家的权势做违法的事，所以，庄睿放弃了买这两个便宜物件的机会，老妈的话庄睿很少违背，又不是少了这两个东西博物馆就开不起来了。

虽然不从政，但是庄睿经常听欧阳军闲扯谁谁得势，谁谁下台的事情，得势的时候是八方来贺，不过万一失势了，恐怕芝麻绿豆大小的事都会被人找后账。

"庄哥，真不要啦？"

猴子有些惊讶，刚才听庄睿的意思是让自个儿找人买下来，怎么一转眼就不要了呢？

猴子这些日子在潘家园也不是白混的，对这两件青铜爵的价值还是知道一些的，这东西遇到喜欢的人，一转手赚个二三十万绝对没问题。

"当然不要了，以后和这人少打交道……"

庄睿点了点头，怕猴子不明白，接着说道："这扒坟掘墓的行当里，有些人是独行侠，干的都是小活，抓进去最多一两年就放出来了，也不会乱咬人。

但是像刚才这人，手头上竟然有重器，那玩意出土的时候没五六个人都搬不动，肯定是团伙作案。这要是犯了事，从里到外都得翻出来，别到时候羊肉没吃到，反惹了一身腥……"

犯上这样的案子，会不会安个收赃的罪名先不提，最起码花钱买的东西绝对会被国家收回，庄睿才不想触这个霉头呢。

猴子虽然野惯了，也被庄睿的话吓了一跳，连忙点头说："我知道了，庄哥，您放心吧，我一准不再和那人交往了……"

"行了，回去关门，今天我请客，咱们出去吃一顿，然后找个地方唱歌去，嗯，可以带家属啊……"

庄睿看看时间，已经六点半了，估计现在回家，娘子军们也吃完晚饭了，不如干脆请"宣睿斋"的员工们一起吃顿饭。

"庄哥，那啥，没结婚的算家属吗？"

一旁的猴子弱弱地问了句，这段时间猴子和同一个小区的一离婚少妇打得火热，用猴子跟大雄说的话，那就是别看哥们瘦浑身都是肌肉。

"算，带上吧，这事也问我，猴子，你就不能长点儿出息？"庄睿笑骂了一句，率先走出茶馆，老赵正在后面结账开发票呢，反正都是店里开销。

"小庄啊，我就不去了，这饭菜还是老伴做的香，你们年轻人去乐呵乐呵吧……"

回到店里一说，葛师傅首先摇起了头，他每天七点准时回家，老伴做好饭菜等着的。

而且这俩月，葛师傅凭着手艺赚了大钱，儿子孙子也都殷勤了许多，让老头尽享天伦之乐。

"嗯，我也不去了，儿子马上考大学了，我要回家伺候着去……"

赵寒轩对吃喝也没什么兴趣，什么事能比教育下一代更重要呢。

葛师傅和赵寒轩都不愿意去，就猴子、大雄还有两个伙计兴高采烈的。

猴子和大雄虽然收入不低，但底气不足，平时就是在小区里遛个弯，还真没去过什么娱乐场所，那俩伙计就更不用说了，每个月两三千块钱，还不够去后海酒吧混一晚上的呢。

"算了，大雄，你带他们先去吃饭，然后找个地方唱唱歌什么的，千万别惹事啊……"

庄睿见老赵不去，自己也不想去了，和老板在一起总归会有些拘束，当下拿出八千块钱丢给了大雄。

第七章 冤家路窄

“小庄，吃饭了没有？”

又是接秦萱冰又是看古董折腾了一下午，庄睿也有些饿了，回到四合院就直奔餐厅，看到张妈正在收拾桌子，秦萱冰等人都没在里面，想必吃饱回屋了。

“张妈，没吃呢，这会儿还真有点饿……”

庄睿见张妈套起围裙想去厨房，连忙说道：“哎，张妈，不用再去做了，有剩的饭菜没有，我对付一口就行了……”

张妈摇了摇头，说道：“那哪行啊，怎么能吃剩的呀……”

在庄睿家，欧阳婉定了规矩，所有人的伙食都是一样的，剩下的饭菜都是留给白狮的。

当然，这些剩下来的饭菜只是白狮的加餐，至于白狮的正餐，则是新鲜的牛羊肉，一个月下来，都要上万。

“别，张妈，我小时候没少吃剩菜剩饭，咱也是穷人家出来的，您别忙活了，我自个儿去弄就行了……”

庄睿请张妈、李嫂来，就是想让她们帮母亲干点活，闲下来也能说说话，他可没有指使老人的习惯，当下走进厨房，看到还剩了半条鱼一碗鱼汤，打开煤气热了一下，盛了一碗饭端到餐厅吃了起来。

“你这孩子，到了吃饭的点，自己不会在外面吃点啊？”

欧阳婉听到厨房里有声音，进来看见庄睿在那狼吞虎咽地吃饭，不由训斥了儿子一句。

“嘿，妈，我以前可没少吃剩饭，这有什么啊……”

庄睿满不在乎地说道，上学那会儿，他和刘川放学回家，还不是翻箱倒柜地找到什么吃什么！

俗话说不干不净，吃了没病，现代人整天讲养生，吃个苹果还要削皮，身上的毛病却比以前人都多。

“这孩子，那会儿没条件，也是妈对不起你们姐弟俩啊……”

听了庄睿的话，欧阳婉也陷入了沉思，她在想自己好强了几十年到底对不对，一时间，餐厅里只剩下庄睿扒干净了饭喝鱼汤的声音。

“妈，咱现在日子不是挺好的吗，您要是嫌寂寞了就去外公那儿住几天，再不行我把囡囡接回来，过上两年让她和丫丫一起上学……”

庄睿见母亲想起旧事，连忙岔开了话题，他这段时间还在心里琢磨着，要不要给老妈说个老伴呢。

当儿女的再孝顺，也满足不了老人的情感需求。话说欧阳婉现在不过五十多岁，不算很大，现在生活好了，再活个三十年没问题，庄睿不想让老妈就这么寂寞下去。

不过这事庄睿只能在心里想想，没敢提出来，以前他在上海上学工作时，家里有些叔叔阿姨说过这些事，想给欧阳婉介绍个老伴，都被拒绝了。

庄敏有次也提过，被欧阳婉狠狠教训了一顿，庄睿想等以后有机会，让张妈、李嫂她们去说说，或许效果会好一点。

“嗯，下次你姐夫来北京，让他把囡囡带来吧，有个把月没见着了……”

说到外孙女，欧阳婉还真是想了，上个月庄敏把囡囡接回去，让欧阳婉好几天不习惯，那丫头可是她从小带大的。

“这事简单，姐夫后天就来，我让姐也过来，在北京住段时间……”

庄睿点头答应下来，赵国栋的汽修厂基本上已经垄断了国道周围的修车生意，又请了好几位手艺不错的修车师傅，他的两个徒弟也能独当一面了。

赵国栋现在比以前清闲了许多，很少拿着工具往车底钻了，每天倒有不少时间放在庄睿那间翡翠加工车间。

“别说你姐姐的事了，小睿，不是妈说你，这婚也订了，什么时候去把结婚证领了，正儿八经地办一下，萱冰这孩子不错，自己一人在北京，别让人家受委屈……

“再说了，你现在也不小了，这孩子还是早点要比较好，趁着妈现在胳膊腿都还利索，还能帮你带带孩子……”

欧阳婉突然把话题转到了庄睿身上，这段时间接触下来，对这个准儿媳欧阳婉很满意，出身大家又不娇惯。

要是用庄睿外婆的话说，那就是腰细屁股圆，一准能生养几个大胖小子。

庄睿闻言搂住了母亲的肩膀，笑了起来，说道：“妈，放心吧，我这段时间忙博物馆的事，等博物馆开业以后，就快上学了，在读研之前，一定把婚结了，明年就给您添个大胖孙子……”

这事庄睿还真考虑过，忙完这段时间就和秦萱冰去领结婚证，然后去海南照婚纱照，人这一辈子结婚就这么一次，不能委屈了自己，也不能委屈了秦萱冰。

欧阳婉在儿子头上点了一下，笑了起来，说道："这么大的人了，还是没羞没臊的，这事你一个人能行？还是先问问萱冰的意见吧，我看这孩子挺有主见的，说不定不愿意这么早生孩子呢……"

"放心吧，妈，这家也不看看谁做主，您儿子说的话就管用……"

庄睿表决心般地拍了拍胸脯，却没听见餐厅门口轻微的脚步声。

吃饱饭后，欧阳婉到前院找张妈去小公园跳舞去了，庄睿回到后院见秦萱冰正坐在书桌前上网，不由奇怪地问道："萱冰，怎么不陪嫂子了？你今儿不是说陪她睡吗？"

"嫂子睡着了，我就回来了啊……"

徐晴怀孕之后特别嗜睡，而且睡得很沉，不过现在才八点多，秦萱冰不可能这么早睡觉。

"庄睿，咱们家你做主，可是我想三年之后再要小孩，你说怎么办啊？"

秦萱冰的话让庄睿吓了一大跳，敢情刚才和老妈说的话都被媳妇听到了。

"嗯，大事我做主，像布什什么时候访华之类的，至于啥时候要小孩之类的小事，您说了算还不行吗？"

庄睿腆着脸凑到秦萱冰身边，冷不防将她拦腰抱住，一双大手也在她胸前游走起来。

"不要，不……唔唔……"

秦萱冰刚要表示反抗，小嘴就被庄睿堵住了，而身体在庄睿那双像是有魔力一般的手的抚摸下，也渐渐有了反应，双手情不自禁地搂住了庄睿的脖子。

不多时，秦萱冰已然媚眼如丝、娇喘吁吁了，两条腿盘在庄睿腰间，身体差点瘫软掉。

庄睿却突然停下了动作，在秦萱冰耳边说道："宝贝，咱们还要不要孩子？"

"要，要……睿，我要……"

不堪挑逗的秦萱冰，这会儿哪还记得什么三年后要小孩的话，而且刚才她也是故意逗庄睿的。

这几天东奔西跑的，庄睿久未和秦萱冰亲热了，当即三下五除二地将怀中的人儿剥得像小绵羊似的，抱着就往浴室走去。

"就是不接你的电话，不管你打几次都一样，有没有想把手机摔烂？"

突然，庄睿休闲裤口袋里的手机响了起来，这平时听着就蛋疼的音乐声此时让庄睿真的蛋疼了，掏出手机看了一眼就更蛋疼了。

"这妮子找我干吗啊？"

打电话来的不是别人，正是苗警官，庄睿订婚后差不多两个多月没和苗大小姐联系了，实在想不通对方找他有什么事。

"别挂啊，有什么事不能当着我面说的？"

庄睿正要挂电话，继续他的生孩子大业时，怀里的秦萱冰也看到了手机屏幕上的名字，话声中微微有些醋意。

再大方的女人见到年轻女人给自己老公打电话，不紧张说明她根本就不爱这个男人，秦萱冰的反应倒也正常。

“姑奶奶，我和她可是清清白白，苍天可鉴啊……”

庄睿叫了一声屈，见秦萱冰已经开始穿衣服了，不禁苦笑了一声，道：“警察找我，能有什么好事啊，得，我接还不行吗？”

“呵呵，我和你开玩笑的，要不，你出去接电话吧？”秦萱冰突然换了神色，笑着说道。

“别，我还就在这儿接了，咱行得正坐得稳，怕什么啊……”

庄睿暗自腹诽：“哥们要是出去接电话，保准今儿上不了床，咱不上您这当……”

“苗大警官，您好啊，今儿怎么有时间找我呀，您这大局长可是日理万机啊……”

庄睿按下了接听键，当然，他是不会称呼对方的名字的，这要是“菲菲”两个字喊出去，媳妇一准明儿就回娘家。

“庄睿，我不给你打电话，你就不和我联系了是吧？”

苗菲菲清脆的声音从话筒里传出来，一旁的秦大小姐虽说不耽误庄睿打电话，但是身体却站在原地丝毫不动，耳朵更是竖了起来。

“哎，苗大局长，您每天那么忙，我哪儿敢打扰您啊，这么晚了有什么事吗？”

庄睿心里暗暗叫苦，苗菲菲平时说话，口气没这么幽怨啊，好像自个儿欠了她什么似的，不带这么玩人的啊。

而且这手机话筒的扩音功能，忒他娘的好了点儿，别说秦萱冰就站在自己身边，估计在门外晃悠的白狮都能听到。

“你怎么知道我每天都很忙？”

苗菲菲回了庄睿一句，接着说道：“我现在要见你，就在你家外面，抓紧时间出来……”

“哎……哎，苗警官，我现在不在家啊，我在大兴白哥别墅这边呢……”

庄睿可以清楚地看到，身旁秦萱冰的脸色随着话筒里传出的声音越来越难看了，也不知道苗菲菲是不是故意的，说出来的话总透着一丝暧昧。

“在家就是在家，有什么不可告人的吗？”

身旁的秦萱冰冷哼了一声，声音虽然不大，却正好传到庄睿的耳朵里，似乎不愿意再听庄睿和苗菲菲打情骂俏，秦萱冰穿好衣服后走了出去。

“庄睿，我知道你在家，怎么？不敢见我啊？”

也不知道苗菲菲是不是听到了秦萱冰的话，语气愈发让庄睿想撞墙。

“苗警官，有事您说事，我这还忙着呢，没事我挂电话啦……”

庄睿想着与其两边受气，还不如专心去哄媳妇呢，一边讲着电话，庄睿一边跟在秦萱冰后面追了出去，要是让母亲见到秦萱冰受气的模样，自个儿别想有安稳日子过了。

"不准挂，庄睿，我有事找你，是工作上的……"

可能听到秦萱冰皮鞋离开的声音，苗菲菲电话中的语气突然变得正常起来，这种转变让庄睿莫名其妙又气愤异常，您要是刚才这样说话，不就什么事都没有了吗？

"苗警官，您是国家公务员，人民的公仆，我就一平头老百姓，和您有什么工作要谈的啊？"

庄睿追出房间后，一把拉住了秦萱冰，用手遮住手机的话筒，对秦萱冰说道："工作，工作，苗警官找我是为了工作……"

"你又不是公务员，和她有什么工作要谈？"

见庄睿出来追自己，说明自己在庄睿心中还是很重要的，秦萱冰心里很满意，不过脸上还是一脸不满，把庄睿刚才对手机里说的话又还给了庄睿。

这事也不怪秦萱冰小气，当着自己媳妇的面和别的女人黏黏糊糊的，庄睿这不是找难受吗？

不过庄睿也冤枉啊，刚才自己说不接，是秦萱冰非要他接的，接了电话总不能啥也不说就挂掉吧，怎么说对方也是自己的朋友嘛。

"我怎么知道是怎么回事啊，总之一会儿不出去还不成吗？"

庄睿的模样比小媳妇还委屈，看得秦萱冰失声笑了起来，说道："好了，你接电话吧，看看是什么事，不会是咱们在国外交换那些艺术品出了什么问题吧？"

"庄睿，我现在是代表警方向你宣布，有件盗掘国家文物的案子，希望你能配合一下……"苗菲菲的声音清清楚楚地从话筒里传了出来。

"苗警官，公民有义务配合警方办案，但是也有权利拒绝，对不住您了，这事我不成，拳不能打脚不能踢的，我能配合您什么事啊……"

庄睿一听又是这些事，一口就回绝了，这段时间和皇甫云律师在一起的时间比较多，庄睿说起话来也是有理有据的。

上次庄睿配合苗菲菲调查湖北古墓被盗的案子，去了趟黑市，后来苗菲菲的身份还是被金胖子知道了，要不是庄睿和他关系不错，恐怕早就传出去了。

古玩行有古玩行的规矩，因为国家的限制，很多私下里交流的古玩都是上品级的物件，所以对警察很忌讳，庄睿这事要是传出去，京城包括附近地方的古玩黑市绝对会把他列到黑名单上的。

以后等自己的博物馆开张了，少不得要和京城古玩界三教九流的人物打交道，庄睿可不想被人贴上个"鹰犬"的标签。

"庄睿，请你严肃点，我现在是代表组织和你谈话……"

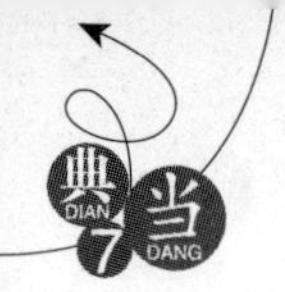

“哎，苗警官，您可别上纲上线，我这人无组织无纪律惯了，您还是找专业人士吧，我怕麻烦！”

说到底，庄睿还真是怕麻烦，尤其是牵扯到苗菲菲，这还没怎么样呢，准媳妇儿都差点离家出走，要是出点啥事，恐怕老妈都能不认自己这儿子。

“麻烦？麻烦也是你自己惹出来的，庄睿，这件案子和你在陕西遇到的是同一件案子，而且现在涉案人和你接触了，所以我们才找到你，希望你能配合……”

话筒里传来的声音让庄睿愣了一下，在陕西的经历是庄睿一辈子都忘不了的，生死一线间白狮救主，让庄睿心里始终留下个阴影。

庄睿正了正脸色，出言问道：“你是说今天上门出售青铜器的那个人，和陕西的案子有牵连？”

余老人自爆，有一半的原因要归到庄睿和白狮身上，如果还有涉案人员没有归案，那说不定会来报复自己，庄睿还真是不敢大意。

如果那个姓任的小个子男人，真的是余老大的同伙，那他所说的青铜鼎重器来历就很清楚了。

在陕西的时候，那些办案人员跟庄睿说过一些案情，余老大一伙人纵横河北、山东、河南、陕西等地，从他们手中流失出去的文物不计其数。

这个盗墓团伙存在的时间很长，根据有关部门的统计，他们在长达十五年的时间内盗掘古墓上百座，几乎比古代的官盗还丧心病狂，国内的文物界深受其害。

以余老大等人的实力，整几个青铜鼎，还真不是什么难事，庄睿见过缴获的文物照片，大多是一些青铜重器和祭天用的古玉，可谓价值连城。

而且由于他们的暴力盗掘，使得很多古墓无法修复，无法考证历史年代，产生了许多无头案。所以做学术考证的孟教授每每提及此事，都是一副痛心疾首的表情。

“苗警官，既然您知道那人是陕西重大文物案的涉案人员，直接抓捕好了，找我干吗啊？”

想清楚了这些关节，庄睿对苗菲菲找他还是有点不明白，前面已经抓住了余老七，根本就不需要什么捉贼拿赃，直接开逮捕证抓人不就完事了？

“庄睿，我想咱们还是见一面比较好，有些事情电话里说不清楚，你放心，我找你只谈案子，如果以后不想我麻烦你，你可以当没交过我这个朋友……”

苗菲菲叹了口气，她知道庄睿不想涉及这案子的原因，更多是不想与自己有过多交往，作为一个女人，苗菲菲也是有自尊的，在说出这番话的同时，她也划清了自己和庄睿之间的界限。

“苗警官，我不是这个意思，真的不是这个意思……”

庄睿听到苗菲菲的话说得有些重，连忙解释了起来，苗菲菲虽然脾气有些直，眼里揉

不得沙子，但还是一个好女孩，一个好朋友。

“行了，不用说了，你现在要是有时间的话，希望你配合一下我的工作，如果没有时间，明天我可以让同事来找你谈……”

苗菲菲打断了庄睿的话，她的声音在夜色中显得有些冷清。

“萱冰，你看……”

庄睿用手捂住了手机话筒，看向秦萱冰。

“我看什么？你去呀，我又没说你什么……”

秦萱冰没好气地瞪了庄睿一眼，转身向房间走去，推开房门时，回头说道：“睿，我先洗澡了，等你回来啊……”

看着秦萱冰进入房间的身影，庄睿真是哭笑不得，这女人心果然是海底针，有事好好说不行吗？

“行了，苗警官，我马上出来……”

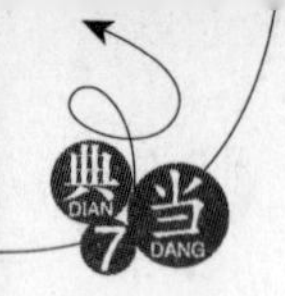

第八章 盗墓世家

庄睿挂断电话后摇了摇头，从前院正门走出了四合院，穿过幽静的巷子迎面看见路口停着一辆警车。

“苗警官，找个地方坐下来谈吧？”

庄睿拉开警车后排的门坐了上去，司机正是苗菲菲，穿了一身警服的她显得很英挺，不过人比两个月之前消瘦了。

庄睿也意识到了自己的身份，实在不适合与女人说话的时候太贫了，所以没像以前那样称呼苗菲菲的名字，而是加上了警官两个字。

“不用了……”

苗菲菲从倒车镜里看了一眼庄睿，说道：“这里有嫌犯的资料和照片，你先辨认一下……”

说话的时候，苗菲菲扭过身子递给庄睿一个文件袋，并且把车内的灯打开了，“你看看，照片上的人是不是你今天见到的……”

“余震平，三十二岁，身高一米五二，河南洛阳人，家族中排行第八，在外绰号余老八，豫陕重大盗墓团伙主犯，十六岁开始从事盗墓违法犯罪活动，参与过近百座古代墓葬的盗掘，在2004年6月的抓捕中脱逃……”

在文件袋里的一份文件上有一张照片，照片下面清楚地写着余震平的生平事迹，看得庄睿咋舌不已。

十六岁就开始从事盗墓的营生，盗掘古墓近百座，这绝对是倒斗界的宗师级人物啊，恐怕就是三国时的摸金校尉，在专业技术上也未必比他强多少。

按照简历上说的，余氏盗墓集团所挖掘的古墓之前的风水堪舆和墓室定位上，大多是余老八的手笔，就是打洞钻穴，也是余老八干的多，可谓样样精通。

看完这人的简历后，庄睿觉得这种专业人才，就应该吸收到考古队里去，别的不说，单说余老八对古墓独有的嗅觉，就是孟教授和他比起来，或许都是小巫见大巫。

这种人要是抓去吃枪子，庄睿还真感觉有些可惜。

“怎么样，认出来没有？是不是你今天下午见的人？”苗菲菲见庄睿久久没出声，不由追问了一句。

庄睿没回答苗菲菲的话，而是反问了一句：“苗警官，你怎么知道我下午见过这人？”

“他是我们的重点嫌疑人，对于他的一举一动，我们都在严格监控，不只是你，潘家园还有好几个人，都和他接触过……”

苗菲菲今儿态度很好，对庄睿有问必答。

“是他，相貌虽然略有不同，不过这身高是无法改变的，嗯，肯定是他……”

听了苗菲菲的话后，庄睿心中释然了，笑着在心里骂了自己一句：“哥们你虽然长得帅，也别把别人都当成花痴啊。”

不过庄睿心中还是有些不解，当下问道：“苗警官，你们既然掌握了这么详细的情报，为什么不直接抓人啊？

这余老八所犯的罪，根本就不是违法交易文物，而是挖掘古墓，就凭你们手上的证据，就可以将他判得死死的呀……”

苗菲菲听了庄睿的话后，点了点头，说道：“抓捕余震平这个人容易，定罪也很容易，但是我们想通过余震平这条线顺藤摸瓜，挖出在香港接收赃物的犯罪集团。

而且根据余震平的堂哥，也就是余老七的交代，他们手上还有近千件古董没交易出去，都留在国内，而藏匿的地点除了已经死了的主犯余訾之外，就只有余震平知道了……”

在陕西抓到余老七之后，经过严格审问，那哥们很没义气地竹筒倒豆子一般把自己所知道的事情全都吐了出来。

不过余震江，也就是余老七，虽然身为余氏盗墓集团的主犯，但地位却不是很高，要不然别人下墓取物件，他怎么能摊上个观风放哨的活计？

加上余老大心性凉薄自私无比，很多事情都掌握在自己手里，就算是自家兄弟，也知道不多，只有常年跟在余老大身边的余震平知道的最多。

按照余老七的话说，余震平十六七岁时似乎受过什么刺激，心性变得非常偏激和坚韧，他不愿意说的话，任你用什么办法都撬不开他的嘴。

基于这个原因，加上想摸出国际盗墓销赃集团这两个理由，所以警方才没贸然抓捕，就是怕余老八破罐子破摔，让那些被盗的珍贵文物无法得见天日。

不过从目前的情况来看，余老八潜伏了近一年之后，并没有去找香港销赃的上家，而是甘冒风险来北京销赃，应该是没有香港上家的联系方式，所以现在不抓捕的主要原因，就是想先套出他们所盗文物的藏匿点。

警方的心理学家分析，余老八这是利用人们认为的越是危险的地方就越是安全的心

理,来到北京销赃的,但是他没想到,从他进入潘家园的第一天,就被有关方面给盯上了,并且发出了协查通告,确定了他的身份。

冀鲁豫陕鄂五省重大盗墓案,是由公安部亲自督办的,现在主犯露头了,部里马上抽调了一批人,成立了专案组,而苗大小姐正是这个专案组的一员。

“这……这简直能写一本书了……”

庄睿听完苗菲菲的话后,长长地吁了一口气,敢情有时候破获一件案子并不难,难的是如何挽回损失。

当然,从余氏盗墓集团手中流失到国外的那些物件,恐怕是再也找不回来了,此时说不定早已摆到国外某个收藏家的收藏室里了。

“苗警官,这事……我能帮您什么?”

听到余氏盗墓团伙中只剩余老八一个人了,庄睿的胆气顿时壮了起来,这余老八再狠也就是一个人,加上那么点儿的个子,就是自己和他放对,也不会吃亏。

再说了,就算苗菲菲让自己当钓鱼的饵,先前也已经和余老八说清楚了,交易的时候自个儿不会露面,即使有危险,也和自己关系不大。当然,庄睿也不会让猴子去,最好是警方安排个人。

“这件事有一定的危险性,根据我们掌握的情况,余震平身上很可能有枪……”

苗菲菲的一句话让庄睿的脖子顿时缩了回去,有枪干吗不早说啊?

“国家不是禁枪吗?这些人手上怎么不是炸弹就是枪,还让不让我们这些老百姓活了?”

庄睿没好气地对苗菲菲发了句牢骚,不过他心里也明白,跑到中缅中越边境搞把枪是很容易的事,千儿八百块钱就能买把手枪,还附送几个弹夹的子弹。

十几亿人口,哪是说控制就能控制的,苗菲菲郁闷地看了庄睿一眼,说道:“国家还禁止买卖青铜器呢,有些人还不是置之不理?”

“哎,苗警官,我可是遵纪守法的,我收到的青铜器原先就是一把破铜烂铁,可不知道是几级文物,不知者不怪啊……”

庄睿知道苗菲菲说的是定光剑的事,连忙出言解释起来,这事要真被警察盯上要把剑收走,自己也没什么话好说。

“行了,我没工夫管你那些事,你就说这次帮不帮忙吧?你要是不愿意的话,我再去找别人……”

按照苗菲菲手里掌握的资料,潘家园和余震平接触的人也不是庄睿一个,苗菲菲也不知道自己为什么就先来找庄睿了,或许是想见见他吧?

“不帮,安全第一,说老实话,我是不怎么信得过你们警察,狙击手都能放空枪,上次在陕西就是白狮救了我,哎,您还别不爱听,我说的都是实话……”

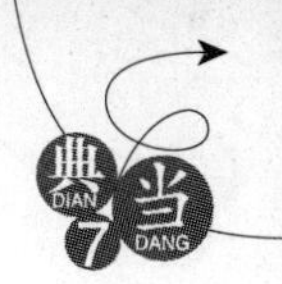

庄睿的头摇得像拨浪鼓似的，俗话说君子不立于危墙之下，庄睿现在算是功成名就的人，没必要去冒那个风险，最主要的是担了风险还没有好处。

苗菲菲听了庄睿的话后，说道："那随你吧，我本来听说你要开博物馆，想着等案子破了以后，帮你申请几件涉案文物的，既然你不愿意，那就算了吧，你下车，我要回去了……"

"等等……您说什么？这赃物还能给私人？"

庄睿听了苗菲菲的话后，愣了一下，只听说私人捐赠给国家东西的，这国家给私人物件，听着怎么那么稀罕啊？

"不是给私人，是和你的博物馆签订协议之后，放在里面展览，不过用途只能是展出所用，你没有权力对其进行买卖和捐赠，懂了吗？"

庄睿再听不懂这话，那他就是傻子了，这样的待遇一般只有国家博物馆才能享受得到，没想到按照苗菲菲所说，自个儿也能享受这待遇了。

别看国内已经有三四百家私人博物馆了，但是由于规模、身份定位、法律法规的制约，大多数博物馆都经营艰难，勉力维持着。

说句大家不爱听的话，国人在对待艺术品上的态度上，和国外还是有很大差异的，国外的收藏家，经常会给一些私人或者国家博物馆捐赠藏品，并且都是极其珍贵的。

但是国内这样的事情就很少见了，虽然也有，但也就是屈指可数的几个人，大多数人都是秘而不宣，把宝贝藏在自个儿的收藏室里。

当然，国内私人博物馆里的馆藏物品也全都归属私人所有，但是国外的私人博物馆在合适的时候，很多人会将个人的资产转为社会的资产，成立董事会或者借助基金会作为托管机构，使其社会化。

这种办法可以缓解私人的压力，不过后果就是原本属于自个儿的物件，都变成共有的了，想必国内开私人博物馆的人，没几个能有这种魄力的。

别人不说，庄睿是肯定不会捐赠出去的，要不然他还开博物馆干吗？直接把自己的物件往故宫博物院一送，不就完事了吗？

属于国家的博物馆，有政府资金扶持，有考古发掘出来的古董补充藏品，自然没什么压力了，但是私人博物馆可享受不到这些待遇，没听说哪位收藏家给私人博物馆捐钱捐物的，只能自己咬牙苦苦维持。

玩收藏的人不一定都是有钱人，很多人在窘迫的时候，可能连房租饭钱都掏不起，但是屋里的玩意儿，又可能价值千万，等于是守着金饭碗要饭。

开私人博物馆的人也是如此，经常有人形容他们"腰缠万贯、身无分文"，原因无它，就是舍不得出售自己的藏品。

既然决定筹办自己的博物馆，庄睿之前也了解过这方面的事情，在国内的私人博物

馆里，靠门票收入的几乎全都入不敷出。

要说办得比较成功的博物馆，可能就只有冯先生的博物馆了，但是博物馆的模式，却是一般人很难达到的。

因为以冯先生的名望，在国内收藏界是毫无争议的第一人，他用自己在社会上的感召力、诚信力和他的文化积淀，汇拢了很多收藏界的人才，形成了会员制。

冯先生本人可以帮助鉴赏，藏友们在找不到好的藏品时，可以在会员中互相沟通，现在有很多收藏家找不到好的藏品，有些想出让的又碰不到买家。

所以冯先生在运作自己博物馆的同时，又给收藏家们提供了服务，这样互惠互利，等于把博物馆做成了一个大 Party，想参与进来就必须交会费，不多的钱却能享受到很多服务。

这让京城包括全国的很多藏家，都变成了冯先生的博物馆的会员，想想国内玩收藏的人数，养活一个博物馆，绝对是轻而易举的事。

庄睿也曾经考虑过这种运营方式，但是后来想想，自个儿虽然小有名气，但在收藏圈里不过是个新手，远不如冯先生二十多年积累下来的名望人脉，想走这种模式几乎是不可能的。

不过庄睿有钱啊，即使门票亏一点，他也玩得起，所以对资金的考虑不是很多，但是一家博物馆，总归要有展出的物件，馆藏物品才是庄睿现在最着急的。

所以，苗菲菲说会捐赠给他一批文物的确打动了庄睿，点到他的软肋上了，哥们不差钱，但是架不住差东西啊。

有些玩意，并不是有钱就能买到的，比尔·盖茨有钱吧？但是他钱再多，也买不到西安那堆满了陪葬坑的兵马俑。

庄睿之前之所以同意见余震平，也是因为手上古玩太少，想多收集一点，刚才看资料说有上千件珍贵文物都被余老大和余震平藏了起来，庄睿顿时动心了。

当然，想得到这些玩意，前提是庄睿必须先帮助警方破获这个案子，并且启出那些被藏匿的古玩，否则一切都是镜中花水中月，看得见摸不着。

“苗警官，要我怎么配合，您先说说看……”

虽然余老八可能有枪，但是庄睿对余老八那人，还真不怎么害怕，因为余震平长得实在是太无害了，身材还没一般的小学生高，让庄睿畏惧不起来。

如果换成和余老大那样的人打交道，别说是捐赠几件古玩供庄睿展览了，就是把故宫博物院送给庄睿，呃……这个倒是可以考虑下。

“先买下余震平手上的那两件古董，但是价格一定要压低，并且用现金交易，等你们交易成功之后，我们会安排人演一场戏，抢走余震平的钱。这样一来，余震平手上没有钱，他肯定还得继续出售古董，我们就有机会了……”

庄睿听了苗菲菲的话后，细想了一下就明白了。

原来警方是怕余震平有钱之后，再像前段时间那样缩起来，这是限时督办的案件，警察可没那么多时间和余震平耗着。

“然后呢?”庄睿问道。

“手上没钱，余震平肯定会再找你们交易的，到时候你要求购买一些体积比较大的古玩，那他只能带你们去藏匿古玩的地方，剩下的事情你就不用管了……”

经过专案组的分析，余震平现在应该是手上比较窘迫，这才逼得他露头出售古董，交易成功一次之后，钱要是被抢走或者丢掉，余震平肯定会铤而走险，再次出售文物的。

从余震平自逃脱以来，没和任何熟人联系过来看，此人应该疑心较重并且比较谨慎，对于体积较大的青铜重器而言，他不会找人去搬抬，只能带庄睿去藏匿点看货，如此一来，就给了警方人赃并获的机会。

苗菲菲让庄睿消化了一会儿她的话后，接着说道：“关键的一点是，你要让余震平对你产生信任，下次交易他才会再找你……”

“苗警官，我让他产生信任不难，但是刚交易完他的钱就被抢了，说不准就会怀疑到我身上啊……”

庄睿突然想起一个问题，自己前脚给钱，余震平后脚挨抢，说不准那哥们会直接提着枪找上门来。

苗菲菲听了庄睿的话后，笑了起来，道：“这个你不用担心，想让他没钱，不一定非要抢的……”

“猴子，找个中间人，把那两个青铜爵买下来，不过价格要低，压到五万一个……”

庄睿坐在潘家园的“宣睿斋”隔间里，把正在外面忙活的猴子喊了进来。

昨天和苗菲菲谈好了，先出钱把那两件文物买下来，如果警方办事得力，余震平回头再找自己出售古玩的话，那一切按计划行事。

如果警方自己搞砸了，没能让余震平钱财尽失，那么这两件青铜爵就归庄睿所有了，不能算是购买赃物，这是庄睿昨儿费尽口舌给自个儿争取到的一点福利。

“庄哥，您不是说不买了吗?”

猴子有些不解，昨儿庄睿将后果说得那么严重，怎么过了一夜，又决定要买了呢?

“让你买就去买，问那么多干吗? 只要能谈到五万一个就买，估计他会要现金，你要找个信得过的人才行……”

计划中最让庄睿头疼的，就是中间人了，庄睿不是找不到，像金胖子这些人都可以，他们也买卖过黑市古玩，不过这事有一定的危险性，事前还要瞒着别人，庄睿想了想还是决定让猴子去找。

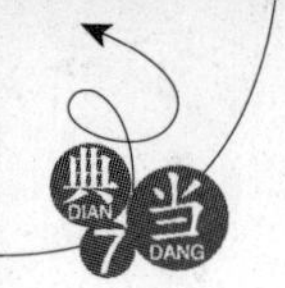

俗话说仗义每多屠狗辈，猴子整天在潘家园厮混，加上人机灵大方，倒是交了不少哥们，当然，是酒肉朋友还是能两肋插刀的兄弟，就不知道了。

猴子把他那满是肋骨的小胸脯拍得震天响，说道："庄哥，您放心吧，我猴子现在在潘家园也是有点名头的，找人办这点儿事绝对没问题，不过我怕……这价钱讲不下去……"

"没试过你怎么知道不行？"

庄睿摆了摆手，说道："两个青铜爵，十万块，跟那位说，要卖马上就能交易，不卖的话请他另选他人，不过有一点你可以说明，如果还有重器，我会出大价钱买，到时候可以细谈……"

不卖？如果不卖的话，那两个青铜爵在北京城就卖不出去了，昨天晚上庄睿同意配合警方之后，所有和余震平接触过的买家，都被警方一一拜访过了。

当然，并不是让他们拒绝余震平，那样会打草惊蛇，七八个人同时拒绝，余震平一定会有所怀疑，警方只是让这些人将价格压到五万以下，这是逼余震平卖给庄睿。

"对了，事后给那中间人一万块钱……"

庄睿想了一下，又交代道："中间人一定不能出问题，要把钱交到对方手上，事情谈好之后你来找我，我把银行卡给你……"

"成，庄哥，您就放心吧，我要是连这点儿事情都办不好，也没脸跟着您混了……"

来北京之后，大雄变得愈发稳重，在店里的地位也逐渐重要起来，而猴子则成了可有可无的角色，话说那些古玩珠宝都是标明价格的，谁不能卖啊？

所以猴子这段时间心理压力比较大，每月拿着那么高的薪水，如果再不帮庄睿做点儿事，自己都不好意思待下去了。

"行了，你小子别光练嘴，把这事儿办好了，以后还有很多事让你办呢……"

庄睿笑着拍了拍猴子的肩膀，博物馆马上开业了，自己手上没什么人手，猴子嘴皮子不错，到时候可以在博物馆里做个解说员，只是不知道他自己愿意不愿意。

庄睿这段时间实在是太忙，本来回国要去工地看看馆址的，但又被这事儿给牵住了，而且博物馆的安保队还没找，庄睿今儿早上才让郝龙去找一些退伍的老战友过来帮忙。

第九章　秘密交易

位于东三环附近的潘家园，永远都是那么热闹，连带周边也兴旺起来，这里地段本就不错，再有潘家园古玩市场的带动，不比中心区差多少。

距离潘家园不远的地方有一个小区，和周围四处都是摩天高层的住宅楼不同，这个小区清一色都是七层楼房，并且不带电梯。

住在这个小区的人，大部分都是以前四合院的拆迁户，不过有些人在拆迁后，分了好几套房子，他们也没卖，稍微装修了一下对外出租，租金还不低，两室一厅的房子租金都要好几千块。

能租得起这些房子的人，大多是些公司白领，每天早晚上下班的时候，穿着时髦的女人和西装革履的男人们，忙忙碌碌地在小区进出着。

但是有很多人都不知道，在这个小区还有另外一群人居住着，并且人数比白领还要多，这就是北京的地下室人群。

从二十世纪八十年代起，北京结合地面建筑，建了大量地下人防工程，有些被改成了储藏室，但是更多的都处在闲置状态。

因为缺少专项基金维护，又缺少专人管理，许多地下人防工程垃圾成堆，日渐破败。

为了改变地下人防工程这种脏乱差的状况，二十世纪九十年代北京政府提出“以用促管，以洞养洞”的方针，鼓励大家使用人防工程，并收取一定的使用费。

有了政策之后，当时的承租人就开始利用人防工程，开办起地下旅馆，但数量并不多。

到了二十世纪九十年代末，随着大量外来人口涌入，这种局面变得大为不同，到2004年，北京形成了人防工程出租高峰，经统计，北京地下室人群达到了近百万之多。

这种地下室和电视剧《北京人在纽约》里面姜文饰演的王启明初去纽约所住的地下室完全不同，一般只有三五个平方，放下一张床后，连转身都困难了。

就这样的地下室每月的租金还要三四百，住在里面的人，大多都是外来务工人员，白天为生活奔波，从事最卑微的工作，拿最微薄的工资，晚上回到地面以下，在如火柴盒般大小的空间里蜷缩着自己等待天亮。

由于房价低，管理自然也跟不上，这里不像酒店旅馆，住宿必须出示身份证，只要你交得起房租，房东才不管那么多呢，所以鱼龙混杂，异常混乱。

一般人要是到地下室，体会到的一定是潮湿、糜烂、狭小、沉闷和阴暗，不过对余震平而言，却让他压抑了大半年的心情放松了不少。

相对于外面的阳光，余震平更习惯待在这样的地方，潮湿糜烂、狭小沉闷和阴暗，不正和墓室相仿吗？

活了三十二年，有一半时间都是在地下活动的余震平，对于这样的环境非常适应，如果可以的话，余震平愿意一辈子住在这样的地方，黑暗让他很有安全感。

不过现在的余震平心情十分不好，原因无他，这段时间找的几个玩古董的人，都说想要他那两个物件，但是价格却压得非常低，有一个甚至只愿意出五十块钱一个，两个一万。

余震平知道，这些人看出了他的物件来路不正，所以才压低了价格，对此余震平气愤之余，更多的是无奈，因为他现在就快要穷途末路了。

从陕西逃出去之后，余震平身无分文，银行账户都掌握在余老大手上，他又不敢回家，也不敢去人多的地方。

余震平沿着铁路走了四天，饿了就去铁路边拾破烂的家里偷点东西吃，渴了就接点维修阀的水喝，最后到了河南郑州，当初余老大在这里布置了三个落脚点。

他们这些年盗掘出来没卖出去的文物，也都藏在这三个地方，不过让余震平绝望的是，他从三处地方，只找到了六百块钱。

六百块钱够干什么的啊？于是余震平拿了件青铜烛台，跑到河北两万块钱卖了出去，不过在交易的时候被警察盯上了。

余震平当时扔下烛台抢到钱，仗着自己个子小容易隐藏，惊险万分地逃了出来。让他气得差点吐血的是，自个儿拼了老命抢回来的两万块钱，居然有一万五千块钱是假钱。

余老大为人有如狡狐，疑心非常重，虽然盗墓团伙的核心成员都是本家人，但是余老大依然将分工细化，各自负责自己的一摊子事，并且严禁他们互相过问对方负责的事情。

钱款方面都是余老大一手掌握，余老六当时是负责和香港方面联络的，他在广东和警方对峙被击毙后，这条线就只有余老大一人知道了。

余老大在陕西冲动地玩自爆后，香港方面的联系就完全断了。

余震平一直负责寻墓和挖墓，至于这些古董的藏匿地点，也是余老六被击毙后才知道的，平时余震平一向不喜与人打交道，所以在古玩圈里压根就不认识什么人。

他之所以跑到河北一个城市的古玩市场交易物件，就是不想被人知道自己在郑州的藏身地点，不过让余震平没想到的是还是出事了。

冒着被抓的风险跑出去卖古玩，居然只搞到五千块钱，还有一堆废纸般的假钱，让余

震平差点抓狂，细想一下，他感觉到有点不对，这件事很可能是对方布的局。

只是明白了又能怎么样？拿把枪跑回去把那些人都干掉？余老八要是这么有种，也不会像个过街老鼠一般整天窝在家里了，恐怕早就带几件值钱的古玩偷渡出去了。

出了这件事之后，余震平知道自个儿不是做买卖的人，谁见了他这模样，恐怕都想黑他一下子，加上这次出去看到了自己的通缉令，余震平回到郑州后就潜伏了下来，再也不敢轻举妄动了。

只是余老八虽然个子小，但是饭吃得一点儿也不少啊，而且住房虽然不要钱，水电费总是要交的吧？区区五千块钱根本就不够花，七八个月之后余震平手头终于要没钱了。

满屋子的古玩值钱不假，但却不能当饭吃，余震平这才是守着金山差点被饿死。

在最后还有四百块钱的时候，余震平爬上运煤炭的火车，来到了北京，花了二百八十块钱租下这间只有一张床，总共不过四平方米的地下室。

这对别人可能是苦不堪言的住处，余震平倒是很适应，如果不是用木板隔开的对面房间夜里时不时传出叫床声，余震平都想住在这里不走了。

他此次来北京城是为了卖那两件青铜器的，余震平也打算好了，两个物件卖个二十万，然后回郑州躲上三五年，等风声没这么紧了，自己再想办法出国。

余震平知道，按自己这些年犯下的罪，如果被抓住的话，虽然不至于掉脑袋，但是这辈子都要关在高墙里唱“铁窗泪”了。

计划不如变化，在余震平心中最少值五十万的两个青铜爵，没想到在北京这地界，人家给出的价格一个比一个低，出价最高的还是昨儿见到的那个年轻人。

接到猴子的电话后，余震平在地下室的床上窝了一天，最终还是决定卖了，形势比人强啊，再不卖的话，别说手机费，生活费都他娘的没了，没钱喝西北风活着啊？

“庄哥，那姓任的答应了，两个物件十万块，嘿，您还真是神了……”

接到“任某人”的电话之后，猴子连忙拨通了庄睿的电话，就猴子所知，潘家园有好几个人都看上了那物件，他没想到庄睿压价这么狠那人都愿意卖。

“嗯，我知道了，你等一下，我换个地方说话……”

庄睿这会儿正在家里陪着老妈还有媳妇，外加一个徐大明星，正在打麻将呢，庄睿的手气实在不怎么样，一块钱一把的小麻将，连放炮带别人自摸，居然输了快一百块钱了。

跟老妈告了声罪，让一旁观战的彭飞上了桌，庄睿拿着手机走出了厢房，说道：“猴子，什么时候交易？对方要卡还是要现金？”

“庄哥，那姓任的说明天早上给我电话，他要现金，而且要求和我们一起去银行提款……”

猴子有点不明白，直接在银行转账多方便，他哪知道，余震平压根就没有银行账户，

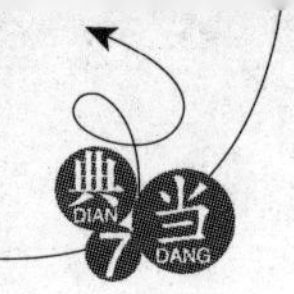

当初所有的钱都在余老大手上,话再说回来,即使有余震平也不敢用啊,说不定就会被警察盯上。

至于要跟着去银行提款,则是余震平怕那些钱再是假钱,吃过一次亏,他不想再上一次当,亲眼看着从银行柜台取出来的钱,总不能还是假的吧?

“成,没问题,我明儿一早就去潘家园,把卡给你,你找人带他去取钱。记住了,你只是中间人,是另外有人要买东西……”

虽然有些事情你就是装着不知道,那也是违法的,当然,庄睿现在的行为就是满大街嚷嚷我在干坏事,警察也不会抓他的,十有八九会打个电话将其送精神病院去。

但是做戏做足,既然开始这么说了,就一定要演下去,为了后面的大头,庄睿不嫌麻烦,反正又不是他去交易。

“放心吧,庄哥,这事我一准给您办好……”猴子在电话另一端拍起了胸脯。

“庄哥,这位是牛哥,我在潘家园认识的朋友,人没得说,很讲义气的一哥们儿……”

第二天一早庄睿赶到潘家园时,店里多了个生面孔,刚一进店,猴子就忙着介绍了一番。

“什么牛哥,庄老板喊声老牛就成了……”

“老牛,这事还真是麻烦您了……”

庄睿打量了老牛一眼,三十来岁的年龄,长得胖胖的,由于长期在潘家园摆摊,皮肤略有些黑,看上去挺忠厚一人,当然,这年头您要是以貌取人,恐怕被卖了之后,还帮别人数钱呢。

那人摆了摆手,打断了庄睿的话,说道:“平时和猴子关系处得不错,这点儿小事不算什么,庄老板客气了……”

在潘家园练摊,没点儿眼力见是不行的,老牛看得出来,就凭庄睿这家店,最少也是个千万身家的主,和这样的人处好关系,日后别人指缝里露点儿东西出来都够自己吃上几年的。

“成,那这个老牛你也要接着,不拿就是看不起小弟了……”

庄睿说话间从包里拿出一沓人民币递给了老牛,说道:“一点小心意……”

“那就谢谢庄老板了……”

老牛倒是不矫情,直接接了过去,干他们这行,是要担点风险的,拿这钱也是情理之中。

由于要等余震平的电话,庄睿请老牛到里面包间坐下喝起了茶,到了中午十一点半,猴子的手机忽然响了起来。

“喂,任老板啊,我和朋友一直等您电话呢,您说个地儿,咱们交易完后,兄弟请您吃

个饭……”

猴子这嘴是练出来了，说话一套一套的，听得庄睿直点头，给这家伙稍微培训点专业知识，去博物馆做个解说员绝对没问题。

“不用了，各取所需罢了，你们从潘家园出来，向右拐直走五十米，咱们在那儿见，中不中？”

余震平手里依然拎着蛋糕盒子，在他对面有一所小学，这会儿正是放学时间，一群学生从学校里出来，在学校门口挤满了前来接人的家长，很是混乱。

余震平今儿穿的衣服是昨天半夜从一户住一楼的人家偷出来的，头上戴了个在北京很常见的遮阳帽，一般人只要不盯着余震平的脸细看，根本就看不出这人的年龄。

“任老板，您人呢？我就在您说的这地了，乱糟糟的，也看不见您……”

猴子和大牛浑然不知，就在距离他们二三十米远的地方，余震平正四处打量着，看周围有没有跟着猴子的人。

按说余震平已经很谨慎了，不过他哪儿知道，警察就跟在他后面，那群学生家长里，最少有五六个人是专案组的。

“你们再往前走十五米，靠马路左边有个自动柜员机，在那里取钱就行了……”

余震平早将这边的地形看好了，中午放学这会儿很混乱，即使对方带人或者带警察来，自己也有把握跑掉。

猴子听了余震平的话后有些不满，嚷嚷道：“我说任老板，您怎么着也要露个面啊……”

“小兄弟，你取完钱之后就能看到我了……”

余震平说完之后，马上挂断了电话，身体慢慢向柜员机靠了过去，一双眼睛在遮阳帽下面四处打量着，但凡有一点儿不对劲，他马上就会钻到学生堆里去。

“喂，喂？任老板？这……这叫什么人啊……”

猴子接连喊了几声，从电话里传出的都是忙音，无奈之下，只能拉着老牛，让他去柜员机上取钱，上面有银行录像，取钱的事情自然由老牛来做了。

“哎，我说任老板，这自动柜员机每天限取三万块钱，没办法取十万啊……”

老牛在自动柜员机操作了一会儿之后，无奈地停下手，取了三万之后，就达到限额了，猴子连忙又给余震平打了个电话。

“那你们去银行里面取吧，我在门口等你们……”

对猴子和大牛的举动，余震平看得清清楚楚，他知道两人过来的时候，手上都是空的，应该不会像上次那样，用假钱来忽悠他了吧？

不过余震平是不会跟进银行的，他知道银行里有监控，他可不想留下任何痕迹。

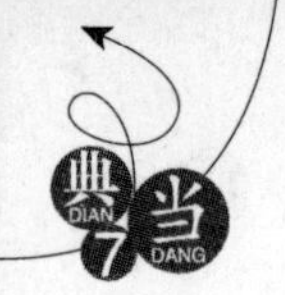

"好了,任老板,您在什么地方?"

十多分钟后,猴子和大牛走出了银行,在大牛的手里多了一个塑胶袋,十万块钱放在里面,大牛也很小心,用双手把塑胶袋拿到胸前。

"我在你们后面……"余震平的声音在猴子二人身后响了起来。

"我靠,任老板,不带这么吓人的啊,不就是两个小玩意,至于这么小心吗?"

猴子被余震平的话吓了一跳,这哥们怎么神出鬼没的呀?回身一看,瞅了好半天才认出来,这个穿着校服带着遮阳帽的小孩,可不正是那位"任老板"。

"任老板,这位是牛老板,钱都在这里,您的货呢?"

猴子拍了拍大牛胸前的塑胶袋,看向余震平手中的蛋糕盒子,这古玩行里偷梁换柱的事情多了,自个儿要是给了钱买俩假货,也没脸再见庄睿了。

"东西在这里,你们可以先看……"

余震平见牛老板稍稍打开的袋子口里面显露出来的粉红色人民币,心中大定,刚才他们进去的时候,就拿着几叠钱,想必不会是假的。

"牛哥,你帮我遮下……"

猴子拎着蛋糕盒子来到学校围墙边上,打开盒子拿出一个青铜爵看了起来。

"牛老板,东西没错,钱可以给他了……"

来之前,庄睿跟猴子说了这青铜爵上两处微有瑕疵的地方,所以猴子搭眼就认了出来,的确是昨天见过的那两个青铜爵,当下给老牛使了个眼色,让他把钱递了过去。

见"任老板"把一只手伸到塑胶袋里数钱,猴子也没在意,等他数好之后,伸手说道:"任老板,以后要是再有什么好物件,可要多照顾小弟啊……"

"一定,一定的……"

钱到手了,余震平的心放下了一大半,伸出手和猴子握了一下,脑子却在想回去之后,如何把老巢搞得再安稳一点儿。

至于交易青铜鼎的事情,余震平压根就没考虑过,那玩意他根本扛不动,也运不出来,如果要卖的话,只能让对方上门看货,但是那里放置的可不是一两个物件。

加上青铜鼎的目标太大,很容易被警察盯上,所以不到万不得已,余震平是绝对不会出手那些重器的。

交易成功之后,余震平向猴子和大牛打了个招呼,钻入还没完全散去的学生堆里,瞬间没入人群中。

返身向潘家园走去的猴子和大牛并不知道,余震平一直跟在他二人后面,直到两人走进"宣睿斋",余震平才松了一口气,把那袋钱裹进校服里,顺着潘家园熙熙攘攘的人群向出口挤去。

余震平早就计划好了,拿到钱之后,马上打车去北京西的火车货站,找辆开往河南方

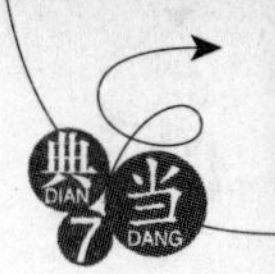

向的货车爬上去，他现在是惊弓之鸟，汽车和火车都不敢坐。

回到“宣睿斋”后，猴子邀功似的把蛋糕盒子高高举起，对庄睿说道：“庄哥，东西拿回来了，您看看，是不是这两件……”

“我看看……”

庄睿接过蛋糕盒子，拿出两个青铜爵，仔细查看了一番之后，说道：“成了，大牛兄，这次多谢您了，猴子，晚上请大牛吃顿饭，想去哪玩去哪玩，留着发票拿回店里报……”

“嘿，谢谢庄哥啊……”

“谢谢庄老板，以后有什么事，您招呼一声，这潘家园还没有我大牛摆不平的事……”

大牛也挺高兴的，出去转悠了大半个小时，兜里多了一万块钱不说，还结识了庄睿这个大老板，他也知道自个儿和庄睿不是一个层次的人，交代了几句场面话后就告辞了。

等猴子送大牛出去后，庄睿来到里间把这两个青铜爵收到店里的保险箱里，这玩意现在还不是他的东西，说不定什么时候警方就会收回去，庄睿可不想把警察带到家里。

“苗警官，事情按您说的办好了，下面的事我就不管了，要是你们出问题被他跑了的话，这两个青铜爵可就是我的啦……”

收起青铜爵后，庄睿这才慢条斯理地给苗菲菲打了个电话。

“行了，警察办案，不用你操心……”苗菲菲语气生硬地挂断了电话。

“我靠，什么态度啊？求哥们的时候怎么不这么说？”

庄睿很不爽地对着手机骂了两句，这不是典型的过河拆桥嘛！

第十章 贼王左一刀

潘家园这地方汇聚了国内外的众多游客，从早上开门到晚上关门，人不是一般的多，习惯于贴墙根走路的余震平，这会儿可没办法贴墙根了，因为靠墙的地方摆满了摊位。

在人群里挤了三五分钟之后，余震平来到潘家园的出口，这里的人没那么多了，他的警惕心也稍稍放下了一点，抱在胸前的双手略微松了松。

正当余震平要通过潘家园的招牌时，迎面走过来一老头，不知道是被人拌了下还是怎么着，脚下一个不稳，身体猛地撞在了余震平身上。

“老人家，走路注意一点啊……”

别看余震平个头不高，但是他平时挖坟掘墓的时候干的可是力气活，而且手上还有几分功夫，灵活得很，见老头撞过来，脚下一个错步把身体斜了过去，右手一拨一抬扶住了老人。

不过那老人冲势过猛，还是没收住脚，脸在余震平胸口撞了一下，由于身体已经被余震平扶住了，力道不是很大。

“嗯?”

余震平扶住的是老人的左手，不过抓住那老人的手之后，倒是把余震平吓得一愣，因为老人的左手从手腕处齐齐断去，像是被利刃砍掉的一般。

虽然见惯了死人，不过余震平还是被那光秃秃的手腕惊了一下，脑子里似乎想起了什么事，但是猛然间又记不起来。

“小哥，对不住，实在是对不住，年龄大了，手脚不听使唤了……”

那老人嘴里连声道歉，脚下却没停步，站稳之后就挤进了潘家园的人群里，好像有什么急事一般。

“钱?!”

从老人撞余震平到被扶住离开，整个过程不过短短十来秒钟，这期间，余震平愣神的工夫不超过三秒。

就在这三秒钟时间内，余震平发现自己校服的拉链处，被人用刀片划开了一条长长的口子，揣在胸前的装着十万块钱的袋子不翼而飞了。

“妈的，那是个老蟊贼……”

余震平也算是老江湖了，脑子一转立马反应了过来。

这会儿他总算知道自己看到那秃手，脑子似乎想到了什么了，但凡断手断脚处比较规整的人，一般有两种，一种是工伤，而另外一种就是人为的。

这种人为的手脚伤残，在某个圈子里，也要被算做“工伤”，因为他们的确是在“工作”状态下，被人砍断了手脚，这类人就是小偷。

要说老百姓最恨谁，不用问，肯定是贼，现在的小偷都是集体作案，就先不说了，在十几年前，一般的小偷都是独行侠，作案被抓住之后，不用问，先是一顿胖揍，再送到派出所去。

更早一点儿，当时的社会法律不健全，很多人抓住小偷，喜欢动用私刑，现在很多上了年纪金盆洗手的大贼小偷们，手上或者身上缺点什么物件，都是那些年留下来的。

余震平扶住的那老人，不用问，断手肯定是失手后被人砍断的，自己的钱就更不用问了，一定是被那老蟊贼偷走的。

能在一撞之下，短短的几秒钟之内，无声无息地划破自己的衣服，一愣神的工夫就将一袋钱偷走，还没被自己发觉，这老头的技艺称之为贼王都不为过。

然而，余震平这会儿已经没有工夫去研究那老头究竟是不是贼王了，偷走了那十万块钱，等于要了他的半条命。

余震平把手插进了裤兜里，抓住枪柄，一头扎进潘家园的人堆里去了，泥人还有三分火性呢，更何况是当年在盗墓界叱咤一时的余老八了。

余震平心中暗暗发誓，见到那老头，一定要废掉他另外一只手。

“我顶你个肺啊！”

一个多小时后，余震平从人群里钻了出来，一脸的沮丧。

“卫总，这事儿还真是麻烦您了，您看我这忙没帮上，倒是一直在添乱……”

庄睿站在自家房地产公司售楼处的二楼，看着忙碌装修的人，心里微微有点儿激动，再过上一段时间，这里就是自家的私人博物馆了。

中午处理好那两件青铜爵的事情之后，庄睿驱车来到地产公司这边，在巴黎把事情交给卫鸣之后，他这还是第一次来。

刚才卫鸣给他介绍了，这些人大多是防盗安全公司的人在安装各种防盗措施。

对于一家博物馆而言，防盗自然是重中之重，国内很多博物馆都曾传出文物被盗的事件，所以庄睿特别交代卫鸣要找一家最好的安全工程公司来做。

从一楼转到二楼,庄睿看到许多墙壁的角落里都安装了摄像头,这些摄像头都会汇总到监控室里,由专人监控。

在这两万多平方米的空间里,还安了数百个红外线感应报警器,不敢说飞虫难入,基本上没有任何死角。

仅是这些安全项目,就花费了近三百万人民币,不过欧阳董事长拿了庄睿百分之十的股份之后,良心发作,这些钱全部由地产公司支付了。

"庄先生,您太客气了,这点工程不算什么,不过您要把那些古玩的尺寸照片给我,我找人去制作专柜……"

地产公司的二老板驾到,卫鸣这总经理自然要亲自作陪,庄睿虽然在公司挂了个总助的名头,卫鸣还是称呼他先生,知道那名头做不得真的。

从接到庄睿的电话之后,卫鸣就调拨了一个施工队,配合一家防盗安全公司,对售楼处进行了改造,还好楼盘大部分都销售出去了,影响不是很大。

卫鸣对庄睿交代的事儿很上心,为此还专门请了一个有博物馆装修管理经验的人进了公司,像制作展品专柜这样的事情,就是那人提醒他的。

庄睿一听卫鸣这话,就知道对方在博物馆上下了功夫,连忙说道:"谢谢卫总,我回头把那些东西都拍了照给您送来……"

一件珍贵的文物展柜都是要定做的,根据大小尺寸来设计,还要加上灯光等,这才能显示出物件的不凡。

相对于安装防盗体系,定做展柜用的时间,或许还要长一些,因为那些展柜本身也是防盗的,玻璃和柜身都是特制的。

卫鸣点了点头,这些事情他也是交代给底下人做,并不会费多少精力,当下点头说道:"好的,庄先生放心,我一定请最专业的公司来制作。

"我给您介绍一下博物馆的出口位置吧,本来这会所的大门是在小区里面的,不过既然改造成博物馆,那就要对外开放,我是想在后面重新开一扇门,作为博物馆的主门……"

"对不起,卫总,我接个电话……"

两人正聊着,庄睿的手机忽然响了起来。

庄睿看了下来电显示,是猴子打过来的,不禁奇怪地问道:"猴子,怎么了?不是让你陪大牛去吃饭吗?"

"庄……庄哥,我是……是在吃饭啊,不过那个姓任的打电话来了,说……说是还有东西要……卖……"

电话一端的猴子不知道喝了多少,这会儿说话都结结巴巴的,听得庄睿直皱眉头。

"猴子,我说你小子去洗把脸,把自个儿收拾利索了再给我打电话……"

挂断电话之后，庄睿若有所思地想道："难道警察已经搞定了？"

像余震平那样被全国通缉的重犯，手上有个十来万块钱，应该不会再铤而走险地出售文物了。

猴子接到余震平要继续出售古董的电话，只能有一个原因，那就是余震平手上的钱真被警方想办法搞没了。

庄睿想了想之后，拿起手中的电话，给苗菲菲拨了过去。

"苗警官，那个人刚才来电话了，要继续出售古董，我该怎么办？要求看货？"

"嗯，不但要看货，而且要求必须是重器，小东西就不要了，这样才能让他带你们前往藏匿文物的老巢……"

苗菲菲似乎对这个结果并不意外，在电话里跟庄睿交代起来。

"嗯嗯，我知道了，苗警官，能不能说一下，你们是怎么让那人的钱变没的？"

庄睿口中答应着，心里却直痒痒，警察究竟用了什么办法，让余震平变得手中空空了？

"和案情无关的事情不要打听，行了，我还忙着呢，你按我说的去做吧……"

没想到庄睿这话问出之后，电话对面传出的声音让他差点摔了手机，这什么人啊？简直就是只许州官放火，不许百姓点灯啊。

其实庄睿不知道，不是苗菲菲不说，而是这事做得不怎么光彩，实在是没法说。

苗菲菲所在分局的一个办公室，现在已经改为余氏重大盗墓集团专案办公室了，在办公室里，除了专案组成员之外还坐着一位身材消瘦的老头儿。

老头看上去六十来岁的年纪，不过气色很好，头发花白了一半，人很普通，和那些整天在街边公园遛鸟打牌的退休工人没什么两样。

唯一不同的是，他的左手始终缩在衣袖里，要是拿出来的话就会发现，老头的整个左手齐腕断去了，就是他的右手也只有三个手指，食指和小拇指也是残缺的。

"苗政府，钱都在这里啊，我可是一分都没动……"

老头不说话的时候，坐在那里还显得比较沉稳，一说话，眉眼之间就露出一股子谄媚的味道来。要是了解这老头的来历，对他的这种表情就不会感觉奇怪了。

老头的真名叫做左亚，不过在江湖上提起左亚，可能谁都不认识，要是说起左一刀，绝对是大名鼎鼎，当世的五大贼王之一，他是年龄最大的一个。

左一刀从小是个苦孩子，在黄连水里泡大的，虽然出生在北京，不过家里七八个嗷嗷张嘴的小孩，十二岁之前他就没吃过一顿饱饭。

到了1958年更是差点饿死，无奈之下，左一刀离开了家，过起了流浪生活，成了盲流。

人饿狠了，脸面什么的也都不要了，左一刀流浪的时候，不仅要饭吃，手脚也变得不干净起来，见到哪家没人，也是摸几件东西就跑，逐渐养成了小偷小摸的习惯。

到了十六岁，左一刀来到郑州，一次偷东西的时候被抓住了，不过抓他的不是警察和失主，而是与他同样身份的人，一个盗窃团伙。

在贼帮，左一刀开始时也是个挨欺负的小蟊贼，偷东西时只能在旁边望风，还不能靠近里圈，分赃时，能混点吃喝就不错了，分钱想都不要想。

打杂的日子混了两年之后，贼帮被破获了，那个贼王带着左一刀逃到了别的城市，看在同甘苦共患难的份上，贼王开始传授他手艺。

用了半年时间，左一刀在掌握了肥皂水里夹硬币的功夫之后，将左手使用刀片的技艺练得炉火纯青，不过这时，他师傅也被公安抓了，因为罪行累累被枪毙了。

左一刀也不敢在郑州待了，独自一人流窜到西安，凭着出神入化的盗窃手段，打出了偌大的名声，在当时的西北道上，那是无人不知无人不晓，手下也有百十号小偷，成为一代贼王。

枪打出头鸟，左一刀还是被公安盯上了，抓住之后判了十年，等他出狱的时候，已经到了二十世纪七十年代初期了。

左一刀入狱前创下的帮派也早就烟消云散了，不想离开西安的左一刀，不可避免地和当地的新兴势力发生了冲突，他的左手就是那会儿被砍断的，按照另外一个帮派老大的话说就是没了左手你还能叫左一刀吗？

黯然逃离西安的左一刀回到了北京，这座城市更无他的容身之地，无奈之下，左一刀开始重操旧业，继续干起偷窃行当。

很多人不知道的是，左一刀成名的左手行窃的手段，并不是他真正的压箱底的功夫。

他真正的绝技在嘴上，左一刀可以同时在嘴里藏五把刀片，可以在神不知鬼不觉的情况下，用口中的刀片划破失主的衣服和钱包，盗走里面的钱款。

为了这手功夫，左一刀当年嘴里不知道划破多少口子，流了多少血，所以回到北京之后，虽然五谷不分四肢不全，但吃个温饱混个小康还是没问题的。

只是既然做了这行，就难免要和同行打交道，左一刀在付出了右手两根手指的代价后，成功上位，成为京津冀鲁地区有名的贼王。

不仅是在北京，就是一些流窜到山东、河北等地的大贼，也要到北京来拜山门，才能在这里讨生活，没拜过左一刀的小蟊贼，抓住了是要切手指的。

而左一刀出手行窃的机会也越来越少，光是徒子徒孙们的进贡，就够他吃喝不尽了，这次他创下的名头比当年在西安还要响亮。

大概有那么五六年时间，左一刀的生活非常舒适，不仅买了几套大宅院，连媳妇也娶上了，小孩生了好几个，还经常带着媳妇儿子下馆子，在那个年代，这几乎是不可想象的事。

不过好景不长，二十世纪八十年代初期，左一刀又因为名头进了局子，虽然这些年他

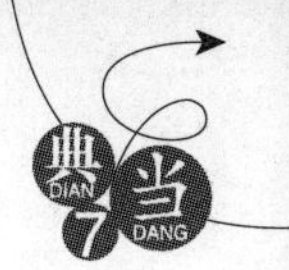

都没怎么出手作案，但是贼王的名头又让他在大狱里待了二十年。

二十世纪初期，左一刀出来的时候，已经是年近六十的老人了。

左一刀当年的徒子徒孙们还有不少，有些已经走了正道，有些还在捞偏门，还有些想学左一刀口中藏刀的绝活，经常送些孝敬，只是左一刀在监狱里实在待怕了，将这些人都拒绝了。

还好儿子女儿都长大了，并没有嫌弃他，左一刀的晚年还不算太凄惨。

对于像左一刀这样声名显赫的大贼，也是当地派出所的重点关注对象，没事经常找老头谈谈心，一来二去的，闲来无事的左一刀居然给京城反扒队上起了课。

别看老头年龄不小了，手脚还是麻利得很，就是那些经验老到的反扒队员，平时上课的时候还经常栽在他手上，所以这次专案组特意将他请来，让他又施展了一次妙手空空的绝技。

当然，左一刀此次的行为可算不上盗窃。

“苗政府，您看，我能走了吗？”

虽然出狱好几年了，而且这两年经常和警察打交道，但是左一刀这称呼还是改不过来。

大家可能不知道，在监狱里面，无论你要做什么，首先要喊“报告”，得到批准之后，才能去做，而犯人称呼管教或者武警，一般都是前面加个姓，后面冠以政府二字。

左一刀之前近二十年的时间都是这么过来的，见到穿制服的就发憷，所以左一刀在称呼苗菲菲的时候，不由自主地用上了监狱里的称呼。

“左师傅，这次的事情麻烦您了，不过出了这门，您就把这事给忘了吧……”

说话的不是苗菲菲，而是另外一个中年警察，这事虽然出发点是正义的，不过手段却上不得台面，所以这位才交代了一句。

“一定，一定，请政府放心，这事指定烂在我肚子里……”

左一刀连连保证之后，这才小心翼翼地离开了公安局，没事进这种地方，他腿肚子打颤啊。

第十一章 猴子醉酒

“庄……庄哥，我没事了，刚才被大牛哥多灌了几杯，您说吧，要我怎么做，对了，刚才姓任的又打电话来了，说要借点钱，咱们借不借?”

猴子被庄睿挂断电话之后，酒劲顿时醒了一半，跑到洗手间用凉水洗了把脸，又灌了一肚子水之后，感觉舌头捋顺了，这才给庄睿拨通了电话。

“借钱?”

庄睿闻言愣了一下，看来余震平还真是山穷水尽、走投无路了，居然对只进行过一次古董交易的人张嘴借起钱来。

庄睿想了一下，开口问道：“猴子，你身上还有多少钱?”

“庄哥，我刚从账上支了两千块钱，要不，我再去取点?”猴子答道。

“不用取了，咱们和他也没多深的交情，这样吧，你一会儿拿一千块钱给他，也不用多说什么，交代一句有好物件想着你就行了……”

一千块钱说多不多，说少不少，余老八就是拿了这笔钱，也撑不了多少时间，最终还是会找自个儿来交易的。

“我知道了，庄哥，我这就给他打电话，一千块钱也好意思张口借……”

猴子在电话里答应了一声，在北京待了几个月，猴子眼界也高了，他也不想想，自己在彭城古玩市场坑蒙拐骗的时候，一个月还不见得能赚一千块呢。

“我顶你个肺啊!”

从余老六那里学到的香港话，并不能缓解此时余震平心中的郁闷，他这可是冒着掉脑袋的危险来北京城卖古董的。

余震平万万没想到，这钱来得快，可是去得更快，眨眼工夫，十万块钱就被那老蠡贼给偷走了。

余老八脑子里一片空白，他快要发狂了，想拿出手枪对着人群开上那么几枪，妈的，

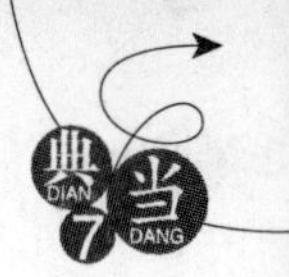

哥们赚俩钱容易吗?

万恶的小偷,可是这事还偏偏不能报警,看着身旁穿着制服的保安,余老八还是要贴墙根躲着,心里那叫一憋屈。

无奈之下,余老八想起猴子临走时说的话,掏出电话又给猴子打了过去。

当然,这种丑事是不能说的,余老八只说那笔钱有急用,现在手头有点儿紧张,想问猴子先借几个钱。

还好,等了大概十多分钟,猴子的电话就打了过来,告诉他个地点,让他去拿钱,余老八此时也顾不得那么多了,接到电话之后就赶向猴子所说的酒楼。

余老八也曾经怀疑过,这事是不是那个姓庄的年轻人下的套,先把钱交易给他,然后再找人将钱偷走,不过仔细分析之后,余老八还是打消了这层疑虑。

一来庄睿气度不凡,并不像是做这等小事的人;二来就庄睿在潘家园的店面,最少价值百十万,他没必要为了区区十万块钱,请个宗师级的贼王来对付自个儿。

出了这档子事,余老八只能打落牙齿和血吞,自认倒霉了,谁让自个儿当时把钱抱得那么紧,被有心人给盯上了。

"任老板,来……来,坐下喝几杯……"

猴子现在也挺会享受的,在饭店吃饭也知道上包间了,见"任老板"走进来后,虽然心里不屑,还是站起身迎了上去。

不过猴子要是知道"任某人"这会儿满腔愤慨,手里攥紧了枪把的话,指定会吓得钻进酒桌下面去。

"任老板,是不是借了高利贷,这钱转手就没了啊?嗨,看我这嘴,您当我没问,来,喝酒……"

猴子和大牛喝的也不是什么好酒,就是五十六度的北京二锅头,当下拿起个茶杯,倒了满满一杯,给"任老板"递了过去。

"侯兄弟,您看……我等会儿还有事,酒就算了吧……"

看着猴子递过来的酒,余震平喉咙上下滚动了一下,经常挖坟掘墓的人,哪个都是千杯不醉的,地下阴气重也需要酒来壮胆护身。

自打从陕西逃出来之后,余震平一直活得提心吊胆的,就是在郑州,也是不停地在三个藏匿古玩的房子里来回换着住,晚上更是不敢开灯,哪儿敢喝酒啊。

再加上囊中羞涩,余震平已经大半年没沾过一滴酒了,此刻闻着扑鼻的酒香,人已经有点晕了。

"我说任老板,您这可就不够意思了啊,刚才白在老板面前给你说了不少好话了,来……感情深,一口闷,干了!"

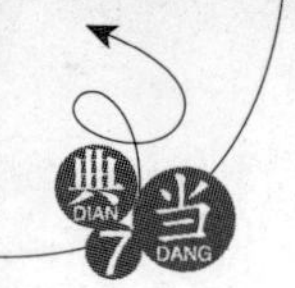

猴子给庄睿打完电话后，又和大牛干了几杯，这会儿已经有六七分醉意了，酒一上头把庄睿交代的事也给忘了，拉着“任老板”，非要让他喝下这杯酒才行。

一旁的老牛更是连声起哄，反正他这“老板”身份，大家都知道是假的。

“好，那我干了！”

被猴子劝得肚子里的酒虫直犯痒，余老八接过杯子，一扬脖子，“咕咚咕咚”几声过后，近四两白酒就见底了。

“好……好酒量，任……任老板是痛快人，来，吃口菜压压，再来一杯……”

但凡喝多了的人，都喜欢劝人酒，猴子也不例外，马上又给余老八的杯子倒满了，还让服务员添了副碗筷。

余震平虽然有心不喝，但是半年多都是吃泡面过来的，此刻见到满桌子的菜肴，不仅酒虫造反，肠胃也变得饥肠辘辘起来。

不过余震平的酒量远非猴子和大牛能比，又干了一杯之后，反过来劝了二人一杯，他没什么事，可是那两位就开始往桌子下面滑了。

“哎，侯兄弟，我说的那事，你看……”

虽然刚被小偷给偷了，但是盗亦有道，余震平可不想趁猴子喝醉了，去摸他的裤兜，趁着猴子还有点神智，连忙提起借钱的事。

“什么事？还要干一杯？来，谁怕谁啊？”

要是庄睿此刻见到猴子的模样，保准一大耳刮子扇过去，自己交代的事被这家伙忘到九霄云外去了。

“别，侯兄弟，你看那钱的事情……”

余震平也急了，他此时恨不得把桌子上酒菜退回去，换成钱好跑路，就算再和对方交易，地点也不能选在北京了，这他娘的还是首都呢，小偷居然这么多！

“钱？”

猴子醉眼惺忪地看了余震平一眼，说道：“对了，老任，咱们明人面前不说暗话，你给小弟说说，你那里是不是还有什么好物件？”

听了猴子的话后，余震平心里一动，出言问道：“好玩意儿当然还有几件，不过不知道侯兄弟你买来做什么？是自个儿留着玩，还是倒手卖掉呢？还有，侯兄你那老板出手太小气了点吧？”

“哎，老……老任，别……别看咱哥们关系这么好，你要……要是再说这话，兄……兄弟我和你翻脸啊，我老板才不小气呢，这……这做生意，就得按做生意的规矩来，你……你说……对……不对？要不你找别家卖，看他们出什么价钱啊……”

猴子一听这话不乐意了，庄睿是谁？庄睿就是伯乐，把他这匹千里马从彭城带出来的，谁要是说庄睿坏话，猴子绝对敢拼命。

当然，这哥们也是喝大发了，硬是被酒劲给拿的，没见连话都说不利索了嘛。

“我……我给你说，我老板正准备开博物馆呢，古董这……这玩意儿，那是越多越好，老任……你……你放心，我老板绝对……是……是讲究人，价格上亏待不了你的，你要是真有，可……可要先告诉我啊，也……他妈的能让我在庄哥面前长长脸……”

还别说，猴子这番话虽然是醉话，但还真打消了余震平心中最后一丝疑虑，猴子都醉成这样了，要还是能演戏的话，那都能到好莱坞当影帝了。

“东西是有，侯兄弟的老板要是有意思的话，等我回去了，咱们再联系，你放心，我只要卖，一定优先考虑兄弟你……”

酒还真能拉近人和人之间的距离，此时余震平看猴子也顺眼了起来，难得说了句心里话，干他们这行的，做生不如做熟，和老客户交易起来还是比较放心的。

“成，老……老任你够爽快，兄……兄弟我今儿身上就带了两千块钱，你……你全拿去吧，要……要是不……不够的话，吱一声，兄……兄弟我再给……给你准备点……”

猴子这会儿喝得脑子快成糨糊了，估计现在余震平问他借媳妇用用，猴子都不带考虑的，爽快地从裤兜里掏出了两千块钱重重地拍在了桌子上。

“好人啊！”

余震平心里那叫一感动，谁说世上无真情啊？余震平当下装起了钱，把已经从椅子上滑到地上的猴子扶到了一旁的沙发上，这才转身离开了包厢。

走到门口，余震平问了问那桌酒菜的价格，一听要九百多，立马打消了帮猴子埋单的心思，钻出酒店消失得无影无踪。

“庄……庄哥，我……我好像办错事了……”

庄睿刚从地产公司回到四合院，就接到了猴子的电话，顾不得和扑上来的白狮嬉闹，庄睿问道：“怎么回事？没把钱借给那个人？”

“不……不是，庄哥，您说只借一千块钱，我好像借了两千给他……”

猴子在饭店里睡了三个多小时，这会儿刚清醒过来，一摸裤兜，一分钱没有，迷迷糊糊地还能记起来，自己好像把钱都给姓任的了。

要不是大牛身上还装着庄睿给他的一万块钱，今儿猴子连饭店都出不去了，买了单之后，猴子找了个柜员机取了两千块钱给大牛，这才拨通了庄睿的电话。

“两千就两千吧，猴子，这钱你从店里走，跟老赵说一声就行，对了，这段时间多看点书，等博物馆开业，有可能调你过去工作……”

庄睿听猴子给了余震平两千块钱，也没怎么在意，这年头，吃喝拉撒睡哪样不要花钱？再省吃俭用，两千块也不够花多少时间。

话再说回来了，警方一直盯着余老八，说不定直接追到老巢去了，不用自己二次交易

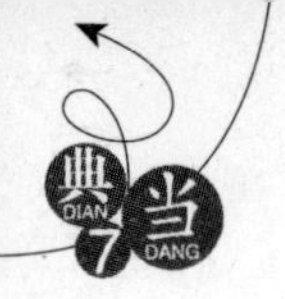

了呢。

听庄睿没怪罪自个儿，猴子放下心来，说道："我知道了，庄哥，您放心吧，咱就是革命一块砖，哪里需要哪里搬……"

"臭小子，你那块砖是茅坑的吧？"

庄睿闻言笑了起来，调侃了猴子一句，挂断了电话。

虽然猴子现在的作用还没凸显出来，不过大雄在"宣睿斋"真是帮了不少忙，这会儿就算赵寒轩离开，文房四宝的生意也能继续下去了，

庄睿和白狮打闹着，走进了中院，见老妈正在修剪花圃，张妈和李嫂在厨房门口择着菜，不由出言问道："妈，萱冰和嫂子呢？"

欧阳婉见儿子进来，停了手，回道："说是去做美容了，还要喊我一起去，我都老成这样了，还做什么美容啊，小睿，你姐夫他们晚上到，你去车站接一下……"

庄睿笑着说道："妈，您一点儿都不老，稍微打扮一下，出去说是我姐都有人信……"

"这孩子，乱说话，行了，时间差不多了，去接国栋吧……"

欧阳婉笑着打了庄睿一下，她对现在的生活很满意，每天的清晨和晚上，都和张妈、李嫂去公园遛遛弯，唯一有点烦的是那儿退休丧偶的老头儿有点多。

庄睿开车从车站接了庄敏等人，再回到四合院，已经天黑了，欧阳婉和张妈做了一桌子菜等在家里，徐晴和秦萱冰也回来了。

彭飞的妹妹丫丫听说囡囡过来了，从前院跑了过来，一时间，四合院里变得热闹起来。

庄睿给赵国栋倒了杯啤酒，问道："姐夫，家里的生意怎么样？"

"不错，咱们那家4S店办得早，在彭城生意是最好的，那几家汽修厂也不错，小四他们现在都上手了，我管得反而少了……"

赵国栋喝了一口酒，脸上满是笑容，一年多以前，他做梦都没想过自己还能过上这种日子，有房有车不说，出门人人都喊声赵老板，倍儿有面子。

不过赵国栋也知道，这一切都是小舅子给的，虽然认识庄睿也有不少年了，但是赵国栋有种感觉，自己越来越看不透庄睿了。

从一无所有到身家亿万，现在居然连私人飞机也玩上了，只用了一年多的时间，虽然现在富豪年轻化，但是庄睿的发迹也未免过于传奇了。

庄睿听了赵国栋的话后，想了一下，说道："姐夫，要是在彭城不忙的话，来北京住吧，过段时间我要开个博物馆，现在正缺人手呢……"

"博物馆？小睿，我对那些东西可一窍不通啊……"

赵国栋闻言愣了一下，让他听听发动机的声音和汽车打打交道还行，让他去管理博物馆？那可就抓瞎了。

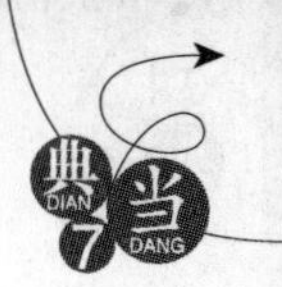

“姐夫，只是让你去做管理，专业上的东西有人懂。你和姐都过来，咱们一家子住在一起，也热闹不是……”

庄睿考虑到皇甫云作为自己的私人律师，以后说不定要忙别的事情，这博物馆算自己投资最大的一个项目了，庄睿自然要找个自己人看着才能放心。

“这个……”

赵国栋闻言有点犹豫，说心里话，他不想离开彭城，因为他的家人都在彭城，来北京生活能不能适应还两说呢。

“小睿，别勉强你姐夫，在哪不是过啊，北京和彭城又不远，没事经常过来就是了……”

欧阳婉虽然也想让女儿女婿住过来，不过她知道赵国栋家里父母都在，兄弟姐妹又多，离得近能照顾些，真要来了北京，心思也不一定能放在这边。

“小睿，这事让我考虑下，再说那边汽修厂有事还要我拿主意。等等再说吧……”

赵国栋想了想，接着说道：“囡囡还有一年就上学了，到时候让她跟妈在北京上学吧，毕竟这边教育好一些……”

“哦，太好了，我能和外婆住一起喽，丫丫姐，到时候我要和你一个学校……”听到老爸的话，囡囡高兴地喊了起来。

“小没良心的，你爸你妈都白疼你啦……”

庄敏听了女儿的话，没好气地用筷子点了点囡囡的头，引得一桌人哈哈大笑起来。

“嗯？妈，我接个电话，你们先吃……”

正说笑间，庄睿的手机忽然响了起来，看了一眼号码，庄睿皱起了眉头。

“一家人吃个饭，哪有那么多的事要忙？”欧阳婉不满地看了儿子一眼。

“咳咳，马上就好……”

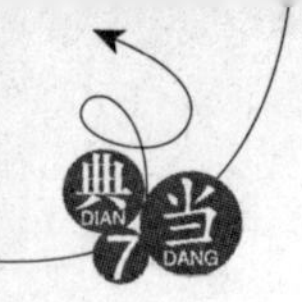

第十二章 双喜临门

庄睿拿着手机走出餐厅，这电话他不敢不接啊，如果挂断的话，庄睿敢保证，没五分钟苗警官一定会杀到家里来。

刚接通电话，苗菲菲就带着指责和质问的口气说道："庄睿，下午余震平见你的人是怎么回事？"

"什么怎么回事？"

庄睿装糊涂，他让猴子借给余震平一千块钱的事本来应该和警方通个气的，只是那会儿正忙着看博物馆，庄睿挂了猴子的电话就忘了。

"余震平到现在都没回租住的地方，你快说下午他找猴子究竟干什么了？"电话里的声音有点儿气急。

"哎，我说苗警官，你们警方不是有人盯着他吗？"庄睿不解地问道。

电话一端沉默了一会儿，才不情愿地说道："跟……跟丢了……"

"嘿，我说苗警官，你们有那么大能耐，能把他的钱都搞丢了，怎么连个人都跟不上啊？"

庄睿闻言顿时幸灾乐祸地笑了起来，哥们儿问你点儿事，就是机密，你们这么有本事，怎么连个大活人都能跟丢掉？

其实这事也不能怪警察，余震平的目标实在是太小了，而且从饭店出去之后，故意在学校门口又晃悠了一圈，那会儿正是学校晚上放学的时间，他往人群里那么一钻很难辨认出来。

虽然有七八个侦查员跟踪余震平，但是几百个学生一涌而出，根本就无法锁定目标，守在余震平出租屋附近的侦查员等了好几个小时都没见他回来，这才确定余震平很可能离开了北京。

目标跟丢了，苗菲菲此刻正承受着很大的压力，再被庄睿这么一嘲讽，顿时爆发出来，语气不善地说道："庄睿先生，请你回答我的问题，要不然你将收到警方的传票，我们

有理由怀疑你为了私底下和余震平买卖文物，故意协助对方逃脱我们的监控……”

“好啊，你们警察权力大，可以传唤我呀，行了，就这么着吧……”

庄睿一听苗菲菲这话，顿时火了，自个儿没本事，拿哥们儿撒什么气呀？我还不伺候了呢，话声一落，庄睿马上挂断了电话。

正要回去吃饭，电话又响了起来，一看还是苗菲菲的，庄睿直接按了拒听键，官当得不大，官威倒是不小，哥们儿一不逃税，二不违法，你能拿我怎么样？

“庄睿，对刚才的话我表示道歉，并没有责问你的意思，但是下午发生了什么事情导致嫌疑人失踪，我们必须知道，还希望你能配合一下……”

电话铃声没再响起，不过庄睿接到了这条短信，以庄睿对苗菲菲的了解，这个口气还显生硬的信息，已经是苗菲菲在向自己道歉了。

“苗警官，下午余震平给猴子打电话，说他身无分文想借点钱，我觉得一分钱不借，有点不合情理，就让猴子借给他一千块钱，至于他去哪了，我真的不知道……”

庄睿想了一下，又把电话打了过去，当然，他没说自己让借一千，猴子给了两千的事儿。

“你……这么重要的情况，你当时为什么不通知我们啊？”

苗菲菲听了庄睿的话后，马上又急了，如果余震平身上有了钱，很可能会继续潜伏，那么专案组前面所做的工作，都将前功尽弃。

“哎，我说苗警官，我又不是做警察的，平时事儿那么多，这点小事说了就忘了，话再说回来，手上就那么点儿钱，买了火车票估计就剩不下几个了，你还怕他不回来找我？”

庄睿又不知道警察能跟丢人，所以这番话说得理直气壮。

“你……和你没什么说的，庄睿，我告诉你，如果余震平再和你有联系，一定要马上通知我们……”

苗菲菲气呼呼地把电话挂了，庄睿话说得虽然有道理，不过余震平失去踪迹，事情总归不受警方掌控了，早知道会这样，还不如提前实施抓捕呢。

这会儿虽然在各大长途汽车站和火车站布控抓人了，但是专案组的人都知道，那人的反侦查能力极强，抓到人的希望很渺茫。

他们猜得没错，此时的余震平，正坐在一节运煤的火车上啃着烧鸡喝着白酒呢，就他那身材加上黑黢黢的脸，就算是被人看到了，也会以为是流浪的小孩。

时间一天天过去了，开始的时候，苗菲菲还经常打电话询问庄睿，余震平有没有打电话过来。

两个多月之后，专案组已经要解散了，余震平这个人就像人间蒸发了一般，不见了影踪。

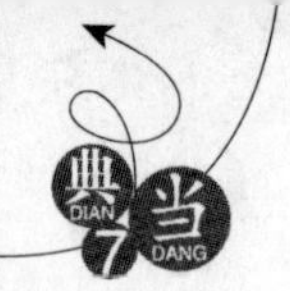

庄睿倒是无所谓,日子该怎么过还是怎么过,赵国栋放不下彭城的亲人,最终还是没留在北京,不过把女儿留在了欧阳婉身边,让老人平添了许多乐趣。

定光博物馆的装修已经全部完成,还有几个特殊展柜没做好,估计再有半个月博物馆就可以开业了,庄睿这几天都在那边忙乎着,地下室里的藏品也分批运到了博物馆里。

皇甫云在一个多月前就赶到了北京,与他同来的还有吉美博物馆的负责人皮埃尔。

为了表示自己的诚意,皮埃尔不仅答应了庄睿的条件,把当年弗雷捐赠的十多幅书画作品,以及庄睿提出的诸如西汉"白玉老虎"作为交换品之外,又额外赠送了庄睿一批敦煌文物。

这批文物包括三十多个敦煌残缺佛像,二十多幅当年从敦煌盗走的壁画,最为珍贵的是一百三十卷当年遗失的佛经。

皇甫云没有辜负庄睿的信任,拿到了这么多珍贵文物,他所付出的代价只是七幅毕加索的素描画。

青菜萝卜各有所爱,这桩交易很难说谁占了便宜,谁吃了亏。

各大媒体得到庄睿的通知后,专门就此事进行了报道,报道一出引起了全国收藏界、考古界以及佛学界的震动,无数藏家高僧从全国各地赶到北京,要求鉴赏那些佛经。

而金胖子的老师更是以九十三岁的高龄,亲自赶到庄睿的住所鉴定了那批佛经,最终确认的确是从敦煌遗失的经卷无疑。

老人除了手书了一份鉴定证书交给庄睿之外,又毛遂自荐给庄睿的博物馆提了名,久不写大字的老人,破天荒地执意要直接写大字,以免庄睿再去放大。

简单的几个字,老人足足写了三个多小时,即使在庄睿那开足了冷气的客厅,老人还是累得几乎虚脱,如果不是有庄睿的灵气,恐怕真会出个好歹。

当时在场的还有好几位收藏界、考古界的专家以及佛学界的高僧,消息一经传出,庄睿的博物馆尚未开业,已经红透了整个古玩收藏圈子,不少藏友自发组织的活动也经常邀请庄睿参加,把庄睿忙得是不亦乐乎。

至于博物馆的安保,外围交给了京城一家信誉比较好的安保公司,内部监控和馆内巡逻,则由郝龙的战友组成,一共十二个人分成三班二十四小时巡逻。

郝龙的战友来历背景都没有问题,身手更是了得,对安保工作也很熟悉,那些看起来很复杂的监控设施,他们都能很好地操作,把他们招致麾下,庄睿着实花了不少钱。

"哎……哎,我说你们几个,小心点儿,算了,我自己来吧……"

皇甫云这个常务副馆长,这几天都快成搬运工了,他的那些宝贝刀剑在外人看来就是些破铜烂铁,所以在拿放的时候不怎么注意,这可把皇甫云给心疼坏了,几乎每一把刀剑都是他亲手摆在架子或者玻璃柜中的。

庄睿在一旁看着好笑,说道:"皇甫兄,这又不是瓷器,没那么金贵,来来,喝口水……"

“得了吧，我这些宝贝比瓷器还金贵呢，这剑上的纹路要是被蹭一下，你帮我研磨回来?”

皇甫云没好气地瞪了庄睿一眼，将手中那把据考证是明朝的尚方宝剑，小心翼翼地摆放到架子上，回身接过庄睿递来的矿泉水。

“皇甫兄，怎么样，当这个博物馆的负责人，不委屈你吧……”

看着在保安的安排下，井井有条地进行着展柜安装的工人们，庄睿自豪地问道。

虽然从占地面积上来讲，定光博物馆和京城很多大博物馆很难相比，但是从馆藏精品的数量和质量上而言，定光博物馆毫不逊色，甚至犹有过之。

以鬼谷子下山元青花瓷罐与龙山文化黑陶为首，辅以宋朝五大名窑和明清官窑的瓷器，另外还有数百件清朝瓷器组成的陶瓷器展馆，藏品的质量在国内都是首屈一指的。

而以定光剑作为招牌的刀剑展馆，更是集合了从古文明时期的石斧到商周时期的青铜器，再到汉唐时的铁制刀剑，尽显中华宏大的战争史。

不仅如此，刀剑展馆内，还有国外中世纪的花剑、十字剑、双手侍剑，和全长达到一米四用于劈砍的大型双手剑。

另外还有延续罗马风格的长矛，波斯风格的弯刀，用圆形、菱形或小方形的金属片缝在皮子或厚布上的锁子甲和用铁条、铆钉牢牢固定在一起的盾牌，盾牌上面的那些十字架图案，使人一眼就可以看出其来历。

庄睿也是第一次得见皇甫云的藏品，里面最让他感兴趣的还是那几个式样古怪的头盔，这些头盔大多为圆形和锥形，头盔前沿伸下一铁条以保护鼻子。

其中有一个据说是十二世纪的圆顶头盔，除前面双眼处有条缝隙，整个头部和脸部都被罩住了，面板处凿出许多小孔，借以呼吸。

看到这些头盔和武器，庄睿脑海中情不自禁地浮现出堂·吉诃德这个经典人物形象。

这也是现今国内唯一一个刀剑展馆，虽然现在还没开业，但是很多来自山东、河北、天津等地的藏友和听到消息的冷兵器爱好者，已经各托关系请求庄睿对他们提前开放了，就连金胖子都打来电话想先睹为快。

书画展馆里面也是名家荟萃，不但有一系列的清宫廷画，而且宋军听说庄睿要开博物馆之后，说给自家老爷子听，那位老爷子不仅归还了那幅唐伯虎的《李端端图》，另外还送来几幅明清名家的作品，大大丰富了书画展馆的藏品。

而且庄睿手上还有一个杀手锏，那就是剩余的毕加索的十三幅素描作品，虽然近些年来，国内收藏家也会拍一些国外知名画家的油画，但是诸如梵高、毕加索等顶级大师的作品，庄睿这绝对是史无前例的独一份。

有了这些藏品，加上某些部门在定光博物馆与吉美博物馆交流藏品时，有意无意地提及了一下庄睿所藏物品的珍贵性，此时在互联网上已经被炒得火热，许多藏家从全国

各地打来电话,询问庄睿的开馆时间。

不过庄睿此刻出现在这里却是来向皇甫云辞行的,因为他和秦萱冰商量好了,趁着开馆之前还有十来天的空闲,准备去海南拍摄婚纱照。

庄睿的研究生面试已经通过了,还有两个月就要开始读研,在这之前,庄睿决定把婚事给办了,秦萱冰挂着个未婚妻的名分在自己家住了小半年了,庄睿心里也是过意不去。

博物馆开业和洞房花烛同是庄睿人生重要的事情,代表了庄睿的事业和爱情都到了瓜熟蒂落的时候,按照欧阳军的话说,这就叫做双喜临门。

庄睿的馆藏文物还是太少了点,即使算上皇甫云的刀剑加起来还不到一千五百件,和那些动辄数万件馆藏精品的大博物馆相比,底蕴差了许多。

从面积上而言,庄睿的定光博物馆虽然不如新建的国家博物馆,但是比一般国字头的博物馆也不遑多让。

在之前的规划中,庄睿按照古玩的分类,准备开办六个展馆,分别是书画馆、陶瓷器馆、刀剑馆、青铜器馆、古董木艺馆和杂项展馆,不过就目前的情况来看,能有一半展馆对外开放就不错了。

两万多平方米的博物馆用到的不过一半多点,按照庄睿的设想,书画馆现在缺少诸如法帖、碑碣、墨迹等类的古玩,还需要补充大量的相关物件。

陶瓷馆虽然有元青花作为镇馆之宝,但是元以前的陶瓷极少,像著名的唐三彩没有一件,断代比较厉害,缺少汉唐陶瓷器。

唯一算得上藏品丰富能拿得出手的,也就只有刀剑展馆了,只是那里面的玩意儿,貌似只有定光剑是庄睿的,其余全都是皇甫云的藏品。

至于青铜器展馆,庄睿手上只有从济南买的一个三足青铜鼎,还是小件,根本就不起眼,定光剑倒是青铜器,不过按照物件的用途,已经分配到刀剑展馆去了。

古董木艺馆和杂项馆更是空空如也,上面只挂着招牌而已,就庄睿手中那几件从缅甸带回来的明清金银器和珠宝,压根就支撑不起一个展馆所需的藏品。

但也没办法,庄睿准备等空闲下来跑遍全国的古玩市场,都过遍筛子,把那些明珠蒙尘流落在民间的古董淘弄出来一批,装点一下博物馆。

国内各大拍卖场也是庄睿的主要目标,虽然以他现在的身家还不足以去和某些收藏大鳄竞争,但是再过上一段时间,等到他的各项投资开始收益的时候,庄睿绝对可以在国内拍卖场上呼风唤雨。

“皇甫兄,这几天博物馆就交给你啦,听说过几天在瀚海有个拍卖会,你去看看吧,如果有什么好东西,就拍下来,多拍点价钱便宜的小件……”

回北京这段时间,庄睿前前后后花了一千多万,他现在手头上只剩下两千多万人民

币了，还欠着皇甫云的工钱没给呢。

"拍哪方面的物件？什么价位的？"

皇甫云进入角色很快，回国后他不但兼管着博物馆的这摊子事，还把庄睿所有的产业整合了一下。

皇甫云提出让庄睿尽量不要抽调彭城几个产业和秦瑞麟的资金，以防突发事件资金链会断掉。

这也是庄睿近段时间囊中羞涩的主要原因，否则以秦瑞麟的造金能力，这几个月怎么着也能有两三千万的进账了。

"主要拍些近代字画和汉唐的陶瓷器吧，那几个展馆一时半会儿甭想开起来了，不如补充这几个开业的展馆……"

庄睿说到这里，顿了一下，想了想接着说道："两千万，最多能给你两千万的资金……"

给了皇甫云两千万，庄睿手上只剩下三四百万人民币了，不过今年第二期缅甸翡翠公盘正进行得如火如荼，再有个十来天，他就能收到翡翠矿的第一笔收益了，按照胡荣的估算，应该不会低于三亿人民币。

如果不是国内诸多事务缠身，庄睿也想再参加次公盘，于他而言，赌石就是在抢钱。庄睿不知道，他要是再去的话，恐怕就没那么轻松了。

因为许多人都憋着劲，准备跟在庄睿后面占便宜呢，到时候他身边肯定会跟一堆人，庄睿没参加此次公盘，也让许多人失望之极。

有了缅甸这笔钱垫底，加上下个月新疆玉矿的产出，庄睿的底气也足了很多，他准备在未来的几年内，除了上学之外，要横扫国内的拍卖市场。

近代名家的字画，也是定光博物馆的一个空缺，尺幅不大的字画价格也不是很贵，所以庄睿准备让皇甫云拍一些以充实书画馆。

至于汉唐的陶瓷器，相对元宋明清的而言，制作粗糙一些，除了唐三彩之外，价位也不是很高，之所以要拍这类古董，庄睿是不想让陶瓷馆出现过于明显的断代而已。

"行，我知道了，不过老弟，回头我的工钱你可要付给我呀，哥哥出去泡妞的钱都快没了……"

皇甫云点头答应下来，笑着和庄睿开了个玩笑。

两人正闲聊着，一队四人巡逻的安保迎面向庄睿走过来，他们和国内那些穿着制服的保安不同，清一色的黑色西装，耳边挂着无线耳麦，看起来特别精神。

这也是庄睿从国外学到的，敢来博物馆偷东西的贼，绝对不是几件保安服就能震慑的，而且庄睿嫌那衣服太难看，降低了博物馆的档次。

"庄总好，皇甫馆长好！"

领头的黑西装走过庄睿身边时，微微点了下头，跟庄睿和皇甫云打了个招呼，眼睛却

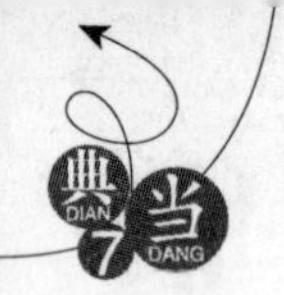

一直盯着那些安装展柜的工人，十分专业。

“哎，Cris，不用那么紧张，现在很多文物还没上柜，怎么样，在这里还习惯吗？”

庄睿笑着和为首的人打了个招呼，这人的中文名字叫杨剑，英文名字叫做 Cris，是郝龙的战友，也是定光博物馆的安全总监。

杨剑和郝龙不同，他出生在一个武术世家，俗话说穷文富武，杨剑的家境要好得多，大学毕业之后进入当时还是欧阳磊任职师长的特种师，由于懂得英语，第三年作为中尉军官被派往国外，参加中国驻国外的维和部队。

杨剑的英文名字 Cris 就是在国外起的，Cris 是短剑和匕首的意思，由于他会玩一手出神入化的小刀，被别国的维和部队成员起了这个名字，并逐渐叫了起来。

庄睿有一次听杨剑的洋媳妇叫他的英文名字，这才跟着叫了。

在国外，杨剑曾经成功阻止了一起难民袭击军营的事件，并且解救了一个来自美国的年轻女记者。

按理说，杨剑的发展一直都是很完美的，在国外待上几年，回到国内肯定是部队重点培养的人才。

只是事情后来的发展逐渐脱离了轨道，不知道是因为英雄情结，还是杨剑长得太帅了，那位长相清纯，和美国明星杰西卡都有一拼的女记者疯狂地追求起杨剑。

本来杨剑一直躲着这位女记者，无奈部队领导为了宣传中国维和部队的风采，让杨剑多和女记者接触，一来二去，杨剑这钢铁打造的小刀也陷入女人的温柔乡里去了。

在维和部队中，这种事情是违反纪律的。

结果就是遣返回国、强制退伍，唯一让杨剑感到欣慰的是，那位女记者居然从国外追到了国内，一直都是不离不弃。

不过退伍之后，问题又来了，杨剑是山东人，家族比较传统，根本无法接受这位洋媳妇，搞得杨剑在家里也无法立足，将近半年时间，杨剑都没什么工作，一直靠洋媳妇养活着。

这老爷们靠女人养活心里肯定不是滋味，所以杨剑在接到郝龙的电话之后，马上带着媳妇赶到了北京。

杨剑受过极其专业的安保训练，并且又带过兵，富有管理经验，身手更是没的说，和彭飞过了两招，都是平分秋色，庄睿当时就拍板定下了，让杨剑做博物馆的安保总监，月薪三万。

而杨剑的媳妇，则进了一所学校，当起了老师，两人暂住在庄睿提供的房子里，生活算是稳定下来了。

杨剑对这份工作也很满意，上任不到一个月，把手下十几个曾经的特种兵管得服服帖帖的，并且针对博物馆安全上的薄弱环节提出不少建议，消除了很多隐患。

“习惯，谢谢庄总，回头向郝龙问声好，快半个月没见那小子了……”

习武之人的性格一般都比较豪爽，杨剑在庄睿面前也没什么拘束感，不像另外几个郝龙的战友，见到庄睿有点束手束脚的。

“习惯就好，杨剑，我这几天要出去一趟，有什么事你和皇甫兄商量，安全工作一定要做好，多花点钱没关系……”

庄睿想了一下，还是交代了杨剑几句，自己的那件鬼谷子元青花瓷罐和定光剑，可是国内独一无二的，别说被盗走了，就是磕着碰着一点儿，庄睿都得心疼死。

“庄总，您放心吧，这点事情都做不好，我这钱拿着会亏心的……”

杨剑笑了笑，给庄睿吃了一颗定心丸，还别说，庄睿听到这话，心里真放心了不少。

“我接个电话，杨剑，你去忙吧，这几天放松点，等开业前展品上柜的时候就要紧张起来了……”

庄睿兜里的电话突然响了起来，拿出来看了下号码，庄睿又跟杨剑说了几句，这才按下了接听键。

第十三章 柳暗花明

“猴子，那些解说词背熟没有？开业那天你要是搞砸了，我可饶不了你……”

电话是猴子打来的，前段时间庄睿丢给他几本书，让猴子好好学习下，以后除了在“宣睿斋”工作之外，没事还能到博物馆客串个解说员。

本来庄睿想把猴子调过来，可是被皇甫云劝住了，博物馆的解说最好还是找些年轻点的女孩，猴子这副尊荣，要是再穿个古装衣服的话，没准会被游客认为是“大内总管”了。

猴子本人也觉得来博物馆工作没有在宣睿斋自在，庄睿也就由他了，不过还是让他多看点书学点东西，并且让葛师傅带带猴子，学点儿篆刻工艺。

“庄哥，我这解说员是后备的，能不能用得上还是两说呢……”

猴子在电话里嘿嘿笑了起来，接着说道：“嗨，差点忘了正经事，庄哥，那个姓任的打电话来了，说手上有几件东西卖，我不敢做主，让他等下再打过来，您看？”

“姓任的？我不认识什么姓任的呀……”

庄睿闻言愣了一下，他除了知道金大侠那本《笑傲江湖》里面有个任我行还有个任盈盈之外，现实里还真没有姓任的朋友。

“呵呵，庄哥，就是前几个月卖给您青铜爵的那个人，就是那小个子……”

猴子出言提醒了庄睿一句，别说庄睿了，猴子刚才接到“任老板”的电话都愣了半天神，才反应过来是谁给他打电话。

“是他?!”

庄睿猛地打了个战栗，这事情过去都两个多月了，余震平犹如石沉大海一般，没有一点儿音讯，专案组现在都处在要被撤销的阶段了，没想到余震平出现了。

庄睿想了一下，一字一顿地说道：“猴子，你听清楚，‘任老板’要是再打电话来，你把我的电话告诉他，让他和我联系，告诉他，只要有东西钱不是问题……”

电话对面的猴子点了点头，说道：“庄哥，我明白了，那小子不地道，借了钱屁都没放

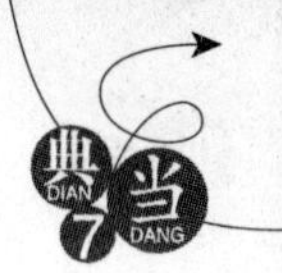

一个,您可小心点啊……”

“滚一边去,我还要你教啊……”庄睿笑骂了一句,挂断了电话,马上在手机里翻找起电话号码,拨了出去。

“蒋组长吗?您好,我是庄睿,有余震平的消息了,他把电话打到我店里工作人员那里,可能等一会儿会打给我,您有什么要交代的吗?”

苗菲菲在一个月之前就退出了专案组,这个电话是公安部一个刑侦处处长的电话,叫做蒋昊,他是此次专案组的组长。

“什么?咣当!”

电话里传出一声惊呼,紧接着庄睿听到对面好像碰翻了什么东西的声音。

“小庄,你……你说的是真的?确定那个人是余震平?”

蒋昊的声音有点急,他本来已经对余震平再次出现失去了希望,而且这段时间部里对他的工作很不满意,蒋组长压力很大,没想到余震平的消息突然传来,让蒋昊惊喜莫名。

“是他,应该不会错,蒋组长,给个章程吧?别又搞得我犯错误啦……”

上次给了余震平两千块钱,让专案组大为不满,如果不是庄睿的背景够深厚,恐怕早就被请进局子里喝茶去了。

“不会,不会的……”

这会儿庄睿就是指着蒋昊的鼻子骂,蒋昊还会还个笑脸。

蒋昊想了一下,说道:“这样,小庄,如果余震平打电话给你,你不要问他在什么地方,只说想要一些青铜重器,价值高的,别的什么都不用说……”

蒋昊知道余震平胆小多疑,让庄睿这样说也是不想打草惊蛇。

“行,我知道了,没事我挂电话了啊,不知道那人什么时候会打来……”

电话一端的蒋昊听庄睿要挂电话,连忙说道:“等等,小庄,你这个电话我们要暂时实行监控,好查出对方的电话是从什么地方打来的,希望你能理解……”

他人电话是不能随便监听的,所以还是要先跟庄睿打声招呼。

“没关系,蒋组长您按规定办吧……”

庄睿无所谓地答应下来,他这个手机号码是工作用的,包里那个电话才是家人亲戚用的。

“庄睿,什么事神神秘秘的?”

见庄睿挂断电话,皇甫云凑了上来。

“没什么事,得,今儿是安稳不了了,皇甫兄,我先回去了……”

庄睿话声未落,还没放回兜里的手机又响了起来,一看号码是陌生的,庄睿连忙往外走。

“喂,哪位?”庄睿按下了接听键。

“庄老板，我姓任，咱们见过的，上次还没谢谢您借的钱呢……”

余震平的声音很粗，听过一次的人基本上都能记住，因为这声调和他瘦小的身材完全不相符。

庄睿打了个哈哈，说道：“任老板，您好，刚才猴子给我来电话了，那点儿小事就不用提了，咱们谁都不缺这点儿钱，江湖救急，不算什么的……”

不过电话一端的余震平听到庄睿的话，差点没蹦起来，“小钱？”他可是靠着这两千块钱，足足过了两个月有酒有花生米的日子，比之前那大半年的生活可是好多了。

回到郑州之后，余震平心里有点不安稳，出于安全第一的考虑，余震平拿着那两千块钱又潜伏了下来，并没急于联系庄睿继续出售文物。

不过这次余震平顺利出手了两件青铜爵，虽然钱被那个老蠡贼偷去了，但是余震平感觉北京卖古玩这条路子，他算趟出来了。

手里还有一两千件盗墓文物，余震平底气足了很多，所以在生活上也没那么节省，两千块钱用了两个月才没有了。

余震平不知道，他这一低调搞得北京城好多人的帽子差点儿被摘掉了，蒋大组长在背后不知道骂了庄睿多少次。

“庄老板，这段时间忙，也没联系，实在是不好意思，我回家找了下，还有几件商周时期的玩意儿，您有没有意思啊？”

余震平这会儿是睁着眼睛说瞎话，他这一年多时间，每天都闲得蛋疼，文物藏匿处的几本书都被他翻烂了。

“还是小件器皿？”庄睿问道。

余震平答道：“对，还是有一套六件酒器，三枚沁色汉玉，庄老板要是需要的话，我去北京找您……”

余震平手上的青铜器五花八门，重器小件什么样的都有，他这次想多卖几件，手上有了钱就偷渡出去，家里剩下的这些东西，余震平准备在国外趟好路子之后，再想办法卖出去。

“小件？小件就算了，不瞒任老板您说，我这段时间正筹备开博物馆呢，现在需要的是重器，小件东西不急着收，过几个月再说吧……”

庄睿说出来的话要是被蒋组长听到，保准会和他拼命，好不容易鱼又要浮出水面，庄睿这不是硬往下按吗？

“哎，庄老板，这青铜重器可不好找呀……”

听了庄睿的话，余震平着急起来，再过几个月？那哥们恐怕就要饿死了，别说几个月，就是再过一个星期，余震平都要跑菜市去拾菜叶子了。

“呵呵，任老板，没事的，这点小事要是办不好，我的博物馆也不用开了……”

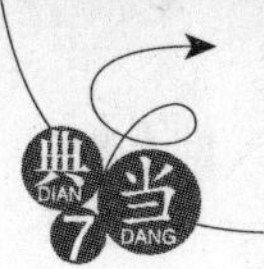

电话里传出庄睿自信满满的回答，听得余震平沉默起来。

足足过了四五分钟，就在庄睿以为对方挂掉了电话时，余震平的声音忽然响了起来："庄老板，我这儿有三尊青铜鼎，最大的一个重三百多公斤，不过这东西要先谈价，再看货！"

"乖乖，三百多公斤的青铜鼎？"

庄睿被余震平的话给吓了一跳，这绝对是国之重器啊，除了那个重达八百多公斤的司母戊大方鼎之外，庄睿还没见哪个博物馆有两百多公斤的大鼎的。

司母戊方鼎是现存于世的最重的鼎，传说中的大禹"收九牧之金，铸九鼎"，这九鼎应该都重于司母戊方鼎，遗憾的是传说中的九鼎都遗失了。

秦始皇陵百戏俑陪葬坑内，曾经出土过一个秦代青铜大鼎，高六十一公分、重达二百一十二公斤，是目前发现的最大、最重的一件秦朝鼎器。

古人形容一个人力气大的时候，往往说其力能扛鼎。

司马迁在《史记》中提到的楚霸王项羽"籍长八尺余，力能扛鼎"，翻译成现在的话就是说："项羽这个人身高一米八以上，力气很大，能够扛得起很重的鼎。"

《史记》里面所说的鼎，自然不会是重达八百多公斤的司母戊方鼎。

司马迁还是一个用词谨慎，比较实事求是的人，他用的是"扛"字而非"举"字，由此可见，项羽所扛的青铜鼎，重量应该在一百至二百公斤之间。

已经出土的青铜鼎，只有极少数商周时期的重鼎能达到三百公斤以上。

而余震平张口就说出他有一件三百多公斤重的青铜鼎，这件青铜鼎如果问世的话，不管它是秦鼎还是商周战国时期的青铜鼎，绝对能造成考古界和收藏界的巨大轰动。

"任……任老板，您说的是真的？"

庄睿激动之下，差点喊出了余震平的名字，稳了一下心神之后，庄睿接着说道："任老板，您那件青铜鼎要是真的，我绝对能给您一个满意的报价，不过这东西，我必须要看过再说……"

"庄老板，咱们明人不说暗话，这东西要是走了光，你我都有牢狱之灾，所以还是先谈价钱再看物件吧……"

余震平当然知道这玩意是真是假，当时他们装扮成煤炭勘测队的人，在湖北农村郊外租用了一辆吊车，当然，没要吊车司机，余老大亲自开的。

就这样，还足足用了两天多才把这个青铜鼎从那个商周大墓里弄到车上，也正是因为动用了吊车，这个青铜鼎才保存极为完好，就连四壁上的兽环都没脱落。

"任老板，那您开个价吧，不过这价格要在我的承受力之内啊，您也知道，我拿到这青铜鼎不上下打点一下，这物件是摆不到我的博物馆里的……"

庄睿半真半假地说道，说老实话，他心里还真想将这青铜鼎黑下来，这玩意要是摆在

博物馆里,恐怕光是各个高校考古系的学生老师,就能踩破博物馆的门槛。

“免费参观?”

门都没有,哥们开的是私人博物馆,看清楚了,是“私人”,到时候光是门票,还不狠狠赚上一笔?

庄睿想到高兴处,脸上不由露出了笑意,站在车门口傻呵呵地笑了起来,看得担任博物馆外围安保的那些人心里纳闷,“这有钱人真是怪癖,打个电话怎么一副要流口水的模样?”

听庄睿让自己出价,余震平一时愣住了,这卖青铜鼎的心思是刚刚兴起来的,他哪知道出什么价钱才合适啊?

而且藏匿这尊重鼎的地方,还有三四百件其余的古董文物,如果带庄睿去那里看货,那个地方肯定就暴露了,而余震平又没有能力将那些物件搬空,如果价钱开低了,岂不是白白便宜了庄睿?

“庄老板,我要细想一下,咱们稍后再联系……”

余震平倒不是起了疑心,庄睿前段时间和海外博物馆交换藏品的事,他也知道,在余震平心里,庄睿绝对是最佳的交易对象,如果不是万不得已,他是不会另择他人交易的,这也是人的惯性使然,做熟不做生嘛。

只是庄睿偏偏要买那件青铜鼎,让余震平纠结万分,他舍不得那么多古董文物,但现在偏偏又面临着断炊的局面,一时半会儿脑子有点乱,干脆挂断了电话。

“哎……哎,任老板,您开个价啊……”

庄睿喊了半天,听到对面传来“嘟嘟”的忙音,再拨打过去,对方已经关机了。

“靠,这不是吊哥们的胃口吗?”

庄睿气得在汽车轮胎上踢了一脚,拿出钥匙打开车门,向家里驶去。

刚开出没两百米,蒋昊的电话就打了过来。

庄睿按下接听键,说道:“蒋组长,刚才余震平来电话了,我让他报价,他说考虑一下回复我,对了,你们找到他的住处了吗?”

“还没有,小庄,你的手机千万不能关机啊,继续和余震平保持联系,嗯,有情况马上通知,不多说了,以防他打电话过来……”

蒋组长说了几句就挂断了电话,不过心中却郁闷之极,敢情庄睿当“有关部门”真是神通广大啊。

监听无线通话,那必须要在一定范围之内,而且这么短的时间,蒋昊报告打上去,领导还没批下来呢。

第十四章 出钱出力不讨好

“妈，萱冰呢？”

回到四合院，庄睿走到中院的厢房，七月的北京有点燥热，欧阳婉的户外活动也逐渐减少了，此刻正待在空调房里。

趴在地上的白狮更是不习惯这种天气，见到庄睿进来，也只是有气无力地睁开眼睛看了眼，继续闭眼假寐去了。

“萱冰和你嫂子去选婚纱了，你这孩子，这么热的天儿也不说陪着一起去，整天就知道忙活你的博物馆……”

欧阳婉虽然从来不过问庄睿的生意，还是发了几句牢骚，徐晴可是怀着身孕呢，这都七八个月了，万一有个好歹的，自己可没脸去见小哥。

庄睿闻言做了个鬼脸，笑道：“妈，没事，彭飞陪着去的，我忙完这段时间就空下来了……”

庄睿本来说把那家摄影店所有的婚纱都带过去的，但是秦萱冰非要先试穿一下，明天就要去海南了，庄睿今儿必须去博物馆那边交代一声，所以才让彭飞陪着去的。

“萱冰是你媳妇儿！”

欧阳婉无奈地看了儿子一眼，说道：“冰箱里有绿豆汤，去喝了解解暑，这天气在家里待着不好吗，非要往外跑，北京什么景没有？还要去海南拍婚纱照……”

庄睿笑嘻嘻地道：“妈，海南有海呀，啥时候您找个老伴，我也送你们去海南拍婚纱照……”

“这孩子，胡说些什么啊，你是看妈打不动你了是吧？”

欧阳婉受不了庄睿时不时冒出让她找老伴的话，当下从桌子上拿起鸡毛掸子，作势要打庄睿，地上的白狮听到动静，站起身看了一眼，然后很没义气地又趴下了。

“妈，我接个电话，咱们回头再说，有正事……”

正和老妈开着玩笑，又是一个陌生的电话打了进来，庄睿猜想十有八九还是余震平的，连忙窜出了屋子，走到靠近池塘的凉亭里坐下。

“哪位？”

“庄老板，是我……”

果然，来电话的还是余震平，庄睿等得起，但是他可等不起，思来想去，还是决定放弃那一屋子古董文物，反正还有两处藏匿文物的地方，只要自己能出国，日后总有机会启出来的。

“庄老板，我也不和你兜圈子了，实打实地告诉你，放置青铜鼎的地方还有四百多件商周秦汉时期的青铜器……

“这批文物可以全给你，但是你要给我准备五十万人民币和五十万美金的现金，另外还要一张五百万欧元无记名的瑞士银行本票，如果你三天之内能办好，我会通知你看货的时间和地点的……”

余震平揣摩过，自己随身最多能带一百万的纸币，差不多都要一书包了，至于瑞士银行的本票，他听余老大提过，不过自己没见过，本着有便宜不占王八蛋的心思，这才提了出来。

“四百多件青铜器？”

庄睿闻言在电话里倒吸了一口凉气，再一听余震平的报价，庄睿恨不得自己一脚踹开警方，单独和这位“任老板”交易了。

要知道，前段时间澳门举办了一场中国青铜器的专场拍卖会，一共四十九件青铜器无一流拍，创下了百分之百成交率的同时，也创下了一亿两千万港币的成交记录，而这才是四十九件青铜器创造出来的。

如果真如余震平所说，他手上有四百多件青铜器，那么自己的青铜器展馆马上就能开张营业了，当然，这心思庄睿也只能想一下。

庄睿定了定神，出言道：“任老板，钱不是问题，不用三天，明天我就能办好，不过，我要看了货才能给钱……”

“那是当然，既然这样，我明天晚上给庄老板电话……”

余震平不怕庄睿黑吃黑，他手上的枪也不是吃素的，自己烂命一条，余震平不信庄睿敢和他赌命？

“蒋组长，事情就是这样，交易用的五十万美元和五十万人民币的现金，这个需要你们提供，另外瑞士银行的本票，你们也想想办法吧……”

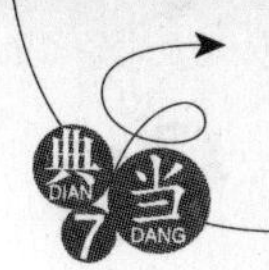

庄睿挂断余震平的电话后，马上用另外一个手机给蒋昊打了过去。

这些东西收回来之后，能不能摆到自己的博物馆里还是两说呢，庄睿自然不愿意自个儿出钱了，而且五百万欧元，他现在也拿不出来。

按照惯例，各地出土或者缴获的走私盗掘文物，都会安置在各地的国有博物馆内，以供游客参观，要是这些文物在北京还好说，如果是在外省，庄睿十有八九就是白忙活一场。

“小……小庄，这……这时间也太紧了吧？明天就准备好钱，这根本来不及啊……”

听了庄睿的话后，蒋昊吃惊地张大了嘴巴，开什么玩笑，一天要准备这么多钱，自己压根就没这个权限啊。

虽然是公安部直接督办的案件，但是手续还是要走的，这么多钱别说一天，一星期能批下来就算不错了。

“蒋组长，这……我也没有办法啊，我只配合警方行动，总不能让我自个儿掏钱买了东西给国家吧？”

庄睿差点脱口说出“地主家也没余粮”的话来，不过他的意思已经表达得很清楚了，想让马儿跑，又不给马儿吃草，你们多少要意思下呀。

“你……你……”

蒋组长被庄睿噎得说不出话来了。

“对了，蒋组长，我见过余震平，看他那模样，也不像认识瑞士本票的人，这个你们可以做个假的……”庄睿好心地给蒋昊出着主意。

警方提供的资料上显示，余氏家族在河南，以前就是个地主阶级，后来自动转化成农民了，给他张银行本票，他也不知道怎么去查，话说瑞士银行可没有普通话接线员。

“行了，明天我给你回复吧……”

蒋昊郁闷地挂断了电话，翻出一叠表格填好之后，想了想拿出手机拨了个电话出去。

“媳妇儿，回来啦，嘿，嫂子这肚子，来，让我摸摸……”

打完电话之后，庄睿刚站起身就见秦萱冰和徐晴二人走进了中院，徐晴的肚子已经凸显得很厉害了，走路都比较吃力，庄睿就搞不懂，她哪儿那么大的精力非要跟秦萱冰去试婚纱？

“去……去，一边儿去，我媳妇你能乱摸吗？小心我揍你！”

欧阳军从徐晴后面钻出来，一把打掉庄睿摸过去的手，自己理所当然地把手放了上去，说道：“要摸也是我摸，啥时候你媳妇怀孕了，你小子才能有这待遇……”

一旁的秦萱冰被欧阳军说得俏脸绯红，不好意思地瞪了庄睿一眼，自己老公也学坏

了，当着自己的面居然敢去摸别的女人！

“死样……”

徐晴看着自己这活宝似的老公，哭笑不得，加上出去了半天精神有点儿不好，在欧阳军的扶持下回屋休息去了。

庄睿把嘴巴凑到秦萱冰耳边，小声说道：“嘿嘿，媳妇儿，咱们也回去造人吧……”

“你就知道……”

秦萱冰跺了跺脚，却把话题一转，说道：“一直待在空调房里，想透透气，咱们在这儿坐会儿吧……”

池塘边的老槐树枝叶繁茂，树下有一套石桌椅，坐在上面倒是不很热，听着园中各处传来的知了叫声，别有一番风味。

“庄睿，徐晴姐今天也穿了婚纱，好漂亮哦……”

“在我心里，你才是最漂亮的……”庄睿难得说了句情话。

“你这人，试婚纱都不去，明天摄影楼的人要把你的衣服都带去，这样太麻烦了……”秦萱冰不满地在庄睿胸口拍打了一下。

“明天？”

“哎哟！”庄睿狠狠地在自己脑门上拍了一记。

他忽然想到，明儿自己还要等余震平的电话，蒋昊也交代自个儿这两天要随时待命，不能乱跑，怎么把这茬给忘了！

秦萱冰抓住庄睿还想跟脑袋较劲的手，问道：“怎么了？庄睿？”

“萱冰，对不起，海南这两天去不了了，博物馆那边有点急事，我想买一批文物，在听信儿……”

庄睿懊悔地摇着头，都怪自己被余震平说的四百件青铜器迷昏了头，居然将明儿要去海南的事都给忘了。

秦萱冰知道庄睿这段时间忙得昏天黑地的，理解地说道：“没事，工作要紧，再说天气这么热，我也不想出去折腾，不过这事要通知下影楼，他们的机票都订了……”

“哎，这事都怪我，萱冰，你放心，我一定给你办一个盛大的婚礼……”

庄睿心里实在是感到很愧疚，女孩子对于拍婚纱照都有着渴望与向往，秦萱冰已经期待很久了，没想到这次又不能成行。

“不是说了嘛，婚礼简简单单请几个家里人就好了，行了，晚几天拍又不是不拍，没什么对不起的，走吧，我回屋打电话……”

秦萱冰的性格远比庄睿想象的要豁达得多，反过来安慰了庄睿几句。

他们俩前段时间已经领了结婚证，从法律上讲，已经是夫妻了，秦萱冰性子比较淡泊，对于婚礼什么的，倒是真没有太多想法。

不过这事被欧阳婉知道以后，将庄睿狠狠地训斥了一顿，整个晚饭吃的，像是在开庄睿的批斗会，就连小囡囡都冲着庄睿做鬼脸刮鼻子，搞得庄睿苦不堪言。

第二天上午八点多，昨儿心怀愧疚的庄睿奋战了半夜，正呼呼大睡时被手机吵醒了。

"小庄，银行本票和五十万人民币的问题我们能解决，不过这五十万美金，你看……你那儿能不能想点办法啊？"

蒋昊也是实在没办法了，求爷爷告奶奶地凑够了五十万人民币，又连夜从局子里提出个做假证的，整了张足以以假乱真的银行本票。

但是这美元，蒋昊一时半会儿的真是搞不到，警察的工资不发美金啊。

"凭什么啊？我说蒋组长，我正想找你呢，这事儿我没法办了，本来说好今天去海南拍婚纱照的，都被这事给耽误了，还想让我拿钱，门都没有！"

庄睿一听蒋昊的话，火气顿时上来了，把昨儿在老妈那儿受的气，一股脑地冲着蒋大组长发泄了出去。

苗菲菲一退出专案组，再没有一个人提起可以给庄睿博物馆提供一批缴获文物作为展品的事了，就连那两件青铜爵都被他们收回去了，典型的过河拆桥，庄睿正憋着一肚子气呢。

蒋昊听了庄睿的话后，面色一正，说道："小庄，这也是为了工作嘛，希望你能理解，配合下我们的工作……"

"对不住，蒋组长，那是您的工作，和我不搭边，一点儿关系都没有，公民没有义务自个儿掏钱去给你们做工作，话再说回来了，你们好像还欠我钱吧？"

庄睿没等蒋昊把话说完，就打断了他，那两个青铜爵被专案组拿走了，但是自己花的十万块钱，警方可还没退给自己呢，说是在走手续，指不定蒋昊那五十万里面就有自个儿的十万呢。

"这……这……小庄，你放心，一结案，钱马上就能退还给你，公家还能贪污私人的钱吗？"

蒋昊被庄睿说得哑口无言，这事他们理亏啊，本来是要退钱的，但是某个部里的领导当时提出由于庄睿擅自行动，借钱给嫌疑人，影响了案件的进程，要把这笔钱扣下。

倒不是说这钱不给庄睿了，只是暂时扣住而已，这一扣就是两个多月，蒋昊也把这事儿给忘了。

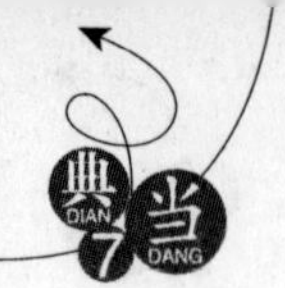

“蒋组长，不是我说你们，做事忒不地道了，我甘冒风险帮你们办事，自己没看住嫌疑人，丢了怪到我头上，扣着我的钱不给，现在又让我拿钱，您说说，有这个道理吗？”

庄睿这是得理不让人，最主要的是他心里打着小九九，哥们连婚纱照都不去拍了，怎么着也得给点说法吧！

“这……”

蒋昊心里那叫一郁闷，要是换个人跟他这么说话，他早就听不下去了，但是说这话的是庄睿，他还真是一点办法都没有。

第十五章 神奇“套儿爷”

郑州，河南省会，是中国重要的内陆开放城市和历史文化名城，郑州地处中原腹地，“雄峙中枢，控御险要”，为全国重要的交通、通讯和能源枢纽。

郑州北临黄河，南依嵩山，西邻十三朝古都洛阳，东邻七朝古都开封，南邻三国时期曹魏故都许昌，而郑州也是中国八大古都之一。

有着如此悠久的历史，郑州的旅游资源非常丰富。

轩辕黄帝故里、裴李岗文化遗址、大河村遗址、商城遗址、黄河游览区、巩义市的宋朝陵墓，有中国特色文化旅游群和以少林寺、嵩山国家森林公园为主的嵩山风景名胜区，都给郑州增添了无穷的魅力。

和在北京的皇城根下待着的感觉不同，一到郑州，庄睿就感觉到一种厚重的中原文化，这个传承了几千年文明史的地方，曾经孕育出了白居易、杜甫、李商隐等近百位古今大家，有着独特的地域文明和文化。

当然，庄睿来这里并不是来研究中原文化的，也不是来观光旅游的，之所以连夜乘飞机赶到郑州，只为了余震平的一个电话。

这个电话不仅让庄睿连夜乘坐私人飞机来到郑州，就是专案组也忙得鸡飞狗跳，乘坐各种交通工具向郑州古城汇聚而来。

出于保密需要，专案组只通知了豫省的刑侦总队，并未惊动地方警力，这是怕打草惊蛇。

虽然已经基本锁定了余震平在郑州，但是郑州这么大个地方，鱼龙混杂，想排查出一个人，不亚于大海捞针，话再说回来，万一惊动了余震平，他再流窜到别的省市，那就更难抓了。

“蒋组长，刚才余震平来电话了，说后天才有时间，这什么意思啊？”

刚住进郑州裕达国贸酒店，庄睿就接到了余震平的电话，说出自己所住的酒店之后，余震平告诉庄睿自己明天有事,后天才能带庄睿看货。

余震平的电话向来打完马上关机,庄睿也无可奈何,只能通报了蒋昊。

电话一端沉默了一会儿才传出声音,道:“我们分析,余震平明天极有可能跟踪你,以观察有没有危险。这样,明天我们不安排人跟着你,不过小庄,那个追踪器你一定要带好,有情况马上和我们联系……”

蒋昊哥几个此时正窝在公安招待所呢,虽然豫省警方接待工作做得不错,但他们丝毫不敢放松,推掉了刑侦总队的酒宴,正催促豫省警方安排豫省牌照的汽车呢。

庄睿听了蒋昊的话后,说道:“行,那我明儿就在郑州逛逛……”

能让庄睿如此好说话也是有原因的。

昨天,因为那五十万美金的问题,庄睿给自己争取到了实实在在的权益,这次案子破获之后,缴获的文物庄睿可以得到三分之一,当然,他只有展出权,没有所有权,国家随时可以收回去。

据蒋昊说,这是部里领导亲口许下的,庄睿也不怕他们赖账,反正通话他都录音了。

到时候警方要是反悔,庄睿就让欧阳四哥出马,庄睿不怕要不回来物件。

“得了,彭飞,睡觉,明天淘宝去……”

这次来郑州的目的庄睿只告诉了彭飞一人。

在他看来,就余震平那瘦胳膊细腿的样子,彭飞一人就能摆平了。

裕达国贸酒店位处郑州市中心,第二天早上起床之后,庄睿找人打听了一下,打了个的士,带着彭飞直奔郑州古玩城而去。

作为中国的八大古都之一,郑州周边不知道埋葬了多少帝王将相,也不知道出土了多少珍贵的文物,这样的地方,古玩市场自然非常繁荣。

郑州拥有六家大型古玩卖场,面积都在两万平方米以上,这种规模在全国都是罕见的。

尤其是郑州古玩城,是四层大型商场,包括了古玩、工艺美术品、收藏品等多品种经营项目,是郑州的第一家古玩市场,堪称“郑州古玩业界老大”。

打车来到古玩城,庄睿看着眼前的建筑,不由自主地说道:“到底是八朝古都,这底蕴就是不一样……”

“庄哥,北京城随便哪个地方都不比这里差吧?”

彭飞看着眼前的三层黄楼,撇了撇嘴,不以为然地说道,在皇城根下长大的人,向来都认为北京的历史文化底蕴才是最深厚的。

“你知道什么，这古玩城可是在夕阳楼的遗址上建起来的……”

庄睿看彭飞一副莫名其妙的样子，好为人师地给他解说道：“夕阳楼始建于北魏，同黄鹤楼、岳阳楼、烟雨楼、鹳雀楼一样，同为唐代八大名楼之一。”

李商隐客居郑州时，曾经写下《登郑州夕阳楼》：“花明柳暗绕天愁，上尽重城更上楼。欲问孤鸿向何处，不知身世自悠悠。”

据古籍记载：夕阳楼建在三层砖楼的基础上，飞檐斗拱，雕梁画栋，高耸入云，蔚为壮观，夕阳西下时分，余晖在琼楼之巅镀上一层华丽的金色，登楼极目，看落霞映西山，彩云绕烟村，真乃绝妙美景。

只是沧海桑田，世事变迁，古夕阳楼和为之留下千古佳句的文人骚客们，早已湮没于历史长河中。

“嗨，庄哥，说了半天，还是后建的，没劲……”

彭飞对庄睿那副凭吊先人的模样很是不以为然，他可不想被庄睿抓住上课，当下率先走进了古玩城。

古玩城的一楼为玉器、木器工艺品经营区，摊位紧挨在一起，里面人头涌动，好像都不要上班直接来这里捡漏赚钱就行了。

从2002年开播鉴宝栏目以来，人们对古董的认知越来越多，尤其是历史悠久的古城，家家都翻箱倒柜，看能拾掇出什么值钱的物件。

全民收藏的年代，自然带动古玩城的生意也好起来，郑州从两家古玩市场一下子开到了六家，就是最好的证明。

一楼地方虽大，但是却比较安静，来往的客人都是静静地观察自己喜欢的物件，只有一些摊位老板聚在一起聊天，讲着古玩行的趣事。

庄睿今天没什么事，就是来转转的，在这种大通铺一般的古玩市场里，淘宝捡漏的几率非常小，所以他的心态很好。

看了几个摊位后，正如庄睿所料，摆在外面的都是些新玉仿古的物件，这年头谁都不傻，像以前那种拿着宝贝当破烂卖的事情，是越来越少了。

“老李，你前几天赚了吧？收到那么多玉器，也不说给哥几个匀一些……”

“是啊，老李你忒不地道了，有这么好的路子，不说给咱们介绍下，吃独食可不成啊……”

“你们哥几个寒碜我是不是？妈的，你们又不是不知道哥哥我打眼了，我今儿都带来了，你们谁要？五十块钱一个……”

被称作老李的人闻言像是被扒了祖坟似的，脸上青筋暴露，不用问，这位爷指定是被某个故事打动了，然后很自觉地掏钱交了学费。

老李的摊位就在庄睿旁边，这一嗓子倒是把庄睿的注意力给吸引了过去。

“东西都在这儿了，你们随便挑，花了老子两万块钱，就买了这些垃圾玩意儿……”

老李从柜台下面拎出一个黑色的手提包，“呼啦”一声将包里的东西倒在了玻璃柜台上，一脸气愤。

老李的举动，顿时引起众多人的注意，没几分钟，他那柜台就被里三层外三层地围了起来，搞得里面的庄睿想出都出不去了。

“老李太贪了，早知如此何必当初啊……”

“是啊，现在农民种个地要是能挖出宝贝来，谁还出去打工啊，早种庄稼去了……”

庄睿听着旁边那些人的议论，知道了事情的经过。

前几天，有个农民打扮的人拿着一块沾满了泥土的玉石来到古玩城，正好被老李给看到了，发现居然是块殷商时期的古玉，当时就追问这玉的来历。

那个农民说，是他锄地时从地里刨出来的，零零散散的一共挖出来七八十块玉石，他不知道值不值钱，这才拿到古玩城里想找人给看看。

郑州的历史远在殷商之前，郑州周边地区不乏殷商古墓，虽然大多已经被盗掘或者考古发掘了，但是时常能听到某处农村挖到文物的消息，这种事情并不稀罕。

老李玩玉石也有二十来年了，一眼就看出那块玉鱼的确是殷商古玉，并且还是玉质不错的和田玉，如果卖给自己那几个老客户，三五万块钱绝对没问题。

当下老李就拉住了那个“农民”，非常热情地请他吃了顿饭，说是要看看他挖到的东西，如果不错的话，自己两万块钱全买下来。

那位“农民”被老李给灌得七荤八素的，再一听能卖两万块钱，那叫一个兴奋，看着老李从自动柜员机提了两万块钱之后，马上带着老李去他住的小旅馆看东西去了。

在那个二十块钱一晚上的私人小旅馆里，不知道灯泡是被那“农民”给换了，还是本来就如此阴暗，老李看到了一大堆上面满是泥土的各种古玉。

辨认玉石是比较困难的，但是那位“农民”的演技比较好，而且那人最初拿出来的古玉是真的，让老李先入为主了，大致看了一下就决定全部买下来。

拿了一大塑料袋古玉回家的老李，关起门上了锁，门里面还堵了俩板凳，一人躲在洗手间里清洗了起来，这东西是出土文物，要是被相关部门知道了是要没收的。

随着玉器一块块清洗出来，老李的脸色也慢慢变得难看起来，因为他发现，这些所谓的殷商古玉，咋都是透明的啊？话说那会儿可还没有翡翠流传到国内呢。

感觉不对的老李马上从口袋里掏出那件玉鱼，仔细一看，气得差点没吐血，这件玉鱼

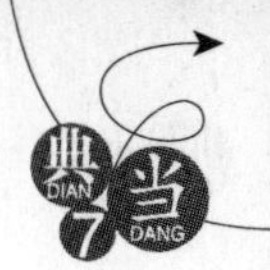

不知道什么时候被那“农民”给偷梁换柱了，敢情就是一塑料玩意，连玻璃都不是。

清洗出四五十个“古玉”，基本上全都是玻璃塑料制品，倒也有几块玉，只是品质差得惨不忍睹。

到这会儿，老李算是明白了，自个儿中套了，被人算计了，好在损失不大，就两万块钱，老李能承受得起。

心情郁闷的老李当时就拉了一哥们喝了点酒，将这事一说，没承想今儿一来古玩城，这一楼的熟人居然全都知道了，让老李那叫一个郁闷。

庄睿听完这故事，不由笑了起来，这“农民”能骗得了靠玩玉石吃饭的人，还真有几分功力。

一来那人开始就拿出了真玉，降低了老李的警惕心；二来要价也不高，两万块钱现如今实在不算什么，加上有了开始时那块真玉，即使其余的都是假的，老李也不会赔，综合以上几点，就把老李给引入套中栽了跟头。

俗话说同行是冤家，古玩城里的摊位老板们虽然平时见面嘻嘻哈哈的，不过个个都巴不得对方打眼吃亏交学费，所以老李这件事情，一夜工夫就传遍了整个古玩市场。

这会儿，还有不少平时和老李面和心不和的古玩老板，宣扬着老李“收玉”的段子呢。

本来老李还打算把这些玉石当成工艺品卖掉呢，就算几块钱一个，也能卖个三五百块钱，蚊子再小它也是肉啊，可是被众人一激，老李血气上涌又干了一件丢人的事儿。

“李老板，都是熟客，您这可有点不讲究啊……”说这话的是本地人，经常来逛古玩市场的。

“是啊，五块钱都不值的东西，你还卖五十，不地道啊……”

“你们也别这么说，李老板看走眼交了学费，总归要找补点回来嘛……”

“屁，还不是自己贪心，被人骗了再回来骗咱们啊？”

大家都知道他那些“古玉”大多是玻璃塑料制品，老李还喊出五十块钱一个的价码来，惹得围观的游客纷纷骂老李黑心。

“彭飞，走吧，咱们上二楼去转转……”

庄睿弄清楚了事情的经过之后，笑着摇了摇头，随意往那铺满了五颜六色玉石的摊位上扫了一眼，已经转了一半的身体忽然僵住了。

“庄哥，您不是要走吗？怎么还在这儿？”

彭飞刚才听庄睿说要去二楼就挤出了人群，不过回头一看，没见着庄睿的人影，就又重新挤了回来。

“不急，再看看……”

庄睿笑着摆了摆手，目光却一直紧盯着那放满了各种颜色“古玉”的柜台上。

“你……你们不要就算了，我就卖五十一个，爱买不买，爷我还不卖了呢……”

老李先是被同行挤对，再被围观的游客一通乱骂，脑门顿时青筋暴露，双目充血，你们这群鸟人还有没有同情心啊？哥们我可是受害者啊！

“鬼才买呢，有这样的玉石吗？”

“是啊，快收起来吧，别丢人了……”

“老李，算了，不就是两万块嘛，下次下乡，淘个好物件就赚回来了……”

这边柜台被围得水泄不通，也耽误了别人的生意，有些老板就出言劝起老李，在古玩城厮混的人谁敢说自个儿没打过眼交过学费？实在不算什么事儿。

“李老板是吧？这东西真是五十块钱一个？我买俩玩玩吧……”

突然，一个声音在人群里响了起来，众多看热闹的目光顿时集中在庄睿身上，这年轻人有毛病不是？都说了是假物件，居然还肯花钱买？像这种玻璃制品，五块钱一个，满大街都是。

老李被人骂出了火气，头都没抬，张嘴说道：“五十块钱一个，少一分老子都不卖！”

老李这是下不来台了，死撑着呢，他还以为那个要买玉石的是和自个儿开玩笑的。

“好，这是一百块钱，我买两个……”

老李面前的柜台上出现一张粉红色的老人头，钱拍在柜台上发出的脆响让众人听出这不是在开玩笑。

“您是……我咋看着有点眼熟呢？”

老李这会儿抬起头，看了庄睿一眼，不过一时半会儿的怎么都想不起在哪里见过对方。

庄睿看了眼柜台上的那些玉石，说道：“李老板，这东西？”

“随便挑，您随便挑，俺老李说的话从来没有不算数过……”

见庄睿提起这些“古玉”，老李就气不打一处来，他本来已经准备好了，回头就将这些破烂玩意扔到护城河里去。

庄睿闻言也没客气，走上前一步，拨开了那些已经被清洗过的玻璃塑料，在另外一些像是土疙瘩一般的“玉石”堆里翻找起来，还不时用手擦拭一下。

“这年轻人，居然跑到这里来捡漏……”

“这些土一看就是用稀泥搅拌在一起然后晒干的，有什么好看的？”

“是啊，这一百块钱可是白花喽……”

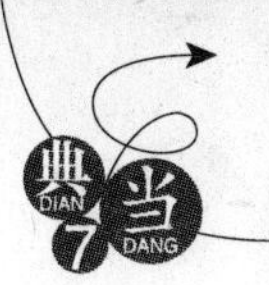

四周围观的人纷纷摇头，想占便宜没错，不过能在这种地方，在众目睽睽之下占到便宜的人，还真没听说过。

“就要这个了……”

庄睿挑拣了一会儿，拿起一块有三四公分厚，八九公分长短的玉石，这块玉上面满是泥土，看不出是什么造型，块头倒是不小。

“这位小哥，你拿了一百块钱，还能再挑一块……”

老李看似厚道的话引起周围一片嘘声，就这些玩意儿，一百块钱全给他们，估计都没人买。

“不用了，这就是两个，诸位，让让，让我出去下……”

庄睿笑着摇了摇头，和彭飞打了招呼，就往人群外面钻。

除了庄睿自己，这么多人恐怕只有彭飞知道，庄睿究竟是吃亏还是占便宜了。跟了庄睿这么久，彭飞就没见庄睿在古玩上走过眼。

“哎，我怎么看着那年轻人这么眼熟啊。”

“是呀，你不说我还想不起来，是有点儿眼熟……”

“是不是那个春节鉴宝里的庄老师？看年龄和相貌都差不多……”

“对……对，是他，一定是他，说话的口音都一样……”

“哎，庄老师，别走……”

“后面的，拦住他，拦住他！”

庄睿还没挤出人群呢，就被人认了出来，这下古玩城里可是炸了锅了。

无论是古玩城摆摊的老板，还是来自各地的藏友游客，对于专家都只在电视或者新闻里面见过，有这么一位专家就在眼前，而且刚刚还买了东西，不能不让人产生好奇心。

就像年轻人追星一般，庄睿顿时就被热情的人群给围住了，更有甚者还拉扯着庄睿的衣服，也不知道是不是有人想趁火打劫，庄睿感觉要不是自己攥得紧，恐怕手里的玉石都能被人抢了去。

“各位，各位让让，再不让我喊保安了啊……”

庄睿大声喊了起来：“老子又不是女人，刚才的老爷们往哥们儿胸口抓个什么劲啊？”

“让让，让让，说你呢……”

好在庄睿话声刚落，四五个古玩城的保安就举着橡胶棍冲了进来，这才把庄睿解救了出来。

“靠，估计那些追星的，十个里面也有七八个是想吃豆腐的吧？”

庄睿被几个保安围在中间之后，连忙检查了下自个儿身上的物件，还好，一个没少，蒋昊给的像钥匙环一样的跟踪器还挂在牛仔裤上面。

“先生,您没丢东西吧?”

河南民风彪悍,习武之人众多,这几个保安身高马大地往那儿一站,倒是没人敢再涌上来了。

“没有,没有,谢谢,谢谢几位……”

庄睿向彭飞使了个眼色,就想在保安的保护下走出古玩城。

“庄老师,我们又没怎么样您,您急着走干吗啊……”

“是啊,给我们说说,您买的那物件到底是真是假啊?”

虽然不敢上前,不过话还是要说的,众人七嘴八舌地问了起来。

现在要是有谁说庄睿脑袋坏了去买假玉,估计在场没几个人会相信,在他们心中,专家怎么能犯错?

有认识那些保安的老板,这会儿也出言说道:“刘队长,我们不是要冒犯这位客人,他是古玩界的专家,我们是想请教几个问题……”

庄睿看自个儿是躲不过去了,干脆分开身前的保安,大声说道:“各位,各位安静一下,我是庄睿,不过不是什么专家,大家不用如此,我和诸位一样都是非常喜爱收藏,在这条路上,我还在学习探索之中……”

“看见没,庄老师说话多谦虚……”

“是啊,越是有学问的人说话越是谦虚……”

“老齐,别整天吹嘘你是玉石专家了,和庄老师一比你差八条街去了……”

“哎,哎,我说,怎么扯到我头上来了,这专家不专家的可不是我叫出来的,那可是鉴定物件鉴定出来的……”

老齐是个五十多岁的老头,看样子也是行里人,说话的时候,有意无意地看向庄睿手里的“古玉”,显然有几分不服气。

古玩行里什么稀奇古怪的段子都有,但是能从造假做局的“套儿爷”卖的物件里淘出宝贝来,这事还从来没听过,老齐压根就不相信庄睿拿的是块古玉。

听老齐这么一说,众人也安静下来,是这么个道理啊,电视上的庄睿虽然是个专家,可以看到他从容不迫地鉴定物件,但那也是可以作假的啊,谁知道是不是事先排练好的呢?

要是哪个行当造假最多,古玩行绝对首屈一指,老齐的话也让众人产生了疑问,看向庄睿的目光,也不是那么的狂热了。

“庄老师,把您买的玉说说吧?让咱们也长长见识……”

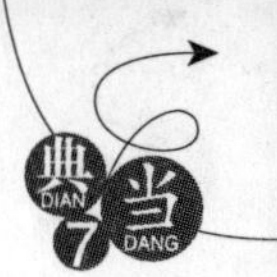

“是啊……”

“对,说说……”

人群中有一人提出了疑问,马上有人附和起来,是骡子是马要拉出来遛遛才知道。

“以后出来捡漏要先跟徐晴学学化妆了……”

庄睿有些郁闷,不过还是高高举起了手中的玉石,从中间一掰,原本是一块土疙瘩状的物件顿时变成了两块。

“那……那真是两块玉?”

“怪不得庄老师刚才给了一百块钱只拿了一块,敢情别人早就看出来了啊……”

“到底是专家,这眼神就是不一样……”

见庄睿将手中玉石一分为二,人群里纷纷议论起来,这会儿虽然还有人心存疑虑,不过大多数人都认为,庄睿肯定是捡了漏。

“哥们是不是太出风头了?”

庄睿感觉有点儿不对,自己刚才也没怎么上手,要不是凭着一双眼睛,别说是自己,就是古老爷子来了,也看不出土疙瘩里面有什么东西。

“诸位,诸位藏友朋友们,能不能先听庄某说几句?”

这人怕出名猪怕壮,要是庄睿志在帮人鉴定物件上,那名气自然是越大越好,可是庄睿又不是吃那口饭的,这要是走哪儿都被人给认出来,以后就不能再捡漏了。

第十六章 殷墟玉龙

庄睿的话声响起之后，人群又骚动了一会儿，才慢慢平息下来，对于这些都是凭着爱好野路子收藏的人而言，能听到专家的讲评，对他们也是一次提高的机会。

现在就有一些在某个收藏类别很出名的专家，经常开办一些关于收藏知识的讲座，还别说，主办人总能赚个盆满钵溢的，可见现在人们对于这个总体而言算是比较陌生行当的知识的需求。

“各位朋友，刚才听了这位李哥打眼交学费的故事，庄某就在想一个问题，都说同行是冤家，见面是仇家，可是我觉得，咱们玩收藏想要有所提高，最重要的就是交流。

这位李哥把自己上当的经验交流给大家，也避免了别的朋友重蹈覆辙，所以我才决定买上几块石头，真的没有别的意思，这两块也就是看着顺眼，随手拿的。

大家不会真的以为，我能透过这些土疙瘩看到里面究竟是玉石还是玻璃吧？”

庄睿手里的物件当然不是玻璃，他说出这番话的意思，只是想转移众人的注意力，别再纠缠在他买的玩意儿上。

“庄老师说得对，要是谁吃亏都闷在心里，不说出来交流下，那说不准下次就有人犯同样的错误……”

“是啊，庄老师这境界就是和咱们不一样，要不别人怎么是专家啊……”

一时间，刚才有意无意嘲笑老李的人，脸上都有些赧然，而那些游客则议论起来。

说老实话，玩收藏的人也不是每个人都心胸开阔，见到别人捡漏会嫉妒，见到别人打眼会高兴，庄睿这番话的确让很多人反思起来。

“庄老师，您这番话说得是不错，咱都该反省啊，不过庄老师，我看您挑的那物件，好像不是玻璃的，能不能擦洗一下，给大家瞅瞅呀？”

突然，一个声音从人群里响了起来，说话的是那个玩玉石的老齐。

“是啊，给咱们看看吧……”

“对，对，难得见到专家出手，也给咱们看看究竟是个什么物件……”

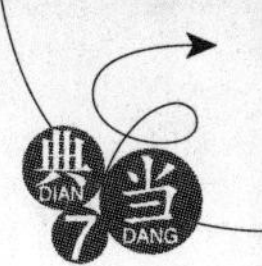

老齐这话一出口，顿时引起了众人的附和。

“娘的，非让哥们儿出风头是不？”

庄睿心里有点儿郁闷，合着刚才那番话都白说了，说来说去还是扯到了这两块玉上。

对于刚才说话的老齐的心思，庄睿也能揣摩出一二来，这老齐就是想让自个儿丢丑呢。

同是玩玉石的，庄睿是国家玉石协会的理事，民间封的北地“翡翠王”，认识他的人众多，算是行里比较有名声的。

而老齐不过是郑州古玩圈子里以鉴别玉石出名的，两者的名头相差不知多远。

如果在老齐的鼓动下证明庄睿今儿打眼了，那一准能在郑州古玩圈子里引起轰动，老齐自然也水涨船高，声名鹊起了。

这叫什么？这就叫踩着专家上位，虽然名声没有庄睿大，老齐也是打着长江后浪推前浪，前浪死在沙滩上的心思。

“好吧，借这位朋友的吉言，咱们就看看，这两块究竟是什么物件……”

庄睿见了众人的反应，知道今儿不卖弄一下是走不出这古玩城了，这不是逼着哥们风骚一把吗？

围观的人也有眉眼通透的，早有人打了一盘水，拿了个小排刷过来，放到庄睿面前的柜台上。

庄睿也没多言，直接将两个玉片丢入盆里，用手搓弄着玉片，开始清洗，转眼间，一盘清水就变得浑浊起来。

庄睿并未将玉片取出，所以围观的众人也看不清里面到底是什么玩意儿。

“是玉，真的是玉呀……”

“应该是玉，不过是什么时候的就难说了……”

“是啊，新玉雕琢出来的物件一样不值钱……”

“对头，这要是随便摸两个物件就能捡到漏，那也太神奇了吧？”

庄睿两手用拇指和食指各捏着一个玉片，从水盆里拿了出来，众人的目光纷纷聚集到庄睿手上，那两片通体白色，略微有些发青的玉片呈现在众人面前。

众人可以清楚地看到，这是两个长约五六公分，宽约两公分左右的弧形玉片，远远看去显得很厚实，不过具体是什么物件要上手之后才知道了。

“庄老师，能不能给我看下……”

人群里的老齐愣了一下，他没想到庄睿随手挑拣的两个物件居然真的是玉，不过此时老齐依然认为，即使是玉恐怕也是些下脚料玉料制作出来的玩意。

“没问题，您请过目……”

庄睿看了老齐一眼，却没把手中的玉石递过去，而是轻轻地放在面前的玻璃柜上。

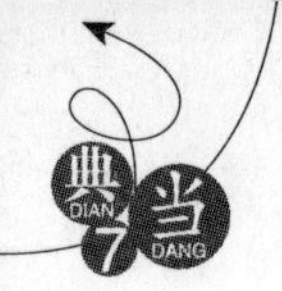

这个举动，又让围观的行家们心中一动。

古玩上手是有讲究的，像玉石瓷器这类古玩，如果主人认为这些东西比较贵重，在让别人鉴赏的时候，一般都是放在桌子上，让别人自己拿，而不会亲手递过去，如果有个闪失，很难辨别责任。

庄睿将玉片放在桌子上的动作就说明，这两个玩意儿在庄睿心里，应该很贵重。如果真是三五块钱的地摊货，他万万不会如此慎重。

"这……这东西？"

老齐见庄睿如此慎重，脸色也随之变得凝重起来，小心翼翼地从柜台上拿起一个玉片，仔细观摩起来，众人可以清晰地从他脸上看到一丝惊疑的神色。

"老齐，是古玉吗？"

"看起来好像是两片玉鱼……"

"不一定，有可能是玉龙佩……"

"老齐，快点说说吧……"

庄睿手里拿着一个玉片，另外一个在老齐手上，围观的众人渐渐不耐烦起来，喊着让老齐说说他的见解。

"这玩意儿我说不好，玉是真玉，而且应该是品质不错的和田玉，但是这东西是新仿的还是古玉，我不敢说，咱们还是让庄老师解答一下吧……"

老齐虽然嘴上说着看不好，但是眼睛已经出卖了他的内心，因为在将玉片递还给庄睿的时候，那种依依不舍的样子瞎子都能看得出来，这玉片不简单。

正如众人所想的那样，老齐虽然对这种造型的玉片没什么研究，但是从玉质和玉片边沿的沁色来看，这绝对是块古玉。

而且那微微泛黄的沁色和略显生涩的手感都说明，这东西出土不久，至少没被人收藏把玩过。

"齐老师谦虚了，这东西在古玉里很常见，叫做玉龙，从造型上看，是殷代晚期的物件，玉质也很不错，虽然达不到羊脂玉的标准，但也是偏上等的和田玉……"

庄睿话音未落，场内已经传出了巨大的吸气声，上等和田玉制作的殷代古玉，市场价格最少在三十万以上，这是惊天大漏啊！

"庄……庄老师，您……您没看错？"

问这话的是老李，他此刻可是百感交集，庄睿的话就像调味剂，酸甜苦辣齐齐涌上心头。

庄睿看了老李一眼，心里也有些不好意思，别人花了两万块钱，里面就这俩值钱的玩意，还都被自己挑出来了。

"老李哥，应该不会看错，这两片玉龙的雕刻虽然很简练，但是造型极其优美，鱼和龙

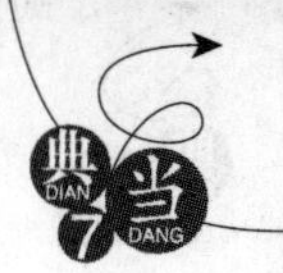

与咱们古代的传说或者典故联系得很密切。

“根据史料记载，早在原始社会仰韶文化时期，就有玉龙互换这种传说，但是从已经出土的实物而言，玉龙转变的物件只出现在唐代，那种鱼叫做摩羯鱼。

“这种摩羯鱼身形像鱼，但是头上长角，大家都知道，角向来被认为是龙的特征，所以人们也称摩羯鱼为鱼龙。

“这两个鱼龙玉，时期远远早于唐代，也就是说，或许在殷商时期已经有了这种鱼龙转换的实物……”

庄睿此话一出，众皆哗然。

收藏玩的是什么？玩的就是文化！

为什么上了著录的古董值钱，就是因为其传承有序，是在历史上出现过的东西，有其独特的故事和背景，能被人研究考证并加以推论。

想想自个儿手上的物件，或许曾经就是哪个历史名人用过的，那种感觉绝对会让你飘飘然，当然，行外人是无法体会的。

同样的两个物件，乾隆皇帝用过的一定比平头老百姓用过的值钱。

曾经有这么一个故事，一个去古玩店应聘的小伙子拿了根破木条说是乾隆爷的牙签，马上被古玩店的掌柜拍板录用，这虽然是个笑话但也从侧面说明了传承的重要性。

庄睿手里的鱼龙虽然未见著录上有记载，但如果真像他说的那般是出自殷商时期的鱼龙转变古玉，价值恐怕就不是几十万的问题了。

在众人还在消化庄睿刚才那番话的时候，庄睿接着说道：“大家都知道，在殷商时期，还没有鲤鱼跳龙门的说法，不过这两个物件，证明了在那个时代也有鱼化为龙的典故，有一步登天、指日高升的美好寓意。

“在我个人看来，这些东西和当时的历史文化有密切的关系，大家可以看到，这个龙形玉和甲骨文中的龙字，形状非常接近……”

在庄睿眼中，这两块玉虽然未经盘磨，但是里面浓郁的紫金色灵气与定光剑相差不多，年代应该是相仿的。

而且的确如庄睿所说，这两块玉的价值不在其本身，而在两块玉所蕴含的文化背景。所以庄睿才如些看重这两块玉。

等日后古玉收藏多起来，这两块玉石绝对能在玉器杂项馆里和那个西汉的“白玉老虎”一起成为镇馆之宝。

“长见识了，今儿真是长见识了……”

“没错，能从一块玉里说出这么多知识，庄老师不愧是上过电视的专家啊……”

“这也是运气好，妈的，我怎么没这运道啊……”

“就你？刚才你起哄声最响吧？”

“老齐，怎么样？服气了吧？”

“庄老师，那您说说，这两块玉能值多少钱啊？”

人群里说什么的都有，最后有人高声问起庄睿价格来，在场的人大多都是卖玉石的老板，也有一部分是来淘宝的老客人，大家顿时支棱起耳朵想听听庄睿的报价。

虽然说一个物件的价值不能完全用金钱来衡量，但是金钱始终是衡量一个物件价值最直接的体现。

如果这两块鱼龙玉只值十块八块的话，那么别说是殷商古玉，就是黄帝他老人家佩戴过的，恐怕众人都不会多看一眼，这就是市场论。

“呵呵，大家都是行里人，这东西要单纯从玉质和年代定价的话，应该在二十万一块，上了拍卖也许会高一点儿。

“不过大家都知道，古玩这东西是青菜萝卜各有所爱，遇到喜欢的人，开再高的价也是有可能的……”

“哇，这么高啊？”

“你懂个屁，庄老师这是往低了说的……”

“是啊，这要是上拍卖会，没百万您都别想……”

“老李这次亏大了，到手的宝贝又送出去了……”

听了庄睿的报价，众人纷纷议论起来，那些纯粹就是来旅游的人发出了惊叹声，随之就被一些行家打击了，或许庄睿这番话又催生出不少投身古玩行当的人。

至于这两个物件的原主人老李，此刻已是面色灰白，他怎么都想不到，一共就七八十个玩意儿，自己清洗了四五十块了，咋就没见到这两块呢？

庄睿说出的价格就像一柄重锤砸在老李胸口，憋得老李一口气怎么都喘不顺当，只想大声吼叫来发泄一番。

其实庄睿还算厚道，为了不过于打击老李，他已经把这两块玉的价格说低了。这两块玉即使是单卖，一块都得在一百万元人民币以上，而这两块玉龙是左右成对的，价格就要成倍地往上翻了。

“庄老师，您这两块玉卖不卖啊？”

“是啊，庄老师，您要是愿意卖的话，一块我出三十万……”

“老王，又想占便宜不是？三十万，您有多少我要多少……”

“庄老师，我出一百万，匀一件给我吧……”

“庄老师，两件三百五十万，怎么样？让给我吧？”

别看这些摆摊的老板不怎么起眼，里面不乏身家雄厚的人，说话间就把价格提到了三百五十万，这价格已经不低于上拍卖的价了，当然，拍场里面风云变幻，说不定价格还

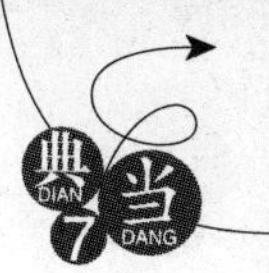

会更高些。

三百五十万的价码一出，现场顿时安静下来，众人的眼神都集中到了出价人和庄睿身上。

“庄老板，小姓乔，家祖一直都喜欢收藏古玉，我想买了送给老人家，您看能否割爱啊？”

说话这人三十多岁，大热天的还穿得西装革履的，谈吐很有礼貌，看来是个有身份的人。

庄睿闻言笑了笑，小心地把两块玉交给彭飞，让他收起来，然后说道：“乔先生，诸位朋友，实在是对不起，这两样东西我是不会卖的，最近小弟在北京正筹备开一家宣扬中国文化的古玩博物馆，以供行里的朋友和喜欢收藏的朋友们参观交流。

“我现在就是那貔貅，只进不出的，急缺这些物件，大家要是手头上有什么不想玩了的东西，倒是可以和小弟交流一下，互通有无嘛……”

庄睿的话引起一片哄笑声，原先那些因为庄睿的年龄对其有些不屑的人，也都摆正了心态，再看向庄睿时，眼光已经有所不同了。

古玩城里也有一些小有名气的藏家，但是和庄睿一比就差远了，能开得起私人博物馆，不但要有雄厚的财力，更要在古玩行里有庞大的人脉和关系。

虽然同是收藏界的人，但是场内的这些人和庄睿已经不是一个层次上的了。

“庄老师，我家里就藏有一件玉貔貅，您有没有兴趣啊？”

“庄老师，我家里祖传有黄庭坚的画，能不能帮着看下啊？”

“哎，庄老师，这是我前段时间收的物件，您给断断代吧……”

听到庄睿的话后，众人大声喧嚣起来，有让庄睿帮忙鉴宝的，也有想出售物件的，一时间，整个古玩城的一楼变得像菜市一般，就连二楼三楼的人也被惊动了，这人是越围越多。

第十七章 疯狂追星族

庄睿见到这般情形也惊呆了，原本只想给自己还没开张的博物馆打个广告，没想到居然引起群情激涌，就连那几个人高马大的保安都有些镇不住场面了。

"庄老师，我是这间古玩城的经理张力，很高兴您能来这里，不过这儿有点儿乱，咱们能换个地方说话吗？"

庄睿正被身旁这些人吵得头昏脑涨的时候，一个四十多岁的中年人挤到了他的身边，虽然古玩城里冷气充足，这人额头上依然满是汗水，看来也被这场面给惊住了。

"好，好，换个地方说话……"

眼看面前这些人又要失控，庄睿也顾不上再推销自个儿的博物馆了，在几个保安的簇拥下，往办公室的方向走去。

只是围着的人实在太多，而且很多人是真心实意想请庄睿鉴宝的，不肯让步，所以走了几分钟都没能冲出人群。

要知道，请专家鉴定是要花费一笔不菲的资金的，如果要出具鉴定证书价钱更高，少则上千，多则上万，一般人是舍不得花这个钱的，现在有个免费专家在眼前，谁也不愿意放弃这机会。

眼瞅着挤不出去，张力经理干脆爬到一张柜台上面，大声喊道："各位，各位老少爷们，大家都是圈里人，咱们玩的是文化，可别让庄老师笑话啊，这样吧，你们谁家里有物件的，现在马上回家去拿。

"庄老师来咱们古玩城做客，一时半会儿肯定不会走，等会儿都去排队，咱们请庄老师来个现场鉴宝，你们说好不好啊？"

"好，不知道庄老师愿不愿意呢？"

"就是啊？张经理，这庄老师要是走了，您来鉴定呀？"

"对啊，让庄老师说中不中，要是中，我就回家拿东西去……"

张力没料到的是，平时都很熟的租户此刻居然不买他的账，站在柜台上的张经理那

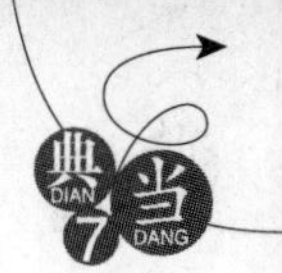

张脸一阵红一阵白的,他可不知道庄睿会不会答应。

看着一脸渴求的张经理,庄睿有些无奈,这逛古玩城也能逛出事来,不过看在今儿捡了个大漏的份上,加上下午也没什么事,庄睿点了点头,说道:"就按张经理说的办吧,不过大家东西别太多,一人我只看一个物件,朋友们拿些品相好、讲究点的玩意来吧……"

庄睿怕众人不管三七二十一,把家里的陶瓷罐子都搬来,那样别说一下午,就是一星期都不见得看完。

郑州玩收藏的人,不见得比北京少,因为周边几个城市的底蕴太深厚了,洛阳、开封的历史都要久于北京城。

"好,大家让让,庄老师答应了,让庄老师先去休息下……"

"对……对,让让,快让让……"

听庄睿答应了下来,人群里发出一阵欢呼声,群众的要求其实很容易满足,已经开始有人主动维持起秩序来了。

更有头脑精明的人转身就走,早拿回来东西就能早让庄睿看,这场内最少几百号人,排队要排到什么时候去啊?

一时间,有车的开车,没车的打的士,不管是摆摊的老板还是来闲逛的老客,一窝蜂地从古玩城涌了出去,不知道的还以为古玩城被人装了炸弹了呢。

"老李,你这剩下的玉石还卖不卖啊?"

古玩城还有没跑的人,都盯上了一直傻愣在原地的老李,这些没清洗的玩意里面出了两件殷商古玉,保不齐还能有好东西。

"卖!这财就不该我老李的,不过这剩下的五百块钱一个,谁要谁拿走……"

老李一直在琢磨,这明明是个"埋地雷"的诈骗手法,怎么就能出了两个真玩意呢?想了半天,老李感觉还是自个儿八字不正,钱财不沾身的原因。

东西是自己在众目睽睽之下卖出去的,老李也没那脸反悔,他也是赌了口气,几十万的东西都被人捡走了,剩下这三十来块,他也不在乎了,不过这价格却翻了十倍,从五十变五百了。

"哎,老李,你他娘的忒黑心了吧?"

"是啊,老李,便宜点,一百块钱一个,我买几个玩玩……"

此时留下来的,多是些没人照看摊位的摊主,听了老李的话后,纷纷出言笑骂起来。

"五百一个,爱要不要,我老李没这财运,说不准你们谁就能中大奖呢……"老李咬死了不松口。

"好吧,给我来一个……"

"我也要一个……"

"老李,你他娘的就是个周扒皮,我要四个,等等,我自个儿挑……"

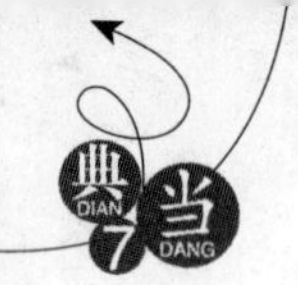

众人骂得虽然响，可是都没停手，眨眼工夫，老李剩下的三十多个沾满了泥土的“古玉”，居然卖得一个不剩了。

五百块钱一个，说实话真不怎么贵，别说古玉了就是新玉品质不错的，都要上千块人民币，万一这里面要是出个像庄老师淘到的玩意，那可就赚大发了。

老李数了数手中的一沓钞票，居然有一万八千块，自己被那“农民”“埋地雷”骗去的钱，差不多又赚了回来。

现在老李也有些分不清自己究竟是遇到骗局了，还是那人真的就是一朴实的农民了。按说这下套的人应该也有几分眼力，不至于把殷商古玉混淆在这些假玩意里面吧？

这事说起来，只能说老李点儿太背，而庄睿运气太好了，原本属于他的殷商古玉，愣是被庄睿捡了个便宜。

那个骗子用的“道具”，其实就是在别的城市的古玩市场打包买来的，里面本身有些玉就是被土疙瘩包裹住的。

那位“农民”的专业是行骗，又不是鉴定玉石的，当时就忙活着将这些物件拌稀泥作假了，根本就没发现这些“道具”里面掺杂了两块殷商古玉。

这样的事情虽然概率比较低，但在古玩市场里还是时有听闻，像出过大户或者古墓云集的地方经常会有人去淘弄物件，久而久之，那些本地人就学精明了，也知道买些假玩意儿，糊弄一下那些自以为精明的城里人。

曾经有一北京哥们儿，去河北掏老宅子，那人颇有眼力，从一堆破旧不堪的现代青铜工艺品里挑拣出七八个带着字的箭头，后来回北京一鉴定，是秦代箭矢，一转手就赚了七八万。

所以在古玩行打滚厮混最终考究的还是眼力，否则即使宝贝放在您面前，恐怕也是过眼云烟，有宝不识。

“老赵，干吗包裹得那么紧啊？买到好东西了，也和兄弟们分享一下嘛……”

老李数完钱，一转头见到刚才骂得最凶，却买得最多的老赵从洗手间里回来了，不用问，肯定是用水清洗玉石去了。

“滚犊子，娘的，就一块昆仑青玉，屁的钱不值，妈的，你小子是不是故意的啊？”

老赵听了老李的话后，顿时气不打一处来，他刚才掏了两千块钱买了四块玉，谁知道精挑细选之下，倒是有块真玉，但是做工粗糙，玉质低劣，顶多值二十块钱就不错了，转眼工夫就赔了一千九百八，老赵心情能好吗？

“是啊，我说老李，你是不是故意的啊？”

“老李，这他娘的哪是什么玉啊？整个就一塑料嘛……”

“老李，赔钱，我花了一千五买了三块玻璃片子，回家媳妇还不知道怎么着呢……”

这会儿去清洗玉石的人也都回来了，一个个脸上都面色不善，原本想捡个便宜碰碰

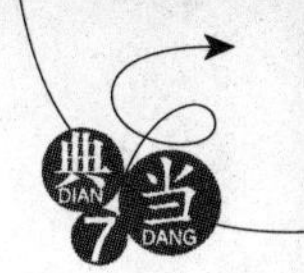

运气的，谁知道除了老赵还有块玉石，其他的根本和玉一丁点儿关系都没有。

这不能不让人怀疑老李是在转嫁风险，用大伙的钱填补他赔的那两万块。事实也是如此，老李手中攥着的钞票就足以证明他现在基本上没赔几个钱了。

“哎……哎，我说诸位，这些玩意我可没碰过，大家想想，我总不能往里面扔两块价值几十万的古玉来下套吧？

“再说我有那么大面子请得到庄老师来给诸位下套吗？我要是再勤快一点，那两块玉就是我的了……”

老李本来想解释两句，不过说着说着火气也上来了，恨不得扇自己几个耳光，你说当时都擦清四五十块了，怎么就没坚持下去？

众人听老李这么一说，反倒心中释然了，自个儿不过花了一两千块钱买了假玩意儿，老李可是亲手往外扔了上百万啊，要说憋屈，老李指定比谁都憋屈。

用老李的倒霉事往自己身上一衡量，众人很容易就找到了平衡，当下有几个“厚道人”，反而出言安慰起老李来，当然，是真心实意还是幸灾乐祸就是两说了。

“庄老师，您看，我这也没经过您同意，就拿了主意，实在是对不住啊……”

庄睿跟着那位张经理，此刻正坐在古玩城的经理办公室里，这儿的冷气要比外面充足些，张经理额头上的汗水也少了许多。

“没事，没事，张经理，叫我小庄就行了，刚好我也想见识下郑州藏友的藏品，大家相互交流下经验也是好的……”

庄睿接过张经理倒的水，客气地谦虚了几句，他以后要开博物馆，少不得和来自全国各地的藏友交流，权且把郑州当成第一站吧。

再说刚才那情形，自己要是不答应的话，恐怕这会儿还被围在古玩城一楼呢。

张经理听了庄睿的话后，连连摆手，说道：“那可不敢当，您可是全国知名的专家，一定得喊老师，庄老师，您请稍坐，我出去一下，马上回来……”

庄睿笑了笑，说道：“张经理，您随意……”

张力出了经理室之后，立马掏出了手机，拨打了出去。

“喂，大哥啊，你快点把家里那件康熙青花拿来，还有我藏在床底下的那个小箱子，一起抱来，对，对，就来古玩城……”

敢情这张经理也是存了私心的，他哥哥张风也是郑州小有名气的藏家，家里有不少收到的老东西，不过以他们哥俩的专业水平不少东西都无法断代。

庄睿就坐在自个儿的办公室里，张经理自然是近水楼台先得月了。

外面张力在打电话，办公室里的庄睿也接到一个电话。

“任老板，您不是说明儿个看东西吗？什么？现在？任老板，现在我实在走不开啊，在郑州古玩城呢，刚才被一群人围住了要鉴定物件，要不然您也过来，咱们中午一起吃个饭?”

电话是余震平打来的,不知道什么原因,他突然要和庄睿见面,庄睿没搞清余震平的用意,不过还是实话实说,把自己的处境告诉了对方。

“哦,那就算了,明天我再给庄老板电话吧……”

余震平舔了舔嘴唇,他这都快半个月没吃肉了,有心想赴庄睿的邀请,只是思来想去,还是安全第一,当下拒绝了庄睿。

不过挂上电话之后,余震平马上站起身来,打扮一番之后匆匆走出了藏身地。

坐在经理室的庄睿想了一下,拿出另外一个手机,给蒋昊发了个短信,将事情说了一下,自个儿这次说什么都不能自作主张了,有问题也甭想把帽子往哥们头上套。

“张经理,张经理,庄老师在吗?嗨,我还是第一个啊?”

庄睿在办公室正喝茶聊天,经理室的大门被推开了,刚才那个老齐手里拿着一幅卷轴,风一般地冲了进来,身上的衣服都被汗水打湿了。

“嘿,老齐,你这玩古玉的,怎么整一幅画来呀?你小子家里肯定藏着不少好东西……”张力和古玩城的租户都很熟悉,当下笑着和老齐开起了玩笑。

“张经理,您也甭说我,恐怕您家老大没一会儿也要到了吧?”

老齐这会儿丝毫没有刚才在古玩城难为庄睿的样子,别人私人博物馆都开起来了,自己根本就比不了,还是老老实实地省个鉴定费吧。

不过老齐也不是省油的灯,想让他心服口服,庄睿还得拿出点真本事来,最起码他今天带来鉴定的这幅画就比较生僻。

张力的办公室比较现代,用的是玻璃茶几、大班桌,不太适合鉴定物件,当下叫了几个保安,从一楼木器工艺品区搬了一张古色古香的仿紫檀长桌来,挪开了大班桌,摆在屋子正中。

“老齐,你老小子跑得可真快啊……”

“老于,你也不慢,手里拿的什么物件啊?”

“我说,你们哥几个都到了呀?”

说话间,刚才从古玩城里跑出去的人又汇聚到了一起,不光是办公室里站满了人,就连门外的走廊上也挤满了前来鉴定的藏家。

而且人数远高于刚才离开的人,这年头,谁没几个亲戚朋友啊?

尤其是搞收藏的人,几乎每个人都有自己的小圈子,专家免费鉴定这事,早就传遍了郑州古玩界,但凡是人在郑州的都憋着劲往这儿赶呢。

“咳咳,大家安静一下,今天能请到庄老师来咱们古玩城做客,大家是不是先表示下热烈的欢迎啊?”

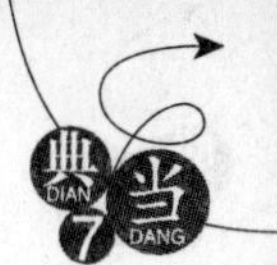

张力这会儿不知道从哪里找出了个扩音喇叭，站在房间的门口大声喊了起来，人数虽然多，但是进入房间的都是郑州古玩界小有名气的人。

而另外一些藏友则“自觉”地排起了长队，没办法，有不自觉的，保安的电警棍立马就指了过去。

“行了，我也不耽误大家的时间了，现在就请庄老师开始鉴定吧……”

掌声响起之后，张经理识趣地收起了喇叭，一屁股坐在庄睿身边，能在专家旁边观看鉴宝，这也是一个学习提高的机会嘛。

“庄老师，麻烦您给看看这幅画……”

老齐是第一个到的，自然第一个上来鉴定，此刻老齐已经收起了“玉石专家”的架子，恭敬地将手中那幅画摆在庄睿面前。

“您这物件儿是从哪儿来的？”

庄睿早在老齐进屋的时候，就用灵气观察过他手中的卷轴，发现里面蕴含了极其浓郁的白色灵气，应该是近代大师的手笔。

“呵呵，前些年去上海，从一个老朋友手上换来的，我不太懂山水画，所以拿给庄老师看看，是否为萧俊贤先生的真迹？”

老齐笑了笑，他拿出的这幅画，一来是他花两万块钱买到手的，的确想辨认下真伪；二来，其实也有用这幅画考究庄睿的意思。

萧俊贤虽然为近代著名画家，但是名头却没有张大千、徐悲鸿和齐白石等人响亮，一般不是专业玩书画的人甚至都没听过这名字。

庄睿听了老齐的话后，点了点头，脸上没什么表情，不过心里却笑了起来。

庄睿知道自个儿的短处，就是对实物的传承来历方面的知识知道得比较少，所以他想了个笨方法，一股脑将古今许多名人的简历以及艺术风格都记在了脑子里。

结合自己眼睛的鉴别能力，加上自己对古今艺术家们的了解，庄睿现在绝对当得起“专家”二字了。

对于萧俊贤庄睿还是有印象的，并且不需要打开卷轴，庄睿心里已然认定这幅画是萧俊贤的真迹无疑。

萧俊贤虽然是湖南人，但是晚年却在上海生活，并且以卖画为生，老齐从上海搞到的这幅画，已经说明了一部分问题。

第十八章《山居图》

戴上手套之后，庄睿缓缓地滚动着一边的轴杆，把这幅画摊开在桌子上。

这是一幅典型的中国水墨山水国画，画风非常淡雅，远近分明，在一层层推向远景的时候，表达出一种高远的境界，显示了作者不凡的绘画功底。

“庄老师，庄老师，您怎么看这幅画？”

庄睿鉴定的时间长一点不要紧，但是门外还有上百人等着鉴定呢，张经理不由小声喊了庄睿几句，让他快点做出点评。

庄睿原本正沉浸在这幅山水画里，突然被张力给打断了，抬起头茫然地说道：“啊？不错啊，不错，是萧俊贤的真迹……”

庄睿这话未免欠缺说服力，古玩不单是假的要指出问题来，就是真的也要说出它的风格和特点，当然，这里更多人关心的是它的价位。

所以庄睿这句话一说出来，老齐和一些行家脸上均露出一丝失望和轻视的神色，现在又没人和庄睿对质，真假还不都是他那张嘴随便说。

经过了先前的淘玉事件之后，老齐没那么冒失了，而是很有礼貌地说道：“庄老师，您给点评一下吧？”

“呵呵，那我就随便说几句吧……”

庄睿的目光依然放在画上，用手轻轻拂过那浓墨浅淡之处，说道：“中国的山水画，对于淡墨和焦墨的勾勒是非常讲究的，浓墨淡彩，要适可而止，要恰如其分。

“这幅画在着墨上表现得非常到位，而且每一笔都是笔笔有来处，显示了非常扎实的基本功。

“说句不敬的话，像齐白石、张大千等诸位近代大师，在基本功上都未必比萧俊贤先生来得深厚。

“作为一个近代画家，萧先生在领会了古人绘画精髓的同时，又加入了自己的思想和创造，有着自己独特的艺术风格……”

庄睿说到这里，下面已经静得只能听到众人的呼吸声了。

"我个人非常推崇萧先生，可能很多朋友不知道，萧俊贤先生是晚清和民国非常著名的一位书画家，而且萧先生曾经弃官为教，放弃了官职去当老师，这在当时是第一人。

"萧先生在做老师的这段时间，也造就了很多民国时期到解放初期的国画家，像陈师曾、吕凤子等人都是萧先生的学生。

"这幅画是萧先生仿五代巨然的《山居图》，可以说是萧俊贤的精品画作，很有收藏价值的，这位老哥，恭喜您啊……"

庄睿的这番话由画风说到画家本人，深入浅出，阐明道理，听得众人如痴如醉，直到庄睿点评完毕，众人依然没回过神来，感觉意犹未尽。

过了一分多钟，在张经理的带动下，掌声骤然响起，久久不停。

"庄老师不是玉石专家吗？怎么对国画也这么精通？"

"你懂什么，这专家都是一通百通，要不然能上电视吗？"

"说的是，庄老师这番话说得太好了，真是上了一堂课呀……"

掌声停歇之后，众人纷纷议论起来，不过话声都非常小，生怕打扰了庄睿。

要说庄睿刚才捡漏在证明自己眼力的同时，还有一些运气的成分，那么这番讲解则是不折不扣地显露出庄睿深厚的理论知识功底。

在场玩字画的人不少，他们中尚且有许多人不知道萧俊贤的名字，在听到身为玉石专家的庄睿说出这番见解之后，无一不是心悦诚服。

"庄老师，这画能值多少钱啊？"

真假鉴别出来了，价格自然是老齐最关注的问题。

"萧俊贤先生的画，收藏潜力很大，不过近代山水画的价格并不是很高，我估摸着应该在四万至六万块钱之间……"

庄睿沉吟了一会儿，给出了这个价格，说老实话，他很想将这幅画收入囊中，因为近代画国画山水的人非常少，这幅画是一个有代表性的画作。

有些朋友可能会说，既然是代表性的为什么价格又那么低呢？这也是根据市场需求来的，庄睿前面不是说了嘛，收藏潜力很大，现在价格低的主要原因关键在于没人炒作。

庄睿要是能收下这幅画，把它陈列在自己的博物馆里，注上中国近代山水第一人的名头，保证这幅画的价值立马身价百倍。

有和老齐相熟的人，知道他这画的来历，马上说道："老齐，恭喜啊，这是你前几年才收的吧？没几年的工夫，价钱就翻一番了……"

"呵呵，这要卖还不知道有没有人买呢……"老齐谦虚了几句。

"您想卖？"

庄睿心中一动，说道："这位是齐师傅吧？我现在正在收集中国近代艺术品，您要是

有意转让的话，我可以出个价钱，您看成不成？”

庄睿的博物馆正缺近代字画，萧俊贤虽然声名不大，但是画风沉稳飘逸，代表了晚清年间较高的艺术水准。

“呵呵，庄老师，您要是看中了，随便给个价钱吧……”

老齐本身就是以卖养藏，他是玩玉石的，之所以收藏这幅画就是为了卖钱，庄睿既然想买，他自然没有不卖的道理。

庄睿沉吟了一会儿，伸出右手大拇指和食指，比划了一下，说道：“八万，齐师傅，这幅画即使上拍卖会，拍出的价格也不会高于六万，我出八万块钱，不知道您的意思怎么样？”

“八万？”

老齐愣了一下，他原本以为庄睿会出个四五万，没想到庄睿一张口就给出自己收购价的四倍。

“齐师傅，您这幅画如果能再留在手上七八年，应该不止八万块，不过就目前的字画市场，我出的价格已经是最高的了……”

庄睿见老齐有些犹豫，连忙添了一把火，这画要是到了他手里，不用七八年，两年之内庄睿绝对能将价格炒作起来，亏本的生意他才不会做呢。

“好，我卖了，张经理，给出具个买卖公证书吧……”

老齐虽然对字画不是很了解，也不知道萧俊贤作品的具体价格，但是他相信，当着这么多人的面，庄睿也不敢信口开河。

这古玩买卖，并不是说手里有物件就能卖得掉，也要看天时地利人和才能卖出高价，过了庄睿这村，老齐未必能找到出八万的店来，所以他才答应得如此干脆。

且不说庄睿这边正忙着鉴定和交易，郑州古玩城的周围也是暗流涌动，蒋昊接到庄睿的短信之后，马上协调郑州警方调动了大批便衣警察进入古玩城内。

蒋昊调集人手监控古玩市场的事情，庄睿自然不知情，蒋昊也没告诉他，无声无息地将古玩城以及周围都布控了。

按照蒋昊等人的分析，以余震平疑心之重，知道庄睿在古玩城后，肯定会来查看一番，或许他们在这里就能得到余震平的影踪，跟随他到藏匿之处，那样就不用劳烦庄睿了。

当然，先前和庄睿谈的条件自然也做不得准了。

庄睿这会儿的心思却没放在余震平身上，他还想着怎么把到手的《山居图》炒作一下呢。

古玩价格的炒作和商业运作模式区别也不大，按照市场规律而言，有炒作必然有冷落，在庄睿看来，萧俊贤的作品就是受到了冷落，而且是大冷。

就好比这幅画本身是茅台酒的品质，但是在市场却卖了二锅头的价格，升值的潜力十分大，这也是庄睿愿意出高于市场的价格拿下的主要原因之一。

话再说回来，于庄睿而言，钱已经不是最重要的了，如果没什么天灾人祸，他的钱只会越来越多，所以只要能淘到东西，多花点钱都没关系。

反正他的博物馆又不是只开一两年就关门，古玩的真谛就在于"古"字，即使自己不炒作，过个三五年，现在高价收的物件也都会身价倍增的。

有些朋友不明白，明知道这东西会涨价，怎么现在还卖呢？这些做生意的人又不傻！

这个道理其实很简单，他们买东西的时候需要钱，手里积压的物件多了，就没有资金再去淘弄自个儿喜欢的东西。

说直白点，这玩意就像炒股，买的股票涨了就要卖掉，去另外选个潜力股，要不然每个人都买了东西攥手里，古玩市场早就没商品流通了。

和老齐谈好价钱后，庄睿就让彭飞带老齐去银行，并且嘱咐彭飞多取点钱过来，今儿也算是机会难得，如果这些古玩老板真能拿出点好物件，庄睿绝对能满载而归。

"庄老师，您看我这物件怎么样？"

老齐这边事情谈完了，后面一人马上把东西拿了过来放在庄睿面前的桌子上。

"这东西，有点儿古怪……"

看着面前这个青铜器，庄睿眼前一亮，不过用灵气渗入器物里之后眉头顿时皱了起来。

这个青铜器器型不大，高约十公分，直径在七八公分左右，下面三足成鼎状，器身是圆的，上面布满了铜锈，没经过人为的处理，乍看上去应该是个开门的物件。

不过庄睿通过灵气看到，这青铜器的器身充斥着紫色的灵气，但是可以明显地感觉到这些紫气正在流失中。

而且青铜器下面的三足却是空空如也，没有丝毫灵气存在，庄睿拿过一把放大镜，仔细看了一会儿之后，眼中露出了然的神色来。

从放大镜中可以发现，这个青铜器的三足颜色和器身略有不同，应该是后补的，看到这里，庄睿心中感觉有点可惜，如果三足不残缺的话，这个青铜器可以列为国家一级文物了。

别看这东西个头不大，但他是青铜敦鼎的器型，非敦非鼎又似敦似鼎，三足似鼎，圆肚似敦，但是器身上没有直耳，不符合鼎的造型，这在古代应该是一件祭天的礼器。

看到这里，庄睿不禁在心里暗叹，河南不愧是中原大地，历史悠久，先有鱼龙玉，再有这青铜器敦鼎，这些未经考证的玩意儿随处可见。

见庄睿沉吟不语，这物件的主人有些着急，出言问道："庄老师，您看这东西，应该是什么年代的？您收不收啊？"

"对不住，您这东西器型罕见，不过有一点，它是残缺的，这三足是后补上去的……"

庄睿摇了摇头，鼎器的代表就是底足和直耳，这两个特征都没有了，那自己要来干什

么？当破烂卖这玩意还不是纯铜呢。

“不可能啊？庄老师，您会不会看错了呀？”

但凡是个人，都接受不了别人说他的东西不好，刚刚还在夸奖庄睿的人立马变得一脸激愤，就差没卷袖子动手了。

“您看看器身和三足之间的差异，颜色和锈迹都不对，这物件虽然是后补的，但并不是作伪，留着把玩还是不错的……”

经历过济南和电视鉴宝，这样的人庄睿也算见过不少，当下也不多言，直接把手中的放大镜递了过去。

讲再多的话也没有事实能说明问题，那人仔细查看了一下之后，脸色变得极难看，拿起青铜敦鼎，头也不回地挤出了人群。

看着那人离去，庄睿摇了摇头，说道：“诸位，古玩都是咱们老祖宗传下来的，不过经历了这么多年，有些残缺是很正常的，并且代代都有作伪的东西，大家不要太执著于物件的真假，现在这东西是假的，再过上几百年，不也变成古董了吗？”

“对，庄老师说得没错，大家心态要摆正啊……”

“就是嘛，谁都想自个儿的东西好，可是哪有那么多好东西呀……”

“庄老师，轮到我了，来帮我看看吧……”

庄睿的话引起场内一片哄笑，原本有些紧张的气氛也变得轻松起来。

庄睿接下来鉴定的几个物件都是现代工艺品，不过作假的手艺比潘家园的东西高明多了。

过了半个多小时，彭飞和老齐回来了，在彭飞背后多了一个鼓鼓囊囊的背包，他按照庄睿的吩咐足足取了八十万现金。

陶瓷器庄睿现在独缺汉唐的，青铜器倒是都缺，不过他也不敢明目张胆地在这里购买，所以庄睿的目的是想淘弄点儿杂项物件，填充一下自己的玉石杂项馆。

不过后面拿来鉴定的东西让庄睿感到十分失望，基本上都是现代仿品，即使有一两件真东西也价值不高，不值得自己出手。

转眼就到了中午，张经理已经在古玩城旁边订了酒席，专家费省了，请专家吃个饭却是必需的，按照庄睿在古玩界的地位，出席这么一次鉴宝活动，怎么着也得给个十万八万的辛苦费吧。

相陪的人有当地古玩协会的几个领导，那些等待庄睿鉴宝的人就没有这种待遇了，纷纷涌出了古玩城找地方对付两口，然后再回来排队。

他们也看出来了，就庄睿一人，今儿怎么都不可能把在场所有人的物件鉴定完，只有排在前面，才能有机会。

“嗯？那人怎么看着有点儿面熟？”

庄睿刚走出古玩城，就看到有个小学生从身边走了过去，大热天脖子上还戴了个红领巾，不由愣了一下。

不过在张力等人的拥簇下，庄睿也没多想，随着众人过了马路来到酒店。

就在庄睿进入酒店时，刚才从他身边走过的人回头看了一眼庄睿才消失在十字路口。

这人正是余震平，不过出乎蒋昊等人预料的是，他并没有进入古玩城，这也让蒋组长的诸般布置全落了空，辛辛苦苦地守了一天之后，不得不将人员撤了回来。

"张经理，咱们继续吧？"

吃完饭回到古玩城之后，庄睿喝了口水看到外面排的长队，不禁苦笑起来，他现在算明白了，专家为什么一请就是好几个，这工作量实在是不小啊。

"彭飞，六万，付钱……"

庄睿将手中把玩着的一个清中期的玉如意递给彭飞，站起身舒展了一下腰。

吃完饭就一直坐着，看了大概有五六十个古玩，虽然真品不少，但是能让庄睿看中的只有六七件，一共花出去了四十多万。

其间蒋昊打了好几个电话进来，询问余震平有没有和他联系，看来那哥们也急了，主动权不在手上，做起事来自然束手束脚的。

"下一个……"

站在门口喊话的张经理，中气十足地对着门外喊道，他今天算是开了眼界，真正见识了什么叫做专家。

不管是哪个类别的古玩，只要到了庄睿手上都能辨出真伪说出依据，庄睿整个就是一古玩百事通，术有专精这句话实在不适用于庄睿，到现在为止，还没有哪个物件能难得住他的。

"哎，这物件不错……"

随着张力的喊声，一个六十多岁的老人进入房间，庄睿看见他怀里抱着的物件，顿时眼前一亮。

老人身材不高，年龄应该在六十出头，穿了一身吸汗的白色练功服，显得很精神，不过自打他进了办公室，庄睿的眼睛就盯住了他怀里抱的那个物件。

老人怀中抱的是一块长约一米，宽约七十公分的木版，颜色有些暗红，木版对着庄睿的一面还有一些浮雕。

庄睿离门口并不远，老人一进来，虽然没上手细看，庄睿也能辨认出来，这木版上面的浮雕应该是一尊门神，头大身体小，至于是秦琼还是尉迟恭庄睿还没认出来。

木版的木质虽然很细腻，但是不是紫檀木所制，不然恐怕这老人根本就抱不动。

"老人家，来，来，大热的天，把东西先放下再说……"

庄睿站起身帮老人将木版放到方桌上，上手之后，庄睿感觉这木版虽然挺厚实的，但并不是很沉。

“我自己来，自己来，当不得老师动手……”

老人连连摆手，最后在庄睿的坚持下，这才松手让庄睿把东西放在桌子上。

“呵呵，老人家，先喝口水吧……”

庄睿笑了起来，张经理这会儿成服务员了，马上接过一杯水递了过去。

“谢谢你了，小张……”

老人和张力好像认识，接过他倒的水有些局促地站在那里，说道：“庄老师，这东西是我祖上传下来的，一直留在家里保存着，最近家里拆迁，补偿款不够在城区买房子，所以把这东西拿来给您看看，要是值俩钱，我就把它卖了……”

“老人家，叫我小庄就行了，当不起老师这两个字啊，冒昧问一句，您的祖上是朱仙镇的吧？”

庄睿听老人要卖这东西，不禁眼前一亮，这物件别看木质普通，但是来头可不小，刚才用灵气看时，木版里蕴含的灵气白中泛黄，至少也是清朝早期留下来的东西。

第十九章　清年画木版

这个木版的全名应该叫做年画刻版，而用它制作出来的年画就叫做木版年画，在印刷品占领市场之前，逢年过节人们用来张贴的纸画，都是出自不起眼的木版之手。

熟知历史的人应该听过朱仙镇的名字，当年岳飞曾经在这里大破金兵，如果不是十二道金牌催命，或许中国的历史又将改写，不过到了近代，朱仙镇出名的却是它的木版年画。

朱仙镇木版年画和天津的杨柳青、江苏的桃花坞、山东的潍坊、四川的绵竹年画，合称为五大年画，被列入世界非物质文化遗产，也是最有民间特色的手工艺品之一。

朱仙镇年画的特点是构图饱满，线条粗犷，造型古朴夸张，色彩新鲜艳丽，正符合木版的颜色。

朱仙镇年画分成两大类，一类是神祇画，如灶君神、天地神等；另一类是门神类，朱仙镇木版年画中最多的就是门神，门神中以秦琼、尉迟敬德两位武将为主。

所以庄睿在贺伯进门之后，马上就猜出这块木版的来历，朱仙镇本身就在河南，而门神刻版又是地方特色，庄睿要没这点眼力见，也甭混古玩行了。

"唉，丢人啊，既然庄老师您看出来了，我也不瞒着了，您说得对，我们家就是从朱仙镇搬出来的……"

老人点了点头，脸上露出一丝不好意思的神情，似乎今儿拿着这木版来此是做了什么错事一般。

"庄老师，这位是贺老伯，以前我们两家住在一起，关系十分好，贺老伯最近急着用钱，一直托我出手这块刻版，您今儿想收东西，所以我给贺伯打了电话，让他带过来给您瞅瞅的……"

站在一旁的张力见老人似乎不好意思张嘴，于是把事情经过跟庄睿说了一遍。

老人就是朱仙镇人，这块木质刻版是家里祖传的，但是经历了那个疯狂的年代之后，东西虽在，他们家的手艺却没传下来，老人也背井离乡随着家人来了郑州。

贺伯作了一辈子工人，儿子虽然孝顺，但也没什么本事，赚个死工资而已，一家老小吃喝不愁，却没攒多少钱。

突然说要拆迁，如果搬到城郊去住，儿子媳妇上班远了，孙子上学也不方便，贺伯就想在原来住的附近买套房子。

但是光靠补偿款想在原来的地段买房子，还差二十多万，这下让老人发愁了，思来想去，家里只有祖宗留下的这块刻版值点钱。

所以翻箱倒柜找出这个刻版之后，贺伯就委托张力帮着出手，这俩月倒是有人去家里看过，但是因为老人要价高，都没谈拢。

张力也是见庄睿出手大方，这才给贺伯打了电话，看庄睿有没有兴趣。

“老人家，我先看看东西吧……”

庄睿怕自个儿一张嘴就买，对方会坐地起价，再说他跟德叔学习杂项鉴赏的时候，早就听说过木版年画，趁这机会正好见识一下。

“您看，您随便看……”

虽然庄睿年轻，但是老人得到张力的叮嘱，知道这是位全国知名的古玩专家，所以神情有些拘谨。

庄睿没再说话，拿起放大镜对着桌子上的木版仔细察看起来。

这木版刻画，最早起源于唐代，却是从宋代开始流行的，由于这些都是民间的手工艺，制作木版的木料也是就地取材，料子一般，唐宋时期的木版恐怕早就腐朽得难以保存了。

一般的木版是用分布较广的黄杨木雕琢出来的，不过这块木版却是用山东肥城独产的桃木雕刻出来的，历经了数百年的木版依然质密细腻，散发出淡淡的清香。

庄睿观察半晌，抬起头来，向老人问道：“贺伯，这块木版您要卖多少钱？”

“这……这，三十万……”

贺伯迟疑了一下，报出一个价格，让房间里许多人纷纷摇头，他们都是河南人，对朱仙镇木版并不陌生，像这样的木版，一般十万块钱就能收到。

“这位老伯，三十万有点贵了……”

“是啊，现在木版虽然少，但是到朱仙镇还是能收到的……”

在房内这些行家看来，贺伯是狮子大开口了，就凭庄睿前面鉴定物件时给的价位来看，他绝对清楚这个要价高了。

“三十万？”

庄睿也微微皱了下眉头，这个价格比他预想的要高出一些。

“是三十万，庄老师，这东西是家里传下来的，现在把它卖掉，已经是对不起祖宗了，少于三十万我就不卖了，最多搬去城郊住……”

贺伯对这木版很有感情，小时候就经常见，后来跟着家人逃荒到郑州，当时什么都没带，就带着这块木版，可以说，这个木刻版也寄托了老人对长辈的思念。

"好吧，贺伯，就按您说的，三十万，张经理写个协议吧，彭飞拿三十万出来……"

庄睿想了一下，最终还是决定买了，这块木版明显是专门从山东取木雕琢的，从清代中期保存到现在，没有一丝裂纹和虫蛀，算是极为难得。

"庄哥，这东西不值三十万吧？"

彭飞从背包里取出整整三十叠人民币，放在桌子上。

彭飞提出的问题正是房内藏家们心里想问的，花三十万买个只值十万块的玩意，这生意怎么看都是赔了。

庄睿闻言笑了笑，说道："彭飞，这块木版应该是康熙前后的，也算弥足珍贵了，从这点上看，要加点分，在十万的价格上起码要加五万。

"第二，这块木版是用桃木雕琢出来的，大家也知道，桃木辟邪，而山东肥城的桃木更为辟邪镇灾之神物，就凭这个还能再加五万块钱。

"第三，看品相，这块木版品相完好，没有虫蛀腐朽的地方，并且雕工精湛，这又能加五万块了……"

房里众人听得有趣，一人大声喊道："庄老板，那还有五万呢？"

庄睿闻言朝房间四面拱了下手，笑着说道："各位老板，这木版可是贺伯家的祖传之物，我虽然称不上君子，但也算是夺人所好了，再加个五万，也说得过去吧？"

"好，庄老师说得好！"

"庄老师仁义啊！"

"是啊，有情有义，这样的人才能当得起专家两个字……"

"没说的，庄老师，我以后要是有物件，一准去北京城找您去……"

庄睿的话不仅让房内的人大声叫好，就是守在外面的那些等待鉴物的人也纷纷跷起了大拇指，庄睿的这番话让这些混迹在古玩行里的人，彻底心服口服了。

"庄老师，谢谢，真的太谢谢您了……"

六十多岁的贺伯听了庄睿的话后，也忍不住流下了泪水。

这年头，要说什么事情最难，不外乎借钱，可能除了父子之类的直系关系，就是亲戚都不好张这嘴，因为借贷关系搞得反目成仇的事情，时时都能听到。

为了买这房子，贺伯腆着老脸去求了不少人，都吃了闭门羹，他怎么都没想到，眼前这个年轻人，居然一口就答应下来。

其实贺伯找了不少人看这刻版，也明白这木版的价格，买下这木版，庄睿最少送了十万块钱的人情钱给他。

"贺伯，这木版刻画是咱们国家的传统手艺，明清留下来的木版价格只会越来越高，过上几年可能还不止三十万呢,您老人家到时候别反悔啊……”

庄睿笑了起来,他说这话一来是安慰老人,二来也是实话,像二十世纪九十年代,在山西三五百块钱就能买到的漆器,这会儿三五万都买不来了,随着时间的推移,这些东西都有着巨大的升值空间。

和贺伯客套了一番之后,庄睿转过头看向张力,说道:“张经理,安排几个人送贺伯回家或者去银行,这么多钱拿着可烧手啊……”

古玩市场向来都是鱼龙混杂。在彭城,几个小痞子为了几万块钱就能下死手,贺伯要是自己一个人拿着三十万,说不定走出古玩城就被人给盯上了,那样庄睿可是给老人招灾引祸了。

“对,对,还是庄老师想得周到,小刘,小王,你们两个送贺伯去银行,把钱存起来安稳点……”

张力连连点头,随即安排了两个保安,陪贺伯去银行把钱存上,放家里也不安全啊。

接下来,庄睿又鉴定了四五十件古董,他鉴定的速度非常快,是真是假一言指出,引经据典让人无不信服。

里面也有七八件好东西,不过那几个人都不想卖,庄睿也没勉强,倒是在最后快结束今天的鉴宝活动时,花了四十八万元人民币收到一幅黄宾虹的花鸟作品。

了解中国近代绘画史的人都知道,黄宾虹是中国近代不可或缺的一位国画大师。

在中国近代绘画史上,素有“南黄北齐”之说,“北齐”指的是居住在北京的花鸟画巨匠齐白石,而“南黄”说的就是安徽的山水画大师黄宾虹。

黄宾虹比齐白石成名要晚,属于大器晚成之人,他的作品价格也是开始不高,但是逐年递增,到了近几年,已经比齐白石的画作价格还高了。

相比庄睿最先买下的那幅《山居图》而言,黄宾虹的作品价格要热火得多,两人之间的价格差距有点像影视圈里的天皇巨星和新人的出场费,不是一个档次的,让庄睿心里颇为萧俊贤叫屈。

可惜的是,庄睿收到的这幅黄宾虹的作品是他的副作花鸟画,尺幅也不是很大,当然,如果是山水画的话,别说四十五万,就是四百五十万也不一定能拿下来。

庄睿对今天的古玩城之行还是非常满意的,白菜价淘到两块殷商古玉,收到两幅近代书画家的作品不说,还有一个清朝早期的年画刻版,这些流传在民间的东西可是很难收到的,也算是给自己的博物馆补充了一些藏品。

“张经理,几位前辈,我的博物馆开业的时候,大家要是有时间一定要赏脸光临啊……”

外面鉴宝的人都已散去,庄睿腋下夹着两幅画,彭飞抱着那块年画木版准备向古玩城这几个人告辞。

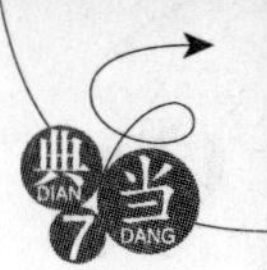

之前庄睿和老齐还有张经理等人都交换了名片，他也是给自个儿没开业的博物馆打打广告。

虽然自己没有冯先生的人脉，不过庄睿相信，凭借自己的鉴宝能力，还是能聚集一些藏家经常去博物馆交流藏品和收藏知识的。

“庄老师，您放心，到时候我一准到，辛苦您一天了，本来说晚上要再请您吃个饭的，您既然没时间就算了，不过这个您要收下……”

张经理等人一直把庄睿送到古玩城门口，在拦下一辆的士的时候，张力把一个塑料袋塞到庄睿的手里。

庄睿用手捏了一下，就知道里面最少有三四万块钱，连忙说道：“张经理，这个就算了吧，大家都是朋友，不用这样了吧……”

庄睿倒不是客套话，今儿收获不错，又结识这么多郑州古玩界的朋友，这钱他是真的不想要，再说现在拿三五万块钱，还真请不到他出场。

“庄老师，这个您一定得收着，要不然这事传出去，别人会说我们不懂规矩的……”

能认识庄睿，对张力来说绝对是件值得庆贺的事，花点儿小钱维系一下感情，日后再有事也能对庄睿张得开口，这就叫平时多烧香，用时好拜佛。

古玩城为了提高知名度和在藏家心中的地位，会经常请一些知名专家现场免费鉴宝，当然，专家的费用是由主办方支付的，并且专家每出具一张鉴定书，那钱可都是落在自己腰包里。

不过现在不光是古玩市场鱼龙混杂需要打假，就是鉴定古玩的专家也是良莠不齐。

有些人不知道在哪糊弄个证书，就顶着个专家的名头到处招摇撞骗，张力也吃过这种亏，所以能结识庄睿这样全国知名的鉴宝专家，花个三五万真的不算什么。

“哎，我说，您不要给我啊，让来让去的干吗啊，这还走不走呀？”

庄睿和张经理在那推让不要紧，的哥不耐烦了，这不是耽误哥们赚钱吗？

“得，张经理，那我就却之不恭了，下个月八号，我在北京恭候您的大驾……”

庄睿看在马路边上让来让去也不是办法，谢了一声张力，和彭飞钻进了出租车。

“您二位这是刚买的东西？”

的哥问了庄睿要去的地方之后，从倒车镜里看了一眼他们两人手里捧着的物件，满脸不屑地说道：“这古玩城里能有什么好东西卖？都是假的，两位花了多少钱啊？现在玩收藏，那得去拍卖行才能买到好东西……”

“呃，没花几个钱，三五百块而已，亏就亏了……”

嘿，这还真是全民收藏，庄睿不禁被的哥的话给逗乐了，不过他没敢说这些东西是多少钱买的，不然这哥们肯定吃惊地创造出一场人为车祸来。

“彭飞,走,去吃点东西,今天早点休息……”

回到酒店,庄睿把东西放到房间里,招呼了彭飞一声,今儿一天鉴定了上百个古玩,庄睿也感觉有点疲惫了。

彭飞摇了摇头,说道:“庄哥您去吧,回头给我打个包回来,我就在这儿看东西了……”

房间里不单有庄睿今天买的东西,在那个保险柜里,还有他们带来的五十万人民币和美元,今天出去的时候彭飞就提心吊胆的,刚才一回来就检查了保险柜。

“怕什么啊?反正钱丢了找警察,走,吃饭去……”

庄睿无所谓地摇了摇头,他住的房间也受到重点监控,这要是再丢了东西,只能说警察无能了。

“嗯?这小子又打电话来干吗?”

拉着彭飞正要出门,庄睿的手机响了起来,一看,还是余震平的,一天三个电话庄睿感觉自己和对方没这么熟吧?

“庄老板,您现在有时间了吗?”按下接听键后,余震平的声音从电话里传了出来。

庄睿老实地说道:“任老板啊,刚回酒店正准备去吃饭呢,您有空吗?要不咱们一起吃点儿?”

此时正在距离庄睿所住酒店一百米路口处站着的余震平使劲咽了下口水,说道:“庄老板,您不是想看货吗?现在下楼,我在酒店门口等您,回头我请您吃饭,不过您要一个人来啊……”

听了余震平的话,庄睿眉头一挑,说道:“一个人?任老板,现在看货没问题,一个人可不行,我小弟必须跟着……”

说老实话,没彭飞跟着去,庄睿还真不敢一人前往,余老大的疯狂他是见过的,这俩人都姓余,谁知道余震平是不是和余老大有着相同的疯子基因啊?

“还有一个人?”

“对,任老板,这郑州我可是人生地不熟,万一,呵呵,您也是行里人,这个就不用我说了吧?”

庄睿的口气很坚定,如果不带彭飞去,他宁可取消这次交易,俗话说君子不立于危墙之下,至于警方的任务,爱谁去谁去,哥们可不冒这风险。

“好吧,你们马上下来,我在酒店门口等着……”

余震平想了一下之后,摸了摸裤兜里的手枪,答应了庄睿的要求。

“彭飞,拿钱,走人……”

挂断电话后,庄睿马上拿出另外一个手机,拨通了蒋昊的电话,将情况通报给他,彭飞则打开了酒店内的保险箱,把两背包的钱取了出来。

“庄哥,是那人?”

彭飞一个肩膀背了一个背包在庄睿身后轻声问道,与庄睿的一脸严肃相比,彭飞要轻松得多,想当年他曾赤手空拳和毒贩交易过,这点场面实在不算什么。

“对,准备好了没有?”庄睿点了点头,眼睛看向彭飞。

“呵呵,走吧,庄哥,有我在,没人动得了你……”

彭飞自信地笑了笑,抬手间一把黝黑的小刀在腕间翻转。

来之前,庄睿本来想向警方给彭飞申请一把手枪防身的,但是被彭飞拒绝了,在他看来,对方要是只有一个人的话,用枪还不如用自己的小刀呢,彭飞绝对有把握在对方没有扣动扳机之前将其解决掉。

“你小子,这刀子不会是藏在那里的吧？小心操作不当呀……”

庄睿说话时看向彭飞裆部的目光,让彭飞脸上的笑容一下子僵住了,不由自主地夹紧了双腿,看得庄睿哈哈大笑起来。

“我靠,是真的啊?”

庄睿始终没弄明白,这大热天的就穿了那么点衣服,彭飞那把刀究竟藏在什么地方?难不成真是藏在那儿的?

“懒得和你说,走吧……”

彭飞一脸窘相,没好气地推开房门,率先走了出去。

第二十章 深入虎穴

在酒店外面的一辆别克商务车内坐着四个人,后面车厢里摆着一台监控器,一个二十多岁身穿便衣、耳朵上挂着耳机的警员嘴里正嘀咕着:“这家伙真能折腾,抓住了非揍他一顿不可……”

“少发牢骚,注意监听……”

蒋昊没好气地瞪了那人一眼,然后对嘴边一个微型话筒说道:“目标马上下来了,各单位注意,各单位注意,等下由三号车先跟着目标,三分钟后由五号车接替……”

“三号明白……”

“五号明白……”

听到耳机里传来回话,蒋昊的面色好看了一点,说老实话,他也想发几句牢骚,今儿在古玩城附近布控一天,连他娘的鸟毛都没见到一根,大热天待在车里一天,别提多憋屈了。

蒋昊他们还算好的,那些装做清洁工和路人甲乙丙丁的就惨了,在烈日下晃悠了一天,差点没脱层皮。

这次是京豫警方联合办案,如果再被余震平逃脱的话,那蒋昊不但专案组的组长干不下去了,恐怕回到北京城后就会被发配到整天清茶报纸混日子的办公室去。

由于余震平目标太小,人又过于狡猾,蒋昊为了以防万一,连庄睿装钱的背包拉链都是特制的,那东西看着像拉链,其实是个微型卫星定位仪。

只要余震平拿着那两包钱,警方就能在最快的时间内发现他的位置。

“靠,这人疑心真重,再不来咱们先吃饭去……”

庄睿和彭飞下楼之后,足足等了二十分钟都没见余震平露面,打他电话始终传来关机提示,这让庄睿不耐烦了。

“庄老板,对不住,让您久等了……”

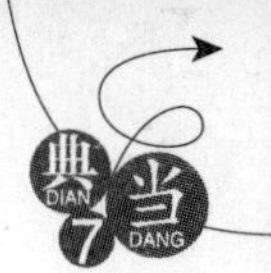

当庄睿准备返身回酒店时，一辆出租车停在庄睿四五米远的地方，余震平放下车窗露出脸冲庄睿打招呼。

“任老板，您这……唉，大家又不是第一次交易了，至于吗？我在西藏和北京都去过黑市也没您这么谨慎啊……”

庄睿见到余震平，忍不住发了几句牢骚，不过这话听在余震平耳中却很正常，如果庄睿大热天在门口等了这么长时间一点反应都没有，那余震平反而会怀疑了。

“庄老板，呵呵，不好意思，真是不好意思，来的时候路上堵车，耽误了点时间……”

余震平推开车门走下车，连连向庄睿作揖赔罪，姿态放得很低，目光却一直盯着彭飞身后的背包，而且左手插在裤兜里始终没拿出来。

其实余震平刚才一直藏在酒店对面的拐角处，观察庄睿身边有没有人在跟踪，直到感觉没有危险这才打了辆的士，不过可能是因为长期游走在黑暗中，余震平心里还是隐隐有些不安。

“任老板，我到现在还没吃饭呢，要不然咱们先回酒店吃点东西？”

庄睿就坡下驴地拍了拍彭飞身后的背包，用身体挡住出租车司机的视线，把背包拉开一条缝隙，让余震平看了一眼压低了声音。说道：“任老板，怎么样？我庄某人做事讲究吧？”

“庄老板，还是算了吧，回头事情完了，我请您吃饭……”

余震平咽了一口口水，他中午就吃了俩包子，肚子比庄睿还饿呢，不过看着那包里的钱，“任老板”还是感觉将那个背在自个儿身上比较保险。

“成，那回头我要好好宰您一顿……”

庄睿点了点头，答应下来，拉开的士车门坐了上去。余震平坐在前面，示意司机可以开车了。

庄睿住的裕达国贸酒店就在中原路上，这是一条主干道，来往的车辆非常多，车子驶离酒店之后，就消失在车海之中。

“目标出现，目标出现，三号车，现在开到目标车前面，车速慢一点，让目标车超过去……”

“三号明白，已发现目标车辆，正在跟踪，正在跟踪……”

“五号，五号，目标车快要到达中原路口，你可以开出去了，一定不能跟丢了……”

“五号明白，五号明白……”

见余震平终于出现了，蒋昊等人立即忙碌起来，指示下达到各个追踪小组，为了不让余震平怀疑，蒋昊仅在酒店所属的中原路上，就布置了三辆挂了郑州本地车牌的汽车交替跟踪。

“哎,我说这位师傅,您到底要去哪儿啊?咱在这环城路上兜了好几圈了……”

围着环城路兜了四五圈之后,的士司机脸色不好看了,虽然近几年杀人劫车的事情少了,不过难保这几个人不是劫匪,尤其是彭飞身后背的俩包,不会就是来装尸体的吧?

余震平语气不善地说道:“又不是不给你钱,继续开……”

“给钱我也不开了,对不起,我不做您几位的生意了,下车吧……”

的士司机见余震平那小个子身体里爆发出来的粗嗓门,本来就有点害怕,听到余震平的话后,将车靠到路边,一脚踩死了刹车。

路边有几家商店,来往的车辆也多,的哥胆子也壮了些,说道:“不要你们钱了,赶紧下车,再不下车我报警了……”

“什么态度啊你?信不信我举报你?”

听到不要车钱余震平还是很满意的,骂了司机一句后把脸转向后面,说道:“对不住,这司机没素质,庄老板,咱们换辆车吧……”

余震平之所以愿意下车,主要还是防止有人跟踪,他以前跟着余老大混的时候,去往某地交易都是要换好几次车的,虽然余震平对这路数不熟,但是照猫画虎,总归心里安稳些。

余震平不知道,在现代科技面前,别说换车了就是他带着庄睿钻到地下去,也能被揪出来,除非他能说服庄睿裸奔,再把那两袋子钱扔掉,这样警察或许找不到他。

庄睿点了点头,答应道:“行,不过任老板,抓紧时间吧,要不然等咱们事情办完了,只能去吃大排档了……”

自己的行为也是违法的,庄睿当然要表现得谨慎一点,对于换车并没有异议,不过还是催促了余震平一下,他是真饿了。

在郑州打的士还是很方便的,很快,庄睿等人又拦到一辆车,这次余震平没再兜圈了,在车子行驶到外环的一个路口时,余震平指了个方向,让出租车开了出去。

“一号,一号,目标车辆往城郊开去,这条路车辆较少,是否跟踪,请指示……”

余震平走的这条道去往焦山马家岭方向,这条路晚上车辆比较少,正在跟踪的五号车怕被余震平发觉,没再跟下去。

“这条路通往什么地方?”

坐在指挥车上的蒋昊向身边一位本地警察问道。

“只能通往焦山和马家岭,再过去就到新密市了……”

“好,一号至五号车注意,从另外一条路先开到这两个地方,注意隐蔽,不要引起目标人的怀疑……”

蒋昊想了一下,下达了命令,在他看来,距离余氏盗墓集团的文物藏匿地点应该不是很远了。

而且蒋昊也不怕把人跟丢了，即使庄睿和余震平交易完成，他也能根据装钱的背包，锁定余震平的位置。

蒋昊猜得没错，因为这时他已经从庄睿身上的窃听器里听到了焦山这个地址。

车内的仪器也显示，目标车辆已经上了高速公路，正是前往焦山方向的。

蒋昊询问了一下焦山的情况后，马上安排人员车辆前往焦山布控，自己的指挥车，也向焦山开去。

“几位，这时节去焦山的人可不多啊，天这么热也没法爬山呀……”

刚才那的哥是个闷葫芦，第二个出租车司机却是个话唠，问清楚要去的地方之后嘴就一直没停过，听得余震平恨不得拿出手枪指在他脑袋上让他闭嘴。

“我家在焦山，你少说几句行不行？”

余震平的脸色很难看，脑子里顿时想起上一个的哥的话，自个儿要真是劫匪，肯定一枪把这个啰里啰唆的司机崩掉。

“好，不说，不说话了……”

看在谈好的四百块钱车价上，的哥终于闭上了嘴巴，不光是余震平，庄睿和彭飞也松了口气，这哥们太能侃了，和北京的的哥有得一拼了。

从高速公路拐下来之后，路就变得不怎么好走了，原本的柏油路也变成了碎石子路，再往里面开，车子愈发颠簸得厉害，已经走到了山道上。

庄睿坐在车上，透过车窗向外望去，借着月光可以看到远处连绵的山脉，四周一片寂静，耳中听到的只有这辆车子发动机的声音。

从刚才司机的话里，庄睿了解到焦山虽然距离郑州不是太远，不过这里地处伏牛山山区，由于道路和交通的原因，经济并不怎么发达，是有名的贫困山区。

在崎岖不平的山路上颠簸了一个多小时之后，路稍微好走了一点，前面也出现了灯光，不一会儿车子驶进了一个村子，庄睿看到路边有一个学校的牌子上写着希望小学几个字。

这会儿才晚上八点多，由于天气热，很多村民吃过饭后都聚在门口聊天，见到有车子开过来，好奇地冲着出租车指指点点，更有孩子吵闹着追在出租车后面。

不知道是不是在陕西留下了阴影，庄睿一到农村总会想到余老大那满身雷管的模样，眼睛不由往坐在前面的余老八身上瞅了瞅，看他那身板不像是绑着炸药的样子，这才稍稍放下心来。

车子在余震平的指引下穿过大半个村子，来到村头一处房子前面停了下来，再往前去就是茂密的大山了。

这栋房子是个二层的小楼，在车上只能看到高高的围墙，围墙上面还有些碎玻璃碴

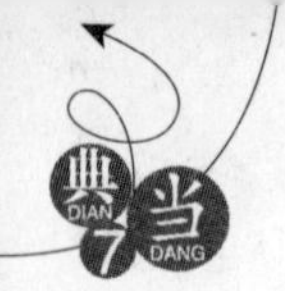

子是防止别人爬墙的。

“任老板,这里可真是世外桃源啊……”

庄睿走下车,看着夜色中的大山,可以想象,如果是在清晨,一定是村子炊烟山中迷雾的情景。

余震平这厮要是认准了待在这里不出去,恐怕警方还真拿他一点儿办法都没有,这地方别说派出所了,恐怕连个治安队都没有,谁也不会想到,他们在如此偏僻的地方能有这么个据点。

“呵呵,这套房子就送给庄老板了,以后有闲暇可以来住住,这里的人都很纯朴……”

余震平也从车上走下来,不过他刚下车就被一帮小娃子围住了。

“小八叔,小八叔……”

庄睿下车时,村里的一帮小孩都躲得远远的,不过见到余震平之后,一窝蜂地围了过来,嘴里还喊着“小八叔”。

“来,来,吃糖,一人两块,别打架啊……”

在郑州,庄睿就见余震平背了一个小包,现在才知道,原来里面放的都是糖块,这会儿余震平把包拿了下来给村里的小娃子们发着糖。

能看得出来,余震平真的很喜欢这些小孩子,给每一个小孩子发过糖块之后,都会亲昵地摸一下小娃子的头,眼中原本时常流露出来的阴冷目光也变得平和起来。

“是小八啊？你们这几个娃崽子,有段时间没来了啊……”

余震平给小娃子们发糖的工夫,几个村民也走了过来,领头的是个拄着拐杖的老人,亲切地用拐杖轻轻敲打了下余震平,大声说道:“都散了,都散了,一群小兔崽子,回家吃你妈的奶去,别围在这里了……”

余震平抬起头来,笑着说道:“老李叔,没事,没事,这就完了……”

“还没吃饭吧？走,家里吃饭去,你们那儿连个锅台都没有,小六子,去,跑回家告诉你婶子,把那只公鸡杀了……”

老李叔不由分说地就拉住了余震平,另外几个村民虽然不认识庄睿和彭飞,也热情地打起了招呼,就连那个出租车司机都给拉上了。

“还真是饿了,不过鸡就别杀了,晚上对付着吃一口就行了,庄老板,走,咱们先去吃饭……”余震平的肚子就差咕咕叫了,当下也不客气,招呼了庄睿一声就要走。

那位侃爷一见这架势,连忙喊道:“哪个老板把钱给一下啊,我今天还要回去呢……”

听司机要钱,余震平装模作样地摸了摸兜,眼睛却看向庄睿,说道:“钱？哎,你看我,出来的急,庄老板,您先把车钱给一下吧,回头咱们再算……”

别说四百块钱,余震平现在连四块钱都拿不出来,中午吃了俩包子之后,所有的钱都买糖块了。

庄睿摆了摆手，说道："什么算不算的，没事，彭飞，把车钱结了……"

庄睿不怕没车回去，今儿夜里警察肯定能进村，到时候跟着警车回去就行了。

"走，走，家里吃饭去，小六子，你欠揍是吧？怎么还没去告诉你婶子？"老李头见他们说完话了，又催那小六子赶紧回家杀鸡。

"哎……哎，六哥，别，这鸡还得留着打鸣呢，随便炒几个青菜就行了，老李叔，我们在外面可没少吃肉呀……"

余震平连忙拉住了那个小六子，他知道，农村的公鸡作用大着呢，不光是打鸣还是一群母鸡的领导，要是把公鸡杀了，那家里保准要乱套。

老李头一拐杖敲开了余震平的手，说道："一只鸡算个球，要不是你们几个在外面赚了大钱，咱们村的娃子们哪能上得起学啊……"

"别，老李叔，您要是杀鸡，我们这就走……"

"好吧，反正你们在外面啥都吃过，不差这只鸡，明儿我让大壮上山，给你们打些野味吃，小八子，你不知道，城里人可爱吃这些东西了……"

老李头絮絮叨叨地说了半天，这才发现后面那两人都不认识，不禁看向余震平，说道："小八啊，你大哥和咱们庄上的二狗子怎么都没来呀？这两位我怎么瞅着眼生啊？"

"老李叔，大哥和二狗哥在深圳呢，这年把工夫比较忙，等忙完这阵子就回来，到时候咱们再在村子里建个中学，这样娃子们就不用跑到镇上读书了。

"这两位是北京来的客人，没来过乡下，我带他们来玩玩，明天一定要让大壮哥打点野猪什么的来吃啊……"

听老李头提起二狗子的名字，余震平脸上露出一丝不自然的神色，不过夜色之下，那些村民倒也没发现，簇拥着几人来到老李头家里。

"有，咱们这儿就野味多，一会儿我就让大壮带人去下套子，小八啊，建中学要多少钱啊……"

老李头听余震平说要在村子里建中学，顿时笑得脸上的皱纹都舒展开了，把追问余老大和他们村里人的事情都忘到脑后了，抓着余震平不住地询问起来。

"老李叔，不用多少钱，关键是要请老师来上课，咱们给他们开工资就行了……"

也不知道余震平心里在想什么，嘴里有一句没一句地和老李头聊着，他们用的是本地话，庄睿能听懂一大半，彭飞倒是在一旁听得津津有味。

一群人说着话来到老李头家，庄睿现在也知道了，这老李头就是李家村的村支书，不过这村支书显然很清正廉明，家里的房子和别人家的一样破，只有堂屋里摆了一台二十一寸的彩色电视机。

农村虽然吃饭晚，不过这会儿也早就吃过了，老李头的婆娘重新烧了火，正在里面炒鸡蛋呢，再热上几个馍，没过多大会儿就端了上来。

还别说，这会儿余震平和庄睿都是饥肠辘辘的，抓着玉米面馒头就着小葱炒鸡蛋吃了起来，吃完了还有一碗鸡蛋汤。

这可都是土鸡蛋，新鲜得很，放到城里都能卖到八九块钱一斤。

“好，这汤真鲜啊……”

庄睿这顿饭吃得那叫一舒坦，中午在大酒店吃的也没这里香，吃完饭后，庄睿掏出一包中华烟给屋里每人都敬了一根。

“娃子，这烟要好几块钱一包吧？”

老李头年轻的时候见过中华烟，当上了村支书后，倒是没见过了，话说去镇上乡里开会，抽的也就是几块钱一包的招待烟，平时在家里就是用纸卷了烟叶子抽。

屋里有个在外面打过工的后生，接过庄睿的烟一直没舍得点燃，听见老李头的话不禁“扑哧”一声笑了出来，说道：“老李叔，你没见识了吧？这要六七十块钱一包呢……”

“你说啥？六七十块钱一包？”

老李头一听，连忙把已经点燃了的烟掐灭了，放在手心里翻来覆去地看了一会儿，说道：“你这娃，不是瞎扯吗，这烟和俺在镇里开会抽的一样，最多就是几块……”

“老李叔，别管这烟多少钱了，老婶子做的饭真好吃，这一百块钱就当是我们几个人的饭钱了……”

饭吃完了，庄睿也不想在这里待下去了，否则等一会儿警察赶到了，自己恐怕连那些文物都看不见了。

老李头见庄睿掏钱，脸色不禁变了，拿起那一百块钱就要往庄睿手里塞，嘴里说道：“使不得，使不得，炒几个鸡蛋，哪值这么多钱啊……”

“老李叔，您拿着吧，明天不是还要吃野味吗？那东西在城里老贵了，这个就当是饭钱了……”

第二十一章 抓得“虎子”

庄睿来到小山村之后，见到这些质朴的农村人，心里那一丝浮躁也随之消失了，并且对余老大这些人也有了新的认识。

从刚才吃饭时的对话，庄睿已经听出来了，余老八之所以和村子里的人这么熟悉，原因就在这村子里的希望小学身上。

这个希望小学，是余老大和这个村子里一个小名叫二狗子的本地人一起捐资兴建的。

当然，庄睿可不认为余老大会如此好心拿出几十万建学校，如果自个儿没猜错的话，余老大的目的是想在这儿建立一个藏匿文物的据点。

庄睿猜得没错，事实和他想象的基本相符。

余老大十多年前，认识了这村子外出打工的二狗子，二狗子大名叫李无敌，或许是他爹妈怀念先人在战场上纵横无敌，才给他起的这个名字吧？

李无敌比较另类，从小就不愿意种地，整天游手好闲的，把爹娘老子气死了之后整天偷鸡摸狗的，到最后在村子里实在混不下去了，才拍拍屁股出去打工赚钱。

后来余老大把李无敌吸纳到自己的盗墓团伙里，一起做了不少案子，也算是团伙的核心成员了。

曾经把李家村祸害得不轻的二狗子，那时可是衣锦还乡，在庄里大摆了三天宴席，并且给以前自己祸害过的村民们诚挚地道了歉，送上了价值不菲的礼物，这让质朴的村民一下就重新接纳了已经成为大老板的二狗子。

俗话说狡兔三穴，余老大生性多疑，不仅在城里布置了两个放置古董的落脚点，还在这个村子里住了一年时间。

余老大的身份是二狗子生意上的合伙人，由于身体不适需要安静的地方休养，才来李家村住上一段时间。

以余老大的手段，经过一年多的时间，笼络得这些质朴的村民都把余老大当成自己人看了，余震平也在这里住了半年多，所以和这些村民们都很熟悉。

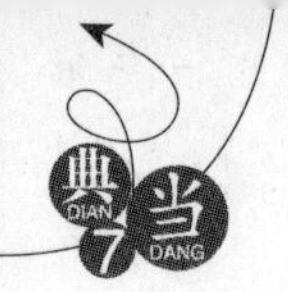

伏牛山脚下原本并没有人家，相传是明末李岩被李自成毒杀后，李岩和红娘子的后人来到这里隐居下来，所以定名为李家村。

或许是害怕被官兵找到，李家村就像一个与世隔绝的世外桃源，直到民国时期才和外界有了接触，新中国成立后才正式定名，纳入政府规划之内。

原本为了开发伏牛山的旅游资源，当地政府想给李家村修路，但是后来政策一变，要保护原始生态，修路的事情就搁置下来了。

七八年前的李家村，贫穷的让人无法想象，村支书去镇上开会都要坐五六个小时的牛马车才行，基本上也就是一年跑个三五趟，换点柴米油盐酱醋茶回来。

俗话说要想富先修路，没有路，李家村就一直这么穷了下去，上个学要跑几十公里，有些人就是想让小孩上学也没有条件，所以村里的娃子们，基本上都大字不识一个。

余老大来到这里之后，先是用二狗子的名义拿了十万块钱铺了一条勉强可以通车的路，然后又拿出几十万建造了一座希望小学，并且得到了上级政府的承认，安排了教师。

可以说，二狗子和余老大给村子里带来了翻天覆地的变化，就是老李头家里那台二十一寸的彩电也是余老大送的，名目自然是丰富农村业余生活了。

如此一来，二狗子和余老大在村子里的地位是水涨船高，威望甚至比老支书都高了，村民们就差把二人当成万家生佛供起来了。

而二狗子和学校同时兴建起来的那栋两层小楼，虽然让村民们感到羡慕，却也不那么显眼了，别人给村子里盖了四层学校，自己盖个二层小楼自然是理所当然的。

前些年，余老大每年都会以调养身体的名义到这里住上一两个月，余老八基本上都会陪同前来。

久而久之，村里人也不把他们当外人了，就是隔上一年半载没人住，也没人去打那房子的主意，而且这些村民们也知道，那房子里除了一些破铜烂铁之外，也没有什么别的物件。

这些村民们并不知道，他们眼里的这几个所谓的万家生佛，在闲暇无事的时候，将他们祖宗的墓葬都给挖了个遍，淘弄出不少明末的盔甲兵器。

“老李叔，你和俺客气个什么劲啊？庄老板可是大老板，比俺大哥还大的老板，给你钱就拿着吧……”

余震平也想和庄睿早点交易，见老李头再三推让不肯要钱，于是出言劝了一句。

“那……那俺就收下了，大壮，快点带人上山下套子去，明天打了野猪好招待客人……”

在余震平的劝说下，老李头总算收下了一百块钱，把庄睿等人送到门口后，对余震平说了一句：“小八啊，让二狗子有空回家看看，这都快两年了，也不知道回来给他爹妈上个坟……”

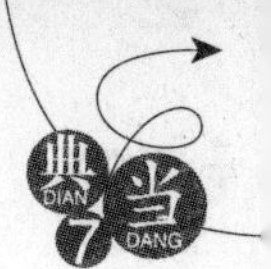

余震平听到老李头的话后，身体猛地一震，有点儿不自然地说道："老李叔，我知道了，这次回去我就跟二狗哥说这事，要不等过段时间，咱们把电话线扯起来了，你老自个儿骂他几句……"

别人不知道，余震平心里可清楚，二狗子李无敌早已不在人间了。

前年余老六在广东交易失手之后，二狗子等人曾经萌生退意，找到余老大，想把这些年赚到的钱分了然后远走高飞。余老大对那座唐代帝陵贼心不死，两下没谈拢，于是动了杀心。

余震平当年可是亲眼看到余老大在酒里下了药，将二狗子等人灌醉之后，亲手把他们掐死了，而他们的尸体也都做了那片桃林的肥料。

这也是警方没能追查到李家村的主要原因，因为除了余老大和二狗子之外，就只有余震平知道这里了。

此刻老李头提起二狗子，就算余震平胆子大，也感觉到后颈一凉，头皮发麻，似乎又见到了那天的情形。

拿着老李头家的手电筒，余老八脚步明显加快了，带着庄睿穿过寂静的村庄来到那栋二层小楼门前。

余震平从腰间拿出一串钥匙，把院子铁门打开之后招呼庄睿二人走了进去。

进到院里，余震平不知道在哪拉了下开关，院子上方挂的灯泡，顿时亮了起来，借着灯光庄睿可以看到，院子四周没有水泥地的墙角处已经长满了野草。

余震平站在院子里，并没急着去开堂屋门，而是看向庄睿，说道："庄老板，您是想先看鼎，还是先看看那些小物件？"

庄睿不明白余震平的意思，但还是说道："当然是先看鼎了，任老板，这可是咱们说好的，没有重器光是那些小物件的话，我才懒得跑这一趟呢……"

"好，那咱们就先看青铜鼎……"

余震平点了点头，招呼了庄睿一声，向院子东面靠墙根的一个小屋子走去。

这里应该是厨房，不过里面除了有个灶台和用砖头垒砌的放置碗筷的台子之外，没有任何做饭的家伙什，庄睿不明白余震平带他到这里是什么意思。

余震平没说话，进到屋子里后马上走到那个高出地面一米多的砖头台子旁边，用手在上面敲打起来。

虽然砌这台子的时候，余震平也有参与，不过过去了好几年，他也忘得差不多了，敲打了几分钟之后，一处地方传出"空空"的声音。

余震平脸上一喜，用手在那个地方抠了一下，然后向外一拉，一块青砖被他取了出来，一股霉味从里面传出来。

抽出青砖后，余震平四处打量了一下，走到门后拿了一个通体发绿，一端分了三个叉

的青铜器，把那个叉插入刚才的青砖处，用力一撬，旁边的几块青砖纷纷散落在地上。

“任老板，慢着，先别动手……”

余震平动作太快，庄睿眼睛刚放到他手里的物件上，这边就已经动上了手，庄睿一把将那个青铜器抢在手里，仔细看了起来。

那三个分叉的地方，有一处已经被余震平撬弯了，看得庄睿大为心疼，这物件可是古董烛台，并且是直接放在地上的那一种。

相比出土数量较多，只有四五十公分长短，放在桌上的烛台，这个长达一米五左右的青铜烛台极为少见。

要知道，在秦汉以前，虽然地下空有资源，但是古人提炼钢铁的技术却非常落后，那时只能炼出铜器，而且数量也很稀少。

一般的平民百姓根本就没有机会和资格拥有青铜制品，只有贵族或者王侯将相才使用得起青铜器，并且大多都为祭天所用，能在家里用得起烛台的，估计只有王侯了。

所以，在秦汉之前，青铜器就是身份的象征，比如说湖北地区曾经出土的一辆青铜马车，要是放在现代的话，那绝对是劳斯莱斯银魅级别的，并且还是全手工限量版的。

别看这青铜烛台满是铜锈，不怎么起眼，要是拿到古玩市场，怎么也能值个十来万块钱，庄睿可不想被余震平给糟蹋了。

“任老板，换个家伙什吧，这东西也是古董啊……”

感应着青铜器里面浓郁的灵气，庄睿再也不肯让余震平用了，话说按照自己和警方的协议，这物件说不定就能摆在自个儿的博物馆里呢。

“嘿嘿，庄老板，回头您就不在意这玩意儿了……”

余震平见庄睿宝贝的样子，不以为然地摇头笑了笑，到院子里找了一根以前留下来的撬棍，回到厨房里又忙活起来。

可能是因为以后自己再也不会回来的缘故吧，余震平的动作很暴力，没一会儿就整的厨房内乌烟瘴气的，搞得庄睿只能退到门外去等。

“庄老板，进来吧……”

听到余震平的招呼，庄睿重新走了进去，刚一进屋，差点被漫天飞扬的灰尘呛得咳嗽起来。

再看余震平，这哥们儿头发上满是灰尘，猛然看上去，像个头发灰白的老人一般。

庄睿的眼神在余震平身上略一停留，就被原本的石台处出现的一尊圆肚直耳的青铜鼎吸引住了。

庄睿像是被绳子牵引着一般，身不由己地向那尊青铜鼎走去，嘴里下意识地问道：“任老板，这就是您说的青铜重器？”

“对，庄老板您慢慢看，回头我带您看里面的东西……”余震平点了点头，拿着撬棍走

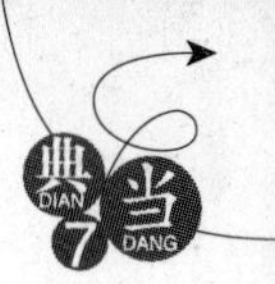

出了房间，到外面拍打起来。

"靠，这么大个玩意，他们怎么搬进来的啊？"

彭飞走进厨房，见到这东西也不禁吃了一惊，这尊青铜鼎高度绝对在一米二以上，厚重的鼎身，三条鼎足加起来最少有四五百斤，不用吊车是很难搬运的。

彭飞不知道，这东西是在建造这栋房子的时候用小型吊车放在这里的，这个厨房就是为了安放这尊鼎而建的。

这玩意儿曾经让余老大挠头不已，放弃了可惜，但是又无法交易出去，所以就一直放在这儿了，没想到便宜了庄睿，当然，庄睿能不能得到这玩意，还要看有关部门高不高兴。

"无价之宝，真正的无价之宝啊……"

庄睿身体半蹲，双手在青铜鼎上抚摸着，眼中满是沉醉的神色，他之前淘得的那把定光剑虽然珍贵，价值也不比这尊青铜鼎差，但是从形状上看，面前这个大家伙显然更有震撼力。

北京城和彭城的博物馆庄睿都去逛过，里面不乏青铜重器，青铜鼎也不少，但是从体积上而言，没有一个能与之相比，并且就是外形也鲜有比这尊美观纯朴的。

庄睿大概用手测量了一下，这尊青铜鼎高度应该在一米二五左右，口径大约八十多厘米，上沿是平口，打磨得很光滑，在口沿处有两个高度在二十多厘米的直耳，耳圈大而厚，上面有夔状纹饰，这也是商周青铜器上最常见的。

在呈圆状的青铜鼎腹有三柱式足，腹外壁有三个半圆形大耳，与三柱足相对应，腹上有兽面纹三个，每一个兽面纹下又浮雕出一牛首，每柱足也有浮雕兽面。

这尊青铜鼎是庄睿见过的造型最华丽繁琐的，单是那些牛首浮雕，就不是一般工匠能制作出来的，最让庄睿咂舌的是，这尊鼎的内壁还有数十个铭文。

要知道，青铜器有无铭文是衡量其价值的一个极为重要的标准，别说现在了，就是在新中国成立前，有铭文的青铜器，往往都是一字千金，价值连城。

京城曾经有位爱国收藏家，为了从一伙外国冒险商人手里抢购一尊带有铭文的青铜器，当时花了四十万现大洋，这个价格就算是放到现在也是一笔天文数字了。

"捡到宝了，真他娘的捡到宝了……"

庄睿兴奋地在青铜鼎上拍了拍，他打定了主意，说什么都要把这尊青铜鼎拉到自个儿的博物馆去，这尊青铜鼎实在是太贵重了。

这些铭文不但可以考证出青铜器的来历，出自何人墓葬，就是对当时的社会发展和形态，也有极高的研究价值。

庄睿相信，此鼎一出，在国内收藏界、考古界以及历史学者中，肯定会造成极大的轰动，其效应应该不在自己那把传说中的定光剑之下。

按照庄睿对青铜鼎的了解，除了那个司母戊方鼎之外，恐怕就是从秦始皇甬坑里挖出来的那尊鼎也不如眼前这个厚重大方。

而且这尊鼎还有一个与众不同之处，就是其腹壁这三个半圆形大耳，庄睿见过不少青铜鼎，但是有这种特征的只有出土于陕西淳化县的淳化大鼎。

不过那件著名的青铜重器里面可没有铭文，比这个鼎又略逊一筹。

可以想象，这尊青铜鼎要是摆放在自家博物馆里，肯定会云集国内众多专家学者，即使自个儿不收取他们的费用，让他们帮博物馆扬扬名，总归问题不大吧？

虽然明知道这尊青铜鼎放在这里不会被任何人偷走，庄睿仍然一步三回头地走出了那个低矮的厨房，看见余震平后马上问道："任老板，这尊鼎不知道是什么来头……"

"嗯？庄老板，这不合规矩啊……"

余震平皱了下眉头，虽然大家都心知肚明这物件的来历，但是总不能让我把盗墓时的情形给您描述一番吧？

"哎……哎，我不是那意思，任老板，您也知道，这东西我想摆出去，就要有个合理的来历，就算是从国外收回来的，我也要知道这玩意大概出自哪个墓葬吧？"

庄睿见余震平皱起了眉头，连忙解释了一番，本来他也就是随口一问，余震平肯定是盗得这尊青铜鼎的主要人物，要是能从他嘴里得知出处，自个儿就少浪费许多考证了。

"河南，洛阳，五女冢村……"

余震平听了庄睿的话后，从嘴里吐出这几个字，这也是一路行来，没感觉到什么危险，要不然，打死余震平都不会说。

"大手笔，任老板真是大手笔啊……"

庄睿这话倒是说得真心实意，国家那么多考古队，有那么便利的条件，忙活了几十年才挖出来一尊淳化大鼎。

区区几个盗墓贼就轻而易举地鼓捣出这么一个会轰动考古界的大重器来，庄睿真为那些考古专家们感到汗颜。

"行了，庄老板，咱们再看看屋里的物件吧，要是没什么差错的话，咱们这交易就算达成了吧？"

余震平不想多谈盗墓的事，拿着钥匙打开了小楼的大门，不过并没马上进去，而是敞开门通通风，这地方他都快一年没来了，屋里的气味绝对不好闻。

"当然，只是那尊鼎，就值咱们先前谈的价格……"

庄睿点了点头，他那爽快的态度让余震平提着的心放了下来。

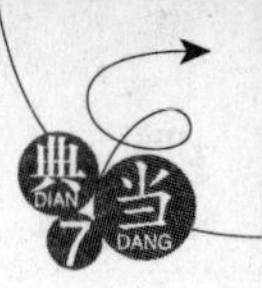

第二十二章 说漏嘴了

别看余震平摆出一副和庄睿很熟的模样，他始终都没有放松警惕，原本装在肥大裤兜里的枪正别在后腰上，方便随时拔出来。

现在听了庄睿愿意付钱的话后，余震平才真正松了一口气。

“庄老板，请进吧……”

在门外等了十多分钟，余震平率先走进屋里打开灯。

小楼的堂屋摆设很简单，就是一套沙发和一张茶几，余老大以前在这儿住的时候，都是到农家搭伙吃饭，平日里也是在山脚下转悠，屋里没有什么东西。

“任……任老板，这……没东西啊……”

庄睿四下里转了一圈，可能就沙发后面那个铁皮水壶的年头超过了二十年，再没有一件老东西了。

“呵呵，庄老板，东西都在那两个房间里，您可以自己去看……”

余震平笑了笑，把一串钥匙扔给庄睿，接着说道：“楼上有三个房间，可以住人，咱们今儿也走不了了，晚上就住在上面吧……”

“好，就听任老板安排，日后要是还有好东西，一定想着小弟啊……”

庄睿接过钥匙给彭飞使了个眼色，示意他把装钱的背包交给余震平，自己拿着钥匙打开了一扇门。

开门后，庄睿没急着进去，而是伸手在门旁边的墙壁上摸了一下，打开了屋子里的电灯。

“靠，这……这都是古董?”

即使之前已经有了心理准备，但在进入那个放置古董的房间后，庄睿依然忍不住爆了粗口，可能是他没有去过一些博物馆库房的原因，这满屋子的青铜器给庄睿极大的震撼。

正对着房门的地上，摆放着大小不一十多个青铜编钟，最大的有半米多高，而最小的

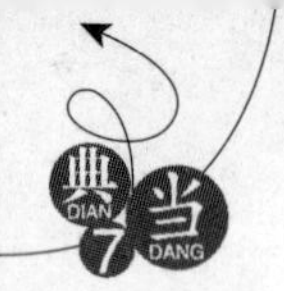

只有拳头大小,上面刻着各种图案,异常精美。

“妈的,考古系干脆开一门盗墓专业课算了……”

看着足以与刚才见到的青铜鼎媲美的青铜编钟,庄睿无语了,无论从学术上还是从编钟本身而言,这东西的价值绝对不比那个青铜鼎低。

当年曾侯乙墓编钟出土使世界考古学界为之震惊。两千多年前就有如此精美的乐器,如此恢宏的乐队,在世界文化史上是极为罕见的。

虽然后面陆续也有编钟出土,但是都是体积比较小并且残缺不全的,像庄睿面前这些东西,恐怕一问世就会引起轰动。

庄睿把视线从编钟上挪开,又往别处看去,地上放置了许多青铜兵器,有戈、矛斧、钺、剑、戟等,很多兵器都是庄睿未曾见过的,虽然上面锈迹斑斑,但是庄睿知道,这些东西在千百年前都是杀人利器。

另外散放着的是一些青铜礼器,像余震平先前卖给庄睿的青铜爵,地上居然有十五六个,像垃圾一样扔在那里。

还有不少贵族嫁女时的媵器,也随便摆放在地上,余震平等人也是饥不择食,就连那些青铜币(布币、刀币)、青铜打制的锄头等农具也没放过,满满当当塞了一屋子。

庄睿站在门口目测了一下,房间里应该有不下两百件器物,大多都是青铜器,只有几件陶器,但是做工比较粗糙,庄睿没怎么在意。

深深地吸了一口,庄睿平复了一下见到这么多物件的激动心情,感觉屋中的浊气释放得差不多了,庄睿抬脚走进房间。

“嗯? 怎么回事?”

这屋子应该有很久没打开了,但是庄睿并没感觉到一丝气闷,因为刚踏入屋里他眼中的灵气就骚动起来,自动遁出庄睿的身体。

透过灵气可以看到,屋内充斥着近乎金黄色的灵气,浓郁得像液体一般,而庄睿眼中的灵气进入其中就像鱼儿到了水中,不住地在里面穿梭着。

庄睿可以感觉到,自己那股原本是紫色的灵气,颜色也在逐渐改变着,一丝丝金色逸入其中,暗淡的紫色变得明亮起来。

过了四五分钟之后,庄睿眼中的灵气好像吃饱了似的,重新回到庄睿的眼睛里,顾不得查看房间里的东西,庄睿微微闭上眼睛,感受灵气的变化。

原先的紫色现在变成了紫金色,虽然又享受了一把灵气入体的舒适,但是一时之间,庄睿却没办法得知具体发生了什么变化。

睁开眼睛,庄睿向屋外望去,灵气透过墙壁看到村子里那条土路,再往前看去,就像摄像头放远距离一般,不住地沿着土路延伸着。

“靠,不会吧?”

庄睿发现，灵气视物的距离好像又变远了，从余震平的这栋小楼到村口的那个希望小学，足足有三四百米的距离，在庄睿眼中可以看得清清楚楚，而且犹有余力。

“等以后有时间，一定要去陕西骊山和内蒙古大草原转悠一圈，这秦始皇陵和成吉思汗墓，即使埋得再深，也不能深入到地下三四百米吧？”

对于自己的眼睛，庄睿已经放弃研究的心思，灵气虽然受他控制，但是升级毫无规律，在大昭寺，在缅甸，在英国和在这个相对狭小的房间里，都是莫名其妙自己发生了变化。

庄睿心中猜测，或许和这房间密封有关系，等日后有时间一定要拉着金胖子去故宫博物院放置古董的库房看看。

“咦？终于到了？”

就在庄睿准备再看远一点儿的时候，村头几个穿着迷彩服的人隐藏在夜色中，不用问，这肯定是蒋昊的抓捕组。

他们没有进村子，可能是刚刚赶到，蒋昊正和一个人低声说着什么，手里拿着手机摆弄着。

这时，庄睿裤兜里的手机震动起来，往屋里走了几步，避开在外面数钱的余震平的视线，庄睿拿出了手机。

“见到货了吗？”

短信出现在手机屏幕上，是蒋昊发来的，这地方虽然穷，连电话都没安一部，不过山上居然有无线基地。

“庄老板，看完了没有？”

庄睿往门口瞅了一眼，正准备回短信的时候，突然传来余震平的声音，吓得他差点把手机给扔出去。

“没……还没呢，这么多东西，往外搬不要紧吧？”

庄睿连忙将手机塞回裤兜里，装作察看那些青铜器的样子，此时余震平的身影也出现在房间门口处。

“没事，只要我跟李支书打个招呼就行……”

余震平似乎有话想和庄睿谈，往房间里走了一步，接着说道：“庄老板，您要是对这些满意的话，我还有个生意，想和您谈谈……”

“哦？那出去说吧……”庄睿无奈，总不能当着余震平的面打电话吧？

“庄老板，请喝水，这是自家打的井水，很干净很解渴的……”

屋里有些闷，余震平招呼庄睿和彭飞坐到院子里，不知道从哪儿翻出了两个茶缸，里面倒满了他刚刚打上来的井水。

“这要是有个西瓜就好了……”

庄睿从小没少喝凉水，再加上刚才看那些物件，早就口干舌燥了，当下端起茶缸喝了一口，顿时感觉一股凉气直入胸肺，燥热的天气似乎在瞬间变得凉爽了。

“今天太晚了，明天我叫人摘几个西瓜泡在井里，那吃起来才爽呢……”

余震平随口答了一句，紧接着说道：“庄老板，我还想和您做个交易……”

“说说看，我不怕东西多……”

“能看得出来，庄老板您是有身份有地位的人，我想请您帮个忙，能不能把我办出国？”

余震平现在虽然有钱了，但是他以前只负责挖墓，别的啥都不管，让他偷渡他还真找不到门路，所以求到了庄睿身上。

庄睿闻言在心里苦笑起来：“把你办出国？那哥们就把自己办进监狱了……”

余震平见庄睿沉吟不语，连忙说道：“只要庄老板能帮这个忙，任某人必有回报，像这样的物件，我还有几百件，都可以送给您……”

“什么？你还有一千多个物件没在这里啊？”

庄睿闻言吃了一惊，敢情这狡兔三窟，这里不过是一个藏匿点啊？

庄睿大惊之下，没注意自己说漏了嘴，余震平可从来没告诉过他，自己一共有多少东西。

“庄老板，您是怎么知道我的底的？”

庄睿没注意，余震平却听得真切，脸色瞬间变阴沉下来，一双眼睛死死地盯着庄睿，右手悄悄地向腰后摸去。

“这……这到底是怎么回事？”

接到庄睿电话后，马上赶过来的蒋昊蒋大组长看着地上被捆成一团的余震平，吃惊地问道。

余震平被捆得很有意思，双手背后，双脚也向后折了过去，被一根鞋带捆得结结实实，像玩杂技的一般，嘴里被塞了块破布，那双眼睛死死地盯着庄睿，充满了怨毒之色。

此时，外面也传来喧闹声，数十个警察武警进村，顿时让这个小村子轰动了，跟来的乡镇一级的领导正在安抚村民。

不过这地方山高皇帝远，这些村民并不怎么买账，外面的人越聚越多，如果不是房子前拉上了警戒线，十多个实枪荷弹的武警站在那里的话，恐怕村民们早就冲进来了。

“没什么，他不知道怎么发现了我的身份，拿枪要打我，被我朋友制服了，对了，是不是你们没埋伏好，被他发现了？”

庄睿很无辜地摊了摊手，他可不会说是自个儿说漏了嘴，要不然这帮警察指不定就翻脸不认人，不承认先前答应自己的事了。

而且刚才确实很危险，幸亏彭飞眼疾手快，在余震平刚举起枪的时候，手中的小刀就闪电般地刺中了余震平的手腕，以彭飞的身手对付余震平，真有点大人欺负小孩的味道。

不过这次显然没有上次惊险，因为从余震平掏枪到被彭飞制服，前后还不到两分钟，庄睿都没反应过来，彭飞就已经解下余震平的鞋带把他给绑起来了。

那把枪彭飞看过之后也撇了撇嘴，保险都没打开，拿出来有个屁用。

"先把他铐起来，把现场保护好……"

蒋昊此时也见到了地上那把手枪，连忙让人装到塑料袋里，心里也被吓得不轻，蒋组长可是知道庄睿的背景，要真是被余老八伤到，这案子就算破了也落不到好处。

不过此刻抓住了余震平，蒋昊心着实松了一口气。这家伙就像个泥鳅，实在是太滑溜了，一不小心就被他跑掉了。

这个地方出门就是大山，丛林茂密，就是钻进去几千人，也显不出来，如果真被余震平跑进去的话，恐怕将全郑州市的警察都调来也无济于事。

余震平也知道自己栽了，并没有反抗，即使嘴里的破布被拿出来也没说话，只是一双眼睛还死死地盯着庄睿。

"看我干吗啊？我这也是配合警察办案啊……"

庄睿被余震平看得瘆得慌，连忙把脸扭到一边，说道："蒋组长，我的任务算是完成了啊，您这次缴获的文物我也不多要，只要两件就行……"

庄睿怕蒋昊过河拆桥，连忙提醒了一句，上次在陕西哥们见义勇为，啥好处没落到，反而车子被烧了又被惊吓了一番，此次却不能空手而回。

"两件？你不是说要三分之一吗？"

蒋昊愣了一下，这可不像来之前和自己讨价还价的庄睿啊，不过蒋昊对这些东西并不在意，按他的意思，多给庄睿一些也能落个人情。

"好，那就三分之一，蒋组长您可要说话算数啊……"

庄睿一听这话，乐了，他原本怕自己挑的那两件太过贵重，所以改了条件，既然蒋大组长要坚持，那他就盛情难却了。

"对了，蒋组长，这余氏兄弟曾经给村里捐款建了学校，很受村民欢迎，我看你还是快点把人带出去吧……"

庄睿听到外面的喧哗声，好心提醒了蒋昊一句。

"嗯，好，我这就安排，你是现在就回去？还是配合我们请来的文物专家清理一下这些被盗掘的文物啊？"

蒋昊很是从善如流，他知道在这些偏远地区，有些事情没道理讲的，连忙用对讲机呼叫停留在村口的警察前来带人。

庄睿想了想，说道："我现在就回去，连夜回北京，蒋组长，我本来现在应该在海南拍婚纱照的，就是被你们这事给耽搁了，我说，这批文物里面的青铜鼎和青铜编钟，一定要留给我的博物馆啊……”

“行，庄先生，您放心吧，等被盗文物清点出来之后，我们会和文物部门协商，把你说的青铜器暂时放在你的博物馆展览的……”

蒋昊点头答应下来，这事难度不大，一千多件古玩，借给庄睿博物馆几件也不算什么大事，话说所有权还是国家的嘛，放在哪个博物馆都是为人民服务的。

没过多大会儿，门口就响起了汽车刹车声，两个武警押着余震平上了警车，村民们见到余震平戴着手铐出来，顿时炸锅了，有些冲动的小伙子就要上前抢人。

“砰！砰砰！”

三声清脆的枪响震住了这些人，蒋昊站在门口，大声喊道：“乡亲们，这个人犯了国法，你们不要冲动……”

或许蒋昊那带着京味的普通话村民们听不懂，但是那手枪可是真家伙，余震平又不是他们村上的二狗子和大恩人余老大，那几个冲在前面的小伙子都退了回去。

虽然这些人的祖宗都是造反杀官起家的，但是余老大给他们买的那台彩电，多少也让他们知道现在是新社会了，不是流行长矛大刀的时代了。

看到村民在乡镇领导的安抚下逐渐散去，蒋昊长舒了一口气。“庄先生，您二位也跟这辆车走吧，我今天要陪这些文物专家留下来，明天才能回去……”

蒋昊当年执行过解救被拐卖妇女的任务，那次足足被村民打得躺在床上一个星期，所以刚才看到苗头不对，蒋昊马上就鸣枪示警了。

“哎，我说蒋组长，您就不能再安排一辆车吗？”

说老实话，让庄睿和余震平坐一辆车，他还真不愿意，这哥们看向他的眼神像狼崽子似的，那阴冷桀骜的样子，庄睿怀疑他会扑上来咬自己一口。

蒋昊想了一下，点了点头，说道：“好吧，那我再安排一辆车……”

由于此地民风彪悍，此次跟来的乡镇领导今儿也甭想回去了，蒋昊安排了一个本地的刑警，开车带着他的同事和庄睿一起返回郑州，自己虽然走不开，但还是要对余震平进行突审。

第二十三章 博物馆开业

“我靠,这小子不是难为我吗?”

看着那些专家清点文物一夜未睡的蒋昊忍不住爆了句粗口,经过一夜文物知识普及的他,终于明白了那两件青铜器的贵重之处,也明白了庄睿昨儿为什么点名要这两个物件了。

弄明白这两个物件的价值之后,蒋昊也不敢做主了,给部里打了个报告,让他们去处理这事,自己则坐车回到了郑州。

因为清点出来的文物数量和余老七交代的不符,蒋昊必须撬开余震平的嘴,挖出剩余文物的藏匿地点。

不知道为什么,在余老七嘴里就是个滚刀肉的余震平没等蒋组长来,就一五一十地交代了剩下的两个文物藏匿点,并且将自己十多年所盗的墓葬一一交代了出来。

直到余震平说出自己的身材是年幼时被余老大下药所致才不能成长的,蒋昊才突然明白了点什么。

海南的天很蓝,海滩边的海水更是清可见底,不过这个时节的游客却并不是很多。

七八月份去海南纯粹是找罪受,三十多度的高温下,还要西装革履地摆造型,折磨得庄睿快要疯了,早上要拍日出,晚上还要拍夕阳,庄睿就差没问那摄影师,自己夜里和媳妇做运动,他们要不要也拍下来?

从郑州返回北京后,庄睿就带着秦萱冰还有彭飞两口子赶到了海南,不过刚到这里,他就感觉自己失策了,这里海景虽然很美,不过这天气,身上的衣服就没干过。

好容易一天下来,庄睿感觉比在郑州和余震平斗智斗勇还要累。

“小子,别笑我,明儿就该给你们拍了……”

庄睿住的酒店距离一家港口不远,站在酒店的阳台上,可以清楚地看到轮船上的灯光。

这次庄睿和秦萱冰拍婚纱照，顺带也让彭飞和他媳妇一起拍了，今儿一天庄睿的任务就完成了，他要等明天彭飞拍完一起回北京。

“拍那东西干……”

彭飞撇了撇嘴，话说了一半，见到原本小鸟依人状的女朋友瞪起了眼睛，不由身子一矮，接着说道：“要拍，一定要拍！”彭飞的动作引得几人都笑了起来。

住在北京城东一个新建楼盘附近的人，今儿都有些奇怪，这个小区的奠基动工仪式不是已经搞过了吗？怎么今儿又突然热闹了起来？

而且看那些还没封顶的高楼，也不像是完工的呀。

有好奇的人凑过去看了一眼才知道，敢情不是楼盘完工，而是小区旁边的一家私人博物馆挂牌开业。

在博物馆气派的大门口，已经摆放了数十个花篮，上面的名头有私人的也有公家的，各省文物办名衔的花篮就有不少。

另外还有某某旅行社、某某博物馆的花篮也占据了不少地方，细心的人还能发现某某部委的花篮。

不过这在北京城很正常，倒是吓不倒那些看热闹的人。

在博物馆一侧的停车场停放了数十辆车子，都是此次前来参加博物馆开业的嘉宾们开来的。来得早的大多是一些年轻人，正聚在门口聊天。

庄睿从海南回来已经十多天了，这段时间都在筹备博物馆开业的事，可把他忙得焦头烂额，基本上就没回四合院住过，困了就在馆长办公室的沙发上凑合睡一会儿。

蒋昊还算是说话算数，也不知道他是如何与地方文物部门协商的，在余氏重大盗墓案结案后的一个星期，就把庄睿要的那尊青铜鼎和青铜编钟送到了北京。

一起送来的还有两百多件青铜器，这让庄睿一下子忙碌起来，重新请了京城数位青铜器鉴定专家，连熬了好几个通宵，才完成了这批文物的类别划分、撰写说明的工作。

而制订展柜、布置青铜器展馆的事情也要庄睿去忙活，虽然有皇甫云帮忙，也足足有好几天时间庄睿都没怎么合眼。

皇甫云这段时间也没闲着，被庄睿逼着跟欧阳军到处吃喝，将京城大大小小的各家旅行社全都跑遍了，花了不少心思总算将博物馆列入各大旅行社的线路范围内了。

庄睿如果不走冯先生那种会员制的道路，就必须和这些旅行社打交道，否则单是博物馆每月的开销，就能让庄睿赔得脸绿。

博物馆的人员配置基本上已经全了，馆长一名，庄睿自然是当仁不让，常务副馆长有两个，其中一个是皇甫云，另外一位是从故宫博物院请来的一位研究员，对博物馆的管理工作经验十分丰富。

皇甫云还从京大挖来了十多个博物馆专业的应届毕业生,几乎把今年毕业的学生全都忽悠来了,相信在那位副馆长的带领下很快就能成熟起来。

加上先前招来的保安,还有十多个年轻貌美的女解说员,庄睿现在手下员工已经有数十人了,这样一来,博物馆每个月的开支也是一笔不菲的数目。

数十人的工资,每个月就要几十万,这还不算博物馆的修缮、各种文物的保养费用,如果加上这些,一个月一百万都拿不下来。

倒不是说庄睿出不起这笔钱,但是全靠私人出钱养着,那还不如把博物馆献给国家呢,只有收支平衡才是私人博物馆正确的发展方向。

别小看了那些旅行社,北京城大大小小不知道有多少景点靠他们养活着,虽然每带一批人来旅行社都要提成,那也总比空荡荡的一分钱不赚强吧?

庄睿给旅行社的定价是国内成人票价五十,一米二以下儿童免费,一米五以下儿童十块钱,六十岁以上的老人免费,有退伍证和现役军人证的半价。

而对老外则是一百块钱一张票,这不怪庄睿心黑,他这么做也是向国际接轨。

庄睿前几个月在巴黎吉美博物院时见那些老外就是这样卖票的,国外游客十欧元一张票,合成人民币,差不多也要一百多了。

庄睿这家博物馆对老外的吸引力最大的噱头就是毕加索作品专柜,没见现在博物馆外面的墙壁上,毕加索的头像整整占据了一堵墙面。

庄睿对这件事的理解是,开中国人的博物馆,赚外国人的钱!

按照皇甫云出的主意,此次不仅给皇城根的各大博物馆都发了请帖,就是国内那三四百家私人博物馆都寄请帖过去,同是私人博物馆也能交流一下经验。

国内各省的知名收藏家、鉴定专家,也都收到了庄睿的请帖,这是另外一位副馆长出的主意,这批人在收藏界声望很高,和他们关系处好了,不怕以后没人上门"交流"藏品。

"金老哥,您来了,里面坐……"

庄睿今儿比订婚那天还像新郎,当然,今天他穿的是一身对襟旧式长袍,而不是订婚时的西装。

从早上八点,就有接到帖子的人陆续上门了,到了这会儿,庄睿已经没时间坐在里面陪客人了,和皇甫云到门口迎接前来捧场的朋友。

"老弟,恭喜,恭喜啊,这是我和老师的贺仪……"

金胖子把一个厚厚的信封交给庄睿身后桌子上写贺礼的人,然后上前和庄睿拥抱了一下,在庄睿耳边小声说道:"老师说他就不凑这个热闹了,不过老师下午要来看看你的藏品……"

博物馆就是大师给亲笔题的馆名,本来庄睿想让大师作为嘉宾来参加剪彩的,不过老人生性淡泊，只让小徒弟代表自个儿来了。

“我下午去接大师，金老哥，您里面休息着，回头中午剪彩过后，咱们好好喝一杯……”

庄睿心里有点儿遗憾，如果大师那样的古玩收藏界的泰斗人物能在开业典礼上出现的话，自己的博物馆又能加分不少。

“庄老弟，你先忙吧，我自个儿进去就行……”

金胖子见庄睿满头大汗，让人把花篮放下之后自个儿找老朋友聊天去了。

说小了，今儿是京城收藏界的一次集会，要是往大了说，那就是全国收藏界的一次盛会。

庄睿为了这个开业典礼耗资巨大，所有发出请帖的外省嘉宾，只要确定来，都是机票住宿全包，仅这一项，庄睿就扔出去好几百万。

“哎哟，冯先生，快请，快请里面喝茶，我估摸着您要等一会儿才能来呢……”

刚送走金胖子，京城收藏界的一哥就到了，后面跟着几个抬花篮的人，没办法，现在就流行这个，而且还有专门的回收公司，等事情办完了，把花篮上面的条幅一撕，就能继续摆店里卖了。

“庄老弟，今儿可是咱们收藏界的盛会啊，我早就想把天南地北的朋友们聚在一起，一直都没办到，没想到被老弟你给办成了，小小贺仪，不成敬意……”

文人的礼节是最多的，在古代，远行要送程仪，婚丧嫁娶生意开业要送贺仪，冯先生这份贺仪给得也不轻，整整两万块人民币。

“冯先生，让您破费了，这怎么好意思啊……”庄睿连忙客气了两句。

“哎，庄老师，俺们来了……”

庄睿正和冯先生客套的时候，一行人抬了五六个花篮来到博物馆门口，走在最前面的人见到庄睿，马上大声招呼起来。

“嘿，是张经理啊，您看，来就来吧，客气什么呀……”

庄睿一看，原来是郑州古玩城的张力张经理，在他身后还跟着老齐等人，看来郑州古玩界有头面的人都来了。

“看您说的，您博物馆开业，俺们能不来捧场吗？”

张力指挥人将花篮放下之后，走上博物馆的台阶和庄睿握了下手，转脸看到冯先生，不由愣了一下，说道：“您是冯老师吧？”

见到冯先生点头，张经理兴奋了起来，这位可是民间鉴宝的泰斗人物，除了老一辈专家之外，就数他了。

张力的古玩城苦于请不到知名专家坐镇鉴赏，他来参加庄睿博物馆开业，也是抱着多认识几位专家的心思来的，没想到这还没进门就见到一位声望极高的专家，连忙上前和冯先生聊了起来。

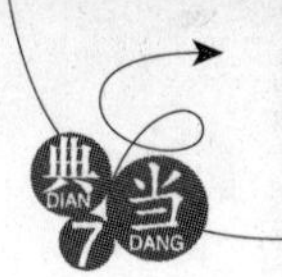

“猴子，把几位请到里面喝茶……”

今儿不单是猴子，就是大雄和他媳妇小静，还有赵掌柜的都来帮忙了，博物馆开业，宣睿斋今儿停业一天。

“这还真够累的……”

庄睿看了下表，才早上十点，博物馆开业典礼的时间定在中午十一点三十分，大部分人还没到，等下还要忙活呢。

庄睿身后记贺礼的小静看到这会儿没客人来，悄悄地对庄睿说道：“庄哥，您知道收了多少钱了吗？”

“收了多少钱？”

庄睿随口问道，这会儿忙得像兔子爹似的，他哪有时间去看入账的钱？

话再说回来了，庄睿的开业典礼是做好了赔钱的准备的，国内一共有三百多位知名的藏友专家要来，再加上各家新闻媒体单位，没五百万是拿不下来的。

“庄哥，一共收了一百三十八万了……”

小静脸上难掩兴奋，虽然她和大雄的工资都不低，但是也没见过这么多钱啊，在她身下的两个纸箱里已经堆满了钱。

“什么？有一百多万了？”

庄睿闻言也吃了一惊，他感觉能有个二三十万就了不起了，没想到这才来了七八十个人，礼金居然就有一百多万，那回头人来齐了自己这五百万的开销就全补回来了。

不过庄睿有点纳闷，自己一直站在这里的，好像现金没这么多吧？

“对，是一百多万了，庄哥，这几个人给的都是现金支票……”

小静指着簿子上的几个名字，庄睿大概看了一眼，白枫等人的礼金数都是五万，来自香港的几个人，如柏氏兄妹和郑公子，都是二十万，他们这也是顺应中国国情，不然送个三五百万，对他们而言也不算什么。

庄睿不由在心里苦笑，这些都是人情啊，看来自己日后也要找个管家或者助理，专门帮自己打理这些闲杂事物。

中国人最讲究面子，万一以后别人有婚丧嫁娶店铺开业的事，自个儿忘了的话，那可就把人给得罪死了。

想想不过两三个小时，就收了上百万的贺仪礼金，庄睿心里也是暗自咋舌。记得小时候，邻里有人结婚给个五块十块的，都算拿得出手了，这才过了十多年，这人情却涨了数千倍。

“五儿，要不要进去休息会儿，哥哥给你盯着？”

今天庄睿的博物馆开业，欧阳军也算是主家，刚才在里面陪着人说话，不过他不是古玩圈子里的人，除了和白枫能聊上几句之外，和别人都没什么共同语言，待了一会儿就跑

出来了。

“不用，四哥，等会儿有领导来，您帮我招呼一声就行了……”

庄睿还真是累得不轻，这马上到中午了，太阳毒辣辣地晒在身上，就是那冬暖夏凉的蚕丝长袍也被汗水浸湿了贴在身上。

“什么领导要我接待？”

欧阳军撇了撇嘴，不以为然地说道，他虽然不是混官场的，但是北京城今儿能来参加博物馆开业，又能让他屈尊迎接的人，倒还真没有几个。

“得了，四哥，您里面凉快去吧，我要忙了……”

庄睿见远处又有一群人抬着五六个花篮走过来，连忙迎下了台阶，庄睿脑子里没有什么阶级之分，来的都是客，都是给自个儿面子，没有厚此薄彼之说，基本上每来一位，他都会亲自迎上去。

“庄老板，恭喜啊，您没发帖子，小弟这是不请自来了……”

这群人庄睿也不陌生，敢情是那位京城大少，杨波同学领头里面有好几个人都是曾经在他珠宝店闹过事的，此刻见到庄睿也是满口恭喜。

“呵呵，杨少说哪里话，这不是怕你忙没时间嘛，哥几个，都去里面坐吧……”

庄睿对这些人没什么好感，但是也没什么恶感，这大半年来，这帮京城纨绔子弟们帮衬了不少珠宝店的生意，少说也有上千万。

“庄老板，我给您介绍一下，这位是家母……”

杨波听了庄睿话后却没动，把身体让了出来，一个打扮入时的中年女人出现在庄睿面前。

“哦，原来是赵女士，小店开业，惊动您，怎么好意思……”

庄睿知道面前这位看上去风姿绰约、大概只有三十多岁的女人，其实已经有五十多岁了。十多年前从一家小餐厅发展成为现在的饮食集团，是个不容小觑的人物。

“庄先生太客气了，上次小儿无礼，一直说要当面给您道个歉的……”

赵女士的姿态放得很低，说话的口吻宛然平辈论交，她不过是个商人，还没有那个底气在庄睿面前摆长辈的架子。

古代有士农工商的排名，经商是最低贱最没有地位的职业。

当然，在现代社会，一个人是否会赚钱，几乎已经成为衡量能力的重要标准了。

但是在社会的某个层次里面，商人即使生意做得再大，在某些人面前，还是要夹起尾巴做人的。

“赵女士哪里话，来……来，里面请……”

除了十岁以下如囡囡那样的女孩，庄睿实在是不会和女人打交道，客气了一句之后，就让过身子，请这群人里面坐。

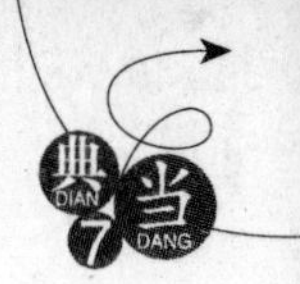

庄睿在改造博物馆时，就留下一个能容纳五百多人的会议室，以备日后做学术交流用，也幸亏博物馆的会议室够大，不然今儿恐怕大半人都要陪自个儿在外面晒太阳了。

“这位是……欧阳先生吧？”

走到博物馆门口，赵女士站住了脚，因为她看见了欧阳军，在四九城里生意做到一定规模的人，不认识欧阳军的倒是不多。

而且赵女士是做餐饮的，前段时间听说欧阳军想转手俱乐部，一直想找人搭线谈一谈，她今天来此的目的也是想看看能否遇到欧阳军，没想到这还没进门就碰到了。

“四哥，您招呼下赵女士吧……”

庄睿见外面又有人来，连忙告了一声罪，也不管欧阳军乐意不乐意，就给他安排了个差事。

后面来的人多是一些政府部门的人，有京城博物馆处的领导，也有工商税务的官员，庄睿除了认识那位办公室主任之外，别的一个都不认识。

这些人自然交给皇甫云来招待了，别看有些人官不大，但是实权不小，俗话说县官不如现管，这些人必须得小心伺候着，当然，能在京里当官的，也没哪个会不上路地给庄睿上眼药。

随着典礼时间一步步临近，来的人更多了，古玩圈子里的人还好，认识不认识都有话说，但是那些旅行社的各级领导们，就需要专人陪同，别说庄睿了，就是特意从彭城赶来的刘川、赵国栋都忙得不可开交。

欧阳家的人，除了欧阳军到场之外，欧阳磊几兄弟虽然没来，但是也送上了花篮，整个博物馆大门口左右一两百米，满满当当地放着各种庆贺花篮，让来往的路人禁不住驻足观望。

“庄老弟，老师来了，快跟我迎一下……”

当庄睿忙得喘不过气来的时候，金胖子忽然从里面跑了出来，夏天穿得少，甚至可以看到他全身的肥肉上下荡漾着。

“大师不是说下午来吗？”

庄睿闻言愣了一下，不过还是跟着金胖子往停车场走去，还没走到停车场，就看到大师坐在轮椅上被他侄子推了过来。

“先生，这大热的天，怎么敢劳烦您来啊……”

庄睿抢过一把伞，跑到轮椅旁，连忙给大师遮挡着太阳，与上次见面相比，老人面色好了许多，看来灵气对老人身体机能的恢复还是很有效的。

“小庄啊，你要振兴传统文化，老头子没什么好送的，只能来捧捧场喽……”

老人很幽默，一双眼睛却不住地在花篮后面的围墙上看着，那些墙面上有博物馆内各个展馆的喷绘画面，制作非常精美。

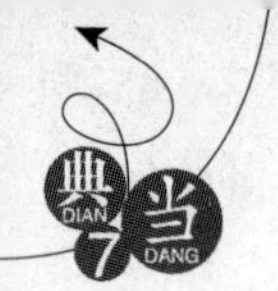

老人看得很仔细,不时还抬头向庄睿问上几句,精神之好,简直不像九十多岁的老人。

本来坐在会议室聊天的古玩界众人听到大师到来,屁股再也坐不住了,呼啦啦都从门口拥了出来。

这会儿也看出众人在古玩行里的地位了,冯先生领头,大师的几个学生随后,另外就是各个博物馆的专家教授们,最后才能排得上那些比较著名的收藏家。

像郑州来的张经理等人,就只能站在圈子外面远远观望了。

大师到来,庄睿必须陪在身边,因为老人年龄实在太大了,自己在身边,万一有点什么事,可以及时救治一下。

进入会议室时,庄睿释放出一丝灵气,遁入大师体内,从外面进入空调室,猛一凉,倒是没引起先生的注意。

"王秘书!他来电话干什么?"

庄睿正陪着老人聊天,拿着博物馆彩页给老人介绍的时候,手机突然响了起来,看了下来电显示,庄睿有些疑惑。

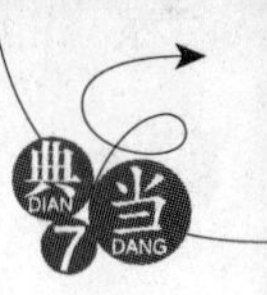

第二十四章 背景深厚

打电话来的人是庄睿小舅的秘书王鹏，不过庄睿和他向来没打过什么交道，所以心中有些疑惑。

平时欧阳振武去庄睿的四合院，从来不让秘书跟着的，庄睿和王鹏只在欧阳振武的小别墅里见过面，相互交换了名片，但两人从来没通过电话。

王鹏虽然是欧阳振武的秘书，不过在部里的办公厅还兼着副主任的职务，可是实实在在的副厅级官员，如果下到省里或者地方上，那也是一方大员了。

"王秘书，您好，我是庄睿……"

前段时间庄睿曾经听欧阳军提起过，自己的博物馆是王大秘书亲自跑的手续，让一个副厅级办事，虽然是欧阳振武的面子，庄睿还是要领这个情的。

"小庄，你准备一下，老板马上要过去参加你那博物馆的开业典礼……"

王大秘的声音不大，应该是在车上，不过说出来的话让庄睿吓了一跳，之前没听小舅说要来啊？

"王秘书，你们还有多长时间到？"

庄睿说着话站起身来，这来的即使不是欧阳大领导，也是自个儿的长辈，出去迎接是应当应分的。

"已经看到你们的楼盘了，马上就到……"

王秘书说完话，就把电话挂掉了，转回身对坐在车后排的欧阳振武说道："老板，已经通知庄睿了……"

"嗯……"

欧阳振武点了点头，看着王鹏一脸疑惑的样子，笑着说道："小王，庄睿这孩子虽然是我外甥，不过我去的目的可不是因为这个。

现在国内的私人博物馆数量并不是很多，与国外相比，不管是政府的扶持力度，还是市场规范，都有很多不足，大多数博物馆的藏品都很单一。

不过庄睿的这个博物馆不同，他的起点非常高，并且摸索出了一条以前没有人走过的路子，那就是和国外的博物馆互通有无，在丰富自己藏品的同时，又能让国宝回归，这是一件很有意义的事情，值得我们多加关注和扶持的……"

"那条路不是前人不想走，而是前人没有毕加索的作品……"

听了老板的话后，王大秘不禁腹诽了一句，毕加索的作品要是满大街都是，能值那么高的价钱吗？

王鹏经常跟随老板参加国外的一些学术交流，对于国外那些博物馆的秉性可是一清二楚，如果不是庄睿手上有毕加索的作品，谁会搭理庄睿啊？

没有毕加索的作品，别说互通有无交换藏品了，恐怕庄睿连人家博物馆馆长的办公室都进不去，所以说，庄睿的做法根本就没有任何可复制性。

"老板，您说得对，可以让博物馆处下个通知，提倡一下庄睿的这种做法……"

王大秘知道欧阳振武的意思，他是怕庄睿镇不住那些古玩行里的老人，出面帮庄睿撑腰的。

欧阳振武闻言摇了摇头，说道："通知就没必要了，不过可以组织各级文物部门来庄睿的博物馆参观交流一下……"

王鹏猜得没错，欧阳振武为人虽然方正，但也并不迂腐，庄睿博物馆的事情是上面指示下来的，所以这才旗帜鲜明地来支持外甥了，摆明了就是不怕被人非议。

"我知道了，会把您的指示传达下去的……"

王秘书听了老板的话，答应了一声，把头低了下去，心里却在想："老板对庄睿的支持真是不遗余力啊……"

"王秘书，您好，小舅，您来怎么也不提前打个招呼？"

庄睿没通知别人，自个儿悄悄跑到了停车场，刚到地方就见到欧阳振武从车上下来，连忙迎了上去。

"怎么？不欢迎？那我走好了……"

欧阳振武的话让王大秘和跟了他多年的司机瞠目结舌，还从来没见过老板用这种开玩笑的口吻和别人说话呢。

"哪能啊，小舅您来给我捧场，可是请都请不到的……"

庄睿笑嘻嘻地拉住了欧阳振武，几个舅舅里面，他和小舅最亲近，表兄弟里面也是和欧阳军关系最好，所以平时也有点儿没大没小的。

欧阳振武笑着拍了拍庄睿的脑袋，说道："嗯，一会儿不能喊小舅啊，要不然会被人说我以权谋私的……"

"嘿嘿，知道了……"

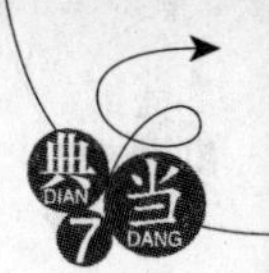

“嗯，你这个博物馆很有特色，外面墙壁也利用起来了……”

欧阳振武跟在庄睿后面，看着博物馆的外形，点头夸奖了一句。

“哎，小舅，那些可都是钱啊，我用自家的墙壁做广告，有些部门还要上门收费，这什么道理啊……”

不提这事还罢，一说起这事庄睿就一肚子火，当初往墙上贴喷绘的时候，有关部门马上找上门来了，说这是户外广告，要收取什么城市空间费用，差点把庄睿气得暴走。

“咳咳，你这小子，这是专项用于户外广告设施设置日常管理和城市环境综合整治工作的，怎么就你有牢骚？”

欧阳振武不满地瞪了庄睿一眼。

“我就是这么一说，小舅，咱可是遵纪守法，不搞歪门邪道的……”

说着话，三人来到会议室门口，庄睿推开门让欧阳振武先走了进去，然后拍了拍手，大声说道：“文化部门领导在百忙之中也来参加鄙人博物馆的开馆典礼，大家欢迎……”

庄睿的话让会议室顿时安静下来，说老实话，场内知道庄睿和欧阳振武关系的人，一双手就数得过来。

在场众人大多是混古玩圈的，对欧阳振武并不陌生，而其他一些单位的政府官员，更是知道欧阳家族的地位，欧阳振武的到来，让许多人开始重新审视庄睿和他的博物馆。

庄睿不过区区一个私人博物馆，就能请来如此重量级人物，而且还是分管博物馆的直属部门的老大，这是什么样的关系和背景啊？

短暂的平静之后，掌声骤然响了起来，不过在众人心里，恐怕这掌声还是多给了这个神秘的年轻人了。

“老先生，您也来啦，小庄这面子还真不小啊……”

欧阳振武一眼看到坐在轮椅上的大师，连忙迎了上去，论身份，场内属他最尊贵，但是论年龄辈分，他在大师面前也是小辈儿。

“年轻人，有冲劲，有能力，要扶持！”

大师笑着说道，虽然话不多，但是掷地有声，显示出庄睿在他心中的分量。

原本一些接到帖子碍于面子不得不来的专家们，听到老人对庄睿的评价后，对庄睿又高看了三分。

所有人都知道，大师向来不畏权贵，欧阳振武来只能说明这个年轻人背景深厚，但是老人的话却奠定了庄睿在古玩行的地位，让行内同仁刮目相看。

“好了，时间也差不多了，咱们剪彩吧？”

欧阳振武和大师聊了一会儿，庄睿看看时间差不多了，于是让司仪开始安排，会议室里的人在馆内工作人员的带领下，来到博物馆门口。

随着皇甫云请来的专业乐队奏响了音乐，几个暂时充作礼仪小姐的解说员带着欧阳

振武等一行人来到博物馆正门，剪彩用的剪刀、托盘、红花等物件也都准备好了。

人员站的位置也很有讲究，大师和欧阳振武一左一右站在最中间，大师旁边站的是冯先生，欧阳振武身边则是主人庄睿。

“各位朋友，各位来宾，很高兴大家来参加鄙人的博物馆开馆典礼，在这里我要隆重向大家介绍此次在百忙之中来参加典礼的……”

按照仪式的要求，作为主人的庄睿拿着麦克风简短地介绍了来参加开馆仪式的剪彩嘉宾，当然，台上那几位即使他不介绍，别人也是耳熟能详。

庄睿简短地说了几句之后，就把麦克风让给欧阳振武，这大热的天，谁也不愿意在外面多待，欧阳振武说了几句祝福和勉励的话后，剪彩正式开始。

随着乐队的演奏声和鞭炮声，剪刀落下，四朵大红花落入盘子里，庄睿的开馆典礼算是完成了。

将剪刀交给司仪，庄睿抬起头来，拉住门匾处耷拉下来的一根细绳，轻轻一拉，原本遮挡在门匾上的大红绸布顿时掉了下来，“中国定光博物馆”七个苍劲有力的大字出现在众人面前。

“是大师的题字……”

“没错，看来这个年轻人和大师关系匪浅啊……”

“嘿，你们不知道吧，他们两个是忘年交，庄睿潘家园的店铺牌匾也是先生给题的字……”

见到庄睿博物馆的牌匾，场内众人似乎明白了大师今天为何亲自来了，有些听了小道消息的人更是鼓吹着庄睿和大师的关系，以证明自个儿见多识广，这古玩行的故事，恐怕比娱乐界要多得多。

庄睿今天本来还邀请了古老爷子和新疆的玉王爷来参加此次开馆典礼，不巧的是，古老爷子正在新疆避暑呢。

听庄睿一说，老爷子倒是要赶来，不过被庄睿劝住了，大热的天就没让那两位来回折腾，反正日后机会多得是。

身在缅甸的胡荣因为翡翠矿二期开采在即也没过来，不过让人送上了一份价值不菲的贺礼，同时送过来的，还有上次他留下雕琢的那棵翡翠树，倒是让庄睿意外惊喜了一番。

“小庄，我就不凑热闹了，下午还有个会，先走了……”

欧阳振武目的已经达到，以他的身份来博物馆也是视察工作，这乱糟糟的场合不合适多待，当下带着王大秘告辞离去了。

有些纯粹是给欧阳军面子前来打酱油的人，也向庄睿说了几句祝福的话后告辞离开了，还留在博物馆门口的，大多是来自各省市的藏家和行里人。

杨波那帮人没走，赵女士更是一直紧跟着欧阳军，这女人倒是有几分本事，让一向对

外人不假于色的欧阳公子，脸上居然露出笑容和她说着话。

按照流程，剪彩完毕之后要去酒店吃饭，不过工作人员这会儿遇到了麻烦，因为在引领这些来自全国各地的专家藏友们上车的时候，居然没有一个人愿意走。

“庄老师，俺们来就是想见识一下你那些馆藏精品，看完再吃饭也不迟啊……”

来自郑州的张经理说出了众人的心里话，引起场内一片附和声，有些性急的已经准备进展馆了。

见众人迫不及待地要进展馆，庄睿连忙拿过话筒，说道：“各位，中午为大家准备了酒宴，咱们是不是吃过饭后再回来参观博物馆啊？”

庄睿租了七八辆豪华大巴车，就是为了把参加开馆典礼的人拉去酒店，现在那些车正停在博物馆的停车场里，就等着这些人上车了。

“庄老板，吃饭可以再等等嘛……”

“是啊，先走一遍，回头再细看……”

“庄老弟，你这博物馆可一直对老哥保密来着，今儿总能看了吧？”

庄睿话声未落，就被众人打断了，今天之前，庄睿没对博物馆以外的任何人开放过各个展厅，不过他对外的宣传早已让收藏界和考古界众多专家心里痒痒了。

作为第一个收藏着毕加索作品的国内私人博物馆，拥有已经被证明了的传说中的“定光宝剑”，拥有超过淳化大鼎的商周重器，拥有数千年文化的龙山黑陶，拥有鬼谷子下山青花瓷罐，这些即使在国立博物馆都难得一见的珍品，让众人十分期待，谁还在乎那一顿饭啊？

庄睿一看群情激奋，当下也无可奈何，只能让人通知酒店稍后开席，自己亲自推着大师的轮椅走进了博物馆。

走进博物馆的大门，左边是会议室，右边通过一条不长的走廊后就是博物馆的正式展馆了。

正对着展馆大门三米左右的地方，有一个制作异常精美的展柜，展柜高约一米五左右，下方一米处，都是用上好的大叶檀打制的，上面则是密封的防弹玻璃罩。

展柜里面的不同角度还安置了好几个射灯，对准的物件正是庄睿的镇馆之宝——定光宝剑！

定光剑锋刃朝上摆在玻璃罩里，在灯光的照耀下，剑身繁琐复杂的美丽花纹、闪烁着丝丝寒光的锋刃，呈现在众人面前。

在玻璃柜里面，还有一个标志牌，上面介绍了定光剑的来历，这也是中国历史上，记载在著录里的第一把问世的传说中的商周宝剑。

“真的假的啊？商周的宝剑还能保存得这么好？”问这话的显然不是行里人，商周保留下来的青铜器多着呢。

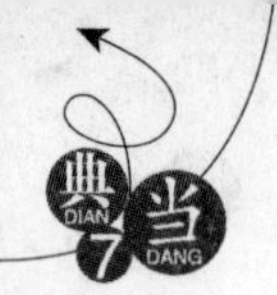

“当然是真的，听说这把剑问世的时候，引起很多争议，是经过许多专家论证过的……”

“假的谁敢往这儿放？那还不够丢人的呢……”

“是啊，战国龙泉宝剑都能保留至今，商周青铜剑能有这般品相也不是不可能……”

“名不虚传啊，真是名不虚传，你们看看这花纹，就是现代工艺也无法锻造出来啊，真是不枉此行呀……”

“嘿，我告诉大家，这把剑可是吹毛立断，能一次连斩八枚铜钱的……”

在定光剑的展柜旁边，早已里三圈外三圈围得死死的了。

最后说话的人是猴子，听得庄睿直摇头，让他来干解说的，这小子直接吹上了，不过说的倒也是事实。

“先生，咱们去书画馆看看吧……”

这地儿根本就插不进去脚，庄睿推着大师，后面跟着先生的几位徒弟，还有一些专门收藏鉴赏书画的专家学者们，绕过定光剑的展柜走进了书画馆的玻璃门。

定光剑是博物馆的镇馆之宝，当然要放在最显眼的地方，其余的展馆都在定光剑后面，每个展馆里面都是相通的，但是从外面也可以分别进入。

“停！”

刚进入书画展馆，大师就把手抬了起来，双眼紧盯着面对玻璃门，长达十多米的一幅墙面。

第二十五章 隐形富豪

这面墙并不是博物馆本身就有的，而是庄睿让人垒砌出来的，墙高两米左右，只有一块砖的厚度，外面罩着一层厚而清晰的玻璃，可以清楚地看到那幅经过精心装裱，镶嵌在玻璃罩里的巨幅画作。

之所以说是巨幅画作，因为整幅画高度近七十公分，而横幅则达到了二十五米。这面墙的反面，同样是这幅画，之所以将它摆设在正反面，就是因为这幅画实在是太长了。

“这……这是《康熙南巡图》的第二卷？”

老人用手撑着轮椅，竟然颤颤巍巍地站了起来，庄睿连忙扶住老人，走到《康熙南巡图》前面，同时庄睿眼中分离出一丝灵气，遁入老人的腿中。

“真……真的是第二卷，没错，没错，是王石谷的画风……”

这幅画讲述的是康熙南巡离开京城，进入当时还隶属河北的天津府，站在城内接受万民敬仰的画面。

画面以康熙为中心，层层铺开，远处天津府城门大开，到处都是店铺街道，士农工商各行其职，呈现了一幅国泰民安，百姓富足的景象。

整幅画人物众多，画面复杂细腻，就连有些人家门口摆放的石狮子都画得栩栩如生，天津河穿流在画上，宛如清明上河图一般。

“没想到在这里见到了第二卷，小庄，不简单，你真的不简单……”

老人拿过放大镜，在庄睿的搀扶下，缓慢地围着画卷走了一圈，虽然略感劳累，但是脸上满是兴奋。

金胖子和庄睿一起把老人扶到轮椅上，说道：“老师，这画咱们故宫博物院也有收藏的……”

“对，康熙南巡图一共有十二卷，不过现存在国内的，只有一、三、九、十、十一、十二这六卷，其他的都在国外的博物馆或者私人手里……

我在美国、加拿大的博物馆里见过另外几卷，只有这第二卷，一直不知道藏在何处，

没想到能在这里见到，小庄，你的保密工作做得很好嘛……”

老人心情舒畅之下和庄睿开起了玩笑，他哪知道，吉美博物馆自从接受了弗雷的捐赠之后，就把这幅巨作藏入库房中，如果不是庄睿用毕加索的作品与之交换，怕是不知道到何年何月，这《康熙南巡图》的第二卷才能重见天日！

“推我再看看别的，这幅画，等我有时间要慢慢看……”

入门就得到个大惊喜，老人十分高兴，对于其他作品也充满了期待。

除了门口那幅巨幅画作之外，在大厅中间还有一个长七八米，宽两米左右的玻璃展柜，里面放的是庄睿从吉美博物馆交换来的佛经。

在这个展柜里，还有庄睿第一次淘宝捡漏得来的那卷王士祯手书的《香祖笔记》。

相对那些佛经而言，这卷手稿虽然市场价格没有那么高，但是作为庄睿第一次捡漏所得，还承载着庄睿对那个雪花纷飞的下午的回忆，所以还是将它放在展柜最显眼的地方。

坐着轮椅来到书画展馆中间的展柜时，大师指着那些纸张泛黄的佛经对庄睿说：“小庄，这些佛经要收好了，当年遗失出去的东西，能再收回来，殊为不易……”

这些佛经刚到北京的时候，就是大师屈尊到庄睿的四合院亲自做的鉴定，每卷佛经的扉页都有大师一个小小的鉴赏印章。

听了大师的话后，庄睿连忙点了点头，说道：“先生，您放心，这些经卷在我这里不会受到任何损坏的……”

“嗯，小庄，我那里还有两幅徐渭和仇英的画，等有时间，我让人给你送来……”

庄睿愣了一下，连忙摆手道：“先生，那可使不得，那可是您的珍藏啊……”

徐渭和仇英都是明朝的著名画家，尤其是徐渭，中年以后才开始学画，擅长画花鸟，兼能山水、人物、水墨写意，画如其人，气势纵横奔放，后世多有人临撰他的作品。

按照现在市场上的价格，徐渭和仇英的画作最少要在百万以上，这要是企业家捐赠的，庄睿肯定一口答应下来，但是对于并不富裕的大师而言，庄睿却不想接受。

“小庄，叔叔给了，你就收下来吧，过几天我给你拿过来……”

老人的侄子打断了庄睿的话，脸上没有一丝勉强的神色，跟着大师数十年，见大师捐赠出去的物件不下数百件，老人的侄子早就习惯了。

“谢谢先生，谢谢张叔……”

庄睿被叔侄二人的情操感动了，他知道，老人的侄子已经退休了，现在每个月拿着微薄的退休金生活，对这上百万的东西说捐就捐，可见其人品贵重。要知道，如果大师西去的话，这些东西都会归他所有。

“等一下，停一停……”

在走到一幅郎世宁的油画《乾隆狩猎图》前，老人又叫庄睿停住了，在这幅画上，乾隆

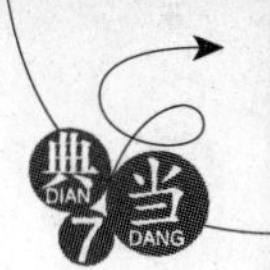

皇帝正值青年，意气风发，在他身旁有不少王公大臣，其中一人和乾隆容貌相似，而老人的眼睛正看着这个人。

庄睿知道，这人正是老人的先祖，虽然大师从来不宣扬自己的姓氏，但是见到先祖的画像，依然忍不住停下来多看一会儿。

“走吧，也不知道这些人争来争去，到底要争什么……”

老人自嘲地笑了笑，神色有点失落，不过在看到唐伯虎的《李端端图》后，又兴致勃勃地和庄睿与几个徒弟争论起明朝画家以谁为尊的话题来。

过了二十分钟，老人有些疲倦了，拒绝了庄睿吃饭的邀请，让金胖子送他回住所了，不过老人反复说一定要在人少的时候，来好好参观一下庄睿的这座博物馆。

将老人送上车，庄睿又向他身上注入一股灵气，像这种情操高尚，愿意提携后辈的大家，庄睿真心希望老人能长命百岁。

庄睿再次回到博物馆，定光宝剑的展柜旁依然人声鼎沸，不过人流已经分散了许多，有些人已经去了各个展馆里，这里留下的大多是青铜器的专家和藏友。

庄睿笑着和一些人打着招呼，转悠到皇甫云的刀剑展馆，这里同样吸引了大批藏友和专家，虽然冷兵器时代已经过去了，但是人们对杀人利器天生就有着不同寻常的爱好。

皇甫云的刀剑展馆，从石器时代的石斧石刀，到商周时期的青铜刀剑长戟，再到秦汉盛唐的各种冷兵器，就算江湖传闻中的钺、钩、叉、鞭、锏、槊、拐、流星锤等物件，也是应有尽有。

“这把乾隆皇帝佩剑，是我从英国拍回来的，当时……”

“皇甫老师，您这里有没有和门口定光剑一个档次的藏品呢？”

“咳咳，那东西……真没有，全国恐怕也就那一把……”

刚一走进展馆，庄睿就见到一群人拥簇着皇甫云，正听他白话呢，不过显然皇甫云同学被人打击了。

庄睿没过去凑热闹，从门口开始观察起皇甫云的藏品。

说老实话，从皇甫云布置好这个展馆，庄睿也是第一次认真观看，从门口的石斧一直走到展馆尽头的清朝刀剑，在庄睿心中，有一种奇怪的感觉，仿佛经历了数百场中古时代的战役一般。

“哎，我说老弟，哥哥我都忙成这样了，你倒好，自己闲逛起来了……”

正准备走出刀剑展馆，庄睿被皇甫云发现了，这哥们正手舞足蹈地给嘉宾们介绍他的珍藏，看到庄睿连忙一把拉住了他。

“嘿嘿，皇甫兄，能者多劳嘛，大家说是不是啊……”庄睿笑嘻嘻地起哄，跟在皇甫云后面的熟人也纷纷笑了起来。

“别介，馆长大人还是带些人参观陶瓷展馆吧，这都快半个小时了，抓紧看完，然后去酒店吃饭……”

这些嘉宾们对庄睿这家博物馆充满了好奇，不过对皇甫云而言可是一点儿吸引力都没有了，展馆所有的布置和装修几乎都是他一手操办的。

“行，对陶瓷器和玉石感兴趣的朋友跟着我走吧……”

这不注意还不知道，三四百位嘉宾，最少有二百多人在听皇甫云讲解刀剑馆，庄睿一声招呼，顿时分流出一大半人跟在庄睿身后。

带着众人走出刀剑馆，正对面就是陶瓷展馆大门，这里是除却青铜展馆之外，最能吸引游客眼球的地方，因为仅存世八件的元青花人物瓷器，就陈列在这个展馆里，不过由于位置的原因，此时里面没有几个人。

“庄老师，这……这不会是玉石雕琢出来的吧？”

在陶瓷馆的门口，有两个制作极精致的水晶展柜，高约一米五左右，里面放着一棵犹如盆景一般的物件。

这是个盆景树，高度在三十公分上下，在碧绿的树干上，分了若干个树杈，在这些小指粗细的树枝上开满了指甲大小的红黄花朵。

在特殊灯光的照射下，整棵小树犹如仙树一般，雾气升腾，将“红翡绿翠”四个字演绎得淋漓尽致，散发出夺目的光彩。

“呵呵，齐珠姐，别那么客气，还是叫我小庄好了，我可当不起您喊老师啊……”

开口询问庄睿的人是齐珠，在昌化庄睿还欠着对方人情呢，当下笑着连连摆手，说道：“没错，这是棵翡翠树，是我年初参加缅甸翡翠公盘解出来的，由国际翡翠设计名家，胡荣先生亲自设计雕琢的……”

“天啊，真的是翡翠树，这要多少钱呀？”

“没听说庄老师曾经解出过这样的极品翡翠啊？”

“嗨，不知道财不外露嘛，谁解出好东西会满世界嚷嚷？”

“是啊，庄老师已经是北地翡翠王了，也不需要这东西来撑门面了……”

听了庄睿的话，跟在后面的众人呼啦一下就把这个展柜围得水泄不通，别看这棵翡翠树不是古董，但是论其市场价值，恐怕比定光宝剑低不了多少。

“庄睿，这个是软玉雕琢的吧？”

齐珠对玉石一直都很喜爱，眼光倒也不错，看到那个被欧阳老爷子还回来的玉石果盘之后，马上就看出其玉质来。

这个玉石果盘的颜色种类更甚于那棵翡翠树，几乎是每色俱全，经过古老爷子的妙手雕琢，将每个水果都表现得栩栩如生，如果不是近距离仔细察看，很难发觉这是假的。

庄睿点了点头，道：“对，这是和田玉雕琢的物件，是极为罕见的多色和田玉，而且是

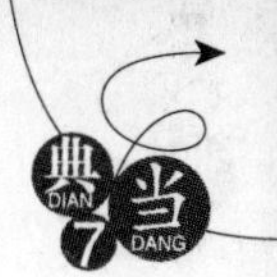

古天风老爷子亲手雕琢出来的……”

听了庄睿的话，站在玉石果盘旁边的人才发觉到，又是一件无价之宝出现在眼前。

最可笑的是，刚才很多人都没注意这东西，还以为是博物馆的摆设呢，他们也不想想，普通的果盘，至于配上这么一个上万块钱的展柜吗？

场内很多人或许没听过胡荣的名头，但是不管是不是玩玉石的人对古天风这个名字都不陌生，别说是这种珍贵的玉石了，就是普通一点的材质，经过古老爷子的手，那也会身价倍增的。

“庄睿，你这里每个物件拿出来都是不凡啊……”

齐珠有些感慨，自家老爸那一屋子藏品加起来，恐怕都不如庄睿这里的一个物件来头大。

听了齐珠的话，庄睿笑笑，没多言，不过脸上显出一丝自信的神色，虽然这博物馆的藏品不多，但是个个都是精品，庄睿相信，即使和一些国有博物馆相比也是不遑多让的。

当然，故宫博物院之类的就不用提了，虽然几经浩劫，那也是瘦死的骆驼比马大，非庄睿所能比拟的。

看着众人依然在观看两件玉雕摆件，庄睿开口说道：“大家先来陶瓷馆看下吧，这都十二点多了，咱们走一遍就去吃饭了……”

那两个玉雕摆件的展柜，都是可以拆卸的，庄睿也是临时摆在陶瓷器展馆外面，吸引众人眼球，等玉器杂项馆营业之后，这两个玉雕摆件还有那个从吉美博物馆交换来的西汉白玉老虎，都将成为杂项馆的镇馆之宝。

“诸位，这件元青花鬼谷子下山瓷罐，是咱们国内唯一一件元青花人物瓷器……”

鬼谷子下山元青花瓷罐，自然要放在陶瓷展馆最醒目的地方了，精致的玻璃展柜，镂空的水晶底座，无一不在衬托这件瓷器的贵重。

就在上个月，英国伦敦举办的一场拍卖会上，同样是一件元青花人物瓷器，居然拍出了一千四百多万英镑的天价来，折合人民币高达两亿三千万以上，让世界收藏界为之震动。

那件瓷器虽然也是人物元青花，但是其造型和故事性都远不如这件鬼谷子下山瓷罐，看到这件瓷罐之后，展馆内的众人各个心里咋舌不已，按照国际拍场的行情，这件鬼谷子元青花的价格恐怕在三亿人民币以上。

先是定光宝剑，再是罕见的玉雕摆件，现在又看到这件能称之为无价之宝的元青花瓷罐，人们对庄睿的博物馆在心里给出了定位，走的绝对是精品高端路线。

从已经看过的几个展馆而言，《康熙南巡图》第二卷气势恢宏，篇幅巨大，即使拿到南京、上海等大城市的博物馆，都能作为镇馆之宝，但是在庄睿这家博物馆内，恐怕连前十都排不进去，可见庄睿藏品之精了。

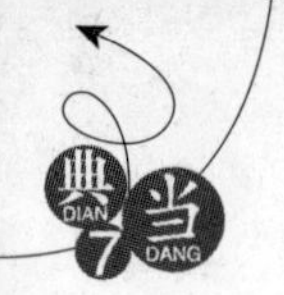

陶瓷器展馆是庄睿的收藏里面，市场价值最高的一个展馆了，单是鬼谷子下山和那件鱼纹青花瓷罐，价值就在四亿左右，更遑论还有“纵有家财万贯，不如汝瓷一片”的完整的五大名窑的瓷器了。

在庄睿的博物馆开业之前，京都拍卖行的钱总曾经带了一个评估师来过，给庄睿这间陶瓷器展馆做出的评估是价值八亿人民币以上，这还是保守估价。

当然，做出这个估价是在伦敦那场拍卖会之后的事情。

因为这两个月世界拍卖界风云突变，中国艺术品、尤其是陶瓷器价格猛涨，埃兹肯纳送给庄睿的那两百多件清中后期的瓷器，也被评估到一亿多的市场定价。

庄睿倒是给埃兹肯纳也发了请帖，不过埃兹肯纳以身体不适为由，没来参加庄睿的开馆典礼。

“身体不适？恐怕是在生自个儿的气吧？”这是当时皇甫云听埃兹肯纳不来时说的话。

庄睿也能想到，估计这会儿埃兹肯纳正后悔呢。论价值，那十来张毕加索素描画，无论如何都赶不上他交易的这些瓷器，埃兹肯纳虽然还有众多精品瓷器，但是元青花和宋五大名窑的瓷器却被庄睿搜刮一空了。

另外几个展馆，钱总也给评估了一下，虽然那把青铜剑在国内无法交易，不过要是走私到国外，价格最少在两亿以上。

不算庄睿“暂借”国家的那些青铜器，仅是庄睿自己的藏品，包括两个玉雕摆件在内，钱总一共给出了价值二十二亿的估价，再加上博物馆本身的地皮和建筑价值，这家私人博物馆总价应该在二十五亿左右。

还别说，当时完成估价后，就是庄睿都吓了一跳。

像庄睿这样的人，在国内还有很多，现在媒体给这类人起了一个名称，就是隐形富豪，虽然资产众多但是为人低调，或者只在某个行业有名。

不过庄睿的那几项投资要是被人泄露出去的话，恐怕他在福布斯富豪榜上也能占据一席之地了，因为仅是缅甸的那座翡翠富矿，在未来几年里，最少能给庄睿带来二十亿人民币以上的回报。

新疆的玉矿已经开采了大半，庄睿从那里拿到的分红也有三亿之多，等开采完毕，应该能达到五亿，和玉王爷的预期差不多。

另外还有庄睿现在身处的这个楼盘，仅是现在售出的楼就有七八亿了，所有房产全部售出之后，庄睿投资的三亿资金，最少能翻四五倍。

这也是为什么国内那么多人喜欢投资房地产的原因了，这种生意绝对是一本万利，更何况很多人都是空手套白狼，左手从银行拿了钱后，右手再还回去，不用自个儿掏一分。

看了两个展馆之后，这些来自天南海北的藏友和专家们，心里不由自主地对庄睿产

生了一丝敬畏，钱财虽然不能衡量一个人的地位，但是绝对能衡量一个人的能力。

在古玩行里，衡量一个人是否成功，主要看他的藏品数量和质量。

经过这次开馆典礼，出道还没有两年的庄睿在国内古玩界的地位，已经可以直追冯先生了。其后很长一段时间，各种论坛讲座以及鉴定活动的邀请如雪花一般向庄睿飞来，当然，这些都是后话了。

“行了，大家再去青铜器展馆看看，咱们就要去吃饭了……”

庄睿拍了拍手，引起众人的注意后，带头走出了陶瓷展馆，忽然看到迎面走来的彭飞，庄睿不由一愣。

“彭飞，德叔呢？没请来？”

德叔小儿媳妇这几天刚好临产，作为公公，德叔也想第一时间见到自己的大胖孙子，所以接到庄睿的邀请函后，一直留在上海没过来。

对于德叔，庄睿心中把他当做父辈来敬重，自己的博物馆开业如果德叔没来，庄睿肯定会感到遗憾的。

所以庄睿让彭飞带了机组人员等在上海，只要德叔的儿媳妇生了，德叔见了孙子之后，马上就把德叔请到北京来。

“庄哥，德叔请来了，不过他一来就钻到那个展馆去了……”

彭飞指了指身后的一个展馆，正是最靠近正门的青铜展馆，也就是庄睿现在要带人过去的。

由于国内青铜器交易的限制很多，所以进入青铜展馆的藏友也比较少，大多是一些研究青铜器的专家，正在研究那尊商周大鼎。

第二十六章 隋唐青铜镜

“德叔，恭喜您又得了个大胖孙子啊，呵呵，孟老师，刚才剪彩的时候一直没找到您啊，您看这事办的……”

来到青铜器展馆之后，庄睿见到一处墙壁展柜旁边围了一圈人，挤进去一看，孟教授正和德叔指着里面的藏品点评着。

六月份的研究生面试庄睿已经通过了，到了九月份，他就是京大的学生了。

此次博物馆开业，庄睿也通知了孟教授，不过今儿来的人太多，孟教授一直让姐夫赵国栋帮忙招呼，剪彩时，庄睿的确是想着自己的导师的，不过问了赵国栋却不知道孟教授跑哪去了？

“我这糟老头儿上不了台面，小庄啊，你这博物馆可真是不简单呀……”

孟教授是个很纯粹的学者，除了做研究考证之外，很少参加社会活动，刚才剪彩的时候，他也是故意躲开的。

“孟老师，我可还年轻呢，您这样夸奖我，学生可担不起……”

和孟教授认识也快一年了，庄睿知道这个在德叔口中脾气有点怪的老师其实是个性情中人，看你顺眼了，怎么开玩笑都不会生气，要是看你不顺眼，连话都不会多说一句。

“你们两个别肉麻了……”

德叔和庄睿的关系自然不用多说，一把拉过庄睿，指着展柜里那个藏品说道：“行了，臭小子，过来说说，这物件怎么得来的？”

庄睿听了德叔的话后，看了一眼那个依附在墙上的玻璃展柜，顿时笑了起来，原来是他从巴黎那家古玩店库房里淘到的那个青铜镜。

按说这玩意儿应该放在杂项馆的，不过杂项馆物件太少，就暂时陈列在青铜器展馆了。

庄睿为了凸显出这件青铜镜不同寻常之处，特意对展柜进行了改造，青铜镜面侧对着外边，展柜内有一束红色的灯光，呈四十五度角照射在镜面上。

如此一来，在内侧的白色墙壁上就反射出一尊菩萨端坐在莲花座上的图像，头挽高髪的观世音菩萨衣袂飘飘，手持净瓶，双目微闭，面色慈祥，一副悲天悯人的慈悲模样。

这尊菩萨反射图案虽然清晰，但是比较淡，不在跟前仔细察看的话，很难观察出来，今儿来了几百位客人，居然没有一人能看出来，倒是被德叔和孟教授两人发现了。

这件青铜镜的来历，庄睿到现在都没考证出来，只能根据其中灵气的颜色和强弱，给出是隋唐时期的物件的判断，因为那个时代佛教盛行，并且异常富裕，恐怕只有那时候的和尚，才会制作这么精细的佛器。

"德叔，孟老师，这物件是我在巴黎得来的，和那些毕加索的作品是从同一个人手上收到的……"

对这件事情，庄睿心里一直引以为豪，在国内淘宝捡漏，那是赚自己人的便宜，到国外淘回来宝贝，任谁都要跷起大拇指，说上一个"牛"字。

"庄老师，您说的是真的？我怎么感觉像是在听故事呀？"

"废话，当然是真的，没见到东西都摆在这里了嘛……"

"国外真有这么多宝贝啊？赶明儿我也出去转转……"

"现在国外好物件也少了，除非你到一些人的家里去找，不是你们想的那么简单的……"

听到庄睿的话，众人顿时兴奋起来，他们不知道，国外大部分物件都是中国制造，想淘宝捡漏，难度不见得比在国内小。

"诸位，诸位朋友，我这也是运气好，开始在那艺术品商店见到的东西全都是仿制品，后来到了库房才淘到这个铜镜和毕加索的素描画，照我说，在国外淘宝未必比国内容易……"

庄睿见到众人都憋着劲想出国去寻宝贝，连忙出言劝解了一下，被抢到国外的物件虽然多，但是大都已经被人收藏起来了。

有出国那工夫，还不如在民间寻摸呢，毕竟中国这几千年的传承和地下陆续被挖出来的好东西多得是呢。

当然，庄睿这番话别人是否能听得进去，那就谁也不知道了，话说国人最爱跟风，保不齐就会有几个得了红眼病的，出国展示一下自个儿的鉴宝技术。

"德叔，这东西您给掌掌眼吧，我只能看出是隋唐时期的物件，但是其具体来历我也搞不清楚……"

庄睿回国之后，曾经翻找了许多青铜器著录类的书，想看看这件青铜镜是否留下了传承，但是让他失望的是，在历史上没有一件相同或者类似的东西。

"拿出来看看吧……"

德叔对这青铜镜也很好奇，不过隔着玻璃，他无法上手观摩，总不能凭空臆测吧？

庄睿点了点头，拿出手机给博物馆的安保总监杨剑打了个电话，同时又通知了皇甫云，按照博物馆的安全规定，想要打开展柜，必须经过三个人的签字。

另外，还需要三人各自掌握的钥匙才能同时开启这些展柜，仅是安装这项安全系统就花了庄睿二百多万人民币，这也是国外最流行的防盗设置，想要开启这些展柜必须三人齐到才可以。

“庄总，皇甫馆长，二位先签个字吧……”

杨剑来得稍微晚一点，他一到就让跟他来的保安，围绕以庄睿为中心画出一个三米左右的半径，将那些藏友专家们都隔离开了。

杨剑的手上拿了一张单子，等庄睿和皇甫云分别在上面签过字后，标明了要开启的展柜编号，这才拿出属于自己的钥匙，插入展柜底部的一个锁孔里。

这种钥匙是特制的磁性钥匙，根据不同的磁性强弱开启展柜，当三人都把钥匙插入之后，那扇特制的防弹玻璃缓缓地向上升起来。

“德叔，您看吧……”

庄睿伸手将那面镜子拿下来，白色墙壁上的观世音菩萨投影顿时消失不见了，这也让一些心里怀疑庄睿作秀的人，彻底相信了这面铜镜的神奇之处。

有些自诩对杂项青铜器有研究的人，看向青铜镜时眼中都透出热切的目光，恨不得把玩这件青铜镜的人就是自个儿。

庄睿取出青铜镜时，德叔就戴上了一副白手套，接过青铜镜和旁人递来的放大镜后，仔细观察起来。

看了大概三四分钟，德叔的眉头微微皱起，居然将手套脱下，用食指轻轻地在镜面摩挲着，脸上一副若有所思的表情。

“小睿，这铜镜背后的纹饰，虽然看不太清楚的，勉强能辨认出一点轮廓，不过应该是佛教的飞天图，而且是中原式飞天，也就是说，你判断的年代基本吻合……”

德叔所说的飞天图起源于敦煌，不过在北魏时期，敦煌飞天深受印度和西域飞天的影响，大体上是西域式飞天，多有西方文化色彩。

而中原式飞天图则是在西魏到隋朝时兴盛起来的，形式多表现为佛教天人与道教羽人，德叔之所以作出这个判断，是因为在铜镜背面有一个道冠。

德叔顿了一下，接着说道：“至于这铜镜有影射的效果，按照我的观察应该和这面铜镜研磨时的纹路有很大关系，它是通过这些用肉眼很难看出的细微纹线勾勒出来这尊菩萨造型的……

“至于具体到哪个年代，我想应该是隋朝，因为隋代观音坐姿居多，相貌大多端庄慈祥，整体生动流畅，服饰飞舞飘逸，和影射出来的图案极为相符……”

“德叔，还是您老厉害，这尊观音的影射效果，的确如您所说，就是镜面纹路造成的，

不过对它的断代我一直不敢下结论，回头能把年代添加到标注牌上了……”

德叔话音刚落，庄睿就跷起了大拇指，他是真的心服口服，因为用普通的放大镜都无法发现这铜镜表面的纹线，而德叔仅用手指感觉了一下，就准确地做出了判断。

和庄睿必须使用眼中灵气才能看出端倪相比，德叔无疑高明了许多。虽然德叔这两年已经不怎么给人鉴定物件了，但是老而弥坚，肚子里的学问仍然够庄睿学上几年的。

通过德叔的讲解，庄睿又多学了一招，他先前一直没注意影射出来的观音图案，是隋代最常见的造型，居然还可以通过这个来断代？看来这鉴别物件，每一个细微之处都不能疏忽。

“好了，大家都到门口集合吧，咱们吃完饭回来后，下午还有一场学术交流呢……”把铜镜放回展柜之后，庄睿让杨剑带领保安开始清场。

严格说来，下午博物馆才算正式开业，到时会有好几家旅行社组织游客前来参观。

经过欧阳军和皇甫云一个月的拜访，庄睿的博物馆已经成了各大旅行社旅游线路中很重要的一个环节了。

中午吃过饭回到博物馆，博物馆旁边的停车场已经停满了各种旅游大巴，在博物馆门口，则站满了拿着小旗子的导游带着各个旅行社帽子的游客。

耳边挂着对讲机的博物馆安保人员，一边查看着印制精美的门票，一边清点着进入博物馆的游客数量，一切显得井井有条。

博物馆的大门已经被电子栅栏封闭起来了，每次只能通过两个人，以方便安保人员验票，庄睿等人是从博物馆另外一侧进入的，直接到达会议室。

“老弟，我就不跟着凑热闹了，回头咱们再联系，我在北京还要待几天……”

下了车，趁去会议室的工夫，马胖子挤到庄睿身边，今儿庄睿实在是太忙了，就连马胖子这样关系十分好的朋友都没时间招呼。

庄睿看着满头大汗的马胖子，不好意思地说道：“马哥，真是对不住，回头空下来，我请您吃饭……”

听说自个儿博物馆缺少杂项类的古玩，这哥哥用汽车一口气拉来了上百个山西漆器，从汉唐到明清的都有，其中不乏精品，有些描金漆器更是价值不菲。

根据考古发掘实物证明，漆器出现可以追溯到新石器时期，在商周汉唐时代，漆器虽然也用于生活中，不过大多是装饰所用。

一直到唐末明清，瓷器发展迅猛取代了漆器摆设装饰的功用之后，漆器才更多地作为家庭或许宫廷使用的工具。

按照庄睿的估算，这些漆器的价值恐怕要在三千万以上。

三千万对于现在的庄睿和马胖子而言可能都不算什么，不过这人情庄睿是欠下了，因为庄睿就算是拿着三千万的现金也收不到这些物件。

正因为有了这批漆器，庄睿准备把杂项馆再分隔成几个小点儿的展馆，像玉石展馆，漆器展馆，或许今后根据某一类别的藏品再开启别的展馆。

现在漆器展馆的展柜订购已经在进行中了，相信用不了多久，曾经在历史上大出风头的漆器就能出现在游客面前了。

“吃饭就算了，啥时候有空带哥哥再去趟缅甸就行了，哈哈……”

马胖子拍了拍庄睿的肩膀，接着说道：“老弟，哥哥这辈子就指望这双眼睛吃饭，看了那么多人，唯独看不透你小子，好好干吧……”

一年多以前马胖子认识庄睿那会儿，庄睿只有两三百万的身家，勉强算是个小富，到了现在，从财产上而言，庄睿已经能和马胖子平起平坐了。

马胖子走到今天这一步，可吃了不少苦头，绕了不少弯路，经过二十多年的奋斗才有现在的身家，而庄睿拥有这一切，不过用了短短两年的时间，这让四十多岁正当壮年的马胖子也有点廉颇老矣的感觉了。

看着马胖子那肥胖的身躯消失在门口，庄睿心里也有很多感慨，自己又何尝不是靠着这双眼睛得到现在所拥有的一切呢？

第二十七章　开门大吉

“庄老师,怎么不进去啊……”

“庄老师,我手上有几个玩意,等有空咱们交流一下?”

“庄老弟,您馆中的藏品,有没有意思交流一下?”

今儿庄睿可没时间忆苦思甜,刚走个神,就不断有人和他打招呼,当然,话题还是离不开古玩这行当。

“可以,可以,回头咱们联系……”

“哎……刘总,您就别琢磨我的玩意了,我展馆里的物件,那可是只进不出的……”

庄睿随口和众人搭着话,这些人很有可能会成为他的客户,与这些来自全国各地的藏友专家们保持良好的关系是十分必要的。

古玩行最讲究的就是交流,有些人交流藏品是为了兴趣爱好,但是更多的人交流藏品却是单纯地为了赚钱,把这行当成谋生的手段,全国指望这行吃饭的人亦不在少数。

但是不要以为有好东西,就一定能卖出好价格,一件古玩的售出是受到许多方面影响的,如拍卖行的宣传力度,市场的炒作强度,还有购买人的消费能力等等。

而且拍卖行也是挑物件拍卖的,不是什么东西都能送拍,打个比方,像青铜器的交易,一般都必须在私下里进行。

所以说,很多人即使收藏了东西,也会因为上述种种原因,一直留在手上不愿意出手,就是为了找个合适的买家。

这家博物馆的经济实力是毋庸置疑的,庄睿更在不同场合,显露出了自己想要购买古玩的欲望,所以很多藏家都对庄睿表达出想进一步交流的意思。

庄睿和众人客套着走进博物馆的会议室,偌大的会议室里座无虚席,这是古玩界的一次盛会。

冯先生的博物馆虽然是会员制,但是平时最多也就组织三五十人的小聚会,像今天这样全国性的集会,恐怕只有国家进行某些改革研讨时才能招来这么多人。

“各位先生，各位女士，各位朋友，我谨代表定光博物馆和庄总，感谢大家能在百忙之中，参加定光博物馆的开业典礼……”

会议是由皇甫云主持的，皇甫副馆长发挥了律师的口才，说了一番没营养的话后，皇甫云接着说道：“今儿诸位同仁齐聚一堂，除了交流收藏经验和心得之外，我们庄总有一个提议，就是开办一个会员制的收藏网站，在座的都将成为这个网站的会员……”

“皇甫馆长，这会员是什么啊？加入了有什么用？”

“是啊，我这样的老头子还没上过网呢……”

“网上又不能看实物，意义不大啊……”

听到皇甫云接下来的话，场内顿时议论纷纷。虽然现在讲与时俱进，不过在2005年，这些玩收藏的人，还真没几个懂啥叫网上冲浪的，有那时间，他们都在古玩市场转悠了。

有不懂的，也有不以为然的，不过也有人面色变得不太好看的，冯先生的博物馆用的就是会员制，他不知道网站会员制是否会对他有影响，当下咳嗽了一声，拿过自己圆桌前的话筒，说道：“大家静静，先听皇甫馆长说完……”

冯先生在古玩界还是很有影响力的，在场这些人差不多有四分之一是他那博物馆的会员，每年向他缴纳会费，所以冯先生话音一落，场内慢慢安静下来。

“咳咳，我来解释一下吧……”

庄睿见皇甫云有点儿镇不住场子，遂接过他的话筒，说道：“搞这个网站，是鄙人的一个设想，大家来自天南海北，很难经常这么聚在一起交流……

“但是网络不同，不管大家身处何地，都能网上交流经验得失，并且可以将自己想要出手的物件，拍成照片挂上去，想要购买什么东西，也能在网站留下求购信息……

“有了这个平台，大家可以根据自己的需求，私下里看货交易，俗话说：一人计短众人计长，相信在座几百位收藏界同仁的藏品里，总有大家喜欢和需要的玩意儿，这样互通有无，总比咱们只能去拍卖行和古玩市场淘弄物件要强吧？”

见众人脸上露出思索的神情，庄睿停了一下，喝了口水接着说道：“当然，咱们这个网站，只用于藏品之间的信息交流……”

“至于藏品的真假和后期的交易，网站是不干涉的，还需要诸位私下里鉴定，我想，有冯老师的鉴定团队在，这个问题应该不难解决……”

庄睿的话让原本脸色难看的冯先生眉头舒展开来。冯先生的会员们，主要是冲着可以免费鉴定古玩这点福利参与进来的。

庄睿话中的意思很明显，网站只用于信息交流，鉴定这块儿不管，也就是说，和他的生意不但没有冲突，还有很大的互补作用。

“小庄这个建议不错，在座的各位都是有经验的藏友和专家，拿出来的物件想必不会太假，可以交流的空间很大，不是现在那些收藏网站可以相比的……”

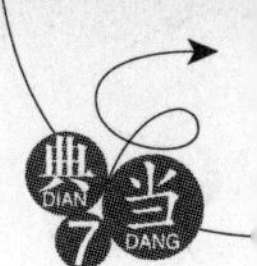

冯先生接下来的话让众人心头一亮，别看在座只有几百人，但是这几百人可都是收藏界里有点名望的人，手里的好东西不是一般的多。

平时由于地域限制，众人都在各自或者周边的城市进行交流和交易，这样交流面很狭窄。

但是有了庄睿所说的这个网站，大家就能见到所有人想要出手或者想购买的东西，可以选择的余地大了很多。

庄睿在场内众人消化了一会儿冯先生的话后，接着说道："冯老师说得对，咱们这圈子不对外开放，各位只有通过自己专有的 VIP 账号才能进入网站，这样就避免了一些心存不良的人上传假东西进行恶意交易……

"另外我还想申明一点，玩古董虽然都有打眼的可能性，但是通过鉴定，如果哪个人试图恶意多次用假古玩进行交易的话，他将被取消会员资格……"

"庄老师，如何才能认定有人是恶意交易呢？"

"是啊，看走眼是很正常的，不能有几次就说是恶意的吧？"

"说的是呀，就是诸位老师也不能保证次次都买到真物件吧？"

听了庄睿的话后，场内顿时人声鼎沸，议论纷纷，不过庄睿的建议是在保障众人的利益，提出异议的人并不是很多，开口说话的几个人都是圈里经常出手古玩的，庄睿刚才说的对他们影响最大。

而且大家都是圈子里有头有脸的人物，如果每次拿出来的东西经过鉴定都是假的，恐怕谁都丢不起这人，到时候估计不用驱逐，他们都不好意思再出来混了。

"诸位，我还没说完呢，我是这样想的，大家共同推选出九位在古玩圈子里德高望重的人组成一个专家评定组。

"每次交易前鉴定，如果物件是假的话，都要报到这个评定小组里，由九位专家通过对这东西的综合鉴定，用不记名的方式投票进行评定，是否为恶意交易。

"我想，大家推选出来的专家，应该可以代表咱们大多数人的……"

庄睿的话让众人沉思起来，他说得没错，一次两次打眼失手，是可以理解的，但是三番五次拿假东西来进行交易，就会让人怀疑交易人的初衷了。

专家评定的办法也不错，不记名投票，谁也不知道哪个人投的是什么票，这样专家也不会得罪人，算是比较公平的。

"小庄啊，你这法子我觉得不错，只是我老头子还不会用电脑呢，这可怎么办啊？"

在众人考虑了一会儿后，场内忽然传来一个声音，说话的人六十来岁，是一位来自陕西的老板，姓雷，是半路出家玩古董的。

不过雷老板为人精明，眼睛犀利，买的物件真多假少，比阳伟他爸强多了，在圈子里也小有名气。

“雷老板，让您孙子教您不就成了啊，简单得很，您生意做那么大，不会连上网都学不会吧？”

一个和雷老板相熟的人大声喊了起来，引得场内一阵哄笑。

庄睿的网站要真有他说的这种效果，上网这样的事情每个人都能解决，自个儿不会，身边的亲戚朋友晚辈们总归有懂的呀。

等场内稍微安静了一点儿，庄睿说道：“我的这个提议，只是想为了大家更方便地进行交流，完全都是免费的，大家如果同意的话，咱们现在就可以推选评定组的专家，如果有哪位不想参与，现在就可以退出，大家举手表决吧……”

每个人都有自己的想法，可能有人不愿意凑这热闹。庄睿搞这个网站也是存着很大的私心。

庄睿给定光博物馆的定位是：在未来的十年内，不管是馆藏数量还是馆藏精品，都要做到私人博物馆里当之无愧的NO.1。

从庄睿现在的几项投资来看，在未来的几年中，翡翠矿和房地产的产出最大，他手里最少能有十亿以上的资金。

如果仅通过拍卖行的渠道购得古玩，并不一定能合自己的心意，所以庄睿和皇甫云商议后，想出了这个办法。

通过收藏网站这个平台，庄睿可以发出自己的求购信息，同样，在看到别人有意出售的物件之后，也能第一时间去购买。

至于真假，绝对逃不过庄睿的法眼。因为最终交易，还是要网下看货付款的。

“我参加……”

“我也参加……”

“这是好事啊，大家都参加……”

在庄睿说完之后，场内呼啦啦地都举起了手，即使有不愿意参加的，在这种场合也不会表露出来，最多以后不上网罢了。

“好，那大家推选一下各自心目中最推崇的评定组专家吧，下面每人会有一张选票，各位只要把您希望成为评定组专家的人名写在上面就可以了，等一会儿咱们公开投票，保证做到公正公平公开，绝不作假……”

庄睿的最后一句话引得众人笑了起来，不算网络上的虚拟东西，要说在中国什么实物被盗版得最多，绝对是古董，每个城市里的古玩市场上都有成千上万个物件，难不成都是真的？

按照事先的安排，十多个博物馆工作人员把一张纸片大小的投票单送到每个人手里。

庄睿这个想法来得比较突然，事先除了皇甫云之外，没和场内任何一个人沟通过，所以这些人即使想串联起来共同推选一个专家也是不大可能的，最多三五个关系不错的人

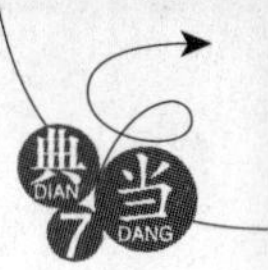

小范围讨论一下。

大约过了半个小时，刚才发下去的选票又重新被收到事先准备好的几个透明玻璃箱里，拿到会议室前面。

收上选票之后，庄睿开口说道："我看咱们就麻烦冯老师、金老师和孟教授还有德叔四人来做开票监督吧……"

庄睿说的这几个人在国内收藏界和学术界都是顶尖的人物，场内众人都没有异议，几人站到玻璃箱旁边，监督工作人员开箱读票。

一个工作人员读名字，另外一个在黑板上写下名字，用"正"字来计算选票的数量，虽然庄睿这次准备有些仓促，但也似模似样，让众人感觉很新奇。

"马XX，一票……"

"孟XX，一票……"

"杨X，一票……"

"庄X，一票……"

随着读票工作人员的话声，一个个名字被写在黑板上，众人最为熟悉的就是冯先生、孟教授、庄睿、德叔还有几个经常在国内电视、杂志上露面的人。

在场一共就三百多人，读票进行得很快，只用了半个多小时，九个得票最多的就统计出来了。

不知道庄睿是不是主场作战的原因，他得到的选票居然是最多的。

另外像冯先生、德叔、金胖子等人，也都被选为专家评定小组成员，这九个人囊括了古玩界各个类别的专家，也包括考古界的领军人物孟教授等人，这个结果让大家都很满意。

接下来，众人又商讨了一些具体的细节，像提出申请评定的渠道等等，一一都得到了解决。

时间过得很快，转眼就到了晚上，有些人回酒店准备明天再来细看博物馆的藏品，而有些人则要赶飞机，庄睿安排人叫了出租车，把嘉宾们都送了回去，此次博物馆开业和同行聚会算是圆满结束。

接下来的事情还不少，像网站的搭建，和每个人的沟通等等。庄睿很不负责任地把这些事情都交给了房地产公司的老总卫鸣去解决了，现在楼卖得差不多了，总要给那边的员工找点事情做嘛。

"我靠，总算是没事了……"

送走最后一个客人之后，庄睿站在虽然已经关了门，依然灯火通明的博物馆大门门口，累得直想一屁股坐地上。

虽然灵气可以消除疲劳，但是这一天精神紧绷，大事小事都要他过问，脑子乱哄哄的快要爆炸了。

皇甫云倒是精神奕奕的，这点强度的工作对他而言，早已习惯了。当下拉了一把庄睿，说道："没事？早着呢，走，先去找个地方吃饭，我把云总喊来，今天的账要报给你……"

皇甫云说的云总叫云曼，今年三十一岁，是秦瑞麟珠宝店的财务总监，庄睿接手了宣睿斋之后，就一直让她监管两边的财务，现在又加上博物馆这边的工作。

云曼是香港人，不知道是不是眼界高，一直都没结婚，不过庄睿发现，从皇甫云和她接触之后，这俩人似乎擦出了火花，最起码刚来北京时没事就打电话给庄睿喊他去酒吧的皇甫云，这段时间很消停。

"得，那上车吧……"

庄睿也想知道，自己开业第一天到底能有多少进账，哥们这一个月啥事不干，就要往外掏一百多万。

虽然庄睿财大气粗，但也不能整天大喘气，自个儿从腰包掏钱啊？想让博物馆健康发展，最终还是要收支平衡才行。

"杨剑，今儿大家都很忙，辛苦你们了，明天就可以正常调休了，这个月奖金翻倍……"

上车之前，庄睿看到杨剑带了两个安保人员从博物馆外墙巡逻过来，连忙招呼了一声。

保安是排三班倒，每班八个小时，不过今天开业，所有人都没休息，忙着维持秩序，又要防止有人捣乱，都累得不轻。

杨剑知道博物馆里物件的价值，虽然有各种报警设备，还连接了派出所，但是杨剑依然不敢大意，有任何隐患都要排除在萌芽之中。

"谢谢庄总，这都是应该的……"

以杨剑的薪水，自然不在乎这点儿奖金，不过他身后的两人倒是露出高兴的神情。

庄睿给博物馆员工的福利相当好，不光包吃住缴纳三金，安全奖金甚至比工资都高，奖金翻一倍那可是好几千块钱，就是那些地产公司的工作人员都会看着眼红的。

"行了，你们忙去吧，晚上我叫人送消夜过来，记住，不准喝酒啊……"

庄睿听到远处传来高跟鞋的声音，知道云总监过来了，摆摆手让杨剑带人离开了。

云曼个头儿不高，只有一米六五左右，但是身材很匀称，脸上戴了副眼镜，很有职业女性的味道，每天上班都穿一身职业装。

"我说皇甫兄，您自个儿又不是没车，干吗蹭我的车坐啊？我可不想当电灯泡……"

见到云曼走过来，皇甫云连忙把车门拉开了，等云曼坐上去之后，皇甫云也撅着屁股

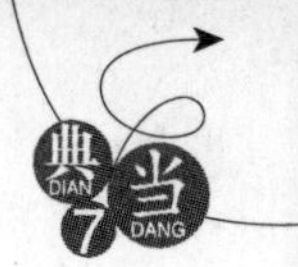

钻进了车后排，看得庄睿直翻白眼，敢情是让老板给你们当司机啊。

皇甫云嘿嘿笑着说道："这不是要向领导汇报工作嘛，是不是，云小姐？"

"庄总，那我就给您汇报下今天的收支吧……"

云曼原本是秦瑞麟香港总部派驻在北京的，不过庄睿接手秦瑞麟之后，她就算和香港那边脱离了关系，工资都由庄睿这边支付，所以对庄睿这个老板，云曼可不敢像皇甫云一般开玩笑。

不过庄睿也没亏待云曼，在秦瑞麟除了吴经理，只有她是百万年薪，这个待遇即使在香港也不算低了。

庄睿摆摆手，发动了车子，说道："到酒店坐下再说吧，累了一天了，先吃点东西……"

酒店就在博物馆不远的地方，皇甫云早就订好了包间，坐下喝了杯茶水之后，庄睿伸了个懒腰，这才感觉稍稍放松了一点儿。

皇甫云这会儿正忙着给云曼献殷勤呢，又是倒茶又是介绍桌上的小点心，看得庄睿直笑，这哥们儿像是玩真的啊。

"皇甫兄，回头您还要送云总回家呢，不急这一会儿吧，咱们先谈工作……"

庄睿一句话说得云曼满脸通红，连忙一手推开正往自己身边凑的皇甫云，打开了手中的文件夹。

"庄总，今天博物馆总共收到礼金人民币五百一十二万三千八百块钱……"

"多少？五百多万？"

庄睿打断了云曼的话，按照他的估算，能有两百多万就差不多了，没想到远远高出了自己的预期。

这次开业典礼，算上承担那些外地嘉宾的费用，虽然具体数字还没出来，但是庄睿知道，大概需要支出四五百万左右，没想到礼金一项就把这笔费用给报销了。

云曼肯定地点了点头，说道："对，是五百一十二万三千八百，这是所有嘉宾礼金名单，我按照礼金数额的高低排列了一下，庄总您可以看下……"

接过云曼递过来的名单，庄睿看了一下，像金胖子、钱总等人都封了十万的礼金，江浙的齐珠和香港一些庄睿认识的富家子弟给的都是二十万。

北京城的白枫和那几个京城名少，礼金都是三十万，仅是这些人，差不多就有小两百万了。

至于外地来的那些庄睿不认识的专家藏友，礼金倒不是很重，大多都是三五百，高一点儿的也不过是一两千，主要就是个心意。

最让庄睿哭笑不得的是，刘川和周瑞居然每人给了一百万，要不是这两人封了这么多礼金，恐怕还没有五百万。

"这两百万……"

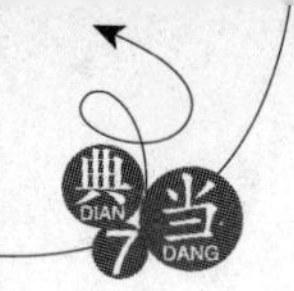

庄睿指着刘川和周瑞的名字，想了想说道："算了，送就收下吧……"

庄睿前段时间听刘川说了，过年时抱窝的藏獒幼崽一共卖了三千多万，哥俩现在也都不差钱，退回去反而淡了兄弟情谊。

那俩人庄睿都没空招呼，不过刘川到了庄睿的四合院和到家差不多，周瑞和庄母也很熟悉，自然亏待不了这哥俩。

听了庄睿的话后，云曼又递过去一张纸，说道："庄总，另外还收到一批古董，我对这个不熟悉，没办法估算价格，这是清单……"

"嗯，这个等我有时间清点一下……"

庄睿粗略地看了一下，香港的柏氏兄妹和郑少等人，除了礼金之外还送了几幅字画古玩，如果是真迹的话，那反而是他们送的礼最重了。

像金胖子、钱总等人，都送了一些代表发财寓意的小东西，就是彭城来的吕掌柜也拿出了几件杂项藏品，这让庄睿心里颇为汗颜，从彭城离开后，除了宋军和当时另外几个古玩行的老朋友，都是很少联系了。

虽然这两年钱是越赚越多，不过庄睿感觉和家人朋友在一起的时间却越来越少了，而且有些朋友也变得疏远了。

除了刘川这个从小光屁股一起长大的发小之外，和身在北京城的老二岳经来往反而没有以前自己不在北京的时候多了，前段时间倒是参加了伟哥的婚礼，不过和老三、老四也有很长时间没通电话了。

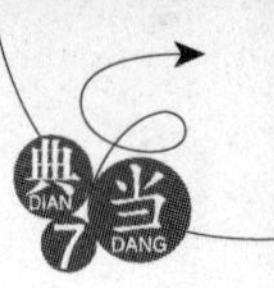

第二十八章　雪獒的消息

“庄总，今天一共接待游客九千六百八十七人次，门票收入为四十八万四千三百五十元，如果能保持这种势头，相信仅是门票收入，就可以维持博物馆的运作了，甚至还能有不少盈余……”

云曼继续给庄睿汇报博物馆的营业状况，在她看来，博物馆的经营状况非常好，仅半天时间就有四十多万的进账。

即使这里面有一部分要分给那些旅行社作提成，博物馆方面也能拿到四十万左右，如果按照一天来计算，恐怕博物馆每天的进账可以达到七十万。

“云总，账不是这样算的，有些门票收入是朋友捧场的，九千多张门票，要减去五千张，剩下的才是来参观的游客收入……”

庄睿摆了摆手，云曼不清楚这件事，但是他心里明白，有五千张门票是杨波那小子掏钱买的，纯粹是给他撑门面来了。

“除去那五千张门票，还能有四千多人次的游客，这可都是皇甫兄的功劳了。

“对了，皇甫兄，和那些旅行社联系再紧密一点，争取以后每天接待游客数量可以稳定在六千人左右……”

庄睿在心里算了一下，今天实际来博物馆的游客应该是四千六百八十七人，如果每天都能有这么多人的话，那一年就是一百七十多万人次，收入能达到八千五百多万。

虽然和平均每天都接待十万人次左右的故宫博物院无法相比，但是对于一家私人博物馆而言，这已经是一个非常恐怖的数字了。

去掉给旅行社的提成和博物馆本身的开支，庄睿还能剩下三千多万，这些钱不但可以加大投资继续购买馆藏，也足以应付博物馆的维护修缮了。

这已经远远超出庄睿开馆之前的预期了，按照他的设想，在开始的几个月，自个儿不往里面贴钱就不错了。

“庄总，我知道了，今天只营业半天，如果是一天的话，相信应该可以达到六千人次……”

谈到工作，皇甫云也变得严肃起来，对庄睿的称呼也改变了。

按照北京每天的游客吞吐量计算，六千人并不是一个很高的目标，皇甫云给博物馆制定的目标是，以后每天接待游客的数量争取达到一万人次。

“嗯，另外也要开发一些纪念品，像咱们最有特色的定光剑、商周大鼎等物件，都是很吸引人的，以此为原型，按照比例缩小，做成一些工艺品出售，我想，这也能带动一个利润增长点吧……”

庄睿在巴黎和伦敦去参观过当地的博物馆，他发现那些博物馆里都有仿制馆内藏品的艺术品出售。

但是在中国，国有博物馆很多都是免费对外开放，靠国家拨款维持生存的，对这方面开发得比较少。

别看这些东西小，做好了之后不但可以盈利，还能给博物馆做一些无形的广告宣传，提高博物馆的品牌形象。

“庄总，我记下了，这些东西上面，还可以打上咱们博物馆的名字，明儿我就去联系工艺品制造商，争取早日上柜……”

皇甫云听得眼睛一亮，连忙拿纸笔把庄睿的话记了下来。

“嗯，旅行社那边的提成不要押，早点结算给他们，争取让他们多带一些团来，如果有问题你给我打电话，我找人去说……”

博物馆的主要收入还是靠门票盈利，博物馆正处在三环边上，地段很不错，加入到一些旅行社的团游线路里并不突兀。

反正游客来北京就是旅游消费的，这钱花在购物店里，还不如来自家的博物馆弘扬一下中国传统文化呢。

庄睿自问定光博物馆虽然是私人的，但是那几个镇馆之宝却也不是浪得虚名，游客们看了应该会感觉到物有所值。

“我知道了，庄总，明天我就结算出来，把款打给他们……”

云曼点了点头，她明白庄睿的意思，按照博物馆和旅行社签订的合同，每个月结算一次，庄睿提前给他们结款，就是想让他们多拉一些客源来博物馆。

“行了，已经不早了，大家都回去休息吧，皇甫兄，这几天就麻烦您盯着点儿了，我要招待一下此次进京的客人……”

庄睿看了看手表，都快十点了，赶紧吃完了碗中的饭，站起身来，博物馆开业大吉，他也算松口气了。

不过像德叔等人，还要庄睿亲自招呼，博物馆的事情只能让皇甫云忙活了。

叫了酒店服务员给博物馆要了几十份外卖送去之后，庄睿又把皇甫云和云曼送到博物馆的停车场，这才驱车向家里赶去。

“什么时候才能过那种春暖花开，面朝大海的日子啊？”

开车来到自家的四合院附近的巷子，庄睿看到许多住在四合院里的人围在外面的路灯下打牌纳凉，这让庄睿心里很是羡慕。

曾几何时，庄睿与刘川也和那么一帮子人在彭城的马路牙子旁边斗地主打升级，那时候的日子似乎也很快乐。

现在钱倒是多了，不过时间却少了，就连和媳妇去拍婚纱照的时间都是硬挤出来的，这让庄睿稍稍有点儿迷惘。

庄睿不知道那些将生意做得很大的人，哪儿有那么多时间啊？

自己只不过在一个博物馆上亲历亲为，就忙得像兔子爹似的上蹦下跳，像李嘉诚那样掌管上千亿资金的大老板，岂不是连吃饭睡觉的工夫都没了？

“嗨，没钱哪能住得上这大宅子啊……”

庄睿把车库的卷帘门升起之后，心理平衡了起来，有所得必有所失，这世上的好事哪儿能都让一个人占了呢。

“囡囡，别抢啊，都有，都有份，小家伙，还学会告状了啊……”

刚从车库进到后院，庄睿就听到中院传来一阵吵闹声，尤其是刘川的大嗓门让庄睿倍感亲切，连忙加快了脚步，刚一走进中院，就被白狮扑倒在地。

白狮现在的个头越来越大，四肢着地站立的高度已经达到一米一左右了。

庄睿专门给它称过一次体重，居然达到了一百八十公斤，这已经超出了许多成年雄狮的重量了，甚至比一般的印支虎和苏门虎还要重一些。

以前和白狮嬉戏的时候，庄睿还能搂住白狮的脖子把它按倒在地，但是现在就只有被蹂躏的份了。被白狮洗了把脸之后，庄睿才爬起身来，那狼狈的样子让中院里的人哈哈大笑起来。

夏天人都睡得晚，空调房间里待时间长了也不好，所以这会儿欧阳军一家子，还有刘川雷蕾和彭飞等人，都在中院纳凉聊天呢，几个小孩子更是满院子跑。

“白狮，下次换个打招呼的方式好不好啊？”

庄睿有点郁闷，不管啥时候进院子，只要被白狮逮着，自己这身衣服就得送洗衣店，要不是白狮还有分寸，恐怕就要变成乞丐装了。

“老公，这可是你的特权啊，除了你，白狮都不肯和别人这样亲热的……”

秦萱冰笑嘻嘻地迎了上来，递给庄睿一条毛巾，又帮他整理了一下皱皱的衣服，自从两人领了结婚证之后，秦萱冰也能当着众人和庄睿亲热一下了。

“白狮倒是肯，你们敢吗？”

随着白狮的体型越来越大，这满院子人可能除了欧阳婉、囡囡还有秦萱冰之外，都怵它三分，彭飞和周瑞以前还能和白狮比划几下，现在也没那胆量了。

庄睿揉了揉白狮的大脑袋，他不管多忙，只要在家，每天都会给白狮洗澡，这大家伙用的洗发液比整个四合院住的人用的都多。

“老弟，我看你这白狮要关起来了，不然哪天一发狂，恐怕谁都制不住……”

欧阳军这会儿正拿着把扇子帮坐在躺椅上的媳妇驱赶蚊子呢，徐大明星的预产期在八月初，她嫌自己家太清净了，没人陪着说话，这段时间都住在庄睿这四合院里。

“呜……呜呜……”

白狮似乎听懂了欧阳军的话，很不爽地冲他低吼了几声，吓得欧阳四哥连连退后几步，不小心绊倒了后面花圃的台子，一屁股坐了下去，起来时头上还顶着一朵不知道什么花，那模样比刚才的庄睿还滑稽。

“四哥，想在这里住，得罪谁都别得罪白狮，再招惹白狮，它能把你丢池子里去信不信？”

似乎为了验证庄睿的话，白狮身体微微往前俯了一下，吓得欧阳军哧溜一下钻到自家媳妇的背后，再也不肯露头了。

“周哥，你跟大川这小子凑什么热闹啊，都是自己人，还封什么礼啊，搞那些虚头巴脑的没意思。流氓，你是不是又欺负囡囡了？雷蕾你也不管管……”

庄睿没搭理欧阳军，笑着跟刘川和周瑞打了个招呼，把刚才欧阳军坐的板凳拿了过来，坐到秦萱冰的身边。

白狮则温顺地趴在庄睿脚下，一双清澈的眼睛无辜地看着欧阳四哥。

“舅舅，流氓舅舅坏，买了东西给丫丫姐，不给我……”

刚坐下，小囡囡就跑来告状了，她倒是不怕白狮，小屁股干脆坐在了白狮身上，一双小手还帮白狮挠着头上的毛发。

“小丫头，我算是白疼你了，给你买了那么多玩具，居然还告我的状……”

刘川大怒，冲着囡囡瞪起了眼睛，不过在白狮歪头瞥他一眼之后，这哥们马上就偃旗息鼓了，悻悻地坐了回去。

庄睿笑着拍了拍白狮，说道：“大川，雷蕾，你们来了就多住几天吧，我妈老是说我不沾家，你这干儿子也要尽尽孝心啊……”

庄睿刚才还在想，自己是不是有点疏忽家人朋友了，所以是真想让刘川多住上一段时间，这四合院这么大，人多了才热闹。

“没问题，我就是来你这避暑的，过完这个夏天再回去，干妈，您的干媳妇，可是有了干孙子啦……”

刘川听了庄睿的话后，马上挺直了胸口，生怕别人不知道自己媳妇怀孕了，大声嚷嚷了起来。

“你这孩子，说话没个正行，小蕾真的怀孕了？”

欧阳婉是看着刘川长大的，对他和对自己儿子向来都是一视同仁，小时候刘川没少被欧阳婉罚站。

"干妈，那还能有假啊，您不看看干儿子是谁……哎，哎，别……别掐啊……"

刘川正要吹嘘几句，冷不防腰间传来一阵剧痛，回头一看，立马把脖子缩了起来，又引起一片笑声。

"老公，我……我……"

"木头，给你说点正事，前段时间仁青措姆大哥打电话来说，在靠近大雪山的地方有牧民发现了一只雪獒，看体型应该是只母獒……"

秦萱冰轻轻拉了下庄睿的衣摆，似乎有什么话要说，却被刘川打断了。

"什么？雪獒，还是母的？"

庄睿闻言一下站了起来，也没注意秦萱冰好像要跟自己说什么，他的注意力全被刘川的话吸引过去了。

白狮已经快两岁了，每天经过他的灵气滋润，骨骼比四五岁的成年獒发育得还宽大，庄睿一直发愁怎么才能给它找个配偶，听到这个消息，马上激动起来。

刘川点了点头，道："见到那只雪獒的牧民很有经验，母獒毛发短，应该不会认错……"

将白狮从巴掌大一点儿养到这么大，加上白狮又曾经救过自己一命，庄睿对白狮的感情已经不是用金钱可以衡量的了，听了刘川的话后，连忙说道："那怎么不带来啊？花多少钱我都买……"

"我说兄弟，这不是钱的问题啊，那只雪獒并不是家养的，而是野性未驯的藏獒，是可以撕虎裂豹的凶兽，那些牧民们哪敢去抓啊……"

庄睿闻言愣了一下，如果是这样的话，倒是麻烦了，野生藏獒虽然不攻击人类，但是极难驯服，它们往往在大草原上猎狼觅虎，是真正的草原雪山之王。

近些年，由于纯种藏獒受到很多有钱人的追捧，前去藏区购买藏獒的人很多，但是极少有野生藏獒，更不用提落单的野生藏獒了。

白狮很有灵性，似乎知道庄睿和刘川谈论的问题和它有关系，原本趴着的身体站了起来，大头不住地在庄睿身上蹭着。

"大川，你回头跟仁青措姆大哥联系一下，让他找到那个牧民，我要再去一趟西藏……"

庄睿揉了揉白狮的大头，安抚了它一下，看来这家伙真的春心萌动了，想想要是能再找一个纯种雪獒来给白狮做伴，庄睿心中也有点儿兴奋。

"木头，你先别激动，听我把话说完……"

刘川见到庄睿那架势，似乎现在就想跑西藏去，说道："我早就让仁青措姆大哥找到了那个牧民，不过发生这件事情是在二月份，现在那只藏獒早就不知道跑到哪去了……"

藏区的牧民们都保持着草原上的传统，每到冬天就会窝冬，很多牧民将帐篷搭在一

起，形成一个聚集地，而那个看到雪獒的牧民，就是在窝冬的时候在营地附近见到的。

不过藏獒天性喜欢寒冷，天冷的时候可能会游荡在大草原上觅食，天气热了它们很有可能会钻到雪山深处，人踪罕见的地方去。

“大川，你的意思是说，让我冬天再去?”

耐着性子听完刘川的话，庄睿开口问道，冬天的青藏高原，庄睿是不想再去了，那冷的绝对是撒尿成冰，即使是现在这月份，早晚的温差也让人很不适应。

“木头，这事儿我劝你别急，青藏高原那么大，谁知道半年前见到的雪獒，现在会钻哪儿去啊?”

刘川说到这里顿了一下，接着说道：“我和仁青措姆大哥商量了一下，他去年没去牧区还有点不适应，准备今年再去放牧，顺便搜罗一些好的藏獒，看看能不能再遇到那只雪獒，如果真能碰到的话，再通知你带白狮去，这样针对性强一点……”

其实刘川说这话的时候，他自个儿都不相信仁青措姆能遇到那只雪獒，藏獒虽然也有地域观念，但那是针对獒群而言，不入伙的獒犬，一般都是猎食到哪儿就走到哪儿，不会在一个地方停留很长时间的。

“我考虑一下吧，老伙计，别失望，一定会给你找个新娘子的……”

庄睿也知道刘川说的是实话，自己现在跑去西藏，就像个无头苍蝇，起不到什么作用。

庄睿说着说着有点来气，拍了拍白狮的大头，说道：“我说你小子也忒挑剔了点儿，獒园里那么多母獒，你就不能找一个嘛……”

“呜呜……”

白狮似乎听懂了庄睿的话，不知道是不是故意的，身体重新又趴了下去，但却是对着庄睿趴过去的，庞大的身体一下把庄睿压倒在地上。

白狮表现出如此灵性，让除了欧阳婉和秦萱冰之外的人都看得目瞪口呆，这整个一小孩向大人耍脾气啊。

“靠，你小子还不高兴……”

庄睿无语了，推开白狮后，对那些幸灾乐祸的人说道：“散了，都散了，睡觉去，累了一天还被欺负，没天理了啊……”

时间也不早了，在一片笑声中，众人都各自回自己的房间了。庄睿和秦萱冰后面还跟着白狮那个大家伙，白狮怕热，庄睿在后院专门整理出一个房间，开着空调让它睡觉。

第二十九章 喜事连连

“今儿可是累惨了，不过媳妇儿，你知不知道，我那博物馆今天赚了多少钱啊？”

回到房间冲过凉之后，庄睿搂过秦萱冰贪婪地嗅着秦萱冰的体香，这段时间他都待在博物馆里，快一个星期没和媳妇亲热了。

“你还缺钱吗？”

秦萱冰白了庄睿一眼，抬手按住了庄睿伸向自己小腹的手，说道：“庄睿，别动，我有事和你说……”

“有什么事明天说吧，嘿嘿……”

庄睿顺手关掉床头的台灯，翻身把秦萱冰压在身下。

秦萱冰连忙用手去推庄睿，嘴里急道：“别，不能压，庄睿，我可能……也……也怀孕了……”

“什么？！”

庄睿的声音之大，让旁边厢房里的白狮猛地窜了出来，在窗口低声嘶吼起来。

“白狮，没事，回去……”

庄睿听了秦萱冰的话，整个人都傻了，两手撑在床上，身体却不敢压着秦萱冰，直到白狮的声音响起，庄睿才反应过来，连忙打开床头灯。

“萱冰，你……你说的是真的？”

庄睿还保持着那个滑稽的姿势，眼睛却一动不动地看着身下的秦萱冰，脸上有些激动，问话的声音也微微颤抖着。

庄睿今年已经二十七岁了，在他的同学里面，伟哥算是奉子成婚，宋护士现在正护理自个儿呢，老三生了个女儿，已经好几个月大了，要说庄睿不羡慕肯定是瞎话。

秦萱冰被庄睿看得有些脸红，推了他一把，说道：“我还没去检查，不过这几天感到恶心、想吐，以前不喜欢吃辣，现在却特别想吃，还有，你不在家这几天老是容易疲倦、想睡觉……”

庄睿虽然不太懂这个,但是基本常识还是知道的,当下开口问道:“那个……那个来了吗?”

“什么呀?”

秦萱冰有点不好意思,把脸转到一边,说道:“那个……过了一个星期没来了,我想着这两天去检查一下呢……”

“萱冰,对不起,你看我,这几天忙得连家都没回……”

庄睿闻言有点羞愧,恐怕秦萱冰没对母亲说的原因就是想等自己空下来,带她去检查后,确定了再告诉家人。

“老公,没事的,我这几天都在问徐晴姐怀孕要注意的事情,能照顾好自己,也能照顾好咱们的宝宝……”

秦萱冰说这话的时候,脸上满是幸福,用手轻轻在自己还没凸显的小腹上抚摸着,似乎知道里面有一个小生命。

“不行,咱们现在就去医院……”

庄睿从床上爬起来,找到衣服就往身上套,天大地大媳妇儿怀孕最大,庄睿一刻都等不及了。

“你这人,怎么说风就是雨啊?”

秦萱冰无奈地看了眼庄睿,说道:“明天再去吧,别把妈他们都折腾起来了,现在医院值班的也没有好大夫……”

“对,对,不对……”

庄睿这会儿幸福得不知道东南西北了,听了秦萱冰的话后刚点了头,紧接着又摇起头来,说道:“明天去也行,我先去找四哥,问问嫂子怀孕找的哪个大夫,总不能找个男的吧?”

看庄睿急匆匆地从房间跑出去,秦萱冰不由苦笑起来,没想到老公还是个醋瓶子,要知道,这个世界上最好的妇产科医生大部分都是男人。

“我说五儿,不就是去看个医生嘛,你至于一大早就把我折腾起来,嘘,小声点,别吵醒你嫂子……”

欧阳军很不爽地把庄睿拉到院子里,这才早上六点多,庄睿就来敲窗户,昨儿夜里已经敲过一次了。

“嘿嘿,四哥,激动,心里激动,您看,我妈都起来了,您还有什么好抱怨的……”

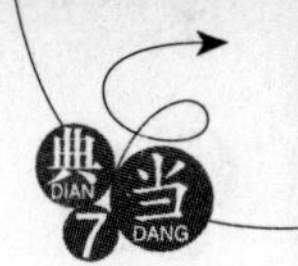

庄睿也知道自己有点过分，昨天晚上不仅敲了欧阳军的窗户，把整个中院的人都折腾起来了。

欧阳婉更是到庄睿的房间仔细询问了秦萱冰这几天的反应，说十有八九是怀上了。

“姑妈，您至于嘛，这么早医生也没上班啊，回头我带庄睿和弟妹去医院，您老就别跟着了……”

欧阳军一看，一向恬静的欧阳婉还真在院子里，看来昨儿一夜也没睡好。

欧阳婉脸上有一丝喜色，瞪了侄子一眼，说道：“什么话，姑妈哪天不是起这么早？不过今天的汤是要多做一份了……”

“得，算我没说，咱们坐这等着吧……”

欧阳军无奈地坐到池塘边看游鱼去了，而庄睿则兴奋地在院子里走来走去。

“我没事，别让人笑话……”

早上八点多，庄睿这才回到房间像请太后一般把秦萱冰给扶了出来，搞得秦萱冰哭笑不得。

“谁笑话？我又没扶别人媳妇……”

以前都是秦萱冰挽着庄睿的胳膊，现在改过来了，变成庄睿挽着媳妇的胳膊了，看得等在餐厅门口的欧阳婉都笑了起来。

“四哥，别吃了，吃那么多干吗……”

等秦萱冰喝完婆婆熬的汤后，庄睿一把将欧阳军拉起来。

“哎……哎，我说你小子，我连一个包子都没吃完呢……”欧阳军站起身，连忙抓了俩包子在手上。

“庄哥，前面有人找，好像是西藏来的……”

庄睿刚进车库发动车子，手机就响了起来，是前门郝龙打来的。

“西藏的？他们找我干吗？”

庄睿拿着电话有点莫名其妙。

“郝哥，我现在有重要的事情要办，让他们下午来吧……”

庄睿现在一心沉浸在快要做爸爸的幸福中，就算是天皇老子来找也要等带媳妇检查完再说。

庄睿挂断电话，小心地将车子倒出车库，自打听了秦萱冰怀孕的消息之后，庄睿同学变得愈发细心了，女人是需要呵护的，肚子里的那个更需要呵护。

“庄睿，你不是认识大昭寺的活佛吗？会不会是他找你？”

秦萱冰听了庄睿的话，马上想起自己和庄睿等人的西藏之旅。

“不可能，送我天珠的活佛早就圆寂了，你别吓我啊……”

庄睿被秦萱冰吓了一大跳，开车的手都晃了一下，因为活佛早在送他天珠半年后就已经圆寂了，距离现在已经快一年了，难道是托梦叫人来找他？

“没听你说起过啊……”秦萱冰闻言愣了一下，她还不知道这件事。

“我也是偶尔在新闻里看到的，不管了，他们如果真有事，下午肯定还会来，问问不就知道了吗？”

庄睿摇摇头，把这事给排出脑外了，专心开起车来。

“周院长，这是我表弟，这位是我弟妹，她应该是怀孕了，带他们来看看，对了，小于医生还在吗？”

庄睿等人去的是解放军总医院，以欧阳军的背景直接去了院长室。

要不是欧阳军提前告诉庄睿，庄睿也看不出来，这位穿着白大褂慈眉善目的老医生居然是位少将。

欧阳军问的小于医生，就是一直给徐晴看病的女医生，这世上没哪个男人会大度地找个男医生给自家媳妇看妇科病。

其实庄睿和欧阳军都明白，秦萱冰现在只需要做一些化验就可以了，男女医生都无所谓，不过按照欧阳军的说法，从一开始就让一个医生看，对孕妇的情况会比较了解，出现什么问题也能及时解决。

“怎么着，找我就不能看病啦？你小子，就是事情多……”

周院长似乎和欧阳军挺熟悉的，笑着骂了他一句，转脸看向秦萱冰，说道：“姑娘，坐吧，有什么症状？先给我说说……”

周院长五十多岁的年纪，做到他这个位置，主要服务的对象自然是四九城里的高层了，就是玉泉山上的医护人员，也大多是他的手下，所以和欧阳家族的人很熟。

“我就是这几天有些想吐，以前不吃辣，现在就是想吃，吃别的都吃不下去……”秦萱冰把自己这几天的反应跟周院长说了一下。

“嘿嘿，老弟，酸男辣女，你这肯定是个女儿……”

听了秦萱冰的话后，周院长还没开口，欧阳军就得意扬扬地在庄睿面前显摆起来，谁让徐晴肚子里是个儿子呢。

“别听他的，这是民间的说法，没什么科学依据，嗯，姑娘，把右手伸出来……”

周院长不满地瞪了欧阳军一眼，然后拿出个手腕护垫，放在桌子上，示意秦萱冰把手放上去。

“把脉?”

庄睿愣了一下,作为中国人,自然知道中医,不过在西医当道的现代社会里,也就是听闻了,庄睿长这么大,还是第一次见到中医把脉呢。

“四哥,这能行吗?”

庄睿悄悄地拉了欧阳军一下,小声问了一句,不是庄睿不相信中国的传统医学,实在是从小耳熏目染都是西医,猛然见到这么一个玩中医的,对他信心不是很足。

这搭几根手指就能知道身体有没有病,在外人看来,是够神奇的。

“你放心吧,周院长可是中医世家出身,他还是国家工程院院士,这可不是街头耍把戏卖大力丸的,你嫂子就是周院长先给把的脉……”

欧阳军对周院长倒是信心十足,没有三两三,也不敢上梁山,能坐在这个位置上,可不是吹嘘拍马就行的。

“臭小子,又在编排我不是?”

周院长右手三根手指搭在秦萱冰手腕上把了一会儿,抬起头骂了欧阳军一句,说道:“再换个手……”

庄睿有点新奇,张嘴问道:“周院长,为什么两只手都要把脉呢?”

“呵呵,左手脉搏,对应的是心肝肾,右手对应的则是肺脾肾,当然两只手都要把了……”

周院长笑呵呵地给庄睿解答了一番,又把注意力放到秦萱冰的脉搏上,过了几分钟之后,才把手拿下来。

见把完脉,庄睿着急地问道:“周院长,怎么样?萱冰是不是怀孕了?”

周院长笑着点了点头,说道:“小伙子,恭喜你啊,这姑娘的脉象有力,是喜脉……”

“真的?”

庄睿一听这话,高兴的不知道东南西北了,不过马上就问出了一句蠢话:“周院长,那是男是女啊?”

“庄睿……”

这下连秦萱冰都听不下去了,自己才刚有妊娠反应,别说是把把脉了,就是去做B超也无法鉴别出男女的。

“哈哈哈……”

周院长闻言大声笑了起来,拍了拍庄睿的肩膀,道:“小伙子,不要着急,回去好好休息,注意不要受凉了……”

“谢谢,谢谢周院长……”

其实庄睿还真不在乎男女,刚才也就是顺口一问。

告别周院长之后，上得车来，欧阳军一脸坏笑地看着庄睿，说道："五儿，记住了啊，不要做剧烈的有氧运动……"

"不会啊，萱冰最多就是做做瑜伽，那不算剧烈吧？"

庄睿开始没听懂欧阳军的意思，不过看到他一脸坏笑，顿时明白过来了，这哥哥敢情是为老不尊啊。

秦萱冰比庄睿心细，也明白过来，一张俏脸变得通红一片。

"得，我回去告诉嫂子，哥哥您这段时间经常进行剧烈的有氧运动……"

庄睿一句话就让欧阳军苦了脸，只图嘴上痛快了，又忘了这弟弟拿捏了自个儿不少把柄。

兄弟两个斗着嘴回到四合院，秦萱冰怀孕的消息从庄睿口中一经证实，立马升级开始享受徐大明星的待遇，这下可好，在这四合院里居然有三个孕妇。

中午吃过饭后，原本不习惯睡午觉的秦萱冰被庄睿给拉到了床上，当然，只是让她休息而已。

秦萱冰睡着之后，庄睿小心地对着秦萱冰的身体释放出一丝灵气，不过庄睿怕出什么意外，灵气进入秦萱冰身体的位置并不是小腹。

庄睿这边刚忙活完，外屋的对讲机里又传来郝龙的声音："老板，早上那几个人又来了，您要不要见一见？"

第三十章 西藏来客

“带他们去前院的客厅吧……”

四合院前中后院各有一个客厅，后院是他和秦萱冰住的，中院则是招待自己亲友的，一般不怎么熟悉的人都是在前院招待。

“你们好，我是庄睿，请问几位找我有什么事？”

走进客厅，庄睿发现这几个人并不像自己所想的，有喇嘛和尚在里面，都是和自己一样的普通人，从其中一人身上的气度来看，应该还是位领导。

“庄先生，你好，我是戴成浩，这是我的证件，有点事情想向你咨询一下……”

见到庄睿进来，客厅里的四个人都站了起来，为首的中年人伸出手和庄睿握了一下。

“戴副局长？”

庄睿看了下证件，果然来自西藏，还是位副局长。

庄睿心中有些疑惑，他就是北京的一小老百姓，西藏的副局长找自个儿能有什么事呢？

虽然心中不解，庄睿还是让了一下，说道：“不知道戴副局长有什么事找我？请坐下说……”

戴副局长点了点头，开门见山地说道：“庄先生，不用客气，是这样的，不知道你去年二月份是否曾经接受过西藏大昭寺活佛馈赠的一串天珠手链呢？”

西藏准备进行大昭寺活佛寻找转世灵童的工作，但是缺少一些活佛生前佩戴的信物。这种方式十分系统和繁琐，往往在活佛去世后几个月内就要进行准备工作了，而寻访活佛转世灵童的过程可能要持续数年甚至十多年之久。

活佛在圆寂之前，曾经指明了自己转世的大致方向。

大昭寺现在已经选派了寺中德高望重的名僧，及活佛生前的管家、近侍弟子化装成各种不同身份的人，准备分赴活佛指定的方向，开始暗中查访。

不过在寻找转世灵童的过程中，需要灵童辨认活佛生前随身物品，就是让有可能是

灵童的幼儿，辨认活佛生前的遗物和共同相处的人，幼儿在众多物件中能抓取活佛生前之物、或在众多人中能辨认出与活佛相处过的人。

这个环节在寻找转世灵童的过程中比较重要，很多被初选为灵童的幼儿往往都在这个环节被筛选掉的，不过想要进行这个环节的认证，就必须有活佛生前使用的法器或者是随身物品。

一般来说，贴身的物件也就那么十几件，而活佛生性恬淡，后来清理他的遗物时，发现居然只有活佛常用的一个转经轮和另外两个物件。

活佛圆寂前指出的方向，只是一个大的方向，大昭寺为此派出的寻访队伍最少有七八支，仅靠这三个活佛贴身物品甄选灵童效率就太低了。

但也是没有办法的事情，就在大昭寺高僧准备派出寻访队伍的时候，寺里的执法喇叭格古说出了活佛曾经赐了 个年轻人天珠手链的事情。

虽然只是一件贴身物品，但是无疑会减轻寻访队伍很多工作，听到这件事后，大昭寺的人马上翻查了活佛生前的记录。

活佛在大昭寺地位极高，他的言行，都有贴身侍奉的小喇嘛做记录，而庄睿和活佛接触的过程也被完整地记录下来。

正因为如此，才有今天戴副局长找上门的事情发生。

“戴局长，我冒昧地问一句，活佛赐予我手链，当时没多少人知道，不过你们是怎么找到我的啊？”

庄睿有些不解，自己当时不过是个游客，每年去拉萨旅游的客人多了去了，他们是怎么查到自个儿头上的呢？

戴副局长闻言笑了起来，说道：“呵呵，庄先生，你被格古喇嘛带到大昭寺后，你的朋友们曾经去大昭寺里寻找过你，当时登记了表格，留下了你的电话和家庭住址，我们是通过这个找到你的……”

“哦，还真是……”

庄睿拍了拍脑袋，当时自己在放满了唐卡的奇妙房间里整整待了一下午，急得刘川等人差点去派出所报案了，想必为了让大昭寺喇嘛帮助寻找自己，他们才留下了资料。

“戴局长，您说吧，要我做点什么？”

庄睿不知道这几个人前来是想收回那串天珠手链，他对藏传佛教了解不深，不太懂活佛转世的流程。

“嗯，是这样的，由于活佛留下的遗物太少，在转世认证过程中，又必须需要这些东西，我们是想……”

戴副局长也没绕弯子，直截了当地把自己来的目的说了出来。

“什么？要把天珠手链交给你们？”

庄睿本来还听得津津有味，不过越听越不对，敢情这是找上门讨东西来了？

"对，庄先生，这件事对藏传佛教和藏民们的影响很大，由于大昭寺提出了寻找这串天珠手链的要求，我们必须要慎重处理，还希望你能理解……"

在知道了这个人是庄睿以后，马上对庄睿启动了调查，调查之后的结果就是戴副局长屈尊亲自跑来了，而且还客客气气一点儿都不敢摆官架子。

"这个……戴副局长，不是我不愿意交出这串手链，实在是戴了快两年了有点感情了啊……"

见对方说话挺客气，也没用什么大道理来压自己，庄睿眉头皱了起来。

说老实话，这串天珠的经济价值庄睿已经不怎么看重了，就是送给国家也无所谓，一两千万的物件而已。

不过这天珠对身体真的很有好处，并且又是活佛加持了几十年的东西，几乎算得上是法器了。

庄睿刚刚知道秦萱冰怀孕的消息，昨儿夜里还想着要把这东西传给自己的孩子，保佑他（她）能平平安安呢。

所以戴副局长一开口索要，庄睿有些为难了，这不是钱的问题，关键是拿再多的钱也买不到这样的东西，您有本事让活佛再活过来，给您加持个几十年的佛法呀？

戴副局长看到庄睿迟疑的样子，还以为他是想要钱，连忙说道："庄先生，这串手链是活佛赠给你的，从法律意义上讲已经是你的东西了。不过如果你把它交还给我们的话，对于给你造成的经济损失，我们可以按照这串天珠的市场价格赔偿给你的，还希望你能理解和支持我们的工作……"

别看要个天珠的事不大，就是那位副部级的局长都做不了主的，是申报到主管这方面的核心领导那里之后才来找了庄睿。

"不是，不是这个意思，戴局长，您误会了，我是想把这天珠留给我的孩子戴的，不是钱的问题……"

庄睿见戴副局长误会了自己的意思，连忙解释了一下，继而说道："这串天珠我可以暂时借给国家，等寻找到转世灵童之后是否能还给我呢？"

别人话都说到用钱买的份上了，庄睿也不能太不上路了，不过他还是有点儿不甘心，干脆用了借字，我不要钱，但是找到人后把东西还给我。

"当然，这是当然的，这个手链原本就是您的，我向您保证，等找到转世灵童之后，一定会把东西还给您……"

戴副局长没想到庄睿如此好说话，高兴地站了起来，再和庄睿说话的时候，不由自主地用上了敬语。

"这没什么，不知道戴局长是否现在就要？"

既然决定给了，庄睿干脆大方点，直接把手链从左手腕上拿了下来。

戴副局长摆了摆手，说道："不急，不急。这样吧，庄先生，下个星期一，大昭寺开始寻找转世灵童，如果您有时间的话可以过去一趟……"

"下个星期一？"

庄睿算了一下，离星期一还有五天的时间。

庄睿迟疑了一下，说道："这个……我可能没时间啊，戴局长，要不然你们把这串天珠送去好了……"

博物馆刚开业，作为老板，庄睿有义务多跑几趟，再加上秦萱冰刚刚检查出来怀孕了，趁着体型还看不出来，婚礼也要尽快筹办，虽说已经领了结婚证，但是总要有个能让自己和秦萱冰日后回忆的婚礼吧？

大昭寺的那个仪式有自己不多没自个儿不少，庄睿并不怎么想去。

至于天珠手链，交给戴局长他们，虽然暂时可能会导致里面的磁场紊乱，不过等自己拿回来，佩戴一段时间，就可以让里面的磁性强弱和自己的身体相匹配了，这个不是什么问题。

戴局长听了庄睿的话后，脸上微微有一丝为难的神色，开口说道："庄先生，我觉得……您还是去一下吧……"

"干吗非要我去啊？东西给你们不就行了吗？"

庄睿疑惑起来，他们的目的不就是要用天珠手链来甄别转世灵童吗？这和自己去不去应该没什么关系吧？

"庄先生，佛家讲因果关系，大昭寺的高僧们认为，活佛赠您天珠，这是因，果要落在你的身上，他们相信，你此去会对寻找活佛转世灵童有很大帮助……"

"佛家因果？"

庄睿闻言愣了一下，要是在几年之前，他可能压根都不信这些东西，但是自从眼睛莫名其妙地异变之后，庄睿也说不清这世界上到底还有多少未知的事情了。

"戴局长，这样吧，我考虑两天，如果能抽开身，我就去一趟，要是实在没时间，这串天珠手链我也会交给你们带过去……"

回想起已经过世的活佛，庄睿脑海中浮现出那个不会说汉语的慈祥老人的相貌，别的不说，就是馈赠这串天珠，自己也应该出点力尽尽心的。

不过庄睿话没说死，他还要回去和秦萱冰商量一下，安排好博物馆的工作才能成行，现在他又不是一个人，有事业有家庭，不能像以前那样说走就走了。

"好的，庄先生，谢谢，太感谢您了……"

戴副局长得到了庄睿的答复后，很高兴地和庄睿握了握手。

他的态度让旁边几个工作人员在奇怪之余，对庄睿的身份产生了浓厚的好奇，一向

都是威严十足的戴副局长，居然会对一个年轻人如此客气。

不过看看庄睿住的这宅院，几个随行的工作人员心中也就释然了，能在这种中心地段住着占地数千平方米的大宅院，可不仅仅是有钱就能办到的。

和戴副局长交换了名片，将几人送走之后，庄睿苦恼地捏了捏眉头，转身往中院走去。

这几天四合院异常热闹，又住进来好几口子人，刘川夫妻，赵国栋两口子，再加上欧阳军也带着媳妇赖着不走，每天中院的花园里，都能传出聊天声和小孩子嬉闹的声音。

正被囡囡骚扰得厌烦的白狮，见庄睿进来马上迎了上去，不过它似乎能感觉到庄睿心情不佳，没和庄睿嬉戏，安静地跟在庄睿身后。

“老公，怎么啦?”

秦萱冰午睡起来了，这会儿正和徐晴还有雷蕾坐在凉亭里说话，不用问，肯定是徐大明星在向另外两个孕妇介绍经验呢。

没孩子的时候，女人肯定把老公放在第一位，秦萱冰也不例外，见到庄睿愁眉不展地走过来，马上问了一句。

庄睿走进凉亭，坐在秦萱冰身边，随口答道：“没什么，刚才西藏的人找我，想让我去西藏参加寻找活佛转世灵童，我在考虑去不去呢……”

虽然是七八月份最为闷热的天气，不过在凉亭旁边有棵高大的槐树，茂密的枝叶将阳光都遮住了，两面对着风口，坐在里面非常凉快。

“庄睿，不是嫂子说你，萱冰都有身孕了，你就别往外跑了，好好留在家里照顾萱冰……”徐晴听了庄睿的话后，马上给秦萱冰打起抱不平来。

“是啊，老同学，我也要说你几句，这七八天工夫都不见你人影，要不是昨天萱萱说起这事，恐怕你到现在也不知道吧？太不细心了……”

雷蕾也加入了对庄睿口诛笔伐的行列，三个女人一台戏，还都是庄睿招惹不起的，这让庄睿恨恨不已，欧阳军和刘川都死哪去了啊？也不说好好管教下自己的媳妇。

“嫂子，老同学，我也没说要去啊……”

庄睿苦笑了起来，老妈还不知道这事，要不然肯定也是一顿挂落。

“庄睿，其实没那么夸张啦，我刚刚怀孕，还有妈照顾着，注意点就行了，你要是想去就去吧……”

秦萱冰的话让庄睿愣了一下，都说怀孕的女人最需要男人陪，自己这媳妇怎么如此通情达理啊？

别说庄睿不理解，就是徐晴和雷蕾都瞪大了眼睛，不解地看着秦萱冰。

“你们看我干吗啊？我是这样想的，庄睿能对寻找活佛转世灵童有帮助，也是一件莫大的功德，可以为没出世的孩子祈福，让宝宝以后能健康地长大……”

秦萱冰说话的时候，用手轻轻摸了一下还没隆起的小腹，脸上满是母性的光辉。

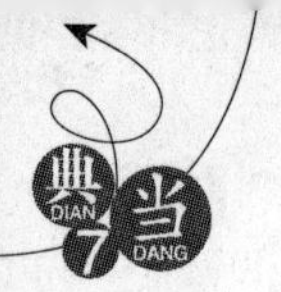

秦萱冰一家都信奉藏传佛教的，所以她对寻找转世灵童这样有大功德的事情肯定是不会反对的。

“说得也是啊……”

听到为宝宝祈福，另外两位散发着浓郁母性光辉的女人也点头附和起来，现在对于她们而言，肚子里的宝宝的地位最高，老公什么的暂时都可以放在一边了。

“这事不急，回头和妈商量一下再说吧……”

庄睿心里原本是不怎么想去的，不过听媳妇说到这是功德，也有些犹豫了，虽然所谓的功德虚无缥缈，但并不能肯定这事儿就不存在啊。

晚上庄睿和母亲提起了这件事，欧阳婉倒是点头答应下来，她是过来人，自然知道这刚怀孕，并不影响什么，也不需要庄睿每天在身前伺候。

话再说回来了，欧阳婉也不放心毛手毛脚的儿子去伺候媳妇。

第三十一章 旧地重游

“皇甫兄,咱们的那个 VIP 制度搞好了没有?”

在家陪了媳妇一天,第二天庄睿驱车来到博物馆,开馆初期,自己这个老板不露面,未免太说不过去了。

“我说庄老板,别的老板都关心企业经营状况,你倒好,连昨儿的营业额都不问……”

坐在自己的副馆长办公室里,皇甫云一边说话,一边把电脑打开了,说道:“自己看吧,网页什么的都很简单,加入版块就可以了,我让人在里面直接搞了一个 VIP 页面,到时候用账号登录就可以进去……”

“嗯,不错,让人给每个参加开馆典礼的人打电话,把相应的 VIP 账号告诉他们,对了,昨儿的营业额是多少?”

庄睿一边浏览网页,一边随口问道,倒不是说他不上心,关键是实在太忙了,而且如果真的十分差的话,相信皇甫云早就打电话给自己了。

“昨天一共有一万三千的游客,总营业额为六十五万人民币,老弟,咱们这博物馆比很多国家博物馆的游客数量还多啊……”

皇甫云有点兴奋,他回国之前完全没想到,庄睿这家博物馆的规模会有这么之大,而且以庄睿的人脉背景,想不赚钱都难。

“皇甫兄,开业前几天肯定会好一点,过一段时间,游客就要回流了,能保持一天有五六千人次就可以了,不要期望太高……”

博物馆能赚钱,庄睿当然高兴了,不过他早就决定了,博物馆的收入全部用来购买古董充实藏品,所以并不是太兴奋。

皇甫云点了点头,说道:“这个我知道,旅游也有旺季,咱们抓住几个旺季,就能拉动全年的门票销量,还有……”

庄睿摆手打断了皇甫云的话,道:“皇甫兄,这些您别和我说,具体怎么经营,那是您的事,我不会过问的,后天我还要去西藏,具体要去多长时间还不一定,今儿就是来通知

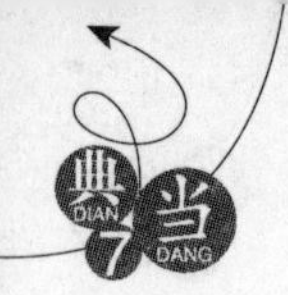

您一声的……”

“你小子，整个就一甩手掌柜啊！”

皇甫云无语地摇了摇头，他现在算是明白了，庄睿一早就把博物馆所有的管理人员配齐，敢情是早就打好了甩手不管的主意。

“庄先生，我是负责接待您的杨凯文，欢迎您来到西藏……”

庄睿的私人飞机在拉萨机场停稳之后，刚刚走出机舱，一个身材不高，大约只有一米七左右的中年人就迎了上来。

庄睿打量了杨凯文一眼，这人四十出头的年纪，个头虽然不高，但是神情坚毅，从眉眼间能看出来这是一个主意很正的人，脸上略微有些高原红，看样子在西藏应该待了一些年头了。

“杨局长，您好，派个人过来就可以了，怎么敢劳烦您的大驾……”

庄睿伸出手和杨凯文握了一下，来西藏之前，他就和此人通过电话，知道此人是个局长，他此次来西藏的具体事宜都是由此人来负责。

“庄先生客气了，这是应该的……“

杨凯文也打量着面前这个年轻人，上级领导反复交代他，一定要按照最高规格来接待庄睿，他也有些好奇，这人究竟是什么来头？会让上面如此看重？

庄睿的穿着看上去比较普通，但是杨凯文能看出来，衣服的料子还是比较考究的，而且这个年轻人身上隐隐还有一种上位者的威严，气场比自个儿只强不弱。

而且庄睿这架飞机上的“宣睿号”三个字，也表明了这是一架私人飞机，杨凯文只在接待一位来自香港的超级富豪时，见到过乘坐私人飞机的人，这也让庄睿在杨凯文心里变得愈加神秘起来。

“庄先生，请上车吧，咱们去酒店再聊，乖乖……这么大一只藏獒啊？”

杨凯文正要让庄睿上车，从机舱里窜出一条浑身雪白的藏獒来，似乎在机舱里憋得难受，一下飞机，就昂头发出一声低沉的嘶吼声。

白狮嘶吼的声音并不是很大，但是在空旷的机场却远远地传了出去，声音传出之后，机场周围惊起了一片飞鸟，这种声音人耳不受影响，但是对动物的杀伤力却极大。

由于工作关系，杨凯文经常要去藏区的一些寺庙，对于藏獒并不陌生，他一眼就看得出来，这只雪獒的品种纯正无比，恐怕就是在西藏，也很难找出第二只来了。

“老伙计，你可算到家啦……”

庄睿伸手召过白狮，在它的头上拍了两下，高原才是藏獒的家，草原才是藏獒生存的空间，与豺狼虎豹厮杀，才是藏獒的天性，庄睿能听出，在白狮那声嘶吼背后，所要表达出来的意思。

那是一种回归自然的野性蓬发，虽然没在这里生活很久，但是白狮知道，这片天空下的土地才是它的领地，那一声嘶吼，代表着王者回归，代表着白狮宣告自己来临。

庄睿安抚过白狮之后，看着后面下来的机组人员，说道："老贺，老丁，你们先回北京吧，彭飞留下来就可以了，我回去时会提前通知你的……"

"知道了，庄总，我们加完油就回去……"

贺双点了点头答应下来，说老实话，跟着庄睿干还真是舒心，将近半年工夫，只出了四五趟活，钱却一分不少拿。

像琉璃和恬娅两个空姐，如果不是已经结婚了，指不定就要和庄睿发展一下了，年少多金还大方的主，哪儿去找啊？

"嗯，辛苦你们了，注意安全……"

庄睿拍了拍贺双的肩膀，交代了几句，他此次之所以乘坐私人飞机来西藏，就是为了把白狮带上，不过这趟算是公差，庄睿要是脸皮够厚的话，油钱和通航费用可以拿给杨凯文回去报销的。

再次来到拉萨，庄睿有种恍如隔世的感觉，一转眼快两年了，拉萨还是一如既往的安静，天空依然是那样蓝，马路上来来往往的人们笑得依然是那样的纯洁质朴。

和喧闹紧张的内地城市不同，特定的地域环境让居住在西藏的人生活节奏变得很慢，在这里，看不到拿着公文包匆忙赶路的白领，见不到大声嚷嚷的商贩，一切都显得那么和谐安宁。

"庄先生，咱们到了……"

汽车行驶了将近一个小时后，才停下来，庄睿抬头向窗外看去，这里似乎已经快要出拉萨的地域了，他原本还以为会住在大昭寺附近的酒店呢。

"这是局里在拉萨的房子，用于招待贵宾的……"

杨凯文小心地看了庄睿一眼，生怕他不满意。

"杨局长，谢谢你，有心了，其实住在大昭寺附近就可以了，我上次就住在那边的……"

四周打量了一下，这里是个别墅区，每栋别墅占地面积都很大，旁边三四十米绿草成茵，环境十分好，白狮下了车后就围着这栋别墅狂奔起来，想必又开始划分自己的领地了。

庄睿忽然想起曾经在拉萨度过的那个晚上，那是他第一次拥吻秦萱冰，两人模模糊糊的关系也是在那次之后，捅破了那层窗户纸。

"庄先生，庄先生？！"

杨凯文本来在前面领路，只是走了七八步之后，回头一看，庄睿还站在原地发呆，不由叫了庄睿几声。

"啊？不好意思，杨局长，旧地重游，走神了……"

庄睿听到杨凯文的喊声之后，清醒过来，笑着摇了摇头跟了上去，西藏这地方不仅仅带给他爱情，眼中灵气的第一次升级也是在这里发生的。

“庄先生，您先休息一下，晚上我接您去吃饭，把这几天的活动行程给您说一下……”

带庄睿进屋之后，杨凯文就要告辞，明天还有不少人要来，他要去布置一下。

“好的，杨局长您先忙……”

庄睿点了点头，刚才在车上杨凯文就接了十几个电话，忙得不可开交，庄睿还没架子大到必须让一局之长来陪同自己的地步。

“彭飞，怎么样，抽根烟?”

庄睿坐在别墅客厅的沙发上，拿出烟坏笑着扔给彭飞一根。

初来西藏的人，如果不适应一段时间，别说抽烟了跑快几步都是气喘吁吁的，庄睿这是故意戏弄彭飞的。

彭飞接过烟，也没说话，直接掏打火机点上了，美美地抽了一大口之后，说道：“庄哥，我以前接受的训练，别说是在高原上抽烟了，就是在这里来个五公里越野都没问题……”

庄睿闻言笑着骂道：“够变态的，你和白狮有一拼了……”

“庄哥，您也不差啊，这会儿抽了好几根烟了吧?”

说老实话，彭飞对庄睿的体质真是羡慕极了，从上次野人山之行，彭飞就知道，庄睿除了野外生存经验差了一点，单论身体素质的话，自己拍马都赶不上。

“别跟哥比，哥马上都有孩子了，你有吗?”

庄睿得意地笑了起来，要是论耐力，他相信这个世界上没有一个人能比得过他，累了最多用灵气恢复一下罢了，反正以他现在眼中灵气的含量，即使来个全身按摩，也是绰绰有余。

“得，不和您扯了，您那叫未婚先孕……”

这几天和庄睿说话，出不了三句，绝对会提到他那还不知道是男是女的孩子上，彭飞耳朵都听出茧子来了，当下按灭了手中的香烟，上了二楼。

刚刚来到高原，彭飞也需要休息和适应一下，只有保持最佳状态，才能保护好庄睿，作为庄睿的私人助理（保镖），彭飞还是非常专业的。

“说什么呢，哥哥我领结婚证了好不好……”

庄睿郁闷地冲着彭飞的背影喊了一句，中国人怎么都这样啊，不办婚礼酒席，感觉就像没结婚一样，不单是彭飞嘲笑他，连欧阳军都整天挂在嘴上。

庄睿没什么倦意，领着白狮在别墅周围散了会儿步之后，回到房间上了会儿网，和秦萱冰视频聊了聊，五点左右杨凯文的电话打了过来。

吃饭的地方在拉萨市内，杨凯文怕庄睿吃不惯西藏的菜肴，特意带他找了一家鲁菜馆。

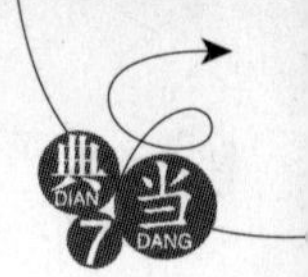

这间鲁菜馆地方不大却很干净，菜也很对庄睿的口味，陪同的除了杨凯文之外，还有另外一位张副局长，三人喝了一瓶茅台之后，庄睿就叫住了杨凯文，没让他再拿酒了。

“庄先生，招待不周，还请见谅……”

吃过饭后，杨凯文客套了一句，庄睿知道，该谈正事了。

“杨局长，太客气了，这几天怎么安排，您吩咐就好了……”

庄睿下午和欧阳军通了个电话，知道坐在对面的杨凯文级别可不算低。庄睿也不敢托大，言语间十分客气。

按照住持的说法，活佛赐予您天珠，冥冥中肯定有因果关系，这串天珠还是拿在您的手上，不过……”

庄睿见杨凯文停顿了一下，知道他是怕提出让自己不高兴的事情来，连忙说道：“杨局长，没事，您说……”

“住持的意思是，希望您能跟随灵访转世灵童的队伍一起走，也许会对灵访工作有帮助……”

杨凯文此时已经知道了庄睿的背景，他自然知道欧阳老爷子的名望，对于那位老人的外孙，在他没有犯错误的情况下，在中国的地界上，没几个人敢用强的，只能好言相商。

“住持他老人家太看得起我了吧？”

庄睿愣了一下，当初在大昭寺活佛赐予自己天珠手链，庄睿可以肯定，那绝对是看在白狮的面子上，要说有什么因果关系，那也是和白狮有关系。

不过转念一想，如果白狮能找到活佛，庄睿也不在意陪着寻访队伍走走，正如媳妇儿所说，要是能寻到活佛的转世，那可是一件功德无量的事。

“庄先生，寻访工作不是一时半会儿就能完成的，可能三五个月一年就能找到转世灵童，也可能三五年甚至十多年才能找到，您要有个心理准备……”

“什么？”

庄睿一听这话坐不住了，屁股马上脱离了椅面的引力，整个人都蹦了起来，大声说道：“要三五年？对不住，我可没那时间，我最多只能在这里待上三五个星期就不错了……”

开什么国际玩笑啊？要是过上三五年，恐怕自己的儿子或者闺女就要喊别人叫爹了。

再说了，西藏这地方待个十天半个月的还行，要是时间长了，再整个高原病回去，那自个儿不是冤枉死了。

“杨局长，不是小弟不给您面子，这事儿没得谈，就是天珠不要了，我也不可能在这待上三五年……”

庄睿见杨凯文要说话，连忙表明了态度，意思很明显，您也别劝，这件事谁说话都不好使。

没这道理，就是欧阳家的老爷子也不能让自己不见儿子闺女吧？您就是把地球和平

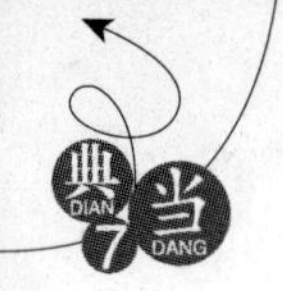

摆出来，哥们儿我也不鸟您。

“庄先生，托大叫您一声庄老弟吧，您倒是听我把话给说完啊……”

杨凯文被庄睿激愤的模样吓了一跳，继而有些哭笑不得，别说是自己了，就是自个儿领导的领导，也没给庄睿下行政命令啊，这不是在商量吗？

“您说，您说……”

庄睿也知道自己反应过激了点，自己又不是三岁孩子，糊弄几句就留下来了，打个电话私人飞机就能过来，谁还敢拦着不让走？

“是这样的，我们的意思是，等后天住持见了您之后，您先跟着一个寻访队伍去一个方向搜寻几天，然后您有事忙您的，等发现转世灵童再通知您来一趟，前后耽误不了几天工夫……”

杨凯文心里也些郁闷，原本大昭寺那边的意思是只要拿回活佛手链就可以了，谁知道住持在知道庄睿被赐天珠的事情之后，居然说庄睿是有缘人，要亲自见见他，并且还让庄睿参加寻访行动。

“这样啊……”

庄睿听了杨凯文的话后，冷静下来，沉吟了一会儿，说道：“这样倒是没问题，不过即使找到转世灵童，我也不敢保证马上就能来，有可能会耽误几天……”

庄睿这是将丑话说在前面，万一找到转世灵童时，自己儿子或者女儿要出生，那庄睿肯定先伺候媳妇孩子要紧。

“成，就按您说的办……”

杨凯文一口答应下来，反正寻访转世灵童也要花一段时间，也不差这几天。

而且在杨凯文印象中，这些世家子弟一个个都是桀骜不驯倔毛驴一样的人物，硬来反而会让他们尥蹶子，只能好言相劝，庄睿这还是比较好说话的呢。

事情谈妥了之后，杨凯文叫车把庄睿送了回去，走的时候庄睿手上拎了几斤新鲜羊肉，这可是藏地原产的，想必白狮会喜欢。

第二天一早，庄睿带着白狮和彭飞，坐着杨凯文派来的车来到大昭寺。

大昭寺一如庄睿先前来的时候一样，没有丝毫变化，旁边转经街上早早地围满了信徒，跟着转经的喇嘛们一遍遍地行走着。

人很多，但是异常安静，耳中只有听不懂的诵经声，上午的大昭寺，笼罩在经声和肃穆庄严的气氛中。

“仁波切，很高兴再见到您……”

在杨凯文亲自带领下，庄睿通过侧门进入到大昭寺，迎面见到两个老朋友，先开口说话的是去年见过的那个小喇嘛，一年多时间没见，小喇嘛的普通话比之前好了很多。

“大师好，我是被活佛指引来的……”

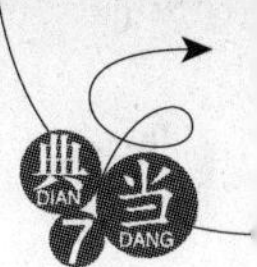

庄睿这次没闹笑话，他知道仁波切是尊贵客人的意思，在双手合十对小喇嘛行了一礼之后，看向另外一个人，说道："格古大师，别来无恙啊……"

"仁波切，当不得您这么称呼……"

庄睿是住持请来的客人，格古喇嘛可不敢托大，恭恭敬敬地请庄睿来到一间装着空调的房间里。

"仁波切，这个……难道是去年那只小藏獒？"

小喇嘛看着跟在庄睿身后的白狮，眼睛里满是惊愕，西藏人对藏獒就像亲人一般，小喇嘛自然知道，这还不到两年，那只小藏獒应该不可能长这么大，所以才有此一问。

"没错，就是去年那只，白狮，过来见见老朋友……"

庄睿笑着答了一句，白狮似乎听懂了庄睿的话，走到小喇嘛身边，善意地用大头蹭了蹭他的身体。

"您是雪山上的王……"

出乎众人意料，小喇嘛居然跪了下去给白狮行了一个大礼，他此时相信了活佛生前的话，敢情这只藏獒真的是大雪山的守护神。

第三十二章 佛音禅唱

"巴桑,你这是干什么?"

格古喇嘛见到小喇嘛的举动后大吃一惊,别看这小喇嘛年龄不大,但是已经跟随活佛六七年之久,是活佛的侍从,在大昭寺的地位比他还要高出许多。

此次寻访活佛转世灵童的队伍里,就有小喇嘛巴桑,相信等寻访到活佛之后,小喇嘛也会被送去佛学院学习进修,日后的前途肯定比格古这个执法喇嘛要好得多。

"它是大雪山的守护神,是佛祖的护驾神兽……"

小喇嘛用汉语无法表达自己的意思,干脆和格古用藏语交谈起来。

要说大昭寺有谁知道活佛赠送庄睿天珠的真正意思,可能就只有这个小喇嘛巴桑了,当时活佛说的每一句话,他都记得清清楚楚。只是当时白狮太小,他还不能将他和雪山守护神联系在一起。

现在成年的白狮就在眼前,小喇嘛顿时记起了活佛的话,并且再没有一丝怀疑了,如果不是大雪山上的守护神,如何能在一年多的时间里,长成这么大的体型?

"这……这怎么可能呢?"

格古喇嘛看着庄睿身边的白狮,口中喃喃自语着,虽然这些喇嘛们对佛教的虔诚是不容置疑的,但是他们也没见过佛祖显灵,猛然听到身边有个佛祖驾前的神兽,脑子顿时转不过弯来。

小喇嘛肯定地点了点头,说道:"是真的,活佛亲口说的……"

在西藏,活佛的地位很高,而转世活佛更加稀少,听了巴桑的话后,格古喇嘛没有再迟疑,马上翻身对着白狮拜倒。

白狮对这个跪在自己身前的男人并没有什么兴趣,看了一眼格古喇嘛之后,抬起前肢,用爪子在格古俯首的肩膀上稍稍碰了一下。

见白狮如此有灵性,格古喇嘛眼中露出一丝狂热来,嘴里说着庄睿等人听不懂的藏语,恭恭敬敬地对着白狮三叩首之后才小心翼翼地站起来。

工作人员似乎能听懂格古和巴桑喇嘛的话，新奇地看了白狮一眼之后，对庄睿说道："庄先生，今天没什么事，主要是寺里的活动，您可以在大昭寺观礼，也可以出去转转，由我们三人陪同……"

庄睿来参加此次仪式，可是住持亲点的，不仅政府这边极为重视，就是大昭寺也派出了格古和小喇嘛巴桑来接待。

庄睿也想看看大昭寺是如何为活佛祈福的，当下说道："先看看活动吧，下午再出去转转……"

"好的，庄先生，请跟我来……"

工作人员对大昭寺很熟悉，听到庄睿的话后，和格古与小喇嘛走在前面带路，庄睿和彭飞则跟在后面。

穿过好几道雕刻着佛教故事的回廊，不知道是那个工作人员有身份，还是对小喇嘛的敬重，一路上见到的喇嘛，都侧过身体给庄睿一行人让路，并且双手合十给众人行着礼。

在工作人员和巴桑的引领下，庄睿来到回廊的最内圈，在这个占地颇广的内圈场地内，此时已经有数千名僧人聚集在这里，入眼之处，都是黄色的喇嘛装扮。

"庄先生，请上二楼观礼……"

庄睿听了工作人员的话后，抬头往回廊二楼看了一眼，那里摆放了一排排椅子，想必是接待各方观礼人员用的，庄睿点了点头，和彭飞等人一起走了上去。

楼上已经坐了不少人，都是从全国各地赶来的信徒居士，当然，这些人都有着一定的身份，并且是对藏传佛教的推广发展有过贡献的人，否则也没资格坐在这里。

庄睿和彭飞的到来让这些人颇为意外，因为这二人实在太年轻了，不过当白狮出现在二楼的时候，他们的注意力顿时都被吸引了过去，这么大一只雪獒，不管在什么地方都会吸引众人的眼球。

当然，这些人既然是藏传佛教的居士，自然知道藏獒在西藏的地位，眼中只露出惊异的神情，却不像在内地，所有见到白狮的人，第一感觉就是害怕。

庄睿的位置也是最好的，在靠窗的第一排，可以清楚地看到广场上的活动，把庄睿引领到位置上之后，小喇嘛巴桑和格古喇嘛就告辞下去了，白狮则静静地趴在庄睿脚下。

二楼似乎没有那工作人员的位置，他向庄睿打了个招呼之后，留下了自己的名片，也告辞离开了，说庄睿想出去的时候，一定要先打电话给他。

穿着不同颜色服饰的喇嘛们，好像在按照衣服的不同排序站立，手里拿着各种经幡佛伞，蔚为壮观。

正当庄睿和彭飞在低声讨论着怎么从服饰上区分喇嘛身份的时候，身后响起一个声音："两位小哥，你们也是来参加观礼的啊？"

庄睿愣了一下，这不是废话嘛，人都坐在这里了，不是来参加观礼，还是来看热闹的

不成？

“对，是来参加观礼的……”

庄睿回头看了一眼，说话的是个六十来岁的老人，两手手腕上都挂着佛珠，胸口还有个玉佛，看来应该是个虔诚的佛教徒。

“咳咳……这位小哥，你这只藏獒是从哪里买的啊？”

老人见庄睿一副不怎么想搭理他的样子，也不套近乎了，干脆直接问了出来，老人问话一出，旁边的几个人顿时竖起了耳朵，想听庄睿怎么回答。

藏獒的凶猛和忠诚就不用多说了，在这些人眼里，藏獒还有护教和护寺神兽的身份，能养一只这样的藏獒，也算是对佛祖的尊敬吧，所以这观礼台上十个人里面，倒是有九个在听庄睿和老人的对话。

庄睿笑了笑，用手轻轻捋了下白狮颈部的毛发，说道：“不是买的，这是佛祖赐予我的，是我的兄弟和伙伴……”

庄睿怕这些人提出用钱购买白狮，干脆将佛祖搬了出来。这样，他们总归不好意思用钱来买了吧？

果然，在庄睿说出这句话之后，那老人脸上露出悻悻的神色，目光在白狮身上流连一会儿终于收了回去，没再提出别的要求，因为他们都知道，能坐在这里的人，不光要有钱，更要有身份，庄睿虽然年轻，但却没有一个人敢轻看他。

在这种佛教圣地，也没有人敢大声喧哗，观礼台上的众人即使有相熟的，说话声音也很小，就在等待仪式开始的时候，突然从楼梯口处传来略显嘈杂的声音。

回头望去，见一个老人在两个年轻人的搀扶下，颤颤巍巍地来到二楼，旁边跟着的人居然是杨凯文，这让庄睿吃了一惊，以杨凯文的身份亲自接待，想必这老人来头不小。

定神看去，庄睿忽然笑了起来，敢情上来的这几个人里面他认识好几个，那个年龄足有八十多岁的老人，是香港郑氏珠宝的掌舵人，搀扶他的年轻人是他的孙子郑华，和庄睿也算颇有交情。

见到是郑爵士，庄睿心中释然了，这老头儿不光是商界大亨，在内地好像也兼着很高的职务，由杨凯文亲自接待，倒也说得过去。

“郑华兄，没想到老爷子也来参加观礼啊？”

见到熟人，又是长辈，庄睿自然不能让别人和自己打招呼，连忙站起身迎了过去。

“庄老弟，嘿，你怎么也在这里？我还以为你在忙活博物馆的事呢？”

郑华也没想到能在这里见到庄睿，前几天博物馆开业的时候，他亲自去送了一份厚礼，加上自己的刻意结交，现在和庄睿也是兄弟相称。

“我和活佛有点渊源，承蒙活佛的厚爱，曾经赐给我一串他随身佩戴的天珠，所以我就来了……”

庄睿笑了笑，并没说自个儿是硬被请来的，否则的话，他肯定会被这些虔诚的佛教徒们鄙视。

“欧阳老哥的外孙是吧，我见过你，欧阳老哥的身体还好吧？”

郑老爵士的记性非常好，在去年香港的那个小型私人拍卖会上，他见过庄睿一面，现在听到庄睿和孙子的对话，马上就认了出来。

“谢谢郑爷爷的关心，外公的身体很好……”

庄睿恭敬地答了一句，和郑华一起将老人搀扶到前台的椅子上坐下，先前来的人有和郑爵士相熟的，也纷纷过来打招呼，庄睿和郑华聊了几句，回到自己的座位上。

香港藏传佛教的信徒非常多，庄睿没想到郑老爵士居然也是位虔诚的佛教信徒。

郑爵士到来引起的骚动很快就随着主席台上的讲话平息了下去。

刚才和郑华等人说话，没注意场内的变化，直到有声音响起，庄睿才发现广场的主席台上，此时已经坐满了人，将郑爵士送到观礼台的杨凯文，也溜到了主席台上，座次还很靠中间。

让庄睿吃惊的是，坐在杨凯文身边的那人他也认识，是戴副局长，看来此次寻访活佛转世灵童的仪式，规格非常高。

一个穿着藏族服饰的五十多岁的人，他是用藏语讲的话，庄睿一句都听不懂，看向彭飞时，这哥们儿也是大眼瞪小眼，眼睛四处瞅来瞅去的，想必也不懂藏语。

“那位是自治区的领导，特意来参加此次仪式的……”

庄睿身边的格古喇嘛出言给庄睿解释了一下，像这种仪式，自治区领导一定要参加，活佛在藏区影响力甚大，所以来的人级别也非常高。

领导讲过话后，一位满脸皱纹个头不高的老年喇嘛开始讲话，按照格古的介绍，这是大昭寺的另外一位活佛，已经九十多岁高龄了。

仪式一项项进行下去……

在完成了仪式之后，僧人们盘膝坐在地上，开始祈福诵经，整齐划一的诵经声，由弱至强，慢慢的，天地间仿佛就只有这一种声音存在，诵经声音虽然很大，但是却并不令人感觉难受，相反，听到这诵经声，庄睿只感觉心头一片安宁祥和。

不光是庄睿有这种感觉，在观礼台上的众人都闭目聆听诵经声，郑老爵士更是嘴里念念有词。

“嗯？这是什么？”

沉浸在经声里，庄睿忽然心中动了一下，因为他发现眼中的灵气似乎骚动起来，睁开眼睛一看，庄睿不禁有些发呆。

在广场上空，不知道何时出现了浓浓的白色雾气，虽然广场四周都有天井，四面来风,但是这些雾气却聚而不散。庄睿试着让灵气接触那些雾气,顿时感觉到一股暖洋洋的气息传入体内。

“庄哥,您怎么了,刚才在说什么呢?”

坐在庄睿身边的彭飞,听到庄睿嘴里嘀咕了一句,也睁开了眼睛,不过除了满场诵经的喇嘛之外,他什么都没看到。

“没什么,彭飞,上午哪都不去了,就在这里听高僧诵经……”

庄睿被彭飞从那种状态惊醒之后,不爽地瞪了彭飞一眼,说道:“你要是不耐烦了,就出去转转吧……”

庄睿这是怕再被彭飞打扰,说老实话,庄睿虽然不信神佛,但是刚才在雾气中的感受让他的心灵全都张开了,脑中念头通达,就连眼中灵气的事情,也毫无保留。

庄睿自从眼中产生异能之后,从来没对任何一个人提起过,这种异于常人的能力固然让庄睿功成名就、身家亿万,同时,也带给了庄睿很大的困惑和压力。

一年多以来,庄睿都在刻意保守着眼睛的秘密,即使是在睡梦中,他也不敢泄露出去,这事一来太过玄妙,二来庄睿也怕人不信。

庄睿有段时间倒是想去看看心理医生,倾诉一下,不过最终还是没有成行,因为庄睿怕心理医生给他诊断个精神臆想的症状出来。

这种压力,长期积累下来,让庄睿感觉疲惫不堪又无从缓解,但是刚才从那雾气里面,这种压力却得到了释放,那种舒畅的感觉,差点没让庄睿呻吟出来。

不过短短几分钟时间,积压在心头已久的郁结就散去了大半,庄睿决定了,今儿就好好感受一番佛法的奥妙。

“这经文听着挺舒服的,我也不出去了……”

庄睿听了彭飞的话后,看了他一眼,都说佛家可以化解暴戾之气,难不成是真的? 不过这经声的确让人听得心中安宁。

“随便你,别打扰我感受佛法啊……”

庄睿半真半假地说了一句之后,闭上了眼睛。

睁眼闭眼,对庄睿眼中的灵气没什么影响,当灵气再次进入雾中,那种似乎灵魂都在歌唱的感受又回到他的身上。

心头的尘埃被一一冲刷干净,脑中的念头愈发通明透彻,时间在这一刻似乎停止了,也不知道过了多久,满天的雾忽然消散了。

庄睿睁开眼睛发现满场喇嘛仍然在诵经,不过眼前的雾却全都消散了,仔细分辨了一下,现在诵的经文,与开始不一样了。

“怎么过得这么快?”

庄睿看了下手表,居然已经下午三点钟,也就是说,从早上九点到现在,整整六个小

时，他都一动不动地坐在椅子上，看清楚时间之后，庄睿肚子发出了“咕咕”声。

扭过头四处看了一下，观礼台上只剩下了寥寥数人，郑氏爷孙都已经离开了，就连彭飞也不知去向，不过白狮依然趴在自己脚下，睁着眼睛看着台下的喇嘛们，似乎也在疑惑着什么。

“格古大师，我的同伴呢？”

庄睿看到格古盘膝坐在自己身后，连忙问了一句。

格古站起身来，恭敬地回答道：“他已经离开了，说是让您打电话给他……”

不说白狮是否为雪山守护神，就是今天庄睿听到佛经进入入定状态，就让格古大为吃惊，别说庄睿只是一凡人俗子，就是很多高僧，也很难进入到那种空灵的境界中。

所以格古制止了彭飞和郑华中午想叫醒庄睿的举动，一直守护在庄睿的身边。

“好的，我知道了，还要麻烦格古大师带我出去……”

庄睿拿出手机看了一下，发现调成静音的手机上有七八个未接电话，其中有彭飞和郑华的，还有几个是秦萱冰和家里打来的，庄睿也没急着回电话，毕竟在这佛门圣地，打电话是一件很不礼貌的事情。

格古一直守在庄睿身边，知道他中午还没吃饭，开口说道：“我们寺里有素斋，庄居士要不要品尝一下？”

庄睿想着要回电话，摇了摇头，说道：“算了，下次有机会再说吧……”

格古也没勉强，带着庄睿和白狮穿过迷宫一般的回廊，来到大昭寺的门口。

先给秦萱冰打了一个电话，知道家里没事，又打给彭飞，彭飞正在八廓街闲逛，接到庄睿的电话，很快就赶了过来。

“走，先找地方吃点东西，饿死我了……”

庄睿冲彭飞摆了摆手，往记忆中那家西餐厅走去，刚走两步，手机响了起来，庄睿拿出来一看，是郑华打过来的。

第三十三章 老藏银

庄睿按下接听键，开口说道："郑兄，还在拉萨吗？"

"在，我爷爷回去休息了，我在八廊街这边逛着呢……"

郑华是第一次来西藏，看到什么都感觉新奇，加上年轻身体不错，并没跟随郑爵士回居所，而是在工作人员的陪同下，在附近逛起街来了。

"我爷爷刚才还夸你有佛性呢，庄老弟，过来帮我挑件佛器吧？"

郑华的声音从手机里传出来，听得出来，初来拉萨的他很兴奋，这也难怪，庄睿第一次来拉萨见到那么多具有民族特色的物件也是看花了眼。

"郑兄，我还没吃饭呢，这样吧，你去八廊街东边的西餐厅找我……"

庄睿这会儿肚子饿得"咕咕"叫，哪有心思陪他去逛街啊，有什么事都要填饱了肚子才能办。

挂断电话，庄睿带着彭飞和白狮向记忆中的那家露天西餐厅走去，今天大昭寺做法事，原本八廊街中午就不再进行的转经一直将延续到晚上，庄睿这一路要避开转经的人们，走得颇为辛苦。

还有一个就是白狮的原因了，虽然藏民们对藏獒喜爱至极，但是白狮的体型实在是过于巨大，一路上也惊扰了不少路人。

更有许多自诩腰包有点钱的人把庄睿拦下要谈价格，如果不是格古喇嘛跟着，说不定就有人要起坏心眼儿的。

"小伙子，看着很面善啊……"

庄睿走进了那家西餐厅，迎面就看到那个香港老板，算起来这人差不多应该四十四五岁的年纪了，不过看上去依然像三十出头似的。

"老板，不认识啦？去年的二月份，我曾经来过这里的，嗯，和一位漂亮的女士，她和您是一个地方的……"

看着餐厅内一成不变的摆设，庄睿不禁回想起去年的情景，就是在这个餐厅二楼的小花园里，他得到了秦萱冰的第一个吻。

"噢，我想起来了，小伙子你姓庄吧？来来，里面坐，那位秦小姐呢？"

老板听到庄睿的话后，马上想了起来，虽然来拉萨旅游的俊男靓女们不少，但是能和秦萱冰相比的还是没几个，至于庄睿，那纯粹是沾媳妇的光才被这老板记起来的。

"呵呵，我们已经结婚了，她有身孕了，这次没来……"庄睿笑着回答道。

或许是感觉看上去有些普通的庄睿配不上那位靓丽的女士吧，西餐厅的老板闻言愣了一下，不过随之笑了起来，说道："恭喜啊，怎么样，还要不要坐到二楼去，感受一下曾经甜蜜的回忆呢？"

"算了吧，这天气在上面坐，没五分钟就被烤熟了……"

西藏七八月份的天气，白天和晚上的温差非常大，白天三十多度和内地差不多，但是晚上气温就会骤降，有时候甚至会在十度以下，这会儿刚过正午，庄睿可不想上去晒出来个高原红。

往四周看了一眼，餐厅的人不是很多，庄睿找了个靠窗的四人沙发坐了下来，说道："老板，给我来个牛扒饭，要七分熟，另外麻烦您搞个十几斤牛羊肉来，要新鲜一点的啊……"

牛羊肉是给白狮要的，小时候白狮还愿意吃点熟食，但是牙口长齐了之后，白狮只吃生的牛羊肉，而且一顿最少要十多斤，每个月下来，仅花费在白狮饮食上的钱，就超过一万块了。

庄睿曾经想过，是不是买点山羊和牛犊子放在四合院里让白狮没事自己捕食？不过想想那场景过于残忍，恐怕会吓到丫丫和囡囡，而且和老妈说了之后，被欧阳婉狠狠地训斥了一顿，庄睿只能作罢。

"好嘞，庄先生，你这藏獒，可是我见过最棒的……"

老板冲着庄睿竖了竖大拇指，跑到后面厨房忙活去了，他既是老板又是服务员，只有在晚上忙碌的时候，才会请几个临时的佣工来帮忙，这也是一种生活态度，老板乐在其中。

"郑兄，这边……"

饭菜还没上来，庄睿就见到郑华走了进来，他身后还跟着早上引领自己的那个工作人员。

"老弟，怎么现在才出来啊……"

郑华和彭飞还有格古喇嘛打了个招呼后，坐在了庄睿对面，有心想拍拍庄睿的肩膀表示亲热，不过看到趴在庄睿脚边的白狮，还是把手缩了回去。

"庄先生，怎么不打我电话？我们可以给您安排饭店吃饭的……"

工作人员也出言说道，这几天所有工作人员都很忙，就是局长也有接待任务，把庄睿交给这个工作人员接待，特意嘱咐了几句，所以见庄睿自己出来吃饭，这人有些不安。

庄睿拿了那个工作人员的名片，知道他姓张，笑着说道："张科长，不用客气，拉萨我来过，比较熟悉……"

说话间，白狮的食物已经送了过来，西藏别的东西没有，但是牛羊肉是一定不缺的，看着白狮张开大口撕咬着盆中的生肉，郑华顿时有点不寒而栗的感觉。

庄睿知道白狮进食的样子，一般人很难接受，连忙转移了话题，说道："郑兄，买了什么好东西啊……"

"嘿，东西买了不少，不过应该都是假的吧，你给我看看……"

果然，听了庄睿的话，郑华兴奋起来，把手里一大袋东西都放到了桌子上，指着一个黄铜做的转经轮，说道："老弟，看看这个是不是真的，卖东西那人说这个是活佛用过的……"

庄睿闻言不禁哑然失笑，这哥们儿也是在商场厮混的，怎么连这个都信啊？

"郑兄，别人告诉你是如来佛祖用的，你也信？"

庄睿调侃了郑华一句，拿起那转经轮，在手中轻轻地摇摆了一下。

转经轮是藏传佛教最常见的法器，在经轮内壁装有藏经文或咒语，通过旋转，即等同念诵之功。

在西藏随处可见信徒们不分男女老幼，手中都拿着一个经轮，不停地转动，这是因为很多藏族人，特别是老人，大多不能流利地诵念经文，所以他们用转经轮代替诵经。

郑华这个转经轮制作得很精细，经轮里面的藏经文，是雕刻在经轮内壁上的，不是那种将纸张卷起放入经轮的，而且在经轮表面还镶嵌着绿松石，看上去是个不错的物件。

庄睿把玩了一番，将转经轮交还郑华，说道："这东西还可以，应该是寺庙里流传出来的，值个千儿八百的，不过不是活佛的法器，不然不会这么便宜的，收好留着玩吧……"

"真的？嘿，我花五百块钱就买来了，回去送给爷爷……"听了庄睿的话，郑华高兴地笑了起来。

"等回头吃完饭，我也去淘弄一个转经轮去……"

庄睿忽然想到秦萱冰也是信奉佛教的，天珠她不能带，给她淘弄一个好点儿的转经轮也不错，如果能搞到佛器，那就更好了。

一般经过高僧大德加持开光过的物件，都能称之为佛器。像庄睿那串天珠手链，在信奉佛教的人眼里，就是无价之宝。

民间传说佛器可以辟邪祛祸，原本庄睿是不相信的，不过今天在大昭寺见到的让庄睿心里也有些动摇，那佛音禅唱对心灵的安抚，庄睿已经领受过了。

"好,老弟你的眼光我绝对信得过的,回头也要给我挑上几件啊……"

听庄睿要去买东西,郑华的眼睛顿时亮了起来,他去参加过庄睿博物馆的开业典礼,对于庄睿在国内古玩界的地位一清二楚,能开得起那个博物馆,庄睿绝对是凭自己的真本事。

庄睿笑了笑,答应下来,这会儿他的牛扒饭也上来了,顾不得招呼郑华,庄睿狼吞虎咽地吃了起来,一大块牛扒下肚这才感觉舒服了一些,人在高原生活很容易感到饥饿。

"庄先生,买过单了……"

当庄睿准备去买单的时候,那位张科长拿着发票走了回来,他现在干的就是接待工作,总不能让接待对象自个儿掏钱吃饭吧?

"庄老弟,走了,赶紧再去逛逛,我刚才看到一家店,好像是个外国妞开的,正好咱们去看看……"

郑华这会儿已经迫不及待了,收拾好桌子上自己买的物件之后,拉着庄睿就往外走,嘴里还说着:"明天我跟爷爷去见住持,说不定能得到住持大喇嘛灌顶呢,要准备几条好点的哈达……"

"我说郑兄,住持灌顶赐福,哪里需要你拿哈达啊?"

庄睿闻言笑了起来,他想起自己去年的时候,傻乎乎地拿着哈达要给活佛挂在脖子上的情形。

"咦?还真是外国人开的店……"

在郑华的带领下,几人很快来到一家出售各种工艺品的商店里。

八廊街是所有来拉萨旅游的人必到之处,十分繁华,这里的店面也是寸土寸金。

郑华带庄睿他们来的这家工艺品店不是很大,只有十来个平方,里面摆放的商品都是西藏常见的工艺品,唯一有特色的,就是老板是个外国人。

准确地说,这里的老板是个外国妞,年龄不是很大,白皙的脸上略带几粒雀斑,扎着一条麻花辫,正用英语加手势,在和来往的客人讨价还价。

"郑兄,这里应该不会有老物件,咱们还是去一些本地人开的店吧……"

庄睿看了一眼摆在店门口的商品,那些成扎绑在一起的哈达和一些唐卡小藏刀之类的物件,很明显都是现代工艺制造出来的,没有多大看头。

那些在店里闲逛的客人,十个里面倒是有八九个人,是被这老板娘吸引进来的。

"雷们好,请进……"

那个外国妞见到庄睿一行人站在门口,连忙出来打了个招呼,虽然中国话说得不怎么地道，但是脸上的热情却不是装出来的。

俗话说伸手不打笑脸人，这外国妞如此热情，转脸就走未免太不符合国人的待客之道了，庄睿等人只能走进店里，想着转一圈再出去。

虽然格古喇嘛和张科长没跟进去，但是本来地方就不大，庄睿三人进去之后，还是感觉有点拥挤，门口还有人排着队等着买单，一个十八九岁的藏民姑娘在收款。

白狮刚一进店把那些外地游客给吓得不轻，均往两边躲，倒是给庄睿等人让出了很大一块地方。

"去里面看看……"

庄睿看到最里面一排的架子上摆放了不少看似有点年头的物件，连忙招呼了彭飞一声，走了过去。

"咦，这里的东西还不错啊……"

庄睿拿起一个藏银制作的饰品，脸上露出一丝惊诧的神色。

"庄老弟，怎么了？你不是说这里都是现代工艺品吗？"

跟在庄睿身后的郑华问道，也装模作样地从架子上拿了一串藏银项链看了起来。

庄睿摇了摇头，说道："不一样的，郑兄，你去套套老板的话，问问她这些东西是从哪里来的……"

别的物件庄睿还没看，不过这里摆放的三四十件藏银首饰，却是实实在在的老藏银，年头最少在一百年以上，算得上是古董了。

"好，我去问问……"

郑华走到门口，和那个外国妞聊了起来。

庄睿转过头对彭飞说道："彭飞，这东西不错，都是老藏银的，你挑一些给媳妇带着吧……"

用藏民们的话说，藏银其实就是白铜，里面的含银量极少，老藏银含银的比例一般是百分之三十银加上百分之七十的铜，而现代的仿制品，干脆连那百分之三十的银都去掉了，整个都是白铜制作的。

在新中国成立前，西藏很贫穷落后，银的数量很稀少，为了避免碱性腐蚀，就把银加在别的金属里面，时间长了就成了一种工艺了。

纯银饰品要精致一些，且镶的石头大都是真正的松石、红珊瑚等，石头的品质较好，其亮度也比藏银要强一些，藏银相较之下，更显古朴原始一些。

现代工艺制作的纯银首饰，要比藏银在价格上更昂贵一些，不过有年头的老藏银饰品，却是弥足珍贵的，市场很少能见到。

像庄睿看的这些首饰,里面都有淡淡的白色灵气,也就是说,这些藏银饰品应该是按照传统工艺制作出来的,有一定的收藏价值。

“老弟,我问清楚了……”

庄睿正挑拣着这些藏银首饰的时候,郑华又挤了回来,说道:“那外国妞是英国人,由于喜欢西藏这地方,来这里旅游之后就不愿意回去了,开了这么一家店……”

“郑兄,我可不是让您去泡妞的啊,和我说这些干吗啊?”

庄睿哭笑不得地打断了郑华的话,这外国妞是哪国人,和庄睿一毛钱关系都没有。

不过这些外国人的性格,倒是让庄睿很难理解,来到一个陌生地方感觉不错就不愿意走了,这和中国人难离故土的情结有很大的差异,至少庄睿干不出来这种事。

郑华被庄睿说得有些不好意思,笑着回道:“老弟你也太小瞧哥哥的眼光了吧?咱就是找最少也是个英国皇室的……”

郑华还真没吹牛,以郑氏家族在香港和英国的影响力,找个沾点皇室血统的啥远房公主,倒也不是不可能的事情。

“行了,别得瑟了,说说这些东西的来历吧……”

郑华这人没有四九城那些“爷”们身上的傲气,和庄睿交往了几次,两人关系还不错,所以庄睿说话也比较随便。

“呃,这个架子上所有的东西,都是那外国妞从藏区牧民还有寺庙里面收来的,她经常去牧区和那些藏民们打交道……”

郑华的话让庄睿释然了,怪不得有这么多老物件,庄睿以前和仁青措姆聊天的时候听他提起过,西藏姑娘出嫁的时候,要陪嫁许多色彩夸张的金银珠玉饰品。

这样一代代传下来,很多藏民家里都会有一些藏银制作的首饰。

“雷好,要买什么?便宜的!”

庄睿正和郑华说着话,那外国老板娘不知道什么时候走了过来,她也不怕庄睿身边的白狮,主动上前打起了招呼。

“用英语吧……”

庄睿看那老板娘中文说得吃力,用英语说道:“这些东西我都很喜欢,一共要多少钱?”

“全部都要?”外国妞很吃惊地喊道。

那架子上光是藏银首饰就有三四十件,再加上几个唐卡、绿松石,还有牦牛骨制成的烟缸,七七八八总有六七十件工艺品。

“对,就是全部……”

庄睿点了点头，现在想买到纯正藏人制作的工艺品还是比较困难的，其余货架上摆放的工艺品，十有八九是从浙江义乌进来的，拉萨市北京东路的那个小商品批发市场有大把这样的东西。

难得见到这么多老手工艺品，有这个机会，庄睿当然要全买下来了，带回去送人也不错，话说自己那四合院现在住的人，就能消化掉一大半了。

“哦，您太慷慨了，我要计算一下……”

外国妞在惊喜之余，跑到门口将计算器拿在手上，嘴里念念有词地计算着，眼睛还不时打量一下架子上的东西。

其实这些都是做给庄睿等人看的，老板娘上个月跑到藏区牧民的家里收到这些东西，一共花了九千多人民币，这会儿老板娘在考虑是在这九千后面加个零，还是翻个几番卖给庄睿等人呢？

“嗯，一共是八万块钱，当然，是人民币。”

老板娘考虑了一会儿，给出了价格，这些首饰和工艺品，她单卖差不多五百块钱一个，只是买的人并不多，收上来一个多月了，才卖出了几件而已。

现在庄睿要打包，老板娘干脆在零售价的基础上翻了一倍开出这个价格，谁说外国人不会做生意的？

“哦，不，美丽的小姐，这个价格太高了……”

庄睿摇了摇头，这些藏银首饰正常来说，也就三四百块钱一个，其余的工艺品都是几百块钱，七八十件东西，最多值三五万块钱，这外国妞是狮子大开口。

“四万，我最多出到四万人民币……”

庄睿伸出四个手指头，他虽然有钱，但不是凯子。这年头，傻子才会用一掷千金来表现自己的富有。

“四万？哦，不，那是买不到这些东西的……”

外国妞显然对中国的讨价还价很在行，尤其是在对方能听懂英语的情况下。

“哐当！”

当庄睿准备让这外国妞领教下自己的还价水平时，突然从货架上掉下来一个东西，摔在地上后，发出了一声脆响。

“呃，你们继续，我随便翻翻的……”

彭飞弯腰把那东西拾了起来，这玩意摆在几个陈旧的物件中间，他翻弄这些时，一时不慎掉到地上的。

老板娘显然没注意到庄睿的视线已经被彭飞手里的物件给吸引住了，仍然在那里喋

喋不休地说道:“这位先生,我这里的东西都是很纯正的手工艺品,和外面卖的不一样的,您要知道,如果是在英国的话,这些东西会更加的昂贵……”

“五万,全部,再多我就自己去藏民家里收……”

庄睿收回了眼神,伸出一个巴掌,目光非常坚定,虽然他自己知道,即使这个外国妞要十万,自己也会乖乖掏钱。

“好,成交!”

外国老板娘显然深谙中国人做生意的门道,知道适可而止的道理,和庄睿进行了一番眼神上的交流之后,爽快地答应下来。

第三十四章　外国妞“走宝”

“这个包送给你们了，以后有时间再来光顾啊……”

外国老板娘很懂得给顾客占点小便宜，以便培养回头客的道理，在庄睿刷过卡付完账之后，递给庄睿一个帆布做成的旅行包。

“谢谢了……”

庄睿拿着包走到货架旁，随手扔给彭飞，说道：“都装起来，郑兄，有什么看中的物件，随便挑，拿回去送人也行，嗯，这个东西例外……”

一边说话，庄睿一边把彭飞手里刚刚捡起的那个东西拿在了手上，眼睛更是一眨不眨地看着，生怕刚才摔坏了什么地方。

“庄兄，这个转经轮很值钱吧？”

郑华见了庄睿的举动之后，似乎明白了点什么，也凑到庄睿身边打量起庄睿手中的转经轮来。

没错，刚才掉在地上的，就是一个手持的小转经轮，轮身成黄铜色，下面的木质把柄看上去黑黝黝的，微微有些泛紫光，上面布满了灰尘，看样子是很久没使用过了。

“嘿嘿，这可不是值不值钱的问题，是有钱也买不到，这个转经轮还需要考证，不过年代至今最少应该有一千多年以上了……”

庄睿看着上面只有短短七句经文的转经轮，眼中射出异样的神采。

刚才这个转经轮掉在地上，被彭飞捡起来的时候，庄睿无意中看到这个转经轮里面居然蕴含着丰富的灵气。

并且这些灵气和那些喇嘛诵经产生的完全不同，转经轮里面凝而不散，颜色呈紫金色，当庄睿灵气接触到这些灵气的时候，心中马上有一种空灵安宁的感觉。

“佛器，肯定是佛器，说不准还是那些传说中的人物使用过的呢……”

庄睿心中欣喜不已，把这个转经轮交给秦萱冰，相信里面的灵气会对媳妇和自己的孩子有好处的，最起码可以让人心灵得到安宁。

“庄兄弟，我听说这转经轮不是上面的经文越多越好吗？这上面好像只有几句话啊？”

郑华凑到跟前观察了一会儿，提出了自己的疑问，这东西除了制作精致一些之外，似乎也没什么特别的。

而且上面只有七行经文，每行经文都是七个字，郑华在别的转经轮上看到的经文，是这个转经轮的数十甚至数百倍，所以他有点不以为然。

“郑兄，这个东西可不一般……”

庄睿得意地笑了起来，就像个得到心仪已久的玩具的孩子一般。

“彭飞，把矿泉水给我……”

庄睿问彭飞要过一瓶矿泉水，然后从手包里拿出眼镜盒，这是秦萱冰怕他在西藏被紫外线辐射了，特意给庄睿买的一副太阳镜。

取出眼镜盒里的眼镜布，庄睿在上面倒了一点水，然后对着转经轮那略显暗沉的轮身擦拭起来。

“这……这怎么变了颜色啊？”

随着庄睿的擦拭，轮身显现出来的颜色让围在庄睿身边的人均大吃一惊，就连正往包里塞东西的彭飞也停了手，呆呆地看着那个转经轮。

原本有些发黄，颜色暗淡的轮身经过庄睿的擦拭之后，呈现出了金黄色，屋外的阳光透过玻璃窗照在转经轮上，熠熠生辉，光彩夺目。

“这不是黄铜，是黄金！”一旁的彭飞沉声说道。

曾经和庄睿一起搬运过数吨黄金的彭飞，一眼就认了出来，这个转经轮的经轮是黄金制造出来的。

“黄金？！”

郑华惊叹出声，他也是有见识的人，这么一点黄金倒是没放在他眼里，不过这背后所代表的意义就大了，在西藏，能使用黄金打制转经轮的人是什么身份！

“没错，就是黄金，呵呵，捡到宝啦……”

庄睿笑着点了点头，又把那下面的木把柄也擦干净，才说道：“不光经轮是用黄金做的，这下面的把柄，也是上好的紫檀木，这个转经轮，很有可能是隋唐时期遗留下来的……”

庄睿话声未落，店里就响起一阵吸气声，如果这个转经轮真的是隋唐时期的东西，那极有可能是佛祖使用过的啊。

“老弟，这东西卖给我吧，我出一千万港币，不……我出两千万！”

郑华知道庄睿在古玩鉴定上的造诣，既然他当众说了，那这个转经轮十有八九就是隋唐时期的物品，当下开出了价格。

郑华本人并不是藏传佛教的信徒，但是他爷爷是啊，老爷子对佛教深信不疑，虔诚得

很，家里光是请活佛高僧开光的佛器就有数十件。

就郑华所知，这么多年来，家里少说也花了上亿的香火钱，自己花两千万买下这物件，老爷子肯定高兴。

“哦，天哪，那东西竟然是黄金的？”

庄睿还未回话，外国老板娘的一声惊呼顿时将众人的注意力吸引了过去。

倒不是说这老板娘后知后觉，她实在是不能完全听懂中国话，刚刚被收款的小丫头告知的。

“这个，已经是属于我的了……”

庄睿向老板娘晃了晃手中的转经轮，要不是夏天穿得少，庄睿恨不得揣到怀里去。

“嗯，当然，它已经是您的了……”

老板娘虽然不懂什么叫做“走宝”（就是卖亏了，把价值几十万甚至更贵的几千卖了，买家便是捡漏了），但是也知道，恐怕光是这一个转经轮，就不止自己得到的五万块钱了，所以神情有点儿失落。

“彭飞，抓紧啊……”

庄睿看到彭飞只顾着打量这只转经轮了，连忙轻轻地踢了他一脚，这东西可不是一般的物件，早点拿回去收起来才是真的。

“庄居士，能把你那个转经轮给我看看吗？”

听说庄睿在店里掏到一个转经轮，原本在外面晒太阳的格古喇嘛和张科长都涌进店里，格古更是伸手向庄睿讨要，想要看看这个转经轮。

“可以，正好，格古大师，您帮我看看这上面是什么经文……”

庄睿刚才也看了一下这转经轮上的文字，不过看上去好像比甲骨文和铭文还要复杂，正好格古进来，让他鉴别一下，如果知道是什么经文，再查一下著录，说不定就能知道这个转经轮的来历。

“庄居士，对……对不起，我也不认识上面的字……”

格古喇嘛拿过转经轮仔细研究了一会儿，有些羞愧地把转经轮还给庄睿，他没上过佛学院，对于文字不怎么精通，不过他好像在一些典籍上见到过类似的文字。

将转经轮还给庄睿之后，格古的眼睛还是死死地盯着那个转经轮，嘴里说道：“庄居士，我能感觉到这个转经轮一定是我们佛教的至宝，我可以请寺里的大喇嘛来帮您解答这些经文的……”

庄睿闻言笑了起来，说道：“呵呵，谢谢格古大师，不用了，这个转经轮我拿回去慢慢研究，我的老师就是研究文字的……”

开什么玩笑？哥们儿当然知道这东西是佛门至宝了，不过要是拿回你们大昭寺，那恐怕就没哥们儿什么事了。

“庄居士，我马上就能请到大喇嘛来帮您解答的……”

格古喇嘛还是不死心，虽然他只是个执法喇嘛，但是也能看出来，这个黄金打制的转经轮绝对是件佛门法器。

“呃，真的不用了。彭飞，你就不能快点啊？我累了，要回去休息了……”

庄睿把转经轮往手包里塞了一下，却发现手包不够大，顿时提醒了彭飞一句，抓紧时间麻利地闪人，再待下去说不准就要被喇嘛们堵在这里了。

“这位居士，能不能把你手中的转经轮给我看一下呢？”

忽然，一个沉稳的声音从格古身后响了起来，由于格古喇嘛身材高大，把那人完完全全地挡在了身后。

“可以，你过来拿吧……”

只要不去大昭寺，庄睿就不怕，光天化日之下，难不成还有人敢动手抢劫吗？

“谢谢！”

听了庄睿的话后，一个身材不高，面貌慈祥的大喇嘛从格古喇嘛身后走了出来。

大喇嘛来到庄睿面前，先是双手合十，对庄睿行了一礼才接过那个转经轮。

午后的阳光从玻璃窗外射进来，照在大喇嘛身上，那黄色的喇嘛服饰像笼罩了一层金光，原本身材不甚高大的大喇嘛，在众人眼里显得那样圣洁肃穆。

由于背光的原因，庄睿看不清喇嘛的面貌，不过年纪应该不小了，庄睿心里不怎么相信他能识得梵文，要知道，现在还能看懂古梵文经卷的僧人，无一不是佛法精深，大有名望的高僧。

只是庄睿没发现，在那大喇嘛走到自己身前的时候，原本站在自己身边的格古喇嘛，像被施了定身术一般，整个身体都僵硬了。

还有就是，原本生意不错的店忽然再也没有人进来了，店里就庄睿这几个人。

由于庄睿的注意力都放在那个黄金转经轮上，并没感觉有什么不对，但是彭飞却察觉到了。

眼睛不动声色地向店铺门口看了一眼，彭飞发现在店门处，多了几个身材高大的喇嘛，另外还有两三个穿着深色衣服的人和那位张科长说着话。

大喇嘛对着转经轮看了良久，抬起头来，眼睛直视庄睿，说道：“这上面的字，我认识……”

大喇嘛抬起头后，庄睿可以清晰地看到他的面容，不过让庄睿惊异的是大喇嘛的眼神。

在和大喇嘛眼神相对的时候，庄睿心里忽然升起一种很奇怪的感觉。

大喇嘛的眼睛异常的纯净，就像蔚蓝的天空，湛蓝的海水一般，清澈见底，不带一丝世间的尘埃，犹如婴儿初生，没有受一点尘世的污染。

但是在这种祥和纯正的眼神里，似乎又透露出一种沧桑，一种看破世情，超越生死的沧桑，仿佛经历过千百年的岁月一般。

庄睿不知道，这两种感觉是如何完美地结合在一起的，沧桑与单纯原本矛盾的两种感觉，在这个大喇嘛身上同时出现，却让庄睿感觉十分自然，没有一点突兀。

这样的眼神，庄睿似乎在什么地方见到过，只是一时间想不起来了。

不知道为什么，庄睿心里对这大喇嘛生出一种敬意，在和大喇嘛对视了一会儿之后，双手合十，恭恭敬敬地说道："请上师指点……"

"这上面的字是古梵文，大概是公元一千年前，古印度的文字，写的是……"

在大喇嘛解说时，不光是庄睿，就是店里的其他人，心头都感觉到一种安详与宁和，外面街上的喧闹似乎距离自己很远很远。

庄睿和别人的感觉却又有些不一样，因为他刚才曾经释放出灵气观察这个大喇嘛，让他感觉惊异的是，一向无往而不利的灵气，距离大喇嘛身前十多公分就再也无法近前一步了。别说接触对方的身体，就连大喇嘛身上的衣服都没碰到丝毫。

在大喇嘛话声响起之后，庄睿收回了灵气，答道："对不起，上师，我此来拉萨，一是为了活佛祈福，早日能寻访到转世灵童，二是想寻求一件佛器，为我那还没出生的孩子祈福，这件佛器我想带给我的妻子，保佑我的孩子顺利出生成长……"

不知道为什么，庄睿在这个大喇嘛面前，没有了往日的伶牙俐齿，他所说的每一句话，都是心里所想的。

说话的时候，庄睿有种感觉，即使自己说谎，这个大喇嘛也能感应到自己的本心，干脆就实话实说了，虽然自个儿的思想有些狭隘，但的的确确是大实话。

"嗯?"

大喇嘛听了庄睿的话后，眉头微微皱了一下，他没想到，自己的要求居然被面前这个人拒绝了，这让他认真地打量了一下庄睿。

"原来如此，呵呵，不怪，不怪，护法神兽在你身边，居士，你是有缘人，这个转经轮留给你也罢了……"

大喇嘛看了庄睿一下之后，注意到了庄睿身边的白狮，略一思考，脸上露出了笑意，原本店铺里有些肃穆庄严的气氛随着这一笑变得轻松起来。

"呵呵，以前活佛也说我有佛缘，还说白狮是大雪山的守护神呢……"

庄睿闻言笑了起来，他能感觉到，在大喇嘛说出这番话后，站在距离自个儿不远的那位格古喇嘛，似乎喘了一口长气，好像他刚才一直在憋气似的。

"对了，这种眼神在活佛身上，似乎见到过……"

提起活佛，庄睿脑海中突然冒出一个情景，自己去年见到活佛的时候，活佛的眼睛似乎也是纯净得没沾染一丝尘埃，和这大喇嘛的极为相像。

“呜……呜呜……”

白狮听到那个喇嘛提到自己，喉间发出一阵低沉的吼声，往大喇嘛身边走去。

在大喇嘛身后的两个喇嘛包括旁边的格古喇嘛，见白狮想靠近大喇嘛，均是面色大变，身形一闪挡在了大喇嘛面前。

“无妨，你们让开，没有事情的……”

大喇嘛的声音透露出一种无形的威严，格古和那两个喇嘛没说话，但却听话地把身体让开了。

“我知道了，原来活佛提过的那个小家伙就是你啊……”

大喇嘛脸上露出一丝惊喜的神色，微微弯下腰，用右手按在了白狮的额头上，嘴里念念有词地诵着经文，白狮似乎很享受，双眼微微地眯缝着，身体亲热地凑到大喇嘛身边。

过了大概一分多钟，大喇嘛收回了手，看着白狮，嘴里说出一串藏文。

庄睿不懂大喇嘛的话，用手碰了碰刚刚走到自己身边的张科长，问道：“张科，他在说什么？”

张科被庄睿的举动吓了一大跳，左右看了一眼，见没人注意他，这才压低了声音，说道：“那两句话的意思是：愿意跟我回去吗？你原本就不应该在尘世里……”

“我靠，这大喇嘛怎么和当初的活佛一样啊？见面就问白狮愿不愿意跟他走，也不问问自己这主人同不同意，当哥们儿是摆设啊？”

庄睿听到张科长的话后，心里顿时不爽了起来，和白狮相处了近两年，庄睿早已把它当成是自己的亲人了。

或许幼小的白狮庄睿还有可能将它交给活佛，但是现在，谁都甭想把白狮抢走。

“它是属于雪山、属于大草原的……”

好像知道庄睿在想什么，大喇嘛抬起头，淡淡地说了一句，将庄睿的话给堵回了肚子里。

“上师，让白狮自己来做选择吧……”

庄睿当然知道，白狮在高原雪山上才会生活得更加快乐，但是庄睿真的舍不得，从巴掌大的一个小东西养到这么大，庄睿对白狮的感情，就像对自己未出生的孩子一般。

“呜呜……”

白狮似乎听懂了两人的对话，亲昵地用大头蹭了蹭大喇嘛的身体，大喇嘛脸上顿时露出笑容。

不过就在庄睿看得脸色大变，心中绞痛的时候，白狮喉中又发出了低吼声，似乎和大喇嘛交流着什么，然后走回庄睿身边，安静地趴下来。

“好伙计……”

这一刻，庄睿知道，白狮并没有抛弃自己，如同一年多以前，活佛第一次让它做出选择一般，白狮又选择了自己，不离不弃！

在这个瞬间，庄睿的眼睛变得湿润起来，就在他蹲下身体搂住了白狮脖子的时候，热泪夺眶而出，顺着脸颊滑落下来。

庄睿将自己的头深深埋在白狮的脖子处，他似乎可以感受到白狮脉搏的跳动，在这个时刻，语言都不重要了，庄睿和白狮之间，都能感受到自己与对方那种难舍的情义。

没有人去打扰这一人一獒，店里变得无比沉寂，所有人都能感觉到庄睿和白狮之间的那种和谐，没有人愿意去破坏这感人的场景。

当庄睿抬起头之后，才发现，不知道在什么时候，那个大喇嘛和门口守卫的人都静静地离开了。

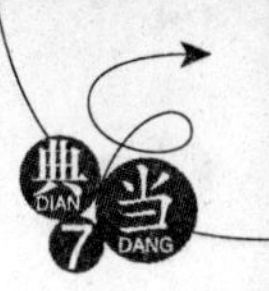

第三十五章　护驾神兽

“我说老弟,你们刚才在搞什么？说的话我怎么都听不懂,但是却有种想掉眼泪的感觉啊?”

见庄睿满脸泪水地抬起头,郑华也感觉鼻子酸酸的,这人和动物之间的感情,往往更加真挚和纯粹。

“那人走了吗?”

庄睿拿出纸巾擦拭掉脸上的泪水,站起了身体,他能感觉到,自己在那个大喇嘛面前,好像没有一丝隐私可言。

就是以前在活佛面前,庄睿都没有这种感觉,也就是说,刚才那个大喇嘛的佛法修行有可能比活佛还高深。

“走了,一群人都走了,张科长说他先离开一下,马上就回来……”

郑华没有庄睿的感觉,但是掌管了数万员工企业的他,在那个大喇嘛面前也感觉到有丝拘谨,只是没好意思说出来罢了。

“格古喇嘛呢？也离开了?”

庄睿左右看了看,虽然心里已经大致猜出了那个大喇嘛的身份,但还是想找人证实一下。

郑华点了点头,说道:“嗯,也跟着那个人离开了,老弟,咱们还去逛吗?”

“算了,回去休息吧,今天感觉很累,明天还要接受灌顶赐福,你也好好休息一下……”

刚才差点失去了白狮,让庄睿不愿意再待在这里了,也没等张科长回来,带着白狮和彭飞出了八廊街后,直接打了个的士。

郑华住的地方和庄睿在一个别墅区里,他也没心情再逛了,干脆和庄睿一起叫车回别墅了。

“张科长,我先回去了,嗯,司机知道路,郑先生和我在一起的,没事,没事,您不用来了,我有点累了,要好好休息一下……"

车到半路,庄睿接到了张科长的电话,他能听出来,张科长似乎想说什么,不过在车上不方便问,庄睿闲聊了几句之后,就挂断了电话。

回到别墅区后,这边自然有接待人员给庄睿开门,而郑华则回到了给他安排的别墅,他在八廊街买的东西,两只手都快拿不下了。

直到进入房间里,庄睿还感觉有些不真实,让白狮坐在自己脚边,才放心了许多。

到现在庄睿才知道,白狮对自己有多么重要,白狮对自己又是多么忠诚,庄睿相信,这里的高原生活才是白狮所向往的,但是为了自己,白狮依然不离不弃,愿意去忍受北京那干燥的气候。

彭飞看出庄睿心情不是很好,自觉回房间和媳妇煲电话粥去了,庄睿也没开灯,坐在沙发上回想着今天发生的一切,先想想白狮,心中一片温暖,又想到那个转经轮……

得到转经轮后,庄睿还没怎么研究过呢,这会儿找出来把玩起来,不紧不慢地摇晃着。

"嗯?还可以这样?"

庄睿用灵气可以观察到,在转动转经轮的过程中,转经轮里面那紫金色的灵气,居然沿着紫檀木柄,缓缓渗入了皮肤中。

"这岂不是和眼中的灵气有一样的作用?"

"宝贝啊,这是宝贝……"

庄睿发现了这一点儿之后,心中大喜,这玩意儿不单能给媳妇用,就是老妈也能用啊。

想到这里,庄睿干脆摸出电话,直接打给贺双,让他连夜飞到拉萨将这个转经轮带回去,这东西庄睿可不放心托运快递什么的,真要是丢了,自个儿都没地哭去。

放在身边,他又怕那位大喇嘛万一反悔了,想把转经轮留下,或者今天看着转经轮两眼放光的郑华来求买。庄睿还真想对了,郑华还真有了这个心思,不过等他提的时候,转经轮已经在去往北京的路上了。

第二天一早,庄睿接到了贺双的电话,他和丁浩已经在拉萨机场了。

"老贺,这东西一定要亲手交到我媳妇手上啊……"

庄睿叫了别墅区管理处的一辆车,直奔机场,小心地将放在纸盒里的转经轮交给贺双。

他昨天在电话里和秦萱冰已经说过了,听庄睿找到一件佛祖曾经用过的法器,秦萱冰也很高兴,如果不是有身孕的话,恐怕她也跑到西藏来了。

"庄总,您放心吧,我一回北京,就把这个送过去……"

虽然连夜赶到拉萨,贺双也没什么不满,话说庄睿给他们的待遇的确很好,这要是换做飞民航,工资没现在高不说,也没现在这么空闲。

"嗯,麻烦你们了,我估计没有那么快回去,到时候再给你们电话好了……"

庄睿看了看手表,这会儿已经快九点了,估计赶过去就差不多轮到自己接受灌顶了。

灌顶赐福的时候,印证了庄睿昨天的猜测。昨天他们遇到的果然是大昭寺住持。

庄睿、彭飞和小喇嘛巴桑三人都赐福完毕之后,杨凯文向住持说道:"住持,我们就先告辞了,还要做一些准备……"

这次一共有五支寻访队伍,每个队伍不过三五个人,他们要进入西藏牧区以及边缘山区牧民聚集地,环境十分恶劣,所以事前必须做好充足的准备工作。

在庄睿等人告辞离去的时候,住持突然对庄睿说道:"庄居士,以后要是有时间,可以再来坐一坐,佛家也有神通的……"

"谢谢住持,有机会我一定前去聆听教诲……"

庄睿礼貌地给住持行了个礼,退出了房间,不过心里却不怎么明白他的话,佛家神通关自己什么事啊?

走出房间之后,庄睿碰了碰走在前面的小喇嘛巴桑,低声问道:"巴桑大师,住持所说的神通,都是些什么神通啊?"

"庄居士,你是有大佛缘的人,叫我的名字就可以了……"

巴桑比较老实,被庄睿一声大师叫得满脸通红,纠正了一下庄睿的称呼之后,巴桑说道:"大活佛所说的神通,应该是佛教五神通,不过我们并不提倡修炼神通,历代高僧也不是因为神通而成为大德的……

"很多高僧大能,都是由于他们的人格、道德、行为超越了常人,而成大德高僧,这才是我们应该修炼的根本……"

巴桑似乎对神通说不怎么感冒,提起神通神色间颇有些不以为然。

"那五神通到底是哪五种神通呢?"

庄睿感觉住持最后说的那句话,好像有些深意,不由追问了下去。

巴桑看了庄睿一眼,他虽然不想说,但是不太会拒绝人,想了一下之后,说道:"五神通也可以称之为五眼通,是佛家功里面的一种功夫,指的是肉眼通、天眼通、慧眼通、法眼通、佛眼通……"

"什么？五眼通?"

庄睿闻言心头大震,不由自主地停住了脚步,自己之所以有今天,都是这双眼睛成就的,不过庄睿从来都搞不清楚,眼中的异能是从何而来。

现在听了小喇嘛的话,庄睿心里如同掀起了滔天巨浪,脸色也因为吃惊和激动变得通红一片。

"庄哥,怎么了？您没事吧?"

走在庄睿身后的彭飞差点一头撞到庄睿身上，他没注意庄睿和小喇嘛在谈什么。

"没事，没事，巴桑，咱们一会儿再聊……"

庄睿感觉自己失态了，现在不是谈这个话题的好时机，反正已经知道和巴桑分配在一个寻访队伍里，所以深深地吸了口气之后，庄睿稳住了心神。

"自己的眼睛是否是五眼通里面的一种呢？"

直到走出来，庄睿都有些心不在焉，脑子一直在思考着这个问题。

杨凯文看向庄睿，说道："庄老弟，明天就要出发了，你有什么要准备的，或者是有什么要求吗？"

庄睿摇了摇头，说道："没有什么要求，不过我最多只能待一个星期左右，过了这段时间，我必须回北京……"

家里正在准备他和秦萱冰的婚礼。虽然这婚礼只邀请自家亲戚简单办一下，但是欧阳家族和香港秦氏，再加上缅甸胡荣肯定要参加的，大概算一下，几十个人还是有的。

庄睿这个主人要是不在的话，未免太说不过去了，所以一个星期之后，庄睿必须要回去，总不能把所有的事情，都让怀孕的媳妇和年迈的老妈操持吧？

杨凯文知道以庄睿的身份，能说出这话，已经很给自己面子了，当下点了点头，说道："放心吧，老弟，这次寻访活动，最少要两三年时间，没有这么快结束，等过个几天，你就可以回北京了……"

一般寻访转世灵童，快则一两年，要是慢了说不定要六七年甚至十来年之久。

"那行，明天出发的时候来接我们吧……"

庄睿放下心来，坐上了杨凯文安排的车，又回到了别墅区。

中午服务员送来的是别具西藏特色的烤肉，就连现在不怎么吃熟食的白狮，都饶有兴趣地吃了几块。

吃完饭后，庄睿收拾了下行李，其实也没什么东西，就是几件衣服还有秦萱冰捎给他的防晒霜，说要不想两个脸蛋变得红扑扑的像个大苹果，就老老实实地每天用一些。

至于昨天买的那些藏银首饰，还有牦牛骨制作的烟灰缸等工艺品，庄睿都已经交给贺双带回北京了。

"庄老弟，在不在啊？"

门外响起了郑华的声音，这哥们明知道庄睿在房间里，还故意多问一句。

"郑兄，你不是要去接受住持赐福的吗？"

庄睿随手把几件衣服塞进背包里，转脸看向郑华。

"别提了，老爷子说要沐浴焚香，我一早上到现在什么都没吃，你闻闻，身上都是一股子香味……"

进门之后，郑华的眼睛就直愣愣地看着庄睿他们吃剩下的烤肉，人在高原地带，本来

就容易饿，老爷子还什么都不让吃，可把郑华给饿坏了。

庄睿顺着郑华的眼神看了过去，坏笑着说道："嗯，那是白狮吃的，还剩一点……"

"靠，别气我了，行了，这次是和你告辞的，下午见过住持之后，我和爷爷就直接回香港了……"

郑华闻着烤肉的香气，抽了抽鼻子，向来都是锦衣玉食的郑公子，没想到自个儿有一天居然会饿肚子。

"好，祝郑兄一路平安，有时间来北京，我带你去好好玩玩……"

郑华这人性格不错，没有那些富二代的纨绔习气，庄睿和他处得很开心，比起自己最先认识的柏氏兄妹，郑华的印象更好一些。

"庄老弟，我知道过几天是你的婚礼，这个东西是我家老爷子送的，你收下吧……"

郑华今儿来见庄睿，除了告辞之外，还有别的事情。一边说话，郑华一边从口袋里掏出一个心形的首饰盒。

"郑兄，这可当不得，这次婚礼只请家里人吃顿饭，没准备操办，所以也没通知你，老爷子这礼物，我可不敢收……"

庄睿有些纳闷，自个儿结婚这事，只有家里人知道啊，怎么连郑华都知道了？

其实这事还是庄睿丈母娘有意透露出去的，虽然说前面订婚仪式搞得很隆重，但是秦家嫁女，就算不操办，那也要放出风声，所以香港有点身份的人，都知道这件事情。

"老弟，你也知道这是老爷子送的，你不敢收，我还不敢拿回去呢，行了，别和我客气了，东西你收着，等日后哥哥结婚了，你再挑点好的还回来不就得了嘛……"

郑华笑着把那首饰盒塞到庄睿手里，他很明白自家老爷子的意思。

现在的秦氏珠宝在内地十分强势，一来是因为庄睿帮他们赌到不少好料子，二来也隐隐有欧阳家族的关系，一般知道这个背景的人，都让他们三分。

内地一年上百亿的珠宝份额，也不是郑氏珠宝一家能吃得下的，即使没有秦家，也会有别的公司参与竞争。

郑家和秦家关系一向不错，所以郑家老爷子给庄睿结婚礼物的举动，其实也是在向秦家示好，如果秦老爷子还没糊涂的话，自然会懂得两家结盟的好处的，绝对可以占到内地市场的半壁江山。

还有一个原因，内地的业务现在都是由郑华负责，和庄睿这个背景深厚的新贵处好关系，对于郑华在内地的业务扩展，也是很有益处的。

"行，那我就收下了，回头我亲自去谢谢老爷子……"

庄睿见郑华说的真切，也没再矫情，正如郑华所说，这些东西只是礼物而不是人情，用钱能还得清的，就不怕欠着，等日后找个机会还回去就行了。

郑华听到庄睿的话后，摆了摆手，说道："不用，老爷子这会儿正念经呢，回头直接去

见住持,老弟你就别去了……"

两人又聊了一会儿,郑华看了看手表,向庄睿告辞离去了。

"庄哥,这个……是钻石吗?怎么是红色的?"

庄睿把郑华送出别墅,回到房间之后,看见彭飞正拿着放在桌子上的首饰盒,一脸吃惊的样子。

"拿来我看看……"

庄睿刚才没好意思当着郑华的面看礼物,他也不知道盒子里装的是什么东西。

"嗯,红钻,这玩意儿倒是不多见,郑家还真是有心了……"

在那个不大的首饰盒里并排嵌入两个白金镶钻的戒指,和珠宝店常见的钻戒不同的是,这两个戒指上的钻石都是粉红色的。

而且在钻戒的内部,居然还刻有庄睿和秦萱冰的名字,看来郑家在准备这件礼物的时候,还真花了不少心思。

庄睿本来想等自己回北京后,再去挑选结婚戒指的,没想到这就有人送来了,以这两颗红钻作为结婚戒指倒也合适。

"庄哥,这红钻很值钱?回头我也给媳妇买个去……"

彭飞现在也颇有身家了,就是庄睿放在他媳妇那里的钱,都有好几百万了。

"呵呵,这东西买不到,等日后有机会,咱们去趟南非,看看能不能找到红钻……"

庄睿笑着摇了摇头。红钻的存世量极少,1987 年 4 月在纽约拍卖的一颗 0.95 克拉圆形红钻石,成交价高达八十八万美元,这些年压根就没听说过有人拍卖红钻了。

这两个戒指上的红钻,加起来应该有一克拉左右,按照这些年的市场升值来估算,两个戒指的价值,恐怕不会低于一百五十万美元。

"行了,去休息吧,我也要去睡会儿……"

庄睿站起身回到二楼自己的房间,不过他没睡觉,却把笔记本电脑打开了,庄睿是想去网上论坛查一下,究竟什么叫做佛家五神通?

第三十六章 万事俱备

“这么多说法啊?”

用别墅里的宽带连接上网,庄睿输入了“佛教神通”几个字,出现了很多种解答,说得最多就是天眼通、天耳通、地心通、宿命通、神足通。

看了良久,庄睿摇了摇头,即使是天眼通和他眼中的情况也不大一样,按照网上所说,天眼通上可看天宫,下可视地府,自个儿还没具备那能力。

话再说回来,庄睿也不大相信有天宫地府的说法,自己的眼睛拥有异能这么久了,也没看到过什么鬼魂神邸,和网上说的根本就不沾边。

上世纪八九十年代,庄睿倒是经常在电视报纸上看到,有所谓的气功大师能穿墙视物,不过到后来都被证实是伪气功,是假的,至于自己身上的这种情况,压根就没听过。

庄睿估计,这世上就算有人和自己一样,能隔墙视物,也不会声张的,只有那些骗子才会以此敛财,真正有能力的人,恐怕都是闷声大发财了,谁会闲得蛋疼到处张扬?

查了半天,看得庄睿头昏脑涨也没什么收获,干脆关掉了网页,登陆自己博物馆的网站。

“搞得还不错啊……”

在网站的首页,有博物馆的简介,还配有各个展馆的实物照片,从各种角度拍下来的珍贵文物看上去异常精美。

点击了一下 VIP 登录区,庄睿输入了定光拼音大写字母 DG001 的编号,这也代表庄睿是第一个会员的意思。

“好东西不少啊!”

登陆进去之后,庄睿发现,VIP 区里已经上传了一百多张照片,每张照片下面,都有上传人的编号以及电话,还有许多留言,热闹非凡。

“皇甫兄,网站搞得不错嘛,有没有人交易成功的?”

庄睿看得高兴，单看图片，里面颇有几件东西让他动心，干脆拿出手机给皇甫云打了过去。

“庄睿，我说你整天心思都放在哪儿了啊？自家的博物馆不操心，关心那网站干吗啊？哥哥我都快忙死了……”

听到是庄睿的电话，皇甫云马上抱怨了起来，庄睿不在，大小事情都落在他头上，如果不是有另外一位副馆长负责管理博物馆的日常运作，皇甫云早就忙不过来了。

“呵呵，能者多劳嘛，皇甫兄，博物馆没什么事吧？”

庄睿也感觉自己有点过分了，这开业才几天，自己就撒手不管了，这博物馆可实打实是自己的产业啊。

“博物馆没事，不过我有事！”

皇甫云气呼呼地说道：“这几天都泡在拍卖场了，哥哥我连谈恋爱的时间都没了……”

这段时间北京的拍卖会特别多，有几个专场很不错，庄睿拿到宣传册后，重点指出了几个物件，让皇甫云去拍。

要和旅行社的人打交道，还要关注拍卖场，皇甫云忙得团团转。

“得，您别得了便宜卖乖，皇甫兄，您去拍卖场，云曼大小姐肯定跟着吧？给你个假公济私的机会，还抱怨？”

云曼是庄睿几个产业的财务总监，拍卖会她肯定要去的，所以庄睿才有这么一说。

“呃，庄老板，啥事，直接说吧……”被庄睿说中了心思，皇甫云马上转移了话题。

“我看到网站上有几个物件不错，你关注一下，可以和会员先沟通，能让他们带着东西来北京最好，我最迟十天就能回去，到时候看过要是有一眼的话，就可以买下来了……”

庄睿搞这个网上平台，就是为了能从全国藏家手里直接收到古董，现在看到几个好东西，当然不肯放过了。

“好的，庄总，我知道了，你把编号报给我，我去和他们联系……”

谈到正事，皇甫云立马变得严肃起来，交情归交情，工作归工作，皇甫云还是分得清楚的。

庄睿把自己看中的那几张照片编号报给皇甫云之后，随口问道：“这几天博物馆的游客人次，有没有什么变化？”

七八月份北京的天气很热，正是旅游淡季，庄睿估摸着除了开业那两天之外，平时一天能保持个三四千人就不错了。

“还不错，这几天都有八千左右的游客量，等天气稍微凉快一点，估计还能多一

点……”

皇甫云给出的数字出乎庄睿的意料之外，八千人次那可就是四十万左右的收入，即使去掉旅行社的提成，恐怕也能剩下二三十万，这比一般的国有博物馆都强多了。

“咱们给旅行社结款比较快，所以他们也愿意拉人来，再加上欧阳先生给介绍的那人，也跟下面打了招呼，在门票收入上，咱们博物馆在全国都是独一份……”

皇甫云的话解了庄睿的疑惑，那些国有博物馆有国家拨款，又是国营单位，架子比较大，旅行社结款比较困难，最少要压上一两个月。

相对而言，庄睿的博物馆既有关系又会做人，旅行社当然愿意多安排人过去了，这是互惠互利的事情。

至于客源，那根本就不是问题，北京城作为十几亿人的国家首府，不管在什么季节，总归有人来游玩。

“嗯，皇甫兄，那就多麻烦您了，回头我请您喝酒……”

庄睿笑了笑，挂断了电话，博物馆的经营状况让他心情大好，原本以为需要倒贴钱的一个产业，居然利润不低，就算每年补充藏品，应该也能做到自给自足了。

挂断电话之后，庄睿睡了一会儿，不过在梦中老是想到住持所说的佛家神通，最后居然做了个梦，自己变成了火眼金睛的孙大圣，还好在被如来佛镇压的瞬间惊醒了过来。

庄睿睁开眼睛，才发现床头的手机响了不停，迷迷糊糊地接起来之后，听到是秦萱冰的声音，顺口问道：“萱冰，现在几点了？”

秦萱冰被庄睿问得又好气又好笑，反问道：“你在睡觉？吃晚饭了没有？现在都七点多了……”

“呃，上午去见住持大活佛了，下午睡了一会儿，这就去吃饭……”

庄睿使劲摇了摇头，坐起身体，自嘲地笑了笑，这几天接触佛家的东西太多了，搞得脑子也迷糊了。

庄睿忽然想起来，这会儿贺双应该早就回北京了，连忙问道：“对了，我让贺双给你带过去的转经轮，你收到了没有？”这转经轮可是无价之宝，容不得一点儿闪失的。”

“收到了，本来下午有点烦躁，拿着转经轮诵了一会儿经之后，感觉心情平静了很多，老公，谢谢你……”

秦萱冰见到庄睿送来的东西，本来心情有点不好，东西再多也没庄睿在身边陪着好啊，不过正如她所说，拿着那个转经轮诵经，还真的很有效果。

“呵呵，有用就好，诵经的时候要诚心啊，我过几天就回去……”

庄睿闻言笑了起来。

"嗯,快点回来啊,我妈她们明天就来了……"

"一定,最多十来天,快了可能五六天就回去……"

庄睿信誓旦旦地答应了下来,虽然家里什么都不缺,老妈她们照顾秦萱冰肯定比自己强,但是作为男人,这个时候还是要在老婆身边的。

和秦萱冰又聊了一会儿,在她的催促下,庄睿才挂断了电话,下楼叫了彭飞,去别墅区的餐厅吃饭。

这别墅区是专门接待副省级以上政府官员的,如果不是有求于庄睿,也不会把他安排在这里,由于地点比较偏,餐厅二十四小时都有服务。

吃过饭后,带着白狮散了一会儿步,庄睿就早早地睡下了,在高原地带,总是容易感觉困乏,就算庄睿体质异于常人,也需要好几天的时间来调整。

第二天一早,三辆越野车停在庄睿别墅的门口,庄睿和彭飞早就等在那里了。

见杨凯文从最后面一辆车上下来,庄睿迎了上去,开着玩笑道:"杨局,怎么着,您亲自带队?"

"我倒是想去,可是没佛缘啊……"

杨凯文笑了起来,这次寻访转世灵童前的各种活动,让他感觉疲惫不堪,好在各支队伍都要出发了,事情也算告一段落。

"得,杨局,我把这佛缘让给您了,要不,您跑一趟?"

庄睿笑着和杨凯文开起了玩笑。

杨凯文四周看了一眼,走到庄睿身边,说道:"庄老弟,你们这次要去的地方,是在滇、藏、川三省区交界处的芒康县和左贡县,如果这两个县排查完之后,还有可能安排你们到迪庆藏族自治州去……"

杨凯文说完后,把嘴巴凑到庄睿耳边,小声说道:"你到左贡县待几天,没什么事情的话就可以回北京了……"

庄睿有些无奈,他可是驾车从成都跑过拉萨这条路的,而芒康和左贡县都是靠近成都或者昆明的,这趟路可是不怎么好走。

"来,庄老弟,我给你介绍一下,他叫嘉措,你叫声嘉措大哥就行了,嘉措对西藏的道路很熟悉,是你们这次的司机和向导……

"这位叫索男,是咱们区政府的工作人员,也是此次寻访队伍的领队,嗯,巴桑喇嘛就不用介绍了,你们都认识……"

杨凯文拉着庄睿走到第一辆车前面,车上的几个人下来之后,给庄睿介绍了一下

他们。

嘉措三十岁出头的年纪，典型的西藏人，脸上高原红的特征很明显，身上穿了件传统的藏袍，半边肩膀露在外面。

索男的年龄则大一点，应该有四十岁的样子，戴着眼镜，带着点学者气质，听杨凯文介绍自己的时候，友善地朝庄睿点了点头。

“嘉措大哥好，还请几位多关照……”

庄睿和那几个人打了个招呼，他知道嘉措在西藏是很常用的名字，意思为心胸广阔的像大海一样。

这次熟悉西藏的周瑞没跟着，嘉措的作用就大了，庄睿虽然走过一次藏川路，但是让他自个儿再跑一趟，那一样摸不到北。

“庄先生，说不上照顾，我对这条路比较熟，保证带不丢你们就行了……”

嘉措笑着回答了庄睿一句，普通话说得很好，索男冲庄睿笑了笑，没有说话，小喇嘛对庄睿最尊敬，恭恭敬敬地给庄睿和白狮行了个礼。

“杨局长，这辆车是谁开？”

庄睿注意了下，这个寻访队伍的人非常少，加上自己和彭飞这非常驻人员之外，真正的寻访人员只有三个人，似乎不用两辆车吧？

杨凯文笑了笑，说道：“这辆车放的是物资和汽油，暂时由你和小彭开着，你们离开的时候，把车开到有机场的城市，我会安排同事接收的……”

庄睿摇了摇头，说道：“得，我连司机都干上了……”

“你还别不高兴，看看这是什么……”

杨凯文拉开车门，把后排的座位掀开，示意庄睿去看。

庄睿伸头看了一眼，在座位底下放着两把五六式冲锋枪，还有六个弹夹，不由撇了撇嘴，说道：“不就是枪吗？”

这要是换在一年多以前，或许庄睿还会稀罕，不过现在他对枪真的不怎么感冒。

“嘿，口气还不小，对了，我差点忘了，这东西你的确不稀罕……”

杨凯文想到庄睿的背景，顿时心中了然。

“这个是给你们防身用的，千万别乱拿出来啊，还有，不准胡乱对野生动物开枪……”

在西藏出公差，枪是必须要的，但是杨凯文也要跟庄睿说清楚，否则出了什么事情，庄睿拍拍屁股跑了，黑锅可是要他来背的。

“行了，要不，杨局您送我们到左贡去？”

庄睿对杨凯文摆了摆手，破成那样的枪，都不知道用的时候会不会炸膛，还好意思跟自己说那么多。

拉开第二辆越野车的车门，庄睿让白狮坐进去之后，说道："彭飞，你跟第一辆车，我开这辆，巴桑大师，您和我坐一车吧，我有些事情想要请教下……"

庄睿倒不是想当司机，不过他想找个单独和巴桑相处的机会，问一下关于佛家神通的事，昨天巴桑说到五眼通，但是庄睿在网上并没有查到。

"哎，我说庄老弟，你怎么……"杨凯文向庄睿使了个眼色，庄睿说的话有点儿越俎代庖的意思。

庄睿说完之后，才忘了自个儿不是领队，连忙看向索男，说道："对不起，索男大哥，我想向巴桑大师讨教一点佛学上的问题，您看我这样安排行不行？"

"行，就这样吧，你要是累了就用车上的对讲机喊一下，我也能换着开的……"索男倒是很好说话，点头同意了庄睿的方案。

第三十七章　草原暴雨

告辞杨凯文之后，两辆越野车向拉萨城外驶去，在拉萨周边地区，公路还是很不错的，并且车辆稀少，速度能放得开。

前面的嘉措车开得很快，庄睿看了一下，要跑到一百四十码才能追上，不由笑着摇了摇头，嘉措要是去繁华地段开车，肯定不习惯。

“巴桑大师，没事吧？要不要喝口水？”

庄睿注意到，身边坐着的巴桑似乎不怎么习惯，那原本黝黑发红的脸上，现在有些苍白，连忙递过去一瓶矿泉水。

“没事，庄居士，你是有佛缘的人，千万不要叫我大师……”

巴桑把靠近自己的车窗放下一点，窗外的风吹进来之后，他的脸色顿时好了很多。

“好，那我就叫你巴桑吧……”

庄睿将车速稍稍放缓了一些，说道：“巴桑，昨天你说佛教有五眼通，能不能给我解释一下，这五眼通分别具有什么神通，又是如何修炼形成的呢？”

庄睿眼中的灵气从产生到后来的几次晋级，都是在莫名其妙的情况下发生的，他摸不到一点规律，所以想看看佛教里面有没有具体的修炼方法。

“这个……庄居士，佛家讲究心境，神通终究不是正道……”

小喇嘛似乎对神通很抵触，出言劝说了庄睿一句。

“呵呵，巴桑，我只是好奇，又不是要去学习神通，别说我不是佛教徒，就是佛教徒恐怕也没有几个能修炼出神通来的吧？”

庄睿闻言笑了起来，这小喇嘛还真是有意思，好像他一说，自己就能练成似的。

听到庄睿的话后，巴桑也笑了，说道：“五眼通是佛家功里面的一种功夫，指的是，人通过练功出现的非视觉功能，分别为肉眼通、天眼通、慧眼通、法眼通、佛眼通……”

庄睿的眼瞳猛地收缩了一下，装作一副漫不经心的样子，问道：“能详细解说一下吗?"

巴桑点了点头,说道:"肉眼通就是远、近都能看,不存在远视眼、近视眼的问题,而且非常敏感,看远的距离随功夫的高低而变化,功夫高一些的人,要比平常的人看得远得多……

"天眼通则是在肉眼通的基础上,进一步练功,出现非视觉功能。天眼通具备透视和遥视功能,这种功能能够看得很远,能够穿越障碍,能够透视人体……"

"什么?天眼通能看穿障碍人体?"

庄睿失声叫了起来,如果按照巴桑所说,自己岂不是开启了天眼通?

巴桑有些不以为然地摇了摇头,说道:"天眼通只能看到,看到了并不一定明白……"

怕庄睿不明白,巴桑紧接着解说道:"天眼通就像你看到一个东西,只知道它像个什么样子,是方的、尖的、黑的,只能做出外形的描述,却下不出定义来……"

"那慧眼通呢?"庄睿追问道。

"到了天眼通,再往上长就是第三级功,即慧眼通。慧眼通又分为多眼、析眼、追眼、预眼四种状态。

"多眼能够从各个角度看事物,析眼即能分析,一看就知道是什么东西,叫什么名字,有什么含义。

"追眼能够追查过去,追视以前的过程。也就是除了看现在的以外,还要看以前的残留信息、影子和声音。

"预眼能预视、预告未来,任何事物的发展都有一定的方向和趋势,变化也是由量变开始的,通过量变而到质变,到了'预眼'功夫,就可以看到这个量变的进程……"

"等等,巴桑,这些东西,是佛经里流传下来的,还是你听别人说的啊?"

庄睿越听越迷糊,这怎么连量变和质变都整出来了?这不像是佛家的话啊,倒像在用科学来解析了。

巴桑点了点头,说道:"这是老师在一次讲课中说的,我也不是很明白,翻译成汉语,大概就是这个意思,庄居士你既然问了,我才说的……"

"那再说说另外两眼神通吧……"

庄睿听着前面两个都不怎么靠谱,第三个分析事物倒是和眼睛里的灵气有点沾边,不过后面预告预示什么的,那就一点关系都没有了。

"法眼通要具备两种功能,即能眼和运眼,能眼通就是能量比较高,运眼通就是能够运用事物,纠正事物。

"具有'法眼通'功夫的人,能把一根钢丝定神贯注地看断,有的能把撕碎的树叶、明

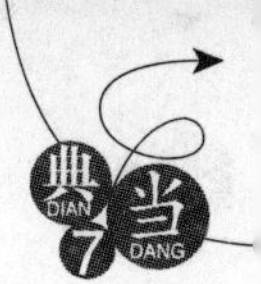

信片等复原，这不是变魔术，而是功夫。

“过去有句话叫‘天机不可泄漏’，一般人不理解这句话，只有修炼到一定层次才能理解它的含义……

“佛眼通讲佛光普照、礼义严明、普度众生，比法眼通还高了一个层次，到了佛眼通，身上的辉光就非常强了，佛眼看去，就能佛光普照，让很多人能同时受益。

“到这一层次，人就能纠正一些事情，就可以为很多人做好事，不过仅凭修炼，是很难达到佛眼通的境界……”

小喇嘛在讲解五眼通的时候，满脸肃穆，很有点得道高僧的味道。

“难不成哥们上辈子是个和尚？”

听巴桑讲解完所有的五眼神通之后，庄睿不禁有些发呆，要是按照巴桑对佛眼通的理解，佛光普照的意思就是能给人消除疾病，那和自己眼中灵气的功能差不多啊。

还有第三条慧眼通里面所说的可以解析事物，也跟眼中异能沾点边，难道自己真的有佛缘？

庄睿脑中开始胡思乱想起来，眼中灵气几次晋级，大多是在佛家圣地，莫非这其中也有关联？

“庄居士，神通是佛家中人为了普度众生，消除灾祸用的，可不能随便修炼啊……”巴桑见庄睿在那里发呆，连忙提醒了一句。

“呃，这东西怎么修炼啊？”庄睿定了定神，眼睛注意在路面上。

“不知道！”巴桑很干脆地给出了答案。

“得，当我没问……”

庄睿摇了摇头，干脆不想这事了，反正眼睛的变化给自己带来的是亲人的健康，还有那么多的财富，管他是佛家神通还是什么，总归不是坏事，自己这段时间，有点钻牛角尖了。

脚下狠踩了一下油门，越野车突然加速，风驰电掣般赶上前面那辆车，这种疾驰的感觉，让庄睿心胸开阔了不少。

到了中午十二点多，两辆车已经驶出了拉萨，几人找了个地方吃了自带的风干肉之后，继续上路。

嘉措没有走上川藏公路，而是带着庄睿等人开进了大草原，按他说的，这条路穿行过去，最少能省两天时间。

“嘉措大哥，怎么停下来了？”

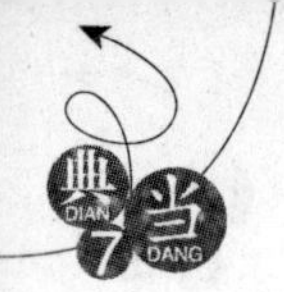

在大草原上开出两个多小时以后，庄睿发现前面行驶的车辆缓缓地停了下来。

嘉措推开车门，看着前方的天空，说道："要起暴风雨了，没法走了，等暴雨停了才能继续走……"

庄睿不解地顺着嘉措的眼神看去，那片天空依然湛蓝，除了一朵很大的浮云之外，似乎没有暴风雨来临之前的黑云压顶。

"嘉措大哥，这天气很好啊……"

午后的阳光照射在大草原上，散发出无限生机，远处的丘陵和积雪的雪山，更是笼罩在一片金色的光芒下，丝毫都看不出有暴风雨的迹象。

"不会错的，小庄，咱们把车开到前面的丘陵下面，挨近点停在一起……"

嘉措狠狠地抽了一口只剩下烟屁股的香烟，丢在地上，用脚捻灭之后，转身上了车。

从第一辆车上下来的索男，拍了拍庄睿的肩膀，笑着说道："老弟，听嘉措的没错，他五岁的时候就跟着车来回跑川藏路了，对草原上的气候比我们了解得多得多……"

庄睿参加此次寻访队伍的身份，是一个有佛缘的在世居士，庄睿的那些背景，除了彭飞之外，所有人都不知道，所以众人和庄睿说话都很随意。

"呜……呜呜……"

白狮不知道什么时候从庄睿前面开的门里跳了出来，用大头蹭了蹭庄睿，然后对着嘉措所指的方向，昂头嘶吼起来，低沉的声音远远地传了出去。

"白狮，上车……"

见到白狮的举动，庄睿感觉有些不妙，连忙打开后车门，让白狮上去之后，发动了车子，跟着嘉措的越野车，向看似不远的丘陵疾驰而去。

俗话说望山跑死马，前面那不高的丘陵看着不远，但是庄睿足足开了二十分钟，而此时，天气骤变。

以刚才庄睿见到的那朵云彩为中心，一片片乌云不断积聚，越来越厚，越来越多，直到把天空严严实实地遮盖住了，原本明朗的天空犹如天狗食月一般，阴沉下来。

狂风把距离汽车三四十米远的一棵大树吹得来回摇摆，庄睿感觉到，自己刚刚停稳的汽车，好像突然变轻了一般，左右晃荡着，狂风带着不知道从哪吹来的沙子，从庄睿没关死的车窗里狂涌而入。

轰隆隆的雷声惊得大地为之失色，天地间一片黑暗，只有一道道闪电在众人头顶撕裂长空，现出一丝光明。

"小庄，不要下车，关紧门窗，千万不要下车……"

嘉措打开车窗，冲着近在咫尺的庄睿喊道，不过庄睿此刻只能从他的嘴型里，分辨嘉

措所说的话了，因为震耳的雷声和狂风，掩盖住了天地间所有的声音。

“我靠，彭飞，你小子干吗，回去，快回去……”

突然，庄睿看到彭飞打开了车门，那铁皮做的门，瞬间被狂风吹得猛地张开，而彭飞的身体，就像风中的纸片一般，半边身子被吹得横了起来。

被风吹起的瞬间，彭飞用双手死死扣住了车门上面的铁皮，不过身体还是重重地在铁门上撞了一下，要不是这辆车是经过加固的，恐怕这一下，就能将车门给撞断。

“靠，不是说只有沿海才有龙卷风吗?”

无奈之下，庄睿按下了电动车窗，顿时，正骂骂咧咧的嘴被狂风吹得紧紧闭住了，呼啸的大风灌进车里，整个越野车都在摇摆。

“你小子不想活了啊……”

庄睿伸出一只手，抓住了彭飞的衣领，用力把他拉进了车里，而另外一辆车的两个人，也合力关上了车门。

“咳咳，庄……庄哥，这万一有啥事，咱哥俩也要死在一起啊……”

彭飞虚弱地抬起头，连着咳嗽了几声，庄睿看到，在他嘴边，渗出了鲜血，显然刚才那一撞伤到了彭飞的内腑。

“行了，哪有那么容易死的，哥是有佛缘的人，雷都不敢劈的……”

庄睿能感觉到彭飞的忠心，看着他的样子有些心疼，拿出一瓶水打开盖子，喂彭飞喝了起来，在彭飞喝水的时候，庄睿眼中溢出一丝灵气，渗入彭飞的胸口。

“这……这风，真他妈的大……”

喝了一口水，加上庄睿那丝不知道算不算佛眼通的灵气，彭飞的精神好了很多，用手支撑着身体，在副驾驶位上坐了起来，这会儿小喇嘛已经爬到了后排，和白狮做伴去了。

“别说话了，好好休息下……”

在彭飞清醒的状态下，庄睿不敢过多地在他身上使用灵气，外面的狂风依然继续着，不过因为暴雨已经落下的原因，风小了很多，耳中除了狂风呼啸，就是雨点打在车上的声音。

“彭飞，下次可不许这么冲动了，万一出点儿啥事，我怎么跟你媳妇交代啊……”

庄睿现在想想还有点后怕，刚才那种情形，根本就不是人力所能抗衡的，任你是高官富豪，还是平民百姓，在大自然的天威之下，只能俯首称臣逆来顺受，一点脾气不能有。

“庄哥，给您添麻烦了，我就是怕万一有点啥事，没在您身边，您应付不了，谁想到这风竟然这么大……”

彭飞也意识到自己刚才冲动了，他开车门的举动，不但将自己陷入险地，让嘉措和索

男两人也陷入到危险之中，以那会儿的风力差点将那辆越野车给掀翻。

庄睿见彭飞这会儿算缓过气来了，半天没听到巴桑说话，不由回过头去，大声问道：“巴桑，你在干吗啊？”

巴桑的声音不大，但是却很坚定地说道：“这是上天对我们的考验，我在诵经，保佑我们都能平安……”

庄睿无语地摇了摇头。

车窗外这会儿依然大雨倾盆，落在草地上，激起蒙蒙雨雾，犹如万马奔腾发出震天吼声，应和着天上的雷声闪电。

草原上的暴风雨来得快，去得也快，大概过了一个多小时，雨声渐渐停歇了，昏暗的天空中，出现了一道金色的光芒，像是一把利剑，斩开了层层迷雾，阳光穿过厚厚的云层再次照到了草原上。

又过了一会儿，雨停雷止，风轻云淡，天空居然变得碧蓝如洗，如果不是数十米远的那棵大树，此刻已经歪倒在地，恐怕仅从那些沾满雨滴的小草上，根本看不出这里刚刚遭受的劫难。

要说还是大草原上的小草生命力最顽强，如此大的暴风雨，对它们根本就没有什么影响，微风吹过，碧绿色的小草如翡翠一般，上面的雨水从叶面滑落，晶莹欲滴。

“我靠，成沼泽了啊……”

庄睿推开车门，双脚刚沾到地面，就感觉积水没过了脚踝，冰凉的水从那双名牌运动鞋边缘灌了进去，庄睿弯下腰，试了一下，在茂密的青草下面，积水足足有半尺多深。

“这很正常，草原上有很多洼地，就是在暴雨后形成的湖泊，有些泥土松软的地方，就会形成沼泽……”

嘉措也从车上走了下来，不过他比庄睿有经验得多，是赤着脚下的车，并且裤腿也卷到了膝盖上面。

“嘉措大哥，那咱们今天还能走吗？”

庄睿闻言愣了一下，他从小可是听着当年红军爬雪山过草地的故事长大的，草地里的沼泽对他来说，那无异于洪水猛兽一般可怕。

“呵呵，小庄，放心吧，这条路嘉措闭着眼睛也能走出去……”

索男也走下了车，不过他手里拿着一个长焦照相机，对着天边还没散去的彩虹不停地按动快门。

一朵朵还没完全散去的云朵在阳光彩虹的折射下，呈现出各种形状，如神马飞天，又如龙腾虎跃，很是考究人们的想象力。

庄睿现在算是深刻理解了那句“风雨之后见彩虹”的话，果然是在狂风暴雨之后，出现的彩虹才是最美丽的。

“小彭，身体没事吧？”

见彭飞从庄睿车上下来，索男放下了手中的相机，不过紧接着说道：“小彭，我要批评你，你的行为太冲动了，下次可不许了啊……”

“索男大哥，对不起，是我不对……”

彭飞倒是从善如流，这里除了小喇嘛之外，就他年龄最小，听到索男的批评后，马上低头认错了。

“索男大哥，他知道错了，刚才吐了口血呢……”

庄睿怕索男说什么难听话，让彭飞受不了，连忙在旁边打起了圆场。

索男大哥还是很厚道的人，不轻不重地说了彭飞几句之后，听庄睿说彭飞吐血了，赶紧从车厢里拿出一包粉末状的藏药，用矿泉水让彭飞吞服下去。

“好几年没有见这么大的暴风雨了，倒是冬天经常有暴风雪……”

嘉措指着不远处那棵倒下的大树，说道：“今天真的很危险，那棵树是先被雷劈中，然后才被风吹倒的，这雷要是偏一点，恐怕……”

嘉措的话让庄睿等人都打了个寒战，那闪电要是真的劈在车上，恐怕一车人都要被烤熟了。

听到嘉措的话后，除了小喇嘛巴桑之外，其余几人脸上都不大好看，上路第一天就遇到暴风雨，后面的行程还不知道要如何难走呢。

庄睿看向索男，说道：“索男大哥，这里都是积水，咱们要找个地方宿营啊……”

别看现在是七八月份的天气，晚上气温降到三四度都有可能，根本无法在车内入睡，而且夏天牧民生活得比较分散，很难遇到放牧的牧民。

“嘉措，你怎么看？”

索男虽然名为此次的领队，但是要论起对藏区的熟悉，还是要听从嘉措的意见。

“晚上是不可能穿越草原了，咱们找一处没有积水的高地宿营吧……”

经过这阵暴风雨，已经下午五点多钟了，再耽搁下去，眼瞅着就要黑天了。

两辆越野车的轮胎都是特制的，即使在泥泞的草地上，也只不过是速度放缓了一点而已，在嘉措的带领下，又在一望无际的大草原上开了两个多小时，等到天色全黑以后，车子在一处高出地面七八米的小丘陵上停了下来。

安寨宿营，庄睿和巴桑帮不了多大忙，彭飞身上有伤，也在一旁观看，倒是文弱的索男让几人吃了一惊，那支撑帐篷的熟练动作，就像个经常出外旅游的老驴友一般，十分熟练。

一共搭建了三个帐篷，两顶是背靠越野车，另外一顶是个三人帐篷，巴桑和索男还有嘉措三个住在一起，呈三角状，中间升了一堆篝火。

晚上气温已经开始变凉了，大概只有十多度，坐在篝火旁，烧烤着从车上拿下来的羊肉，庄睿不禁想起去年那个草原之夜。

柏氏兄妹远在香港，周瑞在彭城也是忙得不可开交，至于雷蕾和秦萱冰，则便宜了自个儿和刘川了。

庄睿曾经问过秦萱冰，是什么时候对自己产生好感的，秦萱冰回答说就是在那次草原之夜，人生的际遇真的很奇妙，一个夜晚，让两个当时看来并不般配的人走到了一起。

第三十八章 寻访之路

“来,小庄,喝口酒暖和一下吧,夜里会有点凉……”

一只整羊被烤得遍体金黄,散发出诱人的香味,嘉措拿着一把小藏刀,熟练地削下一片片肉,用油纸包了放在每个人的面前,而索男则拿出一瓶青稞酒,递给了庄睿。

“索男大哥,酒就不喝了吧?晚上很可能有草原狼来袭击的呀……”

想想去年被狼群围攻的情形,庄睿还是有点不寒而栗,要不是周瑞准备充分,弹药充足,说不定自己那群人都裹了狼腹了。

“呵呵,没事,夏天草原上食物充足,不会有狼群,一两只孤狼的话,有你这只藏獒在,完全不用怕的……”

嘉措闻言笑了起来,在大草原上,最可怕的不是狼,而是恶劣的天气,不过夏天相对还好,要是冬天的话,有时候大雪封路,在一个地方被困个十天半月都很正常。

“那好,咱们就喝点,等等,我去拿瓶酒……”

庄睿听了嘉措的话后,站起身来,走到车里拿了两瓶茅台出来,这是从别墅的酒柜里拿的。

“好酒啊,来来,换茅台,茅台带劲……”

索男见到庄睿拿的酒后,眼睛不禁亮了起来,他虽然也是政府的工作人员,但是属于那种清水衙门的单位,平时很少有机会喝茅台的。

彭飞有伤,小喇嘛不喝酒,两瓶茅台很快被庄睿三人喝完了,一条整羊也被几人吃得干干净净,给火堆加了干柴之后,各人回到自己的帐篷休息了。

在帐篷里还有一个睡袋,躺进去后拉上拉链,只留出眼鼻在外面,很是暖和,开了一天车,再加上遭受暴风雨的袭击,众人都很累了,不一会儿就从各个帐篷里传出呼噜声。

白狮则趴在庄睿帐篷外面,虽然双眼紧闭,但不时耸动的耳朵显示出,白狮一直在执行着守护的任务。

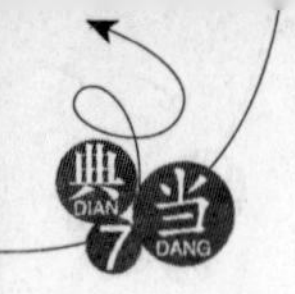

大草原的夜非常安静，只有微风吹过草丛传出沙沙声，并没有出现庄睿想象中的狼群袭击，一直睡到第二天清晨，庄睿才被白狮的低吼声吵醒，看了下手表，刚刚早上六点。

“得，不用给你准备早餐了……”

庄睿从帐篷里走出来发现白狮正在撕咬一只肥硕的野兔，可能是气候严寒的原因，这个兔子足有五六斤重，比内地的野兔大多了，浑身灰色的细毛，喉咙已经被白狮咬断了。

“小庄，你这只藏獒是我长这么大见过的最好的一只藏獒……”

正在刷牙的嘉措见到庄睿出来，满脸羡慕地冲着庄睿跷起了大拇指，他几乎跑遍了整个藏区，但是从来没见过像白狮一样神骏的藏獒。

“嘉措大哥，我的白狮可是雪山的守护神啊……”

庄睿闻言自豪地笑了起来，白狮似乎听懂了他们的对话，转过头低吼了几声，又开始专心致志对付起野兔。

“来，吃点东西，咱们今天要赶到左贡县……”

洗漱完之后，索男拿了些风干肉和糌粑，糌粑其实就是炒干的青稞面，里面还加了点糖，可以用开水冲泡了吃，也可以用青稞酒或者酥油茶拌和捏成小团食用。

“索男大哥，今天恐怕赶不到吧？”

庄睿是走过这条路的，当时好像走了三四天，虽然这段路直线距离不算远，但是山路难行，如果坐长途汽车的话要走上五六天。

一旁的嘉措看了看天色，自信地说道：“差不多，今天应该没有雨，跑快一点能赶到左贡住下来……”

几人吃过早饭之后，手脚麻利地把帐篷睡袋都收了起来，又用水浇灭了昨天的篝火。

只是彭飞说什么都不愿意坐到另外一辆车上去了，最后巴桑上了嘉措的越野车，庄睿车上则坐着白狮和彭飞。

嘉措带的路线极其难走，有时甚至要从两座山中间的峡谷穿越过去，不过沿途的风景却极佳，偶尔还能看到半山上的黄羊，前面车上的索男更是拿出相机不停地拍摄着。

除了中午吃饭用了半个小时，从早上六点一直到晚上十点，几人终于赶到了左贡县城。

左贡县位于西藏东南部、昌都地区东南部，北靠察雅，东依芒康，南接云南德钦，西与察隅、八宿相连，是川藏滇的交界。

左贡县境内的主要山脉有东达山、多拉山、茶瓦珠山、茶瓦多吉志嘎山，以及与云南交界的梅里雪山，最高峰雀拉山峰，海拔五千四百三十四米，全县平均海拔三千七百五十米。

梅里雪山是县内主要朝圣、旅游景点，属自然风景区，被当地群众视为“神山”，每年前来朝圣者络绎不绝。

按照巴桑小喇嘛的说法，白狮就是梅里雪山的守护神。

左贡的海拔要比芒康稍微低一点，至少庄睿在这里，没有上次在芒康的感觉，即使抽根烟稍微活动一下，也不会感到明显的不适。

早已联系好了住所，到了左贡，嘉措直接将车开进了一家政府招待所，登记的时候，是用索男拿着的介绍信，名义是陪同香港慈善机构人员前来参观考察。

因为彭飞身上有伤，这一路十四五个小时都是庄睿一人开车。到了招待所，庄睿也没去吃晚饭，直接到房间睡下了。

以庄睿的体质，身体倒是没什么感觉，主要是精神绷得太紧，经过一夜的休息，第二天又是精神奕奕，看得索男和嘉措都有点奇怪，这小伙子身体素质好的不像话。

“索男大哥，咱们该怎么寻访？”

在招待所吃了点东西，几人一起来到索男的房间。

如何寻访转世灵童，庄睿和彭飞还有小喇嘛，都没有一点经验，只有索男在十多年前，曾经参加过类似活动。

“是这样的，小庄，你现在的身份是香港一家专门救助婴幼儿先天心脏病慈善机构的代表，要在左贡和芒康的边远山区做一个婴幼儿疾病防治考察工作……

“这是登记表，对这几个月出生的婴幼儿，我们都要登记，然后一一寻访……”

索男的话，听得庄睿目瞪口呆，敢情这没经过自己同意，就给自个儿安排好了身份，居然连登记表都准备好了，看来自己这冒牌慈善人员是当定了。

“好吧，你们怎么说，我怎么做就是了……”

庄睿无奈地点了点头，他没想到，自己还真是捐了不少钱物。

好在所谓的基金会代表，并不需要是医学方面的专家，要不然庄睿可就抓瞎了。

“嘉措大哥，咱们这是去哪？”

在屋里开了一个简短的会议后，嘉措招呼众人上了车，围着县城绕了半圈之后，庄睿忍不住拿起车上的对讲机问了起来。

“这就到了……”

那边刚传来声音，车子就停下了，庄睿往前一看，原来是家医院，在医院门口站着十多个人，另外还挂了一个红色的条幅，上面写的什么字，庄睿倒是没看清楚。

把车停在嘉措越野车的后面，庄睿带着彭飞和白狮走下了车子。

“这次下来，是真的要解决一下婴幼儿先天心脏病的问题，如果有这样的病症的话，咱们要报给上面，会有真正的工作人员下来的……”

索男下车之后，见到庄睿一脸迷糊的样子，出言给他解释了一下，也就是说，庄睿的身份也不是完全杜撰的。

这次寻访活动，之所以搞得这么复杂，是因为活佛转世对于西藏是一件极其重要的事情。

活佛在藏传佛教地位崇高，寻访他的转世灵童，受到国内外诸多信徒的关注，所以大家都极为重视。

所以索男这支寻访队伍，需要很严格的保密制度，另外还有几支队伍，主要起到混淆外界视听的作用。

至于为什么要用这个基金会的名义，主要原因是西藏地处高原地带，婴幼儿先天心脏病的发病率远远高于内地，这样一家慈善机构，并不会引起很多人的关注。

“庄先生，我是伦珠，代表县委、县政府，欢迎您能来我们这里，帮助婴幼儿解决疾病痛苦，昨天你们到时太晚了，我就没过去……”

庄睿等人一下车，站在医院门口的一群人就围了上来，可能是嘉措已经和伦珠交谈了几句，那人一上来就握住了庄睿的手，表现得十分亲切。

庄睿诧异地打量了对方一眼，这人应该是四十岁出头的年纪，脸上的高原红表示他绝对是位土生土长的西藏人，双眼十分清澈。

“这位是伦珠县长……”索男在庄睿耳边小声地说了一句。

“伦珠县长，这是我们应该做的……”

虽然没有过这样的经历，但是客套话庄睿还是会说的，他对面前这位满脸风霜的县长印象很好。

“这位是拉巴次仁院长，此次你们前往山区，由他带领工作队和你们一起前往……”

伦珠县长果然很务实，相互认识了之后，马上就给庄睿介绍起身边的人来。

介绍完众人，伦珠县长对庄睿说道：“庄先生，等中午给你们接风之后，下午再去山区吧……”

“谢谢伦珠县长的好意，不过我们来这里，是为了那些没有条件看病的孩子们来的，等工作结束了，一定和伦珠县长好好喝一杯……”

庄睿一来不喜欢和官员打交道，二来他可是个冒牌货，所以义正词严地推辞了中午的饭局，要求马上出发。

还别说，庄睿学自郑华的香港普通话还真像那么回事，最少伦珠县长和那些医院的

工作人员，都对庄睿的身份深信不疑，听到庄睿的话后，纷纷准备起来。

既然庄睿执意要走，伦珠县长又待了一会儿，就出言告辞了。

“老弟，不错……”

索男凑到庄睿身边，悄悄地说。作为此次寻访行动的领队，他也不想和当地官员有过多接触，在来之前，他可是签署了保密协议的。

庄睿笑了笑，把视线转到医院那边，看到仅是救护车就开出了两辆，另外还有一辆小车，不由奇怪地问道：“索男大哥，怎么医院去那么多车啊？”

“很多检测的设备要带上，别看去的车多，到后面恐怕都要人抬进山，就是咱们的越野车，有些地方都开不进去……”

索男对山区藏民聚居的地方很熟悉，那些地方虽然山清水秀，但是却十分贫穷，原因就是无法修建公路，和外界没有办法进行交流。

听完索男的解释之后，庄睿心里突然变得有点沉重。

医院显然是做好了准备工作，医疗车和人员很快都到齐了，原本的两辆车现在变成了一个车队，浩浩荡荡地驶出了小县城。

按照索男的想法，是先排查最边远的山区，把那里最近半年的出生人口统计了之后，再慢慢统计县城附近的婴幼儿。

按照活佛圆寂的时间，即使已经转世，现在恐怕还是个没断奶的孩子，根本无法进行转世灵童鉴定的流程。

“拉巴次仁院长，咱们县上半年，一共有多少个婴幼儿出生呢？”

庄睿特意把拉巴次仁请到自己的越野车上，他听到索男的话后，心里有点感触，想看看自己有没有能帮到那些真的患了疾病的孩子的地方。

“上半年出生的人口算是比较多的，一共有六百一十八个，下半年可能会少一些了……”

除去那些住在山区里，实在很难来医院的人之外，其余的孕妇差不多都是在拉巴次仁的医院出生的，所以听到庄睿的话后，他随口就答了上来。

“多……多少？才……才六百多人？”

庄睿放在方向盘上的手，不经意地抖动了一下，一个县，一年才有六百多人出生，这怎么可能啊？

庄睿感觉有些不可思议。

“呵呵，庄先生，我们县里一共才四万人，去掉老年人和青少年，适婚的小伙子没有多少的……”

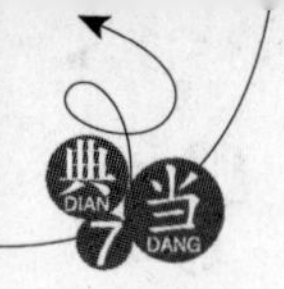

拉巴次仁笑着跟庄睿解释了一下，左贡县的平均海拔达到三千七百五十米，一般人到了海拔二千七百米的时候，就会产生头痛、气短、胸闷、厌食、微烧等高原反应。

所以除了那些常年居住在这里的藏民之外，很少有外来人口能长期定居在这个小城，所以出生率不可能和其它地区相比，其它地区再小的县城，也是动辄几十万人口。

庄睿听得颇为无语，都说上帝是公平的，他给予了西藏美丽神秘的天然风光，但是也给予了这里常人难以适应的高原反应，使得这些勤劳的藏民们，始终无法摆脱贫穷和疾病。

车队驶出了县城之后就没有了公路，几辆车都是在大草原上疾驰，蓝蓝的天，白白的云，加上一望无垠的草地，风景异常美丽。

庄睿等人第一站要去的是位处茶瓦多吉志嘎山的一个小乡村，按照拉巴次仁的介绍，这个村子只有几十户人家，但是上半年却出生了六个孩子，是此次重点考察的对象。

汽车驶出两个多小时以后，原本平坦的大草原，变得有些起伏了，一个个小山丘让车速降低下来。

而远处那终年积雪不化的雪山，也逐渐变得清晰起来，山腰间云雾缭绕，山峰雄奇壮观，不过距离越近，这道路变得愈加难走。

勉强又开了半个多小时，汽车终于无法前行了，因为前面已经是山道了，无法通行汽车，所有人都下了车，医院的工作人员开始把设备往下搬运。

拉巴次仁指着前面的大山对庄睿说："翻过这座山，再过一个峡谷，就是噶玛村了……"

"小庄，这东西你拿着，感觉不舒服了，就含一片在嘴里……"

拉巴次仁院长一边指挥着众人搬运仪器，一边递给庄睿一板药片。

现在他们身处的位置已经是海拔四千二百米左右了，对于常年生活在这里的人而言不算什么，但是对那些初来西藏的人来说，这已经是一个可以危及生命的高度了。

"西洋参含片？"

庄睿看了一眼，不禁苦笑起来，说道："拉巴次仁院长，我平时很注重锻炼的，现在这高度，对我没有多大影响……"

不知道是不是因为这一年多经常用灵气梳理身体的缘故，庄睿这次来到西藏，没有产生一点高原反应，即使活动后抽烟，感觉也和平常差不多，要是论体质，庄睿相信，在场的人没有一个比他还好。

"拿着，有备无患啊……"

拉巴次仁来之前，伦珠就有交代，要照顾好庄睿一行人，所以他们这次光是吸氧器就

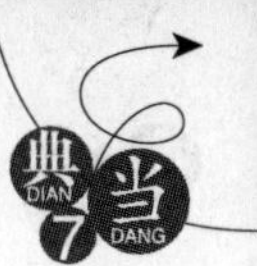

带了十几个，另外还有一个小型的氧气罐。

不光是西洋参含片，拉巴次仁又给庄睿等人发了好几种药物，正如他所说，这些东西在高原上是有备无患。

在高原地带，由高原反应引起的发烧等症状，最容易产生急性肺炎、脑水肿等诸多并发症，而这些症状很可能让一个人在很短的时间内失去生命，即使得到救治，也无济于事。

像那些驻守在高原哨所的战士，几乎每个人退伍后，身上都带有慢性高原病，有的甚至会影响到整个后半生的生活。

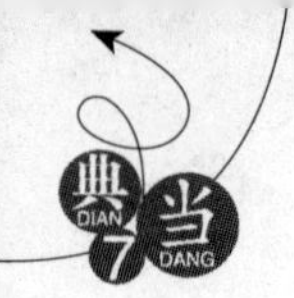

第三十九章　野性回归

算上拉巴次仁，一共四个医生两个护士，加上庄睿四个人，一行十人，沿着崎岖的山路，开始了进山之旅。

他们要翻越的这座山并不很高，不像前面那座山，离得很远就能看见半山腰上的积雪。

可能是高原的原因，即使在夏天，山上也看不到大树，很少有高出一米的树木，大多都是些灌木丛，整座山郁郁葱葱，四周一片寂静，只有庄睿等人走在山路上传出的声音。

“白狮，慢点……”

来到这里之后，白狮像是打了兴奋剂一般，跑在最前面，不时从草丛里惊起一只野兔或者獐子，引得白狮追逐嬉闹一番，它也不是想猎食，就是感觉无比新奇。

虽然这座山不是很高，但是一行人也走了四个多小时，不过让拉巴次仁以及随行的人吃惊的是，居然是庄睿最先爬到山顶，而且面色红润，没有一丝高原反应的迹象。

要知道，这里已经临近生命的禁区四千八百米的高度了，就是常年生活在西藏的人，走路的脚步都放缓了下来，到了山顶也是气喘吁吁，两个女护士更是在中途吸了几次氧。

“小庄，你是不是经常参加登山活动啊？”

拉巴次仁让众人在山顶休息一下，自己坐在庄睿的身边，他看到庄睿这会儿居然还拿出香烟准备点上，心里直呼怪物。

现在拉巴次仁可以确认了，自己给庄睿药物的举动，真的是多此一举的。

“没有，不过我每天带白狮散步……”

庄睿的话让众人齐齐翻了个白眼，心里考虑着，是不是以后自己吃完饭后，也要多散散步了。

“行了，大家吃点东西，补充下体力，到噶玛村还有好几个小时的山路呢……”

拉巴次仁院长安排了下去，在高原上行走，对体力的要求很高，众人纷纷拿出携带的

食物吃起来，只有庄睿带着白狮在山顶转悠着。

“好美啊……”

上到山顶之后，前面的雪山完整地呈现在眼前，看着前方那座高耸入云的山峰，庄睿情不自禁地感叹。

高山积雪形成的狭长而宽阔的冰川地貌，奇丽壮观，远处半山腰上那些由冰雪和石头凝成的奇形怪状、棱角分明的山脉脊背，犹如用巨斧劈琢一般，石谷峥嵘，鸟道盘错。

不过这样的景色，也只有庄睿才会去欣赏，其余人都在默不作声地休息以恢复体力，前面还有不少路要走。

“呜……呜呜……”

“白狮，做什么？”

一直在山顶漫步的白狮，突然猛地蹿了出去，动作快得让众人只能看到一丝白色的影子在灌木丛中穿梭，那硕大的体型，显得灵巧异常。

“小庄，不要追，不能跑快……”

庄睿也吃了一惊，连忙追了上去，身后传来拉巴次仁等人的喊声，不过这会儿庄睿也顾不上了，没有什么比白狮更重要的。

在四千多米高的地方，没有谁敢像庄睿一样奔跑，就是经过特殊训练的彭飞也不行，所以短短的一两分钟过后，庄睿和白狮的身影就消失在山顶。

“快，不要休息了，准备下山……”

出了这样的事情，拉巴次仁急眼了，他还指望庄睿能捐赠一些医疗器械给医院呢，万一要是出个什么三长两短，那什么都别想了。

索男和嘉措也是面面相觑，他们也没想到庄睿的体质会如此之好，到了这时候居然还有余力奔跑。

彭飞早已快步往庄睿消失的地方赶去，心里甭提多别扭了，要不是胸口的伤势未愈，这点高原反应还奈何不了他。

等众人赶到山坡那一面的时候，不禁为眼前看到的一幕惊呆了。

大概有五六十只身型高大的岩羊正拼命往山下四处奔跑，而原本看上去慵懒的白狮，此刻就像狮子一般紧紧地追在一只岩羊的后面，灵巧的岩羊几次突然变向都没甩开白狮。

“白狮，加油呀！”

庄睿站在距离众人不远的地方，正大声呼喊着给白狮鼓劲，这是他第一次见到白狮野外猎食，白狮那凶猛强健追逐岩羊的身形，让庄睿激动不已，浑身的血液似乎都沸腾了

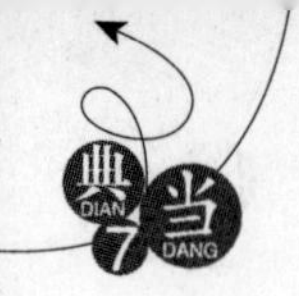

起来。

庄睿向来爱看动物世界，那里面他又最爱看猛兽猎食时的情景，不过电视上看到的和现实中见到的，完全是两回事，那种超越了人类极限的奔跑，本身就是一种无与伦比的视觉享受。

在山地奔跑，白狮还是远不如生长在这里的岩羊，眼看距离就要拉开，白狮喉中突然传出一阵低吼，低沉的声音让前面它追赶的那只岩羊身体猛地顿了一下，刹那间，白狮已经追到了身后，前掌猛地拍击在岩羊的后臀。

让众人没想到的是，那只岩羊被这一拍，整个身体都歪倒在地上，白狮趁机扑了过去，一张大嘴准确地咬在岩羊的喉咙上。

和豹子等猫科动物靠咬住猎物使其窒息而死不同，白狮的撕咬能力相当强，上下颚在咬合的同时，岩羊的脖子就发出一声脆响，显然已经被咬断了。

"呜……呜嗷……"

白狮松开嘴，前爪压在岩羊的尸体上，血红的大嘴张开，昂头长啸了起来，那低沉的吼声远远传出，犹如王者降临一般，逃远了的岩羊群沉寂下来，天地间再无声息。

"好样的，白狮……"

庄睿冲过去，一把搂住白狮的脖子，丝毫不在意白狮嘴边的血蹭到自己身上，野性回归的白狮让庄睿感觉到更加真实。

都说家养的藏獒已经失去了獒犬的凶猛，但是白狮的表现却恰恰相反，庄睿相信，别说是一只岩羊，就是在狮子老虎面前，以白狮的体型也毫不逊色。

"这，这也太假了吧？藏獒能追上岩羊？"

庄睿和白狮嬉闹的时候，众人也纷纷围了过来，不过一个个都目光呆滞，显然还没从刚才白狮扑食的一幕中清醒过来。

除了庄睿和彭飞之外，其余人都是一辈子生活在高原上，对于岩羊很熟悉。

岩羊由于毛色与岩石极其相近，不易被发现，悬崖峭壁只要有一脚之棱，便能攀登上去。一跳可达两三米，若从高处向下能纵身一跃十多米而不致摔伤。

这种动物的天敌只有金雕秃鹫和雪豹豺狼，只是豺狼在捕食岩羊的时候，全靠群体合作，将岩羊困死了才能捕捉到，不过今儿众人算是长了见识了，原来藏獒也能捕食岩羊。

"呜……呜呜！"

看到众人走近，白狮顿时挣开了庄睿，不善地冲着众人发出了低吼声，这是它第一次猎到大型动物，护食的性情顿时显露出来，除了庄睿之外，再不允许任何人接触它的猎物。

白狮的模样让众人也紧张起来，纷纷向后退去，即使是彭飞，也不敢在这时候挑衅白

狮，刚刚猎杀完岩羊的白狮，犹如猛虎出笼，身上有股难以掩饰的暴虐之气。

“得，不和你抢，奶奶的，平时白喂你了……”

彭飞手里拿着一个家用DV机，嘴里愤愤不平地嘀咕着。

彭飞刚才的反应很快，见到白狮追逐岩羊，就把DV打开了，虽然白狮追逐岩羊群的景象拍得不是很清楚，但是白狮扑倒那只岩羊的画面却很清晰地记录了下来。

“嘿，别激动，别激动，没人和你抢食物的……”

庄睿好笑地扳过白狮的脖子，这家伙从小就护食，它的食物只有自己能动，就是欧阳婉和囡囡白狮都会龇牙，当然，在庄睿几次训斥下，下嘴是不敢的。

白狮听到庄睿的话后，喉间发出一声低吼，回身就要去撕咬那只岩羊。

“小庄，等等，先别让它吃……”

退到一旁的嘉措见白狮准备进食，突然喊了起来。

“怎么了，嘉措大哥？”

庄睿不解地回过头去，这本来就是白狮的猎物，众人也都带有食物，不会想和白狮争食吧？

“能不能先让我把岩羊的皮剥下来，然后再给这藏獒吃？”

嘉措有些不好意思，不过如此完整的一张羊皮，如果被白狮下口咬破了，那还真是可惜了。

野生岩羊皮坚固耐用，可以缝制服装和女士手包，虽然不如藏羚羊皮值钱，但也是不可多得的好毛料，一张也要千元左右。

庄睿想了一下，弯腰搂住白狮的脖子，说道：“让彭飞剥吧，他和白狮熟点，换做你们的话，白狮肯定不同意……”

“好，都行，都行，其实给你的白狮一条羊腿，就够它吃了……”

嘉措听庄睿同意，顿时眉开眼笑，这岩羊的味道，要比自己家里圈养的牛羊美味许多，只是岩羊生性机敏，很难捕捉，嘉措也没想到能在这里遇到。

彭飞把DV机交给庄睿，拿着他那把不知道藏在什么地方的小刀剥起了羊皮，眼睛却时不时瞅着白狮，生怕这家伙一个不爽，给自己来上那么一爪子。

“是只公岩羊，嘿嘿，咱们都有口福了……”

除了小喇嘛巴桑之外，众人脸上都露出了笑容。

庄睿听到嘉措的话后，也转过头打量起来，这只岩羊比普通的家羊个头大多了，身长足有一米六多，头比较小，一双大眼睛半睁半闭，头上长着两只长角，双角呈“V”形，向后弯曲。

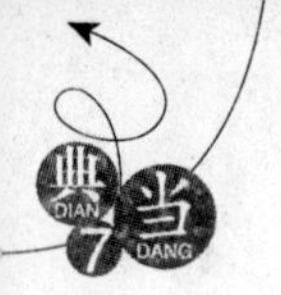

岩羊体背上的毛皮为石板灰色，上面略带有蓝色的斑纹，与山间岩石的颜色极其相近，腹面及四肢内侧为白色，四肢的前面为黑色，庄睿估摸了一下，这只岩羊，体重最少在八十公斤以上，足够十几个人饱餐一顿的了。

“我靠，白狮你行啊，这一爪子和老虎拍上去差不多重了……”

彭飞以前似乎干过这活，解剖起岩羊来，很是熟练，一会儿工夫，就将羊皮扒到了臀部，他用手摸了一下白狮击打的地方，感觉那里的骨头已经完全断掉了，就是白狮最后不补上那一口，这只岩羊也逃不掉了。

豹子和狮子基本上是靠锋利的爪子和牙齿撕咬猎物，但是老虎一般先用爪子击打，和熊一样，老虎的掌击力可以达到八百公斤，只要拍实在了，猎物都会失去抵抗力。

要是让动物学家见到白狮，保证会向庄睿提出研究白狮的请求，因为白狮现在已经超出了藏獒能力的范畴，在某些方面的进化和能力已经不亚于狮虎之类的猛兽了。

“行了，别啰嗦，抓紧干完活，咱们烤肉吃……”

庄睿对随身携带的风干肉实在是无爱，原本没什么食欲的他见到这只岩羊，马上改变了主意，中午吃顿烤肉再赶路，似乎是个不错的选择。

彭飞加快了动作，把一只岩羊皮扒下来之后，卸下整整一条足有二十斤左右的岩羊后腿，丢给了白狮。

见白狮在一旁享用自己的猎物，嘉措和索男等人在庄睿的招呼下各自拿出随身带着的藏刀，开始分解羊肉。

山间有一条清溪，分解开的羊肉被两个小护士拿到溪流处清洗，用粗壮的灌木枝串了起来。

另外几个男医生，也兴致勃勃地开始收拾干柴引火，并且熟练地在没有岩石的地上挖了个不是很深的坑，用几块石头搭了个架子。

对于游牧民族而言，野外烧烤几乎是与生俱来的本事，短短十几分钟，在靠近溪流的一片平坦小山坡上就燃起了篝火，一串串切好的羊肉挂了上去。

嘉措是常年在外行走的人，即使去深山也随身带着烧烤的材料，一个矿泉水瓶里装满了食用油，还有一个小小的排刷，不住地沾了油刷在羊肉上。

羊肉很快被烤变了颜色，滴落的油渍落在火中，发出“滋滋”声，浓郁的香气扑鼻而来，索男则在旁边拿着孜然和辣椒粉洒在金黄色的羊肉上。

“好了，大家趁热吃，岩羊肉可是平时吃不到的美味啊……”

每人面前都铺了张油纸或者塑料袋，嘉措熟练地用小刀将一块块羊肉拨到每人面前，那股香味让一旁已经吃饱喝足的白狮也忍不住耸动了下鼻子。

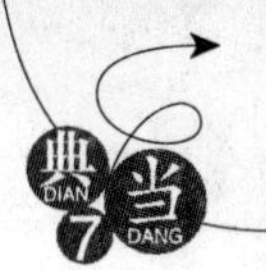

有些肉从油纸上滚落在草地上，那些医生也不在意，用小刀插在上面直接吃了起来，比起在大饭店里用刀叉文雅地进食，这种场面无疑更加豪爽，使人胃口大开。

“好，好吃！”

庄睿咬了一口金黄灿灿的羊肉，差点把舌头都吞进去，那种鲜美的味道是他从来没体会过的。

不知道嘉措怎么做到的，烤好的羊肉一点没有羊膻味，肉质鲜嫩酥烂，入口微辣，居然还带有淡淡的清香。

可惜昨天的茅台酒喝完了，只有拉巴次仁带来的青稞酒，虽然喝不惯这种酒的味道，但是就着羊肉，庄睿还是足足喝了差不多小半斤。

过了一个多小时，十个人居然把整整几十斤羊肉，吃得只剩下一个羊骨架。

嘉措最后更是连羊脑都喝了下去，本来是要让给庄睿的，庄睿实在享受不了这待遇，最后便宜了嘉措。

肚里有食干活不累，下山的路上众人都加快了脚步，越过一个峡谷，又翻越了一个不是很高的山包之后，已经下午三点多了，噶玛村也出现在众人眼前。

“这……这就是噶玛村？”

站在山包上，看着远处的村庄，庄睿心中不由自主地闪现出这个疑问。

清澈的溪水蜿蜒曲折，汇成一个不大的湖，在午后的阳光下，如同镜子一般反射出亮丽的光芒，蓝天白云、雪峰峭壁倒映其中。

山间一阶阶的梯田，种满了快要成熟的粮食，微风过后，拂起阵阵涟漪，像一串串音符，勾起庄睿心灵的共鸣。

大概有三四十个木屋，参差不齐地建在小湖的岸边，远远可以听到孩子们嬉闹和藏獒低吼的声音。

应该是在门前玩耍的孩子们见到庄睿一行人，马上大声叫嚷起来，从各个木屋里走出几个大人，向这边迎了过来。

村里走来的为首的是一个头发花白的老人，脸上布满了沟壑皱纹，岁月沧桑都显现在其中。

和拉巴次仁交谈了几句之后，老人爽朗地笑了起来，往后摆了摆手，大声吆喝了几句，跟在他身后的几个年轻人马上回头向木屋跑去，看得庄睿莫名其妙。

不过庄睿马上就明白了过来，几个年轻人跑回村子之后，村里出来了更多的人，有的手里拿着哈达，有的捧着酥油茶，这是来迎接贵客了。

在这种时候，语言已经是多余的了，庄睿被好几个人围住，脖子上被热情的村民们敬

献了好几条雪白的哈达，而白狮也受到了同等待遇，脖子上的哈达比庄睿只多不少。

美丽的山村，热情的藏民，虽然一路辛苦，但是庄睿感觉，在这里心灵无比安宁，完全没有大都市的喧噪，这趟寻访之旅，也不是想象中那么枯燥乏味。

这里的藏民完全不懂汉语，庄睿站在村前听他们交谈了好一阵之后，才被迎到村子里。

原本在村中低吼的几只藏獒，见到白狮之后，马上扑了过来，不过只是老老实实地跟在白狮后面，显然把白狮当作了头领，倒是让庄睿吓了一跳。

进村之后，庄睿看到从一间木屋里走出两个身穿登山服的男人，看相貌应该不是本地人。

“他们是谁？”庄睿扭头问嘉措，示意他去询问村里的人。

“嗨，你们好……”

就在嘉措和村里人交流的时候，屋内又走出一个人，却是个高鼻梁的老外，见到庄睿和彭飞，热情地用汉语打起了招呼。

“你……你们好……”

庄睿有些愣神，他没想到在这么偏僻的藏区深山里，居然能见到外面进来的人，而且还有老外！

第四十章 登山队

“嗨,兄弟,你是哪儿的?跑这来干吗呢?”

这次说话的不是那老外,而是后面的一个年轻人,看上去也就是二十一二岁的样子,听口音似乎是个北方人。

“呃,我是从北……香港来的,是预防婴幼儿先天心脏病基金会的工作人员,来这里考察统计高原出生婴幼儿的患病率的……”

庄睿差点说出自己是从北京来的,还好反应比较快,拿捏着粤语腔调,说出了广式普通话,至于那些人能否听习惯,就不在庄睿考虑之内了。

其实就算庄睿说北京来的也没什么,现在北京人在香港工作的多了去了。

“你们……是干什么的?”

见有人和庄睿打招呼,索男马上走了过来,一脸严肃地问道,他此行的任务可是保密的,见到村子里有外人,尤其是有外国人,马上产生了强烈的防范意外。

在这么个偏僻的小山村见到这么多人,不仅是索男,就是庄睿,也不明白对方几人的来路,不知道这次是巧合,还是偶遇?

“哎,我说,哥几个那么紧张干吗?”

最先说话的那个年轻人对索男的态度有些莫名其妙,开口说道:“我们是华清大学的登山队,此次是来征服茶瓦多吉志嘎山的!”

索男不为所动,伸出手,说道:“登山队的?把你们的证明拿来看看……”

索男是政府的工作人员,曾经接待过不少国内外著名的登山队,知道学校组织的登山探险队,一般都有学校的证明。

并且出于安全因素,所有前来西藏进行攀登探险的队伍,必须要到当地政府报备,而且还要配备当地的导游,否则是不允许进行探险活动的。

对那些有组织有经验的专业登山队,当地政府还是欢迎的,但是对于这些学生登山队,就让人头疼了,这些人大多专业技术不怎么样,却是一腔热血,很容易在登山过程中

出问题。

最起码在有报道的拯救某些探险队的新闻里，发生的基本上都是学生被困山林，或者是爬上山下不来的事情。

“你是干吗的啊？凭什么要看我们的证明？”

那小伙子满腔热情地迎过来，却碰了一鼻子灰，不免有些脾气，一脸不善地反问索男。

他们的确是华清大学的登山队不假，但却不是主力队员，曾经攀登过珠穆朗玛峰的那批队员早就毕业了，那已经是人类攀登的极限高度了。

后面的人虽然有志超越，奈何再也找不到一个比珠穆朗玛峰还要高的高度，再加上自知经验技术都不怎么样，所以才来挑战海拔相对较低的茶瓦多吉志嘎山的。

“呃，我是政府工作人员，陪同庄先生来实地考察的，我有资格要求你们出具证明文件……”

索男拿出一个绿皮的证件，在庄睿都没看清楚的情况下，飞快地在那几个人面前晃了一下就收了起来。

“政府的怎么啦？我们有过报备的……”那个年轻人还是有点不爽，愤愤不平地嘀咕着。

“哎，赵军，你小子少说几句……”

这时从屋里又出来两个人，一男一女，那个男的手里拿着份文件，走过来递给索男，说道：“这是我们学校的证明，还有在当地政府报备的文件……”

就在索男查看证明的时候，一个小个子藏民挤了过来，用藏语和索男交流起来，索男的脸色慢慢好转，点了点头，把证明文件交还那个男人。

“小庄，这几个人倒是没什么问题，那个叫顿珠次仁的是他们的导游，不过你最好少说几句话，你那香港话实在不怎么样，别被人给拆穿了……”

误会澄清了之后，索男把庄睿拉到一边，小声交代了庄睿几句，敢情庄睿引以为豪的港式普通话，在索男看来漏洞百出。

“没事，在香港的基金会工作，又不一定非要是香港人……”

庄睿笑了笑，回了索男一句之后，向那个登山队的人迎了过去，这几天除了和彭飞用普通话沟通之外，听到的大多是藏语，现在见到几个说普通话的人，庄睿感觉很亲切。

“嗨，大家好，我其实是内地人，在香港工作，见到你们很高兴……”

庄睿再怎么说，也是毕业四五年的人了，加上这两年东奔西走，算是见多识广，没几句话就和这帮年轻人聊了起来，连带把他们的来路都套出来了。

这个登山队的队员，都是由京城华清大学的大三学生组成的，一共六个人，四男两女，他们是趁着毕业前这个暑假，来西藏进行登山户外活动。

登山队的队长也就是最后出来的那个学生，叫朱伟，说话有些冲的那个小伙叫赵军，

另外一个是他的同学魏正,至于那老外,则是比他们低一个年级的学弟,来自英国的大卫。

两个女孩一个叫文秋倩,一个叫文秋雨,居然是双胞胎姐妹,只是姐姐文秋倩来到这里之后就有高原反应,一直待在木屋里没出来。

文秋雨长得很漂亮,剪了一头短发,显得很有英气,一直没说话,偎依在朱伟旁边,两人有点像情侣关系。

这些人之所以选择茶瓦多吉志嘎山,是因为茶瓦多吉志嘎山虽然没有梅里雪山出名,但是最高峰也达到了海拔五千六百米左右,并且比梅里雪山更加险峻,更加富有挑战性。

庄睿搞明白情况之后,不由暗地里摇了摇头,这些年轻人还真是不知道天高地厚,五千六百米的山峰,别说是业余登山队了,就是专业登山队,都会极为重视,并且制定攀登方案。

这几个年轻人一副初出茅庐不怕虎的样子,他们只看到了大自然瑰丽秀美的风光,但是完全不知道大自然的险恶,庄睿还是希望他们攀登到一定高度后力不继的时候,能懂得知难而退的道理。

"庄大哥,您这边有医生,能不能帮小倩看下病啊……"

年轻人很容易相熟,加上庄睿年龄比他们大,见识比他们多,一会儿,几个学生已经一口一个大哥地喊着了。

朱伟他们昨天就到了这个小山村,本来决定今天早上开始登山的,但是文秋倩病倒了,他们准备也不充分,根本就没带对症的药物,这会儿正商量是继续登山还是先把病人送出山呢。

见到庄睿等人里面有医生,无疑是雪中送炭,让他们看到又可以继续登山的希望了。

"拉巴次仁院长,这边有个病人,能不能先给她看下啊……"庄睿答应了朱伟之后,走到医院人员那边。

"行,等等,我拿测血压的工具……"

由于大家走了一天的路,都坐着休息,现在对村里小孩的身体检查还没开始,拉巴次仁听了庄睿的话后,马上站起身答应下来。

庄睿跟随拉巴次仁走进木屋,看到在屋里的竹床上躺着个女孩,长得和文秋雨几乎一模一样,只是面色十分苍白,双唇发紫,见到众人进来,连坐起来的力气都没了。

"小庄,她这是急性高原病的症状,因为由平原地带突然进入高原引起的,需要静养两到三天,我给你的那些药,都是对症的,可以先给她服用……"

拉巴次仁测量了文秋雨的血压和心跳之后,给出了诊断结果,这种病因在刚进入西藏的游客身上很常见,患者一般都是体质相对较弱,或者平时活动不多的人。

"医生,不会有生命危险吧?"

文秋雨着急地问道，这次可是她把姐姐拉来的，刚才在屋里都急哭了，正商量着让人给抬出山去呢。

“应该不会有大问题的，吃过药观察一晚上，明天再看看……”

拉巴次仁的话让几个年轻人都松了一口气，如果文秋倩真的出了什么事，他们回到学校也得吃不了兜着走。

为了不影响众人休息，一行人退出了木屋，庄睿和他们聊了几句，回到了嘉措那边，他身上可有着双重任务，既要假扮基金会的工作人员，还要寻访这里是否有转世灵童。

“小庄，这个村子一共有六个一年内出生的婴儿，其中有三个要早于活佛圆寂的时间，只有三个符合条件，等会儿开始会诊的时候，你和巴桑喇嘛多关注一下……”

索男见庄睿过来，把他和巴桑拉到远处，小声地交代了起来。

庄睿点了点头，说道：“我知道了，那三个婴儿都是多大？”

“一个是两个月大，另外两个都是四五个月的样子……”

索男也没见到小孩，只是听村子里的人说，这几个孩子出生的时候都没去医院，虽然刚出生不久，糊涂的父母都记不清是哪一天了，刚才索男追问了好久才搞明白。

“两个月大……”

庄睿有些无语，看来此行真的只能做一下统计工作了，他无法想象两个月大的孩子，如何能辨认东西。

“白狮，过来……”

庄睿坐在一家村民门前，喝着青稞茶，看到一群七八个孩子围着白狮起哄，连忙招呼了一声，以白狮的体型，即使冲撞一下，也不是那些小孩能经受得了的。

“呜呜……”

白狮冲着跟在它身后的那些藏獒低吼了一声，几只藏獒没敢再跟上来，但是那些小孩子不害怕，他们从出生就整天和藏獒玩耍。

藏獒对西藏人来说，是最好的朋友和最忠诚的伙伴，就是一个吃奶的孩子，也不会害怕藏獒的。

“你们不上学吗？”

被一群小孩围在中间的庄睿有些好奇，他看这些孩子小的有七八岁，大的已经有十二三岁的样子了。

这些小孩应该不会普通话，听了庄睿的话后，只歪着头看着庄睿，领头的一个小孩叽里呱啦地说了起来，可是庄睿一句都听不懂。

“他们没钱上学……”

拉巴次仁安排好医生们组装完检测仪器后，走到庄睿身边，指着周围的梯田，说道：“这里村子只有这么一点地，每年的收成仅够他们生活和换一些油盐酱醋用的，哪里有钱

让孩子们上学啊……”

拉巴次仁不是第一次来这个小山村，对村子很熟悉，这个在雪山脚下的山村，连电灯都没有，七八岁大的孩子就要去放牧了。

“国家不是有九年制义务教育吗?”庄睿不解地问道。他记得自己以前听说过，在西藏上学很多费用都是减免的。

“这些孩子六七岁就要帮大人干活，去放牧牛羊了，再说即使上学不要钱，在外面吃饭还是要钱的啊……”

拉巴次仁摇头叹了口气，像这样的小山村不只有一个，很多住在山脚下的孩子都上不了学，仅仅每个学期百十块钱的食宿费用这些村民们都掏不出来。

“拉巴次仁院长，您问问他们，愿意上学吗?”

看着这些脸蛋通红的藏族孩子，庄睿心里的一根弦被拨动了。

庄睿早年丧父，原本感觉是一件很悲惨的事情，但是自己最起码受过良好的教育，不像这些孩子刚懂事就要去做成年人干的事。

七八岁? 那时候庄睿还只懂得调皮捣蛋堵别人家烟囱，哪里知道生活的艰辛啊?

拉巴次仁听了庄睿的话后，用藏语问了孩子们一句，庄睿看到，这些小孩们的眼睛顿时亮了，围着拉巴次仁嚷嚷了起来，脸上满是兴奋的神色。

有一个孩子一边说话，还一边拿了个木棍，在地上写画了一阵，然后很自豪地抬起头，指着地上的藏文，大声对拉巴次仁说着什么。

“他说，这是他的名字……”

拉巴次仁心里也有些感慨，看向庄睿说道:“孩子们都想上学，但是知道家里很穷，这个孩子的外婆家是山外的，所以会写自己的名字……

“在这个村庄里，几乎所有人都不识字，他们尊敬有文化的人，也想让自己的孩子做个有文化的人，但是实在是拿不出上学的费用……”

“索男大哥，您过来一下……”

庄睿听到拉巴次仁的话，抬头招呼了一声索男，他想帮助这些孩子上学，不过这种事情，让作为医生的拉巴次仁去说有点不太合适。

“索男大哥，您帮我统计一下村里有多少年龄够上学的孩子，我想资助他们从小学到大学的所有费用……”

“小学到大学? 小庄，这笔费用可不少啊……”

索男闻言愣了一下，他没想到庄睿这冒牌基金会的人，真的要做慈善了。

虽然西藏有各种政策，上学费用很低，但是从小学到大学，没有个两三万也是办不到的，这村子里最少有十几个失学孩子，算下来就要好几十万呢。

索男不知道庄睿的身家，于他而言，几十万已经是一笔巨款了。

庄睿摆了摆手，说道："先不要提钱，索男大哥，您先去统计，然后把名单给我，等咱们出山后，再找当地的教育部门来安排……"

资助这些孩子上学，对于庄睿来讲，在经济上一点负担都没有，但是他怕有些部门和家长做表面工作，拿了钱后用到别的地方，所以想出去以后直接和伦珠县长谈这事。

"好吧，我现在就去办，对了，那几个要做检查的孩子马上要来了，你和巴桑注意点……"

索男深深地看了庄睿一眼，转身去找村长了，在这种封闭的小山村里，村长绝对是一言九鼎的人物，只要他同意让娃娃们上学，就没有任何问题了。

"庄居士，咱们怎么才能看出这孩子是转世神童啊？"

索男离开之后，巴桑挠着头向庄睿问道，虽然他是寻访活佛转世最重要的组成人员，但是巴桑本身还是个大孩子，对这种事情并不了解。

"这个……"

庄睿也有些挠头，想了一下之后，说道："这样吧，回头他们在检测的时候，咱们拿出活佛曾经用过的东西逗弄他们，看看这些孩子有什么反应……"

这事庄睿也很无奈，总不能指望那些吃奶的孩子见到他们就扑过来吧？

巴桑点了点头，跟在庄睿身后，向已经准备好的医院工作组走去，那几户有孩子的牧民见到巴桑后，都很恭敬地行了个礼。

虽然巴桑看上去很年轻，却依然能得到藏民们的尊敬，如果不是手上抱着孩子，恐怕他们都要行跪礼了。

最先检测的是那几个两三岁的孩子，高原先天性心脏病虽然多发于移居高原的人，但是原住民也有很大几率患上这种病。

按照拉巴次仁院长的话说，他们现在的设备不是很先进，对于一些心率的检测不怎么到位，只能做一些比较普通的检查。

不过即使是这样，对于常年生活在山里的藏民们来说也是可遇而不可求的，几乎家家户户都把孩子领出来了，在小村的晒谷场上，到处都洋溢着欢笑声。

"庄大哥，这条大白狗是您的吧？"

华清大学的登山队员们，除了两个女孩不在之外，其余几个人都围过来看热闹，最先和庄睿打招呼的那个叫赵军的学生，此刻正一脸羡慕地看着白狮。

"那是藏獒，懂不懂啊？去，一边去，庄大哥，能不能让我们和它照张相？"

登山队长也沉不住气了，用职权把赵军赶到一边之后，眼巴巴地望着庄睿。

"我是没意见，你们问问白狮愿意吗？"

庄睿呵呵地笑了起来，身边的白狮很配合地抬起头，嘴中发出"呜呜"的低吼声，吓得那帮学生连忙向后退去，白狮的体型可不是一般的大，试想一只狮子站在身前，能有几人

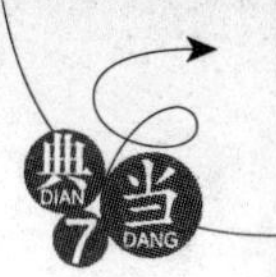

不发憷的?

“小庄……”

看到马上就该几个一岁以下的孩子检测了,正和村长说话的索男连忙喊了庄睿一句。

“得,给你们个录像看,别打扰我工作……”

庄睿把白狮捕食的DV机递给几个学生,自己凑到检测人群中间。

“这小孩子真可爱,来,叔叔抱抱……”

庄睿把手腕上天珠拿在手上,逗着一个七八个月大的男孩,或许是和平时听到的语言不一样的原因吧,那孩子居然哇哇大哭起来,一双小手拼命拨打着面前的天珠。

“我靠,这样也行啊?”

正当庄睿收回手的时候,忽然感觉胸前热乎乎的,低头一看,那小娃娃已然化悲愤为力量,正用另外一种方式向庄睿提起抗议。

“不要擦,童子尿是很吉利的事情……”

当庄睿拿出纸巾准备擦拭衣服的时候,被嘉措拦住了,旁边人也看得哈哈大笑,搞得庄睿悻悻然。

那个孩子检测完之后,巴桑上前给他灌顶赐福,下一个小孩又被抱了过来,这是那个年纪最小的婴儿。

虽然不想再做怪叔叔,庄睿还是拿着天珠手链凑了过去,他的这种行为看在那些村民和医生的眼里,是有爱心的举动,自然也没有人制止。

“嗯?有点古怪……”

这个孩子虽然很小,脸上的皱纹刚刚舒展开,但是一双小眼睛特别明亮,最让庄睿吃惊的是,这孩子的耳朵尤其是耳垂,非常大,单单是耳垂几乎和整个小耳朵差不多大小了。

按照古人的话说,双手过膝,大耳垂肩,这可是福相啊。

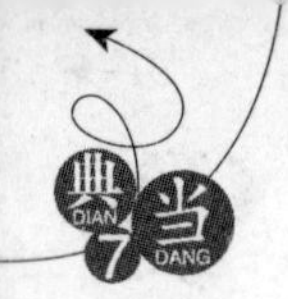

第四十一章 候选人

"没有科学依据嘛 "

庄睿给小孩的面相下了结论,不能仅凭耳朵大就说耳大有福,庄睿出生时耳朵也不小,不也过了二十多年的穷日子吗?

"不准尿尿啊……"

庄睿拿着天珠手链,在小孩面前逗弄起来,他的话让旁边所有能听懂汉语的人都大声笑了起来。

"咦?"

一直很老实地盯着庄睿看的小家伙,在庄睿拿出手链之后突然挣扎起来,两只都合不拢的小手虚空抓着,似乎想把面前的手链抓在手中,他的左手是张开的,而右手始终紧紧握成一个小拳头。

"嗯,小孩子总是喜欢抓东西的……"

庄睿不相信能如此轻易地找到转世灵童,拿着手链在小家伙眼前晃悠了一圈之后,又收了起来。

似乎感觉到玩具消失了,两个多月大的小家伙四处张望起来,突然看到庄睿身后的白狮,竟然看着白狮,"咯咯"笑个不停。

让庄睿感到不可思议的是,白狮居然走上前去,伸出血红的舌头在小家伙攥紧的小拳头上,轻轻地舔了一下。

"咯咯……咯咯……"

小家伙似乎感觉很高兴,一张小脸笑个不停,原本攥成小拳头的右手,忽然张开,一粒佛珠掉在地上。

小家伙的母亲捡起佛珠,笑着对一旁的人用藏语说。

"她说什么啊?"庄睿问了下旁边的医生。

"她说自己的儿子最喜欢拿家里的佛珠玩,但是从来不往嘴里放……"

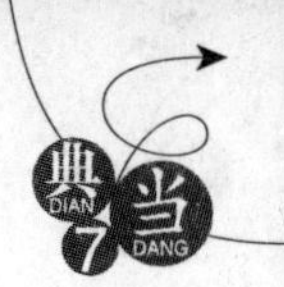

医生给庄睿解释了一下，小孩子喜欢抓东西，这是天性，但是拿了东西喜欢往嘴里塞，同样是天性。

医生的话不但让庄睿心里一动，就是巴桑和索男也开始认真关注起这个孩子，尤其是经历过一次寻访转世灵童的索男，两眼紧紧地看着这个还在襁褓中的娃娃。

不过小孩子显然对庄睿和白狮更感兴趣一些，竟然伸着小手要庄睿抱。

庄睿没去抱小孩，而是看向巴桑，说道："巴桑，你来抱，看他跟你吗？"

巴桑听到庄睿的话后，站到庄睿身前，对着小家伙伸出了手，小家伙毫不犹豫地往前探着身子，被巴桑接了过去。

"索男大哥……"

庄睿转过身去，碰了一下索男，走出了人群。

"怎么了？"索男不动声色地跟上庄睿，小声问道。

"我的白狮从来不会主动和人亲近，它长这么大，除了活佛和前几天见过的住持之外，再没主动亲近过任何一个人……"

在庄睿的记忆中，白狮就是对囡囡和自己老妈也是爱理不理的，在自己的威胁下偶尔才会表现出一点亲近的举动，像刚才那样亲近一个孩子，几乎是没发生过的事情。

庄睿的话让索男眼睛一亮，不过他虽然感觉这小孩有些不凡，但也不敢相信此次寻访会如此容易，看了一眼人群之后，说道："仅靠白狮的举动，说明不了什么问题吧？"

"但是手握佛珠，对我的天珠手链有反应，总应该能说明一些问题吧？"

小孩子喜欢抓东西，这都是可以理解的，但是为什么偏偏要拿佛珠呢？而且见了自己和白狮就会笑，这又说明了什么问题？莫非在冥冥中，真有灵魂转世？

"小庄，庄睿，我说话你听到没有？"

正在思考中的庄睿突然被索男打断了思绪，有些茫然地抬起头来，庄睿有些不好意思地说道："索男大哥，刚才想起了一些事，走神了，您说什么？"

索男哭笑不得地看着庄睿，两人之间的距离还不到一米，这么近说话，庄睿居然还能分神。

"我说现在孩子太小，还没办法断定他是否为转世灵童，但是经过刚才的鉴定，他绝对可以成为转世灵童的候选人之一……

索男说到这里停顿了下，想了想接着说道："这样吧，回头你就说想见识下雪山，我们在这个村子再待几天……"

"候选人之一，这个也有候选人啊？"庄睿不解地问道，没人跟他说过这个问题。

索男奇怪地看了庄睿一眼，他不知道像庄睿这样对转世流程一窍不通的人，究竟是如何混到寻访队伍里来的。

"不过索男还是给庄睿解答道："当然要有候选人，上次在寻访转世灵童的时候，就有

三个候选人都有机会成为转世灵童，后来经过多次鉴定和高僧沟通，才选定了活佛……

不过另外两个也都是有佛缘的人，事后都被送到了庙里，现在已经在佛学院上学了……”

“得，索男大哥，您是领队，您说是候选人，那就是候选人吧，我过几天就要回北京了，找到个转世灵童的候选人也算此行不虚了……”

庄睿笑了笑，这个小孩给他的感觉很古怪，只是这小家伙实在太小，小到没有任何办法表达自己的情感，或许按照索男说的，先把他列为候选人，等长大以后再慢慢观察。

“回头你跟那些村民们说，我要待上几天啊……”

庄睿一边和索男说话，一边回到了人群里，还有两个小孩没看呢。

回到人群，庄睿见到一群人指着自己的白狮在说什么，不由奇怪地问道：“你们在聊什么啊？”

嘉措见庄睿回来了，连忙说道：“小庄，他们说，在这个孩子出生的时候，有人看到从雪山上下来一只藏獒，也是浑身雪白色的，不过体型要比你这只小了很多，这不，有人相信，有人不信，正在争论呢……”

“什么？见到一只和白狮一样的雪獒？”

庄睿听到嘉措的话后，整个人都惊呆了，这比他刚才发现那个小孩像是转世灵童受到的冲击还要大。给白狮找个媳妇的心思，已经困扰庄睿很长一段时间了。

“是谁？是谁见到的？”

庄睿也顾不上再去看剩下的两个小孩了，大声地问道。

嘉措对着一个四十多岁的藏族男人说道：“达瓦，刚才是你说看见的吧？”

那人点了点头，走到庄睿面前，用很生涩的汉语，一边比划一边说道：“藏獒，白的，这么大，母的……”

“嘉措大哥，您问问他，他是怎么知道那藏獒是母的啊？”庄睿听到“母的”二字之后，顿时双眼放光，连忙让嘉措当起了翻译。

听到嘉措的话后，那个叫达瓦的男人，脸上露出一丝不满，但还是和嘉措交流起来。

“小庄，达瓦说，我们藏民从小就和藏獒生活在一起，从体型上一眼就能看出藏獒的公母的……”

似乎对庄睿这个问题有些不满，嘉措最后说了一句：“别说是他们了，就是我也能分辨出藏獒的公母的……”

“哈哈……”

庄睿闻言大声地笑了起来，弯腰搂住白狮的脖子，说道：“老伙计，明天咱们就上雪山，以后你就不用再打光棍喽……”

白狮似乎听懂了庄睿的话，双眼中露出温柔的神色，用大头蹭了蹭庄睿的面颊，高兴

地低吼了起来。

白狮的吼声引得村里的藏獒齐声嘶吼，安静的村庄顿时变得沸腾起来。

这一人一獒旁若无人的举动，看得藏民目瞪口呆，他们以前认为，只有在西藏生活的牧民才能和藏獒结下最真挚的友谊。

庄睿和白狮这种默契，显然颠覆了他们的认知，不过藏族人最喜欢能和藏獒相处的人了，那位年纪已经老得快走不动路的村长，颤颤巍巍地走到庄睿的面前，深深地鞠了一躬。

“哎，老人家，我可当不起啊……”

庄睿连忙往旁边躲，庄睿是真当不起这么大年龄的人给他行礼。

“小庄，你就受老人家这一礼吧，他说你的白狮是神的使者，你和白狮能有如此深厚的感情，那你就是所有藏族人的朋友……”

老人见庄睿闪开，连忙和嘉措说了几句话，嘉措给庄睿原文翻译了过来。

庄睿坚辞不受，笑着说道：“使不得，使不得，哪有给朋友行礼的，晚上让朋友多喝几杯就行了……”

老人听了嘉措的翻译后，冲着庄睿竖起了大拇指，然后回过身去，冲着村民大声说起话来，当然，庄睿还是一句都听不懂。

不过原本围在一起的人群听到村长的话后，嘴里发出吆喝声，纷纷散去，脸上满是兴奋的神情。

“嘉措大哥，他们在说什么？”庄睿茫然地看向身边的嘉措。

嘉措笑着说道：“村长说，村子里来了最尊贵的客人，他们要杀羊，用最隆重的礼节来迎接咱们，呃，准确地说，是迎接你……”

庄睿闻言愣了一下，转头看了看山坡上那并不是很多的羊群，小声对嘉措说道：“嘉措大哥，你注意点，他们宰杀了多少羊，记个数，等咱们走的时候，我给他们留些钱……”

庄睿知道，对于牧民而言，每一只羊都是他们宝贵的财产，轻易不杀的，只有在逢年过节或者祭祀祖先的时候才会杀上那么一两只。

这个被群山包围的小山村，由于地域限制，没办法大规模放牧，这些羊就更加珍贵了，村民们每年的油盐酱醋，都指望这些羊去换呢。

“小庄，我们藏族人待客，不会收取客人的费用的，你那样做的话，主人会生气的……”嘉措摇了摇头，他本身也是藏族人，主人招待客人，怎么可能收钱呢。

庄睿闻言苦笑起来：“嘉措大哥，走的时候留下不就行了嘛，咱们吃饱喝足了，但是这村子可要少很多收入的……”

“对了，嘉措大哥，我刚才说要资助孩子们上学，村长同意了没有？”

庄睿心里还有些困惑，索男跟村长说自己想资助孩子上学的时候，村长都没这么大反应，只和白狮亲热了一下，居然就赢得了村民们的尊敬，这事还真是无法理解。

“同意了，他让索男大哥谢谢你呢……”

嘉措似乎看出了庄睿的疑问，接着说道：“朋友之间的馈赠，代表着我们的友谊，但不是用钱就能买到他们的尊敬的……”

庄睿似懂非懂地点了点头，这些质朴的藏民们，显然有自己衡量事物的标准。

随着夜色降临，整个小山村变得沸腾起来，村民们换上了各色漂亮的藏袍，脖子上系着洁白的哈达，身上背着经书和各种美食，沿着村子载歌载舞。

队伍前打头的是两个村姑打扮的“拉姆”（即仙女），而小喇嘛巴桑和庄睿，则被请上了马，这是最尊贵的客人才能享受的待遇。

其他普通的村民都是步行，虽然村子是沿山而建，山路崎岖不平，但是他们的脚步依然健朗而轻盈。个个像过年似的，喜气洋洋。

在队伍的正中间，几名藏民毕恭毕敬地抬着一尊大佛像，有人专门为其打着布幔，以免阳光直接照射，佛像四周藏民簇拥，旗幡飘扬，点燃藏桑，烟雾升腾，既庄重又热闹。

虽然算上嬉闹的孩子和登山队的队员们，游行的队伍一共才一百多人，但是气氛依然很热烈，最后众人打着用藏桑做成的火把，围着村中的山神庙转了一圈，回到了打谷场内。

此时篝火晚会的准备工作已经全部做好了，十多只洗干净的整羊穿在铁条上，挂在篝火上的架子上，几个藏族妇女正在旁边忙碌着。

大碗的青稞酒被老村长端在手里，从庄睿开始，一一敬了过去，能歌善舞的藏族姑娘们穿着靓丽的服装，在场内载歌载舞。

火光映在众人脸上，都是欢愉的笑容，一坛坛的青稞酒被搬了上来，在这种氛围下，已经不需要语言沟通了，端起大碗，大口喝酒，就是最好的交流。

第二天从醉酒中醒来的庄睿，对昨天晚上的回忆就只剩下“青稞酒和烤羊肉”了，他甚至不知道自己是如何回到木屋里睡下的。

“呜……呜呜”

庄睿刚刚坐起身体，还没来得及打量自己昨儿睡的房间，就听到床下白狮的呜咽声，要不是他现在浑身上下光溜溜地只穿着一条短裤，恐怕白狮早拉着裤腿把他扯到床下去了。

“怎么了，白狮？”

虽然在家里有清晨和白狮跑步的习惯，但是在高原上，庄睿却懒得动了，虽然不虞产生高原反应，但是在海拔四五千米的地方跑步，未免有点惊世骇俗。

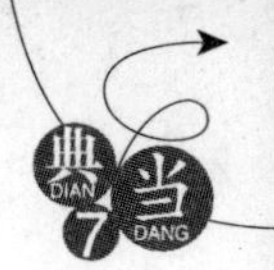

白狮自然不能张嘴告诉庄睿什么事情，只能用大头顶着庄睿，催促他快点起床。

"是不是想去找媳妇了？"

庄睿忽然想起这茬来了，他可从来没把白狮当成动物看待，庄睿相信，昨天的话白狮绝对听懂了。

果然，在庄睿说出这话之后，白狮很人性化地点起了大头，一双明亮的眼睛巴巴地看着庄睿。

"你小子，就不知道含蓄点……"

庄睿笑骂起来，拿起床头的衣服穿上，起身的时候发现彭飞也睡在这个房间里，只是他酒量不如自己，这会儿正流着哈喇子打呼噜呢。

"啊，舒坦！"

带着白狮走出木屋，庄睿伸了个懒腰，住在这秀丽得像山水画的地方，虽然没有任何现代化的电器，但却别有一番风味。

"索男大哥，早！"

庄睿看到索男从另外一个木屋里出来，连忙打了个招呼。

"呵呵，不早啦，这会儿都中午了……"

索男听到庄睿的话后，不禁笑了起来，昨天庄睿可是村里最受欢迎的人，酒也是喝得最多，而他们这些本就是西藏人的客人，倒是没喝多少，昨儿就是他把庄睿架回来的。

"坏了，我还想上山呢……"

庄睿看了下手表，居然已经下午一点多了，怪不得白狮急成那样子。

"你在山脚下转转就行了，我说让你借口登山，又不是真让你去爬，一点装备都没有，怎么上山啊？"

索男本是随便找个借口，没想到庄睿还真想爬雪山。

"嗨，索男大哥，我不去也不行啊，您问问白狮答应不？"庄睿闻言苦笑了起来。

"哦，我知道了，敢情你的藏獒发情了啊……"

索男笑了起来，不过没有专业的登山装备，爬高达五千六百米的雪山，几乎是一件有死无生的事，皱眉想了一下，索男说道："咱们去那个登山队看看，要不然你和他们一起上山吧……"

高原登山，首要的就是体质和耐力，庄睿变态的体力众人都见识过，只要上山的时候注意点，一般没什么大问题。

到了登山队住的地方之后才发现，除了生病的文秋倩还有照顾她的双胞胎妹妹文秋雨两人之外，其余的人早上就去登山了。

这些登山队的人昨天只是配角，并没喝多，加上文秋倩生病已经耽误了两天时间了，所以一大早其他人就在当地导游的带领下，开始攀登茶瓦多吉志嘎山了。

“小文,要不把你们的登山装备借给我用下吧?”

庄睿看到屋里摆着登山杖、手套和登山绳等物件,顿时眼睛一亮,他本来就有一双带底钉的登山鞋,有了这些东西,庄睿自感爬上这座雪山没有多大问题。

“东西都可以借给你用,不过庄大哥,一个人登山好危险啊……”

文秋雨点了点头,出言劝了庄睿一句。

别看现在庄睿他们所处的海拔高度和山顶只差了一千多米,但是要登上这一千多米的高度,恐怕最少需要一天时间,雪山上的猛兽以及雪崩等自然现象都有可能危及登山人的生命。

“小庄,你等一下,我去喊嘉措,让他陪你上山……”

索男见庄睿主意已定,自己估计是劝不住了,当下返身去找嘉措了,嘉措曾经做过一段时间的登山导游。

第四十二章　遇袭雪豹

嘉措果然经验丰富,听庄睿要上山,劝了几句未果,马上准备了起来。

半个多小时之后,庄睿看着地上两个快有半腰高的登山包,眼睛不禁有些发直,这是去登山,还是野营啊?

嘉措不但带了五人三天分量的风干肉等食物,还带了两顶帐篷和两个睡袋,另外还有巧克力,开路用的开山刀,搭帐篷的小铁锹,煮食物的锅和一个小氧气瓶,防紫外线的墨镜还有望远镜等诸多物件。

最让庄睿不能接受的是,嘉措居然把两顶女士登山帽也放进了包里。

文秋倩姐妹住的房间里的东西,可能除了那两套防寒内衣之外,所有的物件都被嘉措搜刮走了。

"嘉措大哥,不用拿这么多东西吧?"

庄睿试着拎了一下地上的登山包,还好,登山设备都是特制的轻合金材料,虽然看上去挺吓人的,但是并不怎么重,庄睿背上这些东西,没有多大负担。

"这山我没爬过,但是听人说过,这座山不是很好爬,咱们多拿点东西,总归有备无患……"

嘉措的脸色有些凝重,像登山这样的事情,准备工作一定要做充分,他就曾经在一次攀登珠峰时,亲眼见到一个登山队员,从自己身边摔下当场死亡的情形。

而且大自然多变,在山上经常会出现意想不到的情形,别看这会儿还是七八月份,但是六月飞雪在大雪山上时有发生。

之所以说登山是极限运动,就是因为在这个过程中固然能挑战人体的极限,激发人类的潜能,但是伴随着的往往是死亡和残疾。

"庄哥,我也跟您一起去……"

当庄睿背着偌大的登山包和嘉措准备上山的时候,彭飞突然冒了出来,他醒过来后

找了庄睿半天了。

“别,你好好休息吧,这山不是很高,我在上面住一晚,明天就下山,再说也只有两套登山设备,你就别去了……”

庄睿摆了摆手,彭飞身上有伤,虽然帮他用灵气调理了,但是身体仍然比较虚,庄睿不想让他去冒险。

见彭飞还想说话,庄睿一挥手,说道:“别说了,哥哥我野人山都能进能出,还怕这座雪山?”

“得,庄哥,那你小心点吧……”

听了庄睿的话,彭飞有点哭笑不得,不过他知道雪山上的猛兽比较少,一般不会主动攻击人类,不像热带雨林那般危机四伏,以庄睿的体质爬这座山应该比较轻松。

“小庄,等等,上山不要这么快,要合理分配体力……”

跟在庄睿身后,嘉措感觉自己真的老了,论年龄他只比庄睿大三四岁,但是从刚才的表现上来看,自己就像五六十岁的老头。

经过三个多小时,两人已经从雪山脚下来到海拔四千九百米的地方,这三个多小时,庄睿居然没休息一次,神态轻松的和前面奔跑的白狮一样,一点不见疲态。

不过嘉措可就受不了了,地面上全是积雪,还有终年不化的薄冰,走起路来战战兢兢,体力消耗得非常快,跟上庄睿的脚步已经让嘉措拼了老命了。

这里气温骤降,即使外面穿了军大衣,嘉措依然冻得嘴唇打战,他就想不明白了,庄睿为什么一点都不怕冷,他又没长白狮那一身厚厚的长毛。

“好,休息一下吧,嘉措大哥,一会儿再走两个小时,咱们就找地方宿营……”

庄睿看着气喘吁吁面颊通红的嘉措,无奈地停下了脚步,说老实话,如果没有嘉措跟着,庄睿这会儿都能爬到半山腰了。

抬头看了看透蓝的天空,被皑皑白雪笼罩着的雪山峰顶,像围了一圈华丽的白狐皮毛,转头再看山脚,偌大的藏民聚集地,此刻变得小了很多。

在雪山和草原之间,长满了低矮的刺槐与野生柳树,再往远处眺望,就是开满野花,像藏毯一般美丽的高山草原。

脚下寸草不生的荒凉之中,又蕴含了冰山雪水灌溉下的勃勃生机,一切显得那么纯粹和原始,荒芜凄凉和生命的气息神奇地融合在一起。

如果不是前人留下的一些掩盖在雪地下的生活垃圾,这里就如同亘古以来无人踏足一般。

站在这生命禁区，庄睿感觉不管是人类还是别的生物，都显得那样渺小，回首上望，遍地白茫茫的刺眼积雪，似乎整个世界只有一种单调冰冷的色彩。

即使是在盛夏，这海拔近五千米的地方和炎热也毫无关系，只有潮湿和刺骨的寒冷，不过没有工业废气，没有烟囱污染的空气，吸入肺中让庄睿感觉非常舒适。

开始还嫌戴墨镜多余的庄睿，早就把眼镜架到了鼻梁上，因为如果不戴眼镜的话，即使有灵气保护，也会被强烈的紫外线照得眼睛酸涩疼痛。

"小庄，我说咱们就在这里宿营算了，眼看天就要黑了……"

听庄睿还想再走两个小时，嘉措那张脸顿时变得像苦瓜一般，嘉措可以打包票，就是珠峰最棒的导游和庄睿拼体力，那也是菜鸟一个。

"这里？"

庄睿皱了下眉头，说道："嘉措大哥，咱们还是再往前走走吧，以咱们的速度，两个小时应该可以追上那些学生了……"

华清大学的登山队是早上七点出发的，比庄睿他们整整早走了七个小时，不过庄睿相信，以自己的速度肯定能赶上他们。

"好吧，我先吃点东西……"

嘉措左右看了一下，自己和庄睿身处的地方正好是个风口，也不适合安营扎寨，坐下之后，拿出巧克力吃了起来。

庄睿也掏出风干肉嚼了几口，然后兴致勃勃地带着白狮拿出 DV 机拍摄起高山景色来，看得嘉措直摇头，如果让庄睿去爬珠峰的话，肯定能打破珠峰登顶的最快纪录。

"嗯？什么声音？"

突然，庄睿听到一声清脆的鸣叫，抬头望去，在头顶的天空上，一只大雕正展翅飞翔，爪子下面还抓着个东西。

"我靠，这是金雕啊……"

庄睿掏出望远镜追逐着天空的身影，在那个翼展足有好几米长的金雕爪子上，抓着的居然是只豺狼。

庄睿可以清晰地看到，豺狼的头部有好几个血淋淋的深洞，想必是被金雕用爪子抓出来的。

"好几年没见到金雕了，没想到在这里见到一只……"

坐在旁边的嘉措也抬起头来，向往地看着那只大雕，在西藏有些训雕好手可以把金雕培养成猎人的最佳伙伴，其作用甚至比藏獒还大。

嘉措的一个在草原上放牧的朋友，曾经养过一只金雕，一个冬天，那只金雕居然捉了

三十多只草原狼，让嘉措羡慕不已。

“走吧，这里出现金雕，说不定山上就有它的老巢，嘿，庄老弟，要是能搞到只幼雕崽，那可是美事啊……”

见到这只突然出现的金雕，嘉措兴奋起来，听得庄睿哭笑不得，就是有金雕的老巢，也不一定能有幼雕，再退一步说，就算有幼雕，谁又敢从金雕的眼皮底下偷雕崽呢？

不过对金雕，庄睿也极有兴趣，哥们要是再养只金雕的话，岂不是像古人一般，左牵黄，右擎苍，西北望，射天狼，那是何等豪迈啊。

还别说，一有了动力，嘉措的速度居然也快了很多，在太阳将雪山渲染成金黄色，最后的余晖即将消失的时候，庄睿和嘉措听到前面传来了人声。

“是朱伟吗？我是庄睿……”

距离前面几个人影还有二三十米，庄睿大声喊了起来，同时打开了强光电筒，因为太阳已经完全从雪山的一端落下去了。

“怎么回事，赵军怎么了？”

走到近前，庄睿发现那个叫赵军的热血小青年，此刻正躺在一张厚厚的帐篷上，裤子上沾满了血迹，而朱伟等人则神情恍惚，不知所措。

“说话啊？傻啦？！”

庄睿大声喊了一句，惊醒了几个目光呆滞的家伙。

“庄哥，庄大哥，救救我们，救救赵军吧……”

让庄睿无奈的是，这哥几个脆弱得居然快要掉眼泪了，就是最沉稳的朱伟也是眼圈通红，一副看见庄睿像是看到亲人的模样。

“先喝口酒，嘉措大哥，你先看看赵军的伤势……”

庄睿见几人情绪比较激动，拿出一袋青稞酒递给朱伟，说道：“别急，慢慢说，你们到底遇到什么了？”

“豹子，我们遇到了会吃人的豹子……”

喝下青稞酒后，朱伟的面色变得红润起来，不过眼中还满是惊恐。

朱伟从来没有感觉到，这又酸又苦的青稞酒此刻居然如此美味。

庄睿那一袋子足足有两斤的青稞酒被这家伙一通牛饮，喝得只剩下一小半了。

“哎，我说，给他们点……”

庄睿一把将酒袋抢了回来，递给另外两人，那俩伙计眼巴巴地看着朱伟舔嘴唇，一副凄惨的模样。

原本长得有点贝克汉姆风格的英国小伙，这会儿面色苍白，双唇发紫，整个就一吸血

鬼模样，让他出演好莱坞大片中的吸血鬼，保准不用再化妆了。

见朱伟清醒了过来，庄睿出言问道："说说吧，到底怎么回事？什么吃人的豹子……"

听到庄睿的话，朱伟眼中闪过一丝惊悸，说道："好大一只豹子，从雪地里扑出来，一下就把赵军给扑倒了，要不是大卫反应快，恐怕赵军的脖子就要被咬断了……"

"哦，不，不是我的功劳，是它，主啊，就是它赶走了那只白色的动物……"

一旁那个英国老外大卫，听朱伟提起他连忙解释起来，并且用手指着白狮。

可能是过于激动的原因，大卫无法用汉语表达出他的意思，说话的时候还夹杂着英语，听得庄睿头昏脑涨。

"一个人说，白狮一直和我在一起，不可能是它赶走的……"

庄睿连忙制止了两人，这一路上白狮都没脱离自己的视线，根本不可能是大卫口中的救世主。

"那是一只狮子，不是豹子……"

这时魏正也恢复了过来，参与到讲述中，三人越说越乱，差点说成三个版本，有说是豹子的，有说是狮子的，足足过了十多分钟，庄睿才搞明白事情的缘由。

原来这几人开始登山之后，路上一直都很平淡，朱伟作为这个登山小队的队长，也有些经验，坚持爬到现在的高度，见到旁边有个小湖，并且地势平坦，遂决定在这里宿营。

当他们拿着小铁锹挖开冰层，准备安扎帐篷的时候，从雪地里突然蹿出一只身长一米五左右，全身灰白色布满黑斑的豹子，向着赵军就扑了过去。

锋利的豹爪抓到赵军的时候，就撕开了他腿上的登山服，惊慌失措的赵军根本无力抵挡那只豹子的袭击，眼看就要被扑在身上的豹子咬住喉咙的时候，一声低吼传到众人的耳朵里。

随着那震荡耳膜的低吼声，白狮从高山上扑下来（三人唯一意见统一的就是，那扑下来的动物就是白狮，庄睿也没反驳，和理智不清的人没法较真）。

后面就是英雄白狮义救受伤学生和外国友人的故事了，最后白狮勇敢地把那只豹子或者是狮子给赶走了。

而朱伟等人则被赵军流血不止的大腿给吓呆了，平时在登山队搞活动时学到的救护，早就忘到喜马拉雅山去了。

"咳，哥们，你还会分身术不成？"

庄睿笑着摸了摸白狮的大头，突然心里一动，村中的藏民们不是说，在山上见过雪獒吗？难道……

白狮似乎闻到了什么味道，此刻显得焦躁不安，眼睛往山顶看着，喉咙里不断发出低吼声。

动物对于同类或者是对自己有威胁的生物很敏感，白狮有这样的动作，肯定和那两只争斗的猛兽有关。

“别急，只要它在山上，我们就能找到的……”

庄睿安抚了一下白狮，他可不敢任由白狮自己上山，白狮虽然勇猛，但是大雪山上的猛兽也不是吃素的，即使斗个两败俱伤，庄睿也不愿意。

“嘉措大哥，赵军的伤势怎么样？”

抱着焦躁的白狮，庄睿蹲下了身体。

“还好，没伤到骨头，对了，你们几个小子怎么不给他用药啊？”

嘉措已经对赵军的伤口做了简单的处理，清理了伤口之后，拿出纱布紧紧地包扎起来。

“我……我们的背包丢了，正准备去找的时候，你们就过来了……”

不知道是不好意思，还是酒喝多了，朱伟队长脸上通红一片，其实他们几个当时都吓傻了，没有马上往山下跑，已经算是顾全同窗之谊了。

这会儿天色已经完全黑了下来，皎洁的月光照在皑皑白雪上，周围几十米倒是可以看得很清楚，庄睿四下里看了看，在这片雪地上，到处散落着几人丢弃的登山装备。

“朱伟，先把你们的东西找回来，然后做点吃的……”庄睿看朱伟几个人都恢复了过来，指挥起来。

这几个人里面，那个叫魏正的胆子最小，在朱伟和大卫已经行动起来后，他缩了缩脖子，看着远处漆黑的夜色，结结巴巴地说道：“庄……庄大哥，那豹子要是再……再来，怎么办啊？”

“我靠，就这胆子，还玩登山探险？”

庄睿在心里骂了一句，说道：“没事，有白狮在，就是老虎来了也不用怕……”

魏正看了看白狮那硕大的体型，终于点了点头，开始收拾刚才被自己扔掉的东西。

“小庄，不能在山上待了，如果夜里伤口发炎，那可是要命的……”

连惊带吓，赵军这会儿已经沉沉睡去，不过嘉措脸上满是凝重，他的登山经验远不是朱伟几个毛头小伙能比的，在高原上受伤，就等于没了半条命。

“那怎么办？嘉措大哥，晚上下山可是很危险的……”

庄睿愣了一下，上山的时候，有几处陡坡要借助登山镐才能爬上来。

虽然这是雪地，但是薄薄的一层雪下面，都是亘古不化的坚冰，晚上要是一不小心，就可能摔个头破血流。

庄睿原本打算在山上住一夜，第二天再让几人下山，当然，他自己是不会走的，因为此行的目的还没达到呢。

“先吃点东西休息一下，人命关天，难走也要下山……”

嘉措看了一眼即使在睡梦中呼吸都很紧促的赵军，下了决心，山上不确定的因素实在太多了，万一这小子因为伤口感染引发炎症，几个小时就可能送命。

“好吧，我去帮他们烧开水……”

庄睿点了点头，走到朱伟等人身旁。

他们用的是特制的酒精炉，不大的钢精锅可以挂在炉子上面，这会儿几人倒是想起了曾经学过的野外生存知识，知道用雪水煮开水。

第四十三章 獒豹之战

高山上温度不够，一锅水煮了半个多小时，也没烧开，庄睿将冻得硬梆梆的风干肉放了进去，又过了将近一个小时，在几人饿得饥肠辘辘的时候，才算把肉煮软了。

"庄……庄大哥，谢谢你们救了我……"

受伤的赵军醒了过来，不过脸上再也没有初见庄睿时的意气风发。

赵军知道，如果不是庄睿和嘉措及时赶到，就凭朱伟等几个同学那半吊子的救护知识，说不定自己的小命就要葬送在这美丽的高原雪山上了。

"不用说那么多，好好休息，等下吃完东西，嘉措大哥会送你们下山的……"

庄睿摆了摆手，费劲地将那块煮得半熟不烂的风干肉咽了下去，又用半温不开的水拌和了青稞面捏成团，递给躺在帐篷上的赵军。

"这……这个……"

看着黑不溜秋的面团，赵军脸上露出怪异的神色，这几个人里就数他家境最好，为了此次登山，他花了十几万购买装备，平时哪吃过这样的食物啊？

"不想死的话就吃下去，吃了才有力气，有力气才能下山……"

庄睿把食物塞到赵军手里，转过身去给白狮捞肉，虽然白狮牙口好，但是携带的牛羊肉在这个高度，都硬梆梆的像石头似的，必须煮软一点才能吃。

庄睿喂了白狮，自己又匆匆吃了点东西之后，把嘉措拉到了一边，说道："嘉措大哥，你带他们下山吧，我要带白狮去找另外一只藏獒……"

"什么？你一个人在山上？"

嘉措听到庄睿的话后，愣了一下，连连摆手，说道："不行，这绝对不行，太危险了，你知不知道，赵军的大腿就是被雪豹抓伤的，这山上不安全……"

"雪豹？这里会有雪豹？"

庄睿知道这种动物，其稀少程度和大熊猫有一拼，在有人迹的地方几乎绝种了，没想到会在这座不是很出名的山上出现。

“一定是雪豹,我估计是从梅里雪山那边跑过来的,这座山平时爬的人少,所以动物相对多一点……”

听到嘉措的解释后,庄睿明白了,这些动物的生存空间被人类一步步压缩,只能往更偏僻深远的地方躲藏,这只雪豹应该就是如此。

“嘉措大哥,有白狮在,什么动物都不用怕……”嘉措这么一说,反而坚定了庄睿留下来的想法。

如果自己下山再上来,耽误一天工夫,谁知道那只藏獒会不会因为受到惊扰而离开这座雪山呢?

“不行,这太危险了……”

嘉措摇了摇头,他虽然不知道庄睿的身份,但是他知道庄睿是上面亲自邀请参加这次寻访的贵宾,作为寻访队伍的向导,嘉措应该对庄睿的安全负责。

“嘉措大哥,不用说了,我是不会下山的,人命关天,你还是考虑下怎么把那小伙子带下去吧……”

庄睿摆手制止了嘉措的话,这一年多以来,随着地位的变化,身家财富的增加,庄睿在举手投足间,形成了一种无法形容的威严,这一摆手,还真让嘉措下面的话说不出来了。

嘉措见自己无法说服庄睿,也只能作罢,赵军的伤势的确不适合在雪山上多待,想了想之后,说道:“那好吧,不过小庄,夜晚是绝对不能登山的,另外也不能把帐篷搭在这个地方……”

“为什么啊? 这里地势很平坦啊……”

庄睿有些不解,自从上了雪山以来,这地方算是最合适安营扎寨的了,旁边还有个没被冰冻的小湖,取水也方便。

“老弟,这地方有湖,很多动物会来这里喝水,那只雪豹就是被湖水吸引来的……”

嘉措用电筒对着湖水旁边的雪地照了照,接着说道:“你看到那些动物骨头了没有?都是在饮水的时候遭到了袭击……”

庄睿顺着电筒看去,果然,地上散落着一些动物尸骨,甚至有一只完整的盘羊骨架,根根白骨清晰可见,估计是死亡之后,又被秃鹫等腐食动物光临过。

“别小看这些雪山上的动物,像咱们来时见到的金雕,能把牛羊都抓到天上去,更不用说人了,等下我陪你往上走一点,看看有没有合适的地方……”

嘉措的话让庄睿情不自禁地打了个寒战,他可不想尝试身上多几个血洞,然后再来次空中飞人的体验,白狮是凶猛,但是对天上的猛禽,想必也是无可奈何。

“庄……庄大哥,你们要上哪去?”

庄睿和嘉措站起身,带着白狮要往山上走的时候,把朱伟几个学生吓坏了,他们早已被刚才的雪豹吓破了胆。

庄睿笑了笑，说道："没事，就在这附近，马上就回来……"

"我能跟您一起去吗？"朱伟问道。

"我也要去……"

"还有我……"

除了躺在地上的赵军之外，其余几人都站起身来，在这寂静的雪山上，他们心里感觉凉飕飕的。

"你们都去了，谁来看赵军？等会儿我们回来，你们就能下山了……"庄睿没好气地摆了摆手，和嘉措加快了脚步，往山上走去。

雪山的晚上气温骤降，庄睿此刻也穿上了棉大衣，由于怕滑倒，他都是把登山杖戳进冰层里之后，才下脚往上爬的，速度比白天慢了许多。

爬了半个多小时，就走了一百多米，回头还能看到朱伟那边的灯光。

突然，嘉措停住了脚步，指着他右手十多米远的地方说道："小庄，这地方可以……"

庄睿顺着灯光看去，这地方确实不错，紧挨着山体，地势平坦，虽然地方不大，但是足够自己搭一个帐篷了。

"行，就在这里吧……"

庄睿放下背上的背包，把帐篷拿出来，嘉措轻车熟路地用小铁锹砸开地上的坚冰固定帐篷，山上风大，不像在草原上直接搭起来就行了，必须要加固。

"嘉措大哥，走，我送你们一程……"

十多分钟之后，帐篷搭好了，庄睿将自己的背包放进去，把一盏照明灯挂在帐篷上，这样一来，自己回来的时候能找到帐篷，也不虞有动物闯进来。

回到朱伟等人的营地后，嘉措让他们除了带上食物和登山绳等装备，别的东西暂时扔在了这里，等日后让村里的人上来取。

赵军的腿不能走路，嘉措用刀子划开一张帐篷，然后在四角绑上登山绳，做成了一个简易的担架。

由于下面加了好几层帐篷帆布，担架倒是不需要完全抬起来，可以放在雪地上拖着，只要前后的人注意地上的岩石就可以了。

准备工作完成，庄睿一直把他们送到海拔四千米左右的地方，这才返身往山上爬去，没有外人在，庄睿的动作快了很多，下山时花了三个多小时，再上去的时候，庄睿只用了半个小时。

等庄睿躺进自己的帐篷睡袋里时，已经夜里十二点多了。

白狮大半个身体在帐篷里，将头露在外面，虽然现在已经零下十来度了，但是对白狮而言，还是经受得住的。

第二天清早，庄睿被一阵哀鸣声惊醒，睁开眼睛，发现外面天色已经大亮，原本睡在自己身边的白狮也不见了影踪。

“我靠，白狮，这……这是你捕的？”

庄睿刚钻出帐篷，就被吓了一大跳，因为在帐篷外面的雪地上，有一只一米多长的盘羊。

盘羊喉咙处有撕咬的痕迹，地上到处都是血迹，沿着那像是朵朵梅花般的血痕看去，一直延伸到一百多米远的小湖。

“你小子还真不能待在这里，不然有多少动物要被你祸害了……”

庄睿摸了一下盘羊的身体，还是温热的，看来刚被白狮咬死，估计就是清晨喝水的时候遭了白狮的暗算。

“呜……呜呜”

白狮委屈地低吼了几声，然后用嘴咬住盘羊的脖子往庄睿身边拉近一些。

“行了，知道你的心意了……”

庄睿笑了起来，他知道白狮这是让自己吃呢。

不过庄睿可没有彭飞扒皮脱骨的本事，只能返身从帐篷里拿出一个开山刀，也顾不得盘羊的毛皮，直接暴力地卸掉了盘羊的一条后腿，白狮这才把剩下的盘羊拖到一边，开始了自己的早餐。

庄睿用学生们带的酒精炉烧了一锅水，把羊肉切成块丢进去，水开之后，基本上也就半熟了，对付着吃了顿早餐。

“走吧，你闻闻味道，这找媳妇还是要靠自己啊……”

一顿早餐花了庄睿两个多小时，收拾好帐篷之后，庄睿让白狮带路，继续往上爬去。

越往上走，山体的坡度越大，有些地方即使是庄睿都要借助登山镐在山岩上打洞，然后挂上地锚和绳索以防万一。

到此时庄睿才有了一丝攀登的感觉，身体紧贴在山岩上，回身下眺就是百米悬崖，偶尔有石子滑落，都能听到清脆的响声。

有一段三十多米的高度，让庄睿耗费了九牛二虎之力才爬上去，身体倒是没感觉累，不过精神绷得太紧，山风吹过的时候，庄睿感觉自己都在随风飘荡。

倒是白狮爬得很轻松，有四个锋利的爪子，这样的坡度根本难不倒它，硕大的体型灵巧无比，庄睿有时候很是怀疑，把白狮归类成猫科动物或许更合适一些。

临近峰顶，山上的积雪愈发厚了，环眼四顾，到处都是白茫茫一片，山下的村庄变得袖珍了，头顶的蓝天却更加湛蓝。

“啊！啊……啊……啊……”

经过近四个小时的攀登，庄睿终于上到了山顶，开阔的视野让庄睿忍不住大声呼喊

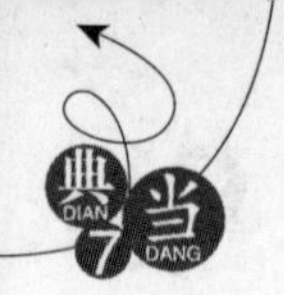

起来，一阵阵回音在山间回荡，中间还伴随着白狮的低吼声。

虽然不如珠穆朗玛峰崇高险峻，不如梅里雪山盛名远播，但是站在这绝顶上，庄睿还是有一种会当凌绝顶、一览群山小的豪情壮志在胸中激荡。

山顶大约有四百平方米，围着山巅转悠一圈，看着那些被前人遗弃的氧气瓶等物件，庄睿才知道，自己不是最早征服这座山峰的人。

休息了一会儿，开始做饭，登山消耗极大，即使有灵气补充，庄睿也要吃饭啊，何况还有白狮这个大胃王在。

煮了一大块羊肉丢给白狮，庄睿问道："白狮，你要找的伴侣呢？"

"呜呜……"白狮抬起头，冲着山背面低吼了一阵。

"在那边？"

庄睿向对面看去，不禁苦了脸，虽然那边山并不高，但是连绵起伏，山头众多，这要是真地找下去，就是一两个月也找不到啊。

"得，找不到我就不回去了，成不成？"

庄睿咬了一口那半生不熟有盐无味的羊肉，狠狠地说道，总不能只顾自个儿，让白狮打光棍吧，好容易得到了另外一只雪獒的消息，并且近在眼前，庄睿不会那么轻易放弃的。

"呵呵，留下点纪念吧……"

吃完饭后，庄睿用刀子割裂一块帆布，在上面写上"庄睿白狮来次一游"的字样，然后绑在帐篷的铁支架上，固定在山巅的雪地上，犹如一面旗帜。

庄睿做这些事情的时候，白狮在一旁打着转，不时从喉间发出一阵呜咽声，似乎在鄙视庄睿这种不环保的举动。

收拾好东西之后，庄睿背着那半人高的登山包，在白狮的指引下，开始从另外一边下山。

这半边山要平缓许多，站在上面就能清楚地看到，没有很陡峭的地方，而且积雪也比另外一边少了很多，在半山腰就能看见低矮的灌木丛和树木。

下山途中，不时有雪鸡和雪兔等高原动物被白狮惊扰出来，庄睿有些后悔没把枪带来了，看这雪鸡的个头，要是抓住了煮汤喝，恐怕不亚于东北山林里"飞龙"的味道。

白狮这会儿吃饱了，并没去捕食，只是贪玩而已，但却搞得鸡飞兔子跳，让这些高原上的动物们均是惶惶然。

要说在登山的时候，还能见到许多的人迹，但是山背面却真是人迹罕至了，长满了倒刺的灌木丛在这荒芜的雪山上，显得那么坚韧和顽强。

走到半山腰，天气已经不是很冷，山风吹在身上凉爽舒适。

"呜呜……"

"呜噜……呜噜……"

突然，一阵野兽低吼声从距离庄睿不远的地方传过来，就在庄睿还待细听的时候，白狮忽然发出吼声，头上雪白的毛发直竖，身体如箭一般射了出去。

“白狮，等等我……”

等庄睿反应过来，白狮已经向右下方跑出了几十米，一块巨大的岩石挡住了庄睿的视线。

从登山包里抽出开山刀，顺手又把 DV 机拿了出来，庄睿撒丫子追了上去，听着随风传到耳朵里的吼声，庄睿可以肯定，争斗的双方应该有一方是那只传说中的雪獒。

“这……这……太夸张了吧?”

等庄睿赶到那块岩石后面，撕咬已经结束了，呈现在他面前的情形让庄睿目瞪口呆。

一只浑身雪白，比白狮小了好几号的雪獒，此刻身上沾满了鲜血趴在一边，在它身边，白狮正威风凛凛地用爪子压住一只体长大概有一米二三的雪豹。

那只雪豹更像一只大猫，灰白色的身上布满黑斑，头部的黑斑小而密，背部、体侧及四肢外缘形成不规则的黑环，越往后黑环越大，背部及体侧黑环中有几个小黑点，四肢外缘黑环内还有灰白色。

在那张大了正和白狮撕咬的嘴边，长着黑白色的胡须，整个就是一只放大版的猫，十分漂亮。

虽然雪豹在这雪山上已经处在食物链的顶端，但是面对有如狮虎一般的白狮，它的体型就显得有那么一点儿娇小了。

头上挨了白狮重重的一爪子之后，雪豹的挣扎变得微弱起来，白狮趁机张开大嘴，向雪豹的喉咙咬去。

“别，别咬死它，白狮，松口……”

正拿着 DV 机拍摄的庄睿连忙出言制止了白狮，这么漂亮的一只雪豹，如果死在白狮口中，未免太可惜了。

要知道，作为濒危动物的一种，全世界的雪豹数量不过四五千只，并且还在逐年减少，庄睿虽然不是保护野生动物协会的，但是也不忍看这只雪豹死在自己面前。

“呜……嗷呜……”

似乎不满庄睿的命令，白狮转过头向庄睿发出了一阵低吼声，仿佛在说庄睿，“哥们你太不讲究了，这么显眼的事居然不让我干完。”

“你小子还反了呢，是不是连这只豹子都看中了?”

庄睿嘴里笑骂了一句，走过去揪住白狮脖子上的厚皮，把它从雪豹身上拉下来，从巴掌大就开始养白狮，庄睿可是一点都不怕它。

刚才白狮和那只雪豹的姿势，也忒暧昧了一点儿。

死死拉住还准备往上冲的白狮，庄睿这才抽出空来，观察现场的情况。

"乖乖,两个都不是善茬啊……"

看到那只雪獒和雪豹身上的伤口,庄睿被吓了一大跳。

那只比一般藏獒略大,但是比白狮小了很多的雪獒此刻半趴在地上,在它露在外面的腹部,有一条二十多公分长的伤口,正不住地向外渗着鲜血,腹部白色的毛发,被染得通红一片。

那只雪豹显然也没能讨好,前肢也是鲜血淋漓,整个撕下来一块肉,深可见骨,脸上还挨了白狮一爪子,皮肉都被掀开了,显得有些狰狞。

"妈的,还真是狠啊……"

庄睿摇了摇头,如果自己和白狮没赶到,让这两个家伙继续斗下去,绝对是个两败俱伤的下场,都活不了。

像它们身上的伤口,即使能痊愈,在这期间也无法捕食,很可能活生生地饿死。

"靠,你小子还真是爱憎分明啊?"

庄睿打量这两只暂时失去行动力的猛兽时,白狮已经屁颠屁颠地跑到那只雪獒面前,伸出舌头舔起它的伤口,还不时趁火打劫,往那雪獒脸上舔那么一下。

庄睿知道,动物在受伤以后经常会舔自己的伤口,因为动物的唾液一来可以清洗伤口,减少感染的危险,二来能促进伤口的愈合。

旁边那只雪豹眼中发着寒光,一边警惕地看着白狮,一边舔自己前肢上的伤口。它几次挣扎着想站起离开,无奈伤势太重,站起来后又摔倒在地上。

"别怕,我给你治病……"

庄睿收起 DV 机,慢慢地向雪豹走去。

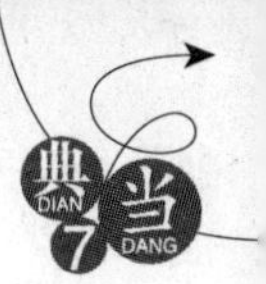

第四十四章 化干戈为玉帛

距离雪豹还有四五米，那只豹子口中就发出了“嗷呜”声，后肢支撑着地面，似乎庄睿只要敢再靠近，它就要扑上来。

“淡定，淡定……”

庄睿也不管对方能不能听懂，嘴里念念叨叨的，但是也不敢再向前了，眼睛看向雪豹的伤口，一丝紫金色的灵气从那几乎要断折的前肢渗入进去。

庄睿现在眼中灵气的含量很大，加上这里没有其他人，这几只动物是无法泄露自己的秘密的，所以灵气的用量比较大，那只雪豹的伤口竟然以肉眼可见的速度飞快地愈合着。

感觉到身体的变化，雪豹低头看向自己的伤口，嘴里发出毫无意义的呻吟声，最后竟然舒服地躺了下去，把雪白的肚皮呈现在庄睿面前。

短短的一分钟时间，那只雪豹的伤口已经开始结疤了，庄睿又把灵气转移到雪豹的脸上，治疗起被白狮抓出的伤口。

灵气转到脸上，雪豹变得更加的敏感，眼睛看向庄睿的时候也变得温柔了许多，身体在地上打了个滚，居然凑到庄睿身边，把庄睿吓了一大跳。

“不准咬人啊……”

庄睿嘴里嘟囔了一句，小心翼翼地伸出手，摸在雪豹光滑的小腹上，那只雪豹浑身一颤，却没有动作，眼中带着一点儿疑惑，还有一点儿和人类亲近的犹豫。

似乎感觉被庄睿摸得很舒服，雪豹口中发出低低的咆哮声。

庄睿能感觉得到，这咆哮声并不是恶意的，长期在大雪山这么有灵气的地方生存，这只雪豹应该也有了灵性。

等庄睿再站起身的时候，这只雪豹对他的态度已经变得很亲昵了，半趴在地上，用自己还沾着血迹的大头蹭着庄睿的裤腿。

“还真是只母的？不知道能不能和白狮杂交一下啊？”

庄睿的目光向下看了一眼，心中顿时起了给白狮来个一王二后的心思，没见那只金毛狮王后宫三千……呃，夸张了，后宫最少有三十呢。

“哎哟……”

庄睿正起着不良心思的时候，身后突然传来一股大力，似乎有什么东西拉着他的衣服一般，不提防之下，庄睿一屁股坐在了地上。

“干什么啊白狮?”

庄睿回过头，见白狮正咬着自己腰间的衣服，往那只雪獒身边拖。

“嗷唔……”

听到庄睿的话后，白狮马上跑回雪獒身边，用嘴轻轻触碰了下雪獒的伤口，然后冲着庄睿吼了一声。

“是让我给它疗伤啊?”

见到白狮那充满人性化的动作，庄睿不禁笑了起来，他知道，白狮见到自己先救那只雪豹，心里不爽了。

要不是和庄睿心意相通，恐怕白狮早就去找雪豹的麻烦了，即使这样，白狮还是对那只雪豹吼了一嗓子，恐吓了它一下。

“没事，白狮不会再咬你了，你可别跑啊……”庄睿笑着往那只雪豹的伤口处又输入了一些灵气，然后走向受伤的雪獒。

见到庄睿走过来，这只野生的雪獒和那只雪豹的反应一样，都有些不安，喉间不断发出咆哮声，身体也紧绷起来。

“呜呜……”

白狮冲着她未来的媳妇，很“温柔”地发出低吼声，随着白狮的声音，那只雪獒逐渐放松下来。

虽然母獒眼中依然透着凶光，但是并不抗拒庄睿靠近了，走到母獒身边，庄睿蹲下身体，并没用灵气给它治伤，而是摸在母獒的背上。

同样，一直在野外生存的母獒在庄睿摸到它的时候，身体微微颤抖了下，如果不是白狮的低吼声，恐怕那爪子早就拍到庄睿脸上去了。

“呜呜……嗷唔……”

白狮可是知道庄睿的本事，见他不紧不慢的样子，回过头冲着庄睿吼了一嗓子，没见这肚子上还在流血，就不知道关心下吗?

“这还没啥……实质性的关系，就知道疼媳妇了啊……”

庄睿对白狮的表现颇为无语，他是想着这只母獒以后肯定要到四合院生活，所以自己必须消除它的敌意，没想到白狮居然着急起来。

不过看在这是第一只白狮主动示好的藏獒的份上，庄睿还是看向母獒的伤口，只有

庄睿自己能看到的紫金色灵气溢出，如同一个个小精灵般渗入雪獒的伤口。

相比一年多以前，庄睿眼中的灵气不仅数量增多了，质量也高了许多。

那紫金色的灵气就如同传说中的金疮药一般，伤口以肉眼可见的速度愈合着，一两分钟过后，一道疤痕出现在雪獒的肚子上。

母獒显然不知道发生了什么事，但是身上传来的那种舒适感，和对天地灵气极为敏锐的感应让它知道，这一切都是庄睿带给它的，母獒透着凶光的眼睛，看向身旁的庄睿时露出了温柔的神色。

"呜呜……"

喉间发出低吼，母獒站起身体，先用鼻子在庄睿身上嗅了一下，然后伸出舌头，舔了舔庄睿放在它背上的手。

"嗷唔……"

似乎对母獒和庄睿表现出来的亲热有些不满，白狮发出了咆哮声。

"滚一边去，还吃我的醋，我从那么小把你养大容易吗?"

庄睿笑骂着在白狮头上拍打了一下，话说你这狗媳妇也就能用獒类的审美观欣赏，哥们我没那口味。

被庄睿打了一下的白狮有些不好意思，低头呜咽了一阵之后，看到不远处的雪豹，顿时恼羞成怒地冲着雪豹咆哮了一声。

白狮拿庄睿没办法，但是这一吼吓得那只还没伤愈的豹子马上爬了起来，往远处的灌木丛窜去，不过从它奔跑的身型上看，速度并不快，而且前肢也不敢着力，显然伤势对它有很大的影响。

不过，似乎知道白狮不是真的要咬自己，那只雪豹跑出去四五十米之后，又停了下来，趴在地上舔自己的伤口，还不时抬头看庄睿。

"你小子要什么横啊？那是哥们给你找的王后……"

庄睿有些无奈，看来白狮对那只母雪豹兴趣并不大，不过仅凭自己一会儿的治疗，这只雪豹还没有捕食的能力，如果自己现在离开的话，恐怕它也得饿死。

白狮抬起头，不屑地冲着远处的雪豹哼哼了几声，然后又回到雪獒身边，讨好似的用大头蹭着雪獒的脖子。

"得，白狮，过来……"

庄睿是发现了，只要白狮在这里，那只雪豹无论如何都不敢过来，干脆给白狮安排点事情做吧。

等白狮跑过来之后，庄睿搂住白狮的脖子，说道："去，抓只大点的猎物回来……"

"呜呜……"

白狮回头看了一眼那只母獒，有些犹豫。

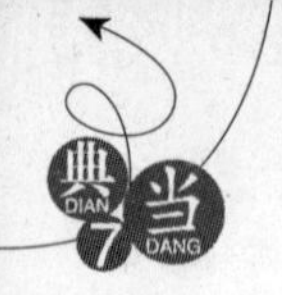

"你早上吃饱了,别人还要吃啊……"

庄睿在白狮头上拍了一下,这家伙打了个激灵,然后又回到母獒身边,用庄睿很渴望听懂但实在听不懂的语言交流了一阵,这才如箭一般向山下窜去。

"嘉措,你这事办得太糊涂了,怎么能把庄睿一个人扔在山上呢?"

在藏民居住的小山村里,索男如同热锅上的蚂蚁,正在嘉措的房间里来回走着。

今天凌晨,嘉措带着四个学生才走下山,不过他也累得当时就瘫软在地上,索男问清楚发生了什么事之后,看到嘉措的样子有火也没法发出来。

等嘉措睡了一觉之后,索男马上赶了过来,出发之前,不仅是上级领导交代他要照顾好庄睿,杨局长更是反复交代他要保证庄睿的安全。

现在嘉措把庄睿一人丢在了雪山上,索男如果不是没有登山经验,恐怕早上就上山了。

"索男大哥,不用着急,以庄哥的身体,再加上有白狮在身边,不会出什么事的……"

和索男一起过来找嘉措的彭飞,这会儿倒出言劝慰了索男几句。

要说在场的人谁对庄睿最有信心,绝对是彭飞,对庄睿那变态的身体素质,没有人比他再了解了,能在野人山来回奔走一天,可不是一般人可以办到的。

"可是,可是,唉,这要真出了事……"

索男重重地叹了一口气,从临行前几位领导的态度来看,如果庄睿出事绝对是一件十分严重的事。

"索男大哥,是我不对,我现在就上山去找小庄……"

嘉措昨天体力透支得厉害,说话间想从床上下来,却是一个踉跄差点摔倒在地上。

"你这样子还能上山?"

索男见到嘉措就气不打一处来,换成是他,就是绑也要把庄睿绑下山来,哪能让他一个人在山上,这不是胡闹吗?

"索男大哥,别说了,先让嘉措大哥休息下,庄哥说不定晚上就回来了呢……"

彭飞在旁边劝解了一句,看到索男还是面色不虞,又笑着说道:"您二位就放心吧,庄哥要是出事,我的责任比你们可大多了……"

"好吧,如果小庄今天不下山,明天我跟你们一起上山,嘉措,你先休息吧,我去看看那几个学生,你说这些学生娃,不好好在学校读书,跑这里来添什么乱啊?"

索男也无奈,嘉措这样最少要休息两天,不过他打定了主意,如果庄睿今天不回来,他就请村子里的人带他上山。

离开嘉措的房间后,索男和彭飞去看了几个学生。

还好,赵军的伤口经过医生们的处理,已经开始结疤,没有感染的迹象,而朱伟几人,

则因劳累过度，这会儿还在呼呼大睡。

“唉，这个小庄，真是……不让人省心啊……”

看着远处高耸云端的雪山，索男长长地叹了一口气。

庄睿这会儿可忙得很，见到雪豹和母獒之后，他早已把返回村子的事情给忘了，能在大自然中如此近距离地接触猛兽，这种感觉非常奇妙。

白狮出去觅食之后，那只母獒微微有点儿紧张，看向庄睿的眼神又有些不善起来，不过在庄睿的灵气感化下，母獒顺从地趴在庄睿脚边，任其梳理自己身上的毛发。

“在这不要动啊……”

远处还有只雪豹眼巴巴地看着自己呢，庄睿交代了母獒一句，站起身走向雪豹，和母獒不同，雪豹见到庄睿过来，马上摇着尾巴迎了上来。

庄睿伸出手，在雪豹脖颈处揉了起来，丰盈润滑的毛发从手指尖滑过，庄睿能感受到雪豹皮毛下面健硕而富有爆发力的肌肉。

“走，跟我去那边，你们也算是不打不相识啊……”

庄睿拍了拍雪豹的大头，伸手撩了一下它的胡须，转身往母獒方向走去。

“嗷唔……”身后的雪豹发出低沉的咆哮，身体却没动。

“没事，来……”

庄睿笑了笑，走回雪豹身边，用手抚摸它的同时，眼中灵气在雪豹身上游走了一圈。

这次庄睿转身离开的时候，雪豹犹豫了一下，或许是不想放弃那灵气入体的舒适感，迟疑地跟在庄睿的身后。

“呜呜！”

就在庄睿来到母獒身边十几米远的地方，母獒不乐意了，刚才还打得你死我活的，现在要和平共处，没那么容易。

“靠，别人刚才是让着你的，懂不懂啊？”

庄睿冲着母獒说了一句。这话不假，虽然藏獒敢于和狮虎搏斗，但那说的是藏獒的精神，不用说狮虎了，就是这雪豹，一般的藏獒也不是它的对手。

在西藏曾经发生过雪豹袭击牧场的事情，当时牧场的六只藏獒和它进行搏斗，最后的结果是雪豹完胜，而六只藏獒死了四只，另外两只也是重伤。

“来，都给哥们点面子，都过来……”

庄睿站在两只猛兽中间，他还不信了，自己用灵气吸引不过来这两个家伙？

如果天上的监控卫星现在能对着茶瓦多吉志嘎山脉深处，肯定会发现很奇异的一幕：一个年轻人慵懒地躺在草地上，左边趴着一只雪白色的藏獒，右边却是一只野生的雪豹。

要是庄睿能将这一幕拍摄下来，绝对可以高价卖给美国地理杂志社。

庄睿最终还是用灵气把这两个啸傲山林的家伙蛊惑到了身边，虽然最开始的时候，一豹一獒还是龇牙咧嘴的有些不对付，不过在庄睿轮流用灵气帮它们梳理了身体之后，都逐渐安静下来。

雪獒还有点矜持，只是安静地趴在地上，而雪豹可能是因为年龄比较小的缘故，这会儿舒服得四肢朝天，眼睛微微眯着，不时把那利爪缩回到脚上厚垫里的前爪，拨弄一下庄睿，像一只在主人身边晒太阳的家猫。

“不知道这只雪豹和英国埃兹肯纳城堡里的黑豹撕咬，谁能胜出呢？”

庄睿戴着墨镜，一只手在雪豹的脖颈间摩挲着，那光滑的皮毛手感极好，有如绸缎一般，雪豹前肢的伤口也已经完全愈合了，只是失血过多，此时还有点儿虚弱。

当初在埃兹肯纳城堡见到那两只黑豹时，庄睿也颇为惊艳，人对于征服猛兽有着与生俱来的热切，那种成就感甚至比赚很多钱更让人期待。

现在人们养宠物的类别也是五花八门，从原来的小猫小狗，到森林巨蟒和狮狼虎豹，都有人圈养，当然，宠物伤及主人的事情也屡有发生。

“这要是把雪豹也带回去，自己那四合院肯定是不行的……”

庄睿有些挠头，说老实话，他真的想把这只漂亮的大猫带回北京，不过雪豹和藏獒不一样，它的攻击性太强，自己在场还好说，如果自个儿不在的话，家里的小孩被它抓上一下，那可是不得了的事。

藏獒虽然也有野生的，但是通常不会无缘无故攻击人类，再加上自己的调教和白狮的看管，养在家里也没有多大问题。

“算了，还不知道它愿不愿意跟我走呢……”

庄睿自嘲地笑了笑，他也感觉自己有点贪心，雪豹就是属于大雪山的，自己把它带回院子里圈养，想必它也不会开心。

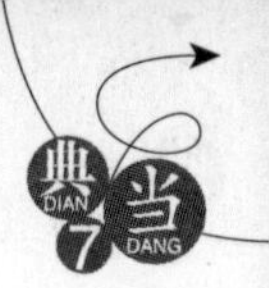

第四十五章 金雕出没

"嗷……嗷唔……"

当庄睿想着心思的时候,手中抚摸的雪豹突然浑身肌肉都绷紧了,一个翻身跳了起来,眼睛看向山坡下面,口中不住发出低吼声。

"呜呜,嗷唔……"

就在雪豹跳起来同时,一只雪白色的影子从山坡下蹿了上来,直扑雪豹而来,庄睿看得真切,是白狮回来了,它的前爪和嘴上都是鲜血。

"站住,白狮……"

庄睿一把搂过蠢蠢欲动的雪豹,喝住了白狮,说道:"不带这么欺负豹子的啊,它都打不过你了,别总是吓唬它……"

"呜呜……"

白狮和庄睿相处日久,自然明白庄睿的意思,不甘心地围着雪豹转悠了两圈,口中发出几声低吼,跑到母獒身边,用大头蹭了它一下,然后返身往山下跑去。

"我靠,白狮,行啊……"

庄睿站起身,看到白狮吃力地从山坡下咬着自己的猎物往上拖,不禁被吓了一跳,这猎物个头也忒大了一点,居然是一只野生牦牛,个头比白狮还大上一圈,也不知道它是怎么捕到的。

这只牦牛全身呈黑褐色,身体两侧和胸、腹、尾毛长而密,四肢短而粗壮,庄睿目测了一下,体重最少在三四百斤以上,估计还是只没成年的小家伙。

牦牛的脖子由于白狮的撕扯拖拉,已经变得血肉模糊了,鲜血顺着青绿色的草地流淌着,拖出一条暗红色的印迹。

庄睿知道,牦牛被称作高原之舟,是西藏高山草原特有的牛种,主要分布在喜马拉雅山脉和青藏高原。自古至今,都是青藏高原牧区的优势家畜和当家畜种,具有顽强的生命力。

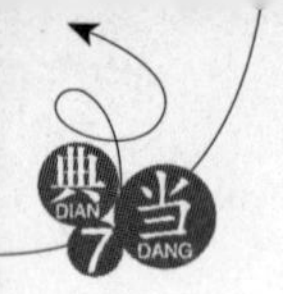

野生牦牛一年四季生活的地方不一样,冬季聚集到湖滨平原,夏秋到高原的雪线附近交配繁殖,恐怕这只小牦牛就是跟着牦牛群来到雪山上,被白狮给捕到的。

“白狮,受伤了没有?我看看……”

庄睿突然想到,野牦牛性情凶猛,人们一般不敢轻易触动它,触怒了它会以十倍的牛劲疯狂冲上来,有时还会把汽车撞翻,白狮虽然凶猛,但是体型却和牦牛相差太多。

“呜呜……呜呜……”

白狮骄傲地抬起头,冲着庄睿低吼了几声,显然,它身上的血迹都是这只死去的牦牛的。

“你小子还真是厉害……”

庄睿也没想到白狮居然能捕捉到野生牦牛,这玩意的皮可不是一般的厚,脊背上最厚的地方,即使子弹打上去也射不穿,最多能留个小孔,只有脖子和腹部相对柔软一点。

就是雪豹这种大雪山食物链顶端的动物,一般也不敢去招惹野生牦牛,牦牛头上那两只粗壮的尖角可不是摆设,如果被顶实在了,就是两个血洞。

庄睿不知道,就在距离自己百米远的山坡下面,有一条溪流,这群野生牦牛正在那里喝水,被白狮一声吼叫吓得四散而去,这才让白狮抓到了机会,一口咬断了这只跑得最慢的小牦牛。

捕猎虽然没花费太大的力气,但是将这只牦牛拖上山却让白狮差点精疲力竭,这会儿白狮正用大头蹭着庄睿,意思是让庄睿给点灵气补充体力呢。

庄睿笑着抱住白狮,冲旁边两个虎视眈眈盯着牦牛尸体的家伙,说道:“去吃吧,别眼巴巴看着了……”

“嗷唔!”

看到雪豹冲过去,白狮顿时不爽起来,自己抓给媳妇吃的,这家伙怎么也来占便宜啊?

“行了,不打不相识嘛,别那么小气……”

庄睿抱住白狮,完全不在意它口中低吼的抗议,用灵气帮它梳理身体,顿时舒服得白狮眯起了眼睛,也不去管那两个家伙的事情了。

庄睿也见到了雪豹和藏獒进食猎物的真实场面,和吃那些切好的肉不同,牦牛近两寸厚的皮足以让很多动物无从下嘴,但是对于雪獒和这只雪豹,一切都显得那么简单。

雪獒是从牦牛喉间撕裂的地方开始撕扯,从脖子到胸腹,都是牦牛身上比较柔软的地方,雪獒很容易就扯下一块肉,津津有味地吃了起来。

而雪豹的进食方式则让庄睿大开眼界,这家伙很是不走寻常路,居然翻开牦牛的身体,用利爪在牦牛菊花处掏弄起来,然后沿着那里往下腹部撕咬,居然将半个腹部都给剥开了,牦牛的内脏顿时涌了出来。

雪豹似乎对这个最感兴趣,用爪子挑拣着吞咽着那些带着一股刺鼻腥臭味的内脏。

“咱能不能文明点啊?”

庄睿彻底无语,上来就爆菊,这他娘的也太凶残了。他不知道,这是对付体型相对较大的猎物最好的进食办法。

而且雪豹的习性也是先吃内脏,然后再吃肉,最后才啃食猎物的头颅。

“对了,怎么差点把这个给忘了……”

庄睿突然想起一件事,也顾不上牦牛身边的血腥了,站起身就冲了过去,吓得那只母獒和雪豹往旁边跑开几步,见到是庄睿这才低吼了几声,又继续吃起来。

“哈哈,发达了,居然是只公牦牛……”

这几天血腥见多了,庄睿避开了腑脏,没管那些血迹,把牦牛的两只后腿掰开,一看之下,顿时兴奋地大声喊叫起来。

“嘿嘿,牦牛鞭,还是野生的,好东西啊……”

庄睿脸上笑得有些淫荡,要是被秦萱冰看到,肯定会啐他一脸。

“去去,吃别的去,你们吃这个干吗啊?”

庄睿的举动把母獒和雪豹都吸引了过来,似乎对那个足有三十多公分长的粗壮牦牛鞭有了兴趣,庄睿连忙挥手将两个家伙赶开了,这东西只有爷们才有用,给你们吃了不是浪费吗?

庄睿是在前一阵欧阳磊问他索要虎鞭时,无意中听欧阳磊提过那么一句,说野生的牦牛鞭也是极佳的壮阳圣品,为此,虎鞭存货无几的庄睿还专门查了下资料。

书上记载,最早牦牛鞭载于《名医别录》,藏医称“仲”,又名牛肾。

牦牛鞭不仅蕴含丰富的蛋白质、脂肪、维生素C、维生素A及无机钙、磷、铁,而且还含有睾酮等天然甾体激素,可促进雄性生殖器发育和维持其正常功能,是中老年男性补益肾阳,增进性功能的上乘珍品。

而且野生的牦牛鞭,效用要远远高于家养的牦牛,不过野生牦牛被列入国家保护动物行列。市面上见到的牦牛鞭补品,大多都是家养牦牛的,和自己眼前这只差了不是一星半点。

“白狮,去,把开山刀拿来……”

庄睿满脸喜色地对白狮喊了一句,他不敢离开牦牛的尸体,是怕那两个家伙趁自己不备一口将牦牛鞭给咬下来,那自个儿可就亏大了。

牦牛浑身是宝,皮可以缝制帐篷,骨头可以做药材,但是在庄睿眼里,最珍贵的还是这只牦牛鞭,几乎可以和虎鞭相媲美了。

顾不上这东西散发着一股子怪味,庄睿接过白狮嘴里叼着的开山刀,从牛鞭根部连着睾丸一起割了下来,这才美滋滋地跑回自己的背包前,翻出一个塑料袋将它装了进去。

“要是只成年牦牛,这物件得有多大啊……”

庄睿掂量着手里那只牦牛鞭，不禁浮想翩翩。

庄睿不会处理这玩意儿，不过以山上的温度搁几天也不会坏，等明天下山的时候，交给那些村民帮着处理一下就行了。

“白狮，你也去吃点吧……”

庄睿小心翼翼地将牦牛鞭收在背包里，用开山刀又在牦牛胸腹处切下十多斤一块肉，准备烤着吃。

由于气压低，庄睿已经连吃了两天水煮白肉了，现在来到没有积雪的地方，说什么都要吃顿烤肉。

和嘉措等人相处了几天，庄睿现在干起活来也似模似样，因为牦牛旁边的气味实在太难闻了，庄睿选了一处距离牦牛有三四十米远，长满了野草的平坡。

选好地方后，庄睿先拿小铁锹在地上挖出一个四十公分长宽深的坑来，然后捨了点石头，摆在坑边上。

现在是夏天，在雪线之下的地方，干枯的灌木和矮树枝还是很多，庄睿拿开山刀忙活了近一个小时，收拢了好几捆干柴，不过他的手也被灌木丛上的倒刺扎破了好几处。

又往山下走了三四百米，庄睿找到一条溪流将牛肉清洗干净，在溪流旁边切成厚片，准备工作才算做完。

“靠，抢食来啦?”

拎着装在塑料袋里的牦牛肉，再回到准备烧烤的地方，庄睿发现，牦牛尸体处有几只秃鹫，虎视眈眈地和白狮几个家伙对峙着，拍打着翅膀，口中不时发出难听的叫声。

和昨天在望远镜里看到的金雕相比，这秃鹫的样子实在是太丑陋了，光秃秃的脖子和黑褐色的头上，没有一根毛发，倒是胸口上长着一圈羽毛，怎么看怎么让人觉得怪异。

手里拿着七八十公分长的开山刀，庄睿倒是不怕这玩意，挥舞着刀冲了过去，吓得几只秃鹫拍打着翅膀往后退去。

和主动猎食的金雕不同，秃鹫主要靠吃动物尸体为生，猎食的本领实在不怎么样，所以一直没敢靠近，等白狮几个陆地之王吃完之后，再上来吞食尸体。

见到秃鹫退后，庄睿连忙用开山刀把牦牛一条后腿上的肉给剐了下来，放到准备好的袋子里掂量了一下，应该有三五十斤，足够明儿下山自己和白狮、雪獒吃的了。

“白狮，回来吧……”

虽然白狮和雪豹的胃口都不小，但是这只牦牛实在太大了，几个家伙围着啃了半天，也不过吃了几十斤肉，连五分之一都没有。

庄睿知道自己守着这只牦牛尸体也没用，等他去烤肉的时候，这些秃鹫一样会扑上来，要是过个几天，等腐臭的味道传出去，恐怕方圆几十公里的秃鹫都会被引来，这些家伙的鼻子可不是一般的灵敏。

就在庄睿领着他的宠物队返身向几十米外的烧烤地点走去的时候，天空突然传来一声清脆的鸣叫声。

庄睿抬起头，看到一只金雕从高空俯冲而下，在庄睿的视野里从巴掌般大小逐渐变大，落到身前的地面上时，张开的翅膀足有两三米长，金雕收拢翅膀时，带起一阵狂风，连十多米外的庄睿都能感觉到。

似乎惧怕这只金雕，先来的几只秃鹫虽然鹫多势众，但还是远远地退开了。

以金雕的食性，一般都是将猎物抓起到没人的地方才会开始进食，不过很显然，这只牦牛不是它能抓得起来的，扇动翅膀尝试了几次之后，这个在阳光下闪烁着金黄色的家伙终于放弃了。

高昂着头，金黄色的眼瞳旁若无人地四顾了一下，金雕低下头，用爪子和弯钩一般的利喙啄着新鲜的牦牛肉。

金雕喙的撕扯力非常大，庄睿看到这家伙一歪头，一条两指宽十多公分长的牛肉就被它叼在了嘴里，头一昂，顺着喉咙吞下了肚子，动作非常熟练。

回到背包旁，庄睿拿出DV机，对好焦距拍起金雕进食的场景，对雪山的生物，庄睿现在有些麻木了，似乎除了高原熊没见到之外，其他的都来齐了。

现在庄睿才算有时间好好观察这只金雕，这个骄傲的像个孔雀一般的家伙，站立着身高应该有一米左右，头顶是黄褐色，后颈羽毛尖长，呈柳叶状，羽端金黄色，在阳光下显得异常美丽。

金雕的腿上也长有羽毛，脚趾上长着锐如狮虎的又粗又长的角质利爪，内趾和后趾上的爪更锐利，就是牦牛背上那厚厚的牛皮，在金雕的爪子下也变得软若无物，一爪子就是三个血洞。

时不时张开扇动一下的翅膀也是金雕有力的武器之一，最起码庄睿在金大侠那部《神雕侠侣》里看到过假的，杨过的雕兄一翅扇过去，就可以将猎物击倒在地。

“妈的，要是养这么个东西，那多威风啊？”

庄睿在一旁看得差点没流哈喇子，如果能驯服这家伙，以后自个儿开个越野车，让金雕在上面飞翔，然后一个呼哨，立马落在自己肩膀上，那得是一件多拉风的事啊！

“嗯，这是在干什么？”

就在庄睿想得正爽的时候，他发现那只金雕，在吃了几条肉之后，又撕下了许多肉条摆在一边，大约有五六斤的时候，这只金雕用两只爪子抓住了那些肉，翅膀一震飞了起来。

“难道还真有雏鸟？”

庄睿激动起来，不过看着天空上变得越来越小的金雕，庄睿也有些无奈，谁知道这家伙的老巢在哪里啊？

庄睿看过一期人与自然的节目，是专门介绍金雕这种猛禽的，记得金雕的繁殖期大

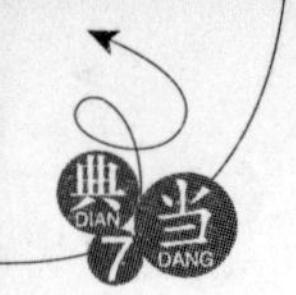

概在四五月份,加上孵化期四十五天,如果这是一对雌雄金雕的话,那么它的老巢里肯定有雏鸟。

一般说来,雏鸟出生后还是要被父母抚养三个多月,才能离巢,算下来现在是七月底,如果有雏鸟的话,应该只有一个多月大。

想到这里,庄睿心里不禁火热起来,如果能找到金雕的老巢,他那左牵黄,右擎苍的梦想,很可能会实现啊!

“雪豹,能不能找到它的老巢?”

庄睿揽住吃饱喝足的雪豹的脖子,开玩笑似的问道,他也没指望雪豹能听懂,毕竟这家伙和白狮不一样,那是从小就养成的默契。

“嗷唔……”

雪豹嘴里发出一阵低沉的咆哮声,看着天空那只金雕,居然点了点头,回身跑出几步,扭过头看向庄睿。

雪豹可是这座大雪山陆地上的王者,行踪遍及整个雪山,它见过这只金雕回巢,并且也曾想去偷吃雏鸟,只是差点没被金雕抓瞎了眼睛。

“回来,回来,现在可不能去……”

庄睿连忙把雪豹召了回来,这会儿已经下午三四点了,外出觅食的金雕肯定回巢了,只要雪豹知道地方,等明天金雕出去捕食的时候自己再偷偷过去看看也不迟。

心情大好的庄睿开始烧烤食物,等吃饱喝足之后,已经晚上六七点钟了,这里的动物实在是太多了,除了那群在争抢牦牛尸体的秃鹫,不知道又从哪儿来了几只豺狼,那闪着绿光的眼睛,看得庄睿不寒而栗。

制止了白狮要去扑咬豺狼的举动,庄睿想了一下,拿起背包往山上爬了一段距离,到雪线的时候才停下来搭起帐篷,这里气温比较低,夜晚很少有动物上来。

白狮和它的准媳妇虽然和那只雪豹还有点不对路,但是在庄睿的安抚下,倒也能和平相处。晚上庄睿睡得很香甜,他梦到自己骑着一只大雕,在天际遨游。

“雪豹,雪豹呢?”

第二天,刺目的阳光透过厚厚的帐篷,庄睿一睁眼就大声喊起来,这家伙可不要半夜跑掉,否则自个儿去哪找金雕的老巢啊?

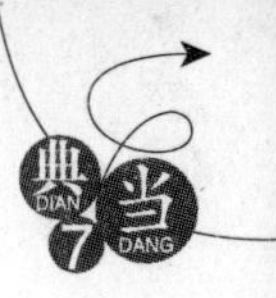

第四十六章 偷雕贼

虽然只是孤身一人，但是在大雪山上的日子，有白狮和另外两个家伙相陪，庄睿过得很快乐也很单纯，居然没心没肺地把怀孕的老婆都给忘了。

这不，刚一睁开眼睛，庄睿最关心的竟然是那只雪豹，拉开睡袋的拉链，庄睿走出帐篷，刺目的阳光反射在皑皑白雪上，让庄睿微微眯了下眼睛。

“雪豹，嘿，过来……”

刚掏出墨镜戴上，庄睿就看到浑身布满了黑白斑点的雪豹从帐篷后面窜了出来，随着庄睿的招呼声，雪豹顺从地跑到庄睿身边，俯下了身体。

抬起雪豹的前肢，庄睿发现它的伤口只有淡淡的一点疤痕，这也是庄睿昨天几乎将眼中灵气全部耗尽的结果。

不过经过一夜的休息，灵气早已恢复过来，不知道是不是在大雪山的原因，灵气恢复的速度比平时快了许多。

“白狮，白狮呢？”

用灵气帮雪豹梳理了下身体，庄睿大声喊了起来，这家伙有了媳妇就忘了哥们，典型的见色忘义。

足足过了四五分钟，庄睿才见到白狮和那只雪獒从山下奔跑了上来，厚着老脸窜到庄睿面前，用大头亲热地蹭了蹭庄睿。

“你这家伙，现在又不是母獒发情的时节，少去干坏事……”

庄睿拍了拍白狮的大脑袋，和一般的犬类不同，母獒的发情期一般在十二月，一年只有一次，白狮要是想洞房花烛，恐怕还要等上几个月。

警告了白狮一下，庄睿从帐篷里拿出烧水的工具，将昨天留下的几十斤牦牛肉煮软了之后，分给了三个早已馋得直打呼呼的家伙。

在野外生活，唯一麻烦的就是吃饭，想吃一顿热乎饭，最少要花一两个小时，庄睿是早上六点多醒过来的，收拾好帐篷忙活完之后，已经快八点了。

在山背面的雪山脚下，此刻正有四个人往上攀登着，除了被索男唠叨得几乎快崩溃的嘉措之外，还有彭飞和那群学生请的导游格桑。

本来华清大学登山队上山的那一天，格桑是要带路的，不过名字在藏语里被形容人品好的格桑，前一天喝多了，一直睡到第二天下午。

那帮学生也是初生牛犊不怕虎，所以在没有导游的情况下，还是贸然上山了，当然，他们已经尝到了苦果，除了躺倒一个之外，另外几个人睡了两天，体力都没恢复过来。

不过格桑总归是因为喝酒误了事，所以听说要上山寻找庄睿，他也自告奋勇地跟了上来。

庄睿还没回来，彭飞也有点儿心慌了，算起来庄睿在雪山上待了三天了，虽然坚信庄睿不会出事，彭飞这心里也开始七上八下的，所以大清早六点多就和几人一起开始攀登雪山了。

"格桑，这座雪山你爬过，需要多长时间才能到山顶?"在场的四个人里面，只有导游格桑带队爬过这座雪山。

"最快也要十个多小时，中间还不能休息……"

这座雪山虽然不是西藏境内最险峻的雪山，不过山上动物很多，加上有些陡峭的地方需要绳索攀爬，格桑上次带人上去，足足用了十七个小时。

"早知道把飞机上的卫星电话拆下来了……"

彭飞拄着登山杖一边往上爬，一边在嘴里嘟囔着，在这人迹罕至的大雪山上，手机早已没有了用武之地。

"索男大哥，行了，你就在这等着吧，我们找到庄睿马上就下山……"

两个多小时以后，搜寻庄睿的队伍来到雪线附近，这里的海拔已经在四千五百米以上了，以索男的年龄和经常坐办公室的体质，再也无法往上爬了。

"行，麻烦你们几位了，一定，我是说一定……要找到庄睿!"

索男和几个人都握了下手，嘴里千叮咛万嘱咐，他已经想好了，如果几人找不到庄睿，明天就出山寻求救助，让直升机来搜索，生要见人死要见尸!

从西藏出发时，那几位大佬的交代让索男意识到，庄睿如果真出了什么事情的话，后果不是他能承担的。

"索男大哥，放心吧，有白狮在，如果庄哥有什么危险的话，白狮一定会来找我们的……"

彭飞安慰了索男一句，他知道白狮的灵性，要是庄睿真的遇到无法解决的难题，白狮肯定会下山求助。

而且彭飞也知道，庄睿此次上山就是为了寻找那只母獒。

以彭飞对庄睿的了解和庄睿与白狮之间的感情，如果庄睿找不到另外一只雪獒，指不定会在山上待多久呢。

“呵呵，索男大哥，庄哥说不定这会儿正带着白狮游山玩水呢，好了，我们上山了……”

见索男一脸纠结的样子，彭飞开了个玩笑，冲着索男摆了摆手，跟上已经走出二十多米远的嘉措和格桑。

庄睿此刻没有彭飞想得那么爽，他已经跟着雪豹在大山上穿行了两个多小时了。

收拾好帐篷背包，庄睿就让雪豹带路寻找昨天那只金雕的老巢。

为了能跟上雪豹的脚步，庄睿除了背了一个小包之外，就拿着那把开山刀，至于帐篷和背包，都被他放在了原地。

即使这样，在连走带跑行进了两个多小时之后，庄睿还是没找到金雕的巢穴，抬手看了看手表，庄睿犹豫了，他原本打算今天下雪山的，否则怕山外的人要组织搜山寻找自己了。

“小雪，还有多远啊？”

庄睿叫住了跑在前面的雪豹，一路上无聊，他给雪豹和雪獒分别起了名字，由于雪豹娇憨可爱，年龄似乎不大，所以用了小雪这个名字。

至于雪獒，庄睿则喊它雪儿，因为大雪那名字，实在是叫不出口。

为了让这两个家伙适应自己的称呼，庄睿这一路费了不少心，他听说过一些驯养动物的技巧，在你说话的时候，只要动物做出正确的反应，马上就要给予奖励。

有那么三五次之后，动物就会形成条件反射，等到你下次再喊出同样的话，动物就会很自然地做出反应了。

庄睿一边跟随雪豹赶路，一边不停地叫着雪儿和小雪的名字，每当跑在前面的雪豹听到小雪回头时，庄睿就会用灵气奖励它，居然成功地让小雪记住了自己的名字。

现在听到庄睿又喊出小雪，雪豹停了下来，回头走到庄睿身边，狐疑地看着庄睿，它可听不懂庄睿另外一句话的意思。

“距离老鹰，就是那只金雕的老巢，还有多远啊？”

庄睿向雪豹比划起来，不过任他摆出老鹰飞翔的样子，雪豹也不解他的意思，让庄睿白忙活了一阵。

正当庄睿一筹莫展的时候，昨天见到的那只金雕，忽然从远处飞过，庄睿连忙指着头顶上的金雕，对小雪说道：“诺，就是它，找到它还有多远？”

看着天上的金雕，小雪有些兴奋，但是对庄睿的话，它还是听不懂，只是昂头对着那只大雕嘶吼起来，看来以前真是吃过金雕的亏。

“呜……呜呜……”

白狮见庄睿费了老鼻子劲，那只笨豹子都没反应，当下喉咙里连连发出低吼声，居然和小雪交流起来。

"嗷唔……嗷唔！"

小雪这回似乎听懂了，嘴里发出低沉的咆哮声，然后走到庄睿身边，咬住他腰间的衣服，示意庄睿跟他走。

见到金雕出现，庄睿感觉应该没有多远了，当下心一横，最多在山上再多待一天，也要找到金雕的老巢，看看究竟有没有雏鸟。

"走吧，小雪带路，白狮，你小子明明能和小雪沟通，早干吗去了啊？"

庄睿跟在雪豹后面，还不忘数落了白狮一顿，这家伙就是揣着明白装糊涂，不愿意和小雪交流。

虽然没听说过雪豹有杂交品种出现，不过同属于猫科动物里的狮、虎、豹、美洲豹之间都能进行杂交。

虽然白狮属于犬科，但是都经过自己灵气的滋润和改变，说不定白狮和小雪也能产生新物种呢，不过白狮太不给面子，动不动就恐吓小雪一番，在庄睿看来，两个家伙是有缘无份了。

白狮很委屈地呜咽了几声，然后追了上去，在它看来，有了小雪和雪儿之后，自己的地位直线下降了。

"到了吗？"

又走了一个多小时之后，已经来到了雪山的半山腰上，奔跑在前面的雪豹突然停了下来，用一种在庄睿看来颇有点贼头贼脑的动作，往右边一处山谷上的岩壁看去。

"呜呜……"

小雪似乎对那山岩很忌惮，探头探脑地看了一眼之后，转回庄睿身边。

"在那里？"

庄睿有些疑惑，因为这个地方很古怪，在自己身处的山坡右侧，原本还算平坦的山体像被刀劈斧凿一般，突然凹下去一个深谷，那边的岩壁几乎呈九十度直角，完全没有下脚攀爬的支撑点。

"或许真在那里……"

庄睿往下面又走出三四十米，这样就能看到整个岩壁的景象了，他准备用灵气看一下，那峭壁上是否有山洞和鸟巢。

自从在河南那个小山村灵气晋级之后，庄睿眼中灵气的释放范围已经达到了五六百米的距离，在这个范围内，即使是一根针，庄睿都能清晰地看（感应）到。

随着庄睿目光在山岩石壁上移动，一股灵气随之穿透岩壁两米多深，如同探测仪一般，在上面扫描着，这里地势已经不是很高了，在悬崖峭壁上，还长有几棵低矮的高原

树木。

"嗯？有个洞……"

庄睿的目光突然停住了，因为他在一棵小树的上方，发现一个直径在三米左右的洞口，说是山洞，不如说是山岩的裂缝更合适一点，因为长三米的洞口，高度只有七八十公分。

还真是会挑地方啊，这个山洞背风向阳，位置险峻，难以攀登接近，山洞上方的岩石向外凸出，又可以遮风挡雨，别说住金雕了，就是住人都合适。

虽然还没往里面看，但是庄睿心中已经认定，十有八九那只金雕的老巢就在这里面。

现在的问题是，里面会不会有雏鸟，庄睿心里也是七上八下的，那只成年金雕显然是无法驯养了，如果找不到雏鸟，自己这一天工夫就算白耽搁了。

"哈哈，找到了……"

随着目光的深入，洞中的景象尽入眼帘，最先看到的是一只蹲立在山洞里的成年金雕，不过它的体型要比庄睿先前看到的那只小了很多，体长只有六十多公分。

但是让庄睿高兴的是，在这只金雕的身旁居然有四只浑身都是白色毛发的雏鸟，这让庄睿激动得浑身发颤，整整四只啊，奶奶的，可以搞个飞虎队了。

似乎感应到了什么，那只金雕突然转过脑袋，疑惑地看向洞穴的一角，当然，它是无法发现无色无味的灵气的。

"淡定，要淡定……"

庄睿收回目光，深深地呼吸了几下，确定了金雕的巢穴，也发现了雏鸟，现在要考虑的，就是如何将那几只雏鸟从巢穴里掏出来。

这个任务的难度非常大，不说陡峭的岩壁，就是洞中那只金雕，自己也无法对付，即使从上面用绳子把自己放下去，也只能成为金雕爪下的亡魂。

庄睿昨儿见识过金雕利爪的威力，二寸厚用开山刀都无法切开的牦牛皮，在金雕的爪子下如同豆腐一般，庄睿可不相信自个儿的脑门能禁受住那么一抓。

收敛心神，庄睿又集中注意力观察起洞穴旁边的岩壁，他想看看，自己不使用绳索，从侧面能否爬过去。

在看了几个微微凸出的山石后，庄睿很快就放弃了这个想法，徒手攀岩绝对是找死，估计只有小雪能上去。

"要把那只金雕引出来，最好能引得远一点，然后自己从山上放绳索，进入山洞……"

庄睿思考了半天，似乎只有这个办法，当下又察看起山洞的情形，如果人下去了，进不了山洞，那才是一件悲惨的事。

"长三米，宽六十公分，进去是没有问题……"

庄睿的灵气继续往洞里看去，这个山岩间的裂缝不是很大，里面只有两米深，但是高

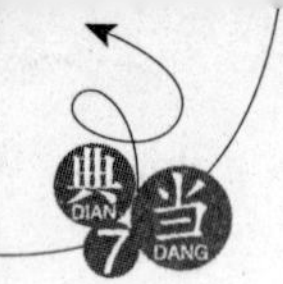

度有点低，还不到五十公分，庄睿恐怕要头朝里才能钻进去。

这两只老雕还挺讲究的，即使在山洞里，也搭建了一个老巢，这是个用树枝堆积成的巢穴，结构十分庞大，外径近两米，高达一米半，巢内铺垫细枝、松针、草茎、毛皮等物。

此刻那只应该是雌性的金雕正用自己的利喙，从巢穴一处雏鸟够不到的地方，叼下一块块撕扯好的肉条，喂到几个抬着头张大了喙，嗷嗷待哺的小家伙嘴里。

母雕的动作很熟练，有点像小鸡啄食一般，非常准确地把一个个细嫩的肉条塞到几只雏鸟的嘴里。

庄睿现在看到的这一幕让他感觉很温馨，正在思考自己偷雏鸟的举动是否合适？

“奶奶的，四只能活下来一只就不错了，哥们就拿一只走，回头再用灵气把另外三只梳理一下，也算对得起这只雕妈妈了……”

庄睿想了一下之后，下了决定，一次孵化出四只金雕雏鸟，这在自然界算是罕见了，由于食物和物竞天择的因素，一般来说，四只雏鸟最多能活下来一只最强壮的。

庄睿带走一只，然后用灵气让剩下的三只都存活下来，正如他所说，算是对得起这对金雕父母了。

“呵呵，这只不错，等会儿就选它了……”

庄睿突然被洞穴里的一幕给逗笑了，一只雏鸟在吞下母雕喂的肉条之后，居然跑到旁边，用自己那相对强壮的身体挤开正张着嘴的另外一只雏鸟，将母雕第二次喂的食物，又给吃了下去，急得旁边那个没有吃到东西的小家伙嗷嗷直叫。

几只金雕雏鸟看在庄睿眼里，十分可爱，它们最多有一个月大小，浑身都是毛茸茸的白色细毛，只有眼睛和略弯的利喙是黑色的。

可能是太小的原因，几个小家伙走路还不是很稳当，但是在它们身上，通过刚才争食的表现，已经表现出大自然物竞天择的残酷性了。

随着年龄的增长，它们的毛发也会变成和父母一样的金黄色，它们的利喙也会变得锋利弯曲，它们的双翅也将翱翔长空，那站不稳的爪子也将能撕裂豺狼虎豹！

“要快点想办法了，不然等一会儿那只出外觅食的金雕回来，自己更没办法偷到雏鸟了……”

庄睿看了下手表，此时已经下午一点了，在现在的季节，金雕捕食并不是很难的事情，自己要抓紧时间了。

“白狮，等会儿你到岩壁旁边大声吼叫，做出往里面爬的姿势，将那只金雕引出来，然后跑远一点，注意别被它的爪子抓到了……”

庄睿想了一下，开始交待起来，没啥好办法，只能用白狮引出母雕，然后自个儿下去掏金雕雏鸟，如果顺利的话，应该问题不大。

“呜呜……”

白狮点了点头，眼中满是凶光，昨天它也见过那只金雕，知道这家伙不好对付，所以也打起了精神。

庄睿走到峭壁上方三十多米的地方，将自己随身带着的绳索牢牢拴在一块重达千斤的岩石上，使劲拽了拽，感觉应该能承受自己的体重。

“你们两个随我躲起来，让白狮去引金雕……”

庄睿招呼了小雪和母獒一声，躲到那块岩石后面，这里正好有些灌木丛，庄睿趴在里面倒也不虞被金雕发现。

“白狮，能不能成功，就看你的了……”

庄睿大喊了一声，紧接着说道：“开始!”

“嗷唔！嗷嗷唔……”

随着庄睿的声音，白狮的怒吼声在岩壁旁边响了起来，这种近乎超声波的低吼，对人类影响不大，但是对听觉敏锐的动物而言，却犹如震天鼓一般响亮。

就在庄睿的声音响起的时候，那只母雕就已经探出了洞穴，看到白狮似乎想往岩壁这边攀爬的时候，马上双翅一震，冲着白狮高高地飞了起来。

对于白狮，庄睿还是有信心的，一个已经有了灵性，另外一个却是只扁毛畜生，庄睿不信白狮搞不定这只金雕。

果然，在金雕高高飞起，然后借着高空俯冲的力量扑向白狮的时候，白狮敏捷地向旁边闪了一下，使金雕的利爪抓了空。

趁着金雕还没振翅飞起的瞬间，白狮一巴掌拍在金雕翅膀的边缘，几根金色的羽毛，从金雕翅膀上飘落下来。

“嘎!”

一声哀鸣声响起，金雕的身体猛地飞了起来，刚才差点吃了亏，这只金雕不敢再贸然出击了。

“好样的，白狮!”庄睿攥起了拳头，狠狠地挥舞了一下。

白狮记得庄睿的叮嘱，作势又要往岩壁上爬，引得那只母雕不得不冒险再次下扑。

这次白狮闪过之后没有还击，而是冲着天上的金雕怒吼了几声，扭头往远处跑去。

第四十七章 世间万物皆有情

见白狮扭头跑远，金雕犹豫了一下，它是担心巢穴里的四个孩子，平时都是公雕出去捕食，而它专门守护在洞穴里。

在天空盘旋了一阵之后，母雕最终没有去追白狮，对它而言，把这只讨厌的藏獒赶走就行了。

而且母雕凭借敏锐的直觉感觉白狮不是个好惹的家伙，斗下去还不知道鹿死谁手呢。

"奶奶的，怎么不追啊?"

庄睿正想站起身往悬崖下面扔绳索，升降器上的保险带都系在腰上了，却没料到那只金雕盘旋一阵之后，居然掉头往洞穴飞去，自己要是现在出去，肯定会被母雕发现的。

"呜呜……嗷唔!"

还好，聪明的白狮见那只金雕没跟上来，返身又跑了回来，作势要往岩壁上窜，惹得刚钻进洞穴的母雕心头火气上升，巨大的双翅展开，扑向白狮。

别看白狮的体型大如牛犊，但是论起灵活程度，并不亚于天空中任意飞翔的雄鹰，在金雕几次扑抓未果之后，白狮又晃晃悠悠地往远处跑去。

这次母雕是真的怒了，它决定把这只狗皮膏药一样的藏獒，赶得远远的，赶出自己的领地范围后再回来。

围着悬崖边转了一圈之后，没发现什么异常情况，母雕振翅向白狮追去，它也知道自己奈何不了这个大家伙，但是将它赶远一点，还是可以的。

白狮非常聪明，它绕过一道山梁，这样一来，除非母雕飞行的高度超越整座雪山，否则的话，它再也无法看到自己巢穴的情况了。

"哈哈，小样，看你还不上当?"庄睿得意地站起身，冲着已经看不见身影的金雕竖了个中指。

庄睿不知道，如果不是岩石刚好凸出来一块遮挡住了他和大小雪的话，以金雕在千米高空都能发现兔子的锐利眼神，根本无法躲避母雕刚才的巡视。

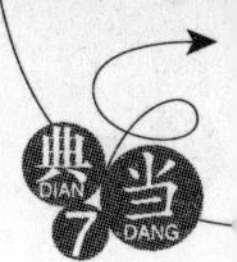

拉过盘绕在一起的绳索，庄睿走到岩壁上方，猛地一甩，绳索顺着悬崖坠了下去，足有五六十米长。

要说这绳索，庄睿还得谢谢赵军，那小子家里挺有钱的，置办的登山装备都是世界顶级的，这特制的绳索虽然极轻，但是非常坚韧，可以承重八百公斤左右，所以庄睿根本不需要担心安全问题。

拉了拉岩石上的绳子，庄睿扳动挂在腰间的升降器，把扣环解开，双腿撑着岩壁，身体慢慢地往下滑去。

被两只金雕作为老巢的洞穴，距离悬崖上方大概有二十米左右，几分钟的工夫，庄睿就坠到洞穴外面，双脚找了支撑点后，就准备往洞穴里面爬。

似乎感觉到了危险，巢穴里的几只金雕雏鸟，口中发出了稚嫩的“啾啾”声，很是急促。

“别怕，嘿嘿，以后跟着哥们吃香喝辣……”

庄睿笑得很有怪叔叔的潜质，不过他还是先用灵气给几个小家伙全都梳理了一遍身体，这才准备往洞穴里爬。

有了灵气的滋润，洞穴里的几个小家伙全都安静下来，这让庄睿很是自得，哥们的灵气是男女通杀，老少皆宜啊！

庄睿现在脑子里纠结的是到底带走几只金雕雏鸟，马上就能到手了，他刚才只拿一只的想法也发生了变化。

“靠，老子顶你个肺啊！”

就在庄睿把一条腿伸到洞穴里之后，他才发现，自己并没有继承爷爷地质学家的本领，目测的功夫差得实在太远了，这山洞，庄睿居然……进不去！

虽然洞口长三米，但是宽度却很窄，并且是上沿高下沿低，呈扁平内收状，金雕可以俯下身体进去，但是庄睿却不行。

如果硬要进的话，肯定会被卡在里面，到时候估计他一定会被愤怒的金雕当成靶子，上演一出国家一级濒危保护动物袭击人类致死的惨剧。

“怎么办啊？”

庄睿有些挠头了，就这样爬回悬崖上面，他不甘心，但是继续拖下去，似乎也没什么好办法，并且那只被白狮引走的母雕，不知道什么时候会回来。

还有外出觅食的公雕随时都可能出现，到时候不用它们攻击自己，只要在绳索上啄一下，恐怕自个儿就要来个高山落体，还是没带降落伞的那种。

“小雪，小雪！”

庄睿突然想到了雪豹，自己进不去，但是雪豹完全没问题啊。

雪豹在悬崖上面露出了头，狐疑地看向庄睿，它现在是吃饱喝足了，没多大兴趣去祸

害那几只雏鸟，小的还不够它塞牙缝呢。

当初来找金雕的麻烦，是因为那会儿大雪封山，雪豹饿得不行了，想偷几个雕蛋吃。

“小雪，下来，快点下来……”

见雪豹露出头，庄睿连忙对它招了招手。

雪豹没迟疑，马上顺着岩壁蹿了下来，在它眼里，庄睿甚至比自己母亲还要亲，小雪已经完全把庄睿当成亲人或者主人了。

虽然这岩壁几乎达到了九十度直角，但是只要有一处凸凹的地方，雪豹就能借上力。几秒钟它就来到庄睿下方那棵低矮的树上，动作比庄睿优美迅疾多了。

“小雪，你把那只雏鸟叼出来，记住，不要伤害它们，千万不要用牙齿叼……”

庄睿怕雪豹不理解他的意思，把手放在雪豹的嘴上，摸着它的上下唇，继续灌输着：“用这里，对，就是这里，把里面那只雏鸟叼出来……”

大家在电视里经常可以看到动物的父母，用嘴叼着自己的孩子转移藏匿地点，其实这里面很有技巧，它们并没有用牙齿去咬，而是用嘴唇将其夹起来，这种情况，多见于狮虎或者豹子这类大型猫科动物。

当然，也不乏一些粗鲁的父母叼着自己的孩子跑出一段路后，才发现幼崽已经被自己咬死了。

庄睿不知道雪豹是否听懂了自己的话，总之在自己说完之后，它就蹿进了洞穴里。

和庄睿刚才临近洞穴不同，雪豹可是实实在在的食肉猛兽，它能长这么大，也不知道有多少动物丧命在它的利爪下，刚一进入金雕的巢穴，那几个小家伙马上就感觉到了危险。

只是在雪豹面前，弱小的金雕雏鸟连哀鸣的勇气都没有了，紧缩在巢穴里面瑟瑟发抖，两者之间根本就不是一个级别的对手。

“雪豹，不要咬，千万不要咬……”

庄睿一边把灵气灌输在几个小家伙身上，一边出言叮嘱雪豹，这会儿庄睿也十分紧张，说话都带着颤音了。

如果雪豹没领会自己的意思，一爪子一个把这些小家伙拍死了，那庄睿可就竹篮打水一场空了。

“嗷唔……”

雪豹一声低吼不但让巢穴里的四个小家伙齐齐战栗了一下，连庄睿也抖了一下，要不是腰上绑着绳索，恐怕就掉下去了。

庄睿忍不住骂道：“小雪，抓紧时间，把那个小家伙叼出来……”

庄睿虽然不能用手去指，但是他可以用灵气来指引，从白狮身上庄睿就发现，动物对自己眼中的灵气特别敏感，即使没靠近它们的身体也能感应到。

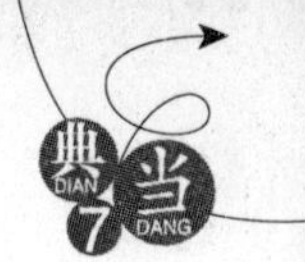

庄睿先用灵气轻轻触碰了雪豹一下，然后看向那只最强壮的金雕雏鸟，这个小家伙的体型要比它的兄弟姐妹都大了一圈，所以很容易就能辨认出来。

在灵气的指引下，雪豹将爪子伸到了几只金雕雏鸟旁边，很“温柔”地将庄睿锁定的那只雏鸟拨弄了出来。

还好，庄睿看到雪豹是用爪子的肉垫拨弄的，那锋利的爪趾并没有伸出来，这让庄睿大大地松了一口气。

“叼出来，把它叼出来……”

庄睿这会儿变得有点儿神经质了，嘴里念念叨叨的，小雪似乎真的明白了庄睿的意思，用嘴唇轻轻咬住那只雏鸟，返身回到洞穴入口。

“给我，轻一点，再轻一点……”

庄睿强压下心中的激动，示意雪豹将雏鸟放下来，他已经看到了，那个小家伙正在雪豹嘴边挣扎着，并没有受到任何伤害。

“哈哈，还想跑……”

就在雪豹松嘴的同时，小家伙扑棱着还没长出羽毛的翅膀，想回到温暖的巢穴里，却让守候已久的庄睿一把抓住了。

“嘿，还有点疼……”

小家伙怕雪豹，可不怕庄睿，那略弯的尖喙重重地啄在庄睿的手上，虽然没啄出血，但是庄睿的虎口处略略有些发红，如果再重一点的话，估计就要脱皮见血了。

“真是个让人头疼的小家伙……”

庄睿无奈地用灵气安抚了一下这个不老实的小东西，也打消了再掏两个雏鸟的念头，就这一只，自己以后就有的伺候了。

庄睿小时候，城市还没变成钢铁丛林，庄睿家不远的地方还有庄稼地，经常可以看到各种鸟儿和在天上飞翔的老鹰。

每到秋收季节，麻雀、喜鹊等各种鸟儿，总是数不胜数，在打谷场或者收割后的庄稼地里捡食剩余的粮食。

那时，让人记忆深刻的就是，天空飞过一只老鹰，本来还是满天的鸟雀刹那间失去了影踪，只剩下天空鹰隼那孤傲的身影。

有条件的人拿气枪打，那会儿铅做的气枪子弹，五毛钱就能买一大盒，枪法再臭，一天也能打上几只麻雀。

没有气枪的人就用网捉，一天也能逮个二三十只油炸了吃，庄睿和刘川啥都没有，就只能打老雀窝的主意了。

两个坏小子在那些年没少干爬树掏老雀蛋的事情，偶尔也能掏到两只刚出生的雏

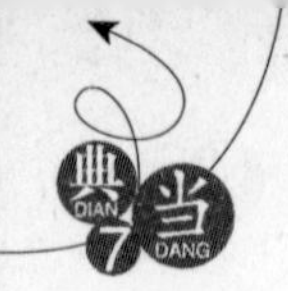

鸟，虽然两人满怀着向往和憧憬，把那麻雀当成老鹰来养，不过却从来没养大过。

但是这并不妨碍庄睿对鸟儿的喜欢，尤其是对小说里那些能撕虎裂豹的神雕的向往，不单是庄睿，恐怕很多人都有过豢养鹰隼的梦想。

当然，这只是梦想，许多人终其一生也无法实现的梦想，不过此刻庄睿做到了，心中的喜悦简直无法用语言表达。

庄睿现在捧着这个小家伙，真有种拿在手里怕掉了，含在嘴里怕化了的感觉。

“雪豹，不要再去了，赶紧回到悬崖上面去……”

过了好几分钟，庄睿才清醒过来，这时手心里的小家伙已经完全被庄睿的灵气吸引住了，不再挣扎，也没有鸣叫，只用它那乌黑发亮的大眼睛瞅着庄睿。

“嗷唔……”

听到庄睿的话，雪豹从洞里蹿了出来，三五下爬到了悬崖上面，低头看向庄睿。

“要听话，别乱动啊……”

庄睿拉开身上那个本应背在身后，现在被庄睿反背在胸前的背包的拉链，将金雕雏鸟小心翼翼地放了进去，即使在把玩价值连城的白玉老虎时，庄睿都没这么小心过。

拉上拉链，留下一条缝隙，庄睿轻轻摸了一下胸前，他能感觉到小家伙在里面折腾出来的动静。

偷鸟贼当了，总归要给金雕夫妻留点好处，就当是自己保护国家一级动物了，庄睿往上爬之前加大了灵气用量，轮流把三个小家伙的身体梳理了一遍。

庄睿相信，这几个小家伙有了这次经历，一定可以安全健康地成长，当然，前提是雪豹这样的家伙以后不要偷偷跑来打秋风。

用脚寻找着落点，庄睿双手用力，二十多米的高度，不过是几分钟的事，当庄睿双脚踏到悬崖上面之后，一直等在上面的大小雪，马上围了过来，亲昵地用舌头舔了舔庄睿。

“大小雪，去找白狮，回昨天住的地方……”

庄睿这次下悬崖掏老雕窝，足足花了半个多小时，不敢再耽搁了，将吊下去的绳索收上来盘在一起之后挂到自己身上，拔腿就往山上跑去。

刚刚转过那道山梁，庄睿就听到耳边传来一阵清脆的雕鸣声，抬眼望去，一只金雕爪子上抓了只肥硕的野兔，正飞往自己的洞穴。

“妈的，可别被抓了现行……”

俗话说做贼心虚，庄睿现在就有一点儿这样的心情，低头往背包里输入一道灵气，安抚了一下那个想迎合自己父亲的小家伙，匆匆地往山上赶去。

下山的时候雪豹要辨认路途，走得并不快，现在庄睿是夺命狂奔，一路往山上跑，间或还要低下头给小家伙点好处。

过了大概半个多小时，他听到前方传来白狮的低吼声，那吼声和平时不太一样，似乎

有些压抑。

“嗯？白狮？”

口中发出一声唿哨，白狮和大小雪的身形，顿时出现在眼前。

让庄睿惊愕和心痛的是，白狮居然受伤了，在白狮雪白的脊背上有一道深可见骨的鹰爪抓痕，鲜血已经染红了白狮背上的毛发。

可能是经常被庄睿灵气滋润的原因，庄睿见到白狮时，白狮的伤口已经不向外渗血了，但是翻开的血红色的伤口，还是给人一种触目惊心的感觉。

“白狮，别动……”

庄睿让白狮趴伏在自己身前，手忙脚乱地从包里拿出救急的云南白药喷剂，对着伤口喷了起来，而且眼中的灵气也不要钱似的从白狮背上狂涌进去。

紫金色的灵气加上治疗外伤的云南白药，让白狮的伤口飞快地愈合起来，白狮喉间发出的低吼，渐渐从痛楚变成了欢愉。

不过庄睿也就敢在动物身上这么肆无忌惮地使用灵气，如果换成人，偷偷摸摸不说，还要做好事不留名，整个一现代活雷锋。

治疗白狮，庄睿可是不惜血本的，即使白狮背上的伤口已经愈合，灵气依然源源不断地灌输进去，直到庄睿眼睛发涩感觉有些酸痛才停下来。

“好伙计，对不住你了，都是我不好……”

庄睿搂着白狮的脖子，这会儿也不理会包里“啾啾”直叫的小家伙了，看到白狮刚才那吓人的伤口，庄睿眼泪差点下来了，这一切都是因为庄睿贪图这只小雏鸟造成的。

“呜呜……嗷唔……”

白狮眼中闪过一丝温柔的光芒，喉间发出了阵阵低吼，似乎在安慰庄睿一般，伸出大舌头，轻轻地舔着庄睿的脸庞，然后把大头埋入庄睿怀里，这是它小时候最喜欢干的事情。

眼圈微红的庄睿抬起手擦了擦眼睛，感觉没那么酸涩了，又把剩余的灵气灌输到白狮体内，直到眼泪打湿了面颊，这才停下来。

似乎能感觉到庄睿和白狮之间的情谊，不管是大小雪，还是背包里的金雕雏鸟，这会儿都没发出任何声音，静静地看着抱在一起的一人一獒。

“嘎!”

一声尖锐的雕叫声打破了雪山的沉寂，那些原本在草丛里觅食的小动物，吓得纷纷躲进了洞穴，正在感怀中的庄睿闻声抬起了头。

“靠，老子抢了你一只雏鸟，你他娘的伤了老子的白狮，这也扯平了，再来不要怪我杀害国家保护动物了，老子还没吃过金雕肉呢……”

看着天边飞来的两只金雕，庄睿顿时红了眼，这会儿也不知道什么叫害怕了，抽出负在背上的开山刀，指着那两只金雕骂了起来。

原本伏在一旁的雪豹和母獒也如临大敌般拱起了身体，喉间发出低沉的嘶吼声，警告着两只不断飞近的金雕。

一边是陆地称雄的雪豹和藏獒，一边是天空为王的金雕，地上的拿天上的没办法，天上的也不敢贸然发动攻击，在庄睿头顶一两百米处不断盘旋。

“嗯？白狮，好样的，没吃亏嘛……”

庄睿看到那只身材略小的母雕飞得很不平稳，在它翅膀下面，有一道深深的血痕，想必是被白狮抓出来的。

“嘎……”

突然，一件让庄睿意外的事情发生了，那只母雕似乎再也无法承受身上的伤势，从空中滑落下来，落在距离庄睿四五十米远的地方。

母雕翻腾着翅膀想站起来，不过努力了好几次，最终还是没成功。

看到自己的伴侣摔落在地上，公雕也顾不得下面几个虎视眈眈的猛兽了，一个俯冲来到母雕面前，口中发出一声声哀鸣，锐利的眼神不住地射向庄睿这边。

“白狮，不要，都回来……”

就在白狮和大小雪准备扑过去的时候，庄睿出言将它们唤了回来。

因为从两只金雕刚才的鸣叫声中，庄睿听出了一种悲伤，那是一种母失其子，夫丧其妻的悲伤，这种情绪深深地感染了庄睿。

“我是不是做错了？”

此刻的庄睿有些茫然，他能想象得到，这只重伤的母雕发现失去了一个孩子之后，强忍着伤势出来寻找的景象，而现在，母雕已是命在旦夕了。

“白狮，我要救它，你不会怪我吧？”

庄睿蹲下身体，认真地对白狮说道，他知道，金雕对伴侣非常忠诚，如果一只死去，恐怕另外一只也不会独活。

当然，这不仅是庄睿从武侠小说里看来的，在大自然中并不缺少这样的例子。

“呜呜……”

白狮喉间发出低吼，它只听庄睿的话，至于善恶它是不会区分的，庄睿说救那就救好了。

刚才给白狮疗伤，消耗的灵气有点多，庄睿努力凝聚出一丝灵气，在数十米外把灵气渗入那只母雕的伤口里。

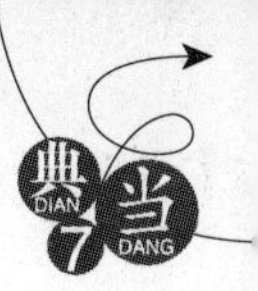

第四十八章　同生共死

“嘎……嘎……”

看着自己的伴侣，屡屡起身但又屡屡跌倒，公雕张开宽大的翅膀，如同一双手一般扶住了母雕的身体，两个金雕就样相互搀扶着，站在庄睿面前。

此刻在庄睿面前，这对金雕所表达出来的情感，丝毫不亚于人类的感情，那阵阵哀鸣声，如同一把刀子，插在庄睿的心里。

“世间万物皆有情啊……”

庄睿低下头，小声地感叹了一句，人类虽然站在地球生物的巅峰，但是并不能抹杀动物之间的情感同样是真挚而伟大的。

由于庄睿眼中灵气消耗太厉害，虽然刚才那丝遁入母雕体内的灵气可以缓解它的伤痛，但是想要完全治愈却是万万不能的。

此刻母雕还是非常衰弱，不过雕眼依然紧紧地盯着庄睿，口中不断发出哀鸣声，母子同心，母雕已经感觉到孩子的存在。

“我真的做错了……”

庄睿摇了摇头，本来金雕一家过得好好的，偏自己插上这么一脚，偷走雏鸟不说，更使这只母雕身受重伤，这一切的原罪都来源于自己的欲望。

“去吧……”

庄睿拉开胸前背包的拉链，把那只比鸡仔大了一点点的小雏雕捧在手心里，小心地放到地上。

“啾啾……啾啾……”

小家伙不知道发生了什么事情，但是看到远处的父母，连忙撒开小脚跑了过去，一边跑还一边发出兴奋的鸣叫声。

庄睿怕小雏雕发生什么意外，一直跟在它后面，大雪山可不是只有面前这几只肉食动物，说不定哪个灌木丛里藏着只豺狼呢。

"嘎嘎……"

见庄睿跟着自己的孩子回来,公雕高昂起头,喉间发出几声警告似的鸣叫声,它虽然不怕庄睿,但是妻儿在旁边,公雕也是英雄无用武之地。

"没事,别激动,我来给它治伤……"

庄睿扔掉手中的开山刀,把一卷纱布散开,对金雕挥舞了一下,他也不知道对方是否能理解,但庄睿是真的想帮母雕把伤口扎起来。

"嘎……"

随着庄睿靠近,公雕变得有些狂躁,扇动着巨大的翅膀,把刚刚跑过来的小雏雕都扇了一个跟头。

"啾啾……啾啾……"

摔了个跟头的小家伙跑到父母身边后,委屈地跳到母雕的脚背上,回头冲着庄睿叫了起来。

虽然是被庄睿强行带走的,但是小雏雕很怀念待在庄睿怀里的感觉。

不过小家伙的叫声显然不能让公雕释疑,它口中还是发出尖锐的鸣叫,不让庄睿靠近,这让庄睿有些头疼,自己不靠近母雕,怎么给它疗伤啊?

想了一下,庄睿把眼中残余的一丝灵气灌入公雕的脑中,清凉的灵气顿时让公雕消停下来,歪着头,公雕那双锐利的眼睛狐疑地打量着庄睿。

庄睿经过两年来的观察,知道动物对灵气的敏感程度要远远大于人类,并且对动物使用灵气时间长了,似乎能听懂人类的语言,白狮就是最好的例子。

灵气还有一个最大的功用,就是消除动物的敌意,不管是雪獒还是雪豹,都证明了这一点,而且雪豹似乎对庄睿用语言发出的指令也开始习惯起来,它要是在庄睿身边待久了,肯定能和白狮一样。

包括现在这对金雕,在接受了庄睿的灵气礼物后也变得温顺起来,注视了庄睿一分多钟后,公雕脖颈上乍起的羽毛放了下去,张开的翅膀也收了起来。

至于母雕,在庄睿刚才远距离用灵气给它疗伤的时候,它就已经没有了敌意,当然,仅限庄睿本人,看向白狮的时候,母雕还是斗志昂扬的。

"别动,别怕,马上就好……"

庄睿小心翼翼地接近两只金雕,而那只小雏雕则突然跳到庄睿的手上,用尖喙轻轻地啄着庄睿的手心,一双黑溜溜的乌眼珠,眼巴巴地瞅着庄睿,似乎还想让庄睿用灵气帮它梳理身体。

"现在可不成了,就是有灵气,也要给你母亲疗伤……"

庄睿苦笑了一下,抓起小家伙放在自己肩膀上,虽然刚出生一个多月,但是小雏雕的爪子已经长了出来,抓着庄睿肩膀上的衣服,倒是站得很稳。

“靠,白狮还真是很猛啊……”

靠近了母雕庄睿才发现,不但母雕右爪上方被撕掉一块肉,就连它的翅膀也受到重创,原本柔顺美丽的羽毛沾满了血迹,黏贴在一起。

庄睿刚才见到白狮的伤口后,还想把这只母雕拔毛烧烤了呢。

见到这对金雕那种不亚于人类的灵性和感情,庄睿现在只想着把它救活。

还好庄睿刚才的那丝灵气,让母雕的伤口止住了血,否则的话,这么长时间,光是流血也能要了母雕的小命。

用手中的云南白药在母雕的伤口喷了一圈,庄睿拿出纱布,将母雕右爪上的伤口包扎起来,他现在也是没办法,眼中灵气消耗殆尽,即使还有那么一点,也要留着治疗母雕翅膀上的伤。

在庄睿给母雕包扎的过程中,这只充满灵性的猛禽除了开始时轻微地颤抖了一下,始终没什么动静。

似乎感觉到妻子的痛楚,公雕温柔地把头伸了过来,帮母雕梳理脖子上的毛发。

包扎好伤口后,庄睿也没吝啬眼中最后残余的那点灵气,全都灌输到母雕的翅膀中去了。

久违了的刺痛再一次光临了庄睿的眼睛。

“嘎嘎……”

试着扇动了一下翅膀,母雕感觉刚才的疼痛感减轻了许多,虽然还不能像以前那样遨游在蓝天上,但是低空滑翔飞行完全没有问题了。

兴奋的母雕飞出几十米之后,又转回头来,飞到庄睿身边,用那让人望而生畏的尖喙,轻轻地触碰了一下庄睿的脚面,它这是在向庄睿表达自己的善意。

“别谢我,我事都是我造成的……”

庄睿那张老脸难得地红了起来,母雕受伤就是他贪图雏雕的原因,他才是真正的罪魁祸首。

不过庄睿自问,自个儿还是有良心的,要是不管不顾地离去,恐怕结果就是母雕殉命,公雕殉情,剩下的三只雏雕也将活活饿死。

“你们回去吧,明天我会再来,把你的伤治好……”

庄睿用手轻轻地抚摸了一下母雕身上柔滑的羽毛,近了才发现,原来金雕的羽毛并不是金黄色,而是呈栗褐色,跟金色相距甚远,但是在阳光的反射照耀下,显出一种高贵的金属光泽。

“这个小家伙,你们也带回去吧……”

庄睿不舍地把肩膀上的小雏雕捧在手心里,其实,他感觉小雏雕跟着自己不一定会比在高原上混得差。

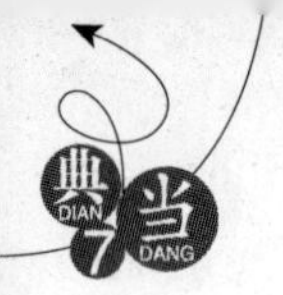

现在的城市，私人早已没了枪支，小雏雕要是跟了自个儿，整个北京城都是它的领空，那多威风啊，动物管理条例里只说金雕是国家一级保护动物，可没说不允许私人豢养。

而且对身边的动物，庄睿都是以诚相待，打个比方说，如果白狮当初愿意跟随活佛，庄睿虽然伤心，但还是会尊重白狮的选择。

庄睿并不认为被人类豢养的动物，一定就会失去自由和本性，就像白狮从来没经历过生死搏杀，但是雪山霸主和这天空之王，也不是白狮的对手。

当然，庄睿同学很健忘地把他眼中的灵气作弊器省略了，如果没有灵气的滋养，恐怕白狮也长不到现在的体型。

“啾啾……啾啾……”

小家伙被庄睿放到地上后，居然不愿意离开，冲着自己的父母鸣叫了几声，又眼巴巴地看着庄睿，一副小可怜样。

“你愿意跟我？”

庄睿的眼睛顿时明亮了起来，只要小家伙愿意就行，至于身边的两只金雕，庄睿会给它们讲解一下，什么叫做父母不得干涉儿女婚……呃，错了，父母应该尊重儿女对生活的选择。

“嘎……”

不过让庄睿意外的是，小雏雕的父母，远比庄睿想象得开明的多。

母雕口中发出一声鸣叫，然后低下了头，用尖喙的侧面在小雏雕的脸上来回摩擦了几下，看上去很是不舍。

和小雏雕亲昵了一会儿，母雕做出一个让庄睿惊讶不已的举动，它用自己的利爪很小心地抓起了小家伙，递到庄睿面前。

“这……这是给我的？”

庄睿没有想到，母雕身怀重伤还坚持外出寻找雏雕，但是此刻却把这小家伙送给了自己，这让庄睿震惊之余，又感到深深的羞愧。

“放心吧，我一定会让它健康成长的，一定会让它成为天空之王的……”

庄睿颤抖着伸出双手，将小家伙捧在手心里，用自己的面颊贴上了小东西毛茸茸的身体，他真是爱死了这个像精灵一般的小雏雕。

“嘎嘎……”

母雕用锐利之中包含温情的眼神看了一眼自己的孩子之后，双翅一振，和公雕同时冲天而起，飞向自己的洞穴，那里还有三只嗷嗷待哺的小家伙呢。

“白狮，没生气吧？”

回到自己人的行列，庄睿笑着帮白狮梳理了下它脖子上的毛发，白狮最喜欢他这个动作了，每到这时，白狮总是舒服地躺倒在地上和庄睿嬉闹。

这次也不例外，忠诚的白狮并没有因为庄睿刚才去救助自己的仇敌而生气，伸出舌头舔了一下庄睿的大手，眼睛好奇地看着站立在庄睿肩膀上的小雏雕。

庄睿笑着把小雏雕放到白狮的头上，说道："嗯，这是你们的新兄弟……姐妹，好吧，我也不知道这小家伙是雄是雌，不过，你们不要欺负它啊……"

小家伙似乎在对方体内感受到了那股让自己舒适的灵气，并不害怕白狮，反而用自己的尖喙，在白狮头上轻轻地啄了起来，搞得白狮痒痒地摆了摆头。

"走吧，回山上……"

庄睿看了下手表，已经下午四点多钟了，即使没有明天给母雕疗伤的事，今天也无法赶回雪山下的山村了，只能再住上一天。

"小雪，去抓个吃的回来……"

白狮今儿劳苦功高，又受了伤，自然要优待一下，捕食的事情交给雪豹就行了。

七八月份的大雪山上，作为食物链顶端的雪豹是不愁食物的，在这人迹罕至的雪山深处，盘羊、野兔几乎随处可见。

庄睿感觉有身边这几个家伙在，即使自己没带任何给养，也能在雪山上生存下去，当然，防寒服还是要的，不然冬天的大雪山能把庄睿冻得像冰棍一样。

雪豹不愧为雪山之王，虽然猎不到牦牛那种大型动物，但是仅仅过了半个多小时，就叼着一只重七八十斤的盘羊回到了庄睿的临时营地。

庄睿用刀切开羊腹，把里面的内脏丢给雪豹，这家伙就喜欢吃这东西，砍下两条后腿，给白狮和它准媳妇啃了起来，二十多斤重的后腿肉，足够它们饱餐一顿了。

庄睿又把盘羊脊背上的嫩肉切成蚯蚓般大小的肉条，也不用自己喂，摆在小雏雕面前，小家伙嘴里就兴奋地发出"啾啾"声，尖喙一啄，然后一仰头，一个肉条就下肚了。

"敢情动物也暴饮暴食啊……"

庄睿见小家伙接连吃了七八个肉条，连忙把剩下的收起来，这万一撑死了，自己还不冤死啊？

伺候好几个祖宗后，庄睿这才慢条斯理地生火，开始准备自己的晚餐，没有人催促，庄睿干得很悠闲。

山上的日子非常惬意，没有争斗，没有矛盾，没有家长里短，没有生意应酬，整个人的心灵像是被雪山上圣洁的雪水冲刷洗涤了一遍似的。

上述的那些没有都没关系，这没有女人，或许是最让人难以忍受的，没见金雕白狮都一对对的吗？

庄睿下定决心，如果再有机会重返雪山的话，一定要把媳妇带上。

"小彭，不行了，不能再往上走了，这天马上就要黑了，前面的坡段很陡峭，必须白天

借助绳索升降器才能上去……”

就在庄睿优哉乐哉地烤肉时，山背面的搜寻小组也停下了脚步，眼看太阳渐渐隐藏到了山后，气温也变得寒冷起来，导游格桑果断地要求安营扎寨。

整整十多个小时的跋涉，他们距离山巅还有一段距离，不过越是往上越危险，并且今天三人也已精疲力竭，必须补充体力，明天再一鼓作气登上山顶。

“嘉措大哥，格桑大哥，要不，我一个人上去看看？”

彭飞一路行来，除了见到庄睿住了一夜留下的痕迹，再也没找到庄睿和白狮的影踪，他也着急起来，在这大雪山上，一个脚滑都能摔死人。

“不行，咱们三个人一同上山，就要一同下山，绝对不能走散了……”

嘉措面色严肃地拒绝了彭飞的请求，之前就是因为庄睿这样的要求，才搞得庄睿与自己等人失散，万一彭飞再走丢了，谁去找啊？

“小彭啊，你虽然身体好，但是前面的路的确很难走，加上天黑雪滑，一不小心就要出人命的，还是先休息下，明天登顶吧……”

格桑也在一旁劝解了彭飞几句，不过格桑对彭飞的身体素质佩服得五体投地。

原本以为自己的身体不错，但是和为了赶路把所有负重都背在身上的彭飞相比，格桑才知道自个儿差得远。

“好吧，明天一定要找到庄哥……”

彭飞也感觉自己的体力快要达到极限了，无奈地答应下来，在大自然面前，所有人都是渺小的，看着满山的白雪，彭飞心中第一次升起一种无力感。

和山对面喝着苦涩的青稞酒却甜在心头的庄睿相比，山背面的彭飞等人真是苦不堪言，各人吃了几块煮得半生不熟的羊肉就钻进帐篷里睡觉去了。

第四十九章　左牵黄右擎苍

“嘎……嘎嘎……”

在空旷寂静的雪山上，庄睿睡得很沉，直到阵阵雕鸣声在帐篷上空响起，庄睿才被惊醒，拉开睡袋的拉链，庄睿走出了帐篷。

“哎哎，我说，怎么又闹腾起来啦？”

刚一走出帐篷，庄睿就发现以白狮为首的陆地王者，正和天上那两只自由翱翔的天空之王对峙着，不过眼尖的庄睿发现，那只体型较大的公雕爪子下面，似乎抓着一只猎物。

“啪！”

见到庄睿出来，那只公雕爪子一松，两只足有七八斤重的肥硕野兔，从天空中坠了下来，正好落在庄睿面前，溅得庄睿一脸白雪。

“呵呵，是送早餐来啦，谢谢，下来，下来……”

庄睿伸手在脸上抹了一把，就当是早晨洗脸了，返回帐篷，庄睿把刚刚睡醒的小雏雕放在肩膀上，伸手对天上的金雕伉俪招手。

“嘎……嘎嘎……”

似乎对下面的几只猛兽顾忌颇多，两只金雕始终在天上盘旋，不肯落下来，在天空他们能进能退，要是落到地上可就任人宰割了。

“白狮，大小雪，你们先吃东西吧……”

庄睿叫住了几个不大服气的家伙，然后带着小雏雕往远处跑去，跑出一两百米才对两只金雕摆起了手，刚才那两个家伙飞得太高，已经超出庄睿使用灵气的范围了。

果然，没有了白狮的威胁后，两只金雕欢鸣一声，如同利箭出弦般俯冲下来。

公雕在距离庄睿还有七八米的时候，突然一个翻身，将腹部朝天，然后翅膀一振，整个身体又翻了过来，潇洒无比地落到了地上。

“我靠，鹞子翻身啊……”

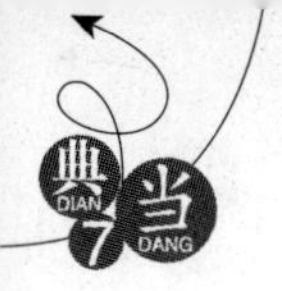

金雕表现出来的技巧，让庄睿看得目瞪口呆，刚才公雕做出的动作，简直帅呆了，这要是拍下来传到网上去，恐怕动物世界的摄影师都会羞愧自个儿拿的那份工资。

“来，我看看你的伤势怎么样了？”

母雕没有老公那么风骚，老老实实地飞到庄睿身边，听到庄睿的话后，很有灵性地张开了翅膀。

在母雕翅膀下面原本应该长满羽毛的地方，现在变得光秃秃的，还有一道没结疤的抓痕，可能是刚才用力的原因，隐隐有血丝渗出。

经过一夜休息，庄睿眼中的灵气已经恢复得差不多了，当下也没说什么，直接将灵气渗入母雕体内，不光是翅膀，就连昨天受伤的下肢也治疗了一番。

“啾啾……啾啾……”

似乎感觉到空气中灵气的流动，庄睿肩膀上的小雏雕忍不住了，居然直接跳了下来，挡住了庄睿和母雕之间的视线，很享受地盗用起原本是给它母亲的灵气。

“呵呵，这小东西……”

庄睿发现，小雏鹰和白狮小时候差不多，都非常有灵性。

拥有灵气差不多两年时间，经过和白狮以及家人的相处，庄睿发现，不管是人体还是动物，能容纳灵气的数量总是有限的。

体积越小的动物，可以容纳的灵气就越少，像小雏雕这么大的小东西，根本就消耗不了多少灵气，多余的灵气也不会伤害它的身体，但是会从它体内溢出，返回庄睿眼中。

像白狮这样的大家伙，如果再受一次伤的话，就足以将庄睿眼中的灵气全部消耗殆尽。

至于眼前的金雕，庄睿只用了眼中五分之一的灵气，就让它的伤口全部治好了，连伤疤都已经淡化得看不出来了。

左右无事，庄睿干脆用灵气把这对雕伉俪的身体都梳理了一遍，清除了两只金雕体内的顽疾，经过灵气的滋润，两只金雕显得愈发神骏，顾盼之间，威风凛凛。

“小家伙，上来……”

给母雕疗过伤，庄睿心中的负罪感减轻了很多，此次雪山之行的任务也全都完成了，抬手看了下时间，这会儿是上午九点多，庄睿应该下山了。

庄睿真有点儿舍不得大雪山，这里清新的空气，可爱的动物，就连那些低矮的灌木丛上开满的野花，在庄睿眼中都异常美丽。

想着要离开雪山，庄睿心中突然变得空荡荡的，似乎有什么紧要的东西将要失去

一般。

但是庄睿明白，自己终究不属于雪山，加上秦萱冰的身体也让他牵挂，今天，是离开的时候了。

看着靠着一双小爪子死死抓在自己肩膀上的小雏雕，庄睿眼中闪过一丝温情。

“两位，我们就要离开了，离开这雪山，离开西藏了，日后或许咱们还有再见的时候……”

看着两只立在地上的金雕，庄睿并没有把它们看成低等生物，而是像朋友一样说着话，在这个地球上，所有的生物其实都是一样的，人生一世，草木同样也有一秋！

“嘎嘎……嘎嘎嘎……”

似乎听懂了庄睿的话，两只金雕同时昂头鸣叫起来，声音里有对朋友的不舍，有对儿女离去的伤心。

“走了！”

庄睿顿了顿脚，他知道这两只天空之王不会跟随自己离开，再待下去徒惹伤心，倒是肩膀上的小家伙不知道离别之苦，正没心没肺地啄弄庄睿的衣领玩耍。

两只金雕见庄睿转身离开，翅膀一振冲天而起，一只金雕往雪山上飞去，而另外那只母雕，则回洞穴看守剩下的三个儿女。

“白狮，咱们要回家了！”

收拾好帐篷，庄睿把半腰高的背包背在身后，然后将小包里塞满衣服，给小雏雕做了个温暖的窝。

回去的路要翻越眼前这座雪山，庄睿可不认为刚出生一个多月的小家伙能承受住山巅的严寒。

听着胸前那个小家伙时不时“啾啾”的叫声，庄睿的心情逐渐好起来。

东面的山坡积雪较少，而且地势相对比较平坦，庄睿中途没有休息，一鼓作气冲上了山巅，只用了两个多小时，正好是中午十二点左右。

站在高山之巅，虽然能一览众山小，但是似乎和太阳的距离也近了很多，强烈的紫外线照射得庄睿很不舒服，比较低的气压也让胸前的小雏雕无精打采。

倒是白狮和大小雪的神态很悠闲，小雪更是时不时地凑近庄睿，享受一下灵气入体的待遇，然后再讨好似的跟在白狮和雪獒的身后，看得庄睿直想发笑，这雪山之王真像个顽皮的孩子。

“带不带雪豹下山？”

这个问题已经迫在眉睫，下午自己一定可以回到村子里，但是这只雪豹呢？它愿意

跟自己走吗？到炎热的大城市，它能适应吗？

从庄睿的本心出发，他当然想把这只大猫带回去，虽然雪豹在别人眼里是个凶猛的野兽，但是在庄睿眼中，和家养的猫没有什么区别，只是体积大了一点，更加通人性而已。

但是从雪豹的角度出发，跟自己走对它有百害而无一利，自由惯了的雪山之王能承受自己那个牢笼般大小的四合院吗？每天喂养的食物，会不会消磨掉雪豹机警凶猛的天性呢？

“唉，先下山再说吧……”

看着无忧无虑的小雪，庄睿想得脑袋都快炸了，干脆顺其自然吧，到时候让雪豹自己决定。

“雪豹！雪豹，小心，嘉措后退，我拿枪打……”

突然，一阵人声从山巅下面传了出来，伴随着说话声和枪栓拉动的声音，把庄睿吓了一跳，他不是怕来人打自己，而是怕他们伤了雪豹。

“住手，不要开枪，不准开枪，彭飞，给我滚出来……”

庄睿听出是彭飞的声音，也清楚地知道彭飞枪法的厉害，如果真开枪，绝对是奔着雪豹要害去的，即使自己眼中的灵气再厉害一百倍，也救不活一只死豹。

听到山下传来的声音，雪豹也吓得跳了起来，不过这家伙很机敏，马上跑回庄睿身后，伸出头向外探去，没有一点雪山之王的觉悟。

“庄……庄哥？”

听到庄睿的声音后，如果不是正在攀爬最后一段岩壁，彭飞差点高兴得跳起来，不过手脚的速度加快了许多，三下五除二地爬到山顶。

“庄哥，以后不许这样了啊，你可吓死我了……”

久经沙场的彭飞到底还是年轻，见到庄睿之后，眼圈不自然地红了起来。

彭飞父母双亡，自从和妹妹跟了庄睿之后，得到庄睿一家人的诸多照顾，在彭飞心里，庄睿亦兄亦父，如果有必要的话，彭飞绝对会帮庄睿挡子弹的。

“嗨，我说你小子，啥时候矫情起来了？对了，身体怎么样？你胸口的伤没好，谁让你上来的？”

庄睿见到彭飞也很高兴，不过马上板起脸，他给彭飞疗伤，只在彭飞睡着的时候，并且也不敢加大灵气的用量，彭飞前几天的伤怕是还没好利索。

“庄哥，我伤早就好了，您看……”

找到了庄睿，彭飞心中压着的一块大石终于消除了，居然像个孩子似的，挥舞着拳脚在庄睿面前证实自己的强壮。

“得了吧你，就你那小身板，还敢在我面前显摆？”

庄睿鄙视地看了气喘吁吁的彭飞一眼，从背包里掏出包烟，说道：“你要不要来一根？”

庄睿这招忒毒，吓得彭飞脸色煞白，在海拔五六千米的高度抽烟，绝对是不要命了。

“哎，小庄，这地方可别抽烟，万一一口气喘不上来，那可不是闹着玩的……”

紧跟着彭飞爬上山巅的是导游格桑，他一上来就见到庄睿拿着防风打火机正在点烟，不禁吓了一跳，连忙出言制止。

“别管他，抽死了拉倒……”

最后上来的嘉措没好气地嚷嚷了一句，庄睿失踪这两天，他的心理压力最大，现在见到庄睿，心中紧绷的那根弦终于能松一松了。

庄睿知道自己那天执意上山，会带给嘉措很大麻烦，于是凑过去没话找话地说道：“呵呵，嘉措大哥，你们上山干吗啊？”

话刚出口，庄睿就意识到自己说错话了。

“我们干吗上山？还不是为了找你小子啊……”

果然，听到庄睿的话后，嘉措脸红脖子粗地跳了起来，这会儿也不顾忌庄睿有什么背景了，就差没卷袖子和庄睿干上一架。

“呜呜……嗷唔……”

摩拳擦掌的嘉措还没走到庄睿跟前，忽然听到一阵野兽的咆哮声，嘉措走南闯北见识多广，马上听出是豹子的声音。

看到庄睿身后龇牙咧嘴的雪豹，嘉措这才想起来，刚才还没上到山顶时见到的那个家伙，只是嘉措有些不明白，这只雪豹为什么不攻击庄睿？

要知道，雪豹生性机警凶猛，在感觉到威胁的时候，往往会主动攻击，现在山顶一共有四个人，按理说这雪豹绝对会先下手为强。

“小雪，别闹！”

庄睿转过身，在雪豹头上拍了一记，然后又揉了揉它脖颈间的毛发，指着彭飞等人，说道：“小雪，如果你不跟我走的话，以后绝对不能伤害人类，知道吗？除非那人有伤害你的举动，见到拿这个东西的，你就跑……”

庄睿本来想说，无论在什么情况下都不准伤害人类，但是一想，不对啊，要是有偷猎的人上山，难不成小雪要当靶子给他们打？

说话间，庄睿把彭飞手中的那把枪拿了过去，对着远处，“砰”地放了一枪，枪声吓得大小雪都抖了一下，只有白狮威风凛凛地站在那里，不为所动。

“看到没有，就是这个东西，如果有人拿着它，你就咬他，或者躲起来……”

庄睿把枪放在雪豹面前，似乎对这个家伙有些畏惧，小雪凑到跟前，用鼻子闻了闻之后，马上躲开了。

“小……小庄，我……我说你……你这是唱的哪一出戏啊？”

庄睿这边在教导雪豹不提，却把彭飞等人看得目瞪口呆，雷得外焦里嫩，这野兽能听得懂人话吗？而且居然不教好的，偏偏教野兽袭击人。

“呃，这只雪豹受了伤，我给他治好了，现在很听我的话……”

庄睿也知道刚才的举动有点出格，连忙抛了抛手中的云南白药喷剂，接着说道：“雪豹以后不会袭击人类了，格桑大哥您是下面村子里的人吧？告诉村里人，以后见了雪豹不要打，它是这座大雪山的守护神……”

刚才彭飞举枪的时候，庄睿已经下了决心，不带雪豹离开，还是让它留在大雪山上吧，因为到了城市，即使雪豹不咬人，也会被人当成怪物来看，庄睿不想自己的朋友，受到那种待遇。

“不对，雪獒才是我们大雪山的守护神，哎，就是你身后那只……”

格桑听到庄睿的话后，先是愣了一下，继而在打量雪豹的时候，突然看到和白狮一起的悠闲地趴在地上的母獒，顿时大声喊叫起来。

“大雪山的守护神，请接受我最真挚的……”

这回轮到庄睿吃惊了，格桑在看到母獒之后，马上双膝跪地，居然对着母獒磕起头来，嘴里还念念有词地唠叨着，看得庄睿摇头不已。

“妈的，屁的守护神，那是我家白狮的媳妇……”

庄睿没好气地想着，“哎哟，万一他们说雪獒是守护神，不让我带走怎么办啊？”

庄睿突然想到这个问题，为难地挠了挠头，低头看到因为人多显得焦躁的雪豹，顿时计上心来。

“那个格桑啊……”

庄睿面色忽然变得严肃起来，等格桑抬起头，说道：“我昨天睡觉的时候，梦到雪山之神托梦告诉我，雪獒要离开大雪山……”

“不，不，雪山之神不会托这样的梦给你的，雪獒是我们大雪山的守护神……”

没等庄睿说完，格桑就跳了起来，打断了庄睿的话，一脸面红耳赤的样子。

对于藏民来说，藏獒是他们最忠心的朋友和最贴心的伙伴。

前天嘉措讲了雪獒救护学生的事情，更让他们对这个雪山守护神充满了敬仰，庄睿现在说这样的话，格桑没和他当场翻脸，已经很客气了。

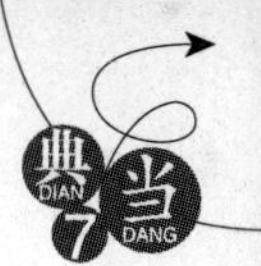

“靠,这么大反应?”

庄睿郁闷了一下,不过脸上还是带着笑容,继续说道:“我能拿雪山之神开玩笑吗?我说的都是真的……”

见格桑还是一脸不相信的样子,庄睿说道:“坐下说吧,你们刚上山,累得不轻,小雪,去,捉只猎物来……”

庄睿这是想让格桑他们见识一下,人和雪豹也是能和平相处的,给后面自己要说的话,埋个伏笔。

听到庄睿的话,雪豹喉中发出一声咆哮,往山下蹿去,不见了影踪。

第五十章 金雕送子

“这……这是豹子吗?”

格桑被庄睿和雪豹之间的默契搞得思维有些混乱,这雪豹简直比藏獒还听话。

“格桑大哥,我很认真地跟你说,雪山之神托梦告诉我,大雪山上的守护神以后将由那只雪豹来代替,它会像藏獒一样保护牧民们的安全,寻找丢失的牛羊,带给你们吉祥和如意……”

庄睿这话说得自己都不怎么相信,奶奶的,雪豹不吃牧民的牛羊就不错了,还保护?门儿都没有。

“小……小庄,你不是在开玩笑吧?”

格桑活了三十多年,这一刻,他的认知完全被庄睿颠覆了,就是八岁大的孩子也知道豹子是吃牛羊,而藏獒是保护牛羊的,庄睿这不是扯淡吗?

“咳咳,当然,当然不是开玩笑……”

庄睿咳嗽一下,说道:“是这样的,如果是大雪封山的时候,你们可以喂给雪豹一些羊吃,这些损失,由我来补给你们,谁让雪山之神交代了我呢,嗯,我给你们村子二十万块钱,就当是以后你们喂养雪豹的费用……”

为了这只在大雪山结交的朋友,庄睿也是不惜血本,既然不能将它带回去,庄睿也要给它一个安全成长的环境。看得出来,这只雪豹的年龄不大,经过自己灵气的滋润,最少还有十多年可活。

如果小雪以后真的老得无法捕食,也能让村子里的人把它养起来,不枉自己和这只大猫相识一场。

“这……这,它不会袭击我们村里人吧?”

格桑感觉庄睿是在说天方夜谭,让雪豹不咬人不等于是让老虎吃素,狮子吃草吗?根本就不可能的事。

“当然不会袭击你们村子里的人,而且还会保护你们,它可是雪山之王啊……”

庄睿想好了，等会儿带雪豹下山，让它把村里所有人的味道都闻上一遍，然后交代雪豹不准伤人。

“这事还是以后再说吧……”

格桑有些不以为然，抬头看了下天色，说道：“咱们吃点干粮往山下赶吧，下山容易点，说不定晚上就能到村子里……”

“等等，马上就有肉吃了……”

庄睿摇了摇头，他话声刚落，雪豹的身形就出现在山顶上，它嘴里还叼着一只小盘羊，比昨天捕捉的那只还要小，只有四五十斤重。

“这还不吃羊？”格桑有些无语。

“这可是野生的羊，又不是家养的，雪豹可是有灵性的，行了，嘉措大哥，赶紧收拾一下，咱们吃完下山……”

庄睿撇了撇嘴，哥们又没说雪豹改吃素，不祸害你们村子不就行了吗？

刚才庄睿和格桑的对话，彭飞和嘉措都没插口，这会儿见到雪豹的猎物，才开始忙活起来，彭飞剥羊，嘉措生火，十来分钟，一串串鲜嫩的羊肉就挂在了火堆上。

“哎，彭飞，给我切点肉条，要小一点的，哎，再小一点，嗯，可以了……”

闻到了血腥味，庄睿怀里的小雏雕开始“啾啾”地尖叫起来，身体也不老实地在背包里拳打脚踢，用自己的方式提出抗议。

拿着彭飞切好的肉条，庄睿笨拙地喂起小雏雕，他的哺育技能显然无法和母雕相比，有好几次都没能塞到小雏雕的嘴里，最后干脆把肉条放在手心里，让小家伙自己叼食了。

“嘿，庄哥，您从哪摸了只野鸡崽啊？”

彭飞把盘羊剩下的内脏和一些碎肉丢给白狮和雪豹几个家伙后，凑到了庄睿身边，看着从庄睿背包里伸出头的毛茸茸的小家伙，不禁伸出手想抚摸一下。

“滚一边去，你们家鸡仔吃肉的啊？”庄睿笑骂道。

“哎哟，还啄人呀……”

彭飞的手刚伸到小雏雕面前，就被它的利喙啄了一下，昨天啄庄睿的时候，力道不够没有见血，但是今儿却把彭飞的手啄出一个血印来。

“庄……庄哥，这玩意不会是老鹰吧？”

彭飞这下算是清醒过来，刚才也不是没想到，只是感觉庄睿和白狮掏个野鸡窝还有可能，但是去掏老鹰窝，恐怕还真没这本事。

“嘿嘿，不是老鹰……”庄睿卖起了关子，喂食着小雏雕，不搭理彭飞。

“哎，我说庄哥，您给我说说啊，这小老鹰是从哪里掏来的？我也要去搞一只……”

男人永远无法拒绝玩鹰养狗的诱惑，彭飞的眼睛里满是“羡慕”两个字，若非眼前的人不是庄睿，彭飞动手抢的心思都有了。

“都说了这不是老鹰，这是金雕，懂不懂？”

庄睿笑着说道：“没看过《神雕侠侣》啊？那里面的大雕，就是这小东西的祖先……”

听庄睿说到自己，小雏雕“啾啾”地叫了几声，在庄睿手心里轻轻地啄了几下，这番情景看得彭飞眼红不已，恨不得和小家伙亲热的人是自己。

“这是大雕的幼崽，小庄，你是从哪里得到的？”

已经生好了火的嘉措走了过来，一眼就认出了小雏雕，不过他的眼神和彭飞没啥两样，都是羡慕嫉妒恨，就差没动手抢了。

“嗯，它母亲受了伤，我给治好了，为了报恩把它送给我了……”

庄睿丝毫没有说谎的难为情，信口开河地找了个理由，虽然他给母雕疗伤不假，但是罪魁祸首正是他，这说法绝对是往自个儿脸上贴金。

“庄哥，您大学好像是金融专业的吧？没听说您啥时候进修的兽医专业啊？”

彭飞闻言围着庄睿绕了几圈，说出来的话让庄睿刚喝到嘴里的一口青稞酒，“噗嗤”一下全喷在了彭飞身上。

主要是庄睿的理由太蹩脚了，先不提庄睿是否有治疗野兽的本领，就这事也忒离谱了一点。

先是雪豹受伤他救了，然后是母雕受伤，难不成这大雪山上的动物受伤后都往庄睿身边跑？

“咳咳，哥哥我人品好，而且我有特异功能，能和动物沟通，它们当然听我的话了，别说送一只小雏雕，让它们跟我走都行……”

反正金雕夫妇又不在，即使在也无法反驳庄睿，庄睿同学干脆信口胡吹了起来，您几位爱信不信。

“小庄，你……你这只小雏雕，能不能让给我啊……”

嘉措突然开口说道，脸上现出难为情的样子，纯朴的藏民是不允许向外人索要东西的，嘉措也是鼓起了很大的勇气，才说出了这话。

“让给你？不行，绝对不行……”

庄睿愣了一下，马上摆起了手，出言拒绝了。

开什么国际玩笑，为了这只小雏雕，哥们差点把白狮和自己的小命都搭进去，这小东西庄睿看得比什么都重，拿座金山来庄睿也不换。

“小庄，我用一百只羊，十四骏马，三十只牦牛，换你这只小雏雕，行不行？”

嘉措没死心，开出了自己的价码，他这价格绝对不低了，加起来大概有几十万了。

这也是嘉措所有的身家，他把自己的牛羊骏马都交给了别人帮着放牧，现在为了买这只雏雕，嘉措准备倾尽家财。

“不卖，嘉措大哥，我跟您说实话，您就是搬来一座金山，我也不会出售这个小家伙

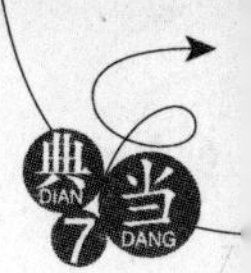

的,它真的是金雕送给我的……"

庄睿根本就不用考虑,嘉措话音刚落就一口拒绝了,别说自己不缺钱,就是现在破产了,庄睿也不会考虑出售雏雕的,大不了哥们回山里当野人去,照样有吃有喝,呃,那样媳妇肯定没了。

见庄睿出言坚决,嘉措脸色变得黯淡下来,请求了两次都被庄睿拒绝了,藏民的自尊让嘉措没再说第三次。

至于庄睿说的什么金雕送给他的雏雕,嘉措根本连一个字都不相信,金雕性情最是护崽,别说送别人雏雕了,就是有人靠近它的洞穴,金雕都能和那人拼命。

在嘉措看来,庄睿肯定是趁着金雕不在的时候,偷偷掏来了这只雏雕,庄睿不愿意卖,嘉措也没有办法,只能怨自个儿没那好运气了。

"嘉措大哥,您要点别的都行,这小东西和我对眼,真的不能让给你……"

庄睿也有些不好意思,和嘉措一路上关系处得不错,不能因为这个坏了关系,连忙出言解释了一下。

"没事,这东西在你手上,我是怕毁了它……"

嘉措摇了摇头,看向小雏雕的目光,全是喜爱之情。

"毁了它? 怎么会呢……"

庄睿有些不解,自己爱护这小东西都来不及,怎么可能毁了它?

嘉措摆了摆手,问道:"小庄,你会驯鹰吗?"

"不会!"

庄睿很干脆地答道,他只是喜欢而已。

"驯鹰又叫做熬鹰,是一个非常古老的技能,只有大草原上的人才能熬出最好的猎鹰,让它成为牧民们的伙伴,猎手的兄弟……"嘉措给庄睿讲解起来。

听完嘉措的一席话,庄睿才感觉到,敢情这养鹰,也不是一件容易的事。

驯鹰人将鹰买来后,戴上牛皮手套,将鹰架在手上开始"熬鹰"。

"熬鹰"是驯鹰的第一步,将鹰的眼线解开后,每天天不亮就要起床把鹰架在手臂上,哪里人多就带它到哪里去。

晚上休息时还要把狗拴在旁边,让鹰不怕狗。打猎需要鹰、狗、人三者配合,缺一不可,直到鹰架在驯鹰人的臂上能够安心进食、睡觉,"熬鹰"就算基本完成了。

这个过程说起来容易,但是做起来非常难,很少有人能把一只成年鹰驯好。这样雏鹰就变得弥足珍贵了起来。

自小养一只雏鹰,不但可以培养自己和雏鹰之间的感情,还可以在长期的潜移默化中进行驯练,到雏鹰成年之后,如臂使指,这样的老鹰是草原上每个牧民梦寐以求的。

"嘿嘿,哥们这只小家伙,长大后绝对和白狮一样通灵,根本就不用训练……"

听完嘉措的话后，庄睿在心里暗笑起来，训练的目的就是让金雕听话，自己不用训，一样能做到这一点。

庄睿突然想到一个问题，开口问道："对了，嘉措大哥，即使这金雕再好，现在也没有了用武之地，您有必要花那么多钱买这个小东西吗？"

"唉，这是我的一个梦想啊……"

嘉措叹了口气，跟庄睿说了起来，原来嘉措的爷爷曾经是西藏大草原上很有名的猎手，他爷爷就曾经养过一只猎鹰。

那只猎鹰也是大型雕，品种虽然没有金雕好，但是经过嘉措爷爷的训练，捕捉起猎物来次次都能得手。曾经在一个冬天，独自捕到二十只草原狼，被草原上所有的猎手尊称为大草原上的鹰王。

在嘉措很小的时候，曾经见过他爷爷肩膀上，站着那只鹰王的风采，从小养一只鹰的梦想就在嘉措心里扎根了。

不过直到看见庄睿这只小雏雕，他才重新记起那些难忘的往事，这才冲动地要倾家荡产来买这个小家伙。

"嘉措大哥，现在也不让打猎了，您也别那么执著了……"

虽然很钦佩嘉措对梦想的执著，但是庄睿没有出让雏雕的意思，这小东西现在就是他的心肝宝贝，说什么都不会卖的。

说话间，格桑已经搞好了烤肉，几人吃了点东西，又休息了一会儿，就准备下山了，如果顺利的话，晚上七八点钟就能回到村子。

下山的队伍颇有意思，跑在最前面的是白狮和它的准媳妇，中间是格桑、嘉措等人，庄睿和雪豹则不急不慢地跟在最后。

除了靠近山顶的几处地方比较险峻之外，其他的地势还算平缓，一气走了五个小时，已经下了雪线，远处升着冉冉炊烟的村子清晰可见。

"是嘉措吗？找到小庄了没有？白狮，是白狮！"

在一处缓坡上，搭建着一顶帐篷，索男从昨天上午到现在，已经足足等了二十多个小时，如果不是他为人沉稳，恐怕这会儿已经出山搬救兵了。

见到山上下来一行人，索男刚刚问出口，就见到奔跑在前面的白狮，不禁高兴地大声喊了起来，白狮在，庄睿自然也在。

"索男大哥，多谢您的关心啊……"

庄睿抢前几步，走到了队伍前面，对索男摆起了手。

"你这臭小子，差点害死我啊……"

看见庄睿，索男气呼呼地迎了上去，一拳重重地捶在庄睿的肩膀上。

"嗷唔！"

前面的白狮还没反应，小雪不答应了，顿时浑身毛发乍起，对着索男咆哮起来。

“这……这是怎么回事？”

面前突然出现一只猛兽，心脏再强劲的人也受不了，雪豹的出现吓得索男一屁股坐到了草地上。

“雪豹，回来……”

庄睿一把揪住雪豹脖子上的肉皮，把它拉到身边，又给它做了一番不准伤人的教育工作，这才转过头，对着像见了鬼一般的索男解释起来。

“不行，这事我不能答应，这不是欺骗藏区人吗？”

索男听了庄睿所谓雪山之神托梦的鬼话之后，自然是一个字都不相信，当庄睿请求他跟村民说这事的时候，索男一口就拒绝了。

“去，小雪，和索男大哥亲热一下……”

见索男不肯帮忙，庄睿碰了碰雪豹，这家伙很上路地在身体已经僵硬了的索男脸上，轻轻地舔了一下，却不知道自己已经把对方吓得差点魂魄出窍。

“我帮，帮你说还不成，这家伙还听你的话？”

过了半晌，索男才回过神来，惊奇地看着雪豹，如此通人性的家伙，说不定庄睿讲的是真话呢。

“当然了，索男大哥，我什么时候说过瞎话啊，真的是雪山之神托梦告诉我的……”

庄睿大言不惭地说道，他是不说瞎话，就是满嘴没一句真话，庄睿不信佛，一点儿心理障碍都没有。

“嘎……嘎嘎！”

就在庄睿和索男扯皮的时候，众人头顶的天空上，出现了两只黑点，清脆的雕鸣声传了过来。

“哎哟，小庄，被你害死了，这……这大雕是来找雏雕的，它……它们会和你拼命的……”

出身猎人世家的嘉措看清楚天空的两只金雕之后，那张脸苦得都能挤出苦水了。

一般鹰隼的视力都非常好，在几千米的高空就可以分辨出地面兔子大小的猎物，像这种大型金雕，眼睛更是如火眼金睛一般。

嘉措对老鹰十分了解，知道这两只天空上的金雕，一定是来寻找自己的雏雕的，如果庄睿怀里的雏雕被它们发现，那绝对会和这群人拼命。

“小彭，拿枪准备，如果真的扑下来了，把它们打伤……”

听到嘉措的解释后，索男也拿起了一把军用五六式冲锋枪，像这种大型雕，连牛羊都能抓得起来，自己等人赤手空拳肯定吃亏。

虽然这东西是国家保护动物，但是动物保护条例里也没说，人受到袭击不能自卫啊，难不成要被它们抓上天旅游一番?

“啾啾……啾啾……”

当嘉措几人忙得像被老鹰追逐的兔子一般想着对策的时候,旁边一脸笑容的庄睿胸前,小雏雕听到父母的鸣叫声,顿时在背包里折腾起来,把白绒绒的小脑袋从背包拉链里挤了出来。

庄睿一看小家伙着急的样子,干脆拉开背包,把小东西拿了出来,捧在了手心里。

“小庄,你……你这是干吗啊……”

嘉措这次真的急眼了,他是猎人世家出身的,不到万不得已,不想伤害那两只大雕,只是现在似乎由不得他了,因为一直在天空盘旋的金雕,已经向着自己等人的方向俯冲下来。

“索男大哥,彭飞,都不准开枪,这是我的朋友……”

庄睿一把按下索男抬起来的枪管,转脸看向嘉措,说道:“嘉措大哥,我之前不是告诉过你吗,这个小家伙是它的父母送给我的,你怎么就不肯相信呢?”

“你……你说的是真的?”嘉措满脸呆滞,他中午那会儿根本把庄睿的话当成故事来听,压根就一个字都没信。

“嗨,嘉措大哥,我闲得没事和你开玩笑啊?”

庄睿撇了撇嘴,把双手高高抬起,手心里的小家伙使劲地叫着,两只长满了绒毛的翅膀也不住扑棱着,当然,它还是飞不起来。

庄睿相信那两只金雕已经发现小家伙了,而且这两个家伙根本就是来找自己的,在这片天空下,还没有什么生物可以瞒过它们的眼睛。

庄睿曾经看过一篇报道,知道鹰眼中含有极为丰富的硒元素,高出人类一百多倍,老鹰独特的视觉系统,可将物体放大数倍,正如人们拿望远镜观察高空中的老鹰,它们也是如此,可以将地面的东西放大了观察。

“那只大雕还抓着东西……”

随着两只金雕不断和地面拉近距离,众人也看得愈发的清楚了,其中一只大雕的爪子上抓着一只已经死去的盘羊。

看那只盘羊的体型最少在一百多斤以上,但是那只大雕飞行的体态没有受到丝毫影响。

嘉措的声音刚刚响起,两只金雕已经飞过众人的头顶,抓着猎物的那只金雕在三四十米的高空爪子一松,偌大的盘羊就落在庄睿的面前,发出轰然响声。

“我靠,有点公德心啊,不要高空坠物……”

庄睿着实被天空掉下来的盘羊给吓了一跳,要不是自己往旁边躲开一点,指不定就砸到身上了。

“嘎……嘎啊……”

或许是这里的人太多了，金雕又飞出几十米远，才姿态优美地降落在地上，扇动着近三米长的翅膀，冲着庄睿不住地鸣叫着。

“呵呵，去，找你的父母去，白狮，你们不准动，就待在这……”

庄睿笑着把小雏雕放在地上，小家伙连蹦带跳地向金雕跑去，庄睿笑眯眯地跟在后面，走之前还叮嘱了白狮一句，这家伙和金雕昨儿还是生死仇敌呢，别一会儿忍不住又干起来了。

第五十一章 雪山神迹

庄睿的这番做派，把其余几人都看呆了。

他们没想到，这两只大雕居然是来给庄睿送食物的，这已经不需要猜测了，地上的盘羊就是最好的证明，这也说明金雕送给庄睿雏雕，并非是庄睿信口胡扯的。

几人倒是听说过，曾经有猎人救治受伤的猛兽，猛兽伤好之后会经常给那猎人送去一些捕捉的小动物，但这只是传说，现实中谁都没见过。

眼前的一幕，颠覆了他们对动物的认知，这知恩图报的说法，真的不仅仅适用于人类身上。

看着庄睿不断地接近两只大雕，嘉措也心头火热，实在忍不住了，拔腿往那边跑，想近距离观察一下，彭飞等人更不消说，谁也不愿意放弃和这么通灵的动物接触的机会。

“嘎……嘎嘎……”

庄睿过来的时候，两只金雕没什么反应，但是见到后面那几个人靠近，公雕马上扇动翅膀，口中发出尖锐的鸣叫声，在警告着几个人。

“彭飞，你们别过来……”

庄睿站住脚，对后面几个人摆了摆手，他也想和这两只金雕亲近下，因为过了今天，庄睿就准备离开这里了，下一次不知道什么时候再来，不过金雕的寿命长达八九十年，应该还有机会再见的。

彭飞等人听了庄睿的话后，在距离两只大雕还有十几米的地方停住了脚，满脸羡慕地看着庄睿靠近两只金雕，用手去梳理它们身上的羽毛。

“啾啾……啾啾……”

小家伙也跑到金雕的脚下，奈何个子太小，只能在金雕爪子下面转悠，急得连声尖叫，不住地用尖喙啄母亲长满了羽毛的小腿。

“呵呵，上来……”

庄睿笑了起来，用手捧起小家伙，然后坐在草地上，他这一坐下，就显出两只金雕的神骏来了，身材较矮的母雕都要比庄睿高出一头。

母雕锐利的眼中此刻全是温情的目光，犹如弯钩一般的利喙凑到庄睿手边，用利喙的边缘，在小雏雕的身上来回磨蹭起来。

即使是远在十多米外的彭飞等人，也能感觉到母雕散发出来的那种不舍的感情。

公雕一直表现得很高傲，不过眼睛也时不时看向小家伙，似乎也能感觉到即将和孩子分别了。

"你们是来送我们的吗？谢谢你们带来的食物……"

由不打不相识到处出了感情，这对金雕也代表了庄睿对这座大雪山美好的回忆，说实话，就此离开，庄睿心中真的非常不舍。

"嘎……嘎嘎……"

公雕发出一阵鸣叫声，一直高昂着的头点了点，然后张开了翅膀，轻轻地扇在庄睿的肩膀上，像是好友拥抱一般。

"神迹，神迹啊……"

不知道何时，导游格桑和嘉措，已经跪倒在地，对着两只金雕膜拜起来。

"格桑大哥，回去要告诉村子里面的人，不允许用枪打它们啊……"

庄睿看到格桑和嘉措的举动，顿时乐了，西藏和别处不同，几乎每家牧民手中都有枪，万一金雕冬天没有食物来抓点牛羊吃，说不定就会被打伤。

"不敢，不敢，我回去就告诉村里人……"

格桑连连摆手，看向金雕的眼神全是仰慕和畏惧，心中对庄睿说雪豹接任雪獒，将成为大雪山新一代守护神的事情也开始半信半疑起来。

眼前发生的事情，由不得他不相信，不仅雪豹通灵，就连一向遨游在天空中的金雕也对庄睿表达出了善意，在格桑想来，除了佛祖显灵之外，谁还能做到这一点呢？

"彭飞，把那只盘羊剥皮整理一下，内脏都拿过来给金雕吃，咱们烧烤一下，然后回村子……"

庄睿抬手看了下时间，已经下午五点多了，天边的太阳慢慢西落，眼看就要被雪山遮挡住了，是时候离开了。

"哎，这就去……"

彭飞答应了一声，跑回那只死去的盘羊身边，麻利地将内脏掏出来，扔给了金雕，嘉措和格桑也整理柴火，就在天色暗下来的时候，一堆熊熊篝火点燃了。

"不行的话，今天就在这里住下，明天再下山吧……"

望山跑死马，虽然从这里已经能看到小山村，但是走过去的话，还要四五个小时呢。

金雕伉俪吃过彭飞拿过来的羊内脏之后，带着一条羊大腿离开了，洞穴里还有三个不能捕食的小家伙要伺候呢。

两只金雕走后，嘉措有点无精打采，直到彭飞串好了肉串，他才走到篝火边准备今天的晚宴了。

烤得金黄的羊肉，在嘉措手中不停地翻转着，滴滴羊油落到篝火里，发出阵阵“滋滋”的声音，那股香味让庄睿胃口大开。

虽然这几天都是吃烧烤，不过庄睿那技术显然和这些一出生就吃烤肉的家伙没法比，对火候和羊肉熟嫩的掌握，他还差得远呢。

“咱们在这里点了篝火，村里人应该能看到，还是明天再下山吧……”

索男考虑庄睿等人已经走了一天，要是现在赶回村子的话，恐怕要到半夜了，还不如在山上休息一天，养足了精神再下山。

格桑他们已经把几个学生带的帐篷和那些丢弃的登山工具全都带了下来，在这里安营扎寨倒是不怕没装备。

“都可以，我无所谓的……”

庄睿点了点头，又喂给回到背包里只露了个头的小家伙一个肉条，说道：“索男大哥，明天下山的话，我也要出山了，在这里待太久了，我回北京还有些事情要处理……”

“可以，估计医院的人还没走，明天你和他们一起出山，我和巴桑再留两天……”

索男点头同意下来，一来是早已说好的，庄睿随时可以离开，二来索男也怕了庄睿了，不听指挥擅自行动，整整失踪了两天，让索男连个安稳觉都没睡成。

这两天索男也没顾得上转世灵童的事情，他准备再住几天，观察一下庄睿和巴桑都看好的那个孩子。

有格桑在旁边，这事没法多提，庄睿点了点头并没追问下去。

“索男大哥，雪豹的事情你要给说说啊，还有格桑大哥，你可是见过神雕的呀，雪豹和它们一样……”

庄睿趁着格桑还沉浸在那两只神异大雕的回忆中，连忙趁热打铁，有了索男这个政府工作人员还有格桑这本地人来解释，想必村子里的人会更加容易接受了。

“它到村子里，只要不吃牛羊，我就信了……”

格桑今天见到的怪事实在是太多了，现在也分不清庄睿说的到底是真是假。

不过庄睿说雪豹通灵的话，格桑是信的，因为相处一天下来了，雪豹并没有攻击他们，并且中午的食物还是它捕捉来的。

"好,那咱们就说定了,嘉措大哥,您的烤肉做好了没有啊……"

庄睿闻言大喜,这事能解决,也算帮了雪豹一个大忙,因为在冬季大雪封山的时候,寻找食物是非常困难的,到时候有这些村民的帮助,相信雪豹就可以生存下来了。

心情大好的庄睿接过嘉措递来的烤肉,大口地吃了起来,就连平时感觉又苦又涩的青稞酒都变得美味异常,庄睿一人就喝了两斤多,睡觉的帐篷还是彭飞帮他搭起来的。

"庄哥,庄哥,起来了,咱们要下山了……"

第二天一早,庄睿就被彭飞的大嗓门喊了起来,然而彭飞只能站在庄睿帐篷外面喊,因为在帐篷的入口处,正趴着三个让人望而生畏的守卫呢。

"好了,这就起……"

青稞酒虽然醉人,但是没什么后劲,睡了一觉之后,庄睿感觉到头脑清明,这几天来的疲惫一扫而空。

走到帐篷外面,嘉措等人早就起来了,正收拾东西,庄睿接着彭飞用水袋倒的水,随便在脸上抹了几下,算是洗过脸,条件简陋,他已经快四五天没刷牙洗澡了,这要是在家里的话,秦萱冰肯定不让庄睿上床的。

收拾好东西之后,一行人往山下赶去,依然是白狮和雪獒跑在前面,雪豹跟在最后,在海拔四千多米的高原上,阳光并不怎么炎热,倒有点像内地三四月份初春踏青的感觉。

"小东西,你什么时候才能长大啊……"

庄睿把手伸到背包里,让小雏雕用尖喙啄着自己的手指,小家伙很有分寸,并没用力,痒痒的很舒服。

"庄哥,您给这小雕起名字没有?"

昨天见到那两只金雕的神异,彭飞对庄睿羡慕得一塌糊涂,这会儿跑过来,就是想和小雏雕接触一下,日后长大了,说不定也能听自己的指挥呢。

"没有,我也不知道起什么名字好……"

庄睿摇了摇头,反正小家伙经过自己的灵气滋润,日后肯定通灵,叫什么都行,根本就不用训练。

"嘿,庄哥,您看叫小白怎么样?您看它全身都是白色的绒毛,我觉得这名字不错……"

彭飞一听还没起名字,顿时兴奋起来,伸手把庄睿胸前背包的拉链拉开了一点,让小家伙露出来,不过迎接他的是又被啄了一下,疼得彭飞连忙把手缩了回去。

"拉倒吧,你小子起的什么名字啊?"

庄睿鄙视地看了彭飞一眼,说道:“昨儿你没看见它父母的羽毛是什么颜色？还小白？我告诉你,用不了两个月,小东西就要开始长羽毛了,颜色肯定不会是白色的……”

一般比较小的鹰隼,一个多月的时候就已经开始长羽毛,并且尝试飞行了。

不过金雕属于大型猛禽,要在一个半月以后才会逐渐脱毛长出羽来,两个月后才能开始飞行,一般来说,金雕从出生到离开父母,需要整整八十多天,将近三个月时间。

虽然可以飞行的时间要比小型鹰隼长,但是金雕的寿命比它们长了很多,一般的老鹰,有二三十年的寿命就不错了,而金雕只要不遇到天灾人祸,最少能活八九十年。

“小白不好听,我说小庄,叫小金吧,你看昨天那两个金雕的羽毛多漂亮啊,叫小金好听……”

听到要给雏雕起名字,嘉措也巴巴地靠了上来,昨天金雕来的时候,正好是夕阳西下,落日的余晖照在那两只大雕身上,确实金光闪闪、神采飞扬。

“小金？太俗了吧？还不如叫金子呢,好记又上口……”

庄睿迟疑了一下,金雕名字里是要带个金字,不过小金实在不怎么好听,以后长大了难不成叫老金啊？

“庄哥,您就知道金子,家里有那么多了,还惦记着呢？”

彭飞抓住机会,也鄙视了庄睿一把,张口闭口的金子,就一个字能形容:俗!

“那叫什么啊？”

庄睿摇了摇头,听着小家伙“啾啾”地叫着,开口说道:“要不然就叫啾啾吧？”

只是他的这个提议,得到众人一致反对,一直没怎么说话的索男,忽然说道:“昨天见到的两只大雕都是金色的羽毛,小庄,要不然就叫金羽吧？”

“金羽？”

庄睿嘴里念叨了一下,倒是挺顺口的,以后要是图省事,还可以把羽字省略掉,喊金子也行,当下点了点头,道:“好,那就叫金羽!”

“嘿嘿,庄哥你强,有个球员好像就叫啥金羽的。”

彭飞在一旁笑了起来,这名字听起来挺拉风的,但是未免有点过于人性化了,国内姓金的人估计不少叫这名字的。

“重名不是很正常嘛,话说咱们老爷们,怎么能和禽兽争名字呢……”

彭飞闻言撇了撇嘴,心里思量了半天,有一句话还是没敢说出来:“您怎么不让这家伙叫庄睿呢？”

“行了,就叫金羽了……”

庄睿眉开眼笑地低下头,对着怀里的小家伙喊道:“金羽!”

小家伙的反应在意料之中，连头都没抬，不过在庄睿连声喊叫下，最终还是很给面子地“啾啾”了两声，庄睿大喜，连忙用灵气奖励了一下。

这样走了两个多小时之后，庄睿只要一喊金羽两个字，保证小家伙会抬起头和庄睿亲昵，看得彭飞等人啧啧称奇外加羡慕嫉妒恨，却又无话可说，谁让别人救过那母雕呢！

这时众人已经来到了山脚下，村里的牧民们正赶着牛羊在山脚下的草地上放牧，这些牛羊见惯了藏獒，见到跑在前面的白狮和雪獒稍微慌乱了一下，被牧民稳定了下来。

不过雪豹的出现顿时让天下大乱，即使雪豹很老实地跟在庄睿身后，那些牛羊也四散奔跑，牧民根本就无法约束。

“嗷唔……嗷！”

跟随羊群的两只藏獒见到雪豹之后，浑身毛发乍起，眼中凶光毕露，喉间发出了低沉的嘶吼声，腰背微微弯起，一副要和雪豹一决生死的架势。

格桑见到獒豹大战即将爆发，连忙站出来制止道：“巴珠，拉住你的狗……”

“格桑，快来帮忙，用枪打啊，那可是豹子呀，会把咱们的牛羊都咬死的……”

在这个大雪山下小村庄里，由于山上小动物繁多，尤其是在夏季，很少见到豺狼豹子等喜欢偷食牛羊的野兽，所以巴珠在放牧的时候并没携带枪支。

为了保护村里的牛羊和藏獒，巴珠手里拿着一把大砍刀，勇敢地迎向了雪豹。

草原上生活的人都知道，虽然藏獒号称可以与虎狼狮豹搏斗，但最多也就能斗斗草原狼，和狮子、老虎还有豹子这样的猛兽相比，差得不是一星半点儿。

巴珠明白仅凭自己和两只藏獒，是斗不过这只成年雪豹的，所以大声招呼格桑，让他拿枪去打豹子。

“巴珠，这不是普通的豹子，它是大雪山的守护神……”

格桑一把拉住了巴珠，想着既然答应了庄睿，干脆就从巴珠开始洗脑吧。

和这些很少出大山的村里人相比，格桑去过四川以及云南等好几个城市，在村里算是个见多识广的能人，虽然格桑不怎么相信庄睿的话，但是庄睿说的补偿办法却让格桑心动了。

村里的牛羊除了逢年过节自己宰杀之外，就是拿出去换成柴米油盐酱醋茶等物件，虽然外面的人也都是藏民，不会坑村里人，但是以物易物，相对来说要比卖钱少了许多。

一年下来，去掉村里必要的开销，整个村子几十户人家的收入也不过就几万块钱，平均下来一户才一千多块钱。

如果庄睿真能按他自己说的，不需要每年都给，就是一次性给个二十万，那村里即使用牛羊养着这只豹子，又有何妨呢？

“格桑,你脑子坏了吧?这是豹子啊,是祸害咱们牛羊的豹子,你……你说它是雪山的守护神?”

作为村里唯一一个在外面闯荡的人,格桑平时还是非常受人尊重的,不时带来的登山队,也能为村里赚点钱,不过此刻他说的话让那放牧的巴珠完全无法接受。

“巴珠,我说的是真的,你看,那雪豹不是没去扑咬我们的牛羊吗,你再看看,那一只是不是传说中神山的守护神……”

事实胜于雄辩,雪豹在庄睿的安抚下,并没去追咬四散的牛羊,只对面前两只藏獒有些警惕,但也没怎么放在眼里。

毕竟有白狮那种战斗力的藏獒,这个世界上估计仅有一只,即使是被藏民们认为是雪山守护神的雪獒也远远不如白狮。

“小雪,去把那些牛羊都赶回来,记住,不要伤害它们……”

庄睿为了加强雪豹的威望,下达了一个让别人听起来匪夷所思的命令,要知道,这样的活一般都是藏獒做的。

第五十二章 伤别离

听到庄睿的命令之后，雪豹喉间发出一声低沉的咆哮，身体如同利剑一般蹿了出去，转眼赶到那些牛羊的前面，用爪子和咆哮恐吓羊群纷纷掉头，往牧民处跑来。

即使有跑远的牛羊，在速度上也远不如小雪，七八分钟后，那些四散的牛羊就全被赶了回来，只是身体仍瑟瑟发抖，没再跑的原因是它们认命了。

不单是巴珠看得目瞪口呆，就是庄睿也没想到，雪豹还真有几分藏獒的潜质，虽然做不到藏獒的以德服羊，但是以力压羊，却表现得淋漓尽致。

“这……这……是真的?”

巴珠也有些糊涂了，记忆中的雪豹是一种残忍的猛兽，但是眼前的景象让他不得不相信，这只雪豹的确履行了藏獒的职责。

巴珠粗略地点查了一下，刚才跑丢的牛羊居然全都赶回来了，即使是藏獒，也做不到如此迅速。

刚才格桑和巴珠的对话一直是用藏语，只有这几句磕磕巴巴的话庄睿能听懂，庄睿拍了拍雪豹，说道:“小雪，去闻下他身上的气味，以后不要咬他……”

雪豹大模大样地走到已经变得呆滞的巴珠身边，用鼻子在巴珠身上嗅了嗅，又转身回到庄睿身边，乖巧地趴在地上。

而那两只村里的藏獒，在白狮的管教下，这会儿也老实了许多，虽然看向雪豹的目光依然满是敌视，却没有上前拼命的意思了。

“巴珠大哥，这是雪山之神托梦给我的，以后它就是大雪山的守护神，而且它也是我的朋友，冬天的时候希望村子里能用牛羊来供养它，至于这些费用，我会出的……”

庄睿一副神棍的模样，把自己和格桑说过的话，又给巴珠重复了一遍，可惜的是，巴珠会的汉语有限，最后还是格桑给他翻译的。

而后巴珠又见到那只雪獒，这可是传说中的守护神，也是藏民们深信不疑的，巴珠连忙上去行了跪礼，在藏民心里，他们拜的并不是藏獒的肉身，而是心中那尊佛。

庄睿看到巴珠对雪豹接任守护神这事儿，还是不怎么相信，反倒对什么都没干的雪獒行起了大礼，想了一下低头对雪豹说道："小雪，去，和雪儿亲近下……"

大小雪都是女性，这两天消除了敌意之后，倒是经常会有点肢体接触，对小雪的示好，雪獒也亲昵地用舌头回报了一下，不过这可惹恼了白狮，冲着小雪吼了一声，把它赶回到庄睿身边。

见到这番情景，已经由不得巴珠不信了，在格桑和索男的一力证明下，巴珠终于也对雪豹行了跪拜礼。

庄睿在一旁看得心里直乐，估计在西藏小雪绝对是第一只被人膜拜，成为类似于图腾般存在的豹子。

"巴珠大哥，您也和我们一起回村子吧……"

临走的时候，庄睿又把巴珠拐带上了，相信两个村里人说话，要比格桑一人解释好得多。

过了半个多小时，庄睿让巴珠先赶着牛羊进了村子，他是想让巴珠把牛羊都赶回羊圈里，省得雪豹进村的时候再闹出偌大的动静。

不过即使如此，动静也不小，因为村中的藏獒闻到雪豹的气味，纷纷低吼了起来，拼命往村口跑来，即使是它们的主人也无法制止。

雪豹和藏獒，从某种意义上来说，一个是保护人类牛羊的，一个却是以牛羊为食物的，这两者之间是天敌，不可共存，这也是雪獒在雪山上和雪豹撕咬的原因。

十多只藏獒夺命狂奔、齐声怒吼，那阵势可不小，虽然有庄睿的安抚，雪豹也开始不安起来，喉中不断发出低吼，要不是庄睿搂住了它的脖子，小雪肯定转身往雪山上跑了。

"白狮，去管管……"

看着来势汹汹的藏獒群，庄睿也有点不寒而栗，要是让这帮家伙冲过来，绝对会连自个儿一起撕成碎片，这几天自己身上可没少沾染豹子气味。

"呜呜……嗷唔！"

听到庄睿的话，白狮毫不犹豫地跳了出来，挡住了那群藏獒，脖子上的毛发根根竖起，喉中发出震天的咆哮声。

藏獒们被白狮的吼声镇住了，不过看向雪豹的时候又开始狂躁起来。

一只像是领头的藏獒嘴里发出一声咆哮，不过显然它不敢招惹白狮，而是从白狮身边绕了个圈子，想绕过白狮去攻击雪豹。

"嗷唔！"

居然还有一只不服从自己的藏獒，这让白狮感觉自己在庄睿面前很丢面子，发出一声怒吼后，白狮庞大的身躯猛地扑了过去，一爪子拍在那只藏獒的头上，紧接着闪电般地咬住了那只藏獒的喉咙。

“白狮，别咬死它……”

庄睿吓了一跳，哥们让你去说和的，怎么就动起手了啊？而且还是窝里斗。

其实这是庄睿不知道藏獒的习性才会有这种想法。

每个藏獒群，都有一只獒王，在这个藏獒群里，所有的藏獒都要服从獒王的命令，至于谁能成为獒王，就要看谁最凶猛了，族群里的每一只藏獒感觉自己能成为獒王后，也可以向现任獒王发出挑战。

如果挑战成功，就可以成为新的獒王，老的獒王会黯然离开，如果挑战失败的话，挑战者要么死亡，要么离开獒群。

在藏獒群里，獒王的命令就是最高指令，每一只藏獒都必须无条件服从，否则就会被视为对獒王的挑衅。

白狮虽然凶猛异常，但是它来到村子里之后，并没有挑战这只獒群的獒王，也就是说，那些藏獒虽然怕它，但是并不会服从它，想要取得獒群的话语权，就必须击败现在的獒王。

这对于白狮而言是一件异常轻松的事，不过短短一分钟时间，众人还没反应过来，原先那只浑身黑色毛发的藏獒已经在白狮嘴下哀叫起来。

“嗷唔！”

听到庄睿的话，白狮松开了嘴，仰天长啸起来，在场的十多只藏獒，除了雪獒之外，都趴伏下来，表示对白狮的臣服，这场面看得人热血沸腾。

村里人看到藏獒纷纷往外跑，也感觉到不对，加上巴珠进村后大声喊叫，很多人都拥到了村口，见到白狮大发神威的一幕。

当然，被认为是雪山守护神的雪獒，和庄睿身后的雪豹，也被村民发现了，引起了一阵骚乱，他们不知道是该先膜拜雪獒，还是先回家拿枪打雪豹。

至于雪豹为什么如此老实，这会儿却没有一个人思考，豹子豺狼，在大草原上，永远都是牧民们的天敌。

“格桑大哥，该您出马了……”

庄睿弯腰抱着雪豹的脖子，抬头招呼了格桑一句。

格桑闻言一脸苦笑，这事实在太他娘的难解释了，恐怕最开始，自己一定会被乡亲们当成神经病的。

果然，在格桑和众人交流后，村民们脸上都露出一副惊愕加鄙视的神情，没有一个人相信格桑说的话，大声地嚷嚷起来。

庄睿知道他们不信，有心想上前解释，无奈语言不通，也不知道他们说什么，不禁有些郁闷。

过了一会儿，那个年老的村长也走了过来，听了格桑的话后反应尤其激烈，居然拿了

拐杖要打格桑，吓得格桑连忙跑到庄睿身边，说道："小……小庄，这事我办不成了，他们谁都不信啊……"

正好，这会巴珠把牛羊赶回圈里，也来到了村口，庄睿连忙喊道："巴珠，巴珠大哥，你来给解释下啊……"

巴珠亲眼见过雪豹帮助找回牛羊，又见它和雪獒态度亲昵，对庄睿说的雪山之神托梦的说法，倒是信了八九成，听到庄睿的话后，用藏语和村子里的人交流了起来。

这次村里人倒是没露出生气的神色，因为一个人说，他们可以不信，但是一直都老实本分的巴珠也这么说，就让他们疑惑了。

而且白狮制止獒群和雪豹厮杀，也让众人感到不解，在他们看来，白狮也属于佛祖坐骑一类的神兽，原本应该和雪豹是天敌的，现在如此维护雪豹，让他们大惑不解。

"那只雪豹，真的帮助你找回了牛羊?"

老村长向巴珠追问了一句，这事情太过离奇，不过也说不定真是佛喻呢。

要是被庄睿知道老村长心里的想法，保准能乐开花，这一大忽悠，居然给自个儿整了个这么高的身份。

巴珠是个实心眼的人，不会说瞎话，听到老村长的话后，很老实地回道："大叔，这是真的，我亲眼见到的，巴珠可以对活佛起誓……"

老村长闻言摇起了头，他还是不敢相信这么离谱的事情，想了一下，老村长对跑到庄睿身边的格桑摆了摆手，说道："格桑，雪山的守护神，是会保护我们的……如果这只豹子能在我们身边走一圈而不伤害我们的话，那我就相信了，以后我们会把它供养起来的……"

刚才老村长也听了格桑的话，知道如果村子里以后在冬天大雪封山的时候，供给雪豹一些牛羊，就会得到一笔不菲的钱，所以才有这么一说。

格桑闻言，马上给庄睿翻译了起来，今儿他算是大开眼界了，从雪豹到金雕，都对庄睿表现得服服帖帖言听计从，这让格桑在内心深处，认同了庄睿的说法。

"格桑，你问问他们不害怕吗?"

庄睿怕有些人抢先出手攻击雪豹，那么自己也无法制止雪豹正当防卫啊。

"不怕，我们藏族人是不会怕它的……"

格桑和老村长交流了一下，给出了庄睿答案，不过老村长还是让一些十来岁以下的孩子回到了村子里。

在场的都是好猎手，即使受到雪豹的攻击，三两下也要不了命，足够旁边的人用枪把雪豹打死了。

"嘿，这事好办，雪山之神指定的守护神当然不会伤害它所守护的人了……"

庄睿闻言大乐，当下又做了一把神棍，伸手摸了摸雪豹的头，指着村里的人，说道：

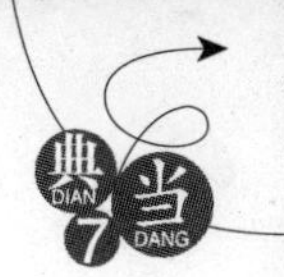

“小雪，去闻闻他们身上的气味，以后在雪山上见到他们，不要攻击他们哦……”

雪豹从来没见过这么多人，其实它心里也挺害怕的，踌躇着不肯上前，最后在庄睿灵气的诱惑和语言的命令下，终于钻到了人群里，在每个人身上都嗅了嗅，走到老村长身边时，还伸出舌头舔了下老村长的手。

虽然在场的每个人都被吓得不轻，但是经过这一折腾，他们却相信了格桑所说的话，顿时大声欢呼起来，在老村长的带领下，居然真对雪豹行了跪拜礼。

庄睿身边的彭飞看得直想笑，暗地里对庄睿竖起了大手指，在庄睿耳边低声说道：“庄哥，您真能忽悠……”

“一边去，哥哥办正经事呢……”庄睿忍住笑，瞪了彭飞一眼。

这时，老村长居然把全村的孩子都叫了出来，要知道，能见到雪山上的神兽，那可是莫大的福分。

被庄睿灵气滋润着的雪豹，也非常给面子，对每个孩子都嗅了嗅，有些胆大的小孩甚至伸手摸着雪豹的毛发，还好这大猫没生气。

如此一来，全村人对于雪豹是雪山守护神的鬼话已经深信不疑了，庄睿作为能和雪豹沟通的人更得到村里人的尊敬。

这会儿已经快到中午了，那些医生如果不是等庄睿回来，昨天就离开这里了，现在都收拾好了，庄睿婉拒了老村长的挽留，带着白狮两口子准备出山了。

随行的还有两个村子里最强壮的村民，他们是要跟庄睿到县城，取庄睿答应给的钱，这也是村民们承认雪豹身份至关重要的一条。

“嘎……嘎嘎……”

就在庄睿被村民们送到山口的时候，天空突然传来金雕的叫声，两只神异的金雕从天空俯冲下来，一只落到庄睿身旁的地上，而另外一只体型较小的，居然直接落在庄睿的肩膀上。

“我靠，你可不轻啊……”

庄睿被这带着俯冲力的母雕，拖着往前走了好几步才站稳了身体。

“嘎……”

母雕看着庄睿胸前的背包，叫了起来。

庄睿知道它是想再看一眼自己的孩子，连忙把小东西放了出来，母雕不舍地用自己的脑袋，不住摩挲着小家伙的身体，眼中流露出来的情感让庄睿几乎将金雕当成人看待了。

两只金雕突然出现，让村里人又慌乱了一阵，由于巴珠关于金翅鹏王的讲解，地上又跪了一圈人，庄睿干脆就事论事，把金雕也列入冬天村里牛羊被祸害的行列里。

在今后的很多年里，这村子一直有一件让外人十分不解的事。

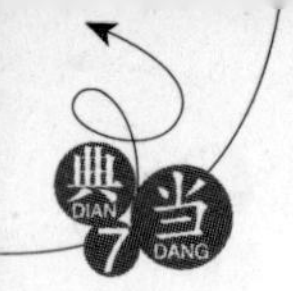

就是每到冬季最寒冷的时候，总有那么一只雪豹大摇大摆地来村中捕捉牛羊，天空也时不时会有一只大雕将小羊羔抓走，而村里人居然对此无动于衷。

这事后来传遍整个草原，却只有极少人知道真正的原因。

和雏雕亲热了一会儿之后，两只金雕振翅飞上天空，但却一直在众人头上徘徊，任凭庄睿怎么挥手，它们都不肯离去。

“雪豹，我走了，记住，以后不准伤害这个村子里的人啊……”

比起那两只金雕，庄睿更舍不得的是一直跟在自己身后的雪豹，这个明显岁数不大的小家伙和庄睿很对胃口。

不过外面的世界终究是更复杂的世界，雪豹出去的下场，庄睿都能想象到，不是在自己的四合院里做一个困兽，就是在动物园里任人参观，所以庄睿还是决定让雪豹留在大雪山，留在大草原里，做个真正的雪山之王！

“嗷唔……嗷唔……”

雪豹不太理解庄睿话中的意思，还是紧紧地跟在庄睿身后，在它的头脑里，庄睿就像它的亲人一般，庄睿到哪儿它就跟到哪儿。

“小雪，回去，外面的世界不是你能去的，回到大雪山，做你的雪山之王！”

庄睿突然生气了，用手指着雪山，大声地吼了起来，他的爆发吓了小雪一跳，身体往后退了几步，似乎明白了什么。

不过在短暂的惊愕之后，雪豹还是走到庄睿身边，用牙齿轻轻咬住庄睿的衣服下摆，使劲往回拉他，眼中流露出无限的渴望。

“小雪，对不起，我真的不能带你走，回去吧，大雪山才是你的家……”

庄睿说话的声音哽咽了，眼泪止不住地狂涌而出，像个孩子似的抱着雪豹哭了起来。

庄睿能感受到雪豹对他的留恋，同样，他的心也像刀割一般。

小村庄的山口一片寂静，只有蓝天上那两只不住盘旋飞翔的金雕时不时发出清脆的鸣叫声，数十个前来送行的村民没有一个人说话，静得落针可闻。

自古多情伤离别，虽然是形容人与人之间的情感，但是放在此刻，也很适用，虽然仅相处了两天，但是雪豹的忠心和平时表现出来的娇憨可爱，真的让庄睿难以舍弃。

抱着雪豹的脖颈，庄睿这会儿哭得像个孩子似的，雪豹不住地歪着脑袋，伸出舌头轻轻地舔着庄睿的脸庞。

细心的人可以发现，雪豹那双锐利的眼睛似乎也变得有些浑浊，当庄睿站起身来，两行细泪悄无声息地从雪豹的眼中流出。

“呜呜……呜呜……”

从雪豹喉间发出的呜咽声里，所有的人都能听出深深的不舍。

几个随行的小护士还有华清大学的双胞胎姐妹，见到这一幕后也是眼圈发红，情不

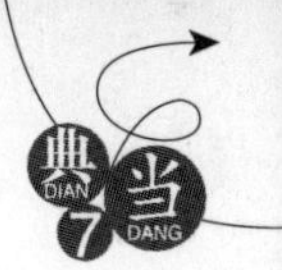

自禁地流下了眼泪。

“小雪，守护好你的家园，守护好大雪山，我以后……会回来看你的……”

庄睿抹了下脸上的泪水，松开手站起身，头也不回地向山口走去，他不想回头，因为他知道，自己要是再回头看上一眼的话，会忍不住将雪豹带回去的。

“呜呜……嗷唔……”

雪豹知道自己新结交的朋友就要离开自己，离开大雪山了，身体微伏在地上，前爪焦躁地刨着面前的土地。

虽然雪豹有心跟上去，但是庄睿的话是让它回到大雪山，这让刚刚成年不久的雪豹不知道该如何选择。

动物特有的灵性和敏感，雪豹似乎感觉到自己日后再也无法见到庄睿了，喉中不断发出呜咽声。

听着身后传来的声音，庄睿刚刚止住的泪水又忍不住顺着脸颊流下来，男儿有泪不轻弹，只因未到伤心处。

随行庄睿出山的人都沉默下来，跟在庄睿身后向山外走去。

庄睿和雪豹之间的那种情感，在本地人看来是很正常的，人和动物是可以和谐相处的，但是带给那几个华清大学的学生，更多的却是震撼。

先前的一幕颠覆了他们很多以前的认知，让这些象牙塔里的学子们，对生命也有了更深层次的了解。

“看，快看，那只豹子跟上来了……”

走了半个多小时后，一个学生的话打破了这支队伍的沉寂，几乎所有人都回头望去，只有庄睿恍若未闻，继续着前行的脚步。

其实庄睿早就知道，小雪跟在身后，不仅如此，就是那两只金雕，也一直盘旋在众人头顶的天空上，不时发出鸣叫声，似乎在给队伍指出方向。

彭飞也回头看跟上来的雪豹，他知道庄睿内心肯定很纠结，快走了几步，赶到庄睿身边，小声说道：“庄哥，要……要不然，咱们把那豹子带回去吧？”

“咱家已经养了这两只大家伙了，也不多个雪豹吧？”

见庄睿不说话，彭飞又鼓动了几句，从昨天见到这只豹子，他就被吸引住了，这简直比普通的狗还通人性，雪豹今天表现出的对庄睿的留恋，也让彭飞非常感动。

庄睿闻言放缓了脚步，看向彭飞，突然问道：“彭飞，你去过监狱没？”

“去过啊，怎么了，庄哥？”

“监狱的犯人自由吗？”庄睿接着说道。

“犯人，自由？”

彭飞撇了撇嘴，道：“要自由还叫犯人啊？”

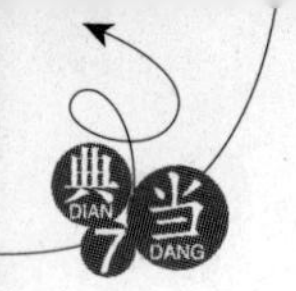

说到这里，彭飞也品出庄睿这话的意思来了，连忙说道："庄哥，这可不一样啊，带雪豹走，咱们又不把它关起来……"

不过彭飞说话的声音越来越小，越说越没底气，雪豹所表现出来的服从性，仅仅是对庄睿一个人而已，如果庄睿不在，万一出点什么事情，那就是人命关天的。

话再说回来了，城市里养只狗都要这证那证的，庄睿想在市中心养豹子，恐怕他关系再硬，也会受人非议的。

庄睿听到彭飞的话后，并没有反驳，只是淡淡地说道："有什么区别吗？四合院才多大的地方？恐怕雪豹的速度爆发起来，十几秒钟就能跑个来回，你以为它能开心吗？"

如果庄睿有个像埃兹肯纳那样的城堡，或许会考虑带雪豹出山，但是四合院对于雪豹而言，就是一座牢笼。

第五十三章 永远的港湾

由于带了几个学生,庄睿等人出山的时间比来时慢了许多,一直到夕阳西下,太阳即将落山的时候,才赶到大山外面。

山外是一马平川的大草原,除了几个小土丘之外,再没有连绵不断的群山了,远处高耸的雪山,在夕阳下反射出耀眼的光芒,让庄睿情不自禁地想起雪山上的日子。

进山的时候,庄睿和医院开来的汽车,由几个随车的医院保卫科的人看管着,这几天他们扎了帐篷住在这里,对于当地人来说和度假也差不多。

远远看到庄睿一行人出来,那几个保安马上开始收拾帐篷,等庄睿等人走到汽车前面时,保安们也迎了上来,帮医生和护士们拿医疗器械。

"那……那是什么?"一个保安突然指着队伍来路的一个山头,惊呼起来。

"嗷……嗷唔! 嗷唔!"

低沉而又略带嘶哑的吼叫,从山坡上面响了起来,在这一刻,整个草原上变得寂静一片,只有这悲壮凄凉的声音在草原上久久回荡。

大家从不知道,豹子居然也能发出震天的怒吼,这让几个没见过雪豹的保安慌乱起来,有人已经奔向汽车准备拿枪了。

"小雪,回去,回去吧,大雪山才是你的归宿!"

就在雪豹嘶吼的同时,庄睿终于忍不住了,回头望着站在离自己四五百米远的雪豹,大声地喊道,泪水已经模糊了庄睿的双眼。

不知道有没有听到庄睿的话,雪豹的吼叫声依然继续着,引得白狮和雪獒也忍不住同时昂首嘶吼。

此刻,天地间只有几只猛兽的怒吼声,远远飘荡在大草原上。

那两个拿枪的保安早已惊呆在原地,只顾看远处的雪豹了,他们没发现身边除了跟来的白狮之外,居然又多了一只雪白的藏獒。

"小雪,这可能是最后一次了……"

庄睿喃喃自语,看向数百米外的雪豹,再不吝啬灵气的用量,一股脑地渗入雪豹的身体中。

在灵气入体的瞬间,雪豹身体猛地颤抖了一下,嘶吼声顿时停了下来,不过喉间的呜咽声始终没有断过,它似乎知道,庄睿正在用这种方式向自己告别。

“嘎……嘎嘎……”

两只在夕阳下,浑身闪烁着金光的大雕此刻飞得非常低,距离庄睿的头顶,只有十多米的高度,口中不断发出鸣叫声,送着自己的人类朋友和即将远行的雏雕。

庄睿怀中的金羽,也“啾啾”地叫着,一双乌黑发亮的大眼睛死死地盯着天空中的金雕,站在庄睿肩头,扑打着还没长出羽毛的翅膀。

“回去吧,朋友,以后我会带金羽来看你们的……”

庄睿冲着天空摆了摆手,他对两只金雕的感情远没有雪豹深厚,不过这对金雕之间那种生死不弃的情感,也曾深深感动过庄睿。

包括那些学生和医生在内,很多人拿着摄像机或者数码相机,拍摄着这感人的一幕。

同时,他们对庄睿也产生了深深的好奇,不知道这个相貌普通的年轻人,究竟有什么魅力,能让陆地的雪豹和天空的猛禽一起来相送?

庄睿低下头,小声地说道:“再见了,朋友们……”

伸手抚摸了下站在肩头的金羽,庄睿拉开了车门,闭上了眼睛,两行泪水顺着双颊流了下来。

夕阳西下,高山之巅站立的雪豹,那优雅且充满了野性美的身躯,久久停留在众人的记忆里。

随着汽车的远去,那个孤独的身影逐渐消失在众人的视线中,唯有天空中,还有一对金雕跟随着汽车一起前行。

太阳落山之后,两只金雕也发出了清脆的鸣叫声,向庄睿告别。

看着窗外黑漆漆的大草原,庄睿激动而又伤感的心情慢慢地恢复了过来,这次雪山之行,让庄睿的内心变得纯净了许多,心中的执念也减少了许多。

最起码他没听凭自己的喜好将雪豹带走,而是理智地让它留了下来,留在了大雪山上。

“喂,张倩,是我,没事,这几天进山里了,今儿刚出来……”

“我没事,庄哥,他也没事啊,好着呢,差不多后天就能回去了,回家再说吧,什么,哦,我知道了,马上告诉他……”

彭飞一边开车,一边把手机打开了,这几天在山里一点信号都没有,庄睿和彭飞都关机了,这样也能省点电。

彭飞刚一开机,媳妇的电话就打了进来,他和张倩已经领了结婚证,婚纱照和庄睿一

起照的，不过彭飞媳妇肚子里可没孩子，不用赶得那么急，准备等天气凉快了，再举办婚礼。

“庄哥，你快点开机吧，嫂子和庄婶都急坏了，快点，快点……”

不用彭飞说，庄睿看到他打电话，也拿出了手机，在山里有那么多动物陪着，庄睿还不怎么想家，现在离开了大山，庄睿还真牵挂起媳妇来了。

“啾啾……啾啾……”

看着庄睿手里的电话，小家伙从背包里跳了出来，用尖喙啄着金属手机，眼睛里满是好奇的神情。

“呵呵，去和白狮玩，白狮，雪儿，可不能欺负金羽啊……”

庄睿笑了笑，抓住小家伙放到坐在后排的白狮身上，白狮坐惯了汽车，但是雪儿不怎么习惯，说不得庄睿又用灵气安抚一下它。

提到雪儿，庄睿又想起雪山上的小家伙，心里不禁疼了一下，但愿下次自己来的时候，雪豹能找到自己的伴侣，能生下一群小雪豹。

不过庄睿的思绪很快就被手机吸引住了，他刚打开电话，就哗啦啦进来三四十条信息，手机的显示屏不断闪烁着，提示有信息进来。

“老弟，乐不思蜀啦？快点回来，有好消息告诉你……”这是皇甫云发来的。

“庄老板，咱这小店你看不上眼，也给个电话呗……”这是赵寒轩的口吻。

另外还有秦萱冰问候的信息，开始几条还比较平常，后来的信息就显得有些焦躁了，可能是因为庄睿几天没有消息的原因。

“滴滴，滴滴……”

当庄睿翻看信息的时候，一条新的信息又发了过来，庄睿看了下名字，是欧阳军的，随手点开了。

“臭小子，哥哥我当爹了，你小子连面都不露，电话也找不到，是不是想挨揍啊……”

看着欧阳军的信息，庄睿不禁笑了起来，欧阳家兄弟几个，欧阳磊年龄稍大，和他没什么共同语言，另外两个都在外地任职，交往不多，要说关系最好的就欧阳军了。

“恭喜，近期回，面叙！”

庄睿笑着给欧阳军回了条信息，刚点了发送，手机铃声就响了起来，这次是电话而不是信息。

“萱冰，正想给你拨过去呢……”

庄睿拿起手机，按下接听键，听着电话里媳妇的声音，不禁有点恍如隔世的感觉。

这几天在大雪山上与世隔绝的生活，让庄睿微微感到有些不习惯。

“老公，你怎么几天都不回个电话啊，你还好吗？衣服带得够不够啊？”

秦萱冰开始是想责怪庄睿来着，不过话到嘴边，却变成了关心，她也到过西藏，知道

那里自然气候非常恶劣。

“够……够,媳妇,我这次回去,给你带个没见过的小东西……”

听着秦萱冰的话,庄睿心里升起一股暖意,恨不得现在就赶回北京,赶回家里,享受家的温暖,亲人的关心。

“啾啾,啾啾……”

似乎知道庄睿提到自己,小金羽从白狮身上跳了下来,扑棱着没长羽毛的翅膀又回到庄睿身上,它听到手机里传来声音,不禁好奇地围着手机转悠起来,不时发出稚嫩的叫声。

“是什么叫啊?”秦萱冰在手机的另一端也听到了。

庄睿摸了摸金羽的小脑袋,笑了起来:“呵呵,回去你就知道了,先不告诉你……”

“吔,庄睿,妈要和你说话……”

秦萱冰正想追问,见到婆婆似乎想和庄睿说话,连忙将手机递了过去。

“庄睿,你有没有把这个家放在心上啊?还有没有把老婆孩子放在心里呀?”

欧阳婉的声音让庄睿冷汗直冒,老妈轻易不发火,这一发火就是雷霆之怒。

“妈,是我不对,您批评得对……

不过我这不也是工作嘛,去的地方连电都没有,我都快一星期没洗澡了……”

庄睿知道老妈的脾气,先认了错,然后再强调下困难,自个儿已经这么大了,总归不会再像小时候那样,让自己写检查吧?

“小睿啊,马上做爸爸的人了,要懂事了,行了,回来要给萱冰赔礼道歉,这么久都不知道来个电话关心一下……”

欧阳婉听儿子去的地方条件很艰苦,马上心疼起儿子来了,刚才说的那番话,其实也是说给儿媳听的,她是怕秦萱冰怀孕的时候庄睿不在身边,难免会生些怨气。

“一定,一定的,回去儿子给你们负荆请罪……”

挂掉母亲的电话,庄睿一头冷汗,从小就怕母亲生气,回想起金雕一家之间的亲情,庄睿对家的眷恋突然变得异常强烈。

挂断电话后,庄睿看向开车的彭飞,说道:“彭飞,你马上给贺双和丁浩打个电话,让他们飞到成都,对了,咱们从这里连夜回成都,需要多长时间?”

“最快也要一两天吧?这段路不是很好走……”

“要这么久?”

其实这条路庄睿也走过,不过现在思念家人,心里就感觉远了点,想了想说道:“你打给贺双,让他们准备一下,明天早上飞成都,咱们今天连夜走……”

庄睿正说话,手机又响了起来,他示意彭飞给贺双打电话,自己接起了手机。

“臭小子,终于开机啦,奶奶的,我儿子出生了,你这当小叔的竟然不在?你说怎么罚

你吧？这是生儿子还是生祖宗啊？连话都不让说了……”

欧阳军一开始说话的时候嗓门很大，庄睿似乎听到一句喝斥，欧阳公子马上压低了嗓门，委屈得像小媳妇似的。

徐晴生了小孩之后，欧阳振武知道儿子不会照顾，请保姆的话又不放心，干脆让这两口子还是住在庄睿家里。

欧阳振武和欧阳婉是自家兄妹，没什么好客气的，正因为如此，欧阳军才知道庄睿电话能打通了。

不过这么一来，可苦了欧阳军了，小家伙每天晚上都要折腾欧阳公子几次，没睡成一个囫囵觉。

“呵呵，四哥，恭喜您啊，我侄子几天了？放心吧，等我回去一定有份大礼，不过还要等几天啊……”

庄睿闻言笑了起来，他能听得出，欧阳军抱怨的话中更多显露出一种幸福和满足。

“干吗要等几天啊？你不是有私人飞机吗？明儿不就能回来了。”

欧阳军有些不解，这段时间住在庄睿家里，除了他和门口守护的郝龙是爷们之外，一院子都是老娘们，连个喝酒的人都没有，可把欧阳军给憋坏了。

“我倒是想明天就回去，可是飞机是私人的，飞机场是公家的啊……”庄睿把要去四川转飞机的事说了出来。

电话对面沉默了一会儿之后，欧阳军的声音才响起来：“这样啊，你等一等，我问下在左贡附近有没有别的机场……”

“行了，距离左贡几十公里的地方，就有机场，你把你那飞机机长的电话给我，我给安排……”

过去两三分钟，欧阳军的电话回了过来，这哥们也是被憋急了，庄睿话少酒品好，欧阳军最喜欢拉着他喝酒侃大山。

“彭飞，是贺双的电话？拿给我……”

庄睿把贺双电话报给欧阳军之后，见到彭飞还在讲电话，连忙接了过来，告诉贺双听欧阳军的安排，这才挂断了手机。

“行了，回招待所洗个澡睡一觉，明天回家了……”

这几天在山里，庄睿头发乱得像鸡窝，身上脏得像乞丐，就差脸上没整出点高原红了，这样回家指定没几个人认识他。

第五十四章 无敌鹰爪功

有欧阳军安排，庄睿不用多操心，回到县里的招待所，先洗了个澡，这才联系欧阳军，问清楚了机场的位置。

欧阳军虽然说话不着调，但办事还是很稳妥的，连机场地勤的手机和需要找的人都报给了庄睿，让他去地方联系。

第二天一早，庄睿开着越野车来到机场，接待他们的是位姓李的队长，寒暄了几句带他们来到停机坪，庄睿的那架银鹰早已停在机场跑道上。

“李大队长，谢谢您，以后有机会到北京，一定和我联系……”

庄睿急着回家，也没多说什么，与那位队长告辞之后，带着白狮和雪儿登上了飞机。

白狮还好，雪儿见到飞机明显有些不习惯，在庄睿的安抚下才犹犹豫豫地上去了。

至于小金羽则有些兴奋，站在庄睿肩头东张西望，嘴里不时发出稚嫩的鸣叫声。

不知道是不是庄睿灵气滋润的效果，本来还要二十多天才能长羽毛的小雏雕，尾部和背上居然已经有了几片褐黄色的羽毛，不过总体看来，还是一个白绒绒的小家伙。

不过金羽的爪子和利喙比刚见到庄睿的时候强健了许多，抓在庄睿肩膀上时，只要稍一用力，庄睿肩头的衣服肯定会被撕破，而且肩膀也能感觉到利爪的锋芒。

还好庄睿穿的是廉价的迷彩服，这要是秦萱冰给他置办的那几套衣服，庄睿保准会心疼，有钱也不能拿几万块钱的衣服糟蹋啊。

“庄总，这……又多了个藏獒啊？”

庄睿为了节省机舱空间，没让琉璃和恬娅随机，不过站在机舱口迎接庄睿的贺双和丁浩两位正副机长，见到雪獒后也吃了一惊。

雪儿的体型虽然不能和白狮相比，但是比普通的藏獒要大出许多，并且毛色极其纯正，庄睿昨天给它洗了个澡，那卖相绝对比白狮好看。

长大的白狮和小时候比，少了几许可爱，多了几分凶猛，比起白狮，雪儿身型的线条

更纤细优美,比白狮可爱多了,如果除去藏獒凶猛的天性,雪儿更像一只宠物犬。

“呵呵,雪儿,这个是你贺大哥,那个是丁大哥,去,闻闻他们身上的味道……”

雪獒听了庄睿的话后,走到了贺双和丁浩面前,在他们身上嗅了嗅,算是记住了这两个人。

而庄睿的话则让贺双和丁浩一脑袋黑线,这迷迷糊糊的,他们俩怎么就多了一狗妹妹啊?

虽然看到庄睿肩膀上还站了一只无毛鸡,贺双和丁浩却不敢再问了,他们怕再多句嘴的话,说不定又会多个什么鸡侄子呢。

“啾啾……啾啾……”

飞机起飞之后,小金羽明显兴奋起来,从庄睿身上到白狮身上来回乱窜,白狮和雪儿早已熟悉了这家伙,也不以为意,任凭它折腾。

“以后你也能这样飞起来……”

庄睿抓住金羽,让它往窗外看,这会儿庄睿心里冒出了一个古怪的想法,白狮从小被灵气滋润,体型比一般的藏獒足足大出三四倍。

小雏雕也是如此,从小就跟着自己,灵气也不少用,等它长大之后,不知道会变成什么模样?

“说不定以后雕背上还能坐人呢……”

深受金大侠毒害的庄睿眯着眼睛开始 YY 起来,伴随着精力旺盛的小金羽的东飞西窜,时间过得很快,几个小时之后,飞机停在了首都机场。

郝龙开车到机场接庄睿,只是郝龙没想到,庄睿又带回来一只体积比白狮小不了多少的藏獒,即使是那辆大切诺基,塞下白狮和雪儿也没地方了。

可怜彭飞只能和机组人员一起到机场外面打车回家了。

“妈,媳妇儿,我回来啦!”

从车库进入后院,看着熟悉的院子,庄睿心里那叫一舒坦,看见等在院门口的亲人,张开双臂抱了过去。

“一边去,没大没小的,萱冰还怀着孩子呢,经得起你这样折腾……”欧阳婉一把推开了儿子。

“嘿嘿,妈,我这不是太想你们了吗?”

庄睿笑着一把搂住了老妈,不知道为什么,回到家里之后,庄睿心中一直充满了喜悦,总是想笑出来,或许这就是家的魅力吧。

“媳妇儿,咱们的娃老实吗?”

松开母亲之后,庄睿来到秦萱冰身边,轻轻地搂住她。

“乱说什么啊,把东西放下,咱们去中院说话,准备吃午饭了,对了,这就是你说的雪儿吧?”

秦萱冰娇媚地横了庄睿一眼,注意力马上被白狮身后的雪儿吸引住了,一身柔顺白毛的雪儿显然比白狮受欢迎得多。

不过来到陌生的环境,雪儿显然很不适应,在雪山养成的野性也没有消除,这会儿紧挨着白狮,对所有靠近它的人,都龇牙咧嘴的。

“雪儿,来,认识一下,这是你以后的女主人,呃,这是女主人她妈,也是我妈……”

庄睿一边用灵气梳理着雪儿的身体,一边抱住它的脖颈,把它带到秦萱冰和母亲面前,让她一一嗅了味道。

对于犬类尤其是藏獒而言,只有熟悉的味道才会让它们放松,否则很容易因为紧张发动攻击。

“白狮,去,带雪儿去你房间休息吧……”

看到雪儿有些精神不振,庄睿知道是因为刚从雪山那种严寒的地方来到炎热北京的缘故,过一段时间就会好了。

在四合院的后院,白狮独占一套三间的大房子,里面温度常年在十六度以下。

“臭小子,你还知道回家啊,走,跟我去看看你大侄子去……”

前院的声音惊动了欧阳军,他匆匆地赶了过来,走到庄睿身边就拉他衣服,当爹的最喜欢拿儿子显摆。

“啾啾……啾啾……”

可能是感觉自己长时间被忽视了,被庄睿放在背包里的小金羽忍不住叫了起来,还用利喙啄着背包,两只小爪子也不停地折腾。

庄睿无奈,只能把背包打开将小家伙放到地上,金羽不愧是天空之王的后代,猛然见到这么多人,也不打怵,歪着小脑袋一个个打量着众人。

“哎,我说老弟,哥哥我冤枉你了啊,嘿,不错,是我的好弟弟,这出门还想着买乌鸡给你嫂子炖汤喝啊,不错,回头我让你嫂子夸你……”

欧阳军一见金羽,顿时笑了起来,这几天徐晴坐月子,这个不吃那个也不吃,鸡汤更是喝腻了,不过兄弟从西藏带来的乌鸡,媳妇儿总能满意了吧,就是看在庄睿的面子上,估计也会多喝几口的。

欧阳军自个儿说得兴高采烈,却没看见,自家兄弟那张脸黑得简直可以刮下一层

灰了。

为了这个小家伙，庄睿那可真是出生入死，连白狮都身受重伤，最后祭出灵气，才和那对金雕化干戈为玉帛得到了小金羽，欧阳军居然想炖了喝汤，这让庄睿差点没暴走。

这几天机灵的小家伙很会逗乐，庄睿宁可把自己给炖了，也不会让欧阳军动金羽一下子的。

正当欧阳军卷起袖子准备抓鸡的时候，耳边听得庄睿一声断喝："四哥，您要是把它给炖了，弟弟我跟你翻脸！"

"干吗？不就吃只鸡吗？别人的哥哥我还不稀罕呢，哎哟！"

欧阳军已经蹲下了身体，把手伸向了金羽，听到庄睿的话后，扭头调侃了起来，一转脸的工夫，欧阳军就感觉手上一麻，紧接着传来一阵剧痛。

回头看去，欧阳军发现自己的右手手背上，出现三道深深的血痕，顿时鲜血直涌，眨眼工夫，欧阳军整个右手连带着衣服上都沾满了血迹。

"我说，这乌鸡也会鹰爪功啦？"

看着手背上的伤口，欧阳军整个傻眼了，嘴里不知道怎么就冒出这么一句话来。

"小军，你这孩子，怎么这么不小心啊，能被只鸡给抓伤，快，快点回中院，我去找药去……"

欧阳婉看到侄子手背上的血，也慌乱起来，连声说着，人就往中院走。

"妈，我这有药，还是专治外伤的好药，您就别跑了……"

庄睿被老妈和欧阳军的话雷得里焦外嫩，脸上一副哭笑不得的神情，这明明是国家一级保护动物金雕，怎么就被说成乌鸡了啊？这都啥眼神啊？

"金羽，上来……"

庄睿把手伸向地上的小家伙，这一看之下，庄睿的立场也有些不坚定了，还别说，金羽除了脑袋瓜上少了个鸡冠子之外，真的挺像乌鸡的。

浑身雪白的绒毛，有些地方虽然长羽毛了，但是整体看来，还是白色的，金羽的利喙和爪子都还没脱皮，整个就是一只小号的乌骨鸡。

"你发什么呆啊？有药还不给你哥用上？"

欧阳婉见儿子把那只乌鸡放到肩膀上后，就开始发呆，不由催促了儿子一句，当姑姑的也心疼侄儿啊。

"哦，马上……"

庄睿被母亲的话叫醒了，用手摸了摸金羽的脑袋，说道："不许啄人和抓人，听话啊……"

这小子也忒厉害了点，不过一个多月大，居然能把人手背抓成这样，庄睿突然想起了白狮背上的伤口，浑身有种不寒而栗的感觉，等这小家伙长大了，恐怕全北京城的宠物都能被它祸害了。

“哎哟，你小子轻点，这喷的什么药啊，怎么这么疼？”

“忍一下，马上就不疼了，云南白药，老字号……”

庄睿翻出那瓶没用完的云南白药，喷在欧阳军的伤口上，又从包里掏出纱布，给欧阳军包扎起来，这些东西都是在西藏必备的随身物品，庄睿懒得从包里掏出来，就一起带回来了。

还好金羽年龄太小，没抓断经络血管，要不然这伤势肯定要去医院的，当然，有庄睿在，再重的伤也会变成轻伤的。

“咦，这药还真不错，凉飕飕的不痛了……”

果然，在庄睿往欧阳军手背渗入一丝灵气后，立马痛楚大减，让欧阳军舒服地呻吟起来。

这还是庄睿控制了灵气用量，只让伤口止住血，否则，就是让欧阳军的伤口马上痊愈也不是做不到。

“行了，四哥，您说您都当老爸的人了，还这么不小心……”

庄睿给欧阳军包扎好之后，忍不住调侃了他一句。

“对了，那只鸡呢？奶奶的，我今儿非宰了它不可，想当年你四哥也是四九城的顽主，长这么大还没吃过这种亏呢，哎，这……这是怎么回事？”

听到庄睿的话后，欧阳军顿时蹦了起来，气势汹汹地要找金羽算账，不过抬眼看见金羽站在庄睿的肩膀上，不禁有些傻眼，这鸡莫非还会玩杂技？

“行了，四哥，别和个扁毛畜生计较……”

庄睿笑着打起了圆场，接着说道：“这也不是鸡，是金雕，最大的飞禽之一，国家一级保护动物，您要是给吃了，一准明儿动物保护协会就来找您……”

“金……金啥玩意？”庄睿话说得比较快，欧阳军没听清楚。

“嗨，这么跟你说吧，《神雕侠侣》看过没？”庄睿笑着问道。

“看过，我媳妇在那片子里还有个角色呢……”欧阳军有些莫名其妙。

庄睿接着问道：“主人公知道是谁吗？”

“这谁不知道，杨过啊，你拿哥哥开心是吧？告诉你，我看这书的时候，你小子还玩泥巴呢……”

欧阳军恼了，净说些没营养的话干吗，不就是个啥保护动物吗？正好哥们还没吃过

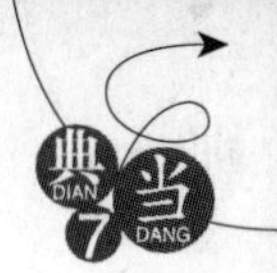

呢，说不定这东西炖的汤，出的奶还能多点儿呢。

“得，知道就好，神雕，记住了，弟弟肩膀上站的，就是神雕的后代……”庄睿看着欧阳军气急败坏的样子，忍不住哈哈大笑起来。

“你，你是说这东西，是……是老鹰？”

欧阳军反应过来了，民间一般不喊雕，都是说老鹰或者鹞子，其实老鹰和鹞子都是小型飞禽，一般体重在两三公斤左右。

只有雕和鹫的体型庞大，世界上最大的秃鹫和金雕，双翅展开之后，可长达七八米，体重在二十公斤以上。

金雕的爪子可以抓起是自己体重十倍以上的猎物，这个数据非常可怕，撕裂虎豹之说并非空穴来风。

只是庄睿说这小家伙是老鹰，别说欧阳军不相信，这满院子人的脸上都露出惊愕的表情，在他（她）们的印象里，老鹰都应该搏击长空，遨游天际，哪会是这个样子！

小金羽听了庄睿的话，此刻昂头挺胸睥睨四顾，一副旁若无人的样子，单看这神态，倒是有几分像老鹰。

“嗨，四哥，都说了不是老鹰，是金雕，同属于飞禽，但是品种不一样，老鹰和它相比，差出去几条街了……”

庄睿感觉自己很有必要给欧阳军解释清楚，否则这哥哥说不定哪天就偷偷地下了黑手，真像他说的给炖了喝汤。

庄睿可是知道，欧阳军为了吃到一种比较稀少的云雀，专门让人跑到河北布网捕捉。

“长大了就像书上写的那种？背上能坐人的？”

听庄睿这么一说，欧阳军来了兴致，养雕玩狗是个男人就喜欢，这会儿欧阳军眼里全是喜爱之色。

“您不怕摔着，坐上去我也没意见……”

庄睿嘿嘿笑了一下，接着说道：“我可告诉您，这只金雕的母亲差点把白狮干掉了，两个家伙打了个两败俱伤……”

庄睿的话让欧阳军缩了缩脖子，白狮的厉害他可是知道，前段时间他还没打算出手会所时，曾经举办了一次藏獒大赛。

在欧阳军的圈子里，都是有钱有权的人，带去的藏獒血统都是很纯正的，一般的藏獒在那场合根本拿不出手。

当时几十只藏獒谁都不服谁，场面乱成了一团，但是白狮过去之后，立马就安静了下来，几十只藏獒没一个敢和白狮叫口的，乖得像哈巴狗似的。

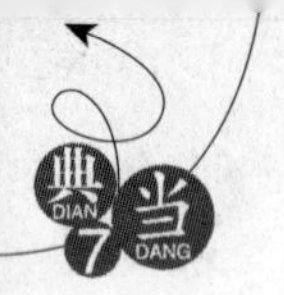

“靠,它爹妈厉害,它又没……”

欧阳军刚想说句找面子的话,但是看看自己的右手,又把话咽了回去,这小家伙没长大都这么厉害了,长大后更不用说了。

庄睿笑了笑没搭理欧阳军,转脸看向母亲,说道:“妈,家里有新鲜的牛羊肉没?给小家伙切点……”

别看金羽个头不大,小东西的食量倒是不小,每顿都要吃上差不多小半斤牛羊肉,庄睿也不知道它那么大一点肚子,是怎么消化掉的。

“有,有,我就去给切……”

听到这东西是老鹰,欧阳婉吃惊之余,也挺喜欢的,在她脑海里,老鹰就是只鸟儿,院子这么大,多点鸟也是好的。

不过欧阳婉却不知道,老鹰是鸟的天敌,日后庄睿这四合院周围的小公园里,经常发生早上遛鸟失踪事件,很多挂在树上的鸟儿,不知道怎么就不见了,最多只剩下几根鸟毛。

后来要不是庄睿对小金羽进行了一番很严肃的批评教育,恐怕北京城就要成为鸟类的禁飞区了,当然,这些都是后话。

第五十五章　大明星的儿子

“金羽,在家里第一不准啄人,第二不准抓人,记住了啊……”

到中院餐厅里坐下后,庄睿开始交代小金羽,这院里可住了好几个小孩子,尤其是调皮的囡囡,别到时候逗弄金羽被它给抓伤了。

小家伙听到庄睿的话后,歪着头向四周打量了一下,那双已经略显锐利的眼睛从每个人脸上看了一遍,最后冲着庄睿点了点头。

“舅舅,舅舅,我要和小老鹰玩……”

囡囡早就忍不住了,这会儿连饭也不吃了,钻到庄睿怀里撒起娇来。

“这可不行,没看到把你欧阳舅舅那手抓的……”

端了一碗肉条走进餐厅的欧阳婉,听到外孙女的话吓了一跳。

“妈,没事,让金羽和囡囡玩吧,囡囡,记住,金羽还小,要爱护它……”

庄睿将欧阳婉手里的碗接了过来,递给了囡囡,他也想看一看,小金羽究竟有没有听懂他刚才话的意思。

“你这孩子,怎么就喜欢神神叨叨的,它能听得懂你说的话吗?”

欧阳婉不满地瞪了儿子一眼,以前对白狮也是这样,现在更离谱,居然和小老鹰说起人话来了,老鹰的智商有那么高吗?

“哦,哦,丫丫姐,来和我一起喂小老鹰……”

囡囡可不管那么多,有的玩就好,兴奋地叫了起来。

等庄睿把小金羽放到她面前的时候,囡囡马上蹲下身子,拿出一条肉丝放到金羽喙边。

众人也都瞪大了眼睛,想看看这小家伙会不会再给囡囡来一爪子。

事实让众人震惊了,小金羽吞下那条肉丝之后,居然用利喙在囡囡手面蹭了蹭,似乎在表示友好,显得灵性十足。

“是老鹰,不是草鸡!”

欧阳军瞪着眼珠子说出来的话，引来一阵鄙视的眼光，这小家伙虽然初看有点像乌鸡，但是细看之下，金羽的眼睛和尖喙都隐隐有雏鹰的特征。

小金羽吃光碗里的肉丝后，很不给囡囡面子，转头就跑，抓着庄睿的裤腿扑棱着没长羽毛的翅膀，居然如履平地一般爬到庄睿的肩头，不过那迷彩裤却被撕得像布条似的了。

“我以后在家不能穿好衣服了……”

庄睿郁闷地摇着头，或许是金雕骄傲的天性，小家伙从来都要站到高处，它只喜欢俯视而不喜欢仰视，庄睿的肩膀就成了它栖身的最佳场所。

这也是雄鹰和草鸡的区别，草鸡只知道低头啄食，而雄鹰的目标则是头顶的蓝天，时刻都想着一飞冲天。

不过庄睿的话引来一群人的鄙视，别人看到小金雕和他如此亲热，不知道有多羡慕呢。

“你小子就贫吧，要不然你把这金雕让给我?”

欧阳军要不是怕手上再挨一下，恨不得把小家伙抓到自己肩膀上放着，多拉风的一件事啊。

庄睿笑着回答道：“只要金羽愿意跟你，我是没意见的，四哥，知道良禽择木而栖是啥意思吗?”

欧阳军看着那小东西，最终还是悻悻地说道：“算了吧，我可不想左手也给包上……”

“哎，我说金羽，你别那么兴奋啊……”

庄睿突然感觉到肩膀有些刺痛，敢情是这小东西左顾右盼的，爪子用力大了一些。

庄睿把小金雕架在手臂上，掰开金羽的一只爪子，这才发现，小东西的钩爪已经变得很锋利了，长度有七八毫米左右，这要是抓进肉里往外一扯，绝对能抓下一块肉来。

“妈，您看能不能找什么材料，做个像指甲套一样的东西给小金羽的趾爪套上啊……”

庄睿想了一会儿，决定还是给小雏雕的趾爪装上点东西。

虽然金羽很听自己的话，不会主动攻击人，但是保不齐就会出点儿意外，夏天衣服穿得少，这锋利的爪子只要碰到了肉，绝对要见血的。

欧阳婉看了下小金羽的爪子，点了点头，答应下来，说道：“嗯，我来想办法，行了，你们先吃饭吧，我给徐晴端碗鸡汤过去……”

“嘿嘿，小姑，谢谢您了啊……”

欧阳军腆着老脸谢了庄母一句，这也是他愿意住在这里的主要原因，最起码小姑照顾媳妇远比他周到多了。

吃过饭，彭飞也回到家里，庄睿把在雪山上拍摄的DV拿给众人看，金雕夫妇的神异，雪豹的娇憨可爱，让一群女人唏嘘不已，着实骗了不少眼泪。

“庄睿,怎么不把那只豹子带回来啊?”

夏天炎热,一般中午都要午休,庄睿和秦萱冰回到自己房间,冲了个凉后,就抱着媳妇躺在床上。

出去快一个月了,庄睿很久没如此放松地躺在床上了。

“雪豹不属于这里,单是这天气它就受不了,总不能每天都关在空调房里吧?那来了有什么意义?”

秦萱冰的话让庄睿又想起雪山上那个小家伙,不知道它现在过得好不好,当它在雪山上纵横驰骋的时候,会不会想到自己?

“嗯,老公,你做得对……”

秦萱冰见庄睿有些伤感,连忙岔开了话题,说道:“你走了快一个月了,我感觉小家伙似乎在动了……”

庄睿闻言笑了起来,把耳朵贴了上去,说道:“真的?我来听听……”

秦萱冰有身孕差不多三个月了,小腹已微微隆起,庄睿开始还装模作样地听着,但是没一会儿工夫,那双手就变得不老实了。

“不要,哎呀,真的不行……”

“没事,只要轻点就行了,医生都说过的……”

一阵嬉闹声响过之后,房间里传出了沉重压抑的喘息声,过了许久之后,才平息下来。

庄睿睡了一个多小时就起来了,看着媳妇脸带红晕,一脸满足的神情,不由轻轻地在秦萱冰脸上亲了一下,起身走到外间。

“雪儿,还习惯吧?”

走到白狮的房间,两只藏獒正趴在那儿闭目养神呢,小雏雕倒是精力旺盛,在房间里窜来窜去,没一会儿安生。

“呜呜……”

雪獒喉间发出一阵低吼,它来的时间短,还不怎么适应,不过有白狮相陪,有庄睿的灵气滋养,雪儿对这种生活并不排斥,藏獒总归是可以驯服的兽类。

“行了,等太阳下山后,让白狮带你去自己的领地转转吧……”

北京炎热的天气对藏獒还是有影响的,即使是白狮,也经常会在夏天掉毛,所以在夏季,白狮只早晚在四合院里巡视。

“呵呵,等有空了,我带你们去野外,北京周边还是有些山的……”

看到雪獒的模样,庄睿笑着用灵气梳理了下雪獒的身体,然后拉开通往地下室的铁门,走了下去。

他故意把地下室入口的房间留给白狮居住,这样一来,除了极熟悉的人,外人绝对过

不了白狮这一关。

地下室的灯光是声感的，庄睿一下去，房内的灯就亮了起来，在房间的两个角落，两台除湿机正在工作，让地下室时刻保持干燥。

这里面的物件已经不多了，基本上都被庄睿搬去博物馆了，独乐乐不如众乐乐，庄睿也算实现了自己一个小小的愿望，将那些承载着历史记忆的东西开放给更多的人。

现在地下室最多的物件就是金砖了，白色的炽光灯照射在码得整整齐齐的一堆金砖上，发出刺眼的金色光芒。

在靠墙的架子上翻找了一下，把一个首饰盒放在裤兜里，想了想又拿起一块金砖，这才退出地下室。

首饰盒里的东西是送给欧阳军小孩的，那块金砖，庄睿准备让秦瑞麟的吴经理拿去融化了，打制一些百日和周岁的长命锁。

这东西也就图个吉利，欧阳军的小孩可以用到，等日后自己的孩子出世了，也可以用，也算是提前做准备了。

出去的时候，小金雕不管不顾地缠上了庄睿，白狮两口子都不屑和它玩，可把小家伙给憋坏了。

“庄睿，这就是雏雕吧？真的好可爱啊……”

徐晴还在坐月子，说是不能见风，所以这段时间她都是开小灶，直接在屋子里吃饭，所以中午没见到小金羽。

“呵呵，去，和嫂子打个招呼去……”

庄睿笑着把金羽放到徐晴面前，小金雕十分灵性地冲着徐晴“啾啾”地叫几声，然后跑到站在婴儿车旁的庄睿身边。

欧阳军和徐晴的孩子出生还不到一个星期，脸上的皱纹还没抚平，看上去像个小老头似的，不过眼睛已经睁开了，滴溜溜地望着庄睿。

“恩，四哥，这是我给侄子的礼物，您回头找个好点的绳子，串起来给我侄子带上……”

庄睿拿出那个首饰盒，递给欧阳军，他这份礼送得可不轻。

“算你小子有良心，嗯，这玉还不错……”

欧阳军打开首饰盒，看到里面有块翠绿色的观音雕像，装模作样地点评了一句。

“你懂什么好坏啊，拿来我看看……”

徐晴白了老公一眼，把庄睿的礼物接了过去，在灯光下看了看，脸上露出一丝惊奇的神色，说道：“小睿，谢谢你啊，这块玉可是很难得的……”

生了小孩之后，徐晴胖了很多，怕狗仔队拍照，从孩子出生前一个月到现在，都没出

过门，不过为欧阳家又生了个孙子，徐晴也是底气十足，偶尔也敢训上欧阳军几句。

欧阳军听到媳妇的话，不以为然地说道："很贵吗？有什么好谢的，都是自家人……"

徐晴还算懂行，白了老公一眼说道："这可是帝王绿玻璃种的，有钱都买不到，就这一个观音像，最少也要三四百万的……"

"呵呵，嫂子，别和那粗人说，他不懂的……"

庄睿笑了起来，他把那次公盘赌到的帝王绿料子都交给了古老爷子，一共就做出来六个挂件。

其中观音和佛各有三件，俗话说男戴观音女戴佛，庄睿本是给自己未出生的孩子准备的。

要说价格，徐晴还说低了，帝王绿的料子这几年极其少见，而且近年来翡翠价格大涨，很多高端翡翠都被私人以投资的名义收藏了，越是难得一见的极品翡翠，越是受到市场的追捧。

就庄睿拿出的这么一个挂件，要是放到拍卖行，三四百万只是起拍价，就是拍出七八百万也属正常。

"不就是块玉嘛，他就是玩这个的……"

欧阳军撇了撇嘴，凑到庄睿跟前，看着正在婴儿车里伸手蹬腿的儿子，说道："怎么样？我儿子长得像我吧？"

"像你？四哥，您最好保佑这小家伙别像您，要不然以后找不到对象的……"

庄睿闻言笑了起来，一番话说得欧阳军额头青筋直跳，这不是当着儿子骂他爹吗？

"滚蛋，你小子嘴里就没句好话……"

欧阳军没好气地瞪了庄睿一眼，没吓到庄睿反而将小家伙吓得哇哇哭起来。

"呵呵，你这当爹的，不合格……"

庄睿伸出手指，放到小家伙的嘴边，小东西很自然地张开嘴吮了起来，哭声马上就停止了。

"去去，手那么脏，一点都不卫生……"

欧阳军看得火起，一把拉开了庄睿的手，他却忘了，自个儿小时候满地打滚之后，不也一样拿起东西就吃吗？

"行了，估计这孩子是饿了，嫂子，我先告辞了，您多休息……"

庄睿在小家伙身上留下一丝灵气后，出言告辞了，虽然他和全国人民一样，都很想看看大明星育婴的样子，但是庄睿相信，欧阳军是不会给他这个机会的。

回到北京后，庄睿也没闲下来，潘家园的宣睿斋和秦瑞麟珠宝店，他这当老板的都要去转转。

秦萱冰这段日子都在家里安胎，已经很久没去秦瑞麟了。

夏天学生放暑假，虽然不是旅游的好季节，不过游客量向来都是一年中最高的，刚从人烟稀少的西藏高原上回到人头涌动的城市，庄睿心里有一丝不真实的感觉。

宣睿斋的生意在赵寒轩的打理下愈发红火起来，加上庄睿的关系，隐隐成为潘家园经营文房四宝最好的一家铺面。

前段时间博物馆开业的时候，庄睿面对来自全国各地的藏友玩家们，特意宣扬了一下宣睿斋的手工印章，很自然的，葛师傅的手艺成了宣睿斋的一块活招牌。

个把月的时间，不光是北京收藏界的玩家们纷纷上门求印，就是全国各省那些喜欢收藏字画的人，也踏破了门槛，现在葛师傅也成了"腕"了，想求他的印章，必须要提前两个月预约。

经过半年多的经营，赵寒轩的心态倒是转变了过来，一年几十万的年薪，在北京已经可以生活得不错了，又不需要担心生意好坏，赵寒轩也打消了另起炉灶的想法，这是让庄睿最高兴的一件事了。

秦瑞麟那边同样不需要庄睿操心，吴经理在珠宝行里干了二三十年，各种路数都门清。

加上香港总店的关照和庄睿那些独一无二的翡翠饰品，秦瑞麟在北京的翡翠市场上绝对是中高端顾客在购买珠宝时最先选择的珠宝店。

不过店里的中高档翡翠饰品已经所剩不多，庄睿要抽个时间回彭城再解出一批翡翠，马上到年底又是一个销售旺季。

第五十六章 家和万事兴

“我说老板，您也太厚此薄彼了吧？这回北京都三天了才知道来咱们博物馆啊？”

庄睿坐在这个从开业第二天就没开过门的馆长办公室里，笑眯眯地听皇甫云发牢骚。

在座的还有另外一位副馆长郑成祥，他以前是首都某博物院的研究员，博物馆的内部管理现在都是他在做。

今天庄睿算是开个办公会，刚才已经打了电话给财务总监，云曼马上也要过来。

庄睿看了皇甫云一眼，戏谑地说道：“行了，博物馆有你坐镇，我这不是放心嘛！对了，皇甫兄，咱们这儿什么时候多了个财务总监的办公室啊？我记得云曼不是在珠宝店那边办公的吗？”

“现在咱们博物馆是业绩大户，财务当然要在这边办公了……”

皇甫云一番话说得大义凛然，听得庄睿直发笑，他早就听秦萱冰说了，云曼已经和皇甫云同居了，正商讨结婚的事呢。

皇甫云的话让庄睿直接笑了出来，郑副馆长年龄比较大，坐在旁边笑眯眯地看着二人斗嘴。

“得，皇甫兄，你和云总结婚的时候给我发张请帖就行了……”

庄睿的话让皇甫云的老脸难得地红了一下，刚推开办公室门的云曼更是满脸绯红，犹豫着是不是退出去等会儿再进来？

“云总，开玩笑呢，请进……”

庄睿看到云曼，态度认真了一些，香港来的云曼和秦萱冰很熟悉，庄睿也对她表现出了足够的尊重。

“庄总，我给您汇报一下这一个月来博物馆的收支情况，还有秦瑞麟和宣睿斋的财务报告……”

云曼进屋之后，就坐到了庄睿面前的沙发上，一副目不斜视的样子，皇甫云也算艳福

不浅，穿着短裙套装的云曼，身材凹凸有致，很能让男人产生犯罪冲动。

“嗯，现在流动资金有九千多万了？”

庄睿拿着报表看了一下，不禁吃了一惊，他离京的时候手头不过有两千多万，都留给皇甫云竞拍馆藏物品了，没想到一个多月多出了这么多钱。

“对，这里面包括秦瑞麟半年来的盈利，还有您在彭城几家产业的利润……”

听了云曼的解说后，庄睿才知道，仅是秦瑞麟这半年多就有五千多万的盈利，而彭城的几家产业虽然看上去不起眼，每个月也有几百万的盈利。

不过要说吸金能力最强的，居然是庄睿原本以为会倒贴钱的博物馆，这一个月下来，博物馆去掉各项开支，纯盈利竟然达到了一千二百万元人民币。

庄睿这家博物馆的财务报表，要是拿给国内那三百多家私人博物馆的老板看，保证他们连跳楼的心思都有了。

现在国内众多私人博物馆都还处于苦苦挣扎求生存的阶段，庄睿的博物馆仅靠门票收入就能有如此收益，这是那些人想都不敢想的。

“拿出五千万给皇甫馆长，其他的钱扣除应有的开支后都存到我账户里吧……”

庄睿了解完自己的资产情况后，对皇甫云说道：“皇甫兄，这五千万是今后半年收购古玩的资金，具体收购哪些古玩，由你和郑馆长两人商议决定，感觉拿不准的再来找我……”

对于皇甫云的品行，庄睿非常相信，而且另外一个副馆长，也是在收藏界颇有名声的，庄睿不怕他们两人串通起来坑自己的钱。

打理了一下自己的几个产业后，庄睿真正做到了足不出户，整整半个多月都待在家里陪着秦萱冰，最多和皇甫云、赵寒轩等人通个电话。

八月的第一个星期，秦浩然夫妇从香港赶来，和庄睿的家人一起在很小的范围里，给庄睿和秦萱冰办了结婚酒。

虽然庄睿的结婚酒参加的人不多，但是规格非常高，因为欧阳老爷子也参加了，算是给足了秦家面子。

时间很快到了八月底，秦萱冰的小腹已经非常明显了，她现在只怀孕四个多月，但是肚子看起来和一些六七个月的孕妇差不多大小了。

“刘医生，您……您说的是真的？”

在欧阳军介绍的那个医院里，庄睿这会儿正一脸狂喜地看着一个四十多岁的女医生，这位刘医生是国内知名的妇产科医生，也是徐晴的主任医师。

由于孕妇在怀孕二十周之后，才是检查婴儿性别的最佳时机，所以在庄睿临开学的前几天，带秦萱冰来医院做了B超检查。

不过医生刚才说的话，让庄睿欣喜得差点大脑当机，他之所以对刘医生提出了质疑，只是想再听一遍医生的诊断结果。

“是真的，庄先生，恭喜您，您的太太怀的是一对龙凤胎……”

刘医生作了二十多年的妇产科医生，也只见到过两例龙凤胎，对于庄睿的惊喜心情，她是可以想象的。

“哈哈，媳妇，咱们这下儿子闺女都有了啊……”

庄睿这会儿兴奋得直想把秦萱冰抱起来转个圈，双手伸出之后才感觉不合适，激动得庄睿双手都不知道怎么放才好了。

八月底的北京城，天气已经凉爽下来，庄睿的四合院里，各种鲜花盛开，香气扑鼻，倒是有几分春天的景象。

虽然北京的风沙大了点，不过还影响不到庄睿这个小院子，就是欧阳振武也时不时来这里住上两天。

搬张躺椅在树下纳凉，逗弄一下可爱的小孙子，看着满园乱飞的金雕，欧阳振武对自己的外甥羡慕不已，直说等自个儿退休了，就来这里长住。

从新疆回来的古老爷子也被庄睿邀来住了几天，倒是和欧阳振武成了棋友，经常能见到二人坐在树下喝茶对弈，当然，倒茶的小厮只能是庄睿了。

“这小子疯了，从回来那嘴咧得就没合起来过，你看他乐的那样子，不就是个龙凤胎嘛……”

欧阳军抱着刚一个多月的儿子，坐在池塘边的凉亭里，看着拿着手机满院子乱转的庄睿，一脸不屑的表情。

“喂，刘川，我告诉你，我媳妇怀的是龙凤胎，啊？滚一边去，没文化的家伙，龙凤胎就是一男一女的双胞胎……”

“老大，嘿嘿，知道我媳妇怀的啥吗？滚蛋，你媳妇才怀怪物呢，我媳妇怀的是双胞胎，羡慕了吧？不和你扯了，我再给老三打电话……”

“三哥啊，我媳妇怀孕啦，什么？怀孕关你什么事？废话，你要当叔叔了啊，告诉你说，我媳妇怀的可是……”

从医院回来之后，庄睿明显进入了亢奋状态。

安置好媳妇休息，跟老妈和众人通报了好消息之后，庄睿就拿着手机开始满院子转悠，他这会儿根本就坐不住，只有走来走去才能发泄此刻兴奋的心情。

“呀呀！”

小金雕扑棱着翅膀，从大槐树上飞了下来，落到庄睿的肩膀上，似乎能感觉到庄睿的心情，小家伙也很兴奋，用尖喙不停地啄着庄睿的头发。

小金羽也有两个多月大了，体重从最开始的半斤多长到四斤多了，比一般的成年小型鹰隼都大出许多。

金羽头顶白色的绒毛已经变成了淡淡的金黄色，睥睨顾盼之间也隐约带有一丝天空王者的风范。

原本的“啾啾”叫声变成了“呀呀”声，不过声音要更尖锐一些，穿透力很强，和白狮的低吼声倒是有异曲同工之妙。

半个月之前，小金羽就长出了尾羽，一共有六根，背上的绒毛也全部褪去，代之的是褐色和灰白相间的羽毛，虽然比较短小，但是隐隐透出金属的光泽。

小家伙的利喙也变得更加弯曲了，前段时间总是不停地在硬物上摩擦，似乎褪去了一层皮，现在那弯弯的尖喙颇有几分成年金雕的样子了。

同样，金羽的爪子也经历了一次蜕皮，变得更加锋利，即使它不用力，只要抓到庄睿，衣服肯定不保。

好在欧阳婉做了几个指套，给它戴在了趾爪上，虽然开始几天小家伙感觉很不舒服，但是在庄睿的安抚下慢慢习惯了。

至于飞行，小金雕没遇到任何障碍，庄睿原本看书上说，鸟类的第一次飞行必须要来点强制的，最好是从山上把它扔下去。

庄睿原本准备开车带金羽去长城找一个最高的烽火台，把它扔下去。

谁知道这小家伙每天连蹦带跳的，不知道怎么就无师自通了，有一天从池塘的假山上扑腾下来之后，就学会了飞行。

学会飞行之后，小金雕就不愿意和白狮一起住了。

庄睿从外面找了工匠，在中院大槐树的树杈上给小东西做了一个极其现代化的鸟窝，就像小房子一样，上面有屋顶，就差没给它装个空调了。

这下庄睿的四合院就变成了金雕的天下，就连古老爷子的棋子都被它叼走藏起来不少，都藏到中院的大槐树上去了。

小金羽虽然调皮，但是很有眼色，从来不伤人，不管是大人小孩都很喜欢它。

尤其是欧阳婉，有时候不想去后院喊儿子，直接对金羽招呼一声，小家伙马上就会飞到后院，把庄睿叫来。

而且自从金羽入住四合院，原先的老鼠全都消失了，庄睿曾经笑着说话，这老鹰叫绝对比猫叫好使。

唯一不好的就是前院的鸽子养不成了，金羽虽然很听庄睿的话，不出去祸害别人家的东西，但是自家的鸽子没几天就被它收拾得一只不剩。

“嘿嘿，金羽，你嫂子马上就给你生俩弟弟妹妹了，高兴不高兴？”

庄睿这会儿正满肚子兴奋没地儿发泄呢，见金羽落在自己肩膀上，连忙一把抓住它，使劲在小家伙的羽毛上摩挲起来。

庄睿激动之下开始胡言乱语，金雕要是称呼秦萱冰嫂子，那庄睿的孩子就是侄子了，这不整个一扯淡吗？

“呀呀……”

金羽不满地鸣叫着，无奈身体被庄睿抓住，想飞也飞不走，只能用鸣叫声提出抗议。

“好了，小睿，放开金羽吧，妈知道你高兴，妈也高兴……”

欧阳婉看着儿子，心中很是欣慰，从丈夫去世之后，欧阳婉把所有的精力都花在儿女身上，庄睿有了儿女，也代表着丈夫的血脉得到了延续。

“嘿嘿，妈，儿子这不是高兴吗，去，自个儿玩去吧……”

庄睿松开了金雕，小家伙扑棱着翅膀飞到欧阳婉肩膀上，冲着庄睿生气地叫了几声。

小金羽和白狮不同，白狮从小虽然也听欧阳婉等人的话，但是它只忠于庄睿，对别人始终都是爱理不理的。

但是小金雕不同，它很会讨好人，没事就飞到别人头上，给他们做发型，就连欧阳军一个月大的儿子，一见到小金雕就会笑个不停。

“嘿呦，长脾气了，小心今儿没加餐……”

庄睿笑着指了指金羽，小家伙顿时缩起了脖子，一副可怜兮兮的模样，庄睿说的加餐可不是吃东西，而是用灵气给它梳理身体。

庄睿有次和皇甫云聊天的时候，听他说鸟类之所以会说话，是因为鸟类的口腔较大且舌多肉、柔软呈短圆形，和人类有几分相似，皇甫云让庄睿多训练下，说不定这只有灵性的小金雕，也能开口说话呢。

庄睿上网查了下，还真是这么回事，所以他平时就经常用灵气梳理小金雕的头部和咽喉，不过这都一个多月了也未见成效。

“行了，你和小金羽玩吧，妈去给萱冰炖汤去……”

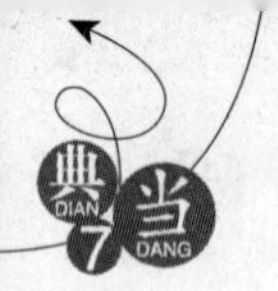

欧阳婉交代了儿子一声，起身去厨房了，小金雕飞到庄睿肩头，讨好地用尖喙帮庄睿设计了个发型。

“去，把手机拿过来……”

庄睿放在石桌上的手机忽然响了起来，没等庄睿吩咐完，小家伙就飞了过去，用爪子抓住手机，使劲扇着翅膀，将手机递到庄睿面前。

“好样的，去玩吧……”

庄睿笑着给小金羽身上注入一丝灵气，按下了接听键。

“老弟，告诉你个好消息……”

皇甫云的声音从电话里传了出来。

“好消息？我还没给您打电话吧？”

庄睿迷糊了，媳妇怀了龙凤胎的事，自己还没告诉皇甫云呢，难道他就知道了？

此时庄睿还不知道，一场充满玄机的古玩造假案，就要在他面前拉开序幕了。

全国古玩市场地址

北京古玩城:北京市朝阳区东三环南路21号

北京潘家园旧货市场:北京市朝阳区华威里18号

上海国际收藏品市场:上海市江西中路457号

天津古物市场:天津市南开区东马路水阁大街30号

天津古玩城:天津市南开区古文化街

重庆市综合类收藏品市场:重庆市渝中区较场口82号

重庆市民间收藏品市场:重庆市渝中区枇杷山正街72号

广东省深圳市古玩城:广东省深圳市乐园路13号

广东省深圳华之萃古玩世界:广东省深圳市红岭路荔景大厦

广东省珠海市收藏品市场:广东省珠海市迎宾南路

广东省广州带河路古玩市场:广东省广州市荔湾区带河路

江苏省南京夫子庙市场:江苏省南京市夫子庙东市

江苏省南京金陵收藏品市场:江苏省南京市清凉山公园

江苏省苏州市藏品交易市场:江苏省苏州市人民路市文化宫

江苏省常州市表场收藏品市场:江苏省常州市罗汉路

浙江省杭州市民间收藏品交易市场:浙江省杭州市湖墅南路

浙江省绍兴市古玩市场:浙江省绍兴市绍兴府河街41号

福建省白鹭洲古玩城:福建省厦门市湖滨中路

福建省泉州市涂门街古玩市场:福建省泉州市状元街、文化街及钟楼附近

河南省郑州市古玩城:河南省郑州市金海大道49号

河南省洛阳市西工古玩市场:河南省洛阳市洛阳中州路

河南省洛阳市潞泽文物古玩市场:河南省洛阳市九都东路133号

河南省洛阳市古玩城:河南省洛阳市民俗博物馆大门东

河南省平顶山市古玩市场:河南省平顶山市开源路

湖北省武昌市古玩城:湖北省武昌市东湖中南路

湖北武汉市收藏品市场:湖北省武汉市扬子街

四川省成都市文物古玩市场:四川省成都市青华路 36 号

辽宁省大连市古玩城:辽宁省大连市港湾街 1 号

辽宁省沈阳市古玩城:辽宁省沈阳市沈阳故宫附近

辽宁省锦州市古文物市场:辽宁省锦州市牡丹北街

黑龙江省哈尔滨市马家街古玩市场:黑龙江省哈尔滨市南岗区马家街西头

吉林省长春市吉发古玩城:吉林省长春市清明街 74 号

山东省青岛市古玩市场:山东省青岛市昌乐路

河北省石家庄市古玩城:河北省石家庄市西大街 1 号

河北省霸州市文物市场:河北省霸州市香港街

河北省保定市文物市场:河北省保定市 新北街 207 号

山西省平遥古物市场:山西省平遥县明清街

山西省太原南宫收藏品市场:山西省太原市迎泽路

陕西省西安市古玩城:陕西省西安市朱雀大街中段 2 号

安徽省合肥市城隍庙古玩城:安徽省合肥市城隍庙

安徽省蚌埠市古玩城:安徽省蚌埠市南山路

甘肃省兰州古玩城:甘肃省兰州市白塔山公园

云南省昆明市古玩城:云南省昆明市桃园街 119 号

江西省南昌市滕王阁古玩市场:江西省南昌市滕王阁

贵州省贵阳市花鸟古玩市场:贵州省贵阳市阳明路

湖南省长沙市博物馆古玩一条街:湖南省长沙市清水塘路

湖南省郴州市古玩一条街:湖南省郴州市兴隆步行街